彰显与遮蔽

20 世纪 80 年代以来
文学本质论的理论演进与评析

邢建昌 蒋雪丽 著

生活·讀書·新知 三联书店

图书在版编目（CIP）数据

彰显与遮蔽：20 世纪 80 年代以来文学本质论的理论演进与评析 / 邢建昌，蒋雪丽著. -- 北京：生活·读书·新知三联书店，2025. 5. -- ISBN 978-7-108-07995-4

Ⅰ. I206.7

中国国家版本馆 CIP 数据核字第 2025UZ9007 号

责任编辑 张亚囡
装帧设计 刘 洋
责任印制 李思佳
出版发行 生活·讀書·新知 三联书店
（北京市东城区美术馆东街 22 号 100010）
网 址 www.sdxjpc.com
经 销 新华书店
印 刷 三河市天润建兴印务有限公司
版 次 2025 年 5 月北京第 1 版
2025 年 5 月北京第 1 次印刷
开 本 635 毫米 × 965 毫米 1/16 印张 22.25
字 数 337 千字
印 数 0,001－2,000 册
定 价 78.00 元
（印装查询：01064002715；邮购查询：01084010542）

目　录

导言：20世纪80年代以来文学本质论的理论演进※

本书探讨20世纪80年代以来文学本质论的理论演进，主要择取了40年来关于文学本质的主要观点进行评析。讨论文学本质，评析各种观点，需要冒极大的风险，鼓足理论的勇气。因为，相对于文学理论界的核心关切，文学本质问题显得陈旧，且有可能被当作本质主义而抛弃。然而，人文学术的研究不是盲目地追新逐异，而包含了对以往理论资源的有效借鉴。基于此，我们认为，20世纪80年代以来建立起的关于文学本质的认识，是一部需要打开仔细品鉴的历史文本，包含着理论走向未来的智慧支持和思想启迪。

一

20世纪80年代以来文学本质论的理论演进，不是物理学意义上的事件，而是一个人文实践的过程，表征着文学与社会关系的调整，意味着以文学活动为磁心的、组成了文学活动序列的社会中人的文化身份、自我认同以及在整个社会境遇中的位置发生了变化。

文学本质问题涉及文学的本体、功能和结构等，通常被置换为“文学是什么”“文学有什么用”之类的发问方式。“是什么”与“有什么用”是相互关联的，判定它是什么的时候总要从它能做什么入手，它能做什么决定了它可能是什么。所以，界定文学最可靠方式是看它的功能也就是文学之用。

※　导言部分内容曾发表在《文艺理论研究》2016年第4期。参见邢建昌、张皓：《审美文论的发生、发展及其流变——一个知识谱系学的考察》，《文艺理论研究》2016年第4期。

在文艺学的众多论域中，本质论是最为根本的，它直接体现着一个时代的文学观念，而且还附加着它从中产生、巩固的社会语境的信息。语境研究、意识形态批判，这些文化研究惯用的方法对文艺学的历史反思而言确实是有效的——不论文化研究本身是给传统文艺学注入了新生力量还是作为异质话语大举入侵，任何一种理论都不具有普适性，它们都是特定时代文化场域的产物。所以，我们在研究的过程中当然要从文化语境等决定文学理论产生的因素中发掘文学理论与产生它的时代之间的复杂关系。本质论是对文学活动精神旨趣的观念定位，它蕴含着文学价值评判的根基，最能体现意识形态性质。本质论是根本的文学立场，即使选择对文学本质保持缄默，这种不言说的选择本身也昭示着根本意识形态倾向和价值认同。

我们考察各种文学本质论，不能陷入追问诸如“有没有本质”“本质究竟是什么”之类容易使人进入无穷玄想而又空泛无证的抽象思辨之中。我们应该进一步考察的是，每一种言说文学本质的方式是在何等社会语境中产生的，它的背后又有怎样的文化动机，表征了什么样的思想变构与观念革新，它在整个社会精神文化场域中到底占有什么位置。固着于言说本身只能遮蔽意义的显现，使其不能默会于心。我们需要从文学本质的言说中向其所源自的意义本原不断逼近，唯有如此，才能够不被本质论争的杂沓纷呈所迷惑，觉解本质论争的意义，并对文学及人本身的在世存在有所领会。时至今日，文学依然如此这般地现身，只是我们审视文学的眼光，判断世界的法则发生了变化。相应地，关于文学的本质也就发生了变化。本质之于文学，不是已然给定的事实，而是“视为”的结果。

在当今时代，文学本质问题已经失去了吸引各方关注的魅力。与其说它不合时宜，还不如说它早已被人遗弃。不单是文学的本质，就是这研究文学的学科——文艺学本身，外界人士也是鲜有问津的。从事文学理论研究者甚众，以绝对数量来看，也可谓大观。可是，它毕竟只是一个相对封闭的小圈子，很难直接介入社会形态的变革与发展。与政治、经济、法律、传媒等学科比较，文艺学在现今社会生产实践中的地位几乎是最弱的。我们并不期盼文艺学对于国计民生产生直接的影响，更不奢望它担当起经国之大业的重任，但作为一个学科，不能不对时代的精神文化状况有所表达，否则，文艺学究竟何用就成了问题。当前文艺学缺乏创生的灵性与力量，缺乏对于社会文化现实的介入感与批判性，暮气深沉、动转迟滞，如何能给人带来澡雪精神、归寄理想、游怀骋性以及抚慰心灵的安顿呢？的确，我们应该对文艺学研究进行认真的反思了。

任何思想建构都不可避免地受到时代的意识形态规约，不论是政治决定还是经济决定，文艺学总不可能远遁世外，与社会变革不发生任何联系。一旦进入文学本质论的实地考察，我们会立刻感知到文学本质的认识与言说受政治经济形势的影响是多么深切和根本。但是，这并不意味着文艺学具备社会所期盼的参与社会文化变革的能力并且有力推动了社会文化的变革。事实上，文艺学的位置有些尴尬。它像一件委身储物室中的旧家具，只有在搬家的时候被拖来拖去，却不能再为家庭尽到器物之用了。文艺学学科成立的合法性遭到了越来越多人的质疑。虽然不必担心在短时间内文艺学会被取消，可它在社会的存在却显得可有可无，很多非专业人士甚至不知道文艺学与才艺表演其实风马牛不相及。文艺学从来没有享受过风平浪静的太平日子，一旦安于现状，满足于已成的体系架构，它就走向了衰朽和僵化。文艺学生命的动力在于不断地寻求变革和突破，对发展变革中的社会文化现状时刻保持清醒的警觉和批判，而不能任由文化风尚对它呼来喝去、随意摆布。从这个意义上讲，文艺学必须始终处在反思、重思和否思的警醒状态中。[1]

文学是独特的，任何定义都不可能道尽文学的本然存在状态。既然如此，我们何必要定义它呢？徒然为文学寻找一个说明或鉴定自身的本质，不过是简化了我们对于文学的理解。但是，何以会在特定的时代、特定的文化语境产生出特定的文学本质论，这却是一个极有意思的问题。文学本质论提供给我们的与其说是关于文学的客观知识，倒不如说是一定时代的人们赋予文学的身份认定和价值期望。本质论是对文学的根本论定，它表征着代表不同利益倾向的言说者如何断定文学与非文学、优秀的文学与蹩脚的文学。说到底，谁的文学本质论占据了文学理

---

〔1〕 这里“重思”“否思”是借用社会学家伊曼纽尔·沃勒斯坦的说法。见伊曼纽尔·沃勒斯坦：《否思社会科学——19世纪范式的局限》，刘琦岩、叶萌芽译，北京：生活·读书·新知三联书店，2008年，“导言”第1页。

论的主导地位，这个持论者及其利益群体自然就获得了言说评判文学的话语权和支配权。

在文学与政治联姻的时代，由主流意识形态支持的文学理论家凭借对文学本质论的阐释与掌握就可以控制、拨转文学创作的发展趋向，并塑造着整个文学活动的格局。这种权力极大，可以直接介入并改变社会文化环境，操控文艺家及其作品的生命。但是，这种权力又是依附性的，它必须寄身于政治权力，没有了政治权力的支持便也丧失了支配与操纵的权柄。当文艺学自身的体制建立、成熟之后，这种由政治权力衍生出来，以本质论的言说为象征符号的文学权力依然存在，不过已经不再发挥主导作用。新的、具有影响力的文学本质观就会发挥主导作用，形成新的权力。从这个意义上说，文学本质的言说及其话语更迭，透露着权力的复杂关系。本质论作为对文学存在的根本断定，是定位学者身份的重要依据，代表着一个学者对文学的立场。有了这个立场，学者的论说才有了根基，志趣相投的人才能够彼此组成一个共同体，从而共同来描绘文艺学的远景规划。不论是在既往文学理论史上还是在当下中国，文学本质的追问从来都不是孤立自为的理念发展运动，它从属于整个时代文化需求的有机系统，从本质的追问可以折射出特定时代的文化语境、权力关系，以及文学共同体的境遇。

本质论不可能让那些对文学抱有浓厚兴趣、意欲一探文学究竟的人明白“什么是文学”，我们也不要指望它能够完成它根本不能胜任的使命。想要通达文学之本真存在，需屏蔽一切概念定义的干扰、悬置逻辑的推衍判断，径直在与文学照面的语言之途上凝神倾听、悉心领会。从本质论里我们能够读到的只是历史上曾经有什么人、他们怎样理解文学。对于大学文学教育而言，认识到文学本质论的多重性、适用性及其有效范围，接纳融汇而不是奉迎膜拜任何一种文学本质言说，要比受戒于权威拜物教的绝对本质律令更趋近于文学精神。

时下，一些具有敏识的文学理论家们在编写文学理论教材的时候，已经不再对创设一条体现自己独立研究水准的文学本质定义感兴趣或持乐观情绪了。他们对待这个稍有不慎就可能化为理论泡沫和话语垃圾的文学本质问题显然更加小心。他们宁愿去梳理历史上已经成形的文学本质论思潮，因为这些思潮真正切入了现实的文学活动并与之交互作用、影响。这些本质论诱发于特定时代的文学新变潮流，是文学发展轨辙的实在印迹，较之面壁虚构的文学定义，显然具有趋向于文学本真样态的意义。那种不关切文学当下生存样态、意图确立普遍恒常的绝对本质观的文学立宪思维必须被抛弃。

一个卓越的文化建筑者必须首先是犀利的时代观察家。对当下文化生态环境的积极介入与敏锐体察并不意味着我们被时代风尚左右，只有基于当下处境的深思才可能指引未来的引导与开拓。并非文学本质不可言说，一个时代的文学本质论必须是该时代文学观念的准确标识，这才是有效理论话语。没有认识到文学本质受各种社会文化、政治经济关系的制约，而企图规定文学的恒定唯一的绝对本质，对文学理论研究是有百害而无一利的。

的确，文学理论应当具有它的基础知识和基本原理，但很显然，文学本质定义不应当被包括进去。如果将一条本身带有特殊文化时空属性的文学本质界说规定为文学的基本原理，就意味着把该理论绝对化为文学的普遍性质，从而使历史性的理论存在形态获取了超历史性的价值定位，这必然导致强权话语对文学理论的宰制以及文学理论自身话语更新能力的弱化。

自1978年的思想解放运动开始，文学理论在不断获得新生的过程中演绎着自己的理论，倏忽已40余年。这40余年来，文学本质的论争此消彼长，异说纷呈。追问文学本质，看似是一种纯思的热情，是抽象的思维演绎或不切实际的逻辑癖好，实际上却不仅承载了特定历史境遇中的文学观念，还承担了社会与人双重建构的使命。

二

20世纪80年代文学本质论的一个前奏或说序曲，是肇始于1978年的对形象思维的讨论。这场讨论引发了理论界关于文学本质特征的思考，影响了后来文学理论在本质言说上的问题取向。新时期最为风光的审美文论，也是在对形象思维讨论所提出的问题基础上展开的。

关于形象思维，学术界比较一致的观点是，“形象思维”作为诗或艺术的定义，最早来源于俄国文学批评家别林斯基。别林斯基“诗是寓于形象的思维”或“用形象来思维”是这种看法的主要理论依据。1838—1841年，别林斯基在多处使用了“寓于形象的思维”这一表述，如“既然诗歌不是什么别的东西，而是寓于形象的思维，所以一个民族的诗歌也就是民族的意识”。[1]“艺术是对真理的直感的观察，或者说是寓于形象的思维。”[2]别林斯基认为这一定义包含了艺术的本质、分类及各个方面，认为诗人与哲学家不同，哲学家用三段论揭示真理，而诗人用形象来思考，显示真理。别林斯基之前，西方文艺理论表达文学艺术活动性质时使用最多的概念是“想象”。[3]别林斯基之后，经由普列汉诺夫等理论家的传释，形象思维概念流行起来。我国理论界对于形象思维的接受，最早可以追溯到20世纪30年代。1931年11月20日《北斗》杂志刊载何丹仁（冯雪峰）翻译的法捷耶夫的《创作方法论》，较早介绍了“形象思维”概念，自此以后，形象思维成为一个说明文学艺术特征的概念。胡风就曾经使用“形象的思维”这个概念来批评文艺创作中那种“先有概念”再“化成形象”的违背艺术创作规律的做法。20世纪五六十年代，形象思维再一次引起中国理论界的热烈讨论。形象思维讨论的核心问题是如何认识文学艺术的本质特征。这从当时参与论争的代表性文章的题目里可以看得很清楚。[4]这场讨论的结果，是美学界、文艺理论界接受了形象思维，形象思维被写进教材，成为诠释文学艺术本质特征的一个重要概念。例如，以群主编《文学的基本原理》[5]认为：

---

〔1〕［俄］别林斯基：《伊凡·瓦年科讲述的〈俄罗斯童话〉》，见中国社会科学院外国文学研究所外国文学研究资料丛刊编辑委员会编《外国理论家 作家论形象思维》，北京：中国社会科学出版社，1979年，第55页。

〔2〕［俄］别林斯基：《艺术的观念》，见中国社会科学院外国文学研究所外国文学研究资料丛刊编辑委员会编《外国理论家 作家论形象思维》，北京：中国社会科学出版社，1979年，第59页。

〔3〕中国社会科学院外国文学研究所外国文学研究资料丛刊编辑委员会编《外国理论家 作家论形象思维》，北京：中国社会科学出版社，1979年，“前言”第6页。

〔4〕例如，陈涌：《关于文学艺术特征的一些问题》，《文艺报》1956年第9期；蒋孔阳：《论文学艺术的特征》，上海：新文艺出版社，1957年；毛星：《论文学艺术的特性》，北京：人民文学出版社，1958年；霍松林：《试论形象思维》，《新建设》1956年5月号；李泽厚：《试论形象思维》，《文学评论》1959年第2期等，几乎都是围绕着如何认识文学艺术的本质特征来展开讨论的。

〔5〕这部教材是在中苏关系解体，文学理论讲述开始走自己的道路的情况下完成的。时任中宣部副部长周扬亲自主持领导了编写工作。《文学的基本原理》（第一版）分上、下两册，最早由上海文艺出版社1963年2月出版，上海文艺出版社于1980年12月再版。以群主编的《文学的基本原理》与蔡仪主编的《文学概论》（1961年夏成立编写组开始编写，1963年夏形成讨论稿。但当时未能出版。粉碎“四人帮”以后，经过半年的修改、定稿，由人民文学出版社1979年出版）一起，满足了新时期之初文学理论知识讲述的需要。其中关于形象思维的讲述，吸纳了两次论争的成果。

> 作家、艺术家在整个创作过程中（从选取生活素材，进行分析、概括、加工、提炼，到完成文学形象的塑造）所进行的艺术思维活动，就叫形象思维。[1]

形象思维“始终不脱离感性的材料”，在形象思维中“想象——联想和幻想具有突出的意义”，形象思维“自始至终都伴随着强烈的感情活动”。教材还认为，抽象思维和形象思维都是“人类两种基本的思维形式。作家进行创作，要用而且必须用形象思维，但他认识生活则既要用形象思维也要用抽象思维”。[2]抽象思维对于作家来说是不可缺少的，它可以帮助作家认识、概括生活，形成明确、清晰的指导思想，但是，这并不意味着在创作过程中，可以用抽象思维来代替形象思维，以抽象的说理来代替形象的描绘。

1978年开展的形象思维讨论，与新时期初期的许多理论命题一样，属于旧话重提。这倒也正好呼应了这一阶段解放思想、拨乱反正的时代状况。这场讨论的直接诱因，是1977年12月31日《人民日报》刊登了毛泽东在1965年7月21日给陈毅谈诗的信的手稿。在这封信里，毛泽东谈到了“诗要用形象思维”的主张：“诗要用形象思维，不能如散文那样直说，所以比、兴两法是不能不用的。赋也可以用，如杜甫之《北征》，可谓‘敷陈其事而直言之也’，然其中亦有比、兴。‘比者以彼物比此物也’，‘兴者，先言他物以引起所咏之词也’。韩愈以文为诗；有些人说他完全不知诗，则未免太过，如《山石》，《衡岳》，《八月十五酬张功曹》之类，还是可以的。据此可以知为诗之不易。宋人多数不懂诗是要用形象思维的，一反唐人规律，所以味同嚼蜡。以上随便谈来，都是一些古典。要作今诗，则要用形象思维方法……”[3]毛泽东手稿的公开发表，引发了理论界对形象思维的热烈讨论。有学者统计，仅1978年元月在全国报刊上发表“形象思维”问题的署名文章就在58篇以上，在报

---

〔1〕以群主编《文学的基本原理》（修订本），上海：上海文艺出版社，1980年，第190页。

〔2〕以群主编《文学的基本原理》（修订本），上海：上海文艺出版社，1980年，第200页。

〔3〕毛泽东：《毛主席给陈毅同志谈诗的一封信》，原载《人民日报》1977年12月31日、《诗刊》1978年1月号，见复旦大学中文系文艺理论教研组编《形象思维问题参考资料》第一辑，上海：上海文艺出版社，1978年，第2页。

纸上用“诗要用形象思维”七个字作同题作文的就在8人以上。2月至年底不到一年时间，《红旗》《哲学研究》《文学评论》以及主要大学学报和各省文艺刊物上发表的“形象思维”专论在60篇以上。[1]同时，还有多本关于形象思维研究的资料集出版，如：复旦大学中文系文艺理论教研组编辑的《形象思维问题参考资料》（上海文艺出版社，1978年），四川大学中文系资料室编辑的《形象思维问题（资料选编）》（四川人民出版社，1978年），《社会科学战线》编辑部编辑《形象思维问题论丛》（吉林人民出版社，1979年），中国社会科学院外国文学研究所、外国文学研究资料丛刊编辑委员会编写的《外国理论家　作家论形象思维》（中国社会科学出版社，1979年），等等。

这次讨论的核心依然聚焦在形象思维是不是一种相对于抽象思维而独立的思维方式（形式），并作为艺术创作（包括认识过程和思维过程）的特殊规律而存在。其中，多数学者肯定形象思维的存在，把形象思维看作是一种独立的思维方式，并给出了形象思维的定义：形象思维是“创造性的想象”[2]，形象思维是“用形象来思维”，形象思维是“抽象的神、理、美与具体的形、情、美的统一”[3]。上述定义多从思维的共性特征出发，把形象思维看作一种认识活动。李泽厚和童庆炳等人对形象思维的探索，开掘了文艺创作的情感维度，值得特别重视。

早在1959年，李泽厚就在《文学评论》发表过题为《试论形象思维》的文章。这篇文章主要回答了有没有形象思维，形象思维的实质和特点，形象思维与逻辑思维的关系等问题。李泽厚肯定形象思维的存在，把形象思维的特点概括为个性化和本质化的同步进行，并且伴随着美感感情态度。新时期之初，李泽厚又连续发表多篇文章讨论形象思维问题，[4]在论证了“艺术不只是认识”和“形象思维并非思维”的基础上，重点回答了艺术活动“情感的逻辑”问题。他认为，假如形象思

[1] 刘欣大：《“形象思维”的两次大论争》，《文学评论》1996年第6期。

[2] 孟伟哉：《关于艺术创作中的形象思维问题》，《社会科学战线》1978年第1期。

[3] 冯能保：《论形象思维》，见社会科学战线编辑部编《形象思维问题论丛》，长春：吉林人民出版社，1979年，第30页。

[4] 李泽厚关于形象思维的文章主要有5篇：《试论形象思维》，《文学评论》1959年第2期；《形象思维续谈》，《学术研究》1978年第1期；《形象思维的解放》，《人民日报》1978年1月24日；《关于形象思维》，《光明日报》1978年2月11日；《形象思维再续谈》，《文学评论》1980年第3期。

维要有“逻辑”，那么“情感的逻辑”则是被忽视的。多年来，我们的文艺理论一直存在一个奇怪的现象，就是忽视了对文艺和文艺创作中的情感问题的研究，而且似乎特别害怕谈情感。但是，“艺术如果没有情感，就不成其为艺术。我们只讲艺术的特征是形象性，其实，情感性比形象性对艺术来说更为重要。艺术的情感性常常是艺术生命之所在”[1]。他以韩愈、欧阳修、鲁迅等人的文章为例，指出即使文中没有多少形象性，但是蕴含在其中的情感性，依然使它们成为流芳百世的文学作品。同时，李泽厚还从创作的角度分析了艺术活动的“情感的逻辑”：“艺术创作正是通过形象、景物的描写，客观化了作家艺术家的主观情感和感受，使形象以情感为中介彼此连续、推移，‘由此及彼，由表入里’，创造出特定的典型、意境来。”[2]最后，他说：“从创作开始（‘触物起情’）到创作完成（‘托物兴词’），情感因素是贯串在创作过程中的一个潜伏而重要的中介环节。它是与其他心理因素（感知、理解、想象）密不可分、溶为一体的，这正是艺术创作的基本特征。”[3]李泽厚对“情感”的认识，可以看作新时期关于文学本质从“形象说”到“情感说”转折的一个标志。而作为新时期审美文论的倡导者和实践者的童庆炳则在《北京师范大学学报》1978年第3期讨论了形象思维。童庆炳是在肯定形象思维“是一条文艺创作的基本规律”的前提下讨论形象思维特征的。他认为形象思维有三个特征：形象思维运动以具体的生活图画为基本单位；形象思维运动以强烈的感情活动为推动力量；形象思维运动以概括化和个别化同时并进为发展路线[4]。这篇文章的意义不可低估，因为，它高度肯定了情感在形象思维中的作用，同时将概括化和个别化作为形象思维同步进行的两个方面，这些观点与李泽厚的观点有异曲同工之妙。李泽厚和童庆炳对“情感”的强调，一改过去文艺理论界对艺术特征形象性强调得多，而对情感性讲得不够的倾向。实际上，对于艺术来说，情感性是比形象性更为根本的，对“情感性”的强调为新时期审美文论的出场奠定了基础。

---

〔1〕 李泽厚：《美学论集》，上海：上海文艺出版社，1980年，第563页。
〔2〕 李泽厚：《美学论集》，上海：上海文艺出版社，1980年，第565页。
〔3〕 李泽厚：《美学论集》，上海：上海文艺出版社，1980年，第566页。
〔4〕 童庆炳：《略论形象思维的基本特征》，《北京师范大学学报》（社会科学版）1978年第3期。

现在看来，形象思维讨论所提供给我们关于文学本质的认识是极为有限的，不过是在认识论框架下完成的一次关于文学本质的提问。论争的指向在于破除“从概念到形象”的逻辑思维模式、确立文学思维的独立属性以实现文学自立。这场讨论配合思想解放的政治形势而展开，掺杂着浓厚的意识形态诉求。不过，它毕竟代表了文艺研究渴望突破旧有模式的意向和开启新的视角的努力。我们从论争中还是可以理出一条认知形象思维的逻辑线路的：形象思维是认识——一种特殊的认识——艺术不只是认识，情感之于艺术是更为根本的——情感吁求形式等。1985年，随着新的现实问题和理论命题的召唤，形象思维让位于对未来文学理论发展产生更为直接影响的文学方法论的讨论以及文学主体性论争。人们已经开始跳出形象思维的局限，从更广泛的领域寻找文学艺术的特殊本质了。但形象思维所提供的理论资源直接通向了新时期的审美文论。审美文论就是在反思形象思维局限性的前提下历史性地出场的，形象思维讨论为审美文论对文学艺术情感属性的强调，扫清了理论上的障碍。

三

从形象思维入手原本可以推演出类似符号学或叙述学之类文本本位的形式研究的，但是，我们没有足够的学术储备和文化继承，我们的传统学术资源中没有这类思维模式，我们习惯于在既有的知识传统和经验认知的层面言说问题。在形象思维的讨论中，研究者虽然已经发现了文学的情感特征，但依然是在文学之外的社会生活维度确立情感的位置和意义的。在认识论的框架里，情感论其实面临着与形象论相同的困境。因为，孤立的感情无法代替形象来承担它所不可兼任的职能，文学本身是兼具形象与情感的，但是，把形象与情感相加是得不出文学之和的，它们必须被什么力量统摄在一起。正由于此，统摄形象与情感的审美文论就历史性地出场了。

审美文论是在反思、质疑、批判占主导地位的文学解释模式——认识论的和政治功利论的文学解释模式的过程中——开始自己的理论建构的。审美文论并不是一个有确切内涵的理论命名，实际指陈这样一个从审美视角进入文学及其文学研究的文论思潮。审美文论倡导者并不是一个有着统一纲领和宗旨的组织，而是一个松散的群体。刘再复、钱中文、童庆炳、王元骧、陈传才、杜书瀛、林兴宅、孙绍振、王一川等都在审美文论的旗帜下对文学的审美特征做过各有侧重的发挥，形成了一批重要的理论成果：审美意识形态论、审美反映论、审美体验论、审美形式论、审美情感论、象征论文艺学等。审美文论的要旨，在于肯定文学艺术的审美特征，认为审美是文学艺术区别于其他精神产品的根本特征。而所谓文学艺术的审美特征，也就是文学艺术的情感特征：文艺是表现情感的，以情动人是文艺的根本属性，对文学艺术的审美评价也就是情感评价。审美文论因此可以说是一种主情的文论。

提起新时期的审美文论，学界几乎是一致的看法：童庆炳、钱中文（稍后还有王元骧）是这一文论思潮的代表人物。这话大体不错。因为，正是童庆炳、钱中文、王元骧不仅较早提出了关于文学审美本质、文学情感属性以及文学审美意识形态的观点，而且在以后长达几十年的学术历程中依然恪守并不断丰富、深化这些观点，从而使审美文论构成了一段时期文论话语的主导形态。但是，学术研究需要耐心细致地甄别文献、考据源流，从而形成判断。基于这样的认识，笔者重新阅读了新时期之初围绕文学本质展开论争的文章后发现，在否定了文学为政治服务的提法之后，学界几乎不约而同地集中到对文学的审美本质的发现和证明上。换句话说，新时期审美文论绝不是一个人、几个人理论贡献，而是实际体现出一代学人在特定历史条件下的理论思考。早在1980年，何新就在一篇题为《试论审美的艺术观——兼论艺术的人道主义及其他》[1]一文里，明确提出了审美的艺术观。之后，周来祥、栾贻信在与何新商榷的文章《也谈艺术的审美本质——与何新、涂途商榷》也提出："艺术是审美意识（审美情感）的物化形态，审美情感的本质就是艺术的本质。"[2]周来祥在这篇文章里还特别分析了艺术是现实生活的形象认识这个定义的荒谬之处。从否定别林斯基"形象认识说"，到艺术的无目的的合目的性，再到艺术的认识论的内容和心理学的形式等，为我们完整展示了艺术作为一种"特殊意识形态"的性质。

---

〔1〕 何新：《试论审美的艺术观——兼论艺术的人道主义及其他》，《学习与探索》1980年第6期。
〔2〕 周来祥、栾贻信：《也谈艺术的审美本质——与何新、涂途商榷》，《学习与探索》1982年第2期。

稍后，鲁枢元、张涵等也都在审美的旗帜下，对于文学艺术的审美属性做过各有侧重的发挥[1]。而孔智光、江建文、周波等人也早在1982—1984年提出了文学是一种审美意识形态的主张。[2]1984—1989年，钱中文以文学是一种审美意识形态为核心建构了他的文艺本质观，发表了多篇论文并形成了理论专著《文学原理——发展论》。[3]之后，王元骧也在《文学原理》中明确提出“文学是一种审美意识形态”。可见，以审美解释文学是这一时期文学本质探讨的共识。正因为这样，审美文论的基本观点才被写进了具有换代性质的文学理论教材里，成为被广泛接受的文学观念。而童庆炳主编的各类文学理论教材，则在审美的旗帜下，开始了文学理论知识讲述上的更新：

> 文学反映生活的特殊性是什么呢？我们认为文学对社会生活的反映，是审美的反映。审美是文学的特质。审美地反映生活这一点，把文学和其它社会意识形态以及科学区别开来。所谓审美，就是对美的认识和欣赏。[4]

> 文学是显现在话语蕴藉中的审美意识形态，这种审美意识形态是一般意识形态的特殊形式，而一般意识形态又属于社会结构中的上层建筑。[5]

---

[1] 鲁枢元：《文学，美的领域——兼论文学艺术家的“感情积累”》，《上海文学》1981年第6期；张涵：《论艺术作品的审美性质》，《郑州大学学报》（哲学社会科学版）1982年第3期。

[2] 孔智光：《试论艺术时空》，《文史哲》1982年第6期；江建文：《要发掘生活中真正的美》，《学术论坛》1984年第1期；周波：《试谈文学批评标准的客观性》，《山东师大学报》（哲学社会科学版）1983年第6期。

[3] 钱中文：《文艺理论的发展和方法更新的迫切性》，《文学评论》1984年第6期；钱中文：《最具体的和最主观的是最丰富的——审美反映的创造性本质》，《文艺理论研究》1986年第4期；钱中文：《论文学观念的系统性特征》，《文艺研究》1987年第6期。钱中文：《文学原理发展论》，北京：社会科学文献出版社，1989年。

[4] 童庆炳：《文学概论》上册，北京：红旗出版社，1984年，第47页。童先生在《文学审美论的自觉——文学特征问题新探索》（北京师范大学出版社，2011年）谈到什么是“审美”时，把原教材中“所谓审美，就是对美的认识和欣赏”改为了“所谓审美，就是对美的对象的情感评价”（第41页）。把审美归结为对美的认识和欣赏，是典型的认识论观点。这说明，童先生在新时期之初，虽然不遗余力地反思、解构“文学是社会生活的形象反映”这一建立在认识论基础上的文学本质观，但他自己却又无意识地陷入到了认识论的思维框架里。同时也说明，新时期之初文学理论的建构绝不是一件容易的事情，囿于特定时代的思维方式的局限、知识装备上的局限，这一时期文学理论的探索往往带有过渡的色彩。

[5] 童庆炳：《文学理论教程》（修订版），北京：高等教育出版社，1998年，第75页。

文学不仅是一般意识形态，而且更是审美意识形态。文学的一般意识形态性质是其普遍性质，而文学的审美意识形态才是其特殊性质。[1]

还应该指出的是，审美文论绝不只是孤立的文论思潮，实际也是一种社会文化思潮，作为社会文化思潮，审美文论具有鲜明的政治性和战斗性，它既得力于思想解放运动的助力，又是思想解放运动的先锋。审美文论为人的觉醒奋笔疾书，为社会文明进步摇旗呐喊，构成了20世纪80年代最动人的乐章。由审美文论辐射出来的审美主体建构论、审美感性解放论、审美自由超越论和审美社会功能论等，都是在思想解放运动大背景下的指向人的自由和超越的理论主张，具有对抗僵化现实、守护人的精神的政治伦理意义。尽管审美文论的许多言论现在看来多是不堪一击的乌托邦，但是，与社会政治理想的乌托邦不同，审美乌托邦作为人类精神的不死鸟是永远值得礼赞和敬仰的——它使人在悲壮的呐喊中秉持一种反思的态度、批判的精神和超越的力量。

审美文论开启了文学认识自身的审美视角，是文学回归到自身的一个努力。人们认识到：艺术以美为特征；文学的对象是美的领域，是人的美的生活。正因为对象不同，相应的艺术的形式才有了区别于哲学社会科学的特殊性，而对艺术的审美接受就是情感评价。从对于文学审美特征的体认出发，文学自身问题的探讨才成为可能，人的神秘的内宇宙问题诸如潜意识、非理性、直觉、灵感等，才有了讨论的空间。而文学的形式及其意味也才会顺理成章地进入到新一轮关于文学本质讨论的问题域里。可以说，审美文论在新时期以来文学理论的发展史上具有重要的转折意义。

而从文论自身的传统和理论未来走向的双重视角看，审美文论带来的最大理论收获，是将文学的审美本质内化为文学的观念，这一观念深深积淀在人们的头脑中，成为研究者研究文学的“无意识”或“前理解”。文学观念之于文学，绝不是可有可无的，文学观念一经形成，便成为考量文学的一个标准，我们会自然而然地以这个标准进入文学，文

---

〔1〕 童庆炳：《文学理论教程》（修订版），北京：高等教育出版社，1998年，第65页。

学言说便围绕特定文学观念这个核心来展开。从这个意义上说，文学的审美本质论是在发挥着给文学定调和划定准入门槛的作用。一旦文学审美的本质观念固定下来，那些僵化守旧的文学观念也就不攻自破了。自此，我们才能够一步步地清除政治决定论给文学活动留下的后遗症，肯定文学的自立自足性，张扬文学的人文品格，坚守文学的审美价值。在那个年代，去蔽除尘、涤荡旧知的热情使文学理论言说充满了战斗的豪迈。

审美文论有其革命性、进步性的一面，但仍然是有局限性的：首先，认识论的局限。严格讲，审美文论仍然是一种认识论文论，只不过这种认识论文论把认识论主客体关系从向客体一极的倾斜，转向了向主体一极的倾斜，并且重视对人的内宇宙的开掘。审美文论并没有跳出认识论的窠臼，依然是在艺术与生活的二元框架里认识文学的。事实上，我们可以从更为开阔的视野理解文学艺术的本质特征，例如形式主义文论对于“陌生性”的强调，新批评对于“文学性”的认识，中国美学对于意象的理解，等等。这些都可以说是超越了单纯认识论视角的一种文学理解方式，但这些思想在审美文论的视野里是没有位置的。其次，审美主义话语对政治、文化场域的僭越。审美文论赋予审美至高无上的地位，审美就是本体，审美就是人的目的，审美就是自由，审美通向人的解放，等等。审美似乎可以改变一切。这种认识的后果是审美主义话语对于政治场域或其他文化场域的僭越。把审美法则不恰当地带入其他场域，也会引发不容忽视的问题。试图通过这种带有乌托邦色彩的审美文论去解决现实人生问题，显然是一厢情愿的幻想。再次，知识背景的单一。审美文论赖以支持自身的资源是非常有限的。审美文论的主要理论资源：一是古代文论中主情的文论传统；二是现代文论中的审美情感说；三是俄苏文论以布罗夫为代表的审美学派，以及马克思主义经济基础与上层建筑的学说。除此以外，对文学艺术的经验感受也是生成审美文论的一个动力。建立在这样一个知识谱系上的新时期审美文论，其命运是注定了的——只能担当起从旧文论向新文论的“过渡”的角色。面对不断发展变化的文学艺术事实，面对全球化语境下的多元文化的互动，审美文论需要不断更新，以向新的社会文化现实开放。

四

进入20世纪90年代以来，关于文学本质的论争相对寂寥。作为主流的审美反映论和审美意识形态论其影响渐渐渗透到文艺学建设的各个分支领域，成为统摄整个文艺学的核心命题，一种审美意识形态思维方式渐趋成形并成为文学理论运思的主导模式。与20世纪80年代对于文学审美本质反复强调、证明不同的是，文学的审美本质在这一时期几乎再无反复强调、证明的必要，它已经渗透到了文学理论话语场域的各个方面，沉潜为理论工作者的意识底色。理论家们既没有热情去反复申明它，也想不到去推翻、改写它。或者说，文学审美本质论在开辟了文学的自由空间，实现了它的意义之后，实际被理论家搁置起来了。

随着西方各种新兴理论不断引进中国，中国文学理论界具备了跟踪西方文学理论发展最新动向的能力。不同学术渊源的西方理论扩充着中国学者关于文学本质论的知识视野，以各种西方理论为根据的文学本质言说一时间各放异彩。虽然这些理论各据一隅，不能产生足以变革中国文学观念的理论震动，但的确扩大了人们的视野，在主流的文学理论言说之外发现了许多意义生成及不同价值追求的可能。理论研究的兴趣也从本质论的思辨转移到对于具体文学现象的研究，不论是谈语言、讲细读还是研究叙事语法，或做跨学科的人类学观照，文学之丰富意蕴的开掘几乎是一致努力的方向，对文学本质问题则是默认它的存在但又不触碰它。

严格说来，1998年，政府对经济工作大刀阔斧地改革、加快产业结构调整步伐、实施一系列扩大内需的政府干预措施后，经济势头的迅猛急劲才为人所感，中国才跑步进入了文化意义上的消费社会。经济活动对社会的塑造深刻影响了文学的生存格局。如果《萌芽》不是为了扩大销路，它不会推出“新概念”作文大赛；没有“新概念”作文，韩寒、郭敬明这些当今流行文坛的80后写手就不会崭露头角。被现今众多文化研究者热衷的广告、街心花园、健身房、酒吧、咖啡馆等，也是在20世纪90年代末期至新世纪才渐渐成为日常生活的亮点，这些生活状态构成了动摇审美意识形态论的氛围和条件。

以王岳川、王宁、陶东风、金元浦、陈晓明等为代表的青年学者大力引介西方后现代理论，一齐向“后”转。后现代理论的核心是去中心化，反本质主义，消解宏大叙事，抵制一元论、独断论等，深刻的怀疑精神和否定精神在一定程度上抑制了本质论话语的增长。这些理论革新的先锋力量关注的是当下文化生存境遇，他们已经体察到旧的理论范式与新兴的文学样态及文化心态之间的隔膜。他们想要以参与者的身份介入到文学生存的实地，而不是按照学院思维去指挥调遣大众文化生产。在这种情况下，要紧的不是首先调适源出政治伦理的审美本质观，而在于给当下社会文化形态一个定位，并且在这种定位中寻找介入以经济为主导的社会文化语境的可能方式。当先锋理论家确定了自己的文化批评家身份并选择好进入当下文化生存实际的恰当路径，也就是从经济伦理中找到界说文学的新价值依据与判断法则时，他们才会回过头来要求文学理论界给他们合法的地位，那就是要求文艺学扩界，实现文学观念的转向与理论方法、学科构架的重组变革。然而，这一群文艺学大航海时代的探路者，他们对西方后现代理论的积极译介、广泛研究应用，最终成就的不过是一个话语的事实。这些人既没有脱离学术体制成为学术自由人，也没能真正介入到大众文化中去。究其根本，是因为90年代的中国还没有真正的后现代社会形态根基。后现代理论虽然能够解释实验文学或艺术的具体文本，但它不能代言中国现实的文化精神。所以，这些理论的探险家不得不面对学术体制，在学术体制内进行一场从思想观念到理论方法、从研究对象到自我身份的革新，以经济伦理的理论型构来变革渐趋失效的审美伦理。新锐理论家们把自己的思想凝固在自编的教材中，来与过去文学理论教材相抗衡，争取在大学讲堂的生存权并由此确立自身在学术体制中的地位，使自身成为一支能够引领文艺学某种发展方向的主导势力。

最早有陈晓明对所谓“苏联模式”的批判。针对这一言论，老辈学者激烈反驳，认为我们的文艺学早就脱离了苏联模式，老先生的拳拳之心令人敬佩。所谓苏联模式，是一个封闭僵化体系的寓言，陈晓明不过是假道伐虢，对中国文艺学界的僵化学术机制发难。陶东风等人质疑本质甚至否定本质、取消本质，就是看到了本质问题是文艺理论机制的枢纽，若要对理论界实施根本变革，本质论是首先要予以批判的。然而，解构本质，并不是说本质就不存在或无足轻重，恰恰相反，这正说明它的重要性。本质是一系列问题的源头，要改革学术机制，首先要从它入手。陶东风等一批学者力主文化研究，也是意识到文学理论研究与现实疏离过甚，而意欲重新激发理论言说在当下生存境遇的活力，为介入社会文化生态的理论找到生存空间。

21世纪之初，陶东风发表了《大学文艺学的学科反思》[1]，毫不留情地批评了受本质主义钳制、以“剪刀＋浆糊”方式从事学术生产的学匠，声称如果不改变本质主义的研究思路，我们的理论发展就只能陷入僵局。这一思想被搬到了陶东风为《文学理论基本问题》所写的导论之中。他认为文学本质的宏大叙事束缚了文艺学研究的创新能力，而且对新近的文学现象一味回避和拒斥。他声称自己并不是毫无原则地反本质，而是反对本质主义这样一种僵化的文学研究思路。他给本质主义的界定就是“一种僵化、封闭、独断的思维方式与知识生产模式”。[2]

陶东风不认为存在着万古不变的文学本质，但是在一定的时代与社会中，文学可能会呈现出一致的本质特性。文学本质是存在的，但不能把它理解为形而上学、非历史的存在。尤其谬误的是，理论一直在对那些“惟一正确揭示”[3]了文学本质的命题来辩护。在近期的文章中，陶东风重申自己的理论立场即“建构主义”——“承认存在本质，只是不承认存在无条件的、绝对的普遍本质，反对对本质进行僵化的、非历史的理解”。[4]

我们探讨文学本质、确立一个本质论，并将它奉为圭臬，这究竟有什么用？审美文论以及文学审美本质观在它产生之时确有其用，它是一种开放的政治意识形态向另一种专制独断的政治意识形态发起进攻时助威呐喊、冲锋陷阵的战士，它的去政治化实则是根本否定旧有政治体制对文学的粗暴干涉、摆布，而这正是新体制下文学自由发展的政治愿望。当时有思想解放的时代语境作为言说的根据，开放的政治意识形态依然稳固，审美本质观的文学本质论原有的理论优势并没有丧失，因此，它在与政治休戚相关的学术体制内就能够生存。问题是它受到了以

---

〔1〕 陶东风：《大学文艺学的学科反思》，《文学评论》2001年第5期。

〔2〕 陶东风主编《文学理论基本问题》（第二版），北京：北京大学出版社，2005年，第3页。

〔3〕 陶东风主编《文学理论基本问题》（第二版），北京：北京大学出版社，2005年，第19页。

〔4〕 陶东风：《反思社会学视野中的文艺学知识建构》，《文学评论》2007年第5期。

新兴的经济力量为主导所孕育的新文学观念的冲击，这种新文学观念正是从一整套与从前的传播媒介、价值取向、意义生成迥然不同的文学生产活动中培养起来的。经济主导力量同样也得到政治意识形态的支持，这表现出了经济发展与文化建设的不平衡性，也反映出旧有文学观念在介入新兴文化形态时的力不从心。

在当今时代，我们抛开审美意识形态的文学本质论，一点儿都不妨碍文学研究的正常进行。也就是说，这种本质观念在每一个研究者头脑中的主控作用已经松动甚至瓦解了。面对当今具体的文学现象，比如网络小说、博客空间中各式各样的网文，我们怎样去评价？它们不高雅，是感官的写作；不审美，也就不是文学。如果依照这条文学本质论的审美尺度来界定、批判，它们根本不能算文学，一出生就该死亡。它们被我们挡在文学理论的门外，连了解的意向都没有，还谈什么同情？这就是主张文艺学扩界的学者所强调的文学理论主流对新兴文学活动的拒斥。可是，依然有学者坚持在研究这些新兴的文学现象，而且人数众多，正统的审美本质观也没有束缚他们，这就证明了在一个真正文化开明的时代，不可能再有一句口号统一整个思想界这样的状况了。在多维度的发散式理论探索中，即使没有人站出来反对旧有的本质论，这种本质论也不可能再充当整个文艺学界的理论宪法。

文学审美本质论已经失去了对研究者理论行动的约束力和指导理论发展实际的控制力。平心而论，审美本质论作为一家学说是值得每一个理论工作者尊敬的，但是，如果它在学术体制内占有主导强势或被用来统一思想，让大家踏着同一个鼓点前进，最终必然会被人弃置。因为我们已经从文学发展现实中懂得了这个道理：固有唯一的绝对本质只能是臆想和话语的虚妄。

任何一种本质论都是我们存在于特定境遇中对文学意义的切身觉解，它只能代表我们自己的思考。文学成其为文学，与文学理论家告诉我们文学的本质是无关的。文学意义的生成等待着我们去打开，去领会。任何一种在某个时段内具有主导性的本质论，最终都会被取代、被超越。我们从事理论研究，应该比那些非业内人士更清楚，研究文学是为了逼近它的丰富性、复杂性及其内在的生命意义，而不是给它找一个独一的本质。所以，陶东风对本质主义的僵化理论路向的否定，代表了期盼文艺学更加关注当下、有效介入文学生存的实际场域而不是情绪化地排拒与闭关自守的呼声。

进入新世纪，在经过了反本质主义思潮对文学理论旧有体系的震动和改造之后，我们的学术探讨更趋于理性化。我们已经具备了以包容的、全方位多视角关照问题的能力。在世纪之初，学术界对文学理论的新发展趋向表现出了不约而同的关注，开始认真思考文学理论的学科本位。体现在文学本质观的变化上，就是多维度、多学科的综合交叉，在立体透视中尽可能地逼近文学存在的意义本源，并且密切关注新技术对文学活动的变构与影响。我们已经不再策略性地反本质了，这种方式本身带有激进色彩。在多维度探寻文学本质的过程中，我们已经取得了很多的成果，但文艺学建设任重道远，它还在路上。

总之，文学本质是一个充满魅力，可以不断开掘出新的言说方式的问题。它激发着文学理论话语不断更新，值得我们每一个研究者深入思考。正如朱立元所说：

> 文艺的发展有其自身的规律。新时期以来，我们在文艺学学科建设上的一系列成果，都是在回到文艺自身，寻找和研究文艺自身特点、规律的过程中取得的。回溯40年来文艺理论界一直关注和讨论的热点问题，我们不难发现，学界始终是在围绕着文学本质问题进行再思考、再探索，几乎所有讨论都不约而同地指向文学本质问题，向文学本质问题汇集。可以说，这牢牢抓住了文艺理论研究的核心问题。[1]

---

〔1〕 朱立元：《当代中国文艺理论的演进与思考》，《中国社会科学》2018年第11期。

第一章　形象思维与文学本质特征的艰难探索※

20世纪80年代以来围绕文学本质特征的论争，是从形象思维的论争开始的。形象思维，是20世纪80年代以来文学本质问题论争的一个前奏，一个序曲。20世纪80年代中期以后，形象思维不再占据文学理论的中心，但它所引发的关于文学本质特征的认识，直接影响了后来文学理论关于这个问题的言说。甚至，新时期最为风光的审美文论，也是在与形象思维的密切关联中发展起来的。

一、别林斯基与形象思维

按照学界比较一致的看法，提出“形象思维”的概念并且将“形象思维”作为诗或艺术的定义，最早是由俄国文学批评家别林斯基完成的。别林斯基“诗是寓于形象的思维”或“用形象来思维”是这种看法的主要命题来源。然而，仔细阅读别林斯基围绕这两个命题所展开的论述，我们不难发现，这种看法其实是对别林斯基命题误读的一个结果。有学者已经指出了这种误读的存在。〔1〕

“诗是寓于形象的思维”最早出现在别林斯基所写《伊凡·瓦年科讲述的〈俄罗斯童话〉》一文里：

※　本章内容曾发表在《文艺理论研究》2011年第6期。参见邢建昌：《形象思维与文学本质特征的探索》，原载《文艺理论研究》2011年第6期，收入人大复印报刊资料《文艺理论》2012年第3期。

〔1〕参见曾镇南：《别林斯基论创作过程中的思维和想象——兼评形象思维概念》，《北京大学学报》（哲学社会科学版）1982年第4期；刘强：《“形象思维”论辩》，《淮阴师专学报》（哲学社会科学版）1988年第4期。

一个民族的诗歌是一面镜子，在这面镜子里，反映出它的生活，连同全部富有特征的细微差别和类的特征。既然诗歌不是什么别的东西，而是寓于形象的思维，所以一个民族的诗歌也就是民族的意识。不管一个人处于教养的什么阶段，他已经在感觉着，或者是不自觉地思考着；不管一个民族处于文明的什么阶段，它已经拥有自己的诗歌。〔1〕

"诗是寓于形象的思维"的正式表达，则出现在别林斯基发表于《莫斯科观察家》1838年7月号上的《〈冯维辛全集〉和札果斯金的〈犹里·米洛斯拉夫斯基〉》一文里：

如果不能在整体（总体）上理解一部艺术作品，不能在它里面看到普遍的、无限的观念的局部的、有限的显现，就不可能理解它，观念是一部艺术作品的内容，是普遍事物；形式是这个观念的局部的显现。如果不理解观念，就也不能懂得形式，并充分地欣赏它，而要理解观念，就一定得把观念从形式中抽象出来，……作为一部艺术作品的基础的观念是不是具体？就是说，它是不是真实？是不是充分与自己相符合？是不是能够充分表达自己？因为只有具体的观念才能够体现在具体的诗意形象中。诗歌是寓于形象的思维，因此，如果形象所表现的观念是不具体的、虚伪的、不丰满的，那么，形象必然也就不是艺术性的。〔2〕

两年后，别林斯基在《艺术的观念》（1841年）中将这个定义推广，把"诗"改为"艺术"，即艺术"是寓于形象的思维"：

艺术是对真理的直感的观察，或者说是寓于形象的思维。

在这一艺术定义的阐述中包含着全部艺术理论：艺术的本质，

〔1〕中国社会科学院外国文学研究所外国文学研究资料丛刊编辑委员会编《外国理论家 作家论形象思维》，北京：中国社会科学出版社，1979年，第55页。

〔2〕中国社会科学院外国文学研究所外国文学研究资料丛刊编辑委员会编《外国理论家 作家论形象思维》，北京：中国社会科学出版社，1979年，第55-56页。

它的分类，以及每一类的条件和本质。

我们的艺术定义中特别使许多读者认为奇怪而感到惊奇的一点，无疑是：我们把艺术叫做思维，这样，就把两个完全对立、完全不相连结的范畴连结在一起。[1]

别林斯基还专门为这个定义加了一个注释："这一定义还是第一次见于俄文，在任何一本俄文的美学、诗学或者所谓文学理论著作中都找不到它，——因此，为了使第一次听到它的人不会觉得它古怪、奇特和错误起见，我们必须详细解释包含在这一崭新的艺术定义中的全部理解。"[2]

由中国社会科学院外国文学研究所外国文学研究资料丛刊编辑委员会编辑的《外国理论家　作家论形象思维》，是在毛泽东给陈毅的信发表以后，理论界热烈讨论毛泽东的信并思考形象思维问题的背景下出版的。这个资料汇编把涉及的别林斯基关于"形象思维"的两个命题，统一翻译成了"寓于形象的思维"。而1979、1980年出版的《别林斯基选集》里，则分别有"用形象来思维"[3]和"表现在形象中的思维"[4]的说法。可见，上述两个命题其实是一个意思。

要真正理解别林斯基这个命题的含义，需要从分析别林斯基思想背景的知识渊源出发。别林斯基这个关于艺术的定义，直接受黑格尔美学的启发。在黑格尔看来，"绝对理念"（"绝对真理"）是永恒的，也是运动的。艺术美通过"形象"的方式而达到"绝对理念"（"绝对真理"）。黑格尔这个思想，深刻影响了别林斯基。在别林斯基看来，一切艺术作品都是从一个一般性的理念产生出来的，艺术的对象同哲学的对象一样，也是以"绝对真理"为内容的。别林斯基所以把艺术称作"思维"，就是因为思维是通过形象显现的"真理"。可见，艺术是"寓于形象的思维"中的"思维"，其实和黑格尔意义上的"理念""真理"是一个意

〔1〕中国社会科学院外国文学研究所外国文学研究资料丛刊编辑委员会编《外国理论家　作家论形象思维》，北京：中国社会科学出版社，1979年，第59页。
〔2〕［俄］别林斯基：《别林斯基选集》第三卷，满涛译，上海：上海译文出版社，1980年，第94页。
〔3〕［俄］别林斯基：《别林斯基选集》第三卷，满涛译，上海：上海译文出版社，1980年，第93页。
〔4〕原文"惟"，依现行汉语用法，改"维"，［俄］别林斯基：《别林斯基选集》第二卷，满涛译，上海：上海译文出版社，1979年，第15页。

思。对于“思维”的这种“绝对理念”性质，别林斯基这样说：

> 一切存在的东西，一切实有的东西，一切我们叫做物质和精神、大自然、生活、人类、历史、世界、宇宙的东西，都是自己进行思考的思维。一切现存的东西，一切这些无限繁复多样的世界生活的现象和事实，都不过是思维的形式和事实；因此，只有思维存在着，除了思维，什么都不存在。
>
> 思维是行动，而每一个行动都一定先得假定有运动。思维是辩证的运动，或者是思想的自身内部的发展。运动或者发展，是思维的生命和本质：没有思维，便不会有运动，却只会有初期生活原始力量的某种僵死的、停滞不动的、没有定向的持续，精神混沌状态的显形于外的图景，……
>
> 思维的起点，出发点，是超凡的绝对概念；思维的运动，包含在这概念根据逻辑学或者形而上学的最高（先验）法则从自身出发的发展中；概念的自身内部的发展，是它经历自己几个阶段的过程。[1]

可以看出，别林斯基是按照黑格尔关于理念的辩证运动模式来认识“思维”的性质的。我们再来看别林斯基下面的一段文字：

> 诗是直观形式中的真理；它的创造物是肉身化了的观念，看得见的、可通过直观来体会的观念。因此，诗歌就是同样的哲学，同样的思维，因为它具有同样的内容——绝对真理，不过不是表现在观念从自身出发的辩证法的发展形式中，而是在观念直接体现为形象的形式中。
>
> ……真理同样也构成诗歌的内容，正象构成哲学的内容一样。[2]

这段话再明确不过地说明了别林斯基“艺术是寓于形象的思维”是

〔1〕［俄］别林斯基：《别林斯基选集》第三卷，满涛译，上海：上海译文出版社，1980年，第95-96页。

〔2〕中国社会科学院外国文学研究所外国文学研究资料丛刊编辑委员会编《外国理论家 作家论形象思维》，北京：中国社会科学出版社，1979年，第57-58页，第67页。

有特定意涵的：即艺术是借形象而达到的对绝对理念（真理）的把握。[1]

那么，为什么会发生对别林斯基“寓于形象的思维”的“形象思维”的解读呢？这里，普列汉诺夫的解释起了关键作用。

作为马克思主义文艺理论家的俄国早期代表，普列汉诺夫曾经对别林斯基的美学思想有过系统的研究。他写于1897年的《论别林斯基的文学观点》一文，批评了当时流行的对于别林斯基“跟现实妥协”时期所发表观点的误解，指出了别林斯基在有限的思想历程里所发生的完全的转变。在这篇文章中，普列汉诺夫把别林斯基的美学观点之一概括为：诗用形象来思维。[2]这里的“用形象来思维”就是指与以概念为单位的逻辑思维相对应的思维类型了：

> 诗人应当表明，而不应当证明；“是用形象和图画来思维，而不是用三段论法和两端论法来思维”。这个规律是从诗的定义本身产生的，我们知道，诗是对真理的直接直观或用形象思维。凡是不遵守这个规律的地方，就没有诗，而只有象征和寓意。[3]

之后，普列汉诺夫在《没有地址的信》和《艺术与社会生活》中继续深化了这种看法，指出“艺术既表现人们的感情，也表现人们的思想，但是并非抽象地表现，而是用生动的形象来表现”。[4]“艺术家用形象来表现自己的思想，而政论家则借助逻辑的推论来证明自己的思想。”[5]

别林斯基另一段深刻影响了我国早期文学理论教材的话也经常是在误读的基础上被理解的：

---

〔1〕 在以后的文学批评活动中，别林斯基对“思维”的理解有所发展，将“理念”扩展为特定的现实生活。同时，对艺术“以形象来思维”的性质有所发挥：一是高度重视艺术创作活动中的想象、幻想的作用，二是对“形象”的特征做了进一步的说明，以使文学艺术区别于哲学、社会科学等。

〔2〕 参见朱光潜：《西方美学史》（下卷），北京：人民文学出版社，1988年，第520-521页。

〔3〕 ［俄］普列汉诺夫：《维·格·别林斯基的文学观点》，见普列汉诺夫：《普列汉诺夫哲学著作选集》第五卷，曹葆华译，北京：生活·读书·新知三联书店，1984年，第220页。

〔4〕 ［俄］普列汉诺夫：《没有地址的信》，见普列汉诺夫：《普列汉诺夫美学论文集》Ⅰ，曹葆华译，北京：人民出版社，1983年，第308页。

〔5〕 ［俄］普列汉诺夫：《艺术与社会生活》，见普列汉诺夫：《普列汉诺夫美学论文集》Ⅱ，曹葆华译，北京：人民出版社，1983年，第836页。

哲学家以三段论法说话，诗人则以形象和图画说话，然而他们说的都是同一件事。政治经济学家运用统计的材料，作用于读者或听众的理智，证明社会中某一阶级的状况，由于某些原因，业已大为改善，或者大为恶化。诗人则运用生动而鲜明的现实的描绘，作用于读者的想象，在真实的画面里面显示社会中某一阶级的状况，由于某些原因，业已大为改善，或者大为恶化。一个是证明，另一个是显示，他们都在说服人，所不同的只是一个用逻辑论据，另一个用描绘而已。[1]

别林斯基这段话其实还是在强调艺术与哲学在表达“真理”时的方式、手段上的差异，而并不涉及形象思维与逻辑思维两种思维方式的差异。正是由于普列汉诺夫的阐释，“用形象来思维”就被看作是与逻辑思维不同的艺术所独有的思维方式了。循着别林斯基原文以及普列汉诺夫阐释的思路，俄国作家和理论家在两个维度上发挥了“寓于形象的真理”观点：一是高度重视形象的作用而不是观念的作用，认为创作的基本特征是用形象说话，而不是从特定观念出发寻找形象。例如，屠格涅夫谈道：“在我写作事业的整个过程中——从来不是从观念，而永远是从形象出发，而且由于形象日益显得缺乏，我的诗神再也没有什么可以依照来写自己的画面的了。于是我把画笔束之高阁，而来看看，别人将怎样从事创作。”[2]冈察洛夫也谈道：“我表达的首先不是思想，而是我在想象中所看见的人物、形象、情节。假如我照这种批评的劝告行事，我就不可能创造出，即使一个，生动饱满的人物、完整的肖象，而只能搞出一些枯燥的图画、模糊的影子、铅笔的草图了。”[3]二是将“寓于形象的思维”化约为“形象思维”，通过“形象思维”概念来认识文学艺术活动的思维特征。卢那察尔斯基就坚持认为“形象思维”是文学艺术活动认知世界的独特方式，艺术家看起来仿佛是凭着感情冲动而进行

---

〔1〕中国社会科学院外国文学研究所外国文学研究资料丛刊编辑委员会编《外国理论家　作家论形象思维》，北京：中国社会科学出版社，1979年，第79页。

〔2〕中国社会科学院外国文学研究所外国文学研究资料丛刊编辑委员会编《外国理论家　作家论形象思维》，北京：中国社会科学出版社，1979年，第102页。

〔3〕中国社会科学院外国文学研究所外国文学研究资料丛刊编辑委员会编《外国理论家　作家论形象思维》，北京：中国社会科学出版社，1979年，第108-109页。

创作，事实上，是具体形象的思维起着支配作用的。他写道："作家是实验的先锋，他应走在我们队伍前列，深入无产阶级的生活和经验的所有方面，用自己特有的形象思维的方法综合它们，为我们提供有血有肉的、鲜明的概括说，现在我们周围哪些过程正在进行着？在我们周围的生活中，哪些辩证的斗争正在沸腾着？它战胜了什么？它的发展倾向将往何处去？"[1]事实上，无论在哪个维度上，论者都摒弃了黑格尔意义上的"理念"内容，而将"思维"等同于认知意义上的"思维"或"思考"了。例如高尔基在1923年给伊万诺夫的信中提出："作为真正的艺术家，是用形象来思考的，而在形象上面使用的文字愈少，形象就愈鲜明生动。凡是最伟大的绘画大师，几乎都是用基本的色彩来绘画的。"[2]之后，在1928年写的《谈谈我怎样学习写作》一文中又提出"形象的思维""艺术的思维"的说法。他说，"想象在其本质上也是对于世界的思维，但它主要是用形象的思维，是'艺术的'思维"。[3]1935年，在给谢尔巴科夫的信中，高尔基又说，"艺术家的形象思维，以对现实生活的广博知识为依据，被那想赋予素材以最完美形式的直觉的愿望所补充——用可能的和想望的东西来补充当前的东西，这种形象思维也是能够'预见'的"。[4]法捷耶夫在1930年作的《争取做一个辩证唯物主义的艺术家》的报告中，指责那种文艺创作中的空洞说教"这已经不是形象思维了"，这是他使用"形象思维"最早的一例。法捷耶夫也结合自己的创作经验解释"形象思维"，认为"科学家用概念来思考，而艺术家则用形象来思考。这是什么意思呢？这就是说，艺术家传达现象的本质不是通过对该具体现象的抽象，而是通过对直接存在的具体展示和描绘。艺术家通过对现象本身的展示来揭示规律，通过对个别的展示来揭示一般，通过对局部的展示来揭示全体，从而在生活直接的现实中仿佛

---

〔1〕［苏］卢那察尔斯基：《艺术家M. 高尔基》，见中国社会科学院外国文学研究所外国文学研究资料丛刊编辑委员会编《外国理论家　作家论形象思维》，北京：中国社会科学出版社，1979年，第139页。

〔2〕古典文艺理论译丛编辑委员会编《古典文艺理论译丛》第11册，北京：人民文学出版社，1966年，第152页。

〔3〕古典文艺理论译丛编辑委员会编《古典文艺理论译丛》第11册，北京：人民文学出版社，1966年，第143页。

〔4〕古典文艺理论译丛编辑委员会编《古典文艺理论译丛》第11册，北京：人民文学出版社，1966年，第152页。

造成了生活的幻影"。[1]法捷耶夫和高尔基等人的解释，丰富了形象思维的内容，使形象思维成了说明文艺学术特征，使之区别于哲学与科学的主要标志。

20世纪50年代初期，苏联文学理论界开展了对"形象思维"问题的讨论。在否定"形象思维"的言论里，布罗夫的观点比较有代表性。在布罗夫看来，形象思维的说法是不妥的，"它不能揭示艺术家在创造形象时的思维活动的本质"，形象思维这个很流行的公式：

> 完全不能解决问题，与此同时却引起了一个很自然的问题："用形象来思考"是什么意思呢？是否意味着，艺术家只是利用表象（即对他所感受与知觉到的现实世界现象的直观形象的再现），而不提高到逻辑概括、概念、判断、推理和抽象思维呢？[2]

而只是利用表象达到的对事物的概括是十分有限的。由此，布罗夫否定了形象思维。他主张用艺术思维替代形象思维——在艺术思维当中，感情性则是必要的因素："在艺术中认识对象的本身是这样的：对它不发生情绪上的关系，它就不能被认识，因而不能对它进行艺术加工。"[3]布罗夫进而认为，艺术活动的特殊形式是由艺术活动的特殊对象决定的。艺术的特殊对象是活生生的人及其生活，艺术的内容乃是社会的生活。人道主义是艺术的本性。与布罗夫观点截然相反，作家尼古拉耶娃则以"作家的意见"为副题发表《论艺术文学的特征》一文，充分肯定形象思维是文学艺术的基本特征："文学艺术的特征的定义，是'用形象来思考'，这是众所公认的。"她简明地指出："'形象'和'形象思维'是确定艺术的特征这个问题的中心。"认为那种否定形象思维的观点是将"形象和概念作为思维的对抗性范畴而予以对立起来"。在批判了否定形象思维言论的基础上，尼古拉耶娃认为："形象思维的过程在性质上与

[1] 古典文艺理论译丛编辑委员会编《古典文艺理论译丛》第11册，北京：人民文学出版社，1966年，第153页。

[2] 中国社会科学院外国文学研究所外国文学研究资料丛刊编辑委员会编《外国理论家　作家论形象思维》，北京：中国社会科学出版社，1979年，第249页。

[3] 中国社会科学院外国文学研究所外国文学研究资料丛刊编辑委员会编《外国理论家　作家论形象思维》，北京：中国社会科学出版社，1979年，第310页。

逻辑思维截然不同，因为在形象思维中，概括和认识现象的本质，一开始就和选择那样一些感性的具体特征和细节密切而不可分地联系着的，现象的本质正是通过这些特征和细节的最大的完整性和最富于感情的力量表达出来的。”〔1〕

尼古拉耶娃这篇论文被译成中文后，在我国学术界产生了很大的影响，成为我国形象思维论争发生的一个契机。从此，我国开始了长达三十多年的“形象思维”的论争。

二、文学观念的传播与形象思维概念的中国表达

如前所述，形象思维的提出，其实是对别林斯基“艺术是寓于形象的思维”误读的一个结果。别林斯基之前，西方文艺理论表达文学艺术活动性质时使用最多的概念是“想象”。〔2〕别林斯基之后，俄苏文艺理论界以及深受苏联影响的中国文艺理论界开始接受并使用形象思维，形象思维由此成为一个说明文学艺术特征的概念。误读包含着借鉴和引申，在特定条件下可能是对“原义”的创造性转化。20世纪50年代苏联理论界对形象思维的讨论，其实是冲着文坛上出现的概念化、公式化倾向而去的。为制衡这种不尊重艺术特性的倾向，需要从理论上对文学艺术的本质特征进行说明。而形象思维的提出及其阐释，就是一个积极而有意义的命题。它提醒我们，文学艺术具有不同于其他意识形态的特点，文学艺术是要用形象来思维的，离开形象也就离开了文学艺术的真正本质。从这个意义上说，对别林斯基命题的误读，是时代的需求，也是特定时代人们对文学艺术本质认识水平的一个体现。

我国理论界对形象思维的接受是从20世纪三四十年代开始的。那个时期，文艺理论界曾经围绕文学观念问题展开过激烈论辩，国外各种文学观念被介绍进来。而随着进步作家、理论家对俄苏文论的介绍，形象思维也被引入到我国。1931年11月20日《北斗》杂志刊载何丹仁（冯雪

〔1〕中国社会科学院外国文学研究所外国文学研究资料丛刊编辑委员会编《外国理论家　作家论形象思维》，北京：中国社会科学出版社，1979年，第323页、第324页、第332页。

〔2〕中国社会科学院外国文学研究所外国文学研究资料丛刊编辑委员会编《外国理论家　作家论形象思维》，北京：中国社会科学出版社，1979年，前言第6页。

峰）翻译的法捷耶夫的《创作方法论》，较早介绍了“形象思维”概念。1932年12月，胡秋原研究普列汉诺夫美学思想的著作《唯物史观艺术论》出版，介绍了普列汉诺夫“诗是借形象的思索”这一作为“美的法典之基础”的命题，并强调指出：“首先，艺术是生活之认识。艺术不是空想感情，以及心情随意的游戏。艺术不仅表现诗人之主观感觉和经验，也不是唤起读者的‘良善感情’为第一目的。艺术与科学同样，是认识生活。与科学有同一对象，即是生活——现实。不过科学是分析，艺术是综合。科学是抽象的，艺术是具体的。科学诉诸于人类理智的脑，艺术诉诸于人类之感性。科学借概念之助认识生活，艺术则借形象之助，在生动的感情底直觉之形式中认识生活。”[1]1933年3月，北新书局出版的赵景深《文学概论讲话》中，把“想象”解释为“具体形象的思索或再现”。[2]1935年，周立波在《文艺的特性》一文中，也引用苏联哲学家米定和普列汉诺夫的话说：“文学和科学，同样是从具体的现实出发，同样抱着认识世界的目的，不同的地方是在认识的形式上，‘科学在概念上认识世界……艺术是用形象的形式（用形象的思维的形式）同样反映和认识世界’（米定），‘艺术，是始于人将在围绕着他的现实的影响之下，他所经验了的感情和思想，再在自己的内部唤起，而对于这些给以一定的形象底表现的时候的。’（普氏《艺术论》）”并特别强调艺术形象的特殊形式——“十分生动、十分具体的凝缩的形式”，“论理的思索，论理的概念是非常忌讳的”。[3]朱光潜于1936年出版的《文艺心理学》以“形象的直觉”为核心建构自己的美学观，也直接启发了这一时期对形象思维的认识。蔡仪不同意朱光潜的观点，在1942年出版的《新艺术论》一书中批评了“形象的直觉”说。蔡仪认为艺术和审美不是一种低级的认识论，也不赞同将艺术的认知与科学认知等同的看法。他努力证明“形象”可以“思维”。蔡仪通过“具体的概念”试图将概念的抽象性和概念的具体性统一起来，从而将“感性”“直觉”“形象”

〔1〕胡秋原：《唯物史观艺术论》，上海：神州国光社，1932年，转引自旷新年：《中国20世纪文艺学学术史》第二部下卷，上海：上海文艺出版社，2001年，第114-115页。

〔2〕赵景深：《文学概论讲话》，北京：北新书局，1933年，第7页。

〔3〕周立波：《文艺的特性》，原载1935年《读书生活》第2卷第2期，见周立波《周立波作品选》，湘潭：湘潭大学出版社，2009年，第494页。

等与“思维”联系起来，认为“艺术的认识，固然是由感觉出发而通过了思维，却是没有完全脱离感性，而且主要地是由感性来完成的，不过这时的感性已不是单纯的个别现实的刺激所引起的感性，而是受智性制约的感性”。[1]

在现代文论史上，胡风是对形象思维理论贡献较大的一位理论家。早在1935年，胡风在评介苏联文学顾问会编出的《给初学写作者的一封信》时，就意识到了“形象的思维”观点的重要性，但还只是在创作的“方法”、作者的“本领”层面强调这个观点，因而没有引起足够的重视。20世纪40年代，胡风在《今天，我们的中心问题是什么？》一文中，针对那种先有概念再化成形象即所谓“形象化”的做法提出批评，认为：“文学创造形象，因而作家底认识作用是形象的思维。并不是先有概念再‘化’成形象，而是在可感的形象的状态上去把握人生，把握世界……”胡风强调“要使艺术（文学）取得应有的威力，作家就应该有毅力从‘逻辑公式的平面上’跨过”，[2]这里，胡风明确提出了“形象的思维”这一文学艺术创造的基本规律（或特征）。按照胡风的理解，“形象的思维”要旨在于在可感的形象的状态上去把握人生、把握世界，这个认识是相当深刻的。胡风这个观点，也是直接针对当时文坛上出现的公式化、概念化倾向而言的。胡风在这里已经开始探讨文学艺术的本质特征了。当然，受历史条件的限制，胡风还是在认识论的框架里理解“形象的思维”的。胡风曾经打算写作一篇《论形象的思维——作为实践、作为认识的创作过程》，试图分析形象思维作为“实践”过程的特点。可惜，我们现在已经无法从这篇未完成的作品里考证胡风是怎样把“形象的思维”作为“实践”过程来理解的。这种情况说明，在20世纪三四十年代，文学艺术界关于形象思维的认识，更多是停留在直觉、经验的层面，是在认识论框架下的思考，还缺乏系统有效的理论阐释。

20世纪五六十年代展开的形象思维的讨论，从历史的观点看，是与20世纪三四十年代关于形象思维的介绍与讨论有直接的联系；而从现实

---

[1] 蔡仪：《新艺术论》第二章第二节，转引自蔡仪：《蔡仪文集》第1卷，北京：中国文联出版公司，2002年，第40页。

[2] 原文写于1940年1月7日。见胡风：《剑·文艺·人民》，上海：泥土社，1950年，第155-156页，第149页。

方面看，1949年中华人民共和国成立以后，文学艺术创作上出现公式化、概念化倾向，对文学艺术在理论阐释上存在着的庸俗社会学观点，以及这一时期苏联正在进行的形象思维论争，是中国学者展开讨论的直接动因。

苏联这一时期关于形象思维的论争，主要问题集中在以下几个方面：存在不存在形象思维？存在不存在与逻辑思维并列的形象思维？如果存在，形象思维的特点是什么？形象思维在阐释文学艺术基本特征时居于怎样的位置？如此等等。有意思的是，苏联理论界关于形象思维讨论的这些问题，几乎都在20世纪五六十年代中国关于“形象思维”问题的论争中得到回应。这也不难理解，因为这一时期，中苏关系正值蜜月期，苏联是新中国建设初期直接效仿的对象。据学者统计，1950年至1962年，我国翻译出版苏联文艺理论美学教材及著述11种，翻译出版普列汉诺夫、列宁、斯大林、高尔基、卢那察尔斯基等论文学艺术的著作7种。[1]中央教育部甚至于1954年春天邀请苏联专家毕达可夫到北京大学讲学。毕达可夫的讲学，起到了为新中国培训文艺学教师队伍的作用。正是这次讲学，确立了苏联文学理论在中国文学理论界的领袖地位，形成了以后长达几十年的文学理论讲述的苏联模式。在这种情况下，国内理论界关于形象思维的论争，直接受苏联理论界的影响，也就不难理解了。

形象思维的讨论，可以直接转换的命题形式就是如何认识文学艺术的本质特征。陈涌《关于文学艺术特征的一些问题》(《文艺报》1956年)、蒋孔阳的专著《论文学艺术的特征》(新文艺出版社，1957年)、毛星《论文学艺术的特征》(《中国科学院文学研究所专刊》，1958年)、霍松林《试论形象思维》(《新建设》1956年5月号)和李泽厚《试论形象思维》(《文学评论》1959年第2期)等这方面代表性的文章/著作，几乎都是围绕着如何认识文学艺术的基本特征来展开形象思维的讨论的。

多数人承认形象思维存在，认为形象思维是文学艺术的重要特征。不承认形象思维，或者不按照形象思维来从事文学艺术创作，就会产生概念化和公式化的弊病。陈涌《关于文学艺术特征的一些问题》一文，

---

〔1〕 孟繁华：《中国20世纪文艺学学术史》第三部，上海：上海文艺出版社，2001年，第78页。

针对文艺理论中的庸俗社会学和创作实践中的公式化、概念化倾向，明确提出并论证了“形象思维”。他认为那种“把作家和艺术家的创作过程规定为具体—抽象—具体的‘三阶段’论”，“是完全违背了艺术创作的规律，不符合每一个真正的作家和艺术家的生动的创作实践的”。[1]他提出要尊重文学艺术创作的特殊规律。李泽厚在《试论形象思维》一文中，不仅承认形象思维的存在，还提出了形象思维与逻辑思维一样，是认识的深化，是认识的理性阶段。形象思维作为不可分割的统一的过程的两个方面：即本质化与个性化，强调：“形象思维是个性化与本质化的同时进行。”李泽厚还联系陆机《文赋》、刘勰《文心雕龙》，以及中国传统艺术吟诗、作画、唱戏等来阐释“形象思维”概念。[2]霍松林则指出“形象思维”与“逻辑思维”有着共性，两者都是客观现实的反映，也都需要对感觉材料进行“去粗取精、去伪存真、由此及彼、由表及里”的改造制作过程。[3]“形象思维”的特点在于“不但保留而且选择那些明显地表现出某种社会历史现象的一般本质的感性因素，并把它们集中起来，创造典型的艺术形象”。[4]蒋孔阳赞同霍松林的观点，认为形象思维就是在个别的具体的具有特征的事件和人物中，通过形象的方式，来揭示现实生活的本质规律。而语言学家和逻辑学家也从思维与逻辑的关系出发，肯定了形象思维的存在。语言学家高名凯认为：“认识活动中以形象来进行思惟的叫做形象思惟”[5]，逻辑学家王方名认为：“形象思维是用反映客观事物形象特征的形象观念作为基本思维形式的思维。”[6]他们从各自学科出发肯定了作为一种思维形式的“形象思维”——“形象思维”不仅是艺术活动中的显著特征，而且是人类常用的一种思维形式。

这场讨论基本上是在学术层面展开的。即使否定形象思维存在的文

〔1〕 陈涌：《关于文学艺术特征的一些问题》，原载《文艺报》1956年第9期，见冯牧主编《中国新文学大系1949—1976》第二集文学理论卷二，上海：上海文艺出版社，1997年，第286页。
〔2〕 李泽厚：《试论形象思维》，《文学评论》1959年第2期。
〔3〕 霍松林：《试论形象思维》，原载《新建设》1956年5月号，见复旦大学中文系文艺理论教研组编《形象思维问题参考资料》第一辑，上海：上海文艺出版社，1978年，第19-38页。
〔4〕 霍松林：《试论形象思维》，原载《新建设》1956年5月号，见复旦大学中文系文艺理论教研组编《形象思维问题参考资料》第一辑，上海：上海文艺出版社，1978年，第26页。
〔5〕 高名凯：《语言与思维》，北京：生活·读书·新知三联书店，1956年，第15页。
〔6〕 王方名：《论思维的三组分类和形式逻辑内容的分析问题》，《教学与研究》1961年第1期。

章，也是本着探讨真理的虔诚态度来组织论证的。毛星是反对“形象思维”的代表，他认为“‘形象思维’是一个黑格尔哲学影响下的概念，它不一定是指人的思维，而是指黑格尔式的普遍理念在人身上的一个发展阶段”。[1]于是，毛星指出“形象思维”这个词是不科学的。思维本就是大脑认识事物的一种活动，离不开概念、判断和推理，不能只是一堆形象。在《论文学艺术的特性》一文中，毛星认为，人类思维只有一种，它的根本特性和规律只有一个，那就是感性认识（感觉、知觉、表象）上升到理性认识（概念、判断、推理）。既然思维的根本特征和规律只有一个，那作为形象的思维当然也就不存在了。[2]可见，毛星反对“形象思维”，主要是在对思维规律理解的水平上进行的。

这场讨论的结果，是美学界、文艺理论界接受了形象思维，形象思维被写进教材，成为诠释文学艺术本质特征的一个重要概念。我们可以从当时产生重要影响的一部文学理论教材以群主编《文学的基本原理》[3]中得到说明：

> 作家、艺术家在整个创作过程中（从选取生活素材，进行分析、概括、加工、提炼，到完成文学形象的塑造）所进行的艺术的思维活动，就叫形象思维。[4]

形象思维区别于哲学家、科学家的抽象思维。在整个文学创作的过程中，作家的形象思维与科学家的抽象思维一样，都有一个从感性认识上升到理性认识的过程。并且，形象思维有自己的特点：首先，“作家在进行形象思维的过程中，对于生活素材的集中、概括，不是逐步抛

---

[1] 高建平等：《当代中国文论热点研究》，北京：中国社会科学出版社，2016年，第152页。

[2] 毛星：《论文学艺术的特性》，原载《文学研究》1957年第4期，见冯牧主编《中国新文学大系1949—1976》第二集文学理论卷二，上海：上海文艺出版社，1997年，第294-335页。

[3] 这部教材是在中苏关系解体，中国开始走自己的文学理论讲述道路的情况下完成的。时任中宣部副部长的周扬亲自主持领导了编写工作。《文学的基本原理》（第一版），分上、下两册，最早由上海文艺出版社1963年2月出版，上海文艺出版社于1980年12月再版。以群主编的《文学的基本原理》与蔡仪主编的《文学概论》（1961年夏成立编写组开始编写，1963年夏形成讨论稿。但当时未能出版。粉碎“四人帮”以后，经过半年的修改、定稿，由人民文学出版社1979年出版）一起，满足了新时期之初文学理论知识讲述的需要。其中关于形象思维的讲述，吸纳了两次论争的主要成果。

[4] 以群主编《文学的基本原理》（修订本），上海：上海文艺出版社，1980年，第190页。

开具体的感性材料走向抽象的理论，而是始终不脱离感性的材料，把丰富多样的感性材料熔铸成活生生的艺术形象”。意思是指：作家在形象思维的过程中，尽管也有判断，甚至还有推理，但这些判断和推理都不是抽象的，而是从具体的形象出发，并且始终伴随着感性形象。其次，“在形象思维中，想象——联想和幻想具有突出的意义”。想象之所以重要，就在于它不仅可以补充实际经验和感受的不足，而且可以使作家所创造的形象更加丰富多彩，光辉动人，乃至具有更大的概括性。第三，“形象思维又自始至终都伴随着强烈的感情活动”。形象思维是从创作者对具体事物的实感出发的，在思维的过程中，作者不可能脱离对具体形象的实感，而实感又必定和真情联系在一起，也就是人们经常说的“真情实感”。总之，形象思维贯穿了整个文学活动，忽视形象思维的特点，就不可能真正地了解文学形象的创造过程，作家进行艺术创作的艰辛，也不利于文学创作的发展，更不可能正确地评价文学作品。此外，教材还进一步论证了形象思维和逻辑思维的关系，认为，抽象思维和形象思维都是“人类两种基本的思维形式。作家进行创作，要用而且必须用形象思维，但他认识生活则既要用形象思维也要用抽象思维”。虽然抽象思维对于作家来说是不可缺少的，它可以帮助作家认识、概括生活，形成明确、清晰的指导思想，但是，这并不意味着在创作过程中，可以用抽象思维来代替形象思维，以抽象的说理来代替形象的描绘。因为，“如果在创作中以抽象思维来代替形象思维，就势必违背文学创作的客观规律，导致创作上的公式化、概念化”。[1]

除此之外，蔡仪的《文学概论》中也指出“文学和科学对社会生活的反映方式确有不同，科学的反映是抽象的，形成概念和理论，而文学的反映则是具体的，形成形象及形象体系。……通过形象反映社会生活是文学的基本特征”。[2] 十四院校联合编写的《文学理论基础》也将文学的本质特点归结为“是通过形象、典型来认识生活，反映生活”，[3] 并且

---

〔1〕 以群主编《文学的基本原理》（修订本），上海：上海文艺出版社，1980年，第192页、第195页、第198页、第200页、第202页。

〔2〕 蔡仪主编《文学概论》，北京：人民文学出版社，1979年，第18页。

〔3〕 十四院校《文学理论基础》编写组编《文学理论基础》，上海：上海文艺出版社，1981年，第1页。

指出文学的根本特征就是用形象来反映生活，“文学是作家运用形象思维，通过具体的生动的形象构成一幅完整的生活图画来反映社会现实生活”。[1]

显然，这些教材都认为文学的根本特征是用形象来反映生活，形象思维已经成为这一时期文学理论解释文学艺术本质特征的主要理论工具。

三、学术自由度的松动与认识论框架下的再度讨论

20世纪70年代末到80年代中期，文学理论界、美学界围绕形象思维问题再一次展开了热烈的讨论。这场讨论的直接诱因，是1977年12月31日《人民日报》刊登了毛泽东在1965年7月21日给陈毅谈诗的信的手稿。在这封信里，毛泽东谈到了“诗要用形象思维”的主张。可以想象，在那个依然停留在政治高压和主流意识形态刚性统治的时代，来自伟大领袖的言论，是足以掀起一场规模浩大的思想论争的。[2]

毛泽东这封信里写道：“诗要用形象思维，不能如散文那样直说，所以比、兴两法是不能不用的。赋也可以用，如杜甫之《北征》，可谓‘敷陈其事而直言之也’，然其中亦有比、兴。‘比者，以彼物比此物也’，‘兴者，先言他物以引起所咏之词也’。韩愈以文为诗；有些人说他完全不知诗，则未免太过，如《山石》，《衡岳》，《八月十五酬张功曹》之类，还是可以的。据此可以知为诗之不易。宋人多数不懂诗是要用形象思维的，一反唐人规律，所以味同嚼蜡。以上随便谈来，都是一些古典。要作今诗，则要用形象思维方法……”[3]在这篇约800字的

---

〔1〕 十四院校《文学理论基础》编写组编《文学理论基础》，上海：上海文艺出版社，1981年，第4页。

〔2〕 一篇题为《春风送暖百花开》的文章里，谈到了一所高校中文系开展对毛泽东信的讨论的情景：“同志们一致认为经华主席批示发表的毛主席这篇光辉文献，是华主席为文学艺术工作者送来了春天，对于我国政治思想领域和文学艺术领域都有重大的现实意义和深远的历史意义。大家回顾了在‘四人邦’横行的日子里，形象思维这一创作规律被封闭了，被诬蔑为所谓‘文艺黑线专政’的支柱，被横加上所谓‘反马克思主义的认识论的理论’的大帽子。整个文学艺术阵地被‘四人邦’的‘主题先行’、‘三突出’、‘三陪衬’的条条框框所禁锢，真是冰封雪冻，沉寂无生气。现在大地春回暖人心，同志们都表示一定要把被‘四人邦’搞乱了的思想矫正过来，并满怀信心地表示：随着毛主席光辉文献的发表，我国的文学艺术一定会出现万紫千红春满园的繁荣景象。”参见《春风送暖百花开：〈毛主席给陈毅同志谈诗的一封信〉坐谈会纪要》，《徐州师范学院学报》1978年第1期。

〔3〕 毛泽东：《毛主席给陈毅同志谈诗的一封信》，原载《人民日报》1977年12月31日、《诗刊》1978年1月号，见复旦大学中文系文艺理论教研组编《形象思维问题参考资料》第一辑，上海：上海文艺出版社，1978年，第2页。

书信里，毛泽东有三处提到了“形象思维”。毛泽东讲“诗要用形象思维”，既是他诗歌创作的经验总结，也是他对文学史分析研究得出的基本结论。其含义不外三点：一是讲写诗有写诗的特殊性，不能像写“散文那样直说”，所以，要从古代诗歌中的赋、比、兴手法中汲取营养。二是宋人不懂诗要用形象思维，结果写出来的作品味同嚼蜡。三是今天写诗，仍然要用形象思维。可以看出，毛泽东主张是要用形象思维，旨在强调写诗要尊重诗的特殊性，按照形象思维的特点和规律来写诗。而且，基于古典文化的修养，毛泽东对于“形象思维”这一本来属于外来产品的名词赋予了更多的中国文论的内涵。

《人民日报》在这一时期发表毛泽东这封信，其用意是十分明显的，就是为了清算中华人民共和国成立以来在阶级斗争思维模式下形成的文艺的“三突出”“主题先行”“三陪衬”等对文艺的束缚。60年代后期“形象思维”的讨论中断的原因，来自《红旗》杂志在1966年第5期上发表的郑季翘的一篇文章《文艺领域里必须坚持马克思主义的认识论——对形象思维论的批判》。他在文中写道：“这个理论断言文艺作家是按照与一般认识规律不同的特殊规律来认识事物、进行创作的。正因为如此，每当某些文艺工作者拒绝党的领导、向党进攻的时候，他们就搬出形象思维论来，宣称：党不应该‘干涉’文艺创作，因为党委是运用逻辑思维的，而他们这些特殊人物却是用形象来思维的。”[1]于是，他将“形象思维”定义为反马克思主义的认识论体系。正是因为《红旗》杂志这一中国共产党的机关刊物上，高调地宣示“形象思维”违反了马克思主义认识论，这就给学术界带来了一种错觉，这是党内高层给“形象思维”这一讨论多年的问题下了一个正式的结论，学术问题转化成政治问题了，从而使“形象思维”的讨论中断。毛泽东信的公开发表，引发了理论界对形象思维的热烈讨论。据有学者统计，仅1978年元月份在全国报刊上发表“形象思维”问题的署名文章就在58篇以上；仅元月份在报纸上用“诗要用形象思维”七个字同题作文的就在8人以上。自2月至年底，不到一年时间，《红旗》《哲学研究》《文学评论》以及主要

---

〔1〕 郑季翘：《文艺领域里必须坚持马克思主义的认识论——对形象思维论的批判》，原载《红旗》1966年第5期，见冯牧主编《中国新文学大系1949—1976》第二集文学理论卷二，上海：上海文艺出版社，1997年，第487页。

大学学报和各省文艺刊物上发表的“形象思维”专论在60篇以上。[1]

这次争论的核心依然聚焦在形象思维是不是一种相对于抽象思维而独立的思维方式（形式），并作为艺术创作（包括认识过程和思维过程）的特殊规律。其中，多数学者肯定形象思维的存在，把形象思维看作是一种独立的思维方式，并给出了形象思维的定义：例如，认为形象思维是“艺术上的典型化”[2]，形象思维是“创造性的想象”[3]，形象思维是“用形象来思维”，形象思维是“人的理性认识。这个理是带着具体可感的特点的理，即有形之理，感人之理，美化之理。换言之，它是抽象的神、理、美与具体的形、情、美的统一”[4]。上述定义多从思维的共性特征出发考量形象思维，把形象思维看作一种理性认识活动。还有论者从脑科学和思维科学出发，认为形象思维是人类共有的一种思维方式，现代人左半脑球是抽象的能力，理解语言，进行思考和训练，右半球则同想象、记忆、情感、本能相联系，两脑球协同活动。但是，在主体采取不同的思维方式活动时，两半球协同所采取的联系形式、特点甚至量的多少都会不同。[5]刘欣大则通过比较科学思维与艺术思维，提出：艺术思维以形象思维为主，辅之以抽象思维，科学思维以抽象思维为主，辅之以形象思维。艺术家以情感贯彻艺术思维的始终，科学家则排除主观因素的干预。[6]

1978年5月11日，《光明日报》发表特约评论员文章《实践是检验真理的唯一标准》，引发了对中国未来走向影响深远的思想解放运动。而形象思维的讨论，也在思想解放运动的洪流中获得了尊严，终于可以作为一个学术问题来讨论了。

首先是学术探讨自由度的松动。20世纪五六十年代，学术探讨是和思想领域里的斗争联系在一起的，讨论往往以政治上的干预而终结。20世纪五六十年代形象思维的讨论，虽然较少受政治的粗暴干涉，但还是

---

〔1〕 刘欣大：《“形象思维”的两次大论争》，《文学评论》1996年第6期。

〔2〕 浦满春：《形象思维探讨——学习〈毛主席给陈毅同志谈诗的一封信〉》，《红旗》1978年第2期。

〔3〕 孟伟哉：《关于艺术创作中的形象思维问题》，《社会科学战线》1978年第1期。

〔4〕 冯能保：《论形象思维》，见社会科学战线编辑部编《形象思维问题论丛》，长春：吉林人民出版社，1979年，第30页。

〔5〕 沈大德、吴廷嘉：《形象思维与抽象思维——辩证逻辑的一对范畴》，《中国社会科学》1980年第3期。

〔6〕 刘欣大：《科学家与形象思维》，《中国社会科学》1980年第3期。

因为一篇来自党内高级干部郑季翘的文章《文艺领域里必须坚持马克思主义的认识论——对形象思维论的批判》而终结。这一次讨论，是在毛泽东肯定“形象思维”的信披露以后展开的。按照惯例，既然毛泽东都肯定了形象思维的存在，那接下来的工作就是论证形象思维为什么会存在以及如何存在。然而，后来的讨论却不是这样，表现在两个方面：一个方面是学界并没有按照毛泽东信的意图而展开关于形象思维与赋、比、兴关系的讨论，也没有将形象思维这个外来理论术语与中国传统诗学对接，而是将讨论引向了现代美学、心理学、逻辑学，甚至思维科学领域。二是尽管毛泽东肯定了形象思维，但作为一个学术话题，形象思维是否存在，依然是一个可以探讨的问题。在否定形象思维存在的代表性人物那里，郑季翘、马奇和毛星的观点很有代表性。郑季翘在《文艺研究》创刊号上发表《必须用马克思主义认识论解释文艺创作》一文，除了为他在政治上辩护以外，学术上依然坚持“文革”前那篇文章的基本观点，认为那篇文章是“根据马克思主义认识论，着重阐述了人类认识的基本规律……并对艺术创作的思维活动试作了解释”。重申并坚持他“文革”前夕提出的公式：“表象—概念—表象”“个别——般—典型”。并公开申明他与“形象思维论者”的分歧的实质，“就在于是否用马克思主义的认识论来解释文艺创作”。[1]有意思的是，这篇政治味道依然十足的文章，虽然发表在严肃而有相当学术地位的文艺理论刊物上，却并没有引发像作者当年在《红旗》发表类似文章时的震荡。这篇文章除了引发人们义正词严的批驳以外，[2]就再也没人理会了。马奇的《艺术认识论初探》一文，则是在否定形象思维的文章里最见功力的一篇。马奇先生着力探讨艺术认识论，认为艺术认识过程中的思维方法不是什么形象思维，而是唯物辩证法，艺术认识的特殊性不在思维方法上，而在认识对象和表现形式上。从辩证法、认识论和逻辑学相互一致的观点来看，三者是贯穿于艺术认识的全过程的不可避免的东西。抽象思维在艺术认识过程中是排除不了的，除非是非理性主义的艺术家。肯定论的错误在于，单纯从结果上推断形成这结果的过程：结果是形象，就以为在

---

〔1〕 郑季翘：《必须用马克思主义认识论解释文艺创作》，《文艺研究》1979年第1期。

〔2〕 吕慧鹃：《形象思维的讨论要有实事求是的态度》，《文史哲》1980年第1期；孟伟哉：《致郑季翘同志的公开信》，《文艺研究》1979年2期。

形成过程中一刻也离不开形象，结果是概念，就以为在形成过程中一刻也不离开概念。[1]毛星则在权威刊物《中国社会科学》1986年第2期发表《形象和思维》，继续坚持、深化他在20世纪50年代提出的否定形象思维的观点。作者从哲学、心理学和美学的不同层面上对形象和思维的含义、特点，以及在艺术创作中的作用进行了细微的辨析和论述。作者坚定宣称，思维"如果与形象联系，不论是观察形象，孕育形象或者塑造形象，要是有思维活动的话，那是对形象的思维，而不是什么形象思维，也没有这样的特殊思维"。[2]这些言论，让人感觉到了冰雪消融时期思想解放的气息。

其次是在认识论框架下的艰难探索。认识论，是中华人民共和国成立以来讨论文学艺术特征的主要思维模式。本来，认识论是研究认识的来源、认识的对象以及认识的方式问题的科学，认识论是马克思主义哲学的应有之义。"五四"新文化运动以来，伴随着马克思主义的传播和无产阶级政权的建立和不断巩固，马克思主义哲学认识论获得了理论研究上的主导地位，成为人们认识事物依据的主要原则。由于受特定历史条件的限制，人们还不能完整、准确地理解认识论的内涵，存在着生硬地用哲学认识论的一般原理解释文学艺术活动中的认识问题的弊端。新时期之初关于形象思维的讨论，主要是在认识论的框架下进行的。例如周忠厚的《形象思维和马克思主义的认识论》，何洛的《形象思维的认识作用》，孙慕天的《形象思维与认识论》，以及刘欣大的《在艺术认识论领域里的一次漫游》等文章。[3]尽管如此，这场讨论还是透露出了新的气息。不只是孤立地从本源回答作为观念形态的文学艺术的来源以及文学认识的社会功能等问题，而着眼于文学艺术认识特殊性，回答形象思维不同于逻辑思维的特征。特别是高度肯定文学艺术活动中的想象和情感作用，为后来关于文学艺术本质特征认识的深化起到了铺垫作用。而年鉴性的大型美学专业杂志《美学》（创刊于20世纪70年代末80年代初，1979年

---

[1] 马奇：《艺术认识论初探》，中国社会科学院哲学研究所美学研究室、上海文艺出版社文艺理论编辑室合编《美学》第3期，上海：上海文艺出版社，1981年，第168-170页。

[2] 毛星：《形象和思维》，《中国社会科学》1986年第2期。

[3] 周忠厚：《形象思维和马克思主义的认识论》，《文学评论》1978年第4期；何洛：《形象思维的认识作用》，《社会科学战线》1978年第3期；孙慕天：《形象思维与认识论》，《哈尔滨师范学院学报》1978年第3期；刘欣大：《在艺术认识论领域里的一次漫游》，《群众论丛》1980年第3期。

11月出版第一期）密集地刊载了四篇关于“形象思维”的专论。其中第一篇朱光潜的《形象思维：从认识角度和实践角度来看》，明确提出了看待形象思维的认识论视角和实践论视角，并且结合心理学传统，充分论证了：“‘形象思维’古已有之，而且有过长期的发展和演变，这是事实，也是常识……”〔1〕翌年，朱光潜又针对郑季翘的申辩文章《必须用马克思主义认识论解释文艺创作》，发表了《形象思维在文艺中的作用和思想性》，继续论证文艺创作中“形象思维”起着艺术认识的关键作用。〔2〕

1980年，钱学森《关于形象思维问题的一封信》〔3〕，针对创刊后的《中国社会科学》杂志第三期刊登的沈大德、吴廷嘉的《形象思维与抽象思维——辩证逻辑的一对范畴》一文，指出，形象思维与抽象思维都是思维形式而不是思维内容，是人类社会实践的结果。研究形象思维，应当采用自然科学的方法，而不应当只采用思辨的方法等。从此，形象思维引发了对思维科学的热烈讨论。

四、李泽厚、童庆炳的贡献

形象思维在中国并不是一个孤立的学术问题，实际牵涉到不同文学观念的论争。文学观念的论争首先是如何看待文学艺术特征的问题，不同的文学观念导致不同的文学特征论。

形象思维在1978—1985年这一段时间的讨论中，李泽厚、童庆炳等人的探讨是值得重视的。

在20世纪50年代美学论争中崛起的李泽厚，对于美的本质、美感的本质以及艺术美的问题，发表过有影响的观点。关于形象思维，李泽厚早在《文学评论》1959年第2期就发表过《试论形象思维》的文章。这篇文章主要回答了三个问题：第一，有没有形象思维？他根据苏联心理学家巴甫洛夫的理论以及结合文学艺术的实践，明确肯定了形象思维在文学艺术创作中的存在。第二，形象思维的实质和特点。李泽厚的回

〔1〕朱光潜：《形象思维：从认识角度和实践角度来看》，中国社会科学院哲学研究所美学研究室、上海文艺出版社文艺理论编辑室合编《美学》第1期，上海：上海文艺出版社，1979年，第5页。
〔2〕朱光潜：《形象思维在文艺中的作用和思想性》，《中国社会科学》1980年第2期。
〔3〕钱学森：《关于形象思维问题的一封信》，《中国社会科学》1980年第6期。

答是：首先，“思维，不管是形象思维或逻辑思维，都是认识的一种深化，是人的认识的理性阶段。人通过认识的理性阶段才达到对事物的本质的把握。形象思维的过程，在实质上与逻辑思维相同，也是从现象到本质、从感性到理性的一种认识过程。但这过程又有与逻辑思维不同的本身独有的一些规律和特点，这就是在整个过程中思维永远不离开感性形象的活动和想象。相反，在这过程中，形象的想象是愈来愈具体、愈生动、愈个性化。因此，形象思维是个性化与本质化的同时进行”。其次，形象思维永远伴随着美感感情态度，认为情感——正确的“情”是艺术典型化的必要条件。“只有充分具备和抒发正确优美的主观情感态度，才能真正完满地客观地反映事物的本质真实。”第三，关于形象思维与逻辑思维的关系。李泽厚的观点主要有二：一是认为逻辑思维是形象思维的基础。作为一种具有美感特性的形象思维，必须“建筑在十分坚固结实的长期逻辑思考、判断、推理的基础之上，它的规律是被它的基础（逻辑思维）的规律所决定、制约和支配着的”。而且，“逻辑思维经常插入形象思维的整个过程来规范它、指引它”。二是认为形象思维和逻辑思维一样，都可以达到对事物本质和规律的把握。但是与逻辑思维不同的是，在形象思维整个过程中，“都有感性形象的伴随”。[1]李泽厚肯定形象思维的存在，把形象思维的特点概括为个性化和本质化的同步进行，并且伴随着美感感情态度，这是一个影响深远的观点，它一方面通向了艺术典型的理论，对当时文学创作上的概念化、公式化倾向起到了某种制衡的作用；另一方面，也为后人从情感的角度深入考察文学艺术的本质奠定了最初的理论基础。当然，认识论，依然是李泽厚这一时期考察文艺问题的一个视角。

70年代末到80年代，李泽厚又连续发表多篇文章讨论形象思维问题，[2]其学术观点有所修正与推进。特别是在《形象思维再续谈》文章里，李泽厚明确强调“艺术不只是认识”，“形象思维并非思维”。关于前者，李泽厚的解释是：“艺术包含认识，它有认识作用和理解因素，

---

〔1〕 李泽厚：《试论形象思维》，《文学评论》1959年第2期。

〔2〕 李泽厚发表关于形象思维的文章主要有5篇：《试论形象思维》，《文学评论》1959年第2期；《形象思维续谈》，《学术研究》1978年第1期；《形象思维的解放》，《人民日报》1978年1月24日；《关于形象思维》，《光明日报》1978年2月11日；《形象思维再续谈》，《文学评论》1980年第3期。

但不能等同于认识。作为艺术创作过程的形象思维（或艺术想象），包含有思维因素，但不能等同于思维。从而，虽然可以也应该从认识论角度去分析研究艺术和艺术创作的某些方面，但仅仅用认识论来说明文艺和文艺创作，则是很不完全的。要更为充分和全面地说明文艺创作和欣赏，必须借助于心理学。心理学（具体科学）不等于哲学认识论。把心理学与认识论等同或混淆起来，正是目前哲学理论和文艺理论中许多谬误的起因之一。”关于后者，李泽厚认为：“并没有一种与逻辑思维相平行或独立的形象思维，人类的思维都是逻辑思维（不包括儿童或动物的动作‘思维’）。但已约定俗成为大家所惯用了的这个名词，所以仍然可以保留和采用，是由于它的本意原是指创造性的艺术想象活动，即艺术家在第二信号系统渗透和指引下，第一信号系统相对突出的一种认识性的心理活动。它以逻辑思维为基础，本身也包括逻辑思维的方面和成份（分），但并不等同于一般的抽象逻辑思维，而包含着更多的其他心理因素。在哲学认识论上，它与逻辑思维的规律是相同的：由感性（对事物的现象把握）到理性（对事物的本质把握）；在具体心理学上，它与逻辑思维的规律是不相同的，它的理性认识阶段不脱离对事物的感性具体的把握，并具有较突出的情感因素。”在论证了“艺术不只是认识”和“形象思维并非思维”的基础上，李泽厚重点论述了艺术活动“情感的逻辑”：“从创作开始（‘触物起情’）到创作完成（‘托物兴词’），情感因素是贯串在创作过程中的一个潜伏而重要的中介环节，它是与其他心理因素（感知、理解、想象）密不可分溶为一体的，这正是艺术创作的基本特征。”从重视艺术创作的情感因素出发，李泽厚把“形象思维”（实为“艺术想象”）的特征概括为：“以情感为中介，本质化与个性化同时进行。”这可以看作新时期文论在讨论文学本质的时候从“形象说”到“情感说”转折的一个标志。李泽厚还肯定了艺术创作活动中的非自觉性特点。李泽厚指出：形象思维并非思维，艺术不是认识；艺术是形象思维，形象思维的运作有自己的逻辑，那就是“情感的逻辑”；文艺创作中作家对外界的认识是融化在创作中的，情感、想象、感知是一体的，呈不自觉、非理性的特点。[1]

---

〔1〕 李泽厚：《形象思维再续谈》，《文学评论》1980年第3期。

现在看来，李泽厚这些观点已成常识，但在当时的语境里，却有令人耳目一新的感觉，其理论创造意义十分明显。过去，我们对艺术特征形象性讲得较多，其实，情感性比形象性对艺术来说更为重要，情感性是艺术生命之所在。李泽厚始终紧扣文艺的情感特征讨论形象思维，甚至将情感上升到本体的高度，一定程度上是对“文艺是对社会生活形象的认识”这一观点的反思和纠偏。只有深刻体认文学艺术的情感特质，才有可能对文学艺术做出符合实际的说明。当年批判李泽厚观点的郑季翘则坚定地认为：“人们不是凭感情认识事物的本质，而是对事物本质的认识，决定着人们的感情。”[1]从这样一个在他看来是符合马克思主义认识论基本原理的观点出发，他指责李泽厚是“唯情论”，李泽厚的美学是资产阶级美学。可见，提出形象思维过程中的“情感逻辑”，是要冒很大的理论风险的。当然，李泽厚也不是笼统论证艺术活动中的情感因素的，他知道并非情感的表现都是艺术。文学艺术的创造活动是“把情感作为对象（回忆、认识、再体验的对象）纳入一定的规范、形式中，使之客观化、对象化”。[2]这里已经透露出稍后理论界展开的形式本体论讨论的端倪了。

作为新时期审美文论的倡导者和实践者的童庆炳早在《北京师范大学学报》（社会科学版）1978年第3期讨论了形象思维。童庆炳是在肯定形象思维“作为文艺创作的基本规律”的前提下讨论形象思维的特征的。他认为形象思维有三个特征：第一，形象思维运动以具体的生活图画为基本单位。作家艺术家从酝酿构思到艺术表现，“始终不舍弃生活本身的具体感性的特点，而以一幅一幅的生活图画为思维运动的基本单位”。当然，在形象思维的过程中并不排斥逻辑思维。事实上形象思维和逻辑思维往往是相辅相成的。但是，当作家一旦处于形象思维状态，就以生活图画作为思维运动的基本单位。第二，形象思维运动以强烈的感情活动为推动力量。从酝酿到构思，作家的感情活动不仅对形象思维运动起着推动作用，而且在一定意义上说，还对形象思维运动的方向，

---

〔1〕郑季翘：《文艺领域里必须坚持马克思主义的认识论——对形象思维论的批判》，原载《红旗》1966年第5期，见冯牧主编《中国新文学大系1949—1976》第二集文学理论卷二，上海：上海文艺出版社，1997年，第499页。

〔2〕李泽厚：《形象思维再续谈》，《文学评论》1980年第3期。

还起着某种规范作用。第三，形象思维运动以概括化和个别化同时并进为发展路线："形象思维从最初阶段进入成熟阶段的整个过程，一方面抛弃了那些偶然的、次要的东西，综合了那些必然的主要的东西，使形象能反映出一定社会生活的一般本质和规律；同时另一方面，又不舍弃生活本身的具体、感性的特点，反而通过创造性的想象等艺术加工，使形象更丰满，更生动、更独特。这样，就同时完成了形象思维的概括化和个别化的运动。"值得注意的是，这篇文章虽然还保留着那个时代的痕迹，例如对于形象思维存在的斩钉截铁的肯定，对于世界观在文学创作中的作用的强调："我们说形象思维以概括化和个别化同时并进为发展路线，但并不是说凡形象思维都可以揭示生活的本质规律。世界观落后或反动的作家，也用形象思维，也是概括化和个别化同时进行，可他们笔下的艺术形象，决不能揭示生活的本质规律。"〔1〕但是，这篇文章的意义同样不可低估，因为，他高度肯定了情感在形象思维中的作用，同时将概括化和个别化作为形象思维同步进行的两个方面，这些观点与李泽厚的观点有异曲同工之妙。在稍后的商榷文章里，童庆炳进一步肯定了形象思维是作家、艺术家所特有的一种思维运动。他认为，准确讲，形象思维在艺术活动里应该叫艺术思维，以区别于普通人的形象思维。形象思维的基本单位不是具体的概念而是一幅一幅的生活图画，强烈的情感运动是形象思维的推动力量，等等。〔2〕这些主张，经过进一步提炼，写进了新时期里几部产生较大影响的教材里了。新时期之初人们对文学的理解，就是从这些教材开始的。〔3〕

五、讨论的终结与学术兴奋点的转移

关于"形象思维"问题的第二次大规模论争，结束于1985—1986

---

〔1〕 童庆炳：《略论形象思维的基本特征》，《北京师范大学学报》（社会科学版）1978年第3期。

〔2〕 童庆炳：《再论形象思维的基本特征——兼答邹大炎同志》，《北京师范大学学报》（社会科学版）1979年第1期。

〔3〕 如童庆炳《文学概论》就谈到了文学创作中的思维活动，认为形象思维是"以形象作为思维运动的形式、以感情作为思维运动的推动力、带有作家的个性特征的思维"。（童庆炳：《文学概论》，红旗出版社，1984年，第277页。）童庆炳主编的全国高等学校自学考试教材《文学概论》（武汉大学出版社，1989年），也将形象思维列入专章讨论。借着教材的使用，形象思维成了人们认识文学艺术特征的基本概念。

年。据有学者统计，1985年，一些报纸资料分类已经取消了“形象思维讨论”专栏，而代之以“文艺创作的思维活动”。这一年发表的“形象思维”专论仍在11篇以上，但以“艺术思维”“创作思维”和“具象法”等为题的论文在14篇以上，以“艺术想象”“自由联想”和“艺术构思”等为题的论文在20篇以上，本来可以冠以“形象思维”的文字已易题作文。[1]

形象思维讨论的终结有必然性：首先，在认识论框架下形象思维的讨论总是有局限性的，因为认识论是不能够提供形象思维特殊性的说明的。在认识论框架下形象思维的各种观点本质上不具有排他性，都陷入了“通过思维能否认识以及如何认识事物本质”这一思维陷阱。在这里，“认识”和“本质”是潜台词，也是关键词。把形象思维归结为认识，不过是从文学艺术与社会生活二元关系里寻找文学艺术的规定。其实，文学艺术之于社会生活，绝不是一个认识或反映的问题，还包含着对生活的可能性塑造的本体或本真的问题。而后者，在一定程度可能更能说明文学艺术的本质特征。但是，在当时的知识背景下，理论界是提不出对文学艺术本体更深维度的追问的。既然再难以提供关于形象思维更多的切近文学实际的富有阐释效力的说明，形象思维讨论的偃旗息鼓也就顺理成章。其次，是新的现实命题和理论问题的召唤。从1984年开始，围绕文学方法论的讨论以及稍后展开的文学主体性的论争，成了文学理论界乃至知识界新的兴奋点。人们已经开始跳出形象思维的局限，从更广泛的领域寻找文学艺术的特殊本质了。除此之外，80年代之后，中国文艺理论界受苏联模式的影响逐渐被西方文艺理论的影响替代，当一代新的学人成为学术研究的主力时，整个文学理论的话语体系必然发生重大的变化，“形象思维”在新的话语体系中再也找不到相应的位置。正是这一系列的变化，使80年代中期之后，“形象思维”这一术语在文艺理论的话语体系中逐渐淡化。

但作为一个学术命题，形象思维在两个维度上得到延续，一是在思维科学的框架下得到讨论。形象思维是一个不独在文学艺术中存在的思维类型，也是在更广泛的人类思维领域存在的类型。1984年8月，全国

---

〔1〕 刘欣大：《“形象思维”的两次大论争》，《文学评论》1996年第6期。

第一次思维科学讨论会在北京国防科工委远望楼报告厅召开，73岁高龄的钱学森在会上做了长达6个小时的题为开展思维科学的研究的学术报告。在报告中，他提出“把形象（直感）思维作为思维科学的突破口”，并预言“思维科学的研究将孕育一场新的科学革命”。其实，早在1981年，钱学森就在发表于《自然杂志》上的《系统科学、思维科学与人体科学》一文就提出了现代思维科学的体系结构，将形象思维科学与抽象思维科学、灵感思维科学、创造思维科学和社会思维科学并列为现代思维科学的五大学科分支，在阅读了学界讨论意象的文章以后，还建议在中国建立起马克思主义的意象理论，以丰富思维科学的内容。20年来，形象思维及整个思维科学理论体系的研究与应用有很大的进展。形象思维在思维科学的框架里获得了生长。[1]二是用艺术思维取代了形象思维，意象理论获得了新的阐释。[2]之后，意象理论研究一直长盛不衰。意象的研究，一方面适应了向古典回归，从古典文化当中汲取智慧的社会文化心理，另一方面，也满足了比较诗学领域中国智慧表达的需要。意象作为一个有较大阐释空间的命题，获得了学术界的青睐。意象是艺术的本体，意象的世界，就是一个有意味的世界，就是一个意蕴内涵其中的感性世界。[3]在这里，意象的现代意义凸显出来了。

艺术思维，是在发现了解释文学艺术活动的“形象说”“情感说”和“想象说”等不足的基础上而提出的一种关于艺术活动的理论。这一理论高度重视艺术媒介之于艺术活动的作用。徐岱认为，艺术媒介对于艺术来说是更为根本的：“艺术的目的既不在于细致准确地复制一个客观物象，也不在于随心所欲地构造一个主观臆象，而是在主体的创造活动中，通过主客体的互相碰撞与消融，以一定的艺术媒介为中介，创造一个审美幻象。这个幻象不只是只能借助于具体的艺术媒介而得到存在，而且它本身便是这种媒介物所内在地具有的那种张力结构的一种实现。由于这个缘故，艺术幻象在不同的艺术样式中各具不同特点。如在

〔1〕 杨春鼎：《中国形象思维研究20年》，《晋阳学刊》2005年第1期。

〔2〕 按照刘欣大的解释，意象研究成为诗学和美学研究的热点课题，是由“形象思维”研究引发并与“形象思维”研究热伴生的一个学术现象。他把1986年定为“形象思维”向“意象”研究转世的年份。参见刘欣大《“形象思维”的两次大论争》，《文学评论》1996年第6期。

〔3〕 叶朗：《现代美学体系》，北京：北京大学出版社，1988年。

表现艺术里呈现为一种审美音象，在再现艺术中呈现为一种审美视象，在语言艺术中则呈现为一种审美语象。在这种具体呈现过程里，艺术的媒介体显然具有举足轻重的意义。”[1]作者引用德国符号论哲学家卡西尔《人论》中的话说：“对一个伟大的画家、一个伟大的音乐家、或一个伟大的诗人来说，色彩、线条、韵律和词语不只是他技术手段的一个部分，它们是创造过程本身的必要因素。”[2]由此作者得出结论：“正是艺术幻象的这种媒介性，从根本上决定了艺术思维区别于科学思维的那种‘进行时’的特点。因为艺术思维的过程本质上也就是艺术主体对一定的艺术媒介的审美操作过程。由此，它与科学思维开始分道扬镳：在科学思维里，主体仅仅只是‘借’媒介来实现思维；而在艺术思维中，主体本身‘在’媒介中来进行思维。一旦离开这些表现媒介，剩下的就只是某种模糊感受，而不是艺术家真正所要表达的那种东西。这种东西只能在具体的媒介操作过程中与某种成形的艺术本文同步生成。因此在艺术活动中，艺术家他只能‘靠媒介来思索、来感受；媒介是他审美想象的特殊身体’。这样，当我们试图为艺术思维作出新的界定时，一个顺理成章的结论只能是：艺术思维是一种寓于某种审美媒介的思维，这是它区别于形形色色的非艺术思维的特殊规定性。”[3]可以看出，在这篇文章里，作者已经高度重视传达符号的特征了。较之认识论框架下的形象思维理论，已经显现出某种理论阐释上的优势，是一个更加逼近艺术本质特征的思考。在《论文学符号的审美功能变体》一文里，作者借鉴符号学、叙述学与语义学的理论，着重考察一般语言是如何通过功能转换而实现审美变体，从而形成文学所独有的意义空间。从对艺术符号的考察，揭示了语调、势态、暗示、象征等在文学意义生产过程中所独有的作用。[4]这种观点，已经不是认识论框架里的提问了，体现了西方现代文论的某些特征。

---

〔1〕 徐岱：《论文学艺术的思维方式》，《文学评论》1990年第2期。

〔2〕［德］恩斯特·卡西尔：《人论》，甘阳译，转引自徐岱《论文学艺术的思维方式》，《文学评论》1990年第2期。

〔3〕 徐岱：《论文学艺术的思维方式》，《文学评论》1990年第2期。

〔4〕 徐岱：《论文学符号的审美功能变体》，《文学评论》1987年第3期。

六、几点结论

第一，形象思维不是一个孤立的学术话题，实际涉及不同文学观念的论争。文学观念对于文学的认识以及在此基础上所形成的关于文学的理论命名具有决定性意义。而文学观念的形成，一方面来源于文学事实的召唤，另一方面则与特定知识背景特别是哲学观念密切相关。第二，形象思维，是在认识论框架下完成的一次对文学艺术本质特征认识的过程。形象思维的讨论，对文学艺术创作上出现的概念化、公式化倾向起到了某种纠偏的作用。第三，形象思维讨论的积极成果，使文学艺术的形象特征获得了普遍的共识。文学艺术是形象的，形象性是文学艺术区别于其他意识形态的关键之所在。这个结论，在当时不仅起到了为文学艺术划定最低限度的准入门槛的作用，也在很长一段时间里，纠正了关于文艺特征的不正确的认识。在当前大众消费文化时代，对形象的呼唤，仍然是文学艺术的一个最为急切的声音。那些靠策划制造故事，靠资讯捕捉替代生活体验，以及靠经济资本的角逐来获得出演的资格等，制造了文学艺术的新一轮的公式化、概念化的倾向。在这种情况下，重提被淡忘的文学艺术的形象特征，就仍然是一个有意义的现实理论问题。第四，我们也还是可以理出一条形象思维讨论逐层深化的思想线索的：形象思维是认识——一种特殊的认识——艺术不只是认识，情感之于艺术是更为根本的——情感吁求形式等。可以看出，形象思维讨论的这个线索是逐层深入的。1985年前后，形象思维的讨论终结了，但它所提供的资源是十分丰厚的。没有这样一个长达30年的讨论，就不会有新时期关于文学的基本认识，甚至审美文论，也是在反思形象思维局限性的前提下历史性地出场的。形象思维讨论为审美文论对文学艺术自律性的强调，廓清了理论上的障碍。形象思维讨论以自己的方式汇入到了思想解放运动的潮流当中。当然，形象思维的讨论也有缺陷，例如认识论框架的拘囿，知识背景的单一，对西方现代文论吸纳的缺乏等等。这些，是属于一个时代的共性问题，而不为文学理论学科所独有。只有进入到一个真正开放的时代，文学艺术本质的多维探讨才成为可能。

第二章　审美文论与文学的审美本质※

审美文论，是20世纪80年代占主导地位的文论范式。审美文论的要旨，在于高度肯定文学的审美本质，在此基础上提出的文学审美反映论和审美意识形态论，曾经深刻地影响了人们对于文学的认识。对于审美文论的评价，直接影响着当下文学理论的发展与走向。本文拟对审美文论的发生、发展与流变做一个简要的梳理。

一、审美文论的历史性出场

审美文论并不是一个有确切内涵的理论命名，实际指陈这样一个从审美视角进入文学及其文学研究的文论思潮。审美文论的倡导者并不是一个有着统一纲领和宗旨的组织，而是一个松散的群体。刘再复、钱中文、童庆炳、王元骧、陈传才、杜书瀛、孙绍振、林兴宅、王一川等都在审美文论的旗帜下对文学的审美特征做过各有侧重的发挥，形成了一批重要的理论成果：审美意识形态论、审美反映论、审美体验论、审美形式论、审美情感论、象征论文艺学等。

中华人民共和国成立以来，文学理论占主导地位的文学解释模式是认识论的和政治功利论的。认识论的文学解释模式将文学解释为对社会生活的认识，顶多不过是形象的认识；政治功利论的文学解释模式则将文学解释为政治的附庸与工具。这两种文学解释模式深深植根于中华人民共和国成立以来主导意识形态的话语结构里，是特定时期占主导地位

※　本章内容曾发表在《中国语言文学研究》2015年秋之卷。参见邢建昌：《审美文论与文学的审美本质——20世纪80年代以来文学审美本质论的一个反思》，《中国语言文学研究》2015年秋之卷，收入人大复印报刊资料《文艺理论》2016年第3期。

的意识形态内容的一部分。新时期文学理论领域里的变革，首先是从对这两种文学解释模式的质疑和批判开始的。表现为两个向度的努力：一是以人的发现为契机，通过张扬人的文学，来对抗非人的文学。其标志是文学主体性理论的诞生。文学主体性理论高举人学旗帜，试图建立起一个以人的内宇宙为核心的文学解释模式。二是以“审美”为核心范畴重构文学理论的知识讲述，认为“审美”是文学之为文学，文学区别于其他意识形态的本质规定。由此，文学审美本质论成为一股思潮——审美文论也由此而得名。

新时期审美文论的出现，是多种因素和条件促动的结果。现在看来，审美文论的基本观点已成为共识。然而，在新时期之初，审美文论的出场却不是一帆风顺的。没有思想解放运动的助力，没有长达半个世纪的围绕形象思维所展开的讨论以及由讨论所带动的关于文学本质认识的艰难推进，没有苏联文论审美学派的启发，审美文论的出场几乎是不可能的。审美，这一古已有之的、在中华人民共和国成立以后被迫中断的文论传统，在新时期竟然是借思想解放运动等多种条件和因素的助力而恢复的，这的确耐人寻味！

首先，在思想解放运动的助力下展开的关于“文艺与政治”关系的讨论，破除了“文艺从属于政治”的“工具论”的文学本质观，为文学本质的审美解释扫清了理论上的障碍。

新时期思想解放运动，是在“实践是检验真理的唯一标准”的大讨论中引发的思想界的正本清源、拨乱反正的运动，文艺理论界的思想解放运动首先是从澄清文艺与政治的关系开始的。关于文艺与政治的关系，新时期之前占主导地位的观点是，文艺从属于政治，文艺为政治服务。在高度刚性的政治舆论环境下，文艺从属于政治被转换成文艺从属于特定时期的政策。极端情况下，文艺扮演了阶级斗争的工具。以“从属论”和“工具论”的眼睛看文艺，文艺成了政治的婢女、特定政策的注脚、特定时期阶级斗争的工具，文艺自身的特点被忽视甚至被践踏。所谓创作上的概念化、模式化以及“主题先行论”“题材决定论”等，都是文艺从属于政治结下的苦果。本来，强调文学的政治属性不仅是古已有之的传统，而且也是推动文艺最大限度实现自身功能的极具战斗性的理论主张。从政治的视角解读文学，就是要分析隐含于文本中的政治解放力量及其社会潜能，这是合理的且具有现实针对性的，但无视文艺特点而将文艺与政治关系极端化处理则是十分危险的，将会导致文学言说中非文学的因素的增长和政治话语对文学的僭越，甚至使文学成为帮派斗争的工具。这个教训是十分深刻的。粉碎“四人帮”以后，文学理论界面临的首要问题，就是解放思想、拨乱反正，重新审视文艺与政治的关系。

《戏剧艺术》1979年第1期发表《工具论还是反映论——关于文艺与政治的关系》文章，这是在当时率先向“工具论”文学观发难的檄文。文章鲜明指出，不能简单理解“文艺为政治服务”，“把文艺直接说成是阶级斗争的工具，显然是对文艺为政治服务的一种简单化、机械化的理解，是不符合艺术的规律的”。[1]同年，《上海文学》1979年第4期发表题为《为文艺正名——驳“文艺是阶级斗争的工具”说》的评论员文章，深入分析了文学“工具论”的理论实质和现实危害，认为“这样的文艺观，将导致文艺与政治的等同，因而是一种取消文艺的文艺观，必须从理论上加以澄清”。[2]文章大声疾呼要“为文艺正名”。这两篇文章掀开了文艺与政治关系讨论的序幕。

在一个尚未完全解除禁锢的理论废墟上“为文艺正名”并不是一件容易的事情。也就是在上述两篇文章发表之后，《上海文学》1979年第7期发表了名为《坚持无产阶级的党的文学原则——“文艺是阶级斗争的工具”不容否定》的文章，继续为“文艺从属于政治”命题鼓吹。文章认为“在存在着阶级矛盾和阶级斗争的社会里，一切文学艺术都是阶级斗争的形象的工具，这是一条不依人们的意志为转移的客观规律，是不容否定的马克思主义文艺理论、毛泽东思想的基本原则。否定文艺是阶级斗争的工具，就是否定文艺事业应当成为无产阶级总的事业的一部分，成为整个革命机器中的‘齿轮和螺丝钉’，因而就是否定无产阶级的党的文学原则。一切革命者必须坚持这一根本原则，因为它是无产阶

〔1〕陈恭敏：《工具论还是反映论——关于文艺与政治的关系》，《戏剧艺术》1979年第1期。

〔2〕《上海文学》评论员：《为文艺正名——驳“文艺是阶级斗争的工具”说》，原载《上海文学》1979年第4期，见王尧、林建法主编《中国当代文学批评大系：一九四九—二〇〇九》卷三，苏州：苏州大学出版社，2012年，第306页。

级文艺的生命线”。[1]敏泽则在《文艺研究》1980年第1期发表《文艺要为政治服务》一文，强调“文艺要为政治服务”。[2]而深受政治迫害的作家丁玲则发表《作家是政治化了的人》，提出：“创作本身就是政治行动，作家是政治化了的人。”[3]类似这样的样声音还有很多，说明在当时特定的社会历史条件下为文艺正名并不是一件容易的事情。

文艺与政治的关系不只是学术探讨的话题，实际是一个实践性很强的，涉及占据主导地位的国家政权（及其意识形态）如何安置文学的问题。正因为这样，学术层面上的文学与政治关系的讨论，就转化为官方意志的权威表态。1979年，邓小平在中国文学艺术工作者第四次代表大会上所发表的“祝辞”，是党中央在新时期里关于文学与政治关系的一个指导性文件。邓小平强调：“围绕着实现四个现代化的共同目标，文艺的路子要越走越宽，在正确的创作思想的指导下，文艺题材和表现手法要日益丰富多彩，敢于创新。要防止和克服单调刻板、机械划一的公式化概念化倾向。”[4]从这一指导思想出发，邓小平提出：“党对文艺工作的领导，不是发号施令，不是要求文学艺术从属于临时的、具体的、直接的政治任务，而是根据文学艺术的特征和发展规律，帮助文艺工作者获得条件来不断繁荣文学艺术事业……”[5]翌年（1980年1月16日），邓小平在《目前的形势和任务》中再次明确指出：“不继续提文艺从属于政治这样的口号，因为这个口号容易成为对文艺横加干涉的理论根据，长期的实践证明它对文艺的发展利少害多。”[6]《祝辞》的发表和邓小平的讲话宣告了文艺从属于政治时代的结束，为文艺理论工作者解开了精神上的枷锁。从这时起，文艺理论界才能够理直气壮地探讨文学艺术自己的特点和规律。正是在这样的政治条件和文化气氛下，审美文论出场的

〔1〕张居华：《坚持无产阶级的党的文学原则——“文艺是阶级斗争的工具”不容否定》，《上海文学》1979年第7期。

〔2〕敏泽：《文艺要为政治服务》，《文艺研究》1980年第1期。

〔3〕丁玲：《作家是政治化了的人》，原载《文艺理论研究》1980年第3期，见杨桂欣编《观察丁玲》，北京：大众文艺出版社，2009年，第97页。

〔4〕邓小平：《在中国文学艺术工作者第四次代表大会上的祝辞》，见中共中央宣传部文艺局编《邓小平论文艺》，北京：人民文学出版社，1989年，第7页。

〔5〕邓小平：《在中国文学艺术工作者第四次代表大会上的祝辞》，见中共中央宣传部文艺局编《邓小平论文艺》，北京：人民文学出版社，1989年，第9页。

〔6〕邓小平：《目前的形势和任务》，转引自中共中央宣传部文艺局编《邓小平论文艺》，北京：人民文学出版社，1989年，第108页。

思想障碍被扫清了。

其次，形象思维论争中对文艺情感属性的强调，为审美文论从审美（情感）角度解释文学艺术，提供了最低限度的理论资源上的支持。

我国文艺理论界对形象思维的接受是从20世纪三四十年代开始的。20世纪五六十年代，70年代末80年代初，理论界围绕形象思维问题展开过两次热烈讨论。两次讨论的核心问题，是如何认识文学艺术的本质特征。由于受历史条件的限制，这一讨论主要是在认识论的框架里进行的，文学艺术被看作是对社会生活形象的认识。但李泽厚论形象思维的文章，改写了形象思维运思路径，显示了与众不同的特点。李泽厚高度肯定文学艺术的情感因素和审美特点。特别是在《形象思维续谈》以及《形象思维再续谈》这两篇文章里，李泽厚明确指出“艺术包含认识，它有认识作用和理解因素，但不能等同于认识”，强调“艺术不仅仅是认识”。如果艺术不是认识或者不仅仅是认识，那么，它是什么？对此，李泽厚强调艺术的“情感”特点，认为“艺术的情感性常常是艺术生命之所在”。〔1〕与李泽厚的理论文章相呼应，童庆炳先生先后发表了《略论形象思维的基本特征》和《再谈形象思维的基本特征——兼答邹大炎同志》两篇文章，在肯定形象思维“是一条文艺创作的基本规律”的前提下，高度肯定了情感在形象思维中的作用，认为形象思维的基本单位不是具体的概念而是一幅一幅的生活图画，强烈的情感运动是形象思维的推动力量。〔2〕由此，文学艺术的情感本质得到强调。形象思维的讨论为新时期审美文论对文学情感本质的强调，提供了最低限度的理论资源上的支持。众所周知，对情感因素的强调，是审美文论认识文学的一个核心关切。

最后，苏联文论界审美学派的启发，也是催生审美文论理论自觉的一个因素。新时期之初的中国文学理论界，与1956年前后苏联文学理论界面临相似的问题。1956年之前，苏联美学界对于艺术比较一致的看法是，艺术是一种社会意识形态，是反映现实的一种特殊形式；艺术与其他社会意识形态相区别的根本特征，在于它以形象来反映现实。从1956

〔1〕 李泽厚：《形象思维再续谈》，《文学评论》1980年第3期。
〔2〕 童庆炳：《略论形象思维的基本特征》，《北京师范大学学报》（社会科学版）1978年第3期。

年开始，苏联美学界围绕文学艺术的本质问题展开了长达十年之久的论争，形成了以布罗夫为代表的审美学派。布罗夫是从反思俄国民主主义革命家别林斯基的一个观点出发开始自己审美文论的理论建构的。别林斯基在谈到艺术与科学的区别时曾经指出，艺术与科学的根本区别不在于内容，而在于处理内容的形式和方法。这就是曾经被写进我国文学理论教科书里的一段著名的话：

> 哲学家用三段论法，诗人则用形象和图画说话，然而他们说的都是同一件事。政治经济学家被统计材料武装着，诉诸读者或听众底理智，证明社会中某一阶级底状况，由于某一种原因，业已大为改善，或大为恶化。诗人被生动而鲜明的现实描绘武装着，诉诸读者底想象，在真实的图画里面显示社会中某一阶级底状况，由于某一种原因，业已大为改善，或大为恶化。一个是证明，另一个是显示，可是他们都是说服，所不同的只是一个用逻辑结论，另一个用图画而已。[1]

由此，别林斯基得出结论：艺术和科学在反映对象上没有什么区别，区别只在手段和方法。布罗夫认为，别林斯基的这种看法，只是着眼于文学与科学作为意识形态共有的特点谈论文学，恰恰忽视了文学艺术之为文学艺术的特殊性。布罗夫试图从美学的角度说明作为社会意识形态的文学艺术区别于其他社会意识形态的特殊性——“如果美学只限于重复关于艺术的一般原理，它还不能算是名副其实的美学科学。阐明艺术的实质、它的规律性——这意味着主要指出艺术的特点，指出那些使艺术区别于其他一切社会意识形态的特征，这些特征规定了艺术的质的特殊性，从而规定了艺术在与其他意识形态并列时的相对独立性。”[2]布罗夫强调，艺术的对象不同于社会科学的对象，正如社会的人不同于社会一样。艺术不能忽略社会的人的生活，同整个社会生活及其规律性比较起来，社会的人的生活有其独特性。从这一关于艺术特殊对象的理解出发，布罗夫坚定地认为别林斯基“艺术的对象是整个世界”这个论

---

〔1〕 以群主编《文学的基本原理》（修订本），上海：上海文艺出版社，1980年，第38页。

〔2〕［苏］阿·布罗夫：《艺术的审美实质》，高叔眉、冯申译，上海：上海译文出版社，1985年，第2-3页。

断是错误的。因为，根据这个论断，世界上的一切（即人和物，无机界和有机界的现象——植物、动物）同样是艺术的认识对象，也就是说，根本谈不上艺术有什么特殊的对象。在批判了将艺术对象与科学对象等同起来的观点之后，布罗夫认为，文学的特殊内容是社会的人及其感情、思想和行动的全部总和，明确主张文艺的本质是审美："艺术的本质的和形式的特征，按其性质来说，乃是审美的特征。"[1]布罗夫认为，文艺的审美本质主要表现在两个方面：第一，文艺反映客观存在的审美属性；第二，文艺是艺术家创造性活动的结果，作品的艺术性的高低是衡量它的审美价值的尺度。布罗夫还认为，文艺的特殊性是多方面的，它既表现在形式，也表现在内容、对象、作用、方法等方面。否认这种特殊性，就等于否认了文艺的认识、审美和教育等功能，使文艺变成简单的宣传和传播工具。

审美文论的代表人物童庆炳初期的审美文论建构，与布罗夫的审美文论在运思上遵循着大致相同的逻辑，也是从反思别林斯基的失误开始，然后指出文学反映生活的特殊性既在形式，也在内容——文学反映具有审美属性的生活。[2]童先生自己也谈到，他的审美文论的理论建构，许多受益于布罗夫的审美学派。特别是"审美"和"审美价值"这两个概念，直接受惠于审美学派。他坦言，苏联审美学派从美学的视角对于文学艺术本质的探讨，从而得出的关于文学艺术审美特性的结论，"对于苦苦想摆脱'文艺从属于政治'羁绊的新时期的中国学者来说，显然具有很大的启示意义。笔者由此受到启发，提出了'文学的对象和内容必须具有审美价值，或是在描写之后具有审美价值'"，并且"从文学反映的客体和反映主体两个维度揭示了文学的审美特征"。[3]

二、审美文论与现代文论传统

审美文论的要旨，在于肯定文学艺术的审美特征，认为审美是文学

[1] [苏]阿·布罗夫：《艺术的审美实质》，高叔眉、冯申译，上海：上海译文出版社，1985年，第193页。

[2] 童庆炳：《关于文学特征问题的思考》，《北京师范大学学报》（社会科学版）1981年第6期。

[3] 童庆炳：《新时期文学审美特征论及其意义》，《文学评论》2006年第1期。

艺术区别于其他精神产品的根本特征。而所谓文学艺术的审美特征，也就是文学艺术的情感特征：文艺是表现情感的，以情动人是文艺的根本属性，对文学艺术的审美评价也就是情感评价。审美文论因此可以说是一种主情的文论。

中国传统文论对于文学的认识，多是在“载道”和“缘情”两个维度上展开的。所谓“文以载道”“诗缘情而绮靡”即典型体现了传统文论对于文学认识两个维度的特点。而将“审美”引入文学，或将审美与情感联系起来规定文学的本质，实际是19世纪末20世纪初西学东渐的产物，是20世纪现代文论的一个传统。

王国维率先参照西方现代美学的观点解释文学，带来了文学解释的新气象。他的关于文学艺术的观点归纳起来主要有三点：第一，美是超功利、无利害的领域；第二，艺术的本质在于欲望与痛苦之解脱；第三，文学是游戏的事业。王国维对于文学艺术解释的这些观点，显然是传统文论所缺失的，其主要理论资源，是西方现代美学特别是康德、尼采、叔本华等人的思想。可以说，王国维是19世纪末20世纪初援西方现代美学入本土文论的开山性的人物。他的美学思想，把文学艺术从“载道”论框架里解放出来，提供了一个解释文学艺术的审美视角——文学是超功利的、无利害的——所谓游戏，实在是“超功利”“无利害”的注脚。王国维的文艺思想包含着文论现代性内容，堪称审美文论的渊薮。

鲁迅虽然没有给出一个关于文学艺术审美本质的完整表述，但他对文学艺术特殊性的理解十分深刻。早在1908年的《摩罗诗力说》一文中，鲁迅在谈到美术本质的时候说过这样一段话：“一切美术之本质，皆在使观听之人，为之兴感怡悦。文章为美术之一，质当亦然，与个人暨邦国之存，无所系属，实利离尽，究理弗存。”[1]这里，“兴感怡悦”是从功能角度对于文学艺术审美特性的说明。不仅如此，鲁迅既看到了作为美术之一的文章“与个人暨邦国之存，无所系属”的特点，又看到了文章不涉及概念和功利计较（“实利离尽，究理弗存”）的形象性特点，肯定了文学艺术具有“涵养吾人之神思”的美育功能。这种认识是符合

---

〔1〕 鲁迅：《摩罗诗力说》，见《鲁迅全集》第一卷，北京：人民文学出版社，2005年，第73页。

后来审美文论基本精神的。

鲁迅之后，至20世纪二三十年代，存在着一个对于文学艺术侧重于从情感的、美的角度来认识的传统。尽管这个传统若隐若现，但一直保留着。我们可以举几个例子来说明：周作人早在1918年，就强调平民的文学应该重视“普遍与真挚两件事”。[1]真挚，即情感之真挚。20世纪30年代，周作人在《中国新文学的源流》一书中为文学下的定义是：“文学是用美妙的形式，将作者独特的思想和情感传达出来，使看的人能因而得到愉快的一种东西。”[2]这个定义里所谓“美妙的”“思想和情感传达”“愉快的”等词，是后来说明文学艺术审美特征时所常用的。周作人对于文学艺术的认识，与传统载道论的文艺观是不一样的，包含着对于文学审美特征的了解和体认。郑振铎则在《新文学观的建设》（1922年）一文中，强调：“文学是人类感情之倾泻于文字上的。他是人生的反映，是自然而发生的，他的使命，他的伟大价值，就在于通人类的感情之邮。”[3]所谓“通人类的感情之邮”，实际是强调文学是以情感为纽带的人类情感的传达形式。马宗霍1926年出版的带有教材性质的《文学概论》里，对于文学的特质是从三个方面进行界定的：第一，文学“可以慰人”，“文学为美术之一，凡美术皆足以刺激人之感觉，而动其喜乐之情，而尤以文学之力为强”。第二，文学“可以观人”，“凡人性之善恶，遇之穷通，行之贤不肖，有诸内必形诸外，其发也不掩，而于文学尤然”。第三，文学“可以感人”，“文生于情，情生于感，人皆有情，人皆有感，于是文还可以感情，情还可以感人。文也、情也、感也，盖息息相生，因因相续者也”。[4]这是从功能角度比较系统地谈论文学特征的观点。无论是文学之“慰人”，之“观人”，还是文学之“感人”，都是讲文学以情感方式作用于人的特点的，说明马宗霍对文学的情感本质有深刻的认识。

这个关于文学艺术特征认识的传统，不是古代文论里固有的，而是西学东渐的产物。虽然上述文论也掺杂了古代文论的一些思想，但对于

---

〔1〕周作人：《艺术与生活》，石家庄：河北教育出版社，2002年，第4页。

〔2〕周作人：《中国新文学的源流》，上海：华东师范大学出版社，1995年，第2页。

〔3〕郑振铎：《新文学观的建设》，原载《文学旬报》第37期，见《郑振铎文集》第四卷，北京：人民文学出版社，1985年，第346页。

〔4〕马宗霍：《文学概论》，上海：商务印书馆，1925年，第11、13、16页。

文学艺术特征的认识起主导作用的，则是西方文论在中国的传播所形成的文艺观念。这一时期出版的许多外来文学理论著作，从情感的角度解释文学艺术，是一个显著的特点。例如，1920年率先由张锡琛以文言文的形式翻译并将前编分章刊登在《新中国》杂志上的日本学者本间久雄的《新文学概论》，高度肯定想象、感情、趣味的重要性。该书引用法国学者居友的话说："艺术的最高目的，即在使发生具有社会的特质的审美的感情。"这可能是最早从审美的情感角度谈论文学艺术特征的观点。20世纪20年代翻译出版的另外两部文艺理论著作——俄国作家托尔斯泰的《艺术论》和日本学者黑田鹏信的《艺术概论》，[1]也不约而同地把文学艺术看作是人类情感的表达。托尔斯泰认为："人们用语言互相传达自己的思想，而人们用艺术互相传达自己的感情。"[2]黑田鹏信则早在1922年的《艺术学纲要》里就提出，艺术是"感情的发现"，这种情感"必须是美的感情"[3]。范寿康依据日本学者伊势专一郎的著作编译而成的《艺术之本质》[4]强调艺术作品中的美，"是感情移入的价值"。[5]这些观点具有鲜明的文论现代性质，与新时期审美文论的相关表述有着本质性的精神联系。

20世纪二三十年代出版的文学理论教材，也体现出从情感或审美的情感角度解释文学的新特点。刘永济《文学论》(1924年)认为："文学既为艺术，当然执美为其中心。"[6]夏丏尊《文艺论ABC》(1928年)认为："文艺的本质是情"，"文艺中的情，不是现实的情，是美的情。所谓美的情者，是与个人当前实际利害无关系的情，美的情能使人起一种快感，即其情为苦痛时也可起一种快感。"[7]钱歌川《文艺概论》(1930年)认为："文学就是人类感情的表现"，"美的情绪自然是一种快感，

---

[1] [俄]托尔斯泰：《艺术论》，耿济之译，上海：商务印书馆，1921年；[日]黑田鹏信：《艺术概论》，丰子恺译，上海：开明书店，1928年。

[2] 这里用的是丰陈宝的译文。见列夫·托尔斯泰：《艺术论》第五章，丰陈宝译，北京：人民文学出版社，1958年，第45-46页。

[3] [日]黑田鹏信：《艺术学纲要》，俞寄凡译，上海：商务印书馆，1922年，第1-3页。

[4] 范寿康：《艺术之本质》，上海：商务印书馆，1930年，第12页。

[5] 有关现代文论关于文学本质的详细梳理，参阅了李心峰：《中国20世纪的艺术本质论》，《民族艺术研究》2005年第4期。

[6] 刘永济：《文学论》(第3版)，上海：商务印书馆，1934年，第77页。

[7] 夏丏尊：《文艺论ABC》，上海：世界书局，1928年，第6、10页。

所以给与快感，也不失为文学的一种特质。”[1]老舍《文学概论讲义》（1930年）：“感情与美是文艺的一对翅膀，想象是使它们飞起来的那点能力；文学是必须能飞起的东西。使人欣悦是文学的目的，把人带起来与它一同飞翔才能使人欣喜。感情，美，想象，（结构，处置，表现）是文学的三个特质。”[2]潘梓年《文学概论》（1925年），为文学下的定义是：“文学是用文字的形式，表现生命的纯情感，使人生得着一种常常平衡的跳跃。”[3]林文铮《何谓艺术》（1931年）则认为：“美是艺术品之本质，艺术品可以美情绪为其元素。”[4]

可以看出，在20世纪现代文论发展的历程中，存在着一个从审美（情感）视角解释文学艺术特征的传统，这个传统是西学东渐，又杂糅了古代文论的一些思想的结果。由于特定历史条件的限制，这个传统没有成为现代文论的主流。相反，是与“载道”精神相一致的功利主义文论占据了主流。而在经历了“文革”政治劫难以后，中国文论自然要向更加符合文学艺术实际的方向发展，这就决定了审美文论在新时期的出现，既是回应、承续前已有之的现代文论传统，又是特定时代文化政治的历史选择。

三、一代学人的集体贡献

提起新时期的审美文论，学界有一种几乎一致的看法：童庆炳、钱中文、王元骧是这一文论思潮的代表人物。这话大体不错。因为，童庆炳、钱中文、王元骧不仅较早提出了文学审美本质、文学情感属性以及文学审美意识形态的观点，而且在以后长达几十年的学术历程中依然恪守并不断丰富、深化这些观点，从而使审美文论构成了一段时期文论话语的主导形态。但是，学术研究需要耐心细致地甄别文献，考据源流，从而形成判断。基于这样的认识，笔者重新阅读了新时期之初围绕文学

[1] 钱歌川：《文艺概论》，上海：中华书局，1930年，第34、38页。
[2] 老舍：《文学概论讲义》，齐鲁大学文学院，1930年铅印本，见《文学概论讲义》，上海：复旦大学出版社，2004年，第48页。
[3] 潘梓年：《文学概论》，上海：北新书局，1925年，第67页。
[4] 林文铮：《何谓艺术》，上海：光华书局，1931年，第21-22页。

本质展开讨论的文章后发现，在否定了文学为政治服务的提法之后，学界几乎不约而同地集中到对文学的审美特征的发现和证明上。换句话说，新时期审美文论绝不是一个人或几个人的理论贡献，而是实际体现出一代学人在特定历史条件下的理论思考。

较早对于文学艺术审美本性进行思考的，是何新的一篇题为《试论审美的艺术观——兼论艺术的人道主义及其他》的文章。这篇被作者称为“向艺术理论中的某些禁区进行冲击的一次尝试”的文章明确提出，审美是艺术的根本功能：“在艺术的一切功能中，审美作用是艺术最重要，也是最根本的功能，一件作品，如果它虽具有认识或教育的价值，但却不具有审美价值，它就不配被称作艺术品。反之，若一件作品，虽然丝毫不具有认识或教育的价值，然而具有审美价值，那么它还是当之无愧的可以被称作艺术品。……由此可见，一件作品是否成其为艺术品，及其艺术价值的高低，从根本上说，乃是以其是否具有审美价值，及其审美价值之高低来确定和衡量的。”作者通过拉斐尔的油画杰作《西斯庭圣母》来说明：“在艺术中，被通常看作内容的东西，其实只是艺术借以表现自身的真正形式。而通常认为只是形式的东西，即艺术家对于美的表现能力和技巧，恰恰构成了一件艺术作品的真正内容。人们对一件作品的估价，正是根据这种内容来确定的。”这里包含着对所谓“题材决定论”的否定，对艺术作品本体问题的重视，实际上解构了流行的关于艺术作品内容与形式关系的观点。文章最后认为：

> 艺术所表现的是人生。艺术所诉诸的对象是人。艺术是一种呼吁。它要在人心和人的情感深处求得回声和共鸣。只有作到了这一点的作品，才是成功的。人们才承认它是美的。[1]

这样的言论，在新时期之初具有振聋发聩的意义。

何新这篇文章很快引起了争论。涂途的《艺术的审美作用及其他——读〈试论审美的艺术观〉管见》一文，从反驳何新关于“艺术以自身为内容和目的”以及对艺术的认识功能、教育功能和审美功能三者关系的理解

---

〔1〕 何新：《试论审美的艺术观——兼论艺术的人道主义及其他》，《学习与探索》1980年第6期。

入手，反对把艺术的认识、教育功能与审美功能割裂，唯独推崇艺术的审美功能的做法。涂途并不反对文艺的审美教育作用，认为："一切真正的艺术作品自然都应该是美的作品；艺术丧失了美，就不成其为艺术。美感教育功能的确是文艺区别于其他社会意识形态和上层建筑而具有的特殊的社会功能。然而，文艺的审美作用并非如何新同志所说，可以'丝毫不具有认识或教育的价值'，完全与认识和教育无关；而文学艺术作品中的美，也决不可能象《试论》中所写的那样，仅仅只是什么'没有意义'、'没有内容'的所谓纯粹的'形式美'。"涂途认为："一件艺术作品真正的美，必然是它的内容和形式的完美结合和有机统一；既不能单由内容决定而美，也不可能仅凭形式的表现便美。那种'没有内容'、'没有意义'的所谓艺术，不可能是真正美的艺术，也就更谈不上还有什么真正的审美价值和作用。无论什么样的'形式美'，总要直接或间接地联系着它所表现的一定的内容。"那种"'艺术应该以自身为内容和目的'的观点，实质上是人所共知的'为艺术而艺术'或'纯艺术'论的翻版"。〔1〕

周来祥、栾贻信《也谈艺术的审美本质——与何新、涂途商榷》，既不赞成何新"艺术以自身为内容和目的"的"为艺术而艺术"的观点，也不赞同涂途把文学艺术说成"对社会生活形象的反映"的观点，明确提出："艺术是审美意识（审美情感）的物化形态，审美情感的本质就是艺术的本质……艺术包含着认识，但不只是认识，艺术以情感为特质，但又不只是情感。艺术是认识论的内容和心理学形式，有目的性和无目的性的统一。"〔2〕周来祥在这篇文章里特别分析了"艺术是现实生活的形象认识"这个定义的荒谬之处。认为，这个观点不是马克思主义对艺术本质的看法，它的发明者是俄国革命民主主义者别林斯基。艺术与科学在内容上并没有什么不同，二者的区别仅仅在于形式。周来祥认为别林斯基这个被写进我国文学理论教材进而产生了广泛影响的命题的根本错误在于：其一，这个命题来源于黑格尔"美是理念的感性显现"，但别林斯基只是对黑格尔命题做了唯物主义的改造，却没有吸收黑格尔辩证的思想。其二，别林斯基提出的，涂途同志所坚持的关于艺术和科

〔1〕涂途：《艺术的审美作用及其他——读〈试论审美的艺术观〉管见》，《学习与探索》1981年第4期。
〔2〕周来祥、栾贻信：《也谈艺术的审美本质——与何新、涂途商榷》，《学习与探索》1982年第2期。

学的对象、内容相同，但认识形式不同的命题，从逻辑上来说，是混乱的，讲不通的。因为它不能说明内容相同何以形式不同，认识形式（思维形式）的差异究竟是被什么制约和决定的。其三，别林斯基认为艺术是形象的认识，形象性是艺术的主要特征。我们的教科书和文章也不断重复这一思想。对此，周来祥认为，艺术作为审美意识的物化形态，它的根本特征不是形象而是情感，形象与情感相比，是第二位的东西。因为没有形象性也可以成为艺术，但没有情感就不成其为艺术。通过分析别林斯基的失误，作者给出了一个关于文学艺术的定义："艺术作为客观美的反映，实质上也就是艺术家审美意识的物化形态——用语言、线条、声音等物质媒介把它固定下来。就是从这种意义上，我们说审美意识、审美情感的特质也就是艺术的特质。"〔1〕这是当时最集中、最深入讨论文学艺术审美本质的文章。从否定别林斯基"形象认识说"，到艺术的无目的的合目的性，再到艺术的认识论的内容和心理学的形式等，作者为我们完整展示艺术作为一种"特殊意识形态"的性质。〔2〕

〔1〕 周来祥、栾贻信：《也谈艺术的审美本质——与何新、涂途商榷》，《学习与探索》1982年第2期。

〔2〕 实际上，早在1981年上半年，《文史哲》杂志曾经就文学艺术的本质问题组织一批专家学者进行过讨论。《文史哲》第3期率先发表周来祥、狄其骢、张国民、袁世硕四位先生的文章。其中周来祥《审美情感与艺术本质》（《文史哲》1981年第3期）是在当时集中探讨文学艺术审美本质的代表性文章。文章首先分析了两种流行的关于艺术本质的观点：一是表现主义（表情）倾向，把文艺看作主观、心理、情感的表现，否认它是对客观现实生活的再现、认识和反映。二是理智主义倾向，把文艺看作是一种认识，或者说是一种形象的认识；把艺术创作只归结为一种认识活动，把艺术论只归结为认识论的特殊形态。在此基础上，作者提出研究艺术的审美本质可以有两种角度：一是从美的本质角度去研究。艺术美是生活美的反映，它与生活美有共同的规律，虽然它是一种特殊的意识反映。假若说美是真与善的统一，是人的本质力量的对象化，是合目的性与合规律性的统一，那么艺术在本质上也应该是真与善的统一，内容美与形式美的统一，是和谐，是自由。二是从审美情感、审美意识的角度去研究。艺术是生活美的反映，同时也就是审美意识的物化形态——用语言、线条、颜色、声音等物质媒介把它固定下来。从这个角度看，审美情感、审美意识的特质，也就是艺术的特质。而如果从审美情感的特质看艺术的本质，则"艺术的本质（因为它不过是审美情感、审美意识的物化形态），从认识论看是感性与理性的统一，是感性中理性内容的表现；从心理学看，是理智（物的本质）和意志（人的目的要求）的结合，情感、想象和理解的结合，因而也可以说是认识的内容和心理的形式的统一。如果说艺术只是认识，不承认它的心理形式，就会等同于哲学的认识论，等同于抽象思维，就会否认艺术的特殊本质。同时只承认它的心理形式，不承认它的认识内容，那就会使艺术脱离哲学、科学，脱离客观认识对象，艺术就会失去其社会理性内容，堕落为本能的、生理的、动物式的情绪意识的表现。所以这里讲的审美情感比日常所说的情感又深刻得多、复杂得多。它不只是指主观的情感态度和体验，而是指一种感性与理性相统一，情感（一般意义上的）、感知、理解、想象四种因素和谐的自由结合的一种意识形式，或者说是一种不同于科学意识、道德意识的特殊的审美意识"。周来祥的艺术本质观，突出了艺术审美本质——即艺术是审美情感、审美意识的物化形态，又考虑到艺术的认识论内容和心理学的形式的辩证关系，在当时是有创新价值的。

鲁枢元也是较早关注文学艺术审美特质的学者之一。他的《文学，美的领域——兼论文学艺术家的“感情积累”》从反思“文学是社会生活的反映”这一命题开始进行自己的理论思考。鲁枢元认为这一受到车尔尼雪夫斯基机械唯物论影响的美学命题，虽然划清了在文学源泉上与唯心主义的界限，但还没有能够揭示文学反映社会生活的作家的主观能动性。他提出要扬弃“艺术是社会生活的反映”这一命题，确立情感在文学艺术作品中的地位：“情感因素，应该说是文学作品生命中流动的汁液，没有灌注进情感的文学作品是泥胎、木偶、纸花，是艺术的赝品；激不起读者感情波澜的文学作品，也就无法使人欣赏。”[1]张涵《论艺术作品的审美性质》也是集中探讨文学艺术审美本质的文章之一。文章认为：“在人类所创造的一切产品（包括物质的和精神的）中，艺术作品是一种审美形态的东西，主要具有一种审美性质，因而它最能够满足人们精神上的审美需要，和最大程度地帮助人们对客观世界和主观世界进行审美掌握。”所谓“意识形态性，思想性，认识性，形象性，典型性，主观性，情感性，愉悦性，工艺性等等，均为艺术作品的属性，都是艺术作品所不可缺少的。然而，无论其中的那一种属性，都必须同时具备审美的性质，才有可能成为艺术作品的本质属性；反之，如果不具备审美的性质，不要说其中的一种属性了，即使诸属性的相加，也仍然不能算作艺术作品的本质属性，因而也无法构成艺术作品。……审美性质在构成艺术作品的本质上，起着一种决定性的作用，是一种具有全局性的属性”[2]。

童庆炳《关于文学特征问题的思考》，也是一篇在当时较为集中、较有深度地探讨文学本质特征的文章。文章从质疑“文学形象特征论”开始，追本溯源地分析了别林斯基在这一命题上的失误，然后从文学的独特内容、作家的独特的思维方式、文学独特的反映形式和文学独特的性能四个层次分析文学的基本特征。这四个层次不是并列的，文学的独特内容规定着其他三个层次的特征。从探讨文学内容的特殊性开始，童先生提出了文学反映生活的特殊性：首先，“文学反映的生活是人的整

[1] 鲁枢元：《文学，美的领域——兼论文学艺术家的“感情积累”》，《上海文学》1981年第6期。
[2] 张涵：《论艺术作品的审美性质》，《郑州大学学报》（哲学社会科学版）1982年第3期。

体的生活。这里所说的整体的生活，是指现象和本质具体的有机的融合为一个整体的那种生活。文学就是对这种整体生活作综合的反映”。其次，“文学反映的生活是人的美的生活”。再次，“文学反映的生活是个性化的生活。文学所反映的生活是经过作家的思想、感情的灌注、留下了作家的精神个性的印记的生活，这是文学的内容的又一重要特征。文学创作反映生活，但不是临摹生活。作家写进作品中去的生活，是经过他千百次拥抱的生活，那里面留下了他的感情、愿望、理想和思考”。

在此基础上，作者总结道：“文学的具体的对象、内容跟其它科学的具体的对象、内容有很大不同，文学所反映的生活是整体的、美的、个性化的生活。这就是文学的内容的基本特征。抓住了文学的内容的基本特征就抓住了文学的基本特征这一问题的关键。一定的内容决定一定的形式。文学之所以采用艺术形象这一形式来反映生活，就是因为艺术形象本身具有的特点能够适应并满足文学的内容的要求。”[1]最终，童先生将问题的关键落在了是从形式方面还是从内容方面去规定文学的基本特征。在他看来，我们首先应该从内容、对象上来认识文学的基本特征，而不是首先从形象的形式出发，只有这样作家才能首先关心自己的作品“反映什么”的问题，才能从活生生的整体的美的生活出发，从而使文学破解公式化、图解化的问题。之后，在《文学与审美——关于文学本质问题的一点浅见》中，童先生正式提出了“审美本质论”，认为“文学是社会生活的形象的反映”是从哲学认识论出发对文学的本质所做的结论，而“审美本质论”指出“文学包含认识，但又不仅仅是认识，它的特质是审美，并认为单纯用哲学认识论不可能完全揭示文学的本质，必须综合哲学认识论、审美心理学、社会学的方法，从文学创作的客体与主体、文学作品的内容与形式的统一角度入手，才有可能真正揭示文学的本质”。[2]并且，童先生还指出要打破三十年来在文学研究问题上的教条主义，只有首先在文学的本质问题上引进“审美”观念，然后在文学理论的各个相关问题上深深地引进“审美”的观念，我们的文学理论才能打开新的局面。

可以看出，新时期之初的几年里，对于文学艺术的审美特征认同的

---

〔1〕 童庆炳：《关于文学特征问题的思考》，《北京师范大学学报》（社会科学版）1981年第6期。
〔2〕 童庆炳：《文学与审美——关于文学本质问题的一点浅见》，见童庆炳：《在历史与人文之间——童庆炳文学专题论集》，北京：北京师范大学出版社，2007年，第19页。

观点已经是很普遍的了。正因为这样，从审美视角解释文学艺术，或肯定文学艺术的审美特征，这一在新时期形成共识的思想才被写进了稍后具有换代性质的文学理论教材里，成为被广泛接受的文学观念。例如：陈传才《艺术本质特征新论》提出了“艺术是一种具有社会审美属性的意识形态”的观点。[1]杜书瀛《文学原理创作论》认为：“审美价值的创造是文学创作的本分，是文学创作的本质规定性。正因为文学创作的本质职能、主要目的和根本目的是创造审美价值，所以它才配称为文学创作。”而“文学创作中除审美之外的其他因素（道德的、政治的、宗教的、哲学的、科学认识的……），只有以审美因素为核心、与审美因素相结合、甚至成为审美中有机的成分之后，才能取得在文学创作中存在的价值和意义”。[2]王宏建主编《艺术概论》认为：“艺术既然与美有着如此密切的联系、如此重要的关系，那么，美就应是艺术作品的灵魂，审美就应是艺术的核心本质。”[3]杨铸《文学概论》认为，文学的核心价值是审美价值，而文学的认识价值、教育价值和娱乐价值则是依附于审美价值的，是辅助性的。[4]

而童庆炳先生主编的各类文学理论教材，则以“审美”为核心开始了文学理论知识讲述上的更新：

> 文学反映生活的特殊性是什么呢？我们认为文学对社会生活的反映，是审美的反映。审美是文学的特质。审美地反映生活这一点，把文学和其它社会意识形态以及科学区别开来。所谓审美，就是对美的认识和欣赏。[5]

---

〔1〕陈传才：《艺术本质特征新论》，北京：中国人民大学出版社，1986年，第41页。

〔2〕杜书瀛：《文学原理创作论》，北京：人民文学出版社，2001年，第37、39页。

〔3〕王宏建主编《艺术概论》，北京：文化艺术出版社，2010年，第65页。

〔4〕杨铸：《文学概论》，北京：北京大学出版社，2005年，第63页。

〔5〕童庆炳：《文学概论》上册，北京：红旗出版社，1984年，第47页。童先生在《文学审美论的自觉——文学特征问题新探索》（北京师范大学出版社，2011年）里，把原教材中“所谓审美，就是对美的认识和欣赏”改为“所谓审美，就是对美的对象的情感评价”（该书第41页）。这反映出童先生早期文艺思想的认识论痕迹。把审美归结为对美的认识和欣赏，是典型的认识论观点。童先生在新时期之初，虽然不遗余力地反思、解构“文学是社会生活形象的认识”这一观点，但他自己却又无意识地陷入到了认识论的思维框架里。这说明，新时期之初文学理论的建构绝不是一件容易的事情，囿于特定时代的思维方式的局限，知识装备上的局限，文学理论关于文学本质的探索往往带有过渡的色彩。

文学在反映社会生活上区别于其他社会意识形态的特殊性是什么呢？可以用一句很简单的话回答：是审美反映。所谓审美反映就是说作家以审美为中介创造一个新的艺术世界。因此，文学就有它特殊的反映对象，特殊的反映方式和特殊的内容意蕴。[1]

文学艺术的特质是审美。文学有其特殊的对象和特殊的反映生活的方式。文学的特殊对象是人生，即人的生活、人的现实活动，是人的思想感情和性格命运。文学的特殊性规定了文学反映方式的特殊性。文学按照审美方式来反映世界。文学的对象的特殊性和审美反映方式的特殊性，决定了文学的内容和形式都是审美的。文学是人对现实的审美反映，是具有审美特质的社会意识形态。[2]

文学是显现在话语蕴藉中的审美意识形态，这种审美意识形态是一般意识形态的特殊形式，而一般意识形态又属于社会结构中的上层建筑。[3]

值得注意的是，童先生主编的，先后修订数次的，被列为全国规划教材的《文学理论教程》，则很少有说明“审美反映”的文字，基本是围绕“审美意识形态”展开论述的。这是理论的疏忽，还是有意为之的行为？

四、审美文论的评价问题

20世纪80年代占据文论支配地位的审美文论，是特定历史条件下的产物。对审美文论的评价，不能用非历史主义的眼光，也不能沿用当下流行的文化研究的标准。这些年来，反思审美文论的文章多了起来，这本来是好事，但是在许多反思审美文论的文章里，暴露出非历史主义的

〔1〕 梁仲华、童庆炳：《文学理论基础读本》，北京：北京广播学院出版社，1988年，第48页。
〔2〕 童庆炳主编《文学概论》，武昌：武汉大学出版社，1989年，第70页。
〔3〕 童庆炳主编《文学理论教程》，北京：高等教育出版社，1992年，第97页。

倾向，甚至用文化研究的标准来指责文学理论中的审美言说。这是有失公允的。

从历史上看，从审美的角度看待文学，是早已有之的文论传统，无论是西方文论，还是中国文论，审美在许多文论家那里是受到高度重视的。即使是在政治功利论的和单纯认识论的文学理论模式里，审美也是一个用来说明文学艺术特征的因素。只是，比较起来，相对于文学艺术的其他特质，审美被置于从属的地位罢了。例如，以群主编的《文学的基本原理》在谈到文学的认识作用、教育作用和美感作用的时候这样说：

> 文学的认识作用、教育作用、美感作用三者不可能彼此分割开来，而是密切地联系在一起的。思想是文学作品的灵魂，一篇作品也象一个人一样，没有灵魂就不会有生命；而表现在文学作品中的思想，又必须寄寓或渗透在从现实生活之中汲取出来的人物和事件之中。……文学的教育作用也必然和它的认识作用紧密地结合在一起，两者是不能分割的。在一般情况下，读者阅读文学作品，同听一个政治报告的心情是不一样的。他们开始往往是为了从阅读某一作品中获得休息和愉快，或者为了从中得到某种知识。但是，当他们被作品中的人物、故事所吸引，产生了感情上的强烈反响之后，就必然会在反复地咀嚼、回味、沉思之中，不知不觉地受到思想上和认识上的教育。文学作品的教育作用和认识作用所以不同于哲学或其它社会科学著作，就在于它是通过艺术的形象，使人如临其境、如见其人、如闻其声，从中受到感染，在思想感情上受到潜移默化的影响和教育。……反过来，文学的美感作用也并不是抽象的、空洞的东西，它总是包含着一定的生活内容、一定的思想内容的。换句话说，美的东西总是与真的、善的东西联系在一起。[1]

这段关于文学的认识作用、教育作用和美感作用及三者之间关系的论述，即使在今天看来，也是有积极的意义的。作者不仅对文学认识作

〔1〕 以群主编《文学的基本原理》（修订本），上海：上海文艺出版社，1980年，第85-87页。

用、教育作用的特殊性有着深刻的认识，而且对于美感的认识也是辩证的。特别是对文学艺术活动中强烈的“感情反响”以及“不知不觉”特点的说明，具有很大的合理性。只是，教材在对文学社会作用的强调上，认识的、教育的作用被置于首要的位置，而“美感”作用则被排在了次要位置。极端的情况，是出现忽视或无视文学的美感作用，而片面地以思想的、题材的、特定时期口号政治的标准要求文学的现象。例如“文革”期间的“题材决定论”“三突出”理论等，就属于这种情况。

从这个意义上讲，新时期审美文论的贡献，在于将文学艺术的审美特征，从被忽视、被压抑、被排挤的地位当中解放出来，恢复了文学艺术的本来面目。这在当时的确具有拨乱反正的意义。

审美文论在文学本质的多元结构里，凸显了审美的维度。这一变更，具有革命的、解放的意义。这可以从两个方面来说明：一是审美文论作为一种社会文化思潮，既得力于思想解放运动的助力，又以自己特有的方式参与并推动着思想解放运动的发展。审美文论为思想解放运动鸣锣开道，为人的觉醒奋笔疾书，为社会的文明进步摇旗呐喊，构成了20世纪80年代最动人的乐章。我们应该对那个时代的审美文论的倡导者们表达足够的礼赞，尽管审美文论的许多言论现在看来多是不堪一击的乌托邦。但是，与沉闷的社会现实比较，乌托邦毕竟是人类精神的不死鸟——在悲壮的呐喊中使更多人秉持反思的态度、批判的精神和超越的情怀。二是审美文论将文学从政治功利论的和单纯认识论的解释模式中解放出来，让文学回归到自身，这也是带有文论转折的性质的。从对于文学审美特征的体认出发，文学自身问题的探讨才成为可能。人的神秘的内宇宙问题诸如潜意识、非理性、直觉、灵感等，才有了讨论的空间。而文学的形式及其意味也才会顺理成章地进入到新一轮关于文学本质讨论的问题域里。

审美文论续写了文学解释的审美传统，又丰富了“审美”的内涵，使之成为一个具有完整体系性质的文学解释模式。如前所述，文学的审美解释，是历史上古已有之的传统。新时期的审美文论的特点，在于超越了百年现代文论对于文学情感属性、审美属性的经验式的、感悟式的认识，使之成为一个关于文学艺术的有着解释效力和自洽性质的知识系统：第一，艺术以美为特征，对艺术的审美接受就是情感评价。尽管新时期里人们对审美的理解存在着较大分歧。（弄清审美的意涵，需要在西学东渐的背景下做知识谱系学的分析，这当另文专论。）但是，在审美的名义下，文学艺术的特征还是被凸显出来了：艺术是审美的，而不是概念、思想的。艺术以情感为纽带，艺术中的情感是审美情感而不是功利性情感（即从切近的利害角度产生的情感）。对艺术的审美接受，就是一种情感评价。把对艺术的审美接受看作一种情感评价，确立了情感之于文学艺术的独特地位，这是新时期文论的一个重要收获。因为长期以来，文学艺术中的情感是被贬抑的，无视文学艺术的情感，造成了文艺作品的概念化弊端，人物了无生气，情节干瘪乏味，作品呆滞无趣。肯定情感的意义，重视艺术情感活动各种心理机制的分析，有助于我们更为清楚地认识文学艺术自身的特点。这一转变也包含着对审美的理解从认识论立场向价值论立场的转变。价值论，是文学理论一度忽视的领域。而当把审美视为对美的对象的情感评价的时候，文学活动中人的主体性问题也就突出出来了。因为，文学不只是对于社会生活的（形象）反映的问题，也是艺术家以自己的审美情感、审美体验以及审美理想重塑现实的过程，而恰恰是来自艺术家情感体验以及审美理想的特点，决定了艺术反映生活与创造生活的特殊性。第二，澄清了在文学反映对象认识上的模糊认识。文学反映的对象与哲学社会科学不同，文学的对象是美的领域，是人的美的生活。正因为对象不同，相应的艺术的形式才有了区别于哲学社会科学的特殊性。

审美文论对文学情感本质的强调主要表现在：第一，文学中的情感，是一种审美情感。审美情感与现实生活中基于个人的利害关系而产生的情感是不同的，它是非功利的、不产生利害计较的。也就是说看电影中的流泪与平时受委屈而流泪是不同的，前者产生于不涉及直接利害计较的审美活动中，后者则是从切近的利害关系中产生的情感态度。这个区别，有助于加深我们对于文学艺术功利性和非功利性及其关系的认识。第二，文学艺术中情感与思想不是对立的，文学艺术既表现情感，也表现思想。这其实是普列汉诺夫的观点。普列汉诺夫在《没有地址的信》中说：艺术“既表现人们的情感，也表现人们的思想，但是并非抽象地表现，而是用生动的形象来表现”。[1]可惜，后来我国文论接受了普

〔1〕［俄］普列汉诺夫：《没有地址的信　艺术与社会生活》，曹葆华等译，北京：人民文学出版社，1962年，第4页。

列汉诺夫的后半句，而对前半句缺乏认识。这与别林斯基的影响密切关联。形象反映说，是别林斯基反复论述的一个观点，中华人民共和国成立以后的我国文学理论教材普遍接受了这一思想，而把“形象反映社会生活”视为文学艺术的本质。“形象反映社会生活”这一命题本身没有错误，但问题是别林斯基对这一命题缺乏进一步论证：一是对于艺术形象的情感特质强调得不够，文学艺术中的形象，是浸泡着丰沛的情感的艺术形象，这也是艺术形象区别于其他物理形象的一个特点。但别林斯基没有对这个问题进行更多的分析。二是对于文学艺术反映对象的特点缺乏认识，笼统地将文学艺术反映对象与哲学、社会科学的对象等同。童先生的文章弥补了这一缺陷。从质疑现行文学理论教材关于形象反映说开始，到反思别林斯基的失误，再到对文学对象特殊性的思考，童先生完成了对于文学艺术审美解释的框架性建设，为以后对文学艺术审美特质的强调做了理论上的准备。在《文学活动的审美维度》一书中，作者就有了这样的表述：“在审美关系建立过程中，作家的心态是：有认识，又不仅是认识；有表象，又不仅是表象；有情感，又不仅是情感；有思维，又不仅是思维；有意志，又不仅是意志；有想象，又不仅是想象。准确地说，是作家以情感为中心的一切心理机制的全部投入。”〔1〕这个认识是符合文学艺术的特点的，既防止了审美文论向唯美主义、形式主义的滑动，又没有把情感孤立起来，为对文学艺术较大的思想深度的探讨保留了地盘。在肯定文学艺术情感本质的基础上，提出的“审美反映论”和“审美意识形态论”两个命题才有了别开生面的气象。〔2〕

可以看出，审美文论是作为新时期以来文论的一个具有转折意义的理论创新而进入文论史的学术反思当中的。20世纪90年代以来，新的文学生态和历史语境吁求新的文论解释模式，文化研究思潮应运而生。文化研究是理论界回应社会挑战的结果——面对越来越不明晰的社会变革形势，面对大众文化或大众消费文化的迅猛发展，面对图像文化对于话语文化的挤压，也面对日常生活审美化的现实图景，理论作为“批判的武器”急需转换自己的形式，文化研究思潮就是在这种背景下应运而生

〔1〕 童庆炳：《文学活动的审美维度》，北京：高等教育出版社，2001年，第64页。
〔2〕 考虑到这两个命题所产生的影响，拟在第三章展开详细的讨论。

的。文化研究重在探讨凝聚在文本下的身份、权力、性别和种族关系，反对画地为牢和学科的自恋情结，具有解放的意义。但是文化研究出场传递的不是审美文论的终结，而是一个多元对话时代来临的讯息。不能否认的事实是，文学之为文学的规定，仍然需要在审美的内涵下得到说明。文学话语的蕴藉性，文学对语言纯度的提升和对修辞手法的系统性处理，过去是，现在是，将来也是文学之为文学的最具魅力之所在。文化研究虽然开辟了处理文化问题的广阔天地，但是不能给出优秀的文学何以打动人心的根据。由此看来，张扬用文化研究替代文学艺术的审美阐释，不过是文化研究者们矫枉过正的理论膨胀，不可能产生实际的效用。

但是，在文化研究的冲击下，经过十多年的理论反思，我们意识到审美文论也是有局限性的，具体表现在以下四个方面：

（一）认识论的局限。严格讲，审美文论仍然是一种认识论文论，只不过这种认识论文论把认识论主客体关系从向客体一极的倾斜，转向了向主体一极的倾斜。与认识论文论一样，审美文论也是在文学与生活的关系中寻找文学艺术的本质规定的。然而，文学与生活的关系，只是在解决文学艺术的源泉问题时才具有决定意义，而并不像某些文论者宣称的那样，是文学艺术中带有根本方向性质的问题。因为，文学艺术创作的成功与否，根本原因不在于作家是否深入生活或有怎样的生活（尽管深入生活对于艺术创作至关重要），而在于作家用怎样的方式把自身对于生活的经验呈现出来——后者对于创作才是更为根本的。长期以来，我们在对生活与文学艺术关系的理解上，过于强调生活的意义，把毛泽东“生活是文艺创作的源泉”这一命题，放大到承认不承认这个命题，关系到文学艺术本质认识上的唯心主义与唯物主义路线斗争的高度来认识，结果就在对于文学艺术本质的认识上发生了偏差，极端情况下，是把题材即作品反映的内容当成了衡量艺术作品艺术价值的标准。审美文论虽然也是在认识论框架里看待文学艺术，但采取了更为符合文学艺术特点的方式来观测，把视角从客体的一极，转向了主体的一极。但是，审美文论仍然是有局限的，因为它没有摆脱认识论的窠臼。认识论的文学艺术解释模式，跳不出艺术与生活的二元框架。我们事实上也还是可以从更为开阔的视角理解文学艺术的本质特征，例如形式主义文论对于“陌生性”的强调，新批评对于“文学性”的认识，中国美学对于意象的理解等等，都可以说是超越了单纯认识论视角的一种文学理解方式，是值得重视和吸纳的思想资源。

（二）审美主义话语对政治、文化场域的僭越。20世纪80年代是一个浪漫的、激情的年代，浪漫、激情的年代特别适合于以审美主义为底蕴的理想言说。实际的情况也正是这样。在20世纪80年代的审美文论里，审美被赋予了至高无上的地位。审美是本体，审美是人的目的，审美就是自由，审美不仅有情感的慰藉作用，更有着对于现实的抗议功能、颠覆功能，对于人性的解放功能，审美似乎可以改变一切。这种认识导致审美话语对于政治场域或其他文化场域的僭越。按照法国社会学家布迪厄的观点，一个良性社会的结构是由若干场域组成的，例如政治场域、道德场域、审美场域等，这些场域既相互影响，又相对独立，而如果出现一个场域对另一个场域的僭越，就会出现社会的混乱局面。例如，新时期之前，政治场域对文学场域的僭越，带来了文学艺术的僵化和沉闷的局面。如果相反，把审美的法则不恰当地带入政治场域，也会引发不容忽视的问题。审美文论试图通过审美的方式改造社会、改变人生，所谓“审美救赎论”“审美社会功能论”“审美主体建构论”等，其隐含的指向就是对现实社会和人生问题解决方式的不满。而现实社会和人生问题上的许多问题，是通过相应的社会变革和发展生产力来解决，远不是审美所能解决的。但审美文论放大了自身的功能，试图通过这种带有浓重的乌托邦味道的话语，去解决现实人生问题，显然是一厢情愿的幻想。

（三）知识背景的单一。审美文论赖以支持自身的资源是非常有限的，审美文论的主要理论资源，一是古代文论中主情的文论传统，二是现代文论中的审美情感说，三是俄苏文论以布罗夫为代表的审美学派，以及马克思主义经济基础与上层建筑的学说，除此以外，对文学艺术的经验感受也是生成审美文论的一个动力。建立在这样一个知识谱系上的新时期审美文论，其命运是注定了的——只能担当起从旧文论向新文论发展的“过渡”角色。面对不断发展变化的文学艺术事实，面对全球化语境下的多元文化的互动，审美文论显得有点被动。其实，文学艺术的复杂性，远不是审美文论所能解释的。我们可以试着提出问题，如果我们不是从本体论或认识论的角度看文学，那文学该是一副怎样的面孔呢？本体论或认识论是不是观测文学艺术的唯一视角或最重要的视角呢？显然，文学解释的方式是丰富的——对象如何存在，不仅取决于对象自身，也取决于解释者对于对象的解释。换句话说，我们关于文学的知识绝不是本然存在的有待认识的知识，其实也是一种体现认识者知识背景和理论筹划的有待建构的知识。文学的本质，还是特定时代文学观念的产物。明白了这个道理，我们对于文学艺术的解释，在接受了审美视角的同时，必然会对其他视角保持宽容的和邀请的姿态。

（四）捍卫盟主地位的偏执。新时期审美文论是特定时代一代学人的集体贡献，其学术贡献不容抹杀。但是，审美文论也需要发展。如果把文学的审美特质无限度地放大，以为审美是文学艺术压倒一切的本质特征，审美意识形态说是文艺学的第一原理，这就让人觉得有点儿捍卫盟主地位的偏执了。其实，文学是一个多棱镜，从任何一个角度进入都会折射出不同色彩。文学的审美解释，只能作为文学多元解释的“一元”而存在——尽管“审美”是文学艺术本质特征重要的一元。而如果贬抑文学艺术的其他属性而独推审美属性，实际是从一个极端走向了另一个极端，正如有些学者所说：

> 新时期以来随着文学主体性的日益觉醒和强化，人们愈来愈重视文学的审美特性，而且作为对以往文学偏向的一种反拨，又愈来愈向文学审美本质的一端倾斜，有意无意地忽视、淡化文学的社会本质，以至在另一重意义上导致了文学社会本质和审美本质的分离，导致了文学的失重。[1]

> 80年代之后，国内又出现了一种很有影响的文学观念，即把文学本质仅仅归结为“审美”，并竭力否定认识论、反映论、意识形态论，认为意识形态论只反映文学的“外部规律”。以此解释文学本质会导致文学理论的简单化。这种观点的合理之处在于：第一，看到并强调了文学的审美特质，第二，对“四人帮”时期某些在

〔1〕 赖大仁：《当代文艺学论稿》，南昌：江西高校出版社，1999年，第55页。

> “意识形态论”名义下的简单化、庸俗化的理解与观点进行了必要的否定。但是，这种主张的片面性也显而易见。[1]

显然，耐心地（而不是情绪化地）倾听质疑者或者论敌的声音，是自身不断发展的理智选择。

审美文论在新时期特定的历史语境下出现，解决的是文学面临的现实问题。虽然审美文论在其生产过程中也一直面临着来自文学理论场域内的批评和质疑，未来必然也会产生关于文学艺术特征的新的界定，但其建构者们怀着巨大的理论热情和学术自信，将学识、胆量、智慧和浓烈的人文情怀灌注其中的理论探索，无疑是值得特别礼赞的：

> 新时期的审美文论既肯定文学中有认识，同时又认为文学不限于认识，更重要的是情感，文学的独特之处在于文学艺术是以创作者情感评价的方式表现出来的，这样创作出来的作品才不是机械、无味的，而是带有诗意、引人入胜的。“文学审美特征论”将真、善、美融于一体，文学艺术的真不是科学的真，而是审美的真，是艺术的真，是诗意的真，是情感的真；文学的善也不是现实中实际的伦理道德说教，而是审美的善，是一种理想的烛照，是心灵的启示和人文的关怀。“文学审美特征论”不是纯审美或审美主义的，它在文学的内部和外部找到了一个结合点和平衡点，包容着文学的多样性、复杂性、辽阔性和微妙性。因此，“文学审美特征论”是开放的，它呼唤着在真、善、美的基础上，对文学特征的新的发掘与开拓。[2]

---

〔1〕朱立元、叶易：《评〈文学原理——发展论〉》，见金元浦编《多元对话时代的文艺学建设》，北京：军事谊文出版社，2002年，第339页。

〔2〕邢建昌等：《20世纪80年代以来文学理论的知识生产及其相关问题》，北京：人民出版社，2019年，第345页。

第三章　审美反映论与审美意识形态论

审美反映论与审美意识形态论是审美文论的两个重要命题，或者说是核心思想。这两个命题是作为替代“文学是社会生活的形象反映”而出现的，并且随着被写入新时期以来的文学理论教材而产生了广泛的影响。对这两个命题的深入把握，有助于我们进一步认识审美文论的意义与局限。

一、审美反映论

（一）对反映论（认识论）的文学解释模式的质疑

审美反映论诞生之前，文学理论占统治地位的文学解释模式是：文学是对社会生活的反映，文学通过形象达到对社会生活本质的认识。这个命题的简写形式就是“文学反映说”“文学形象认识说”。这个命题的论证逻辑是：首先，从马克思主义经济基础与上层建筑的关系出发，确立文学艺术是一种社会意识形态；其次，从文学艺术与社会生活的关系出发，论证文学艺术来源于社会生活并反映社会生活；再次，从文学艺术区别于其他意识形态的特殊性出发，确立文学是一种用形象反映社会生活的特殊意识形态。可以看出，这个命题内部诸要素之间是有着内在的逻辑联系的——在特定社会结构中为文学艺术寻找安身立命之所。受特定历史条件的限制，这个关于文学艺术的解释模式还有缺陷。例如，文学作为社会意识形态的特殊性究竟在哪里？文学反映社会生活与哲学、社会科学反映社会生活除了在反映手段上有区别以外，是否在反映对象上也有区别？作为文学反映社会生活的主体——作家的特殊性又在哪里？这些问题是这个文学解释模式所忽略或探讨不够的。别林斯基曾经断言，文学反映对象与哲学社会科学在反映对象上没有区别，区别只在手段。以群主编的《文学的基本原理》虽然意识到了文学艺术与哲学社会科学在反映对象上有差异，但在解释起来又语焉不详："文学、艺术和哲学、社会科学认识和反映的对象，从总的方面来说是共同的，都是客观的现实世界；但在具体内容上仍然有着一定的区别。哲学、科学可以把自然现象和社会现象分门别类，根据从实践中所掌握的具体材料分别地进行研究……文学艺术把作为'社会关系的总和'的人——人的生活、人的思想、感情、斗争和愿望——当做认识和反映、描写和表现的对象。"[1]这段文字显示出开始走自己道路的中国特色的文学理论教材试图超越苏联模式的努力——从对象和手段等多方面而不只是从手段角度讨论文学艺术反映社会生活的特殊性问题。但是，《文学的基本原理》写到这里止步了，没有进一步论述对象的特殊性带来的文学性质的特殊性问题。

谈到反映，人们首先想到的是毛泽东《在延安文艺座谈会上的讲话》里的一段话："一切种类的文学艺术的源泉究竟是从何而来的呢？作为观念形态的文艺作品，都是一定的社会生活在人类头脑中的反映的产物。"[2]毛泽东这段话从本体论角度阐明了作为观念形态的文学艺术的来源问题。只有从本体论角度解决了文学艺术的来源问题，相关文艺学问题的探讨才会有一个可靠的前提。但《讲话》毕竟不是文学理论教科书，从《讲话》到文学理论，需要经过作家、艺术家、理论家的创造性的转化。但是囿于特定历史条件的限制，毛泽东的这段话被写进文学理论教科书时，成了用来说明文学艺术来源问题上唯心与唯物斗争的一个理论依据，"反映说"作为一个不可动摇的理论基础在文学理论教材中得到应用。"文学用形象反映生活"，是新时期之前文学理论教科书的一个基本观点。[3]

反映论是马克思主义哲学认识论的一个基本内容，马克思主义哲学反映论，主要是用来解决认识的来源及其生成问题的。马克思主义对于认识的来源及其生成问题的思考，是建立在实践唯物主义的基础上的。

---

〔1〕 以群主编《文学的基本原理》（修订本），上海：上海文艺出版社，1980年，第39-40页。
〔2〕 毛泽东：《毛泽东选集》（第三卷），北京：人民出版社，1991年，第860页。
〔3〕 例如，以群主编《文学的基本原理》（修订本）（上海文艺出版社，1980年，第34页）用"文学用形象反映社会生活"来说明，蔡仪主编的《文学概论》（人民文学出版社，1979年，第17页）则表述为"文学是社会生活的形象的反映"。

马克思在《关于费尔巴哈的提纲》中指出："从前的一切唯物主义——包括费尔巴哈的唯物主义——的主要缺点是：对事物、现实、感性，只是从**客体**或者**直观**的形式去理解，而不是把它们当作人的感性活动，当作实践去理解，不是从主观方面去理解。所以，结果竟是这样，和唯物主义相反，唯心主义却发展了能动的方面……"[1]列宁在《哲学笔记》中也指出：反映"不是简单的、直接的、照镜子那样死板的行为，而是复杂的、二重化的、曲折的、有可能使幻想脱离生活的行为"[2]。而"形而上学的唯物主义的根本缺陷就是不能把辩证法应用于反映论，应用于认识的过程和发展"[3]。这些言论说明，马克思主义创始人对于反映论所坚持的是一种能动的反映论。

但是，这样一个无限丰富的马克思主义反映论在传播的过程中却存在着被曲解的问题，这一被曲解的始作俑者，来自苏联理论界。罗森塔尔·尤金的《简明哲学辞典》，把反映论直接解释为唯物主义认识论，认为"这一认识论的中心点就是把意识、思维了解为在我们之外和不依赖于我们而存在的外部世界的反映"，"人的感觉和概念就是自然界的现实事物和现实过程的复写"。在这里，罗森塔尔·尤金把反映的对象置换成了"在我们之外"的"外部世界"，把反映的结果改写为人们的"认识"，而反映的过程也不再是一个以实践为中介的辩证过程，而仅仅是对于外部世界的"复写"。[4]这是机械唯物论对于马克思主义反映论的改造，在理论上是个倒退。斯大林《辩证唯物主义与历史唯物主义》和载有这篇文章的《联共（布）党史简明教程》也存在着对于反映论的严重误解。这里，"社会存在"等同于"物质"的存在，"意识"则被表述为"物质的反映"，反映的"能动性"被解释为反映成果对物质或存在的反作用，而对于反映本身，即意识的"起源"和"产生"过程中已存意识的能动性却始终未被提及。这些观点力求毫不动摇地坚持唯物主义

〔1〕［德］马克思：《关于费尔巴哈的提纲》，见中共中央马克思恩格斯列宁斯大林著作编译局编《马克思恩格斯选集》第1卷，北京：人民出版社，1972年，第16页。

〔2〕［苏］列宁：《亚里士多德〈形而上学〉一书摘要》，见列宁：《哲学笔记》，中共中央马克思恩格斯列宁斯大林著作编译局译，北京：人民出版社，1993年，第317页。

〔3〕［苏］列宁：《谈谈辩证法问题》，见中国社会科学院文学研究所文艺理论研究室编《列宁　论文学与艺术》，北京：人民文学出版社，1983年，第39页。

〔4〕［苏］罗森塔尔、尤金编《简明哲学辞典》，中共中央马克思恩格斯列宁斯大林著作编译局译，北京：人民出版社，1958年，第39-40页。

的认识论，但却不懂得实践对于认识的意义，不懂得正是由于人们的社会性实践活动，深刻影响了人们对于反映的对象、反映的过程、反映的手段以及反映的结果的认识，因此带有明显的机械唯物论的色彩。[1]

哲学反映论引入文学，主要存在两个方面的问题：一是用哲学反映论解释文学的时候，缺乏对于"中介""转化"环节的分析，往往是不加分析地直接将反映论的一般结论应用于文学的解释，导致文学解释的简单化倾向。二是用机械唯物论的反映论解释文学，过于强调文学反映对象的独立性、外在性和先在性，而忽视文学活动的个人和创造性质，忽视作家的主体性。文学反映论对于文学的解释通常是：社会生活是第一性，文学艺术是"第二性"的；文学艺术作为观念形态，是"人脑"对于社会生活反映的产物。作为一种"特殊的意识形态"，文学艺术是通过形象达到对于生活本质认识的。在极端情况下，"文学反映社会生活"演化成了文学反映符合主流意识形态的"社会生活"，"反映论"实际上成了"工具论"。20世纪80年代在文学艺术解释模式的变革中，首先是从对这种僵化了的文学反映论的质疑开始的。

诗歌界率先发出了质疑的声音。1981年第2期《诗探索》发表高伐林的文章："长期以来，诗人们以'反映论'为指导进行创作，越写越感到路子窄。……越来越多的诗歌作者痛感路窄，于是尽管不一定明确意识到，却实际上把自己的诗歌美学观的基点从'反映论'移到了'表现论'。"[2]诗歌界率先对于反映论的质疑，顺应了新时期之初中国诗坛出现的以北岛、舒婷、顾城、杨炼、江河、梁小斌、王小妮、芒克、李钢、食指等为代表的现代主义诗歌创作群的吁求，这个诗群显示了与传统现实主义风格迥异的精神追求和个性气质。在现代主义诗人那里，"诗是一面镜子，能够让人照见自己"，因为"诗是诗人心灵的历史"，"诗人创造的是自己的世界"。在这样的美学原则指导下，诗歌掌握世界的方式发生了根本变化——以诗人的情感为中心组织意象，高度重视诗人内在情绪的表达，强调直觉、非理性，蔑视模仿性的描写和整一的情节，也不屑于浪漫主义的直抒胸臆，旗帜鲜明地打出诗歌"表现自我"的主张。谢冕、徐敬亚、孙

---

〔1〕 关于反映的详细分析，可以参阅周长鼎的长文《论反映》，《文艺理论与批评》1988年第2期。
〔2〕 高伐林：《武汉来信》，《诗探索》1981年第2期。

绍振纷纷撰文，对于这股创作潮流热情礼赞，高度肯定。孙绍振把这个诗群及其美学主张说成是“新的美学原则的崛起”，他们“不是直接去赞美生活，而是追求生活溶解在心灵中的秘密”。[1]徐敬亚则把“表现自我”说成是“中国诗歌自身发展的一步必然”。[2]而谢冕《在新的崛起面前》则高度肯定新诗表现自我的合理性，呼吁对新诗“容忍与宽宏”。[3]“崛起论”对于现代主义诗歌的张扬，对于现实主义美学原则的批判，矛头指向的就是反映论。其中，“表现自我”与“反映生活”成了论争的焦点。本来，表现自我与反映生活构不成一对矛盾，也不存在根本的对立，表现自我与反映生活都是在文学与生活的关系中对生活与作家各有侧重的强调。但是，“崛起论者”将诗歌“表现自我”与“反映生活”对立起来了。他们把“反映生活”作为一种陈旧过时的观念而丢弃，把“表现自我”作为一种新的美学原则而接受。其实，“表现自我”并不是什么新鲜的文艺主张，就是西方现代主义文学观念在中国新时期诗歌界的翻版。但是，这样一种并不新鲜的文艺主张，进入刚刚从荒原中走出来的中国理论界，还是显得格外刺激。因此，批评的声音十分强烈。在一次由《当代文艺思潮》杂志社组织的座谈会上，许多学者批评“表现自我”的文艺观，实际是把艺术家的“自我”和反映现实生活对立起来了，这样就割裂了艺术与生活这个唯一源泉的联系，割裂了艺术与人民的联系。敏泽认为，问题不在于有“自我”，而在于这个“自我”和社会、时代相不相通。程代熙则认为，作为新的美学原则纲领的“自我表现”，是“一套相当完整的、散发出非常浓烈的小资产阶级的个人主义气味的美学思想”，带有“具有相当浓厚的唯心主义色彩”。[4]然而，对表现自我主张的批判，没能阻挡理论界对

[1] 孙绍振：《新的美学原则在崛起》，原载《诗刊》1981年第3期，见中国作家协会、诗刊社编《中国新诗百年志·理论卷》下，北京：中国工人出版社，2017年，第22-23页。

[2] 徐敬亚：《崛起的诗群》，原载《当代文艺思潮》1983年第1期，见中国作家协会、诗刊社编《中国新诗百年志·理论卷》下，北京：中国工人出版社，2017年，第62页。

[3] 谢冕：《在新的崛起面前》，《光明日报》1980年5月7日。

[4] 参阅：陆梅林、盛同主编《新时期文艺论争辑要》，重庆：重庆出版社，1991年，第997-998页。围绕新诗“表现自我”所展开的论争，是一个值得清理的学案。这场讨论主要涉及“表现小我”与“表现大我”的关系，作家与人民的关系，生活与艺术的关系，作品与时代的关系，个性与典型的关系，理性与非理性的关系，传统与现代的关系以及如何看待西方现代主义等等。现在看来，这场讨论中的许多问题已不是问题，但在新时期之初，这些问题却成为关系到文学艺术发展方向的政治问题。讨论过程中的硝烟弥漫显示了新时期之初文学艺术界思想的复杂性。最终，讨论以徐敬亚于1984年3月宣布公开放弃自己的主张而结束。

于反映论的质疑。相反，随着80年代中期思想界的渐趋活跃，对反映论的质疑声更加高涨。其实，从学理上看，早在1980年的艺术真实问题的讨论中，钱中文和钱谷融的文章就流露出对于文学艺术反映社会生活命题的不满。钱中文发表在《文学评论》1980年第3期的《论艺术真实和艺术理想》一文，指出艺术真实并非生活真实的简单摹写，而是灌注了“生气”或“生命”的。这种艺术真实，“概括的不是个别的生活现象，而是时代的生活现象，……而是赋予了整个时代以艺术生命；它是一种对生活的开拓，一种艺术的发现”。“写真实”并不是艺术的目的，艺术理想的表达才是艺术的最高目的。艺术理想是艺术真实的灵魂和精神，是艺术整体不可分割的组成部分，通过作家的审美选择和审美评价才得以实现。[1]钱谷融《关于文艺特征的断想》在对文艺与社会科学的比较中，把文学艺术中“充满着生命的活力的形式”、作者的感情态度和形象思维等，提高到决定艺术命运的高度来认识。[2]这两篇文章强调的正是作家的审美理想、情感态度等决定着艺术之为艺术的本质方面。黄药眠则更加明确地指出，尽管“艺术是社会生活的反映”作为历史唯物主义的一个原理是无可怀疑的，但是却不能成为艺术的定义。[3]鲁枢元认为“文学是社会生活的反映”这个命题，虽然回答了文学艺术的源泉问题，划清了与唯心主义的界限，但它没有表达出“作家头脑”的意义，忽视了作家在创作文学作品过程中主观能动作用。[4]周来祥、栾贻信、童庆炳、夏中义等学者均有文章[5]，从不同角度质疑“艺术是社会生活的反映”这一命题。

1985年之后，新时期文论渐趋活跃。标志性的事件有：围绕刘再复《论文学的主体性》展开的论争；文学研究方法论的活跃，自然科学方法的移植带来了文学研究的新思维；文学创作上的先锋实验小说的出场引发文学理论与批评解释的焦虑和转化批评武器的冲动。也就

---

〔1〕 钱中文：《论艺术真实和艺术理想》，《文学评论》1980年第3期。
〔2〕 钱谷融：《关于文艺特征的断想》，《文艺理论研究》1980年第3期。
〔3〕 黄药眠：《关于当前文艺理论问题的几点意见》，《文艺理论研究》1980年第3期。
〔4〕 鲁枢元：《文学，美的领域——兼论文学艺术家的“感情积累”》，《上海文学》1981年第6期。
〔5〕 周来祥：《审美情感与艺术本质》，《文史哲》1981年第3期；童庆炳：《关于文学特征问题的思考》，《北京师范大学学报》（社会科学版）1981年第6期；夏中义：《文学是非纯认识性的精神活动》，《文艺理论研究》1982年第3期；周来祥、栾贻信：《也谈艺术的审美本质——与何新、涂途商榷》，《学习与探索》1982年第2期等。

是在这样的氛围里，对反映论的质疑达到了高潮。[1]质疑的主要观点：一是认为反映论只是涉及了文学艺术的普遍性方面，以反映的普遍性取代了文艺活动本身的特殊认识形态，从而在本体上取消了文艺活动自身的存在。而文艺活动作为存在的具体含义正在于它的第二性，即主观性。二是认为文艺活动不只是认识活动，其任务不只是再现客体，还要通过对于对象的描述，表达作者对于生活的评价态度。文艺实质上是一种价值形态，因而仅凭反映论难以说透文艺的本质。三是认为文艺与生活的关系不是单纯的反映与被反映的关系，一定的社会生活，只是作为特定的信息刺激作家的感官，撞击作家的文化心理结构系统，从而使这个结构系统全部运转起来，在此基础上才会产生新的构思，从而创作出新的作品。四是认为文艺的本质是表现、是创造，反映论虽然也肯定人的主观能动性，但从反映论把握创造主体的活动，从量上看是不完整的，例如，艺术的感性活动就不属于一般认识范畴。在认识领域，主体只允许“发现”，而没有“创造”。五是从“单纯反映论”的观点来观察、审视、评定艺术审美现象，将审美意识视为客观存在的审美对象在人们头脑中的反映，并形成了以再现、模拟、复写为主的反映——摹写——认识的艺术模式，这种艺术模式带有明显的静观、单向、机械的倾向。[2]

显然，这一时期对于反映论的质疑已经深入到对艺术本质的理解方式上去了。不论是从诗歌界的创作实践，还是从文艺理论界对“艺术真实”和“艺术是社会生活的反映”的重新认识来看，对反映论的质疑是共同的取向。1985年之后，伴随着西方文学理论资源被引进，也伴随着中国文学艺术创作中出现的新问题，文学艺术的理论重建提到了日程。于是，反映论逐渐退出历史舞台，而审美文论、主体性文论、形式主义文论等则出现在文学艺术解释的理论前台。

---

〔1〕 这一时期比较有代表性的文章有：李戎：《社会生活·文化心理结构·文学艺术——关于文学本质问题的再思考》，《山东师大学报》（哲学社会科学版）1985年第5期；孙津：《文艺不是什么》，《当代文艺思潮》1986年第1期；程麻：《仅凭反映论难说透文艺问题》，《当代文艺思潮》，1986年第5期；刘再复：《文学研究思维空间的拓展》，《文艺研究》1985年第4期；宋伟：《超前反映与艺术审美的超前功能》，《文史哲》1986年第6期。

〔2〕 阎国忠：《走出古典——中国当代美学论争述评》，合肥：安徽教育出版社，1996年，第269-270页。

（二）从反映论到审美反映论

在对反映论的文学解释模式的质疑、批判过程中，审美反映论应运而生。

新时期之初的几年里，从审美的角度看待文学已经是理论界比较一致的共识了。从审美角度看文学，就是体认文学的审美特征，肯定文学的情感本质，强调文学反映具有审美价值的生活。审美反映论可以看作是在文学审美特征论的基础上的一次关于文学本质特征的较为系统的理论言说。

早在1983年，一篇题为《论情感在审美中的意义》的文章，就详细地论述了"审美反映"的特殊性问题。可惜，这篇文章被学术界忽略了。这篇文章首先批评那种把审美情感看成对于美的事物认识的结果的观点，认为这种看法并没有揭示情感在审美中的实质意义。因为，这种看法忽视了审美的一个基本特征："在审美活动中，活跃着的审美情感并不是一种被动的消极因素，它还会在审美过程中影响、调节和制约着人们对美的事物的认识，使审美内容不可避免地带有一定的主观性，从而成为构成审美反映的一种能动的心理因素。"作者认为，审美反映在任何情况下都与人和人类社会密切相关，它都需要主体的介入，审美的认识过程必然渗透了情感内容："主体对美的对象中所蕴藏着的价值内容认识愈深入，情感体验的内容就愈丰富；而审美情感愈丰富，感知就愈深切，想象就愈活跃，认识就愈是能从有限的、具体的对象中发掘出更多的价值内容，从而更深刻地反映着美的对象……审美反映不仅是认识过程和情绪过程的统一体，而且在这个统一体中，情绪过程往往还占据着优势地位。这就是为什么富有情感会成为审美反映的一个显著特征的根本原因。"[1]可以看出，这是一篇对于审美反映做出严谨的理论论证的文章——从理论上解决了艺术审美反映与一般反映的相区别的特殊性问题。

童庆炳先生是在1984年主编的《文学概论》教科书里，提出了"审美反映"问题：

---

〔1〕 孙文宪：《论情感在审美中的意义》，《华中师院学报》（哲学社会科学版）1983年第1期。

文学反映生活的特殊性是什么呢？我们认为文学对社会生活的反映，是审美的反映。审美是文学的特质。审美地反映生活这一点，把文学和其它社会意识形态以及科学区别开来。所谓审美，就是对美的认识和欣赏。[1]

童先生审美反映论的主要内容：第一，文学反映的对象具有特殊性，文学的对象和内容是整体的，具有审美属性的社会生活。这又表现在两个方面：a. 文学所反映的生活是现象与本质具体地融合为一个有机整体的生活；b. 文学所反映的生活是具有审美因素的生活，或是经过描写以后具有审美意义的生活："文学的对象和内容必须是具有审美因素的生活和经过描写之后具有审美意义的生活，不跟美发生这样那样联系的生活是不可能进入作品的，硬要进入作品，也不能动人。"[2]第二，艺术形象是文学反映社会生活的特殊形式："文学作品中的艺术形象主要是指作为社会生活主体的人物形象和有关的生活情景的形象，它是指具体感性的、概括的、具有审美意义的社会生活图画。"[3]第三，典型形象——文学中最成功的艺术形象："所谓典型形象就是文学作品中通过独特的、丰满的、鲜明的、能够唤起美感的个性形式来反映社会生活某些本质规律的艺术形象。"[4]在此基础上，童先生认为：

文学反映生活的特殊性在于：文学以人们的整体的、具有审美属性的社会生活作为反映的独特对象和内容，以艺术形象、特别是以典型形象作为反映的独特的形式，而无论是文学独特对象、内容，还是由这种独特对象、内容所决定的反映的形式，都具有审美的特性，因此，对生活的审美反映是文学的基本特征。[5]

钱中文在1986年发表的《最具体的和最主观的是最丰富的——审

---

〔1〕 童庆炳：《文学概论》上册，北京：红旗出版社，1984年，第47页。
〔2〕 童庆炳：《文学概论》上册，北京：红旗出版社，1984年，第52-53页。
〔3〕 童庆炳：《文学概论》上册，北京：红旗出版社，1984年，第54页。
〔4〕 童庆炳：《文学概论》上册，北京：红旗出版社，1984年，第59页。
〔5〕 童庆炳：《文学概论》上册，北京：红旗出版社，1984年，第65页。

美反映的创造性本质》一文中，认为反映论不只是简单的、机械的反映论，反映论应该是辩证唯物主义的反映论，因此要将简单反映论与能动的反映论区分开。同时指出了反映论并不等同于认识论，从反映论考察文学，可以揭示出文学的某些特征，但并不是全部，文学的反映是一种特殊的反映，即审美反映。于是，他将哲学反映论与文学的审美反映相区分，明确提出在文学理论中要用“审美反映论替代反映论”：

> 文学的反映是一种特殊的反映——审美反映，由于其自身的特殊性，它较之反映论原理的内涵，丰富得不可比拟。反映论所说的反映，是一种二重的、曲折的反映，是一种可以使幻想脱离现实的反映，是一种有关主体能动性原则的说明。审美反映则涉及具体的人的精神心理的各个方面，他的潜在的动力，隐伏意识的种种形态，能动的主体在这里复杂多样，这是一个无所不能的精灵。……我以为在文学理论中，要以审美反映代替反映论。[1]

钱先生认为，实际上审美反映与审美表现或者审美创造是相通的，审美反映的过程，是作家艺术家的感知和认识、感情和思想、想象和意志、愉悦和评价等多种心理因素综合参与的过程，并且具有强烈的感情色彩。作为现实生活的客体一旦进入审美反映，其形态会很快发生变化，呈现出现实生活→心理现实→审美心理现实的变化序列。正是凭借这种感情，思想原为抽象的观念，在审美反映中却成了一种具象的、充满生活血肉的“艺术的思想”，而无意识、非理性等心理现象，也总是处在与意识和理性既矛盾又协调的形态之中。正是如此，一些现代主义流派作家虽然把无意识、梦境、幻觉等视为文学的对象，但是由于主体使用多种十分主观的艺术手段，如象征、荒诞、变形，来抒写主观化了的生活流变，因此，能够出人意外地抓住现实的某些十分重要的特征，通过主观变形，使原来的特征分外突出，从而显示出巨大的创新意义和审美价值，进而深刻地反映现实。[2]

---

〔1〕 钱中文：《最具体的和最主观的是最丰富的——审美反映的创造性本质》，《文艺理论研究》1986年第4期。

〔2〕 钱中文：《最具体的和最主观的是最丰富的——审美反映的创造性本质》，《文艺理论研究》1986年第4期。

钱先生还论述了审美反映作为一个功能结构的层次性：首先是心理层面，心理层面是审美反映的最基本的层面，审美反映是一种心理层面的反应。感知、感受、感情、想象构成了反映的审美过滤层，创作中的任何因素，通过这一过滤层，成为审美反映的范畴。其次，审美反映通过感性的认识层面而获得深层意义。从审美角度来说，认识层面恰恰是审美反映构成的基本成分之一。在这一层面中，既有社会的、政治的因素，又包括伦理、哲学成分。这些成分并不是纯粹的认识，而是与感情结合在一起的、感情化了的认识因素。再次，审美反映是通过符号、语言、形式的体现而得以实现的。再其次，审美反映是一种心灵化的实践、功能反映，这种反映贯穿着理想、意志和评价因素。总之，审美反映是各种活动的综合，它不仅“是一种感性活动，又是一种理性活动，是一种感性的具象活动，同时也渗透着理性的思考；是一种感情活动，感情的愉悦活动，也是显示着哲学、政治、道德观念生动形态的认识活动，意志活动，实践的功能性活动”。[1]钱中文先生对“审美反映论”的贡献，吴子林在《“中国审美学派”论纲》中给予了高度评价：“钱中文不但从根本上区别了一般的反映论与文学‘审美反映’论，而且还从‘心理层面’、‘感性认识层面’和‘语言、符号、形式的体现’等层面说明了文学‘审美反映’论的特征。他理性地审视了‘反映论’，在肯定了流行的反映论前提的基础上，强调了心理现实和审美心理现实，将再现与表现统一起来，而提出了‘审美反映论’，标举审美反映的丰富性，反驳了强加于反映论上的不实之词，又赋予其更新的含义。”[2]

王元骧先生也是较早提出并深入论证文学审美反映论的代表性学者。他的“审美反映论”被美学家朱立元先生评价为“最为典型的审美反映论”；杜卫先生则认为王元骧的审美反映论是“最具有审美论倾向的文学反映论”；童庆炳则评价王元骧的“审美反映论的阐述很完整也很深刻，大大加强了文学‘审美反映论’的影响力”。[3]据王先生自己言，

---

〔1〕钱中文：《最具体的和最主观的是最丰富的——审美反映的创造性本质》，《文艺理论研究》1986年第4期。

〔2〕吴子林：《“中国审美学派”论纲》，《中国社会科学院研究生院学报》2009年第5期。

〔3〕赵建逊、王元骧：《从“审美反映论”和“审美意识形态论”说开去》，《文艺争鸣》2009年第1期。

对于文艺审美反映的最初认识，来源于“文化大革命”时期的无所事事时练习小提琴时的感悟：

> “文革”期间无所事事，我对小提琴发生了兴趣，在练琴的过程中渐渐对这种观念产生了怀疑，像我国当代的小提琴名曲《新春乐》、《新疆之春》、《牧歌》，贝多芬的《小步舞曲》、德沃夏克的《幽默曲》，托赛里的《小夜曲》等，它们向我们提供什么认识？它们的形象又在哪里？文学与音乐同属于艺术，作为艺术下属的各个门类，它们应该具有某种共同的特性。这样我就对艺术逐渐萌生了一种新的看法，认为它是以艺术家的情感为中介反映生活的，比之于形象来，情感应该是艺术更为深层的本质，从而觉得五十年代中期的苏联“审美学派”的代表人物布罗夫提出的：“在艺术中，认识的对象本身是这样的，如果不是充满情感的对待它，就不能认识它，从而再对它进行艺术加工”，“如果一个人很冷漠，缺乏同情心，他就无法同艺术的对象打交道，他不可能揭示出对象的真实”等等观点，比起“认识学派”来要正确得多。为此，我在1982年写了一篇《情感：文学艺术的基本特性》[1]总结了自己这一认识。这篇文章后来虽然在《文学评论》1983年第5期上发表了，但我自己却不满意，所以没有收入到我日后出版的一些论文集中。但对于认识我的“审美反映论”思想的形成却十分重要。[2]

在《情感——文学艺术的基本特性》里，王元骧先生高度肯定文学艺术的情感特质，认为比起认识，情感之于文学艺术是更为根本的：“在情感与形象之间，情感是比形象更深一层，也是更为基本的特性。有情感而无形象可以成为艺术。”艺术创造，正是艺术家在情感的支配下把握现实、评价现实、表现现实的过程，然而，情感的自发流露不是艺术，“还必须对它进行一番提炼和整理，使情感趋向与理智结合”，[3]

---

〔1〕 根据中国知网，该文章标题为《情感——文学艺术的基本特性》。——编者注

〔2〕 赵建逊、王元骧：《从“审美反映论”和“审美意识形态论”说开去》，《文艺争鸣》2009年第1期。

〔3〕 王元骧：《情感——文学艺术的基本特性》，《文学评论》1983年第5期。

情感在文学艺术中才能得到表现。这里，包含着从认识论向价值论转变的动向。这篇文章虽然没有提出文学审美反映的命题，但是对于审美反映论的形成起到了很大的作用。王元骧自己曾说："说艺术以情感为中介反映生活似乎有些笼统，也不够准确。因为心理学中把情感分为理智感、道德感、宗教感和美感等多种，对于艺术创作来说，起主导作用的无疑是作家的审美情感。所以后来我就采用了当时在我国理论界较为流行的'审美反映'这一术语来取代'情感反映'。"〔1〕稍后，王元骧在《审美反映与艺术创造》一文中，系统提出并深化了关于审美反映的观点。〔2〕

在《审美反映与艺术创造》一文中，王先生首先澄清了长期以来在对待反映论原理上的一些混乱认识，在此基础上，指出从哲学层面来看，文学艺术确实是社会生活在作家、艺术家头脑中反映的产物，但这只是对文学艺术性质所做的最一般的、最简单的规定，要想对文学艺术做一种全面而完整的考察，就要揭示文学艺术特殊的、美的内涵，因此就要深入到作家、艺术家的审美反映的特征这个层次。如果这样做了，就会发现"文学艺术对现实的反映不是以认识的形式，而是以情感的形式，即通过作家、艺术家对现实生活的审美感知和审美体验而作出的。"〔3〕审美反映的特殊性在于：首先，作家、艺术家的审美反映，总是在对感性对象直接感知的基础上产生的。其次，审美反映与一般的认识活动不同，不仅在于以感性现实为对象，而且还表现在它必须通过作家、艺术家的情感活动，才能与对象发生联系。再次，在审美反映过程中，反映与创造相交融，作家、艺术家所反映的对象就是他自己所创造的对象。

在解释了审美反映的特殊性以后，作者进一步指出，语言和形式对于作家、艺术家审美反映具有举足轻重的作用。因为，"作家、艺术家对于现实生活的审美反映总是以一定的艺术语言与艺术形式为'中介'的，正是因为这些艺术语言和艺术形式参预了审美感知，作家、艺术家才有可能对纷繁杂乱的感性材料进行选择、整理，并把它纳入一定的艺

---

〔1〕 赵建逊、王元骧：《从"审美反映论"和"审美意识形态论"说开去》，《文艺争鸣》2009年第1期。

〔2〕 王元骧：《审美反映与艺术创造》，《文艺理论与批评》1989年第4期。

〔3〕 王元骧：《审美反映与艺术创造》，《文艺理论与批评》1989年第4期。

术形式中去”。[1]他引用卡西尔的话强调艺术形式对于完成审美意象的意义：“艺术家不仅必须感受事物的‘内在的意义’和它们的道德、生命，他还必须给他的情感以外形。艺术想象的最高最独特的力量表现在这后一种活动中，外形化意味着不只体现在看得见或摸得着的某种特殊的物质媒介上……而是体现在激发美感的形式中：韵律、色调、线条和布局，以及立体感的造型。”[2]过去一直侧重于从哲学、社会学的角度来研究文学艺术，忽视了对于艺术语言和形式在作家、艺术家审美反映过程中的地位和作用的探讨，这种研究是不可取的。但是，重视艺术形式在审美反映过程中的重要作用，并不意味着忽视文学艺术内容的审美特性，艺术形式从根本上来说是为了表达艺术家的审美情感。我们要辩证地看待内容与形式的关系，过于强调形式自然会被认为有形式主义之嫌，但是忽视对艺术语言和艺术形式的研究，必然又会走向另一种极端。

通过以上约略考察审美反映论代表人物的观点，我们可以做如下概括：

首先，“审美反映论”就是文学的情感论。审美反映论者极力强调情感在“审美反映”过程中的重要作用，把审美反映的过程看成作家、艺术家在情感的激荡下对于对象的选择、发现与建构的过程，这就与反映的一般认识形式划清了界限。正如王元骧先生所说，“文学艺术对现实的反映不是以认识的形式，而是以情感的形式，即通过作家、艺术家对现实生活的审美感知和审美体验而作出的”。[3]在“审美反映”的过程中，因为主体“情感”的参与，客观现实发生了变异，不再是“纯然客观”的现实，而是带有强烈主观色彩的“第二现实”。作家也就不是只能“镜子”式地“模仿”现实的被动者，而是美的发现者、意义的建构者和审美理想的表达者，而作品丰富的思想意蕴也因为情感的浸泡和融合，而成为富有魅力的感性释放。这样论述审美反映的性质，就超越了从“自我表现论”的文学本质观。

其次，“审美反映论”极力推崇艺术活动的“创造性”特征。“反映论”或“能动反映论”虽然也强调文学艺术的“创造性”，但它对文学艺术创造性的强调多体现在对于艺术家主体“主观能动性”的描述上，而真

---

〔1〕王元骧：《审美反映与艺术创造》，《文艺理论与批评》1989年第4期。

〔2〕［德］恩斯特·卡西尔：《人论》第九章，转引自王元骧：《审美反映与艺术创造》，《文艺理论与批评》1989年第4期。

〔3〕王元骧：《审美反映与艺术创造》，《文艺理论与批评》1989年第4期。

正的创造性质被遮蔽了。“审美反映论”强调的，正是艺术活动所独有的鲜明的、个性色彩强烈的创造性，强调的是审美反映过程中反映与创造相互交融的性质。审美反映通向了艺术创造，或者说，审美反映就是艺术创造。

再次，“审美反映论”对心理学成果进行了有效的借鉴。从哲学认识论的角度阐释审美反映论一般原理是容易做到的，难的是对于审美反映的对象，审美反映的形式以及审美反映的过程做出符合实际的说明。“审美反映论”者借鉴心理科学的成果对此予以说明。现代心理科学术语被有效地运用到解释当中。皮亚杰的发生认识论，感觉、知觉、想象、体验、情感等成为说明审美反映过程的有效术语。钱中文强调，在“审美反映”中包括互相交织、融合并相互渗透的几个层面：心理层面，感性的认识层面，语言、符号、形式层面和实践、功能层面，这些构成了主体的审美反映结构。审美反映的动力源，在钱中文看来，归因于艺术家长期的艺术修养、艺术积累所形成的“审美心理定势”：“所谓审美心理定势，说的是主体的心理从来不是一块白板，在创作之前，早就形成了他特有的动力源。创作主体心理实际上很象一块储放着种种感情颜料，已经调配过的调色板，那绚丽多彩的感情颜料，就是创作主体所拥有的审美趣味、个人气质、观察才能、创作经验、艺术修养以及广泛的文化素养的混合物。”〔1〕

复次，“审美反映论”反映吁求形式。审美反映论者敏锐地意识到了符号、语言、形式等在审美反映中的特殊意义。认为语言、形式等绝不只是艺术表现的手段，而是艺术审美反映的“中介”，是与情感交织在一起得以物化审美意识的载体，这是具有现代文论的意味的。因为，形式作为艺术的本体价值出现，是现代文论的一个结果。

二、审美意识形态论

（一）文学是一种社会意识形态

目前，学术界比较一致的观点是，“意识形态”这一概念最早由法

〔1〕 钱中文：《最具体的和最主观的是最丰富的——审美反映的创造性本质》，《文艺理论研究》1986年第4期。

国哲学家德斯图·德·特拉西提出。特拉西用法文Idealogie，指陈一种对于观念的研究或知识。Idealogie因此可以翻译成“观念学”。这个概念出现于法国大革命时期，主要用以对以往思想体系和社会意识的概括。马克思、恩格斯在《德意志意识形态》里对这个概念进行了批判性的改造，建立起了一个完整的意识形态理论。在马克思看来，意识形态不仅是表达统治阶级意愿，维护统治阶级利益，使其统治合法化的社会意识形式的总称，又是一个信仰、观念、价值的体系，意识形态自由地漂浮于社会的物质基础之上，既维护又解构其基础的存在。之后，意识形态理论得到热烈讨论，成为各种社会思潮借以说明自身的工具。西方马克思主义文论家阿尔都塞、马歇雷、阿多诺、伊格尔顿、杰姆逊、齐泽克等，社会学家、人类学家如鲍曼、曼海姆、格尔茨等，一些后现代理论家如罗兰·巴特、德里达、拉康、布尔迪厄等，都对意识形态理论进行过各有侧重的阐释，并在不同意义上使用过“意识形态”这一范畴。

详细梳理“意识形态”这一范畴的来龙去脉不是本文的任务。我们在这里想指出的是，中国理论界最初对于意识形态理论的接受，是与马克思主义在中国的传播联系在一起的，意识形态成为用来说明文学艺术社会本质的一个工具。“意识形态”这一概念在20世纪初期引入国内，李初梨最早将它翻译为“意得沃罗基”。毛泽东在1942年《在延安文艺座谈会上的讲话》中提到：“作为观念形态的文艺作品，都是一定的社会生活在人类头脑中的反映的产物。”[1]这里所说的观念形态其实就是“意识形态”的另外一种说法。1949年以后关于文学的讲述中，普遍使用“文艺是一种社会意识形态”的说法。[2]

把文学艺术界定为一种社会意识形态，主要的理论来源是马克思《〈政治经济学批判〉序言》[3]里的一段话：

---

〔1〕 毛泽东：《毛泽东选集》（第三卷），北京：人民出版社，1991年，第860页。

〔2〕 例如，以群主编的《文学的基本原理》和蔡仪主编的《文学概论》均认为：“文学是一种社会意识形态”，“文学是反映社会生活的特殊的意识形态”，（见以群主编《文学的基本原理》（修订本），上海：上海文艺出版社，1980年，第20页。蔡仪主编《文学概论》，北京：人民文学出版社，1979年，第1页。）

〔3〕 此篇名有的版本译为《〈政治经济学〉序言》，有的译为《〈政治经济学〉导言》或《导言》，根据参考文献不同，名称或有不同。——编者注

> 人们在自己生活的社会生产中发生一定的、必然的、不以他们的意志为转移的关系，即同他们的物质生产力的一定发展阶段相适合的生产关系。这些生产关系的总和构成社会的经济结构，即有法律的和政治的上层建筑竖立其上并有一定的社会意识形式与之相适应的现实基础。[1]

马克思主义创始人把社会结构划分为经济基础和上层建筑两个部分。所谓经济基础，是指在一定社会发展阶段上与一定的物质生产力发展程度相适应的生产关系的总和；所谓上层建筑，是指在一定经济基础上形成的政治、法律制度，以及与之相适应的社会意识形态。人类社会的一切精神活动的产物，包括政治、法的观点以及宗教、道德、哲学和文学艺术等等，被统称为社会意识形态。文学属于社会意识形态，而社会意识形态又是上层建筑的一个部分。上层建筑最终为经济基础所决定，而又翻转过来为经济基础服务，对经济基础发生反作用。马克思承认意识形态属于上层建筑，但又认为像文学艺术这样的意识形态，属于更高地飘浮在空中的意识形态领域，因而保持着更大的独立性。

文学是一种社会意识形态的文学本质观旨在强调：首先，文学艺术和哲学、社会科学一样，都是人类意识活动的产物，属于社会的精神现象，而人的意识不是凭空产生的，是客观现实在人类头脑中反映的产物。其次，既然文学艺术是一种社会意识，那么，全面阐释文学艺术的性质和特点，不能孤立地从文学自身来寻找，而应该从文学与整个社会的联系中加以考察。再次，在确认文学艺术是一种社会意识形态的同时，强调文学意识形态的特殊性——用形象反映社会生活，是一种语言的艺术。

（二）文学是一种审美意识形态

新时期里质疑文学是一种社会意识形态的各种观点，概括起来主要有：一，认为这种观点只是揭示了文学艺术与其他意识形态的共性本质，没有揭示文学艺术的特殊本质。二，认为从文学是一种社会意识形

---

〔1〕［德］马克思：《〈政治经济学批判〉序言》，见中共中央马克思恩格斯列宁斯大林著作编译局编《马克思恩格斯选集》（第二卷），北京：人民出版社，1972年，第82页。

态的观点出发从事创作，就会把文学对社会生活的反映等同于文学对社会生活的认识，从而有可能歪曲社会生活的本质，出现创作上的概念化弊端。基于以上认识，新时期审美文论在提出文学审美反映论的同时，提出了文学是一种社会“审美意识形态”的主张。“审美意识形态”最早是在苏联理论界被以布罗夫为代表的审美学派使用过，布罗夫用这个概念区别于对于文学艺术的单纯认识论和庸俗化社会学的观点。新时期对于“审美意识形态”概念的使用，经过了一个由不自觉到自觉，再到理论成熟的过程。周来祥早在1982年曾用“审美意识的物化形态”〔1〕说明艺术的本质，与后来“审美意识形态”的提法具有一致性。孔智光也早在1982年的《文史哲》上就提出了艺术的本质是一种“审美的意识形态”的观点：

> 在我们看来，艺术的本质是审美的意识形态，是艺术家对客观现实生活的主观能动的审美反映，是对客观现实生活的再现与主观心理的表现的统一。〔2〕

再往后，江建文、周波等人都在阐释文学艺术的审美本质的时候使用过“审美意识形态”。〔3〕从对反映论的质疑，到对文学艺术审美本质的体认，再到审美反映论和审美意识形态论，这是一个逻辑的过程，带有某种必然性。因为对于文学审美特征的强调，有了审美反映论提法；因为对于文学作为一种社会意识形态特殊性的说明，有了审美意识形态的说法。无论是审美反映论还是审美意识形态论，其实都是在与反映论相似的问题框架里讨论问题的。因为，无论是反映论，还是审美反映论或审美意识形态论，都没有离开经济基础与意识形态的关系。

文学审美意识形态论的理论代表是钱中文、王元骧、童庆炳等。钱中文先生早在1982年第6期发表在《文学评论》上的《论人性共同形态

---

〔1〕 周来祥、栾贻信：《也谈艺术的审美本质——与何新、涂途商榷》，《学习与探索》1982年第2期。
〔2〕 孔智光：《试论艺术时空》，《文史哲》1982年第6期。
〔3〕 江建文：《要发掘生活中真正的美》，《学术论坛》1984年第1期；江建文：《列宁文艺批评思想略论》，《广西大学学报》（哲学社会科学版）1984年第1期；周波：《试谈文学批评标准的客观性》，《山东师大学报》（哲学社会科学版）1983年第6期。

描写及其评价问题》一文中就提出了“文艺是一种具有审美特征的意识形态”观点，所谓审美特征，就是指文学艺术的情感特征及其艺术形式特性——文学艺术是通过创作主体的感受、体验而灌注了感情思想的鲜活的艺术形式反映社会生活的。[1]这是钱先生在当时理论资源十分有限的情况下对于文学艺术本质特征的初步认识。之后，钱先生在《文学评论》1984年第4期发表的《文学理论中的“意识形态本性论”》，在分析了苏联文艺理论界关于文学意识形态本性论的观点之后，一方面，肯定了从“意识形态本性论”的观点阐述文学艺术根本特性这种思路和观点的合理性，认为“文学艺术是一种社会意识形态，忽视这点或否认这点，就很难说清楚它的根本特性，就可能导致对文学艺术不正确的理解，错误地对待文艺的社会作用”。[2]另一方面，也对“意识形态本性论”对于文学审美特征的论述感到“极为不足”，提出：“文学艺术固然是一种意识形态，但我以为这是一种审美的意识形态；文学艺术不仅是认识，而且也表现人们的感情、思想；审美的本性才是文学的根本特性，缺乏这种审美的本性，也就不足以言文学艺术。看来文学艺术的本性是两重性的。”[3]显然，这一时期钱先生对于文学艺术本质特征的认识是在承认文学艺术是一种意识形态的同时，强调文学艺术之为文学艺术的审美规定。有了这样的认识，钱先生于1987年正式提出了文学是一种审美意识形态的理论主张。钱先生发表于《文艺研究》1987年第6期上的文章《论文学观念的系统性特征》是一篇集中阐释文学是一种审美意识形态的文章。作者在考察了各种文学观念的基础上，提出了“主导、多样、综合”的文学研究的方法论。他认为：“文学的本质是一种多层次现象，需要多方面地对它们进行阐述。所谓层次，就是事物整体所表现出来的不同方面。层次是建立在差别和不同的基础上的，没有差别就无所谓层次。同时不同层次自有其量和质的规定性，从而从不同层次可以见到不同本质的表现，一个事物由于其多层次而形成多本质。”[4]而如

〔1〕 钱中文：《论人性共同形态描写及其评价问题》，《文学评论》1982年第6期。

〔2〕 钱中文：《文学理论中的“意识形态本性论”》，原载《文学评论》1984年第4期，见钱中文：《文学理论：走向交往对话的时代》，北京：北京大学出版社，1999年，第85页。

〔3〕 钱中文：《文学理论中的“意识形态本性论”》，原载《文学评论》1984年第4期，见钱中文：《文学理论：走向交往对话的时代》，北京：北京大学出版社，1999年，第86页。

〔4〕 钱中文：《论文学观念的系统性特征》，《文艺研究》1987年第6期。

果把“系统的观点、方法，与文学观念本身的理论逻辑、历史观点结合起来”，有可能形成关于文学艺术的本质特征的科学认识。作者强调，研究文学的观念与本质，首先要运用审美哲学方法，把文学看成一种审美文化现象或形态。文学作为审美文化现象，将抽象为一种审美意识形态。其次，要运用由于文学本身特征而形成的各种方法，阐述文学本体的诸种特征。再次，通过历史分析，进一步探讨文学发展中历史的规律性现象。最后，进一步讨论文学发展的动力系统。

钱先生不赞同那种把文学单纯看作认识或单纯看作审美的观点。认为，一方面，“文学确实是反映与认识生活的一种意识形态。问题在于，它只是阐明了文学本质特性的一个方面。如果要以这点来代替文学本质特性的全面、总体的把握，就显得不够了。因为，文学虽然具有认识因素、认识作用，但文学并非只是认识”。另一方面，那种用审美的观念排斥认识论、反映论、意识形态等观念，也是一种极端偏颇的表现。钱先生发问：“审美观念的确立，是具有本质意义的，不深入研究，就难以使文学理论深入一步，但是否这样就够了呢？”看来，他是要寻求一种系统综合的文学本质观：

> 把文学视为一种复杂的现象，一个复杂系统，从而对它进行多层次、多角度地综合研究已为不少人所接受。从社会文化系统来观察文学，从审美的哲学的观点出发，把文学视为一种审美文化，一种审美意识形态，把文学的第一层次的本质特性界定为审美的意识形态性，是比较适宜的。[1]

钱先生强调，从哲学的观点看，文学确是一种意识形态，与哲学、伦理等具有意识形态的共同特性，但是文学之所以是文学，是因为文学是一种具体的意识形式，即审美意识形态：“文学作为审美的意识形态，以感情为中心，但它是感情和思想认识的结合；它是一种虚构，但又具有特殊形态的真实性；它是有目的，但又具有不以实利为目的的无目的性；它具有阶级性，但又是一种具有广泛的社会性以及全人类性的审美

---

〔1〕 钱中文：《论文学观念的系统性特征》，《文艺研究》1987年第6期。

意识的形态。”[1]

值得注意的是，钱先生一方面在马列经典文论的意识形态框架里思考文学艺术审美意识形态的特殊性；另一方面，又从历时性的角度分析审美意识形态的历史生成。而后一方面谈及的审美意识形态，已经不再是经典文论意义上的审美意识形态了——钱先生经常以“审美意识的形态”来表达。钱先生的论证逻辑是：首先，人类在长期的社会实践中培养了一种审美的特殊感觉，审美能力，积累了审美的经验，丰富并扩展了人的本质，形成了具有审美意识的人，形成了能够进行审美的主体。当具有审美特征的现实被审美主体所把握时，就形成了具有主体所深深感受到了的“心理现实”，形成了被主体审美所把握的意识化的内容——主体把被感受了的现实特征，物化于自己的作品之中，从而创造了一种新的现实：“这种新的现实表现为一种意识形式——审美意识形态。这种意识形态如果不具主体的感情思想特征，就不可能是审美的创造物。所以在审美文化中间，只存在文学的意识形态。也因此，文学的根本特性就在于审美的意识形态性。”[2]这段话细细分析，不难领会其中的含义：首先，文学创作始于具有审美特征的现实被同样具有审美能力的艺术家感受之后形成的“心里现实”。其次，文学作品就是艺术家“心里现实”的物化形态。心理现实的物化形态作为一种“新的现实”，也即一种新的意识形式，即审美意识（的）形态。显然，这里的审美意识形态不是从经济基础与上层建筑的关系里，而是从历史的发展过程中人的审美意识物化形态的角度被认识的。经由这样的论争，审美意识形态就具有了超出“经济基础与上层建筑关系意义上的意识形态意义”。[3]

1988年，钱中文在《论文学形式的发生》一文中讨论了文学本质特性的多层次性，以及作为文学最根本特性的审美与意识形态的不可分离性。进一步将“审美意识”而不是“意识形态”作为文学审美意识形态的逻辑起点，从历史生成的角度论证了人的审美意识的发生及其演变，

[1] 钱中文：《论文学观念的系统性特征》，《文艺研究》1987年第6期。
[2] 钱中文：《论文学观念的系统性特征》，《文艺研究》1987年第6期。
[3] 可惜，后来批评审美意识形态的学者，不是认真研究持论者的运思逻辑及其实质内涵，而只是从“审美意识形态”这一概念出发进行批评，按照“审美”和“意识形态”组合词组来理解“审美意识形态”，这就有点儿想当然了。

深化了文学是一种“审美意识形态”的观念。[1]之后，钱先生在《文学原理发展论》(社会科学文献出版社，1989年)这部带有研究性质的文学理论教材里，专门开出篇幅阐释“审美意识”的历史演变，强调“审美意识形态”不是单纯的“审美”，也不是单纯的“意识形态”，更不是“审美”与“意识形态”的“硬拼凑”，而是扎根于文学发展的事实，从人类审美意识的演变过程中抽绎出来的，是审美意识的自然的历史生成。针对理论界对审美意识形态的批评，钱中文在《文学发展论》里专门强调审美意识形态的历史生成：“本书提出‘文学是审美意识形态’，并不是像极端的庸俗机械论者批评的那样，是审美加意识形态，而是把审美意识作为人的本质的确证，从审美意识的发生、形成开始的。正是具有审美意识的人，在自己的长期实践活动中，产生了不断积淀着生存意蕴的语言、文字结构，进而使审美意识相融合并发生演变，物化而为审美意识形式，创造了‘有意味的形式’，最后发展而为现代意义上的审美意识形态——文学。”[2]

王元骧是在独立研究的基础上提出文学是一种审美意识形态的主张的。据北京师范大学文艺学研究中心文学理论教材调查组编写的《关于新时期以来高校文学理论教材编写的调查报告》称：“继童庆炳在1984年的《文学概论》教材中提出‘审美反映’论之后，王元骧在《文学原理》(浙江教育出版社1989年版)中明确提出文学是一种审美意识形态，这是在文学理论教材中第一次提出文学是‘审美意识形态’。”[3]文学审美意识形态论的明确提法，见于王元骧主编的《文学原理》一书。从审美反映通向审美意识形态，王元骧解释道：“就我个人的认识来说是这样的：艺术创作既然是以艺术家的审美情感为心理中介来反映生活的，情感的产生是以客观对象能否契合主观需要为转移的，就其性质来说，是以体验的形式所表达的人们对事物的态度和评价。所以它反映的不是事物的实体属性，而是事物的价值属性。而意识形态作为一定时代和社会集团的信念体系，虽然是属于理性意识，与审美情感这种感性的意识分

[1] 钱中文：《论文学形式的发生》，《文艺研究》1988年第4期。

[2] 钱中文：《文学发展论》，北京：高等教育出版社，2005年，第86页。

[3] 转引自王元骧：《文学的真谛——王元骧文艺学文选》，济南：山东文艺出版社，2021年，第110页。

属于两个不同的层次；但是都不是事实意识而是一种价值意识这一点上是共同的。所以艺术就其性质来说我认为是可以归入到意识形态的。因此，把审美与意识形态两个概念联系起来作为一个复合词并没有什么不妥之处。”[1]

王元骧对于审美意识形态的论证是这样的：

首先，文学是一种社会意识形态，“意识形态性是文学不可摆脱的一个基本属性”。社会意识相对地可分为两种形式：一种是纯知识的，一种是具有价值导向性的。前者是通常所说的“社会意识形式”，后者才被称为“社会意识形态”，简称“意识形态”。意识形态作为自觉地反映一定社会经济形态和政治制度的思想体系，不同于一般的社会意识形式就在于，它不仅有知识成分，而且还有价值成分，其核心是一个价值观的问题。它的功能就在于凝聚社会成员的力量，动员社会成员为实现一定社会的共同目标去进行奋斗。文学作为意识形态形式中的一个“特殊的”类别，其特点在于通过具体的形象描绘和情感表述体现某种思想观点和倾向。这即文学的“意识形态性”。[2]

其次，作为一个“总体性概念”，意识形态主要包括三个方面的内容：第一，作为一个社会的意识形态，它不是各种思想观念的简单汇聚，而总是由该社会占主导地位的经济成分所决定，并与之相适应的。就当今我国社会主义社会的意识形态来说，也必然是以社会主义的价值观为支配地位和最高的价值取向。第二，正是这种最高的价值取向，决定了不同的意识形态形式作为总体的一部分，它们之间总是有着深刻的、内在的一致性和统一性，如政治、道德、艺术，在它们的观念层面上，即政治理想、道德理想、审美理想等方面总是可以汇通的，所以必然是互相影响、互相渗透的。这决定了文学艺术作为意识形态的一种特殊形式，虽然有其相对的独立性，但却不可能完全脱离政治与道德而绝对独立。认为所有这些具体的意识形态——哲学意识形态、政治意识形态、法律意识形态、道德意识形态、审美意识形态——都是完全的独立的系统的说法至少是不周全的。第三，由于各种意识形态形式与经济基

---

[1] 赵建逊、王元骧：《从“审美反映论”和“审美意识形态论”说开去》，《文艺争鸣》2009年第1期。

[2] 王元骧：《我对“审美意识形态论”的理解》，《文艺研究》2006年第8期。

础之间的距离有远近之分，对于经济基础的作用也必然有显隐之别，其中与经济基础关系最直接、最密切的无疑是政治。所以人们常常把意识形态看作是一个政治学的概念，直接等同于政治意识形态。在谈到文学艺术的意识形态性时，也常常是从文艺与政治的关系上去理解的。这种理解虽然过于狭隘，但也确实揭示了迄今为止与文学艺术关联最密切的一个方面。但简单化、庸俗化的倾向，直接导致了政治对于文学艺术的僭越。

再次，以“审美”规定“意识形态”，是对于文学艺术作为意识形态特殊性的认识。意识形态性，只是从一般的角度对于文学艺术的认识，而一般乃是一个贫乏的规定。因此，要进一步认识事物，就必须从一般到特殊，也即找到一事物区别于其他事物的特殊点——特殊的运动形式。而文学艺术区别于其他意识形态的特殊点，恰恰在于它是以审美的方式反映现实的。它以情感为中介，以价值追求为动力，它虽然以作家个人感受、体验、期盼和梦想的形式出现，但又总是反映着他所处的时代和广大人民群众共同的思想愿望。审美反映以情感为中介的能动的反映：“它不是以理论的、思想体系的形式出现，是没有概念性的内容的”[1]，但又隐匿着认识与评价（即真与善的内容），这就使得文学艺术与社会意识形态获得沟通。所以，以“审美的”这个概念来对文学艺术这种特殊的意识形态形式做出进一步的具体界定，是对文学作为一种社会意识形态的具体说明，并且丝毫不否认文学的意识形态性。

经过这样的论证，王元骧就不仅从总体上确认了文学艺术意识形态性的性质，而且也进一步用“审美”规定了文学意识形态的特殊性，在与一般社会意识形态的比较中，对文学审美意识形态的性质进行了透彻的说明。这既符合通过社会意识形态的建构来凝聚力量、深化共识的主流意识形态的要求，也给予文学艺术自身以极大的发展空间。还解决了流行的认为审美意识形态是以审美消解意识形态的误解。由此，王元骧先生得出结论：

> 我觉得是根本不存在以审美来消解意识形态之嫌的，有的论者

〔1〕 王元骧：《我对“审美意识形态论”的理解》，《文艺研究》2006年第8期。

> 担心提出“审美意识形态”,“用‘审美’来统领‘意识形态’,会对意识形态内涵作了空疏宽泛的理解”,而我的认识则刚好相反。我觉得以审美来界定文学艺术的特性,认为文学艺术的意识形态性只能以审美的方式予以体现,倒正是避免因抽象谈论而导致把文学艺术的意识形态性架空,使它与文学艺术的特性相融而有了自己真正的落脚点。[1]

童庆炳先生对于审美意识形态论的贡献,主要表现在他把这个命题写进了他主编的《文学理论教程》,借着教材的广泛使用,文学审美意识形态的观念得到普及和传播。

《文学理论教程》初版于1992年,是新时期之后作为换代性质的教材而出现的。较之以往的文学理论教材,这部教材在文学理论知识讲述的内容上有了很大的更新,吸纳了新时期以来文学理论探索的成果,对西方现代文论资源,也保持着极大的开放心态。特别是在文学本质的讲述上,一改“社会意识形态说”和“形象反映(认识)说”,提出了文学是一种审美意识形态的主张:“文学不仅是一般意识形态,而且更是审美意识形态。文学的一般意识形态性质是其普遍性质,而文学的审美意识形态性质才是其特殊性质。这种普遍性质总是被包含在特殊性质之中,并通过特殊性质显现出来。因此,更为重要的是把握文学的审美意识形态性质,在这里也就是,把文学视为一种审美意识形态。”[2]首先,文学具有一般社会意识形态性质。这种意识形态性质可以从文学与话语、文学与社会、文学与反映的关系中得到说明。其次,文学具有“审美意识形态性质”,表现为文学既是无功利的也是功利的,既是意象—直觉的,也是概念—推理的;既是评价的也是认识的。再次,文学是“显现在话语含蕴中的审美意识形态”,文学的审美意识形态性质是存在于文学的话语系统的蕴藉当中的(所谓“蕴藉”,即文学话语蕴含着丰富的意义生成可能性)。

在以后的教材修订中,关于审美意识形态的提法有所微调,例如,

---

〔1〕 王元骧:《我对“审美意识形态论”的理解》,《文艺研究》2006年第8期。

〔2〕 童庆炳主编《文学理论教程》,北京:高等教育出版社,1992年,第84页。

把文学审美意识形态的性质表现为“文学……既是无功利的也是功利的，既是意象—直觉的，也是概念—推理的；既是评价的也是认识的”改为：“文学……既是无功利的也是功利的，既是形象的也是理性的，既是情感的也是认识的”（修订版，1998年）。修订二版（2004年）以后则改为：“无功利与功利，形象与理性，情感与认识”等。而修订版前的“文学审美意识形态性质”改为修订二版后的“文学审美意识形态属性”。这种变化，可能受了学术界反本质主义思潮的影响。

针对学界对于审美意识形态的质疑，《文学理论教程》（第四版）专门有一段关于审美意识形态的说明：

> 审美意识形态，是指与现实社会生活密切缠绕的审美表现领域，其集中形态是人们的文学、音乐、戏剧、绘画、雕塑等艺术活动。审美意识形态在意识形态中具有特殊性：它一方面被看做意识形态的富于审美特性的种类，但另一方面又渗透着社会生活以及其他意识形态的因子，与它们复杂地纠缠在一起。因此，审美意识形态不是审美与意识形态的简单相加，而是指在审美表现过程中审美与社会生活状况相互浸染、彼此渗透的情形，这种情形表明，任何审美表现过程并不可能脱离特定的社会生活状况的最终支配。[1]

教材把文学审美意识形态看成20世纪80年代以来的马克思主义文艺理论研究成果。运用审美意识形态范畴，主要是为了妥善处理三个方面相互协调和融汇的问题：一是如何继承和发展马克思主义中国化的理论成果；二是如何继承和革新本民族的文论传统；三是如何回应“语言论转向”以来西方当代种种文论思潮的挑战。

（三）对文学审美意识形态论的质疑及其论争

文学审美意识形态被认为是新时期一代学人的集体理论创新，在当时获得普遍认可。审美意识形态论既保留了马克思主义经典文论的观念而得到意识形态的支持，又突出了文学的独立性，否定了此前的工具论

〔1〕 童庆炳主编《文学理论教程》（第四版），北京：高等教育出版社，2008年，第54页。

文艺观，正好契合了政治上的拨乱反正；另外，对文学审美特性的强调也是西方文论思潮影响的结果，满足了理论摆脱政治化的文学研究模式，回归文学内部研究的吁求。[1]20、21世纪之交，这一命题遭到了质疑。2000年，童先生发表了《审美意识形态论作为文艺学的第一原理》和《审美意识形态论的再认识》两篇文章。这两篇文章都是针对当时出现的一些质疑审美意识形态论的文章而作的。在童先生看来，一些文章：

> 往往把当时提出的"审美反映"论、"审美意识形态"论，仅仅看成是对"政治工具"论的"冲击"而已，似乎只是一种"权宜之计"，时过境迁，现在已经失效，并不是什么理论建树。更有甚者，有的人把"文学反映"论、"审美意识形态"论说成是"审美"加"反映"、"审美"加"意识形态"的简单拼凑，说成是过时的"纯审美主义"等等。我并不认为他们这些说法是公正的，或者说他们并没有真正了解"审美反映"论、"审美意识形态"论的真谛。[2]

童先生坚定地认为：

> 80年代初期，学术界提出文学的"审美意识形态"论、文学的"审美反映"论等，也就不是简单地把"审美"和"意识形态"嫁接起来，更不是什么权宜之计，是根植于马克思主义的完整的理论形态。[3]

将"审美意识形态"提高到文艺学"第一原理"的高度，自然会激起持不同看法的学者的反对，这就为"审美意识形态"论争埋下了"引线"。文学的"审美意识形态"论是不是植根于马克思主义的完整的理论形态（或理论建树），如何理解"意识形态"这个概念，"审美"与"意识形态"二者是什么关系，文学具有"意识形态性"与文学是

〔1〕 章辉：《反本质主义思维与文学理论知识的生产》，《文学评论》2007年第5期。
〔2〕 童庆炳：《审美意识形态论作为文艺学的第一原理》，《学术研究》2000年第1期。
〔3〕 童庆炳：《审美意识形态论的再认识》，《文艺研究》2000年第2期。

"审美意识形态"有什么不同，如何理解"审美意识形态"的内涵，等等——这些自然都是需要讨论的。

最早质疑文学"审美意识形态"论的，并不是学界大腕，而是名不见经传的"小人物"。《四川教育学院学报》2002年第7期发表一篇署名为鲜益的文章中，对"审美意识形态"论提出了批评：

> 审美意识形态的文学基本特征说带来的一个认识误区是，把审美这一人类丰富灵动的文化现象仅仅划归为文艺的专利。与此相关，长期以来人们之所以容易把这个概念简单化为审美与意识形态的组合叠加，恰恰是根源于从狭窄的文艺视角来认识它的缘故。〔1〕

这可能是最早对"审美意识形态"进行辩难的一篇文章，但没有引起学界的关注。之后，单小曦、徐文英、周忠厚、陈吉猛等人纷纷撰文，质疑文学审美意识形态说。〔2〕

针对这些批评，童庆炳先生在2004年发表了名为《怎样理解文学是"审美意识形态"？》的文章，澄清对"审美意识形态"理论的误解：

> "审美意识形态"不是审美的意识形态，不是审美与意识形态的简单相加。它本身是一个有机的完整的理论形态，是一个整体的命题，不应该把它切割为"审美"与"意识形态"两部分。"审美"不是纯粹的形式，是有诗意内容的；"意识形态"也不是单纯的思想，它是具体的有形式的。〔3〕

从2000年到2004年，围绕文学"审美意识形态"论的论争实际已经展开。然而，论争并没有进入到实质层面。2005年，以北京大学董

---

〔1〕 鲜益：《审美意识形态的人类学阐释》，《四川教育学院学报》2002年第7期。

〔2〕 单小曦：《"文学的审美意识形态论"质疑——与童庆炳先生商榷》，《文艺争鸣》2003年第1期；徐文英：《从生存本体看文学的审美意识形态性》，《河北理工学院学报》（社会科学版）2003年第1期；陈吉猛：《文学与审美意识形态——兼与童庆炳先生商榷》，《南华大学学报》（社会科学版）2003年第4期；周忠厚：《关于审美意识形态的几点思考》，《河北师范大学学报》（哲学社会科学版）2003年第6期。

〔3〕 童庆炳：《怎样理解文学是"审美意识形态"？——〈文学理论教程〉编著手札》，《中国大学教学》2004年第1期。

学文和他的学生为骨干的学术团队围绕“审美意识形态”论展开的争鸣，将论争推向白热化。这个团队显然是蓄足了能量，有备而来。粗略统计，仅董学文一人就发表了不下15篇的有关审美意识形态的文章，[1]董先生还或组织或参加了几个围绕质疑“审美意识形态”展开的学术会议。在这些论证文章中，较早的是马建辉的一篇《意识形态：文艺的本体特性还是价值特性》，作者认为：

> 我国当代的文学基础理论著作（文学概论、文学原理等），在定义文学概念时往往以意识形态作为核心（或中心）语，把意识形态视为文艺的本体特性，认为文学艺术是“一种特殊的意识形态”或“审美意识形态”，其直接的论据都是摘引自马克思、恩格斯对于意识形态的相关论述。在我国当代文艺理论界，如此的定义已几成不刊之论。
>
> 近来，笔者重新考读了马克思、恩格斯论及意识形态的文字，产生了一些不同想法：认为以意识形态为核心语来定义文学艺术或者把意识形态当作文学艺术的本体特性是武断的，也是有缺陷的。[2]

作者还提出，文艺是一种意识形式，并认为：

---

〔1〕这些文章分别为：《文学本质界说考论——以“审美”与“意识形态”关系为中心》，《北京大学学报》（哲学社会科学版）2005年第5期；《“审美意识形态”能成立吗？》，《高校理论战线》2005年第10期；《文学与意识形态关系辨析》，《曲靖师范学院学报》2006年第1期；《关于文学本质与意识形态的关系——兼评“审美意识形态”说》，《苏州大学学报》（哲学社会科学版）2006年第1期；与马建辉合写：《文学“审美意识形态论”献疑》，《文艺理论与批评》2006年第1期；《文学本质界说：曲折的跋涉历程——以自我理论反思为线索》，《汕头大学学报》（人文社会科学版）2006年第3期；《怎样看待文艺的意识形态属性——兼评“审美意识形态”说》，《浙江师范大学学报》（社会科学版）2006年第3期；与李志宏合写：《文学是可以具有意识形态性的审美意识形式——兼析所谓“文艺学的第一原理”》，《广西师范大学学报》（哲学社会科学版）2006年第3期；与陈诚合写：《“审美意识形态”文学本质论浅析》，《湖南师范大学社会科学学报》2006年第3期；与王金山合写：《文学与“意识形态”》，《湖南文理学院学报》（社会科学版）2006年第5期；与王金山合写：《审美与意识形态之间——对“文学是审美意识形态”之反思》，《黑龙江社会科学》2006年第6期；《文学意识形态理论的批判意义和当代价值》，《文艺报》2006年3月28日；与李志宏合写：《在唯物史观基础上认识文艺的本性》，《文艺报》2006年9月5日；《文学本质与审美的关系》，《文艺理论与批评》2007年第2期；与李志宏合写：《“泛意识形态化”倾向与当前文艺实践》，《求是》2007年第2期。

〔2〕马建辉：《意识形态：文艺的本体特性还是价值特性》，《曲靖师范学院学报》2005年第4期。

总体看来，把文学艺术本体定位于意识形式，不仅更加符合马克思主义经典作家的原旨，而且也更加易于贴合文学艺术的审美本性（意识形态体现了更多的政治功利质素），因而有着更大的优越性。[1]

董学文的文章试图对马克思主义经典著作做返本清源的理解。作者引述了马克思《〈政治经济学批判〉序言》中一段论述，并用德文、英文和俄文的原文对其进行了分析，得出的结论是：

这里，马克思显然是没有把文学与“意识形态”相等同的。由于“意识形态”不等于“意识形式”，所以，马克思在论述的行文过程中，严格使用的是“社会意识形式”和“意识形态的形式”两个概念，用来指称他所要说明的对象。……认为是马克思提出了文学是“一种意识形态”的观点，然后用《〈政治经济学批判〉序言》中的论述作为“文学是社会意识形态”或“文学是审美意识形态”界定的理由，应该说，那是缺少有力根据的。[2]

另外，作者还讨论了伊格尔顿的*The Ideology of the Aesthetic*一书的中文译名。这部书开始译作《美学意识形态》，再版时译成了《审美意识形态》。究竟是译成《审美意识形态》还是《美学意识形态》，作者驳斥了书的译者在“再版后记”的说法：“一是使中译本书名贴近原著英文书名的字面意思，二是考虑到中国读者的阅读习惯。”[3]认为，译成《审美意识形态》可能是受了学界流行的观念的影响。而第一版译成《美学意识形态》则比较符合伊格尔顿原著的精神。作者最后的结论是：

“审美”性和“观念”性因素的融合机制，最好的办法是把“意识形态”概念换成“社会意识形式”概念，把“审美”性、“意识形态”性和其他相关特性，都作为一种特殊“社会意识形式”的

[1] 马建辉：《意识形态：文艺的本体特性还是价值特性》，《曲靖师范学院学报》2005年第4期。
[2] 董学文：《文学本质界说考论——以“审美”与“意识形态”关系为中心》，《北京大学学报》（哲学社会科学版）2005年第5期。
[3] 董学文：《“审美意识形态”能成立吗？》，《高校理论战线》2005年第10期。

属性。这样，既可能避开概念之间的龃龉和冲突，又能保持学理上的合理和谨严。[1]

这两篇文章可以看作是董学文团队质疑审美意识形态的先声。接下来，2006年，质疑的声音达到了高潮。《曲靖师范学院学报》第1期，发表了包括董学文先生在内的七位人士的关于“文学审美意识形态问题”的笔谈文章。2006年4月7日至8日，在北京大学还召开了“文艺意识形态学说研讨会”。来自北京大学、吉林大学、南京大学、山东大学、《求是》杂志、《学术月刊》等单位的专家学者40余人出席了会议，专家学者们围绕着文艺意识形态问题进行了热烈的讨论。会后，有关论文和发言编辑成文集，此为李志宏主编的《文艺意识形态学说论争集》（吉林大学出版社，2006年7月）。“论争集”是以集束式的方式质疑“审美意识形态”论的。其中虽然也有坚持审美意识形态理论（如王元骧）和立论较为公允（如赖大仁、谭好哲、胡亚敏等人）的文章，但基本上是一边倒，质疑和批判审美意识形态的文章占据了主导。

2006年，在各级各类的相关理论刊物上发表的围绕审美意识形态进行讨论的文章有百余篇。2007年以来，加入讨论的学者不断增多，相关文章的数量也保持着有增无减的趋势。纵观这些文章，大致可以分为三大类：一类是对“审美意识形态”理论持赞成或捍卫的观点的，如童庆炳、王元骧、钱中文、吴子林等人的文章；一类是对“审美意识形态”理论持否定态度的，如董学文、李志宏、马建辉等人的文章；还有一类是对“审美意识形态”论争本身进行分析且立论较为公允的，如赖大仁、谭好哲、胡亚敏、李永新等人的文章。除此以外，还有一类，就是在这次论争中形成的局部的带有个人情感色彩的文章，如马建辉与吴子林之间相互“反驳”的文章，其中的一些言论溢出了对“审美意识形态”理论本身的讨论，属于论争中的笔战。[2]

---

〔1〕 董学文：《文学本质界说考论——以“审美”与“意识形态”关系为中心》，《北京大学学报》（哲学社会科学版）2005年第5期。

〔2〕 邢建昌、徐剑：《关于文学“审美意识形态”论争的梳理和反思》，《燕赵学术》2008年春之卷。

三、文化诗学如何可能？

针对学界的批评，审美意识形态论者一方面深入思考，积极回应，不断深化着有关命题的论证，另一方面，又着眼于新的文化现实，提出了“文化诗学”的主张。文化研究兴起之后，把广告、时装、电视剧、综艺节目、中心广场等作为研究对象，致使文学问题渐渐消失在文化研究的视野之外。一些学者为了在“文学死了”“文学终结了”“文学理论终结了”的语境中，使文学理论保持自己的学科品格，保持对文学自身的关注，恰逢其时地提出了文化诗学。

文化诗学是童庆炳先生在1998年的扬州会议上第一次提出的。之后，童先生发表一系列文章，[1]就文化诗学提出的背景、文化诗学的理论主张、文化诗学与相关理论流派之间的关系等做出说明。

按照童先生的观点，文化诗学主要是为了回应文化研究带来的文学理论学科品格淡化的现实困境而提出来的。文化研究作为对现实的一种回应，是具有积极意义的。但是，文化研究在中国的行进过程发生了偏移，已经从解读大众文化现象，蔓延到对广告、模特表演、小区热等的解读。结果，解读的对象就离开了文学、艺术作品本身。在所谓“日常生活审美化”的旗帜下，文化研究越来越成了为消费主义摇旗呐喊的工具，越来越成为一种无诗意的和反诗意的社会学的批评，如果这样发展下去，文化研究必然就不仅要与文学、艺术脱钩，要与文学艺术理论脱钩，而且成为新的资产阶级制造舆论的工具，成为新的资产阶级的附庸。[2]正是基于对文化研究负面影响的担忧，童庆炳提出了文化诗学的

---

〔1〕 这些文章主要有：童庆炳：《中西比较文论视野中的文化诗学》，《文艺研究》1999年第4期；童庆炳：《文化诗学的学术空间》，《东南学术》1999年第5期；童庆炳：《文化诗学是可能的》，《江海学刊》1999年第5期；童庆炳、马新国：《文化诗学刍议》，《北京师范大学学报》（人文社会科学版）2001年第3期；童庆炳：《植根于现实土壤的“文化诗学”》，《文学评论》2001年第6期；童庆炳：《再谈文化诗学》，《学术研究》2004年第3期；童庆炳：《“文化诗学”作为文学理论的新构想》，《陕西师范大学学报》（哲学社会科学版）2006年第1期；童庆炳：《文化诗学——文学理论的新格局》，《东方丛刊》2006年第1期；童庆炳：《审美论—语言论—文化论：新时期30年文论发展轨迹》，《黑龙江社会科学》2008年第4期；童庆炳：《文化诗学：宏观视野与微观视野的结合》，《甘肃社会科学》2008年第6期；童庆炳：《文化诗学结构：中心、基本点、呼吁》，《福州大学学报》（哲学社会科学版）2012年第2期。

〔2〕 童庆炳：《“文化诗学”作为文学理论的新构想》，《陕西师范大学学报》（哲学社会科学版）2006年第1期。

设想。也就是说，中国的社会现实和当代文学的现状要求重建理性精神，走向文化诗学。李春青在《谈谈文学理论的转型问题》一文中，认为在今日的文学已非昔日的文学，在文学理论言说者身份以及文学理论赖以存在的“元理论”都发生根本性变化的时候，文学理论必须转型才有出路。当文学理论的言说者从立法者转换为阐释者的同时，文学理论还必须扩大自己的研究领域，在文化研究的语境中打造一种新的文学理论。这种新的文学理论依然将文学作为其研究对象，并采用文本分析的具体方法，这就是文化诗学。同时，他还指出了中国式的文化诗学与美国新历史主义的文化诗学不同，具体表现在：“一是重建文化历史语境；二是从不同文化门类文本的互文性关系入手进行文本细读；三是在体验的层面上呈现阐释的主体间性，即将阐释活动理解为不同主体间的对话关系。”[1]当然，文化诗学的兴起，除了中国文学现实语境的需要，20世纪80年代兴起于美国的以斯蒂芬·格林布莱特为代表的新历史主义，巴赫金的“社会学诗学”或系统哲学等国外的相关理论著述，则为中国文化诗学提供了直接的理论资源，对中国文化诗学的建构起到重要的作用。此处，我们专注于中国的文化诗学研究，对西方文化诗学理论资源的梳理可以参考陈太胜、祖国颂、邱运华等人的文章[2]，不再赘述。

童先生之所以提出“文化诗学”，目的就是在文化研究异军突起之后，强调文学理论的学科属性和学科边界，试图把文化研究纳入文学理论的学科框架内来。他说：“我们最大的担心还是由于文化研究对象的转移，而失去文学理论的起码的学科品格。正是基于这种担心我们才提出‘文化诗学’的构想。”[3]同时，“对于‘反诗意’的文化研究，我们认为是不足取的”。“文化视角无论如何不要摒弃诗意视角。我们要文化，但也要诗意、语言等等。大可不必从一个极端走向另一个极端，我们可以而且应该是文学艺术的诗情画意的守望者。”[4]因此，童先生提出，文学有三个向度：语言的向度、审美的向度和文化的向度，文学研究应该

---

〔1〕 李春青：《谈谈文学理论的转型问题》，《新疆大学学报》（哲学社会科学版）2004年第3期。

〔2〕 陈太胜：《走向文化诗学的中国现代诗学》，《文学评论》2001年第6期；祖国颂：《文化诗学的实践维度与学理空间》，《漳州师范学院学报》（哲学社会科学版）2004年第2期；邱运华：《“文化诗学”的术语诠释和汉语语境下的话语建构问题》，《求索》2004年第4期。

〔3〕 童庆炳：《根植于现实土壤的“文化诗学”》，《文学评论》2001年第6期。

〔4〕 童庆炳：《新理性精神与文化诗学》，《东南学术》2002年第2期。

沿着这三个向度展开。文化诗学就是要全面关注文学的三个向度，“从文本的语言切入，揭示文本的诗情画意，挖掘出某种积极的文化精神，用以回应现实文化的挑战或弥补现实文化精神的缺失或纠正现实文化的失范”[1]。于是，文化诗学提出“文学的诗情画意”乃是文学生命的魅力之所在。与文化研究无视文学艺术的“诗情画意”不同，文化诗学的第一要务是确定批评对象美学上的优点，如果对象经不住美学的检验，和所谓历史文化的批评也就没有两样了。“文学是诗情画意的，但我们又说文学是文化的。诗情画意的文学本身包含了神话、宗教、历史、科学、伦理、道德、政治、哲学等文化含蕴。在优秀的文学作品中，诗情画意与文化含蕴是融为一体的，不能分离的。中国的文化研究应该而且可以放开视野，从文学的诗情画意和文化含蕴的结合部来开拓文学理论的园地。这样，‘文化诗学’就不能不是文学理论发展的一个重要趋势。”[2]

从确立“文学的诗情画意”出发，童先生强调以文化诗学的立场研究文学，应坚持“一个中心，两个基本点，一种呼吁”。所谓“一个中心”是指文学的审美特征。文化诗学所研究的对象是文学，文学的基本特征是审美。如果一部文学作品经不起审美的检验，那么就不值得我们去评价它了。“审美”作为20世纪80年代的美学热的“遗产”，是可以发展的，是不能丢弃的。不但不能丢弃，而且还要作为“中心”保留在文化诗学的结构中。所谓“两个基本点”，一点是分析文学作品要进入历史语境，另一点是要有细致的文本分析，并把这两点结合和关联起来。要抓住文本的“症候”，放置于特定的历史语境中，以历史文化的视野去细细地分析、解读和评论。历史语境是文化诗学构思中面临的一个基本点。“历史语境”植根于马克思、恩格斯所阐明的历史发展观。“文本细读”强调的是，无论是研究作家还是研究作品，都要抓住作家与作品的“症兆性”特点，然后把这“症兆”放置于历史语境中去分析，那么这种分析就必然会显示出深度来。“一种呼吁”，强调文化诗学要从文本批评走向现实干预。关怀现实是文化诗学的一种精神。[3]因此，

---

〔1〕 童庆炳：《文化诗学——文学理论的新格局》，《东方丛刊》2006年第1期。
〔2〕 童庆炳、马新国：《文化诗学刍议》，《北京师范大学学报》（人文社会科学版）2001年第3期。
〔3〕 童庆炳：《文化诗学结构：中心、基本点、呼吁》，《福州大学学报》（哲学社会科学版）2012年第2期。

童先生强调文化诗学的研究方式是把“内部研究”与“外部研究”结合起来的综合研究，力求实现文学理论的双向拓展。“一方面继续向微观的方面拓展，文学文体学、文学语言学、文学心理学、文学技巧学、文学修辞学、小说叙事学，等等，仍有广阔的学术空间；另一方面，又可以向宏观的方面展开，文学与哲学、文学与政治学、文学与伦理学、文学与心理学、文学与社会学、文学与教育学、文学与科学、文学与宗教学的交叉研究等，也都是可以继续开拓的领域。”〔1〕

可以看出，文化诗学是在回应文化研究挑战过程中提出的一种主张。核心是在坚守20世纪80年代文学审美论的理论遗产上，又有了新的发展。文化诗学不再纠缠于文学审美反映论或审美意识形态论的主张，也不再提出新的文学本质的命题，但作为一种批评实践活动，充分体认艺术文本的审美特性，坚守文本细读和语境分析的策略，不仅开阔了文学审美论的眼界，也拓展了面对现实的文化批评空间。文化诗学的这些探索，有的学者对其做出了积极的评价：“文化诗学乃20世纪90年代以来当代文学理论研究中颇有影响力的一种诗学话语。它一方面坚守审美之于文学的重要性，另一方面又回应变化了的社会文化现实，建构了一种有效的理论阐释模式。”〔2〕

经过童先生的倡导，文化诗学成为一股热潮。在众多文化诗学论者那里，理论诉求和研究旨趣上也有差异。大致形成了两种取向：一种是强调文化的文化诗学，着力挖掘文化文本的身份、种族、性别和意识形态批判，美学意义上的诗学被置于从属的位置；一种是以诗学为核心的文化诗学，文化是文化诗学的言说场域，没有诗学的引领，文化诗学就失去了意义。老一辈学者大多主张文化诗学的研究是诗学的，童庆炳强调要坚守文学理论的学科属性和学科边界，文学研究借鉴文化诗学的视角和方法，但最终是要回到文学理论的。年轻一代学者更多倾向于把文化诗学看作是一种阐释实践，主张打破学科藩篱，走向一种综合性的研究。这两种意见都有充分的理由和依据，最好的方式是相互对话和协商，在对话和协商中共同促进文化诗学的繁荣。

---

〔1〕 童庆炳：《文化诗学的学术空间》，《东南学术》1999年第5期。

〔2〕 肖明华：《文化诗学：如何“审美”怎样“大众”？——20世纪90年代以来当代文学理论转型问题再讨论》，《学术交流》2016年第4期。

我们应当思考，打破了学科界限之后，文化诗学是否会成为无所不包的大筐。陈太胜意识到这一问题，他指出当文化诗学建立起文化与文本的关联之后，“并不意味着审美话语与社会话语真的失去了界限，真正的‘文化的诗学’要解决的任务可能还是无法避免界定文学文本和非文学文本的界限”。[1]因此，文化诗学不可避免首先要回答文学理论研究对象的问题。李茂民在对文化诗学的两种诉求进行具体分析之后，尝试为其指出一条路径，认为：“文化诗学应当是多层次的，它首先是一种在文化语境和历史语境中对研究对象整体的阐释实践，在这个过程中，应当对于阐释实践的原则、方法和目的给予理论上的总结和升华，建构一种文化诗学理论，然后再用它去对新的文本阐释实践进行指导。当我们把需要研究的对象作为一个整体进行整体性阐释的时候，就不存在文学文本和非文学文本之间的界线问题了。”[2]这当然是一厢情愿的！实际上，由于文化研究的介入，原有的那种恪守审美体验的文学研究范式早已被认为是同样对文本有遮蔽功效的方法而被放弃了，这是20世纪90年代以来文化研究一路凯歌带来的现实。

总之，童庆炳先生提倡文化诗学，是针对当前社会物欲横流，文学研究中审美价值的旁落以及和人文旨趣的迷失这样一个现实的。试图通过语言、形式等为文学理论与批评找到进入现实的途径，解决文学理论发展过程中的一些矛盾和问题。然而，面对文化研究带来的种种挑战，“文学理论仅仅将目光锁定于‘文化诗学’身上，未免太过狭隘，显然不能应对各种理论困境，更不能迎来更多的发展机遇”。[3]

“审美反映论”“审美意识形态论”一起推动了20世纪80年代文学观念的变革。从“审美反映论”“审美意识形态论”，到“文化诗学”，它们的共同点即都在强调文学理论的现实品格，凸显审美作为文学的核心特征。不同之处在于：“审美反映论”和“审美意识形态论”突出了文学的独立性，否定了此前的工具论文艺观，将文学研究转向了文学自

---

〔1〕陈太胜：《文学文本与非文学文本的关联与界限——重识文化诗学》，《江西社会科学》2004年第6期。

〔2〕李茂民：《文学理论的危机与走向——“文化诗学”研究述评》，《理论与创作》2005年第5期。

〔3〕高建平等：《当代中国文论热点研究》，北京：中国社会科学出版社，2016年，第429页。

身，其目的是为文艺正名；而“文化诗学”则强调要将“内部研究”与“外部研究”相结合，以审美、历史文化语境和文本细读为研究方法，吸收并采纳文化研究视角，以实现对原有文学理论学科框架的超越。但是，文化诗学是否能够有效把握当前文学/文化精神，能否在学理上契合社会历史文化发展的语境并提供一系列富有阐释效力的说明，这仍然是一个值得深思的问题。

第四章　形式本体论与文学的形式本质※

形式本体论，是20世纪80年代影响广泛的一种文论思潮。形式本体论主张文学的本质是形式，形式对于文学的存在具有本体意味。所谓形式，包含结构、语言、技巧等因素。形式本体论认为，正是结构、语言、技巧等因素，决定了一部作品存在的意义和价值，正是这些因素的创新，构成文学艺术创新的主导方面。形式本体论将文学理论研究从以往长期以来过于侧重社会、题材、历史的所谓“外部研究”，转向了侧重于结构、语言、技巧等的“内部研究”。从形式本体论出发，文学解释的模式终于跳出了认识论的框架而获得了崭新的意义。

2010年10月22日至25日，由中国文艺理论学会和南京大学联合主办的“文学与形式”国际学术研讨会暨中国文艺理论学会年会吸引了海内外近200位学者与会，会议围绕“文学与形式的基本理论”“文学与图像、文学与传媒”“西方视野中的形式问题”和“中国文学与汉语言的形式问题”四个专题展开讨论。这次会议是对新时期以来文学理论关于形式研究的一次系统梳理，也是着眼于新的历史语境对形式新特点（例如形式与图像）研究的一次集体攻关。越来越多的学者被“形式”这一问题所吸引，发表了有分量的研究论文。这次会议还引发了对新时期文学形式本体论的讨论和反思。曾军在《文学理论的学术突围与创新努力——2010年度文艺学学术热点扫描》一文中，把文学与形式的问题提到新的学术热点位置上，并对2010年来有关“形式”的讨论进行了综述。〔1〕

这一章我们集中讨论形式本体论兴起的缘由、特点以及由形式本体

※　本章部分内容曾发表在《燕赵学术》2014年秋之卷，参见邢建昌、蒋雪丽：《形式本体论与文学的形式本质》，《燕赵学术》2014年秋之卷。

〔1〕　曾军：《文学理论的学术突围与创新努力——2010年度文艺学学术热点扫描》，《社会科学》2011年第1期。

论所引发的关于“文学本质是形式”这一命题。

一、形式本体论出场的三个助因

（一）文学实践引发的形式变革

20世纪80年代以来文学实践动摇了长期被奉为圭臬的“内容决定形式，形式反作用于内容”的观点。1978年12月中国共产党十一届三中全会之后，《文艺报》以特约评论员和评论员名义连续发表系列文章，引人瞩目地提出了艺术规律的问题。许多作家、理论家如李准、梁信、白桦、叶楠、张天民、程代熙、徐中玉、程千帆等也都撰文指出，多年来艺术规律长期遭受忽视，只是以政治画线，由于不了解艺术规律是什么，当然也就谈不上对艺术规律的尊重和运用，实际上，文学就是文学，不能离开文学本身。〔1〕孟繁华在《中国当代文学史论》中对这一时期文学思潮这样评价：“作为作家、诗人，出于艺术良知和对艺术规律的尊重，内心便会产生‘不满’和‘抗拒’，于是他们会呼吁尊重艺术规律，反对公式化、概念化，并在具体的创作上强化艺术性，重视或讲究语言、技巧。”〔2〕王蒙、韩少功、刘索拉等作为早期受西方现代文学影响的一批人此时已经开始对文学形式的探索，文学形式上的突破带来了文学创作的新景象，出现了“不像小说的小说”“不像戏剧的戏剧”等。“朦胧诗”“意识流”小说以及“先锋文学”等创作在这一时期显示出了强劲的发展势头。鲁枢元坦言，凭直觉他意识到中国当代文学开始了一场意义深远的变更：“70年代末、80年代初中国文学创作出现了新的转机，一批厚积薄发、形式略嫌粗糙而感情真挚充沛的小说、戏剧，一反过去的‘假、大、空’，激动了亿万人的心。继而，王蒙的《夜的眼》、《春之声》等六篇新颖别致的小说，舒婷、顾城等人的‘朦胧诗’，使多

---

〔1〕 参见李準、梁信、白桦、叶楠、张天民：《“文艺的社会功能”五人谈》，《文艺报》1980年第1期；程代熙：《攀登文艺科学高峰，不能离开理论思维——从新编〈马恩列斯论文艺〉一书的出版说起》，《光明日报》1980年12月17日；徐中玉：《对高校文艺理论教材改革的建议》，《文艺报》1983年第4期；程千帆：《我们所应当争取得到的——关于宋代文学的研究的随想》，《文学评论》1983年第6期。

〔2〕 孟繁华：《中国当代文学史论》，北京：人民文学出版社，2018年，第100页。

年来凝固僵化的文学观念发生了动摇。”[1]文学形式的新探索引发了国内学者关于“现代派”的论争，在论争的过程中大量西方现代派作品被引进，形式主义文论也接踵而至。卢卡契认为：“任何一个真正深刻重大的影响，是不可能由任何一个外国文学作品所造成，除非在有关国家同时存在着一个极为类似的文学倾向——至少是一种潜在的倾向。这种潜在的倾向促成外国文学影响的成熟。因为真正的影响永远是一种潜力的解放。正是这种潜在力的勃发才使外国伟大作家对本民族的文化发展起了促进的作用——而不是那些风行一时的浮光掠影的表面影响。”[2]这一时期，西方现代派文艺思潮和形式主义文论的进入，是与新时期文学探索达到新可能这一实际情况相呼应的。

1980年，何新关于艺术的内容与形式的观点，可以看作形式本体论的肇端。他认为：“在艺术中，被通常看作内容的东西，其实只是艺术借以表现自身的真正形式。而通常认为只是形式的东西，即艺术家对于美的表现能力和技巧，恰恰构成了一件艺术作品的真正内容。人们对一件作品的估价，正是根据这种内容来确定的。”[3]钱谷融指出：“对文学艺术来说，‘说什么’固然非常重要，而‘怎么说’却也几乎是同样重要的。”“文学艺术必须讲究形式，假使对形式没有兴趣，不愿意在形式上多花功夫，那就干脆不必搞文学艺术。”[4]作家陆文夫在《突破——在江苏省第一届青年文学创作者会议上的讲话》中发问道：“真的是内容决定形式吗，形式对内容就没有限制，没有推动，没有反作用吗？”[5]上述作家、理论家不约而同地关注形式，显然不是偶然的。

（二）“向内转”的讨论与文学转向自身

“向内转”这个提法最早是由鲁枢元提出来的。鲁枢元用这个词来概括20世纪80年代文学的整体转变趋势。所谓“向内转”，有两方面的含义：一是文学创作转向人的内心，文学从镜像式的反映现实生活，转

---

〔1〕 鲁枢元：《“向内转”》，《南方文坛》1999年第3期。

〔2〕 ［匈］卢卡契：《托尔斯泰和西欧文学》，见中国社会科学院外国文学研究所外国文学研究资料丛刊编辑委员会编《卢卡契文学论文集（二）》，北京：中国社会科学出版社，1981年，第452页。

〔3〕 何新：《试论审美的艺术观——兼论艺术的人道主义及其他》，《学习与探索》1980年第6期。

〔4〕 钱谷融：《艺术的魅力——在一个会上的发言》，《上海文学》1982年第6期。

〔5〕 陆文夫：《突破——在江苏省第一届青年文学创作者会议上的讲话》，《青春》1981年第1期。

向关注人的内心世界，重在揭示人性的复杂性、丰富性等；二是文学理论从政治一元化的“他律论”中解放出来，开始关注文学自身。作家神秘的“内宇宙”成了文学理论与批评关注的焦点。

1986年10月18日，鲁枢元在《文艺报》发表了《论新时期文学的“向内转”》一文。他在文中总结和评价了新时期文学十年的现象、趋势与成果，认为我国新时期文学总体上呈现出“向内转”的趋势——“题材的心灵化、语言的情绪化、主题的繁复化、情节的淡化、描述的意象化、结构的音乐化”[1]等。所谓题材的心灵化就是指文学创作转向关注人的内心世界，主题的繁复化指文学不再紧紧围绕政治转圈，语言的情绪化、情节的淡化、描述的意象化和结构的音乐化等是文学自身追求“形式”革新的体现。新时期文学出现这种变化的原因，在鲁枢元看来有三方面：其一，“文革”时期极“左”思想给人的内心带来阴影，新时期初期急需安抚人的精神世界；其二，作家对单一的“镜映式”创作方式的反拨；其三，新时期关注人的生存空间，唤醒了人的主体意识，深化了人对自身的认识。鲁枢元认为“向内转”意味着“中国文学在走了一段迂回曲折、艰难困苦、英勇悲壮的历程之后，才终于又回到文学艺术自身运转的轨道上来”。[2]鲁枢元当初提出文学的“向内转”主要还是基于文艺心理学的研究，对“向内转”还没有做出明确的界定。但是十年后，鲁枢元再次撰文对新时期文学“向内转”讨论重新进行了确认和辨析。他说：“文学艺术的‘向内转’，即转向文学艺术自身的存在，回归到文学艺术的本真状态。”[3]文学转向自身，包含着对文学的语言、结构、叙事方式等形式因素的重视，因此我们说文学的“向内转”蕴含着文学形式本体论兴起的诱因。

从表层上看，鲁枢元“向内转”是对20世纪80年代以来文学创作实践的概括；从深层看，则体现了作者对文学理论与批评“向内转”的

〔1〕 鲁枢元：《论新时期文学的“向内转”》，原载《文艺报》1986年10月18日，见王尧、林建法主编，张新颖编选《中国当代文学批评大系：一九四九—二〇〇九》卷四，苏州：苏州大学出版社，2012年，第263页。

〔2〕 鲁枢元：《论新时期文学的“向内转”》，原载《文艺报》1986年10月18日，见王尧、林建法主编，张新颖编选《中国当代文学批评大系：一九四九—二〇〇九》卷四，苏州：苏州大学出版社，2012年，第264页。

〔3〕 鲁枢元：《“向内转”》，《南方文坛》1999年第3期。

一种吁求。其实，在鲁枢元提出“向内转”之前，刘再复就在《读书》1985年第2期发表《近年来我国文学研究的若干发展动态》一文，明确指出文学研究的重点已由外部研究回归到内部研究：“我们过去的文学研究，主要侧重于外部规律，即文学与经济基础以及上层建筑中其他意识形态之间的关系，例如文学与政治的关系，文学与社会生活的关系，作家的世界观与创作方法等，近年来研究的重心已转移到内部规律，即研究文学本身的审美特点，文学内部各要素的相互联系，文学各种门类自身的结构方式和运动规律等等，总之，是回复到自身。”[1]之后，刘再复在《文艺研究》第4期上发表《文学研究思维空间的拓展》一文，指出目前文学研究的四种趋向，其中之一便是“由外到内，即由着重考察文学的外部规律向深入研究文学的内在规律转移”[2]。刘再复提出“文学研究关注文学自身”的主张是为他的文学主体论服务的，此后，文学主体论进入论争阶段，而“文学研究转向自身”却被忽视了。

文学研究的“内”和“外”之分，来源于英美新批评的影响。英美新批评在美国的代表韦勒克和沃伦在其合著《文学理论》一书中，把作家的思想、心理素质、作品所反映的生活和作品的思想，看作文学“外部”的因素，而“内部”因素则指作品的意象、象征、隐喻、谐音、韵律、节奏以及文本的存在方式等等。这种“内”“外”之分，在当时起到了引发文艺理论关注文学自身的作用。

“向内转”的讨论过去十多年之后，鲁枢元在《文学的内向性——我对“新时期文学‘向内转’讨论”的反省》和《“向内转”》两篇文章中对“向内转”做出了界定。他指出：“‘向内转’，是对中国当代‘新时期’文学整体动势的一种描述，指文学创作的审美视角由外部客观世界向着创作主体内心世界的位移。具体表现为题材的心灵化、语言的情绪化、情绪的个体化、描述的意象化、结构的散文化、主题的繁复化。‘向内转’是对多年来极‘左’文艺路线的一次反拨，从而使文学更贴近现代人的精神生存状态，为中国当代文学的发展开创出一个新的局面。中国当代文学的‘向内转’显示出与西方19世纪以来现代派文

〔1〕 刘再复：《近年来我国文学研究的若干发展动态》，《读书》1985年第2期。
〔2〕 刘再复：《文学研究思维空间的拓展》，《文艺研究》1985年第4期。

学运动流向的一致性，为从心理学角度探讨文学艺术的奥秘提供了必要性与可行性。”[1]鲁枢元用这个颇带动态感的“向内转”来概括描述新时期出现的文学现象，无疑是具体而形象的。关于“向内转”的内涵，我们可以从两个方面去理解：一是文学研究从关注社会、政治等外部因素转向关注“内宇宙”的文学主体。“向内转”提出的理论基础是鲁枢元的文艺心理学研究，他认为创作主体及其内心世界与创作心理应该是文学理论与批评研究的重点，同时关注文学的创作主体、创作对象、接受主体。重视人，重视人的心理，重视人的精神生存状态是鲁枢元“向内转”研究的重要关切点；二是“向内转”强调文学“转向文学艺术自身的存在，回归到文学艺术的本真状态”[2]，这有促进文学觉醒的意味。杜书瀛在《文学评论》1999年第1期发表《内转与外突——新时期文艺学再反思》一文，对由“向内转”讨论所取得的成果做了理论概括：第一，理论上形成了相对完整的关于内在精神世界的话语系统。在“文学是人学”论争的推动下，理论界从以前关注外在现实世界，转化为关注人的内心和精神世界。第二，在刘再复提倡的“主体性文学”推动下，主体论文艺学的理论系统基本上形成。这一理论主张文学是人的性格学、心灵学、精神主体学，文学研究应该指向人的内宇宙，进一步深化了“文学是人学”的内涵。第三，文艺心理学在新时期的迅速发展，它与认识论文艺学、政治论文艺学不同之处在于：它主张研究文学活动中作家（创作主体）、作品（创作对象）和读者（接受主体）的内在心理和精神世界。第四，在新时期，文学理论更加注重对文学自身规律的研究。在文艺学学科建制上有明显的体现，那就是文艺美学作为一个新兴的文艺学的分支学科的创建。第五，文艺学学术研究的关注点发生了位移，从侧重研究文学与外部的关系转而研究文学自身的内在特性，包括语言、形式、韵律、结构等等。[3]这个概括是十分恰当的。在经过“向内转”的讨论之后，许多理论家研究的目光开始由文学的题材、人物、主题移向了文学的语言、结构、叙述等方面，形式本体论即是在这种背景下提出来的。

---

〔1〕 鲁枢元：《“向内转”》，《南方文坛》1999年第3期。
〔2〕 鲁枢元：《“向内转”》，《南方文坛》1999年第3期。
〔3〕 杜书瀛：《内转与外突——新时期文艺学再反思》，《文学评论》1999年第1期。

（三）西方形式主义文论的引进

形式主义文论不是我国土生土长的，它来自西方文艺理论，主要指各式各样的关于语言、语义、形式、符号、韵律、隐喻、结构、叙述等的研究，其中主要有俄国形式主义、结构主义、英美新批评、叙事学等。20世纪以来，西方文论研究呈现出由社会中心、作家中心向文本（形式）中心转移的趋势。形式主义、新批评、结构主义，符号学等都热衷于对文本的研究，形成了关于文本的形式主义理论、语言符号理论和结构主义理论等。尽管这些理论流派主张不尽相同，充满差异、矛盾，甚至相互抵触，但他们在注重对文本自身形式的关注方面是一致的。西方形式主义文论在新时期的涌入，对我国文艺理论界关于形式本体论的探讨起了推波助澜的作用。

形式主义文论在中国有一个漫长的传播历史，新批评的倡导人瑞恰兹、燕卜荪都曾在中国授课。早在20世纪30年代，新批评就传到了中国，只是这种理论和当时中国的实际情况不符，因此并未得到充分发展。新时期里，我国理论界对形式主义文论表现出了浓厚的兴趣。虽然俄国形式主义、英美新批评等形式主义文论在西方已经过时，在我国却是被热烈讨论的对象。形式主义文论是作为反抗文学工具论、文学政治化的理论资源而被引进的。人们热衷于讨论索绪尔《普通语言学教程》的“历时性”“共时性”“能指”“所指”等一套术语，什克洛夫斯基等人倡导的“文学性”“陌生化”等概念。列维·施特劳斯等人对叙事作品进行的结构分析，卡西尔《人论》中的符号学思想，苏珊·朗格《情感与形式》中“艺术是人类情感的符号形式的创造”，克莱夫·贝尔《艺术》及其“有意味的形式”，兰色姆《新批评》张扬的“本体”批评等，都启发了学界关于文学艺术形式问题的认知。韦勒克和沃伦合著的《文学理论》中译本的出版（三联书店，1984年），进一步引发“外部研究”和“内部研究”的讨论。

1981年，曾为瑞恰慈学生的杨周翰发表《新批评派的启示》，在介绍新批评理论的同时，用新批评的理论分析了王蒙的小说创作，他提醒批评家不要忘记文学是“从形式到内容”。他的这篇文章，是形式主义文论在中国出现的“报春花”。随后，一大批推介西方形式主义文论和运用西方形式主义文论研究文学问题的文章[1]出现。这一系列的推介，引起文艺理论界的广泛关注，推动了形式主义文论在中国的兴起。

如果说，中国文学中的形式变化起初还是以一种静悄悄的方式在中国文坛上出现，那么，韦勒克和沃伦的《文学理论》中译本出现在各个新华书店之后，"新批评"就以其巨大的声威，成为中国文学理论寻找形式变革的外在动力。1984年、1985年相继发生了关于"现代派手法"和文学批评方法论的争论。为此，1985年，中国人民大学在北戴河举办会议，讨论形式主义文论的相关问题。此时，理论界争论的焦点就是韦勒克的"内批评"与兰色姆的"文学本体论"。朱寨在为《中国新文艺大系（1976—1982）理论二集》写的导言中，曾对"内批评"提出了批评："海外有一种批评理论叫'内批评'，不主张对作品作社会科学的考察，认为关于作品的社会、时代、阶级以及思想内容的分析评价，都是离开艺术作品与艺术创作无关的'外批评'。"[2]他认为"内批评""不能从总体上和本源上理解和把握作品或创作过程"。钱中文也指出，"新批评派"是一种形式主义理论，"大大缩小了文学理论研究的范围"。他还指出："如果'新批评派'只谈作品本身的问题，避开了与作者、社会的关系，则结构主义就把文学研究局限到语言本身、句法的范围去了。"[3]尽管有清醒的理论家指出了新批评、"内部研究"的理论局限，但是，作为一种崭新的文学批评方式，理论批评界还是给予了热烈的拥抱。

形式主义文论的推介助长了新时期文学形式本体论的出现。《文学评论》1985年曾设立《我的文学观》专栏，并在当年第4期刊发了鲁枢元、孙绍振等人的文章，讨论文学本体论的相关问题。形式作为一种

---

〔1〕例如，赵毅衡：《诗歌的结构主义研究方法举隅》，《社会科学战线》1981年第1期；伍蠡甫：《试论艺术抽象和艺术形式美》，《文艺研究》1983年第1期；张隆溪：《现代西方文论略览》《作品本体的崇拜——论英美新批评　现代西方文论略览》《艺术旗帜上的颜色——俄国形式主义与捷克结构主义》《语言的牢房　结构主义的语言学和人类学》《诗的解剖　现代西方文论略览·结构主义诗论》《结构的消失——后结构主义的消解式批评》，《读书》1983年第4、7、8、9、10、12期；冯汉津：《"新小说"漫步》，《当代外国文学》1983年第1期；周宪：《现代西方文学学研究的几种倾向》，《文艺研究》1984年第5期；王春元：《评威勒克和沃伦合著的〈文学理论〉》，《文学评论》1984年第4期；孙绍振：《论文学形式的规范功能》，《福建论坛》（文史哲版）1986年第3期等。

〔2〕朱寨：《历史转折中的文学批评——中国新文艺大系（1976—1982）理论二集导言》，《文学评论》1984年第4期。

〔3〕钱中文：《文艺理论的发展和方法更新的迫切性》，《文学评论》1984年第6期。

本体被纳入讨论的范畴。《文学评论》又从1987年第2期开始，开辟了《当代中国文艺理论新建设》专栏，一时之间文学本体论成为理论热潮。在文学创作和文学批评“向内转”的呼唤以及理论家们的积极推动下，新时期文学形式本体论出场了。文学形式本体论主张放弃文学外部的因素如社会、政治、环境等等，视文学作品为一个具有独立存在意义的本体，从作品自身挖掘意义。由此，文学研究关注的焦点转向文学自身，如语言、韵律、结构、叙述方式以及形式等等，文学形式上升为文学本体。

二、新时期文学形式本体论的内涵

王一川在《审美体验论》一书中，把形式与体验归为一对关联的范畴。在他看来，西方现代文学理论中的形式与体验之间就是此消彼长的关系，他认为对文学艺术的体验的不断追求正是文学形式革新的动力。例如，波德莱尔的诗歌使用“象征”的手法，是以新的体验渴求新的形式的典型。诗人马拉美把诗歌语言与其他语言区分开来，寻找诗歌语言的特性，是渴望新形式的表现。他说：“人们不是用念头来写诗，而是用词语来写诗。”诗歌语言是新的活的生成性语言，以新的节奏、韵律、意象、音响去打乱、突破、毁坏传统的固有的语言模式，直指体验的深层，并在传统语言的废墟上建立起新的语言“神殿”。象征主义和俄国形式主义的目的都是通过文学创作的技巧，用新奇而含混的意象，造成文学语言与日常语言之间的疏离效果，最终把体验的最深层次转化为形式，并且作为文学的本体固定下来，而俄国形式主义对形式探讨的最终目的是生成新的体验。王一川认为形式本体论的出现正是审美体验的深层次需要：

> 现代美学对形式的偏爱可以归纳出两点基本缘由：第一，这是探测内心神秘体验（尼采、狄尔泰、柏格森等）最终导致绝境，转而向外在永恒之域寻求出路的结果。……第二，换个角度看，这是新体验渴求新形式的结果。各种形式主义虽然竭力拒斥体验而独尊形式，但在根柢里实在是出于表达新体验的渴望。象征主义推出“象征”为的是表达美丑交融的新体验，俄国形式主义拈出“陌生

> 化”正是要激活“新感觉”，新批评所“发现”的作品“肌质”其实正是现代人对艺术的独特体验，至于以重返体验为己任的现象学美学、解释学美学等，更是渴望以新的形式把现代人指引到更纯净、更本真的内在体验世界去。因而非同一般地突出形式实在是隐伏着一种意图——去创造与发现足以与日常语言、日常感觉从而也就是与此在相“疏离”的强有力的、新奇的形式，以满足现代人愈益滋长的体验绝对、无限和永恒的生存意义的强烈渴求。可见，现代形式浪潮虽然大反体验，但它的兴起本身其实就与寻求新体验有关。[1]

由上可见，审美体验的变化，会引发追求新的形式的冲动。从这个角度看，新时期文学形式本体论的出场，就不只是文学自身寻求创新的结果，实际与当时文学创作与社会生活中审美体验的变化有关。

文学形式本体论认为，形式作为一种本体，具有它独立存在的意义，形式是衡量文学的重要尺度。赵宪章在《西方形式美学》中强调指出，形式概念是关涉到艺术和美的本质或本体意义的重要概念，而不是文艺学和美学的一般概念。它的重要性体现在：多少年来，人类在不断追问和探寻“什么是艺术？”“什么是美？”“艺术和美的本质是什么？”的历史过程中，“形式”就是众多答案中的一种，认为美和艺术的本质或本体存在方式就是形式。只有在本体意义上肯定形式，才能使我们尽快从以前过分重视内容的狭隘圈子里走出来，用新的眼光和视角来研究文学形式的意义。

新时期文学形式本体论的出场，除了“向内转”讨论以及西方形式主义文论推介的助推以外，来自创作的挑战更是直接的诱因。在经历了伤痕文学、改革文学、反思文学和文化寻根文学以后，新时期文学创作进入了一个关怀自身的新的实验探索期。王蒙率先采用意识流手法进行小说创作，是新时期自觉对文学形式创新试验的代表性人物。他在小说的叙述方式上不以人物的物理活动为线索，而是直接指向人物的内心世界，而且是人的潜意识。以人物的意识（潜意识）的流动作为叙述展开的依据。有人惊呼，小说的传统写法被打破了。王蒙对于小说形式的

[1] 王一川：《体验与形式——西方体验美学论体验的艺术世界》，《文学评论》1988年第3期。

探索，带动了文坛的革新。很快，文坛出现了以马原、格非、残雪、余华、洪峰等人为代表的先锋实验小说创作。先锋实验小说把文学形式中的因素，如叙述、情节、语言、结构等推到了巅峰的位置，他们的“叙述圈套”制造出了解读的迷乱。但是，在先锋小说这些看似卖弄技巧的创作趋势背后，是人们对于形式的重视——小说原来可以这么写！作家王安忆说：“事实上小说的形式是不能单独谈的，可以说小说本身就是形式。对我来讲小说就是人和人、人和自己、人和世界之间关系的形式。”〔1〕格非1986年谈到写作的动力时说：“我所向往的自由并不是指在社会学意义上争取某种权利的空洞口号，而是在写作过程中随心所欲，不受任何陈规陋俗局限的可能性。主要的问题是‘语言’和‘形式’。”〔2〕吴红在《意蕴的深化与形式的寻求——略论新时期长篇小说的现代文学特征》一文中指出了新时期长篇小说在文学形式上自觉追求的特征，在他看来“新时期长篇小说的这些颇为不凡的追求，很自然地要求相应的表现形式，对形式的寻求，已愈来愈走向自觉。如果当初我国小说家对此曾手忙脚乱，标新立异，也带几分哗众取宠地搞什么意识流，时空倒置，长句子，无标点符号……之类；那么，如今许多风范郁郁的大家，已变得成熟多了，正在沉着地走向形式”。〔3〕值得注意的是，吴红在对新时期长篇小说做了分析之后，指出创作者对“形式”认识的变化，“许多作家对形式的理解，已经摆脱传统的将内容和形式作为对应范畴的认识，而将其视为有机一体，在写什么和怎样写的问题上，愈来愈注重后者”。〔4〕“怎么写”比“写什么”一下子变得重要起来了。后来，尹国均在《先锋试验：八九十年代的中国先锋文化》中也明确提出先锋小说实验的意义主要在形式方面，即叙述语言方面。先锋小说家们拓展了小说形式的世界，丰富了小说艺术表现力，使小说叙事风格化、感觉化、话语化，消解了传统文体的整一性，使小说成为开放的文本，从叙述视

〔1〕 林舟：《王安忆——更行更远更深》，见林舟：《生命的摆渡——中国当代作家访谈录》，深圳：海天出版社，1998年，第28页。
〔2〕 格非：《十年一日》，原载《莽原》1997年第1期，见耿占春编选《新时代的忍耐》，北京：社会科学文献出版社，1998年，第332页。
〔3〕 吴红：《意蕴的深化与形式的寻求——略论新时期长篇小说的现代文学特征》，《当代文坛》1988年第2期。
〔4〕 吴红：《意蕴的深化与形式的寻求——略论新时期长篇小说的现代文学特征》，《当代文坛》1988年第2期。

角、叙述人、叙述诗化、叙述态度等多方面颠覆了传统小说叙事的单一性，小说艺术形式独立了。[1]

较之于同一时期展开的其他方面的文学论争，文学形式本体论并没有理论上的优势。当时在我国占据主导地位的是“文学是人学”命题，形式本体论引进之初，曾受到极大的阻碍。一些学者始终坚持，文学应以内容为重，如果过分注重形式，将陷入形式主义的窠臼，从而对文学的发展不利。受传统文学观念的影响，形式以及形式本体始终处在一个曲高和寡的尴尬境地。正因为这样，我国理论界并未形成真正意义上的“形式本体论”。虽然理论界引进了西方各种关于形式的理论著作，但是在形式问题讨论之初，对形式其实是按照英美新批评的理论去理解的。随着英美新批评的影响范围的扩大，才引进了包含着俄国形式主义、结构主义、叙事学等种种和形式有关的理论。国人在引进西方理论时，只看到形式本体论是反对“政治一元化”理论的有力工具，并未考虑真正的“形式”是什么。理论界存在的问题，在创作上也有表现，中国当代一些作家在模仿西方大师形式追求的时候，却忽略了对真正意义上的“形式”的关注，往往只是觉得形式新颖、语言另类就算是形式探索了。和西方现代派大师比较起来，中国当代作家对形式的探索往往是技巧性的，而并未深入到形式本身所蕴含的丰富含义层面。当然，也有学者在探索小说形式发生变化的同时，已经开始思考“形式批评与文学形式”之间的关系，提出了“创作和批评永远是一对孪生子”的观点，而“似乎很少有人从文艺实践方面即西方文学形式特点的转变来看待批评及其对象的转向，而实际上，形式批评与西方现代派文学的形式变化有着密切联系”。[2]这恰好符合中国的实际情况，中国20世纪80年代以来的文学形式变革与形式批评也是互相影响，互不可分。形式批评不仅为文学研究提出了一系列新的观点、方法，而且表明了文学自觉的意识，文学研究正在从其他学科中挣脱出来，逐渐回归自身。形式是文学存在的形态方式，忽视形式也就等于忽视文学的存在。

无论如何，新时期发生的文学形式本体论的讨论，使得我们以前过

---

〔1〕 尹国均：《先锋试验——八九十年代的中国先锋文化》，北京：东方出版社，1998年，第60页。
〔2〕 贾明：《形式批评与文学形式》，《上海师范大学学报》（哲学社会科学版）1987年第4期。

分重视内容，而相对忽视形式问题的倾向得到纠正，形成了符合艺术规律的创作观。对形式作为艺术本体的强调，使我们建立起了一种不同于以往的创作经验，文学原来是可以远离现实生活，超越现实生活，甚至是站在现实生活的对立面去完成自身的。艺术正是凭借线条、色彩、声音、语言、形式等因素的力量，构成一种不同于现实的生活世界。艺术与现实生活区分开来，拉开它们之间的距离，这样，艺术便具有了假定性、距离感和超越感。[1]显然，形式本体论使我们在艺术与生活之外，换了一个角度看文学。

三、文学形式本体论的三个维度

新时期文学形式本体论在以后的发展中转化为对作品本体论、语言本体论和形式本体论的探讨。作品本体论主张独立地看待文学作品，语言本体论主要是将语言置于存在的位置来理解，形式本体论主要关注作品的形式。这三方略有交叉，在这里我们略做分析。

（一）作品本体论

新时期文学形式本体论的表现之一，是作品本体论。“本体”这一哲学术语是由美学学者兰色姆提出来并首次用于文学研究的，他认为文学作品是一个独立自足的世界，是一个多层次的完整的艺术研究对象，作品本身是文学活动意义生成的本源，因此文学批评应该是“本体论批评”，也就是以文本为中心的批评。这种理论要求文学研究要以作品为本体，并从文学作品本身出发。与从时代背景入手研究文学不同，作品本体论从文学作品的存在入手研究文学。主张摒弃文学外部的因素，如社会、环境、政治等等，回到作品本身。英美新批评诞生之际，中国现代文论的一些学者如朱自清、卞之琳、钱钟书、吴世昌、曹葆华、袁可嘉等都对其进行过介绍，新批评的核心人物瑞恰慈在清华大学开讲“现代文学理论”一课，燕卜荪也在西南联大讲授过诗歌的细读。但是，由于当时我国的主要任务是民族救亡，文学艺术被纳入了救亡的主题之

[1] 姚文放：《当代审美文化与艺术形式》，《学术月刊》1997年第4期。

下，在这种情况下，新批评主张的本体批评与国情产生了龃龉。因此，新批评此时虽多有介绍，但很少有人对其进行细致深入的研究。新时期之后，社会政治环境发生了很大的变化，尽管新批评的浪潮在国外已经消退，但国内正可以借助新批评这种理论打破“文学工具论”的束缚，还文学一个自由的天地。因此，新批评在我国迅速得到传播。英美新批评主张从作家转向作品，从诗人转向诗本身，打破文学与社会、历史、文化、政治、伦理、作家等关系研究的模式，把作品当作一个自足的对象去研究。在具体做法上，要求对文学作品进行细读，并提出了一系列有关文本构成特征，尤其是诗歌构成特征的理论。认为文学艺术具有永恒的价值，它的意义不在于包含了什么或者是传达了某种信息，而在于自身的结构系统，要把握文学的意义就要从具体的文学作品入手，进行细读，分析它的构成，包括语言、结构、韵律等等。新批评认为构成作品的语言、结构、韵律之间的关系，会影响一部作品的形式。对于读者来说，这些构成形式的因素恰恰是对作品的第一反应。

受新批评之本体批评的影响，国内批评界一些人主张将文学作品视为独立自足的存在，并赋予它本体的意味，主张文学研究“回到文学作品本身”。王一川在《审美体验论》一书里认为：“新批评所谓本体论批评有两层基本的意思：一是说本体即作品，二是进一步说本体即作品的形式。”〔1〕1984年，随着韦勒克和沃伦合著的《文学理论》在我国出版，一些学者被文学研究的“外部研究”和“内部研究”所吸引，主张文学研究应以“内部研究”为主，也就是以具体的文本为研究对象，分析词语张力、复义、反讽、悖论等等，采用的方法就是文本细读。作品本体论也对文学研究的其他维度产生了影响，“象征论”“主体论”“情感论”等也都是在这一时期出现的。王岳川在《艺术本体论》一书中对作品本体进行了详细的论述：20世纪美学对艺术的研究出现由外而内的趋势。以往的艺术研究注重艺术与外界之间的联系，从作品与社会背景、政治环境、作家的个人经历入手，探讨作品的创作过程，寻求解读作品的途径。这种传统的方法不能更准确、更清晰地阐明艺术作品本身的丰富内涵。新时期作品本体论的意义，在于直接反驳了文学工具论，打开了一

〔1〕 王一川：《审美体验论》，天津：百花文艺出版社，1992年，第290页。

个过去很少被关注的文论领域，给文学研究注入了新的活力。

（二）语言本体论

语言本体论作为形式本体论的一个维度，在新时期有明显的发展。文学是语言的艺术，语言在文学作品意蕴的形成过程中占有重要地位。因此，即使传统文论也对文学的语言问题给予特别关注。但是，由于受知识背景的限制，传统文论对语言的重视往往是在语言工具论的基础上展开的。因此，新时期之前几乎没有专门研究文学语言或文学言语的学科，理论家专心研究文学的语言形式，是要冒很大风险的。新时期为文学的语言研究带来讯息的，是文化学者甘阳。他在于晓等翻译的《语言与神话》一书的序言中首先提出语言的重要性。认为20世纪的西方文学理论，不论是符号学主张的“代码解读”、阐释学提倡的“本文分析”，还是后结构主义的“文字消解游戏”，都呈现出两种特征：一是具体的人文研究与哲学研究相互交错，难以划清界限；二是“语言”问题是所有研究的中心问题。[1]这可能是较早对于西方文论的“语言论转向”做出回应的言论。程光炜在他的《文学讲稿：“八十年代”作为方法》对于这一时期的文论状况做过这样分析：“一定程度上可以说，80年代知识转型一直处在一股重写‘语言’的思潮之中。”

> 当以“大叙述”为特色的批评话语难以应付日趋复杂和多样的文学现实时，语言的变革当然会成为首要的任务。当时大家那么关注语言问题还有一个原因，这就是对“文学自主性”的追求。80年代中期，“文学自主性”被认为是“去政治化”的重要途径，被人们理解成为一种非常“理想”的文学状态。于是，这种“语言的转向”被看作“大叙述”语言系统之外的另一个系统，回到“语言”就等于是真正地“回到文学自身”，它是一种远比社会历史存在都要“纯粹”、“纯洁”的乌托邦的境界，这是现当代文学研究界的很多人都深信不疑的一个事实。[2]

---

〔1〕甘阳：《从“理性的批判”到“文化的批判”：从卡西尔的〈语言与神话〉谈起》，《读书》1987年第7期。

〔2〕程光炜：《文学讲稿：“八十年代”作为方法》，北京：北京大学出版社，2009年，第113–114页。

新时期语言本体论主要的理论资源是索绪尔的语言学理论以及新批评对语言功能的强调。索绪尔把人类语言活动的总体行为区分为“语言”和“言语”。语言是一套符号系统，包括语音、词汇、语法和句法，这套符号系统使具体语言行为成为可能的总体结构和一般规则；而言语是进入实际使用阶段的个人言语行为。语言作为一种社会规约，是已经选定的东西，任何人都不能独自创造它、改变它，如果要进行交际那就必须完全遵守这一契约。言语是个人使用语言交际的行为，是对语言的具体使用，因此言语中包含语言。索绪尔认为词与物之间没有固定不变的对应关系，意义只是约定俗成的产物。词语的意义来源于能指和所指，语音形象即“能指”，概念内容即“所指”，但是它们之间的关系不是固定的，从语言的内部看，符号的能指和所指之间的联系是任意的，因此能指对所指的选择是自由的；从语言的外部看，也就是从符号和使用它的人类社会的关系看，符号又是受制约的。在研究语言符号系统的运行时，索绪尔还提出了句段（组合）关系和联想（聚合）关系。他认为，语言符号系统是一个关系网络，它是由“句段（组合）关系”和“联想（聚合）关系”所构成的网络关系。句段关系就是符号按线性排列所组成的要素与要素之间的关系，体现出符号的线性特征，通俗地说就是一个单位和同一系列中其他单位之间的关系。而联想关系就是“指在结构的某个特殊位置上彼此可以相互替换的成分之间的关系”。

新潮文论家李劼率先将索绪尔的语言学理论应用到文学研究的实践上。李劼从语感外化和程序编配两大方面来研究文学形式的本体意味。第一，在他看来，作家的语感是文学创作的基本动因之一，文学创作的过程即语感外化的过程。他借鉴索绪尔的语言学理论，强调文学语言特殊的结构性和文学语境的重要性。将文学作品的语言看作特殊的语言系统，组成作品的语言经过特殊的程序编排，才具备了文学意味。李劼认为，文字性语感、文学性语感中的表层语感和文学性语感中的深层语感是构成语感外化的三个层次。文学作品的表层语感具有描述功能和叙述功能，深层语感具有隐喻功能和象征功能，不论是表层语感还是深层语感，最终都要通过作家的文字符号外化确定下来，从而完成语言承载的功能和意义。文学语言复杂的内部结构关系决定着文学作品语言系统的意义。第二，李劼对文学作品的语言系统的生成过程进行了仔细分析，在生成过程中，单个的语感基因通过作家的编配，进入有序的语言系统，直到完成作品。正是作家特殊的语言编配程序使整部作品成为一个有意味的形式结构。

语境是文学语言本体论者特别强调的。语境指的是上下文之间的关系，正是上下文之间的特殊关系才确定了词、句、段在作品中的文学意义。艾伦・退特提出语言中有两个基本因素：外延与内涵。外延指词的词典意义；内涵指词的暗示（延伸）意义，词的词典意义是固定有限的，但在诗中，词的意义会大大突破其词典意义而延伸出更丰富的语境意义，两者之间的矛盾关系，就形成了诗歌的张力，退特认为这正是诗歌语言和结构的特点所在。瑞恰兹提出科学语言与诗歌语言的区别，燕卜逊研究指出诗歌语言是复义（含混、歧义、模糊）性语言，温萨特认为诗歌语言是隐喻性语言，布鲁克斯则认为诗歌语言是悖论与反讽性语言。新批评这些观点都对新时期文论产生了明显的影响。1985年，以先锋实验小说为标志的文学潮流，将语言的可能性发挥到了极致。先锋实验小说追求语言形式的新奇，在“怎么写”方面做足了文章，他们的创作为文学研究提出了新的课题。一些批评家主张深入到文学作品本身，细读文学作品，研究文学语言，他们用放大镜去读每一个字、词，捕捉作品中字、词、句之间的言外之意、暗示和隐喻、象征等。陈晓明认为，文学作品的本体存在是由本文的语言事实存在构成的，现代理论范型应当把作品本文的内部作为文学研究的逻辑起点。〔1〕黄子平在《意思与意义》一文中指出文学语言就是文学意义的本身。他说文学语言不是“捞鱼的网”“逮兔子的夹”“‘意义’的衣服”“‘意义’歇息打尖的客栈”“摆渡到‘意义’对岸的桥和船”，而是“鱼和兔子”“‘意思’的皮肤连着血肉和骨骼”“安居乐业生儿育女的家园”“既是河又是岸”。他用这一系列形象比喻来说明文学语言就是意义本身。〔2〕李劼在《试论文学形式的本体意味》一文中说：从文学存在方式的本体意义上看，文学不是别的，首先就是语言的创造。正是文学语言在文学创作上的本质作用，文学语言组成的文学形式也具有了本体意义。但是文学形式独立于

〔1〕 陈晓明：《理论的赎罪》，《文学研究参考》1988年第7期。
〔2〕 黄子平：《艺海勺谈（五）——意思和意义》，《文学自由谈》1986年第6期。

文学语言，在文学语言构成作品的过程中，文学形式具有了自身的本体意味。[1]吴亮在《马原的叙述圈套》一文中也谈到文学语言在作家创作过程中的重要地位。他认为，最好的小说家，应该把世界和文字叙述看作一体。真正的小说家是富有想象力的，而他们的想象力就直接体现在其小说语言上。[2]李洁非、张陵：《"再现真实"：一个结构语言学的反诘》一文，对语言的本体性描述更为深刻。他们认为，从表面上看来，文学创作就是作家自说自话的过程，但是事实并非如此，文学语言在叙述的过程中，无形地主宰了作家及作品中人物的语言，把一切字、词、句都纳入语言自身的结构系统。因此，文学创作就是作家的思维转化为语言事实的过程。

由李劼等批评家推动的文学语言本体论获得了充足的生长空间。人们意识到文学语言是一个魔方，并为之着迷。之后出现了一系列关于文学语言的探索，深化了对文学语言的认识。虽然先锋小说的创作热潮已经消退，但是作为文学本体的语言仍然是文论研究不可缺少的，它的丰富魅力有待我们进一步挖掘。

（三）形式本体论

文学形式本体论作为一种思潮，包含着作品本体论、语言本体论以及形式本体论，三者之间互相渗透，但各有侧重。在作品本体论、语言本体论兴起的同时，形式本体论也在悄然兴起。形式本体论是指无论创作还是研究，都只关注文学的形式，以文学作品的形式为中心，其他的一切都为形式服务。俄国形式主义是形式本体论的开端，他们主张形式就是一切。他们从黑格尔那里找到理论支持，黑格尔强调艺术中形式的重要性，他认为："内容非他，即形式之转化为内容；形式非他，即内容之转化为形式。"[3]在俄国形式主义者看来，传统理论使本身作为科学存在的文艺学成为一种虚幻，仅仅是生搬硬套陈旧的心理学、哲学、历史学、美学理论等，而忽视了文艺研究应有的主题。理论家以往研究文

---

〔1〕 李劼：《试论文学形式的本体意味——文学语言学初探》，原载《上海文学》1987年第3期，见李劼：《个性・自我・创造》，杭州：浙江文艺出版社，1989年，第371-372页。

〔2〕 吴亮：《马原的叙述圈套》，《当代作家评论》1987年第3期。

〔3〕［德］黑格尔：《小逻辑》，贺麟译，北京：商务印书馆，1980年，第278页。

学会从心理学、政治学、哲学、人类学等方面入手，寻找文学的存在意义。在形式本体论者看来，这根本不是在研究文学，而是使文学成为研究心理学、政治学、哲学、人类学的附属品，他们主张建立一门研究文学的科学——“文学学”。文学学关注文学自身的研究。俄国形式主义者认为，文艺研究的对象是唯一的——“形式”，关注文学自身的研究就是关注文学形式。他们不再关心一首诗表达了什么，而只关心它是如何表达的，特别重视文学作品尤其是诗歌创作技巧。他们认为“文学性”是文学之为文学的本质，文学性不是别的，说穿了就是艺术作品的“构造原则”或“手段”。在创作上为了追求形式，他们提出了“陌生化”理论。“陌生化”是形式主义代表人物什克洛夫斯基在《作为手法的艺术》一文中提出来的，他认为艺术的目的就要使人感受到事物，艺术的技巧就是使对象变得陌生，使事物的形式变得困难，以此来增加人感受事物的难度和时间长度，这种过程本身就是一种审美过程，因此他要求诗歌不仅要在语言上，更要在形式上给人耳目一新的感觉。“陌生化”理论在实践上的代表诗人是被称为“楼梯诗人”的马雅可夫斯基，他在作诗时在每一节都把诗歌的前两个字往后错开，因此带给读者的首先是形式上的新颖。与以往批评理论相比，俄国形式主义更为专心地研究作品的形式，找到了一条更为接近作品本身的研究途径。在新时期里出现的朦胧诗派，先锋小说等都带有“形式本体论”的痕迹。

形式本体论者认为“文学的本体在于形式”，文学形式就是文学的意义所在，是文学之为文学的本体。他们强调研究文学就要研究文学的形式，“形式就是一切”，其他研究都以“文学形式”的研究为基础。俞兆平推崇顾城《弧线》一类的作品，认为文学的本体是纯粹的形式，“弧线”本身就具有形式意味。“弧线”自身的形式带人们进入终极形式本体的纯粹境界，使人们感受到纯粹的形式带来的审美感情。陈国锋的形式本体论则强调形式是包含内容的形式。他肯定任何形式都是内容的形式，认为内容包含在形式之中，肯定艺术作品内容的意义和价值，强调“必须注重形式的研究，必须返回艺术本体的内在性的探讨即注重形式美学”。[1]在提倡形式的同时，他还特别声明：“这种对形式的注重绝

---

〔1〕 陈国峰：《形式的惰性》，《艺术广角》1988年第3期。

不是那种弃内容于不顾，无视内容与形式相关联的形式主义。”[1]

而吴俊所说的形式是纯粹的感官形式，即不受外界干扰，欣赏者在直觉上把握作品的形式。他在《试论形式即主客体审美关系的显现》中，通过对审美过程的分析，肯定了形式的本体意义。认为形式显然有其独立的意义，因为读者的经验世界实际上首先是对形式的感知经验。他的理论支撑主要来源于克莱夫·贝尔的审美情感理论。贝尔认为，艺术家用创作过程告诉我们，创作艺术品的目的并不是为了唤起人们的审美情感，唯有通过艺术品的创作才能使他们的特殊感情物化。我们知道，克莱夫·贝尔的“有意味的形式”主要就是强调形式的意味，这种形式本身就是有意味的，并不是由形式而产生意味。因此，形式的主要作用不是用来传递信息或者表达意义，而是意味就在形式本身。由此，吴俊得出结论，在艺术家的内心有一种强烈的观照自己感情的愿望，要使艺术家的本能愿望得到实现，有且只有一种方式，那就是艺术家把这种感情物化为某种具体的形式，通过形式表现出来，他们的本能愿望才能得到真正的满足。郑板桥在看到园中之竹时，刺激了他的主观情感，形成“胸中之竹”，但是他要观照自己的情感愿望，就必须把“胸中之竹”转化为“手中之竹”，即我们现在看到的名画。列夫·托尔斯泰在看报纸时产生心理愿望，刺激他写出了经典名著《安娜·卡列尼娜》。无论是画家、书法家、音乐家还是文学家，他们总是渴望在某种具体的形式中观照自己的感情，用形式来宣泄感情。在这种意义上说，对“形式的创造本身便是艺术的目的”。因此，从形式的角度来看，当我们说某件作品为艺术品的时候，指的就是它的形式，因为是形式使我们的观照显得真正具有艺术创造的意义。在文学活动中，形式本身就是“欣赏活动的直接目的和主要对象”，艺术欣赏的实质就是“对形式的创造”，形式就“存在于读者和观众的艺术欣赏活动之中”，欣赏者的经验世界就是由“艺术形式所构成”。[2]吴亮在《文学的，非文学的》一文更进一步说“艺术就是那个叫形式的事物的另一名称，它纯粹是形式，绝非是‘有意味’的形式，一旦人们开始谈论某种形式的‘意味’，他们就把问

[1] 陈国峰：《形式的惰性》，《艺术广角》1988年第3期。

[2] 吴俊：《试论形式即主客体审美关系的显现》，《文艺理论研究》1986年第5期。

题引渡到形式之外，也就是引渡到艺术之外了”。[1]吴亮把艺术的本质直接推向纯粹的“形式”上面了。

四、先锋小说与文学形式本体论

20世纪80年代发生的文学形式变革是文学理论和文学实践相互促进、相互影响的结果。新时期之初，文学研究领域开始反思长期以来居于主导地位的“反映论”和“工具论”，认为这种源自苏联的理论和曾经在中国文学界发挥过重大影响的观念已经变得僵化和守旧，不再适合新时期中国文学艺术界正在发生的轰轰烈烈的思想解放运动，也不再对新出现的各种文学现象具有解释力。无论是把文学看作革命意识形态宣传和政治斗争的工具，还是把文学看作社会生活的反映，都是文学工具论的体现，都把政治性、思想性的内容作为文学的第一属性，让文学承担了太多本不该属于它的责任和功能。文学离不开政治，但并不是政治的附庸和婢女，它具有自身的特性和规律，以及自身的存在价值。因此，回到文学本身，即把文学作为审美的对象而不是政治意识形态的工具，使文学摆脱政治的束缚，成为一种普遍的诉求。在这场思想大变革和大解放的运动中，文学扮演着先锋者的角色。人们发现自己所面临的问题“早已不是对于现有文学解释究竟能在多大程度上足以使自己获得某种实用功利性的满足，而是在于，人们对于现存文学形式的认识，究竟能在多大程度上实现我们人类主体对于现实世界的独特精神超越。这似乎也就预示着，创造一个崭新的精神世界的内在渴望更使人激动。表现在文学上，就成为一种渴望创造新颖独特的文学形式的潮流”。[2]新时期文学形式本体论与先锋小说创作有密切的关系，20世纪80年代出现的一大批青年作家对小说文体的探索引起了理论批评界的广泛关注。先锋小说作为文学形式本体论的创作实践，在“写什么”与“怎么写”等方面提出了形式本体论的新课题。

---

〔1〕 吴亮：《文学的，非文学的》，《文学角》1988年第1期，转引自李志宏、金永兵主编《站在新的历史起点上：新时期文学理论研究的回顾与反思》，长春：时代文艺出版社，2008年，第224页。
〔2〕 吴俊：《文学流年：从80年代到90年代》，广州：广州出版社，2000年，第58页。

（一）先锋小说的文体探索

先锋小说是在新潮实验小说的基础上出现的，先锋小说在消解文学传统的道路上比新潮实验小说走得更远。先锋小说在形式上的革新一度被人们认为是受三种因素影响：一是20世纪80年代社会生活的转变。内容吁求形式，形式承载内容。社会生活的内容变了，小说形式当然要变，这被称为“决定论”。二是在新时期里，大量西方小说被引进，西方现代派的写作手法也随之传入。受西方现代派的影响，小说形式出现了变革，这被称为“影响论”。三是传统小说写作手法已经引不起阅读者的兴趣，更不能给创作者带来灵感，为了反对趋于僵化的小说形式，先锋小说出场了，这被称为“反僵化论”。盛子潮、朱水涌在《新时期小说形式创新的奥秘与意义——对一个并非仅仅属于小说形式的理论探讨》中反对把新时期小说形式的革新归结为“决定论”“影响论”“反僵化论”三种，他们认为小说形式是小说家把握世界、规范生活的才能和美学框架，生活材料不等于小说内容，内容是在经过小说家的审美意识投射和审美情感过滤之后形成的，“形式创新的奥秘在于一种新的审美意识和审美情感的呼唤。当一种新的审美意识和审美情感不仅仅存在于个别人，而成为一种时代的审美意识和情感时，必然会有共同的、最适宜于它表现的创新形式”。[1]南帆在《小说技巧十年》中谈到相似的观点：从1976年到1986年这十年，许多作家都反思了以往的美学原则，他们打破了以往的常规，在小说的叙述语言至总体格局上进行了不同程度的艺术实践。他认为新时期小说之所以发生重大改变，与某些个别作家追求标新立异的举动有关，但这并不是主要原因。究其根本，是作家在新时期的世界观、审美体验和审美感受发生了变化，才引起小说在语言、形式、叙述方式等技巧层面发生的变化。因此新时期小说形式的革新是在新时期人们审美情感转变的呼唤下出现的。格非认为新时期小说形式革新是小说家要把握现实的真实引起的，因为小说在真实这一维度上，形式就等于内容。他在《小说叙事研究》一书中写道：作家以真实

〔1〕 盛子潮、朱水涌：《新时期小说形式创新的奥秘和意义——对一个并非仅仅属于小说形式的理论探讨》，《当代文坛》1987年第5期。

地反映现实面貌为己任，他们在不断地思索如何行之有效地表达他们对现实的真实理解。作品的“真实性”不仅是衡量作品的价值尺度，也是作品内在的根本性要求。新时期，现实生活出现的一系列变化，必然引起“真实”这一概念的变化。作家必须积极应对现实出现的这种变化，在文学表现方式上做出调整。在这个意义上，形式本身就是内容。可见不论新时期小说形式革新的结果如何，在当时的时代背景下，革新是文学形式的唯一的选择。

回溯先锋小说创作的文体探索历程可以清楚地看到，对文体及文学形式的强调是文学从主题、题材的内容板块中松动和解脱的标志。新时期的文体探索是以王蒙为代表的，在他的引导下，一批中年作家对现实主义创作模式不满，引发了文学文体以及文学形式的变革。这些在“文革”期间曾倍受压抑的中年作家渴望新变，以当时引进的西方现代派的艺术表现手法为武器，开始了一系列文体革新的试验。吴俊在《三十年文学片断：一九七八—二〇〇八我的个人叙事》中写道：“在我（我们这代人）刚刚开始朦胧地进入文学门槛的关键时刻，几乎读不懂的这些西方现代派文学作品却起到了文学观的启蒙作用：这也是文学，文学也可以是这样的。新奇、震惊、兴奋、冲动，西方现代派彻底打开了我的文学视野，我们开始了自由的文学想象。冲破限制的涉猎，挑战传统的思维，争新出奇的个人表现，无视政治禁区的文学冒险。”〔1〕这是对当时人们刚接触到西方现代主义的形象描述。西方现代派运用的意识流表现手法、人物心理结构与小说情节结构的融合、内心独白、象征、荒诞等技巧，都是文学创作在文体探讨的发展趋势和内在要求，这些技巧拓宽了小说的表现领域。先锋小说在创作实践上所做的尝试，改变了传统的文体观，促使作家文体意识的觉醒。当然，这次大规模的文体探索也有不足之处：新时期文体探索过分侧重借鉴西方现代派小说创作的技巧，文体意识的觉醒还处在犹豫不决的阶段，文学形式变革虽然成为文学自觉的追求，却只是局部性的而非整体性的。

20世纪80年代中期之后，出现了以马原、余华、格非、洪峰、莫言、残雪等为代表的先锋小说家。先锋小说的意义，在于对文学形式的

---

〔1〕 吴俊：《三十年文学片断：一九七八—二〇〇八我的个人叙事》，《当代作家评论》2008年第6期。

本体性追求。在先锋小说的创作中，文体探索不再局限于形式技巧方面，走向了文学的整体形式。此时，文学形式作为“有意味的形式”具有了独立的审美意义，成为文学创作者深切关注的对象。先锋作家在文学创作上的尝试，越过了文学表现技巧的层面，标志着一种文学形式本体意识的觉醒。他们对文体的高度重视和对形式的执着探索，推动了文学观念和作家思维方式的根本变革。

理论界对文体问题的研究和文体批评从1985年开始，之后逐渐走向自觉，出现了1987年（“文体年”）的高潮。理论家总结和归纳了关于形式和文体问题的论争，从文学的艺术模式、叙述视角、构成形式、语言结构以及时空意识等各个方面，对先锋文学创作中出现的一系列文体和形式探索进行了深入的分析，形成了关于文体学的代表性著作〔1〕。

（二）从“写什么”到“怎么写”

先锋小说在文体上的创新探索，必然会引起小说表现对象和叙述视角的转换。南帆在《小说技巧十年》中，对1976—1986年的小说在技巧上的变化概括为三方面：语言、叙述方式和叙述视角。当西方形式主义文论与文学作品被大量引进后，作家们意识到文学艺术的永恒价值不只在内容上，形式的变革也可以给文学带来新生。于是，先锋小说的形式探索，聚焦到从“写什么”到“怎么写”的转变上。对此，李陀在《“现代小说”不等于“现代派”——李陀给刘心武的信》中回忆，他曾在1980年《文艺报》召开的一次座谈会上谈到“当前文学创新的焦点是形式问题”。〔2〕文学创作的首要问题是“怎么写”，而不是“写什么”，“怎么写”具有了重要意义。

传统小说围绕主题展开叙述，为了突出主题，小说家可以任意排列组合材料。先锋小说一改传统小说的创作路子，不再沉迷于对主题的迷恋，而热衷于小说形式上的可能性实验。邢建昌在《先锋浪潮中的余

---

〔1〕 最具有代表性的是童庆炳主编的“文体学丛书”：童庆炳：《文体与文体创造》，罗钢：《叙事学导论》，王一川：《语言乌托邦——二十世纪西方语言论美学探究》，陶东风：《文体演变及其文化意味》，蒋原伦、潘凯雄：《历史描述与逻辑演绎——文学批评文体论》。

〔2〕 李陀：《“现代小说”不等于“现代派”——李陀给刘心武的信》，原载《上海文学》1982年第8期，见李建立编《外国文学译介研究资料》，南昌：百花洲文艺出版社，2018年，第128页。

华》一书中对先锋小说曾做过这样评价：

> 对于深度的追求，一直是文学家们挥之不去的情结，而这种追求深度的表现之一，就是对于深刻主题的寻找和表现。传统文学将主题视为文学作品的灵魂，主题在作品中处于统帅地位。主题预先制约着著作家的思维，过滤着进入作家心灵世界的生活材料，并将之改造成为能为作家所用的形态。主题毫不含糊地修剪材料，主题的不同导向也使材料呈现出不同的形态。[1]

> 消解人为制造的、远离尘世的深度主题，是先锋派的追求之一。对于先锋派文学家来说，终极价值已不存在，"深度"只是一个作家制造出来的幻影。他们用语言游戏消解神秘莫测的所谓的"深度"，在叙述中将思想和观念搁置起来，在语言的信马由缰中从坚实的大地上远遁。余华作为先锋派中的一员，也在努力消解这种所谓的"深度"，因为在他看来，这也是当代人制造出来的新的虚假"常识"。[2]

的确，"怎么写"对于小说来说是至关重要的。恩格斯曾谈到海涅和倍克两人采用同样的题材，且故事情节大致相同，但海涅的小说呈现出来的是对德国人极其辛辣的讽刺，而在倍克那里仅仅呈现为对沉溺于幻想却又无能为力的诗人本身的讽刺。类似的故事题材，因为叙述的不同而有了迥异的意义。

"怎么写"在先锋小说的文学创作中表现为两个方面：一是叙述方式的革新，二是叙述语言的革新。叙述方式的革新，我们以残雪为例。残雪以她独特的女性视角塑造了独特的"梦魔"世界，通过这种叙事方式达到小说形式革新的目的。这种"梦魔"式的讲述构成文本的意义，通向了小说叙述氛围的营造。在《山上的小屋》中，残雪通过一个女孩子的眼光来写世界冷漠，那种鬼魅的气氛给人留下深刻的印象。她在小

[1] 邢建昌、鲁文忠：《先锋浪潮中的余华》，北京：华夏出版社，2000年，第143页。
[2] 邢建昌、鲁文忠：《先锋浪潮中的余华》，北京：华夏出版社，2000年，第144页。

说中建构了一个梦魇般的世界，在这个世界里，人是孤独的、痛苦的，人与人之间互相戒备、互相仇视。文中的“我”，几乎是警觉地感受着外部世界，处处充满了疑惧。这种“梦魇”式的臆想是构成小说的主线，带来了小说别样的感受。

对先锋小说作家来说，语言一是传达意义的工具，二是“为语言自身的语言”，正如王一川所说：“它一方面直接地指向语言自身或为语言自身而不直接关涉社会现实；但另一方面，它的这种直指语言的行为，本身又是对特定社会现实状况的再现，因而具有间接的再现性。”〔1〕汪曾祺也说，语言是本质的东西，“语言不只是技巧，不只是形式。小说的语言不是纯粹外部的东西。语言和内容是同时存在的，不可剥离的”。〔2〕“语言是小说的本体，不是附加的，可有可无的。从这个意义上说，写小说就是写语言。”〔3〕在《你别无选择》中，刘索拉笔下的董客突然来了一句“人生像沉沦的音符永远不知道它的底细与音值”。〔4〕正当人们不知其所云的时候，他接着说了下去，假如：

> 三和弦的共振是消失在时空里只引起一个微妙的和谐幻想，假如你松开踏板你就找不到中断的思维与音程的延续像生命断裂，假如开平方你得出了一系列错误的音程平方根并以主观的形象使平方根无止境地演化，试想序列音乐中的逻辑是否可以把你的生命延续到理性机械化阶段与你日常思维产生抗衡与缓解并产生新的并非高度的高度并且你永远忘却了死亡与生存的逻辑还保持了幻想把思维牢牢困在一个无限与有限的机合中你永远也要追求并弄清你并且永远弄不清与追求不到的还是要追求与弄清……〔5〕

---

〔1〕王一川：《自为语言与文人自语——当代先锋文学对语言本身的追寻》，《南方文坛》1997年第1期。

〔2〕汪曾祺：《关于小说的语言（札记）》，原载《文艺研究》1986年第4期，见汪曾祺：《汪曾祺全集》四　散文卷，北京：北京师范大学出版社，1998年，第7页。

〔3〕汪曾祺：《中国文学的语言问题——在耶鲁和哈佛的演讲》，原载《文艺报》1988年1月16日，见汪曾祺：《汪曾祺全集》四　散文卷，北京：北京师范大学出版社，1998年，第217页。

〔4〕刘索拉：《你别无选择》，原载《人民文学》1985年第3期，见刘索拉：《你别无选择：刘索拉小说集》，上海：文汇出版社，2005年，第12页。

〔5〕刘索拉：《你别无选择》，原载《人民文学》1985年第3期，见刘索拉：《你别无选择：刘索拉小说集》，上海：文汇出版社，2005年，第12页。

由于语言成分的缺失，对象的不明确化，董客这段语言使读者摸不着头脑，以至于最终无法承受。语言成分的缺失给读者阅读带来一定的难度，但同时也提高了读者的能动性，有了破解谜语与再创造故事的冲动。“怎么写”在此具有了本体论的意义。

（三）马原的“叙述圈套”

马原的“叙述圈套”在一定程度上可以说比“意识流”更注重小说的形式。“叙述圈套”借鉴了“意识流”技巧，但在文学形式探索的道路上走得更远。吴义勤认为，马原“是中国当代第一个真正意义上的形式主义者，他第一次在实践意义上表现了对小说的审美精神和文本的语言形式的全面关注，并把文学的本体构建当作了自己小说创作的绝对目标。……马原以他的文本要求人们重新审视‘小说’这个概念，他试图泯灭小说‘形式’和‘内容’间的区别，并正告我们小说的关键之处不在于它是‘写什么’的而在于它是‘怎么写’的。他第一次把如何‘叙述’提到了一个小说本体的高度，‘叙述’的重要性和第一性得到了明确的确认”。[1]马原的“叙述圈套”体现叙述者与故事之间游离的关系，叙述者与故事之间的关系是解决小说技巧这一复杂问题的关键。弗里德曼曾把叙述分为四种：一是以叙述者为主体，叙述者以主体角色参与叙述；二是叙述者是旁观者，不直接参与叙述；三是有选择的叙述者，以某一人物的内心活动为中心；四是全知的叙述者，作家和叙述者都不出场，但对故事了如指掌。[2]马原的小说在试图把意识流小说的这四种叙述融为一体，同时又不时地转换叙述的人称。

马原的叙事革命有冲锋陷阵的意义。1984年，马原发表了《拉萨河的女神》，将小说叙事本身凌驾于故事之上。其后，《冈底斯的诱惑》《西海无帆船》《虚构》《错误》等系列小说强调叙事本身的重要性，叙事形式就是小说存在的本体。马原不仅完成了从“写什么”到“怎么写”的转换，而且把“怎么写”推到极端——传统小说的故事情节和心理小说的意识流等都变得不那么重要，重要的是叙述故事的方式。“叙

〔1〕 吴义勤：《中国当代新潮小说论》（修订版），北京：中国人民大学出版社，2018年，第9-10页。
〔2〕 Norman Friedman, “Point of View in Fiction: The Development of a Critical Concept”, *PMLA*, Vol. 70, No. 5 (Dec., 1955), pp.1160-1184.

述圈套”一词，首次出现在吴亮1987年发表在《当代作家评论》第3期的《马原的叙述圈套》一文中，他用“叙述圈套”一词概括马原小说的叙事技巧。吴亮把马原描述为“偏执的方法论者”“玩弄圈套的老手”，从此之后，“叙述圈套”这个术语开始在先锋小说论述中频繁出场。

《冈底斯的诱惑》充分体现了先锋小说的叙事个性：其一，叙事主体的随意性。马原的小说中没有贯穿始终的人物，没有统一的人称，像一个神经错乱的人不停地在叙述，而且不停地转换叙述。不仅打破了读者阅读的惯性，更混淆了叙述者与读者之间的关系。其二，叙事过程的不连贯性。传统的小说一般都具有相对完整的故事结构，而《冈底斯的诱惑》却用16个章节交错地叙述了几个各不相关的故事。这种叙事的不连贯性与跳跃性，将时间和空间的有序完全打破了。其三，叙事的不确定性。首先表现为内容的不确定性，传统的小说讲究故事的生动性与真实性，而马原却在作品中极力表现小说的虚构与失真。例如，作者开篇就引用了一个名叫拉格洛孚的话——“当然，信不信都由你们，打猎的故事本来是不能强要人相信的”，这就要求读者必须带着疑惑的态度阅读。再如小说的结尾，作者不厌其烦地告诉读者，顿珠和顿月的故事包含了很多种可能性，而这种可能性的多少是无法估计的，这种小说的结尾预期和传统小说有了明显差异。其次表现为人物的不确定性，传统小说总是在作品中塑造一些个性鲜明、风格迥异的人物形象，马原的作品不仅没有性格鲜明的人物，甚至连人物是否存在也不能给读者一个明确的答案。批评家李劼认为：“以马原为主要代表的形式主义小说向传统的文学观念和传统的审美习惯做了无声而又强有力的挑战。从这个意义上说，马原式的形式主义小说，乃是新潮文学最具实质性的成果。这种形式主义小说的确立，将意味着中国新潮文学的最后形成和中国当代文学的一个历史性转折的最后完成。”〔1〕

先锋小说的文体实验削弱了小说的特征，使文学与读者渐行渐远，但并没有背弃读者。南帆在《冲突的文学》中讲道：“先锋文学所遇到的第一个——也是最重要的一个——难题则是同读者关系的破裂。无论是迥异于常规的感受、思索还是独树一帜的表达方式，先锋文学总是意

〔1〕 李劼：《论中国当代新潮小说》，《钟山》1998年第5期。

味着对原有文学代码的摧毁。当绝大多数读者无法根据昔日的阅读经验破译作品时，假如缺乏适当的评论予以及时协助，那么，他们将惊讶、观望、愤慨、冷漠，继而置之不顾——他们还有许多事情需要忙碌，因而不能无休止地沉湎于文学谜语之中。”〔1〕先锋小说的浪潮虽然已经过去，但是它却成为当代文学史上的一个重要流派。它以前卫的姿态探索小说的边界与艺术的可能性，以极端的态度在叙事革命、语言实验、生存状态三个层面上对传统文学形成强烈的冲击，对当代文学的贡献不可低估。先锋小说通过这种实验成功地突破了传统的文学观念与文学成规，拓宽了当代文学创作的审美空间，也使得极端个人化的写作成为可能。经由先锋小说的探索，20世纪90年代之后文学进入了个人写作与个体叙事的无名状态。

文学形式本体论解构了过去文学研究过多地强调内容，而忽视形式的弊端。但是文学形式本体论依然没有建立起关于文学艺术的完整解释框架，关于形式，依然是一个说不尽的话题。同时，文学形式本体论也需要被超越。文学理论是知识累积的学科，它不是一成不变的，我们不可能寻找一种适应任何时代和任何作品的文学理论。当新的文学现象出现，旧的理论已经无法对其做出合理解释的时候，这种旧的理论就要被废弃，新的更适应于解释新的文学现象的理论就会诞生。但旧的理论被取代不是旧的理论的消亡，旧的理论依然会以“传统”的方式参与到新的理论的生成当中。经过形式本体论的这场论争之后，文学朝着更自由的方向发展。而作家对小说的探索也从技巧性层面，延伸至审美方式、思维方式以及情感方式方面，以更加自觉的方式进入创作。

巴赫金在谈到形式主义文论时说过：“形式主义总的来说起过有益的作用。它把文学科学的极其重要的问题提上日程，而且提得十分尖锐，以至于现在无法回避和忽视它们。尽管没有解决这些问题，但是他们的错误本身、这些错误的大胆和始终一贯，更使人们把注意力集中到提出的问题上。”〔2〕巴赫金的这段话虽然是针对西方形式主义文论说的，

---

〔1〕 南帆：《冲突的文学》，镇江：江苏大学出版社，2010年，第152页。

〔2〕［苏］巴赫金：《文艺学中的形式主义方法》，李辉凡、张捷译，桂林：漓江出版社，1989年，第234页。

却十分适合于对我国新时期文学形式本体论的评价。进入新世纪之后，文化研究使文学批评走向了多元化，自有其不可替代的价值。但是，文化研究的代价却是形式主义文论、审美批评的搁置，由此带来了文学研究的泛化、非文学化，以及意识形态批评的话语垄断。因此，在追问文学是什么，文学的价值是什么，文学研究的对象是什么等问题时，新时期形式本体论、西方形式主义理论以及“新形式主义”重新进入了人们的视野。反思新时期形式本体论、西方形式主义理论旨在为我国当代的文论建构提供可资借鉴的经验。2016年，《当代中国文论热点研究》对形式本体论做出了客观的评价：

> 尽管形式本体论有不容置疑的合理性，但就理论建构而言，它仍未脱出形而上学的思维框架，使其在实践中从一个极端走向另一个极端，其对作品社会历史内涵的消解与拒斥，使其身陷语言结构形式的藩篱而不自知，对形式的刻意追求导致了另一种形式的形而上学。[1]

〔1〕 高建平等：《当代中国文论热点研究》，北京：中国社会科学出版社，2016年，第373页。

第五章　人类本体论与文学的人类学本质※

20世纪80年代是一个激情燃烧的岁月，出现了许多值得书写和让人怀念的历史文化事件。“80年代”不仅是个人记忆，也逐渐成为学术研究对象，成为今日学术研究再出发的镜像。由查建英主编《八十年代访谈录》和由甘阳主编《八十年代文化意识》〔1〕的出版，为“重返80年代”的口号起到了推波助澜的作用。程光炜主编，北京大学出版社出版的“80年代文学研究丛书”〔2〕则显示了回眸80年代的文化记忆。

20世纪80年代文化变革的基本主题是“人的发现和觉醒”，理论界以空前的热忱呼唤人情、人性、人道主义，呼唤人的价值、尊严与权利。就在这种呼声中，文学人类本体论应运而生。文学人类本体论并不直接回答“文学是什么”，而是提出了“文学何以存在”，追问的是文学存在的本体论根据。文学人类本体论认为，文学艺术的本体不在人之外的世界，而就在活生生的人的存在。文学艺术源自真实的人的生命体验，展示的是丰富多彩的人类生活，“为人生”是文学艺术追求的终极目的和终极价值。新时期文学人类本体论的代表人物杜书瀛认为：“文

※　本章部分内容曾发表在《燕赵学术》2013年秋之卷，见邢建昌、李娜：《人类本体论——20世纪80年代文学本质论的一个维度》，《燕赵学术》2013年秋之卷。

〔1〕查建英主编《八十年代访谈录》，北京：生活·读书·新知三联书店，2006年。这是一本围绕“八十年代”情境及问题意识的对话录，选取的谈话对象多为八十年代引领潮流的风云人物：北岛、阿城、刘索拉、李陀、陈丹青、栗宪庭、陈平原、甘阳、崔健、林旭东、田壮壮等，内容涉及诗歌、小说、音乐、美术、电影、哲学及文学研究等领域。访谈试图重塑这个在中国20世纪思想文化史上具有特殊意义的年代的场景和氛围，在回顾80年代社会思想面貌的同时也对其进行反思。甘阳：《八十年代文化意识》，上海：上海人民出版社，2006年。20世纪80年代末，作为“文化：中国与世界”编委会主编的甘阳选编了一部《中国当代文化意识》，1989年，香港三联书店、台湾风云时代出版公司出版繁体字初版（原名《中国当代文化意识》）。2006年，上海人民出版社以《八十年代文化意识》书名出版简体字版。甘阳在再版序言中说：“由于本书内容已具有历史文献性质，此次再版未作一字一句增减。”

〔2〕该丛书包括：程光炜的《文学讲稿：“八十年代”作为方法》，洪子诚等的《重返八十年代》，杨庆祥等的《文学史的多重面孔》，由北京大学出版社于2009年刊行。

艺活动是人的生命本体的活动，必须从人出发，必须为了人——为了提高人自身，为了完善人自身，为了实现人的价值，为了使人得到高度自由和充分发展，为了使人更加审美化，更配称得上是真正意义上的、大写的人。”〔1〕

这一章考察20世纪80年代文学人类本体论提出的背景以及围绕文学人类本体论所展开的相关论争，在此基础上，追问文学存在与人的存在之间的关系，昭示文学人类本体论的当代意义。

一、文学人类本体论兴起的历史文化语境

“文变染乎世情，兴废系乎时序”，刘勰这句话很好地诠释了文学的变化与时代的关系。文学人类本体论作为新时期最主要的文学观念之一，它的出现绝不是偶然的，思想解放运动的助力以及在此基础上文学向人回归的思潮直接催生了文学人类本体论的主张。

（一）国内人的意识的觉醒

20世纪80年代初，思想理论界的“拨乱反正”和“思想解放”运动催生了对人的问题的思考。其实，早在20世纪50年代末，学界就进行过一次关于人性、人道主义的大讨论，其标志性事件是对巴人《论人情》的批评，众多学者参与其中。〔2〕60年代，周谷城的观点引发了另一场关于人性、人道主义的讨论。但是，由于受特定历史条件限制，这一阶段的讨论还停留在“人性问题能不能提和能不能谈的水平上”〔3〕。70年代末，社会环境日渐宽松，文学研究逐渐摆脱了思想束缚，一系列问题

---

〔1〕杜书瀛：《论人类本体论文艺美学》，原载《文艺理论研究》1989年第3期，见杜书瀛：《艺术的哲学思考》，沈阳：辽宁人民出版社、辽海出版社，2001年，第199页。

〔2〕这些文章有：巴人：《论人情》，《新港》1957年1月号；张学新：《“人情论”还是“人性论”》，《新港》1957年3月号；钱谷融：《论“文学是人学”》，《文艺月报》1957年第5期；徐懋庸：《过了时的纪念》，《文汇报》1957年6月7日；王淑明：《论人性与人情》，《新港》1957年7月号；蔡仪：《人性论批判》，《文学评论》1960年第4期；王燎荧：《人性论的一个“新”标本》，《文学评论》1960年第4期；洁泯：《论“人类本性的人道主义”》，《文学评论》1960年第1期；张国民、黄炳：《批判王淑明同志的人性论》，《文学评论》1960年第2期；于海洋等：《人性与文学》，《文学评论》1960年第3期；柳鸣九：《批判人性论者的共鸣说》，《文学评论》1960年第5期；等等。

〔3〕白烨：《三十年人性论争的情况》，《文学评论》1981年第1期。

得以重新讨论。文学界讨论的第一个问题就是人性、人道主义和人的异化问题。在文学界讨论的同时，在哲学和美学领域，以李泽厚为代表的一批学者也已经开始转向对人的问题的研究。李泽厚把自己的哲学称为“人类学本体论的实践哲学”，人类学本体论在他的《批判哲学的批判》《美的历程》《主体性论纲》中有明显的体现。张志忠曾指出《美的历程》包含强烈的哲学本体论意识：“作者重视的不仅仅是人类历史的发展，更是历史发展中的人类”，从而把人类当作了艺术与美学的本体〔1〕。在20世纪80年代特定的历史条件下，李泽厚的人类学本体论的实践哲学思想和美学思想，对我国新时期文学本体论的提出具有引领意义。

1981年，人民文学出版社重印钱谷融的《论“文学是人学”》，这篇在20世纪50年代饱受争议的文章的再版，标志着文学理论界人学思潮的萌动。之后，《文艺研究》1980年第3期发表钱谷融《〈论“文学是人学”〉一文的自我批判提纲》，这篇文章再一次明确提出文学“一切都是为了人，一切都是从人出发的”〔2〕，重申《论“文学是人学”》里的基本观点：“对于人的描写，在文学中不仅是作为一种工具，一种手段，同时也是文学的目的所在，任务所在。”〔3〕“文学是人学”这一口号是高尔基在20世纪二三十年代提出来的，他所谓的“文学是人学”的含义就是指文学始终应该以人为中心，人不仅是文学表现的对象，更是文学的目的。文学应该始终高扬人道主义精神，高唱人的赞歌。钱谷融在《论“文学是人学”》中强调：“文学的对象，文学的题材，应该是人，应该是时时在行动中的人，应该是处在各种各样复杂的社会关系中的人。”〔4〕“文学要达到教育人、改善人的目的，固然必须从人出发，必须以人为注意的中心；就是要达到反映生活、揭示现实本质的目的，也还必须从人出发，必须以人为注意的中心。”〔5〕在文学创作中，“一切都是以人来对待人，以心来接触心的”〔6〕。总之，文学的中心、核心必须是——人。钱谷融曾总结过这篇文章的内容主旨：

---

〔1〕 张志忠：《近年文学研究新方法述评》，《批评家》1986年第1期。
〔2〕 钱谷融：《〈论“文学是人学”〉一文的自我批判提纲》，《文艺研究》1980年第3期。
〔3〕 钱谷融：《论“文学是人学”》，北京：人民文学出版社，1981年，第10页。
〔4〕 钱谷融：《论“文学是人学”》，北京：人民文学出版社，1981年，第2页。
〔5〕 钱谷融：《论“文学是人学”》，北京：人民文学出版社，1981年，第7页。
〔6〕 钱谷融：《论“文学是人学”》，北京：人民文学出版社，1981年，第21页。

> 我认为谈文学最后必然要归结到作家对人的看法、作品对人的影响上；而上面这五个问题[1]，也就是在这一点上统一起来了：文学的任务是在于影响人、教育人；作家对人的看法、作家的美学理想和人道主义精神，就是作家的世界观中对创作起决定作用的部分，就是我们评价文学作品的好坏的一个最基本、最必要的标准，就是区分各种不同的创作方法的主要依据；而一个作家只要写出了人物的真正的个性，写出了人物与社会现实的具体联系，也就写出了典型。这就是我那篇文章的内容大要。[2]

现在看来，钱谷融《论“文学是人学”》这篇文章虽然还有那个时期的历史局限性，但仍有重要的学术价值。高建平认为：第一，当某些人只注意“现实”而忽视“人”的价值、“人”的意义、“人”的作用时，他突出了“人”，突出了“人”在文学中的中心位置，并且响亮地提出了“文学是人学”的命题。第二，当有人把文学中的人和现实分开甚至对立起来，并且把它们之间的关系弄颠倒时，钱谷融指出，在文学中，“现实”就是人的现实，即“人的生活”，并把颠倒关系重新翻转过来。第三，钱谷融突出强调了“人道主义精神”是“文学是人学”的灵魂。“文学是人学”是对“五四”以来“人的文学”的优秀传统的继承。[3]可见，“文学是人学”的再度张扬，是对工具论、反映论文学的抵制，是对文学重视自身的呼唤。在《〈论“文学是人学”〉一文的自我批判提纲》中，钱谷融更加坚定地认为，在文学领域内，“一切都是为了人，一切都是从人出发的”，“一切都决定于作家怎样描写人、怎样对待人”，“文学既然以人为对象（即使写的是动物，是自然界，也必是人化了的动物，人化了的自然界），当然非以人性为基础不可，离开人性，不但很难引起人的兴趣，而且也是人所无法理解的”。[4]

---

〔1〕指钱谷融在《论“文学是人学”》中所谈到的五个问题，分别是：关于文学的任务，关于作家的世界观，关于评价文学作品的标准，关于各种创作方法的区别，关于人物的典型性与阶级性。——作者注。

〔2〕李世涛：《“文学是人学”——钱谷融先生访谈录》，《新文学史料》2006年第3期。

〔3〕高建平等：《当代中国文论热点研究》，北京：中国社会科学出版社，2016年，第182-183页。

〔4〕钱谷融：《〈论“文学是人学”〉一文的自我批判提纲》，《文艺研究》1980年第3期。

"文学是人学"的讨论带来了文学人性的气息，而伤痕文学控诉的正是"文革"对人的价值和尊严的践踏，作家北岛悲壮地发出"我是人"[1]的呐喊。高晓生曾在《创作思想随谈》一书中说，文学应该反映的是人的精神世界，干预的是人的灵魂，文学创作是一项关于人的灵魂的巨大工程，文学应该体察人的命运，展示人的心灵世界。陈剑晖在《文学本体：反思、追寻与建构》中指出："为了追寻文学的本体所在，为了改变我们现行的，死气沉沉僵硬的认识论文艺学模式，我们不能不以当代文学，尤其是新时期的文学作为我们追寻本体的起点。"[2]1984年以后出现的有代表性的小说如莫言《红高粱家族》、刘索拉《你别无选择》、马原《冈底斯山的诱惑》、王安忆《荒山之恋》、残雪《苍老的浮云》以及洪峰《生命之流》等，以独特的面貌给读者带来了"一股生命之流的奔涌，一种情绪的激动亢奋和总释放，一种对生命个体的勇敢探索以及复归自然的生存体验"。[3]陈剑晖认为在这些作品里，"生命的存在乃是一种比思想更本真，更深刻的存在。思想在其现实性上，只是一种生命的形式，一种生命的证明，一种生命的寻求和超越的形式。在那里，人们打破了一切禁忌，他们不受理性的约束，只是任凭自然律令的驱动，他们放纵本能，追求自由，复归原始。于是，在酒神精神驱使下，他们获得了与世界本体融合的最高欢乐"。[4]这一时期作品的一个共同的主题就是表现人的觉醒、人性的复归、人道主义等。这似乎回到了"五四"时期的人学传统——通过描写充满感性的个体，来表达对人的异化状态的抗议，呼吁人的解放。

（二）西方文艺思潮大量涌入——人性意识的深化

20世纪80年代在思想解放背景下人性意识的深化，是与马克思《1844年经济学哲学手稿》的再发现，以及萨特存在主义和弗洛伊德精神分析的传入分不开的。

---

〔1〕 北岛：《结局或开始》，见阎月君、高岩、梁云、顾芳编选《朦胧诗选》，沈阳：春风文艺出版社，1985年，第22页。

〔2〕 陈剑晖：《文学本体：反思、追寻与建构》，《阜阳师范学院学报》（社会科学版）1988年第4期。

〔3〕 陈剑晖：《文学本体：反思、追寻与建构》，《阜阳师范学院学报》（社会科学版）1988年第4期。

〔4〕 陈剑晖：《文学本体：反思、追寻与建构》，《阜阳师范学院学报》（社会科学版）1988年第4期。

1957年人性和人道主义问题的讨论多集中在以下几个方面：人性和人道主义是什么？“共同人性”是什么？在阶级社会里有没有“共同人性”？马克思主义经典作家怎样论述人性和人道主义？文艺作品是如何表现人性的？无产阶级的文艺如何表达人性？由于政治的原因，讨论并未充分展开。直到20世纪70年代末80年代初，马克思青年时期的著作《1844年经济学哲学手稿》出版发行，引发了理论界重返马克思主义的热情，马克思的异化理论和人道主义理论被重新讨论。《手稿》深入分析了异化劳动的四个规定：劳动与劳动产品的对立、劳动本质的异化、人的类本质的异化、人与人关系的异化。其中人的类本质的异化、人与人关系的异化是由上两个规定推出来的，自然界对于人而言，不但是维持肉体生存的生活资料来源的对象，还是科学的对象以及艺术的对象，但是异化劳动使人一方面失去了自然，另一方面使劳动异化为维持生活的手段。最终的结果是，异化劳动从人那里夺取了他的生产对象，同时也就从人那里夺取了他的类生活、他的本质。人与人关系的异化，是指异化劳动产生了资本家与工人的对立。马克思在《手稿》中明确提出，人是类存在物，自由自觉是人的类本质。劳动创造了美，美的本质是人的本质力量的对象化。对象化，即“自然的人化”。对象化过程，是人实现人的特点和个性的过程。人在自己对象化的产品中能直观到自己的本质，产品因此是人的本质力量的确证。在对产品的直观中，作为创造者的人获得愉悦，这种愉悦，就是美感。马克思主义创始人从私有制社会人的异化和类本质的研究出发，开启了马克思主义人学维度的视域。“有意识的生命活动”是马克思主义人学维度的一个重要关切，马克思主义追求的正是包括感性生命在内的人的全面解放。马克思主义创始人这一人学立场的确立，为理论界人性问题的探讨扫清了障碍。

自此之后，有关异化、人性、人道主义等一度被视为禁区的问题才得以讨论，毛星、程代熙、钱中文、郭建模、吴元迈、王蒙、蔡仪等以各种方式参与这场讨论，[1]至1984年，这场讨论达到了高潮。据不完全

---

〔1〕详见毛星：《人性问题》，《文学评论》1982年第2期；程代熙：《人性问题》，《文艺理论研究》1982年第3期；钱中文：《论人性共同形态描写及其评价问题》，《文学评论》1982年第6期；郭建模：《浅谈文学与人性》，《学习与研究》1982年第6期；吴元迈：《关于艺术领域的人学思考》，《文艺报》1982年第4期；王蒙：《“人性”断想》，《文学评论》1982年第4期；蔡仪：《马克思思想的发展及其成熟的主要标志》（上篇）及（下篇），《文艺研究》1982年第3、4期。

统计，1978—1983年，发表的相关讨论文章达600多篇。此次讨论成为新时期以来规模最大、持续最久的一次讨论，引发了理论界对人性、人道主义等问题的重新审视与思考。哲学界、美学界、文艺界都参与了这场讨论，但是侧重点不同：哲学界、美学界主要探讨马克思主义与人性、人道主义和异化的关系；文艺理论界则主要研究文艺与人性、人道主义之间的关系，文艺作品是否应该表现这些主题及其如何表现的问题。通过讨论，人们逐渐得出一个结论：人道主义和人性并不是资产阶级的专利，社会主义更应该是人道主义的，社会主义更应该懂得尊重人的尊严，捍卫人的权利。

存在主义思潮兴起于20世纪30年代末，“二战”后影响日益增大，最初介绍到中国，不过只是作为研究的对象，并未造成大的影响。洪子诚在《我的阅读史》里指出存在主义和萨特并不是自“新时期”才进入中国的，中华人民共和国成立后的五六十年代，“萨特的一些作品，以及国外研究存在主义的一些著作，就有翻译、出版；但它们大多不是面向普通读者，主要是供研究、参考，或批判的资料的‘内部’出版物”。〔1〕直到1980年4月15日萨特逝世，存在主义思想在世界范围内再次引起巨大反响，国内有关萨特及其存在主义的译著和论著纷纷问世，一时间掀起了“萨特热”。萨特推崇人的绝对自由，不满意现实世界对人的压抑，围绕人的存在构造出一种关于世界存在的意义哲学。“‘萨特热’所造成的存在主义的文学影响，更是直接关涉着对存在、对人性以及人的境遇的新的意识觉醒。”〔2〕，这与新时期人学解放的主题十分合拍，所以很快受到国人特别是青年学子的青睐。其“存在先于本质”的主张，成为那一时期迫切要求改变自身命运，实现人生自我设计的青年学子的理想追求。

20世纪30年代，有关弗洛伊德的精神分析理论已被朱光潜等人先后翻译到国内，不过当时弗洛伊德的理论影响的范围很小，仅限于知识分子和文人圈内。直到20世纪80年代中期，有关弗洛伊德学说的著作和文章才再次得到大范围的传播，尤其是随着《梦的解析》和《精神分

---

〔1〕 洪子诚：《我的阅读史》，北京：北京大学出版社，2011年，第71页。

〔2〕 吴晓东：代序一《文学性·文学经典·批评、阅读和阐释——与洪子诚先生对话》，《文学性的命运》，广州：广东人民出版社，2014年，第6页。

析引论》等著作的陆续出版，国人才较系统地了解了弗洛伊德的理论。弗洛伊德认为，文学艺术是人在受到压抑状态下的一种转移性释放，是人的欲望的替代性满足，是无意识的升华。文艺创作是作家的一种“白日梦”，鉴赏活动则是在“享受我们自己的白日梦”。弗洛伊德有关无意识、欲望本能等一系列惊世骇俗的观念将人们的目光引向心灵的深处，揭示了长期未被觉察的被压抑的人的欲望本能，拓展了中国文学理论与批评的新空间。

《手稿》的讨论以及萨特存在主义、弗洛伊德精神分析思潮的推介，对于突破“工具论”的拘囿，关注文学自身起到了推动作用。在这种思想文化氛围中，一个以人的存在为本体的文学人类本体论得以产生。

（三）“向内转”与文学人类本体论

自鲁枢元1986年10月18日发表了《论新时期文学的“向内转”》一文以来，至1987年12月26日，《文艺报》共刊发14篇争鸣文章和1篇来稿综述，综述后有编者总结。自此，《文艺报》关于“向内转”讨论暂时落下了帷幕。现在看来，鲁枢元“向内转”包含了文学转向自身和转向人的内在精神两个层面。旷新年对“向内转”这一新时期文学的重要术语进行了分析，认为鲁枢元概括出来的“向内转”的两个特点直接来源于袁可嘉所概括的西方现代主义的特点，具备心理与形式层面上的双重内涵，“文学‘向内转’，即转向语言、形式和内心世界”。[1]还有学者更明确地指出：“经过八九十年代的沉淀，新世纪以来，当代理论批评界所使用的‘向内转’术语主要有两层/两种内涵：（1）转向主体/心理。指文学创作转向表现内心世界；理论批评转向文学主体研究，尤其是包括创作心理研究在内的文艺心理学、精神分析批评等。（2）转向本体/形式。指文学创作中文学本体意识的觉醒，包括形式自觉与文体自觉等；文学研究转向文学本体研究、文学‘内部研究’，也包括文学批评与文艺美学的学科独立与自主建设等。”[2]在做出“向内转”的判断之

---

〔1〕 参见旷新年：《中国现代文学理论批评概念》，北京：清华大学出版社，2014年，第58页。

〔2〕 段晓琳：《主体与本体：文学“向内转”的双重维度——兼谈新时期主体论与形式文论的关系》，《当代作家评论》2018年第2期。

前，鲁枢元已经发表了系列文章讨论文学创作的心理现象[1]，如在《论文学艺术家的情绪记忆》一文中，指出“文艺学不能不涉及艺术家的心灵，不能不涉及审美主体的心理活动，而这却是一个多年来被封闭、被冷落了的领域”。[2]并且“发现创作主体的独立的人格、独特的个性、丰厚的感情积累、细微复杂的心理活动在文学创作活动中起着决定性作用”。[3]同时，鲁枢元在《用心理学的眼光看文学》《“神韵说”与“文学格式塔”》《大地和云霓》等多篇论文及论著《文艺心理阐释》中论及文学本体论，概而言之，他的文学本体论是建立于文艺心理学之上的，将文学看作是“人的心灵创造性的自由表现”[4]。无疑，这与“人类学本体论”文学是人的心灵学、人的精神主体学，强调向人的内宇宙延伸，突出文学活动中对创作主体、创作对象和接受主体的内在心理和精神的研究等主张是一致的。在《论新时期文学的“向内转”》一文发表后，林焕平、张玉能、严昭柱[5]等人都发表了关于“向内转”及“主体论”的观点，对“人类学本体论”起到了争鸣的作用。

二、文学人类本体论的理论内涵

与形式本体论以结构、技巧、形式等为文学的本体不同，文学人类本体论张扬一种以人的存在为中心的文学本体论，这又包括了诸多不同的提法，如人类学本体论、精神价值本体论、生命本体论等，不同提法的根据在于对人的理解的不同。但无论哪种提法，都绕不过李泽厚的“主体实践哲学”和刘再复的“文学主体性”主张。

---

〔1〕 鲁枢元：《论文学艺术家的情绪记忆》，《上海文学》1982年第9期；《略论艺术创造中的变形》，《当代文艺思潮》1983年4月；《审美主体与艺术创造》，《文艺报》1983年第5期；《作家的艺术知觉与心理定势》，《文艺研究》1985年第2期。

〔2〕 鲁枢元：《论文学艺术家的情绪记忆》，《上海文学》1982年第9期。

〔3〕 鲁枢元：《文学的内向性——我对“新时期文学‘向内转’讨论”的反省》，《中州学刊》1997年第5期。

〔4〕 鲁枢元：《用心理学的眼光看文学》，《文学评论》1985年第4期。

〔5〕 林焕平：《关于“内向”、“向内转”、“主体论”的思考》，《南方文坛》1988年第3期；张玉能：《对文学中“向内转”的反思》，《人民日报》1991年1月3日；严昭柱：《评一种“文学主体论”的实质》，《人民日报》1990年8月8日；邢賁思：《关于主体性问题的几点思考》，《人民日报》1990年8月9日。

（一）文学人类本体论的理论资源

主体实践哲学，是李泽厚在20世纪80年代的哲学美学研究中特别强调的。这种哲学早在李泽厚《批判哲学的批判》一书中已初现端倪，后来在《康德哲学与建立主体性论纲》以及《关于主体性的补充说明》中又做了系统解释。

李泽厚的"主体性"概念包含既具有工艺-社会的外在的结构面又具有文化-心理的内在结构面，既涉及人类群体又涵盖个体身心，这几个方面是互相影响、交错渗透的。在李泽厚看来，个体的实践主要包括主观、历史和社会活动三方面的内容，实践是连接主体和客体、物质与精神的纽带。人是实践的主体，是历史的主人，不是客观环境消极的被控制者、被支配者，如果没有人，自然不过是纯客观的存在，不再有意义。受康德影响，李泽厚主体性实践哲学着重回答人类如何可能的问题，他提倡发挥人的主观能动性，主张回到感性的人。

李泽厚曾对本体做过如下阐释："本体是最后的实在、一切的根源。依据以儒学为主的华夏传统，这本体不是自然，没有人的宇宙生成是没有意义的。这本体也不是神，让人匍伏在上帝面前，不符合'赞化育'，'为天地立心'。所以，这本体只能是人。"[1]"人类的最终实在、本体、事实是人类物质生产的社会实践活动"[2]，李泽厚否认物质自然界的先在性与独立性，将人的实践活动作为本体，张扬一种充分发挥了人的主观能动性的本体论，也就是以主体为本体。李泽厚总结出西方传统"本体论"的四大缺点：一是"不彻底性"。例如，自20世纪以来，受索绪尔的影响，西方各个学科都曾将"语言"视为"本体"，然而在李泽厚看来，"语言"并不具有"本源性"，而只是人类社会生活实践的"衍生物"。他说"维特根斯坦（Wittgenstein）以及现代哲学则更多地从语言出发，语言确乎是区别于其他动物的人类整体性的事物，从语言出发比从感知、经验出发要高明得多。但问题在于，语言是人类的最终实在、本体或事实吗？现代西方哲学多半给以肯定的回答，我的回答是否定

〔1〕 李泽厚：《华夏美学》，北京：中外文化出版公司，1989年，第230页。
〔2〕 李泽厚：《批判哲学的批判——康德述评》（修订本），北京：人民出版社，1984年，第76页。

的。人类的最终实在、本体、事实是人类物质生产的社会实践活动”。[1]语言的功能是使用，因此，语言服从于人类的日常生活，其使用、变化、生成和消失都与人类的日常生活息息相关。与人类的日常生活相比较，语言是派生性的，人类的实践活动才是本源性的。[2]因此，“语言”被认定为本体显然是具有不彻底性的。二是“片面性”。作为本体的东西应该具有“全面性”，而西方哲学视为本体的无论是“理性”“圣爱”“欲望”“语言”等都不能全面回答“本体”所提出的问题。他将西方抛弃“理性”与“圣爱”的“欲望”作为本体的哲学称为“动物的哲学”，将抛弃“圣爱”“欲望”的“理性”作为本体的哲学称为“机器的哲学”。三是“忽视偶然性”。他说：“世上事物本没有什么绝对的普遍必然，那只是一种僵化观念。……那些所谓普遍必然的科学知识，也都是相对真理，只是在人类社会实践的一定水平的意义上具有普遍必然的客观有效性。这个有效性随着人类社会实践的不断发展而不断扩大、缩小、修改、变更。”[3]没有什么“普遍必然的科学知识”，这只是一种僵化的观念，也没有什么“绝对真理”，存在的只是一种基于特定条件的“相对真理”。因此，在探讨本体问题时，“不能把总体过程当成是机械决定论的必然，必须极大地注意**偶然性**、**多样的可能性和选择性**”。[4]四是“彼岸性”。李泽厚指出：“所谓‘历史本体’或‘人类学历史本体’并不是某种抽象物体，不是理式、观念、绝对精神、意识形态等等，它只是每个活生生的人（个体）的日常生活本身。”[5]因此，他反对将本体设定为一个“彼岸世界”并引导人们去追寻这个“彼岸世界”，而是更加强调“此岸世界”，认为“人类生存，既不是过去的事实，亦不是未来的目标；既不是超越的物质存在，亦不是抽象的精神理念，而只是当下的现实活动”[6]，只有人类当下的实践才能作为本体建构的基础。在建构本体的同时，应该放弃追求不合理的“彼岸性”，关注当下现实人生的“此岸性”。

刘再复接着李泽厚主体实践哲学展开对文学的思考。1985年，刘再

---

〔1〕 李泽厚：《批判哲学的批判——康德述评》（修订本），北京：人民出版社，1984年，第76页。
〔2〕 李泽厚：《历史本体论·己卯五说》，北京：生活·读书·新知三联书店，2003年，第17页。
〔3〕 李泽厚：《批判哲学的批判——康德述评》（修订本），北京：人民出版社，1984年，第76-77页。
〔4〕 李泽厚：《批判哲学的批判——康德述评》（修订本），北京：人民出版社，1984年，第234页。
〔5〕 李泽厚：《历史本体论·己卯五说》，北京：生活·读书·新知三联书店，2003年，第19-20页。
〔6〕 程志华：《人类如何可能——李泽厚的历史本体论建构》，《文史哲》2020年第2期。

复在《读书》第2期发表的《近年来我国文学研究的若干发展动态》中，表达了对以往文学本质论的不满，指出："我们对文艺本质的看法，过去就单纯地从认识论和政治的角度来看，把文学看成是社会生活的反映，这当然没有错，但是，过去仅仅允许用这个角度来规定文学的本质，这就不够全面。"[1]他认为对文学本质的界定，还可以从其他角度考虑，"从哲学角度来看，可以说，文学是克服异化，使人性暂时获得复归的一种手段；从价值学来看，可以说，文学是人的人格和思想情感的表现；从心理学来看，可以说，文学是苦闷和欢乐的象征，是人的内心感情活动的升华"。[2]这些看法，都围绕着一个核心即"人"这个核心。之后，刘再复在《文汇报》发表了《文学研究应以人为思维中心》一文，更加明确地强调文艺研究应以"人"为中心，他提出应当"构筑一个以人为思维中心的文学理论与文学史的研究系统"，以便"把主体作为中心来思考"，"给人以创造主体的地位"，"给人以文学对象主体的地位"，"给人以接受主体的地位"。[3]这些文章中已经显露出刘再复尝试想将文学研究从传统的认识论的包围中突围的迹象。他将文学主体分为三个层次，分别是作为创造主体的作家，作为对象主体的人，作为接受主体的读者，并在此基础上提出建构一个以人为思维中心的文学理论与文学史研究系统。当然，刘再复关于文学研究应以"人"为核心的最重要的文章无疑是其在《文学评论》1985年第6期和1986年第1期连续发表的《论文学的主体性》及《论文学的主体性（续）》。在《论文学的主体性》一文中，刘再复集中阐发了"文学中的主体性原则"："就是要求文学活动中不能仅仅把人（包括作家、描写对象和读者）看作客体，而更要尊重人的主体价值，发挥人的主体力量，在文学活动的各个环节中，恢复人的主体地位，以人为中心、为目的。"[4]他把主体划分为实践主体和精神主体，文艺创作活动的主体性相应地包含两个方面：一方面，人是实践主体，把实践的人看作是历史运动的轴心；另一方面，人是精神主体，作为精神主体的人的精神世界具有自主性、能动性和创造性。文

〔1〕 刘再复：《近年来我国文学研究的若干发展动态》，《读书》1985年第2期。
〔2〕 刘再复：《近年来我国文学研究的若干发展动态》，《读书》1985年第2期。
〔3〕 刘再复：《文学研究应以人为思维中心》，《文汇报》1985年7月8日。
〔4〕 刘再复：《论文学的主体性》，《文学评论》1985年第6期。

学的主体具体包括三个方面：创造主体、对象主体以及接受主体，这三个主体分别对应的是作家、人物形象、读者和批评家。从主体论的角度看文学，刘再复把作家创作看成超越生存需求而升华到自我实现需求的精神境界里的一种活动。作家作为精神主体，要超越世俗观念、超越时空界限、超越“封闭性自我”等，然后才可能进入充分自由的状态。所谓对象主体，就是承认文学中人物形象的主体地位，把笔下人物当成独立的个体。关于读者和批评家的主体，刘再复批判了以往文学批评存在的弊端：其一是过分强调文艺的认识作用，其二是过分强调文艺的思想教化功能，结果削弱了接受主体性。他认为读者和批评家的主体地位得以实现有两种途径，一是通过接受主体的自我实现机制，使欣赏者超越现实关系和现实意识，以获得心灵解放，从而实现人的自由自觉本质；二是通过接受主体的创造机制，即通过欣赏者的审美心理结构，激发欣赏者审美再创造的能动性。[1]

刘再复认为传统“文学是人学”这一命题的提出，确立了人作为实践主体在文学中的地位。但是，文学研究还必须恢复“人作为精神主体的地位”。这样，“文学是人学”的含义就需要向内宇宙延伸，不仅要强调文学是人学，更需要强调文学是人的灵魂学，人的精神主体学。这样，以人为本体就被进一步阐释为以人的精神主体为本体。刘再复《论文学的主体性》发表以后引起理论界的强烈反响，以至于在很短的时间里便形成了一股文学主体性的潮流。围绕主体性的论争，不仅促进了创作上的人的觉醒，更推进了理论界对于文学本体的思考。后来，有学者在著作中写道：“刘再复以主体论形式出现的人学本体论，连同刘晓波对于人的非理性和本能的阐扬，却可以说是此后接踵而来的人学本体论的一次预演，后来从对人、人类的一般关注到对人的非理性、本能的特别强调等不同层次，都已包含其中。”[2]

（二）人类本体论的理论内涵

“本体论”（ontology）是探讨存在本身的一种学说。这一术语最早

〔1〕 刘再复：《论文学的主体性（续）》，《文学评论》1986年第1期。
〔2〕 刘大枫：《新时期文学本体论思潮研究》，天津：天津社会科学院出版社，2000年，第82-83页。

见于17世纪德国哲学家郭克兰纽和法国哲学家杜阿姆的著作，后被德国哲学家沃尔弗（Christian Wolff）使用过。自此，本体、本体论在哲学中被固定下来。哲学意义上的本体论通常可以理解为关于存在的学问。但这存在不是一般意义上的存在，而是存在之存在，是作为世界的本原或始基而存在的存在。正因为这样，这个存在被哲学赋予本体的意味，即事物存在的最终根据，是事物之所以存在的本原。文艺本体论是说明文艺存在的根据、寻找解释文艺的立足点和出发点的学问。本体不同，看待文艺的眼光和解释文艺的方式就会不同。以西方文艺理论中的“模仿说”和“表现说”为例，这两种解释文学艺术本质观点对立的根源，实际在于文学本体设定上的差异。模仿说以人的外在的生活为本体，结果生活成了决定文学之为文艺的根据，文学艺术被解释为对于社会生活的模仿。而表现说则以人的心灵为本体，结果文学艺术被认为是作家心灵的表现。可见，本体不同，文学解释的着眼点也就不同。文学人类本体论则把人的存在作为文学艺术的本体，文学艺术的一切都要从这个本体得到说明。显然，文学人类本体论就是要凸显人的存在的意义：“以人的生命存在为中心的人类学本体论。我以为只有抓住了人，才能真正抓住文学本体，抓住文学的根本。因为人不仅是宇宙的灵长，文化的造物，亦是文学艺术的太阳，是它的上帝。”[1]从这一视域出发，文学人类本体论对于文学的认识发生了变化，这主要表现在：

艺术是人类的生存世界。按照国内一些学者的看法，“明确而自觉地试图构建一种人类本体论的文艺思想，则还应该说是以彭富春、扬子江为代表的”。[2]他们在《文艺本体与人类本体》一文中旗帜鲜明地强调，“我们必须摒弃外在的一切妄念，而寻找艺术的本体，直接进入到艺术本体自身”，“艺术必须寻找自己独特的理解方式，这种方式绝对是超科学的”[3]。他们指出“人类学是关于人的生存反思的理论体系。对人的存在的思考可谓现代哲学的转向。人类学的文艺理论，或谓艺术人类学是关于人的生存和人的艺术关系的思考（它的基础是哲学人类学、审美人

---

〔1〕 陈剑晖：《文学本体：反思、追寻与建构》，《阜阳师范学院学报》（社会科学版）1988年第4期。
〔2〕 苏宏斌：《文学本体论引论》，上海：上海三联书店，2006年，第14页。
〔3〕 彭富春、扬子江：《文艺本体与人类本体》，《当代文艺思潮》1987年第1期。

类学），它构成了我们艺术理论的转向”[1]。作者坚信一种人类学的本体论，认为离开人类学本体论探讨的自然哲学和精神哲学是毫无意义的。文艺理论想深入研究艺术存在的各种问题，就必须坚持人类学的文学理论：

> 一方面，从人的生存出发，我们必然走向艺术；另一方面，从人的艺术出发，我们不得不深入到人的生存。
>
> 艺术乃是人的生存世界，是人的生存方式之一，是人的存在在符号与语言上的显现。[2]

具体说来，文学人类本体论认为：

第一，艺术是人类存在的形式。哲学和艺术是我们所创造的精神文明的最高显现，世界因为有了人类，一切才开始显现意义，而艺术使世界变得更加有意义。例如古代的舞蹈——人体自身即艺术自身的直接存在；“狄奥尼修斯的沉醉与阿波罗的静穆决不是一种艺术的二元性，而是人的生存的二元性”[3]。相比较于科学和哲学世界，艺术世界更完整，更丰富，更深刻地显现了人类存在之根。

第二，文艺是人类的生活世界，是人类生存的创造。“生存即生成。文艺作为生存的形式乃是生存的创造”。文艺在根本上是一种活动，是否参与了艺术创造活动是区分艺术家和非艺术家的重要依据。“艺术品”作为艺术的存在形式并非艺术本身，它们不过是艺术创造过程的凝结，是艺术家创造活动的对象化、物态化、符号化。创造不是重复、模仿，刺激——反应，也不是能动的反映，创造是“从无到有的生成，是从虚无到存在的跳跃，是从无生命到有生命的转化”[4]，它是一次性的，不可重复的。

第三，文艺是人类生存的超越。文艺不仅仅是人类生存的创造，更是人类生存的超越。人们呼唤生命无限、永恒，文艺就是这种呼唤的回

---

〔1〕 彭富春、扬子江：《文艺本体与人类本体》，《当代文艺思潮》1987年第1期。
〔2〕 彭富春、扬子江：《文艺本体与人类本体》，《当代文艺思潮》1987年第1期。
〔3〕 彭富春、扬子江：《文艺本体与人类本体》，《当代文艺思潮》1987年第1期。
〔4〕 彭富春、扬子江：《文艺本体与人类本体》，《当代文艺思潮》1987年第1期。

声，所以超越意识也就是生命意识。艺术的超越既不是建立在片面的悲观主义（忧患意识）基础上，又不是建立在片面的乐观主义（欢乐意识）基础上，艺术蕴藏着关于存在与时间的十分深刻的哲学意义，它试图回答过去、现在、未来的神秘性："真正的艺术不是把我们拉向过去，而是把我们引向未来。它向我们显示了我们的存在之谜。我们不是从过去走向现在，而是从未来走向现在。"[1]因此，艺术是非现实世界的理想世界，表达的是希望，指向的是未来。文艺作为人类生存的导师，引导人类生存超越，这是艺术的最高目的。文艺源于生存，也必将归于生存，"为人生而艺术"是艺术的终极价值。

第四，文艺是对人的心灵结构的设计与修建。审美可以提升人类的生存，柏拉图看到了艺术陶冶人心灵的作用，席勒认为一个自然人到道德人必须经过一个审美人的阶段。审美教育作为人的教育在现代社会生活中越来越显示出它的重要地位。艺术塑造人，帮助人摆脱外在功利主义的束缚，唤醒人的生命意识，使人们挣脱生存之网从而获得解放与自由，跟随生命本性的自然而运动。在这个意义上，艺术是人类生存的太阳，为人类建立了一个伟大的精神支柱，艺术实质上成了一种最高层面的生存哲学。

第五，艺术引导生活是为了使艺术成为生活。生活的终极理想正是生活本身的浪漫化和审美化，人生的最高境界也同样是人生的浪漫化和审美化，这种浪漫化和审美化的内在实质即生命的自由感。人作为一个自由的生命存在，自由地发挥自己的体力和智力，进行自由创造，人在这种自由创造中将趋向成为一个真正完整的人，而不再是一架体力劳动的机器或是智力劳动的机器，而自然也不再是自在之物，而成为为我之物，社会中每一个个体的自由发展都将成为他人自由发展的条件："知、意、情将构成和谐的统一体，它不是抽象地分裂成片面的理智和片面的意志，而是以其整个有机体闪耀出诗意的光芒。于是整个世界成为真正人的世界。"[2]

审美是人的自由的生命表现。"审美"是文艺美学研究无法回避的

---

〔1〕彭富春、扬子江：《文艺本体与人类本体》，《当代文艺思潮》1987年第1期。
〔2〕彭富春、扬子江：《文艺本体与人类本体》，《当代文艺思潮》1987年第1期。

问题。人类本体论对审美活动的本质做了两方面的规定。其一，“审美活动是人之作为人的本性表现之一，是人自身的一种特殊存在方式，是人自身的一种特殊生活形式”。[1]人类本体论认为，人最根本的乃是社会的存在物，人不仅进行物质生产，也进行精神生产，并且在物质生产和精神生产、物质生活和精神生活的实践中，不断发现、肯定并确证自己的本质，而审美活动正是人在物质生产和精神生产、物质生活和精神生活之中，不断获得、发展、发现、肯定、确证、观赏自己本质的活动形态之一，也是最能够体现人的本质和本性的活动形态之一。按照马克思的说法，“审美活动”就是人“按照美的规律”塑造物体的活动，审美活动实际上就是充分体现、展示人的本质的活动，是人的充分自由自觉的活动。而“反审美（异化）活动”则意味着“把自主活动、自由活动贬低为手段，也就把人的类生活变成维持人的肉体生存的手段”。[2]人类本体论从马克思那里得到灵感，认为：“马克思深刻地揭示了人类劳动的本质。劳动——无论是物质劳动，还是精神劳动，按其本质来说，都是自由的生命表现，都是个人自我实现的活动……在人类的一般劳动中，就已包含有艺术的萌芽。”[3]因此，人类本体论将审美活动的本质归结为“人对自己的本质的一种自我发现、自我确证、自我肯定、自我观照、自我欣赏”。并且将其极端化，认为“人之外，没有审美意识，没有审美感情，没有审美活动，一句话，没有审美现象”。[4]审美活动的目的就是为了人自身，我们不必到人之外去寻求审美活动，也不必在人之外探求审美活动的目的。从人类本体论的角度看，审美就是人类生命不可或缺、不可分割的一部分。其二，从实践论的角度来看，审美活动是“人对世界的一种特殊掌握方式，是一种特殊的精神实践活动”。[5]杜书瀛在《文学原理创作论》中谈到人对世界的掌握是多样性的，概括为三种基本类型：“物质实践掌握”“精神掌握”“精神实践掌握”。物质实践掌握，如生产斗争，科学实验等；精神掌握，如科学认识活动，哲

〔1〕杜书瀛主编《文艺美学原理》，北京：社会科学文献出版社，1998年，第5页。
〔2〕［德］马克思：《1844年经济学哲学手稿》，中共中央马克思恩格斯列宁斯大林著作编译局编译，北京：人民出版社，2000年，第58页。
〔3〕蒋培坤：《从人的自由生命表现看人类的艺术活动》，《中国人民大学学报》1987年第2期。
〔4〕杜书瀛主编《文艺美学原理》，北京：社会科学文献出版社，1998年，第7页。
〔5〕杜书瀛主编《文艺美学原理》，北京：社会科学文献出版社，1998年，第9页。

学活动等；精神实践掌握，如宗教、道德活动、审美活动等。[1]他指出人类活动的第一个基本类型是人的物质实践活动，这是人类赖以生存、繁衍、发展、完善的物质保证，它是人类其他一切活动的基础。第二种基本类型是精神活动，即对世界感性的和理性的精神掌握，是指思维的认识的活动。第三种基本类型是精神实践活动，是一种实践性的精神活动，更是一种精神性的实践活动，即发生在精神领域里的实践活动。审美和艺术活动是精神实践活动的典型形态。基于上述认识，杜书瀛否定了认识论文艺美学把审美看作是一种特殊的反映形式，提出了人类本体论文艺美学的第一个基本观念，"审美是人的生命活动的主要方式之一，是人的自由的生命意识的表现形态"。[2]

从人类本体论的观点看文艺与审美，文艺在本质上是审美的，审美与文艺有着先天性的联系。杜书瀛从逻辑和历史两个方面对其进行了论证。首先，从逻辑方面来看，审美活动与文艺活动的基本性质、内在要素的组合方式、活动特点等等，有着许多共同之处。比如：它们都表现着人类自由的生命意识；都包含着感性和理性，又都超越着感性和理性；都是个人社会化与社会个人化双向运动同时进行的活动；都是以情感为中心，诸种心理因素联合发生作用的综合性活动。尽管二者也有区别，"文艺之外还有相当广大的审美领域，如基扎因（工业艺术设计）不是文艺活动，却是审美活动；文艺之内，也不仅仅有审美因素，还有伦理道德因素、宗教信仰因素、认识因素、政治因素等等"。[3]但是，"审美始终是文艺的核心因素和不可缺少的因素，一旦缺少了审美因素，文艺便不再是文艺，文艺便失去了它的质的规定性"。[4]因此，人类本体论认为文艺在本质上是审美的，文艺是审美活动的高级形态和典型表现。其次，从历史方面来看，艺术的发生几乎与审美的发生同步。因此，审美的发生就成了艺术的发生的前提，只有产生了审美活动，才有可能产

〔1〕杜书瀛：《文学原理创作论》，北京：人民文学出版社，2001年，第27页。

〔2〕杜书瀛：《论人类本体论文艺美学》，原载《文艺理论研究》1989年第3期，见杜书瀛：《艺术的哲学思考》，沈阳：辽宁人民出版社、辽海出版社，2001年，第191页。

〔3〕杜书瀛：《论人类本体论文艺美学》，原载《文艺理论研究》1989年第3期，见杜书瀛：《艺术的哲学思考》，沈阳：辽宁人民出版社、辽海出版社，2001年，第195-196页。

〔4〕杜书瀛：《论人类本体论文艺美学》，原载《文艺理论研究》1989年第3期，见杜书瀛：《艺术的哲学思考》，沈阳：辽宁人民出版社、辽海出版社，2001年，第196页。

生文艺活动。当旧石器时代的原始人从制作最粗糙的石器到制造钻孔的小砾石和石珠的活动，再到新石器时代出现的舞蹈彩纹陶盆、人面鱼纹陶盆，意味着审美活动从最初的审美因素到文艺活动的萌芽，再到独立的文艺活动这一过程。审美活动一旦成为一种独立的活动，文艺活动就是它的归宿，既是它的表现形态和活动场所，又是它的目的之所在。正是通过这两方面的分析，杜书瀛得出结论："既然审美活动是人的自由的生命活动，是人的生命存在的方式和形式之一，而文艺活动在本质上是审美的，是审美活动的高级形态和典型表现；那么，文艺活动自然也是人的自由的生命活动，也是人的生命存在的方式和形式之一。"〔1〕这也就是说文艺活动作为人的生命存在的特殊方式和形式，作为人的存在在语言上的显现，体现着人的生命活动的自由本质。文艺活动因此在本质上是审美的，是审美活动的高级形态和典型表现。

（三）文学人类本体论观念的进一步张扬

文学本体论在1985年经由刘再复的《论文学的主体性》获得极大影响之后，1986年处于停歇的状态，直到1987年，随着彭富春、扬子江二人在《当代文艺思潮》第1期发表的《文艺本体与人类本体》一文，人类本体论又迅速成为一个理论热点。他们首先对当时已有的艺术本体论进行了批评，认为"把艺术本体论等同于作品本体论，这是一种十分狭义的规定，它实质上将艺术本体论取消了"；而把艺术本体论等同于宇宙、世界、天空、大地等则过于宽泛，"似乎使艺术本体论等同于宇宙本体论了"，他们提出"艺术的真正本体只能是人类本体"。〔2〕《文学评论》1987年第2期发表了一组题为《我们的思考与追求》的笔谈，发表陈宏在、孙文宪、陈燕谷、彭富春等人的文章，进一步张扬人类学本体论的价值。陈宏在认为：文学"是人的生命活动的自由表现。当文学作为他律的存在时，主体尚未克服强制性的外在必然性的障碍，因而是不自由的。当文学作为自律的存在时，主体已通过实践完成了对必然的认识与改造而实现了自身，因而是自由的。……文学没有先验、不变的

〔1〕杜书瀛：《论人类本体论文艺美学》，原载《文艺理论研究》1989年第3期，见杜书瀛：《艺术的哲学思考》，沈阳：辽宁人民出版社、辽海出版社，2001年，第196-197页。
〔2〕彭富春、扬子江：《文艺本体与人类本体》，《当代文艺思潮》1987年第1期。

本质，它的本质体现为这种自由的生命活动之无限展开的过程，也即文学自律运转的过程。完全被他律决定的文学不是真正的文学”。孙文宪借用马克思分析密尔顿《失乐园》创作的例子说明：“文学对客体的反映说到底也只是一种手段，一种媒介，一种形式。通过对象意识获得自我意识，在对象世界中理解人类自身，才是审美的归宿和文学追求的终极。在这个意义上不妨说，文学在本质上是人类渴望认识自己的生命冲动所追求的精神家园，它构成了文学活动的人类学内容，使文学本体远远超出了反映的范畴。”陈燕谷则明确指出艺术观念的根本变革正是向人类学本体论的转移：“艺术观念的根本变革有赖于哲学观念的根本变革。哲学观念的根本变革，在我看来，关键在于艺术哲学的基础从认识论拓向本体论，确切地说是人类学本体论的转移。”彭富春则进一步强调：“所有的文学问题所以归结为一个问题——文学是什么？文学理论没有回答好这个问题，那么其它问题都将无法回答。文学理论回答了这样一个问题，那么其它问题将依次而解决。”“文学如何可能在于人类如何可能，因而文学是什么，在于人类是什么。人类是什么才有文学是什么。”他还说：“我们如果要建立文艺本体论的话，我们必须建立美学本体论；我们要建立美学本体论的话，我们必须建立哲学本体论。这个哲学本体论只能是人类学本体论。”〔1〕

之后，王一川、王岳川、邵建、陈剑晖等也纷纷发文，表示对人类本体论的赞同。王一川强调只有从人类学角度思考文学，以人的体验来构成艺术本体，才能真正超越认识论。“从本体反思出发，艺术不仅仅或不主要是反映，而从根本上说，它是体验，从人的存在这一本根深层生起的体验——这是存在的体验，生命的体验，真正人的体验。它关注的不仅是认识生活，而且更重要的是全面地、深刻地显现生活的本体、奥秘——即体验生活。艺术被当作认识的工具、教育的工具，其生命意味、存在意味却必然地失落了。”〔2〕王岳川也认为艺术论应当建立在“生命本体论”上，强调人的价值存在、超越性生成、终极意义的显现。〔3〕

---

〔1〕陈宏在、孙文宪、孙津、王又平、陈燕谷、张首映、王宁、彭富春等：《我们的思考与追求》，《文学评论》1987年第2期。

〔2〕王一川：《本体反思与重建——人类学文艺学论纲》，《当代电影》1987年第1期。

〔3〕王岳川：《当代美学核心：艺术本体论》，《文学评论》1989年第5期。

邵建认为只有人类学本体论才能揭示艺术本质，并提出了三级把握模式：把艺术视为一种“活动”来把握艺术的初级本质，把艺术视为“人的活动”来把握艺术的二级本质，把人视为“感性冲动的生命”来把握艺术的终极本质，最终指向“艺术本身就是生命的自由的活动”这一结论。[1]陈剑晖也持同样观点：“文学的本体只能在于人的生存之中……人的生存之所以可感是由于他是个人化的人。”随后，他借用文艺复兴以来关于人的浪漫主义的高歌，将人视为“世界和宇宙的中心”“自由自在的主体”“获得了自我的解放”等等存在，并强调以此来解释文学的性质时也就“结束了了无生气的贫困状态。它在走向生活本体的过程中，获得了激情、生机和抗争的活力，……获得了空前的解放”。[2]

早在1986年，杜书瀛就在《文学创作与审美活动》一文中，表达出要建立人类本体论文艺美学的意向。1989年，又在《文艺理论研究》第3期和第5期发表《论人类本体论文艺美学》和《再论人类本体论文艺美学》，阐述了人类本体论文艺美学的观点。他说：“我主张建立与认识论文艺美学不同的新的文艺美学，建立更适应文艺实践要求的新的文艺美学，建立更符合文艺自身规律同时更与时代合拍的新的文艺美学，这就是人类本体论的文艺美学。”[3]他认为，人类本体论文艺美学并不排斥和否定认识论文艺美学以及其他美学（浪漫美学、作品本体论美学、读者本体论美学）和文学理论的价值和合理因素，而是把它们的一切有价值的、合理的、有益的因素都吸收进来，以丰富自己、营养自己，变成自己理论体系的有机成分。但是，人类本体论文艺美学有其特殊之处，一是它以人类本体论哲学为理论基础，认为审美是人的生命活动的主要方式之一，是人的自由生命意识的表现形态；二是，它强调文艺在本质上是审美的，审美与文艺之间有着天然的联系；三是文艺活动必须从人出发，必须为了人，以人为目的。在此基础上，杜书瀛指出要改变认识论文艺美学关于文艺创作、文艺作品（本文）、文艺欣赏等方面的观念，建构人类本体论文艺美学的一系列新观念。他认为，在人类本体论

---

〔1〕 邵建：《从艺术本体和人类本体看艺术之本质》，《文艺评论》1989年第3期。
〔2〕 陈剑晖：《关于文学本体论的哲学思考》，《海南大学学报》（社会科学版）1991年第2期。
〔3〕 杜书瀛：《论人类本体论文艺美学》，原载《文艺理论研究》1989年第3期，见杜书瀛：《艺术的哲学思考》，沈阳：辽宁人民出版社、辽海出版社，2001年，第191页。

文艺美学看来，文艺创作从根本上说是人的生命的生产和创造的特定形式，也就是由作家和艺术家所进行的审美生命的生产和创造活动。文艺作品（本文）就是人的审美生命的血肉之躯，它同人的自然生命相仿，是活的、生动的、运动变化的（在不同时代会不断获得新的不同的生命意义），它周身流动着、运行着的是审美生命的血液，当这血液灌注到那些物质负荷物（文字、声音、色彩、线条、人体……）上之后，它们就完全化为审美生命不可分割的有机部分。文艺欣赏过程其实是审美生命的双重生产、创造过程：一是作品本文在被欣赏时，它的作者所创造的审美生命得以再生产、再创造；一是欣赏者以作品本文为触媒、为引火进行新的、即时的审美生命的生产、创造。文艺作品不断被欣赏，其审美生命也就不断地被生产和创造。它世世代代被欣赏，也就世世代代被生产和创造。欣赏一次，就创造一次。[1]在《再论人类本体论文艺美学》当中，杜书瀛对认识论文艺美学和人类本体论文艺美学做了详细的区分，强调人类本体论文艺美学是开放的，并再次强调“人类本体论文艺美学并不排斥上述各派美学理论，而是扬弃它们，否定它们的缺点和偏颇之处又充分肯定和吸取它们的合理因素，纳入自己的体系之中”。[2]

杜书瀛《再论人类本体论美学》的矛头实际指向的是认识论的文学解释模式。他从三个方面分析人类本体论与认识论的文学解释模式的区别：第一，认识论的文学解释模式主张对于外在客观现实的摹写，像与不像是衡量文学摹写客观现实成功与否的标准。竭力强调文艺以形象达到对于事物本质的认识和帮助人树立正确的社会观、人生观的功能，强调文艺对现实的认识性。文学人类本体论则聚焦于人自身，认为文艺写某物目的不是为了写得像，而是借某物来表现人自身，表现人的情感、价值和生命体验，看重的是文艺对人自身生命的体验性，主张在体验性中消融认识性和解释性因素。第二，认识论的文学解释模式强调文艺与生活两者之间的距离，把二者看成区别很大的两回事；文学人类本体论则强调文艺同生活的同一性，认为文艺是生活的一部分，在一定

[1] 杜书瀛：《论人类本体论文艺美学》，原载《文艺理论研究》1989年第3期，见杜书瀛：《艺术的哲学思考》，沈阳：辽宁人民出版社、辽海出版社，2001年，第199-202页。

[2] 杜书瀛：《再论人类本体论文艺美学》，原载《文艺理论研究》1989年第5期，见杜书瀛：《艺术的哲学思考》，沈阳：辽宁人民出版社、辽海出版社，2001年，第211页。

意义上甚至可以说文艺与生活是同一的。文艺活动是人的生命活动的基本方式和形式之一，消弭文艺与生活之间人为的界限，主张“文艺即生活”“生活即文艺”。第三，认识论的文学解释模式认为文艺创作在时间上是一种“拖后”行为，因为它强调文艺是对生活的认识和反映，强调文艺与生活的区别和距离。文学人类本体论则不同，它认为文艺创作是一种“即时”行为，文艺活动本身就是生活活动，就是人的生命活动的一部分，“文艺即生活”。因此从总体上来说，文艺活动不是“拖后”活动，是正在进行的活动，而且一般说来也是一次性的、不可重复的活动。〔1〕

是人类本体论还是生命本体论，这是围绕人类本体论展开的一个论争焦点。生命本体论与人类本体论都宣称“以人为中心”，唯其如此，在一些学者那里，人类本体和生命本体常常互用。刘大枫认为生命本体是一些学者为回答人类本体论提出的“人是什么？文学为什么要以人为本体？”〔2〕的追问而产生的，区别只是分析的层次不同。实际上，二者存在着巨大的差别，正如苏宏斌所说：“所谓人类本体是一个‘类’的概念，强调的是人所具有的社会性和群体性；生命本体则是一个个体的概念，指的是艺术家个人的生命体验。”“作为文学本体的人究竟是一种社会的存在物，还是一种个体的存在物？正是对这个问题的不同回答，暴露出了这两种本体论学说的内在分歧。”〔3〕生命本体论在人的维度上，主要张扬了人的个体性、感性和非理性特征，而人类学本体论则把文艺家的视野与胸襟从“有限的个人感受、情绪和自我玩赏的小天地中引向博大纵深的历史长河去触摸和拨弄整个人类的渊源流长的富有活力的生命之弦”〔4〕。有学者对生命本体论进行了严厉批评，严昭柱认为：“‘生命本体论’作为文学本体论的另一种理论形式，是一种宣扬个人主义价值观的、非理性主义的文论，它以现代西方人本主义思潮、特别是‘生命哲学’为理论基础，宣传了形形色色、内容庞杂的资产阶级思想，在我

〔1〕 杜书瀛：《再论人类本体论文艺美学》，原载《文艺理论研究》1989年第5期，见杜书瀛：《艺术的哲学思考》，沈阳：辽宁人民出版社、辽海出版社，2001年，第204-207页。
〔2〕 刘大枫：《新时期文学本体论思潮研究》，天津：天津社会科学院出版社，2000年，第84页。
〔3〕 苏宏斌：《文学本体论引论》，上海：上海三联书店，2006年，第33页。
〔4〕 陆贵山：《文学与人类学本体论》，《文学评论》1991年第3期。

国文坛导致了‘伪现代派’、‘性大潮’等消极现象，对社会主义精神文明的建设起了腐蚀的作用。”[1]刘大枫则用三种匮乏评价生命本体论：一是价值论的匮乏，只知摆脱政治的束缚，却没有弄明白文学为什么而存在；二是方法论的匮乏，不仅体现出缺少辩证法，而且没有坚实的理论基础，一些带有根本性的“前问题”，尚未得到解决；三是唯物论的匮乏，生命本体论对物质第一性的否定与唯物主义相悖。[2]生命本体论因其对人的偏狭理解而脱离了人生存的现实根基，同时，因过分张扬非理性因素在文艺活动中的作用，而走上了反理性、反社会性的极端。[3]

总之，文学人类本体论确立了人类之于文学和文学之于人类的双重意义。人创造艺术是为了守望人的存在，人通过艺术把握到那无限的永恒世界。透过文艺我们可以在一个更高的视界上来反观我们的生活，拨开迷雾发现世界意义的本真，警觉被功利主义异化的人生，追求诗意的人生体验。这样，艺术的超越就转向了对生命价值的终极守望，这是文学人类本体论的价值和意义之所在。

三、文学人类本体论的再思考

自从文学人类本体论诞生之日起，围绕文学人类本体论所产生的争议就一直存在着。争议主要集中在对于“本体”“生命”等重大概念界定问题以及对于文学人类本体论与文学认识论关系的理解等方面。

首先，批评者指出文学人类本体论对于本体、生命等概念的界定不清楚。认为，文学人类本体论对于“人类本体”这一概念模糊不清，“作为‘人类本体论’文艺观的所谓‘人类本体’，似乎还算不上是一个科学而确切的概念”[4]，而文学人类本体论的代表人物杜书瀛对“本体”范畴的理解则是一种“意会式的理解”[5]。从严格意义上说，人类学（anthropology）是从生物和文化的角度对人类进行全面研究的学科

〔1〕 严昭柱:《论“文学本体论”》,《文学评论》1992年第1期。
〔2〕 刘大枫:《生命本体论反思录》,《南开学报》1996年第1期。
〔3〕 参见高建平等:《当代中国文论热点研究》，北京：中国社会科学出版社，2016年，第376页。
〔4〕 王元骧:《评我国新时期的“文艺本体论”研究》,《文学评论》2003年第5期。
〔5〕 苏宏斌:《文学本体论引论》，上海：上海三联书店，2006年，第19页。

群。此词由anthropos和logos组成，从字面上理解就是有关人类的知识学问，侧重研究的是“类”而非“生命个体”。除此之外，经常混淆的还有“人类本体”与“生命本体”的关系，而“生命”在哲学史上也是一个“有歧义的概念”。〔1〕

其次，认为在处理文学人类本体论与认识论文艺学的关系上，过分贬低认识论而抬高人类本体论。陆贵山先生在文章中明确指出：“有的论者为了抬高人类学本体论美学，贬抑认识论美学”……“既然人类学本体论美学认为‘文艺活动是人的生命活动的基本方式和形式’，那么不基于对社会环境和对象世界的客观实在性和客观规律性的深切的认识、理解和把握，又怎么能取得体验的同一性呢？完全排斥或超越认识论或反映论的所谓的人类本体论美学必然陷于盲目和虚妄，成为伪科学。”〔2〕还有学者认为，人类学本体论“完全割断了文艺、审美同认识的联系”〔3〕“把本体论文艺观与认识论文艺观对立起来，以贬低、否定认识论文艺观来崇扬本体论文艺观是不够周全的”。〔4〕

再次，从源与流的关系上看，认为“文艺即生活”“生活即文艺”，将“艺术与生活混淆起来的观点违背了历史唯物主义的基本常识”，“把文化和文艺的源、流关系完全搞颠倒了。人类学本体论的倡导者们认流为源，舍本逐末”〔5〕。张婷婷也认为人类本体论“完全泯灭了审美——艺术同人的生活——生命活动的界限”。〔6〕

应该看到，20世纪90年代之后，受商品经济的冲击，文坛上出现了对物欲、本能的描写，文学艺术的意义、价值下滑，人文精神的淡化，成为一种普遍性的现象。面对这种社会现实，一些人文知识分子急切地寻找一个新的立足点，重新理解与阐释人的生存与文学艺术意义、价值之间的关系，这是文学人类本体论提出的一个深层背景。但是，理论探讨并未止步于此，围绕文学本体问题，一些理论家提出了更多看待文学的观念。王元骧就通过对康德关于“本体论”的分析，吸纳了西方传

---

〔1〕 王元骧：《评我国新时期的“文艺本体论”研究》，《文学评论》2003年第5期。
〔2〕 陆贵山：《文学与人类学本体论》，《文学评论》1991年第3期。
〔3〕 张婷婷：《中国20世纪文艺学学术史》第四部，上海：上海文艺出版社，2001年，第218页。
〔4〕 王元骧：《评我国新时期的“文艺本体论”研究》，《文学评论》2003年第5期。
〔5〕 陆贵山：《文学与人类学本体论》，《文学评论》1991年第3期。
〔6〕 张婷婷：《中国20世纪文艺学学术史》第四部，上海：上海文艺出版社，2001年，第218-219页。

统本体论的超验和形而上性质对文学和人生的提升意义，在探讨文艺本体时特别强调人不同于“动物的、作为人自身的本体特性”[1]的超越性特征。王岳川也提倡把艺术本体与人类本体联系起来：“本体论是对人的活动与人存在其中的世界的一种整体、终极的看法，是追问生存的真理、人生意义和价值的根基”，“文艺本体论是对人的存在价值的审视和厘定”，是“解决人类本体论危机与重建精神价值的希望”。[2]而朱立元则吸收了马克思主义以“人的实践活动”为核心的实践存在论思想，认为应当把文学本体论提升到人的存在方式的高度：“即把文学活动（艺术和审美活动的一种）看成人的基本存在方式之一，看成一种基本的人生实践。”“文学本体论应当在上述实践存在论思路下对文学活动进行考察，展开研究，应当从文学作为人的一种基本存在方式和基本人生实践活动的高度，从文学活动区别于其他艺术和审美活动的特殊存在方式的角度，对从作者的文学创作活动到读者的文学阅读（接受）活动，重新进行创造性的阐释。这才是文学本体论的研究任务。”[3]

值得关注的是，钱中文在人类学本体论的基础上提出“新理性精神”，具体包含三个层次：一、新理性精神坚信人要生存与发展。人的实践活动不仅仅是为了维系生命，而是为了改造自我的生存条件，实现自我价值并且超越自我。人文精神就是对民族、对人的关怀，对人的生存意义、价值的追求与确认。二、人文精神是一种历史性现象，各个时代都有不同的内涵。20世纪80年代后期，随着商品经济的勃兴，其消极面和腐败面正威胁着刚刚复苏的人文精神。三、人文精神具有强烈的理想风格，在不同国家、民族的人文精神共同性的基础上，又各具自己的传统的理想色彩。他认为文学艺术应该扛起人文精神的这面旗帜，制止文学艺术自身意义、价值、精神的下滑。因为，文学艺术是营造人类精神家园的一个重要领域。新理性精神主张以新的人文精神来对抗人的精神堕落与平庸，这就要求文学艺术要强化人文精神的批判精神。作家在面对社会邪恶的时候，要敢于与现实对抗和斗争，敢于揭露社会的黑暗，敢于表达对现实的不满，全身心地投入对人的良知、血性、命运的

---

〔1〕 王元骧：《文艺本体论研究的当代意义》，《东方丛刊》2006年第1期。
〔2〕 王岳川：《文艺本体论的危机与希望》，《浙江大学学报》（人文社会科学版）2007年第5期。
〔3〕 朱立元：《关于文学本体论之我见》，《浙江大学学报》（人文社会科学版）2007年第5期。

关注，深度思考人何以为人，只有让自己深入到时代的底层、深层，才能将那种渗入灵魂的忧患感和人文精神通过艺术作品传达出来。唯其如此，作家、艺术家才能作为有良知的创作者存在，才能在精神上成为人。[1]钱先生“新理性精神”是针对20世纪90年代以来文学艺术实践以及理论批评出现的新问题而展开的理论思考，具有超越文学本体论论争的理论和现实意义。2003年，由《文汇读书周报》和《学术月刊》共同发起的“2003年度中国十大学术热点”评选活动，“新理性精神和现代审美性问题”被选为十大热点之一：“‘新理性精神’以重建人文精神为思想主导，试图综合理性和感性及非理性，以解决当前审美文化过分突出感性和身体性的问题。”[2]钱中文“新理性精神”统摄下的文学理论虽然不直接界定文学的本质，却赋予文学本质更加丰富的精神内涵，拓宽了文学本质研究的思路。

后现代语境下，西方传统意义上的形而上学似乎已经走到了尽头，但这并不意味着抛弃对精神、价值等等的追问。李泽厚认为，西方狭义上的形而上学虽然已经走到了终点，但是中国这种与日常生活联系紧密，旨在追问人生的价值和意义的广义的形而上学正恰逢其时：“后现代到德里达，已经到头了；应该是中国哲学登场的时候了。”[3]陈来认为：“李泽厚的提法很有意义，就是在反形而上学的时代，在后形而上学的时代，肯定广义的形而上学的意义，认为广义形而上学不可能终结，主张广义的形而上学根源于人类心灵的永恒追求，广义形而上学的内容是对人生意义和宇宙根源的探求。这样一种哲学观，在‘哲学终结论’甚嚣尘上的时代，在后现代思潮笼罩文化领域的时代，是有意义的。”[4]显然，20世纪90年代后期，为了抵御社会的世俗化和商品化潮流，张扬文学的形上特质是有着现实针对性的，它赋予文学本体论更加鲜明的人学特色，提供了看待文学的可能性视角。

真正的文学艺术具有双重的使命：一方面，它是对现存社会的批判；另一方面，它又是对解放的期许。现代社会所造成的人的异化现

---

〔1〕钱中文：《文学艺术价值、精神的重建——新理性精神》，《文学评论》1995年第5期。
〔2〕《文汇报》2004年1月5日第10版。
〔3〕李泽厚：《李泽厚对话集·中国哲学登场》，北京：中华书局，2014年，第11页。
〔4〕陈来：《论李泽厚的情本体哲学》，《复旦学报》（社会科学版）2014年第3期。

象，虽然最终还是要通过生产力的解放而解决，但艺术在人的这一解放的过程中不是无动于衷的看客，它以自己可能的方式将异化的人的生存状态揭示出来，提醒人们在急匆匆的上路过程中勿忘那本真的诗性之存，在对现实的警觉、批判的过程中再造一个“虚幻的现实”，给人以安慰和力量。苏珊·朗格认为：“真正能够使我们直接感受到人类生命的方式便是艺术方式。”[1]没有艺术，人类的生活就会黯然失色，而如果没有对艺术的思考，人类就不能深刻理解我们为什么需要艺术。在艺术发展的长河中，艺术所经历的每一个足迹，都曾引起无数哲人智者们的沉思冥想。而作为人类审美活动的文学，总是在异化给人类历史带来退步的时候显示自己的抗争。正如米兰·昆德拉所说，每一部文学作品都对它的读者说：“事情并不像你想的那样简单”[2]，小说“存在的理由”是在不灭的光照下守护“生活世界”，小说存在的理由，在于发现那些只为小说所发现的东西。“如果一部小说未能发现任何迄今未知的有关生存的点滴，它就缺乏道义。”[3]文学呈现给我们一个有生命、有“意趣”的世界，正是这个有生命、有“意趣”的世界，照亮了我们赖以生存的存在之源。理想的文学来源于生活但又不屈服于生活的定性，它以一种“应然”的立场挑剔生活，选择生活，设计生活。在理想精神的烛照下，文学便成为人类“诗意的栖居”。

进入21世纪，本体论研究衰落了。这倒不是因为本体论不再是一个问题，而是因为时代症状遮蔽了它的意义。“上帝死了”宣告了信仰时代的结束，后现代消解一切、亵渎神圣浪潮使那种宣扬感性、欲望的大众文化大行其道，而精神追求则被弃置一旁。“日常生活审美化”的到来宣告了美学研究时代的终结，而强调精神超越的人类本体论似乎成了一件不合时宜的晚装。

跳出反本体论的后现代话语，在更高的层面上审视人类终极性问题，我们看到文艺本体论试图在颓败的后现代文化中，找到一种探测文学艺术意义的新尺度。反本质主义思潮虽然将一切关于文学的本质观念

---

〔1〕［美］苏珊·朗格：《艺术问题》，滕守尧等译，北京：中国社会科学出版社，1983年，第66页。
〔2〕［捷］米兰·昆德拉：《小说的艺术》，唐晓渡译，北京：作家出版社，1993年，第19页。
〔3〕［捷］米兰·昆德拉：《小说的艺术》，唐晓渡译，北京：作家出版社，1993年，第4页。

都进行了批判，但是，当极端的反本质主义抛弃本质之后，虚无主义就不可避免地来临。在这种情况下，文学人类本体论就犹如精神的不死鸟，在呐喊中穿透屏障，呼唤意义的本源，这当然具有救赎的意义，正是这种知其不可为而为之的努力，使得有关文学的探讨不断向着可能性进发。当然，我们也应该意识到，对精神维度的偏执也会导致一种后果："使自己距离时代与社会越来越远，对当下发生的各种现象越来越不具解释能力。"〔1〕所以，对于文学人类本体论，也应该持一种反思的态度。反思之于文学理论的知识生产十分必要，在反思的视野里，一切理论命题都失去了光环，它只能作为众多观念的一种，参与到文学理论多声部的大合唱之中。

〔1〕 高建平：《美学的超越与回归》，《上海大学学报》（社会科学版）2014年第1期。

第六章　艺术生产理论视域下的文学本质※

20世纪80年代，在审美文论不断丰富文学艺术审美本质意义的同时，“艺术生产”理论进入了一些学者的视野。“艺术生产”概念最早由马克思提出，马克思从艺术生产的角度诠释文学艺术，将文学艺术视为人类一种特殊的精神生产，从而形成了艺术生产理论。如果说新时期对于艺术生产理论的研究，集中体现在从哲学人类学的视角出发，目的在于对此前单一的认识论及工具论的反思，那么，20世纪90年代，这种研究视角发生了转变，从哲学人类学视角明显转向了经济学和社会学视角。90年代之后，市场经济、消费文化逐渐盛行，艺术生产作为特殊的精神生产面临着严峻考验，艺术生产是否应该同物质生产一样进入市场，按照市场规律决定其沉浮变化的命运？该如何处理艺术生产以自身为目的和为迎合消费者需求而生产的关系？艺术生产的社会效益和经济效益、审美属性和商业属性如何协调等等，这些都亟须从理论上给予解决。这一阶段，学界不约而同地转向关注马克思艺术生产、精神生产理论的经济学维度，集中探讨艺术生产与商品生产的关系、艺术生产与文化产业的关系等。新世纪以来，市场经济与文化融合的趋势日益明显，将马克思主义艺术生产理论运用于中国当代文艺研究，指导当代中国艺术生产的实践研究的呼声也日益强烈。于是，艺术生产理论呈现出积极的生长点：“一方面，观照艺术生产实践，对商品性问题、艺术消费问题、‘不平衡’问题、异化问题、时代特征问题均进行了别有新意的研讨；另一方面则回归原典，注重理论视阈与方法的研究，对基础性理论

※　本章部分内容曾发表在《廊坊师范学院学报》(社会科学版)2014年第1期，见邢建昌、吴晓霞:《文学艺术作为生产》,《廊坊师范学院学报》(社会科学版)2014年第1期，收入人大复印报刊资料《文艺理论》2014年第5期。

展开了多方探究。”[1] 这些都表明了艺术生产理论至今仍具有充沛的理论活力和对现实的巨大阐释热情。

一、艺术生产理论：回到马克思

我们首先需要给艺术生产理论做一个追根溯源的工作。只有弄清了马克思主义创始人关于艺术生产理论的来源、内涵及其特点的论述，相关的研究才会顺理成章，用艺术生产理论解释文学艺术才会有一个可靠的根基。

艺术生产理论，是贯穿在马克思一系列著作中的一个核心思想，是伴随着马克思主义唯物史观从萌芽不断到走向成熟的科学艺术观念，是具有开创性意义的。从早期《1844年经济学哲学手稿》《德意志意识形态》《共产党宣言》到《〈政治经济学批判〉导言》《政治经济学批判大纲》，再到《资本论》等，艺术生产理论始终贯穿其中，是马克思主义文艺理论的重要组成部分。陈定家认为：

> 作为马克思主义唯物史观的有机组成部分，艺术生产论经历了一个不断丰富和逐渐完善的发展过程。早在《1844年经济学哲学手稿》中，马克思就把宗教、法、道德、艺术等等意识形态看成了生产的一些特殊形式，并且受生产的普遍规律的支配。在1845—1846年与恩格斯合写的《德意志意识形态》中断言，支配着物质生产资料的阶级，同时也支配着精神生产的资料。1848年，在《共产党宣言》中指出，精神生产随着物质生产的改造而改造。1857年，马克思在《〈政治经济学批判〉导言》中，提出了著名的人类对世界的四种掌握方式问题，其中就包括对世界的艺术掌握方式问题。在后来写的《政治经济学批判大纲》和《资本论》中，对艺术生产问题的论述则更加深入而细致，特别是《资本论》第1卷和第4卷，马克思比较集中地研究了艺术生产的生产力与生产关系及其影响因素

[1] 孟飞、李振鹏：《21世纪以来的中国化马克思主义艺术生产理论：转向、样态与趋势》，《马克思主义美学研究》2021年第2期。

的艺术消费等问题。由此可见，在后期二十多年的理论研究过程中，马克思一直在深化和丰富“艺术生产理论”。[1]

具体来看，马克思在《1844年经济学哲学手稿》提出了艺术是生产的“特殊的方式”的思想：

> 宗教、家庭、国家、法、道德、科学、艺术等等，都不过是生产的一些特殊的方式，并且受生产的普遍规律的支配。[2]

不单是艺术，而且宗教、家庭、国家、法、道德、科学等都是生产的一些特殊方式，并且受生产的普遍规律的支配。言外之意，不存在不受生产的普遍规律支配的特殊的别的什么生产。解释艺术，需要理解生产的性质，这是马克思首次将艺术与生产联系起来。在《德意志意识形态》中，马克思、恩格斯指出正是由于分工的出现，精神生产才同物质生产相分离。但是，精神生产受到物质生产制约：

> 意识在任何时候都只能是被意识到了的存在，而人们的存在就是他们的实际生活过程。如果在全部意识形态中人们和他们的关系就象（像）在照像机中一样是倒现着的，那末这种现象也是从人们生活的历史过程中产生的，正如物象在眼网膜上的倒影是直接从人们生活的物理过程中产生的一样。[3]

在马克思看来，艺术作为一种特殊的精神生产与人的意识息息相关，而意识是随着人们的物质生活条件、社会关系和社会存在的改变而改变的。精神关系与物质关系不是孤立的、分割的，而是有机地联系在一起的。此外，马克思在《德意志意识形态》中还论述道：

---

〔1〕 陈定家：《艺术生产论的发展及当代意义》，《中国社会科学院研究生院学报》2001年第3期。

〔2〕［德］马克思：《1844年经济学哲学手稿》，中共中央马克思恩格斯列宁斯大林著作编译局编译，北京：人民出版社，2000年，第82页。

〔3〕［德］马克思：《德意志意识形态》，见中共中央马克思恩格斯列宁斯大林著作编译局编《马克思恩格斯选集》（第一卷），北京：人民出版社，1972年，第30页。

思想、观念、意识的生产最初是直接与人们的物质活动，与人们的物质交往，与现实生活的语言交织在一起的。观念、思维、人们的精神交往在这里还是人们物质关系的直接产物。表现在某一民族的政治、法律、道德、宗教、形而上学等的语言中的精神生产也是这样。[1]

这仍然是在强调，一定程度上，物质生产决定精神生产，精神生产的发展是以物质生产为基础的。马克思、恩格斯在《共产党宣言》里明确提到："精神生产随着物质生产的改造而改造。"[2]物质生产决定精神生产，精神生产的发展离不开一定的物质基础，精神生产随着物质生产的改造而改造。马克思强调物质生产对精神生产的决定性作用主要表现在两方面：一是人首先要满足吃、喝、穿、住的基本物质生活的需要，然后才能从事艺术、文学、科学等精神方面的活动。二是有什么样的社会生产方式，就有什么样与之相适应的艺术。艺术生产的发展，总是以经济基础的变更为转移。以艺术形式和表现方式为例，许多新的艺术，如电影、电视、电子音乐、数字艺术等等，是随着科学技术的发展才出现的，"生产力的发展使得艺术作品可以有更多的形式呈现出自身，而且获得更多的审美特性"。[3]不仅如此，马克思在1857年《〈政治经济学批判〉序言》中，还提出了著名的"物质生产的发展与艺术生产的不平衡关系"命题：

关于艺术，大家知道，它的一定的繁盛时期决不是同社会的一般发展成比例的，因而也决不是同仿佛是社会组织的骨骼的物质基础的一般发展成比例的。例如，拿希腊人或莎士比亚同现代人相比。就某些艺术形式，例如史诗来说，甚至谁都承认：当艺术生产一旦作为艺术生产出现，它们就再不能以那种在世界上划时代的、

[1] [德]马克思：《德意志意识形态》，见中共中央马克思恩格斯列宁斯大林著作编译局编《马克思恩格斯选集》（第一卷），北京：人民出版社，1972年，第30页。

[2] [德]马克思、恩格斯：《共产党宣言》，中共中央马克思恩格斯列宁斯大林著作编译局编《马克思恩格斯选集》（第一卷），北京：人民出版社，1972年，第270页。

[3] 刘旭光：《作为社会存在的艺术作品——马克思主义艺术生产论的再思考》，《上海师范大学学报》（哲学社会科学版）2008年第3期。

古典的形式创造出来；因此，在艺术本身的领域内，某些有重大意义的艺术形式只有在艺术发展的不发达阶段上才是可能的。如果说在艺术本身的领域内部的不同艺术种类的关系中有这种情形，那末（么），在整个艺术领域同社会一般发展的关系上有这种情形，就不足为奇了。困难只在于对这些矛盾作一般的表述。一旦它们的特殊性被确定了，它们也就被解释明白了。[1]

马克思认为，希腊时代的物质基础远不如现代社会的物质基础，却诞生了人类艺术史上最为辉煌的希腊史诗。正是由于当时的生产力和生产方式为希腊人的“幻想”提供了物质基础，才形成了希腊神话中关于自然的奇特想象。随着经济基础的变更，物质条件发生巨大变化，产生神话和史诗的土壤也随之消失。艺术生产与物质生产的发展并不完全同步，这说明了艺术生产具有相对的独立性。“马克思并没有将文学艺术的水平与社会历史、物质生产和经济状况的水平看作一种如影随形的平行关系和同步发展，而是确认二者恰恰是有所悖离、相对独立的。”[2]值得注意的是，马克思在此处第一次使用了“艺术生产”这一概念。“生产”有两方面的含义：一是指“作为人类精神生产方式的一般艺术活动”，体现一般艺术规律和审美特征，对于物质生产和社会发展具有相对独立性的艺术活动；一是指“作为资本主义生产体系下的精神生产部门所进行的生产劳动”，能够将精神产品作为商品形式以创造剩余价值、实现资本增殖的生产劳动。这两种“生产”之间相互对立又辩证统一，互补互动又相反相成，这正是马克思“艺术生产”理论的重要奥秘之所在。[3]

虽然马克思强调物质生产决定精神生产的发展，但是，文学艺术等精神生产对物质生产也具有反作用。物质生产的产品直接满足人们某种实用的需要，而艺术产品作为一种意识形态的形式，与物质现实世界的关系是间接的。人们之所以生产艺术产品，并不是为了满足物质实用的

〔1〕［德］马克思：《〈政治经济学批判〉序言》，中共中央马克思恩格斯列宁斯大林著作编译局编《马克思恩格斯选集》（第二卷），北京：人民出版社，1972年，第112–113页。
〔2〕姚文放：《两种“艺术生产”：马克思“艺术生产”理论新探》，《中国社会科学》2020年第6期。
〔3〕姚文放：《两种“艺术生产”：马克思“艺术生产”理论新探》，《中国社会科学》2020年第6期。

目的，而是为了影响人的思想、观念、感情和心理。艺术通过作用于人的意识，影响人的物质实践活动，进而影响社会。1859年，马克思在《〈政治经济学批判〉序言》中进一步论述到：

> 物质生活的生产方式制约着整个社会生活、政治生活和精神生活的过程。不是人们的意识决定人们的存在，相反，是人们的社会存在决定人们的意识……一种是生产的经济条件方面所发生的物质的、可以用自然科学的精确性指明的变革，一种是人们借以意识到这个冲突并力求把它克服的那些法律的、政治的、宗教的、艺术的或哲学的，简言之，意识形态的形式。〔1〕

这是马克思历史唯物主义史观的一次集中表述：社会存在决定社会意识。艺术作为一种意识形态的形式，必然受到社会存在的制约。正是因为文学艺术的意识形态性质，马克思指出了艺术的阶级性和思想倾向性。

> 统治阶级的思想在每一时代都是占统治地位的思想。这就是说，一个阶级是社会上占统治地位的物质力量，同时也是社会上占统治地位的精神力量。支配着物质生产资料的阶级，同时也支配着精神生产的资料……占统治地位的思想不过是占统治地位的物质关系在观念上的表现，不过是以思想的形式表现出来占统治地位的物质关系。〔2〕

统治阶级之所以在社会上处于统治地位，是因为他们拥有占统治地位的物质力量和精神力量。占统治地位的阶级同时支配着物质生产资料和精神生产的资料，一个特定时代占统治地位的阶级，决定着这个时代物质资料和生产资料的生产。一定的物质关系表现为一定的精神关系，一定的精神关系又表征着占统治地位的物质关系。因此，马克思认为“绝对

---

〔1〕［德］马克思：《〈政治经济学批判〉序言》，中共中央马克思恩格斯列宁斯大林著作编译局编《马克思恩格斯选集》（第二卷），北京：人民出版社，1972年，第82-83页。

〔2〕［德］马克思：《德意志意识形态》，中共中央马克思恩格斯列宁斯大林著作编译局编《马克思恩格斯选集》（第一卷），北京：人民出版社，1972年，第52页。

没有任何倾向的艺术是不存在的。排斥艺术的观念性、倾向性，寻求超阶级的、绝对中立地反映现实，只是一个心造的幻影”。[1]

其后，在《政治经济学批判》《资本论》以及《剩余价值理论》一系列著作中，马克思着眼于具体的劳动过程讨论“艺术生产”问题。在《政治经济学批判》中，马克思这样说：

> 钢琴制造者再生产了资本；钢琴演奏者只是用自己的劳动同收入相交换。但钢琴演奏者生产了音乐，满足了我们的音乐感，不是也在某种意义上生产了音乐感吗？事实上他是这样做了：他的劳动是生产了某种东西；但他的劳动并不因此就是经济意义上的生产劳动；就象生产了幻觉的疯子的劳动不是生产劳动一样。……只有生产资本的劳动才是生产劳动；因此，没有做到这一点的劳动，无论怎样有用，——它也可能有害，——对于资本化来说，不是生产劳动，因而是非生产劳动。[2]

马克思在这里以钢琴演奏者为例，区分了生产劳动和非生产劳动，并指出了艺术生产作为一种“非生产劳动”的特殊性，是用来为需求者提供使用价值和服务的，而物质活动意义上的生产劳动是“生产资本”的劳动。马克思将作家、艺术家的创作活动分成两种：一是进入资本运行机制，将其创作以书籍形式或以表演形式作为商品出卖，以创造剩余价值、实现资本增殖为目的的劳动；一是仅仅提供个人服务、满足个人消费的劳动，包括满足个人某种想象或实际需要的劳动。前者均属生产劳动，后者悉归非生产劳动。马克思在《资本论》进一步论述生产劳动与非生产劳动、生产劳动者与非生产劳动者的区别：

> 只有生产资本的劳动才是生产劳动……什么是非生产劳动，因此也绝对地确定下来了。那就是不同资本交换，而直接同收入即工

---

〔1〕 董学文：《马克思与美学问题》，北京：北京大学出版社，1983年，第138页。

〔2〕［德］马克思：《政治经济学批判》，见中共中央马克思恩格斯列宁斯大林著作编译局译：《马克思恩格斯全集》（第四十六卷上册），北京：人民出版社，1979年，第264页。

资或利润交换的劳动。[1]

> 生产劳动者的劳动能力，对他本人来说是商品。非生产劳动者的劳动能力也是这样。但是，生产劳动者为他的劳动能力的买者生产商品。而非生产劳动者为买者生产的只是使用价值，想象的或现实的使用价值，而决不是商品。非生产劳动者的特点是，他不为自己的买者生产商品，却从买者那里获得商品。[2]

资本主义条件下，非生产劳动与生产劳动往往具有异化关系。在资本主义生产关系中，精神生产者的身份发生了变化："资产阶级抹去了一切向来受人尊崇和令人敬畏的职业的灵光。它把医生、律师、教士、诗人和学者变成了它出钱招雇的雇佣劳动者。"[3]在资本主义社会，艺术生产分为非生产劳动与生产劳动，文学艺术家分为非生产劳动者与生产劳动者。非生产劳动是具有"服务性"的劳动，有一定的使用价值与交换价值；非生产劳动者为需求者提供使用价值和服务，从他们的工资或利润中获得报酬。生产劳动是生产资本即创造剩余价值的劳动；生产劳动者则是被资本家雇佣创造过剩资本的生产者。正如马克思所说："密尔顿创作《失乐园》得到5镑，他是非生产劳动者。相反，为书商提供工厂式劳动的作家，则是生产劳动者。密尔顿出于同春蚕吐丝一样的必要而创作《失乐园》。那是他的天性的能动表现。后来，他把作品卖了5镑。但是，在书商指示下编写书籍（例如政治经济学大纲）的莱比锡的一位无产者作家却是生产劳动者，因为他的产品从一开始就从属于资本，只是为了增加资本的价值才完成的。"[4]可见，密尔顿的创作是自由的，他按照自己的天性创作，而另一位作家则是在被人指示下进行创作，创作的自由被束缚，即非生产劳动者有创作文学艺术的自由，生产劳动者则失去了这种创作的自由。马克思指出造成这种异化关系的原因是消费，

---

〔1〕［德］马克思：《剩余价值理论》，中共中央马克思恩格斯列宁斯大林著作编译局译：《资本论》（第四卷第一册），北京：人民出版社，1975年，第147–148页。

〔2〕［德］马克思：《剩余价值理论》，中共中央马克思恩格斯列宁斯大林著作编译局译：《资本论》（第四卷第一册），北京：人民出版社，1975年，第151页。

〔3〕［德］马克思、恩格斯：《共产党宣言》，见中共中央马克思恩格斯列宁斯大林著作编译局编《马克思恩格斯选集》（第一卷），北京：人民出版社，1972年，第253页。

〔4〕［德］马克思：《剩余价值理论》中共中央马克思恩格斯列宁斯大林著作编译局译：《资本论》（第四卷第一册），北京：人民出版社，1975年，第432页。

没有需要，就没有生产，而消费则把需要再生产出来。“因为消费创造出新的生产的需要，因而是创造出生产的观念上的内在动机，后者是生产的前提。……消费在观念上提出生产的对象，把它作为内心的图象（像）、作为需要、作为动力和目的提出来。……消费对于对象所感到的需要，是对于对象的知觉所创造的。艺术对象创造出懂得艺术和具有审美能力的大众，——任何其他产品也都是这样。”[1]“消费”才是生产的内在动因，“消费”创造出新的生产的需要，“消费”提出生产的对象，并把它作为内心的图象、作为需要、动力和目的，文学艺术作为一种特殊的生产，遵循市场的一般规律。此外，马克思还指出，对艺术对象的消费需要懂得艺术和具有审美能力的人，这说明马克思在考虑艺术客体的同时也考虑了艺术主体，他在《1844年经济学哲学手稿》中写道：

> 只有音乐才激起人的音乐感；对于没有音乐感的耳朵来说，最美的音乐也毫无意义，不是对象，因为我的对象只能是我的一种本质力量的确证，就是说，它只能象（像）我的本质力量作为一种主体能力自为地存在着那样才对我而存在，因为任何一个对象对我的意义（它只是对那个与它相适应的感觉说来才有意义）都以我的感觉所及的程度为限。因此，社会的人的感觉不同于非社会的人的感觉。只是由于人的本质的客观地展开的丰富性，主体的、人的感性的丰富性，如有音乐感的耳朵、能感受形式美的眼睛，总之，那些能成为人的享受的感觉，即确证自己是人的本质力量的感觉，才一部分发展起来，一部分产生出来。因为，不仅五官感觉，而且连所谓精神感觉、实践感觉（意志、爱等等），一句话，人的感觉、感觉的人性，都是由于它的对象的存在，由于人化的自然界，才产生出来的。五官感觉的形成是迄今为止全部世界历史的产物。[2]

综上所述，马克思的艺术生产理论是在批判资本主义社会的整体框

---

〔1〕［德］马克思：《经济学手稿（1857—1858年）》上册，中共中央马克思恩格斯列宁斯大林著作编译局译：《马克思恩格斯全集》（第四十六卷上册），北京：人民出版社，1979年，第28-29页。

〔2〕［德］马克思：《1844年经济学哲学手稿》，中共中央马克思恩格斯列宁斯大林著作编译局编译，北京：人民出版社，2000年，第87页。

架的背景下提出来的。将艺术生产视为一种特殊的生产方式，既受生产一般规律的制约，决定于特定时代的物质生产，又保持着自身发展的规律及其独特性，与物质生产保持着不平衡关系。艺术生产在资本主义社会中表现出新的特点，艺术生产已经纳入资本主义商品生产的运转体系之中，成为一种受资本主义经济规律支配的制造特殊商品的活动，具有价值上的两重性（社会精神价值属性和商品生产的经济属性），它的产品价值完全向“钱”看齐，由“利润”来估计。艺术生产和物质生产一样成为资本家赚取最大剩余价值的方式和手段，资本社会条件下艺术生产陷入了异化状态，出现“非生产劳动”与“生产劳动”的区别。

新时期之前，受特定的社会环境制约，马克思主义艺术生产理论虽然在中国没有得到足够重视，但是在西方马克思主义那里得到了长足发展，本雅明、阿尔都塞、马舍雷、伊格尔顿、杰姆逊（又译作“詹姆逊”）等人都对艺术生产问题进行过深入而独到的研究。如本雅明从马克思的艺术生产理论得到启示，“把艺术创作看作同物质生产有共同规律的一种特殊的生产活动和过程，即它们同样有［应为“由”，引者注］生产与消费、生产者、产品与消费者等要素构成，同样受到生产力对生产关系的矛盾运动的制约。在他看来，在艺术生产过程中，文学艺术家是生产者，艺术作品是产品或商品”。〔1〕马舍雷在《文学生产理论》一书中，用“艺术生产理论”对传统的艺术“创造说”发起了攻击，他认为一切的创作本质上都是一种生产；伊格尔顿则提出了“文学是意识形态的生产”的说法，指出作家、艺术家、生产者在资本主义社会都是雇佣劳动者，因此，艺术生产的作品本身就是一种商品。同时，伊格尔顿还在《马克思主义与文学批评》中，通过约翰·伯杰在《视觉方法》中对油画的评论得到启发，辩证地看到了艺术的生产性和意识形态性之间的本质联系：“一方面，从艺术作为社会意识形态对整个社会生产方式的关系看，世间的一切都是艺术生产的对象，而艺术本身在其现实性上同时也是一种商品。另一方面，从艺术本身的生产性质来说，它是一种立足于生产性质的意识形态。这两方面的关系互相渗透、交相呼应，形成完整的艺术形态。”〔2〕这些都

---

〔1〕 朱立元：《现代西方美学史》，上海：上海文艺出版社，1993年，第734页。
〔2〕 陈定家：《艺术生产论的发展及当代意义》，《中国社会科学院研究生院学报》2001年第3期。

是马克思主义艺术生产理论在后世继续保持活力的具体表现。

二、对马克思艺术生产理论的研究和阐释

20世纪80年代，国内马克思艺术生产理论的研究悄然兴起。李心峰在《新时期艺术生产论及其理论意义》一文中，对“艺术生产论”在新时期的发展做了全面而详细的梳理。他认为新时期艺术生产论的兴起，“离不开当时整个社会改革开放、思想解放、拨乱反正这一总体的社会、思想、文化语境。但更直接的语境，则是文论界对此前单一的认识论文论视角及工具论文论倾向的反思与变革大潮的有力推动”。对朱光潜20世纪60年代提出的艺术也是一种生产劳动的观点的重申与新的展开，对马克思《1844年经济学哲学手稿》的研究，对西方马克思主义有关艺术生产理论的引进等，是这一时期艺术生产论研究的主要内容。[1]这一阶段，最重要的工作就是回到马克思主义经典著作文本当中，弄清楚马克思究竟是怎样论述艺术生产理论的。董学文、何国瑞、程代熙、肖君和、蒋培坤、李心峰等从不同角度解读这一理论，试图在这一理论的指导下，实现对文学艺术认识的深化。

董学文是国内较早研究马克思艺术生产理论的学者。他先后发表了《关于马克思的“艺术生产”的理论》《马克思的“艺术生产”概念及其理论》《艺术生产论》等一系列文章，并且在纪念马克思逝世一百周年之际出版了《马克思与美学问题》，其中第六章“艺术的本质及其与物质生产的关系”，第七章“关于‘艺术生产’的理论”都是直接讨论艺术生产理论的问题。在该著作中，董学文集中探讨了“艺术生产”概念、艺术生产中的“生产力”“艺术生产具体过程的基本特征”“艺术生产的一般历史发展”“艺术生产与物质生产发展的关系”“艺术生产理论的美学方法论意义”等相关问题。

董学文认为：“马克思的‘艺术生产’的概念，不是一个多义性的、含混的日常用语，而是严格规定的科学语言。它源于马克思的政治经济学著作，但由于它是在考察艺术问题时提出的，所以，很快以特有的身

〔1〕 李心峰：《新时期艺术生产论及其理论意义》，《文艺理论与批评》2008年第5期。

分，进入马克思的美学领域。"[1]马克思艺术生产理论的主要贡献："一是把艺术活动从单纯的精神领域拉到现实领域；二是把艺术活动从受动理论转到能动理论。"[2]董学文通过对"艺术生产"概念起源的回溯，指出马克思是把艺术和审美当作一种特殊的生产实践来理解。马克思通过将"艺术生产"与"物质生产"相比较，揭示出艺术生产的特殊性和独立性，这是超越前人（康德、黑格尔、费尔巴哈等）的理论创举。语言、文学、技术能力等等都属于精神方面的生产力，文学艺术之所以具有经典性，具有永久的艺术魅力，很重要的一点就是因为它们具有"艺术生产力"。董学文进而强调："艺术创作的技术和经验，艺术的形式和生产工具，审美的规范和艺术产品，这一切并不随时代的变迁而骤然变化，而是以自己特有的规律朝前运动。当它们还作为后世人们可以接受而且乐意接受的时候，它们就一代一代传下去，表现为新的'艺术生产'中的生产能力。"[3]在马克思看来，艺术生产是艺术掌握世界的一种方式，与其他掌握世界的方式不同，艺术掌握世界就是以情感的方式掌握世界。艺术家个性因素使艺术生产所"物化"出的产品带有鲜明的个性因素。董学文认为：

> 艺术是从审美上掌握世界的最高形式。艺术生产就是要创造主要供人审美的艺术品，它通过形象，典型地再现现实，来满足人们的某种精神需要。[4]

董学文还指出，马克思对于艺术生产问题的讨论主要集中在资本主义社会。在资本主义社会中，艺术生产高度商品化，一切生产都是为了获得最大经济利益，艺术生产走向堕落，艺术生产与资本主义社会出现敌对现象，"只有打破资本的桎梏，才能带来艺术的新的繁荣；只有以公有制为基础的社会主义制度，才会给艺术生产力带来新的解放"。[5]马克

---

〔1〕 董学文：《马克思与美学问题》，北京：北京大学出版社，1983年，第151页。
〔2〕 董学文：《马克思与美学问题》，北京：北京大学出版社，1983年，第157页。
〔3〕 董学文：《马克思与美学问题》，北京：北京大学出版社，1983年，第161页。
〔4〕 董学文：《关于马克思的"艺术生产"的理论》，见人民文学出版社编《马克思恩格斯美学思想论集》，北京：人民文学出版社，1983年，第249页。
〔5〕 董学文：《马克思与美学问题》，北京：北京大学出版社，1983年，第176页。

思虽然揭示了资本主义生产关系对艺术生产的敌对性，但是并不意味着就要消灭艺术。此外，董学文将马克思的艺术发展观同黑格尔的艺术发展观相比较，他认为，与黑格尔为艺术的发展“写下沉痛的墓志铭”不同，马克思为艺术的发展“树立了壮丽的凯旋门”。[1]研究艺术生产，不仅要看到物质生产对艺术生产的最终决定作用，而且要注意到艺术生产与物质生产之间的中间环节，认识艺术生产的相对独立性，正确理解两种生产的不平衡现象。以艺术生产理论为框架，董学文试图建设当代形态的马克思主义文艺学。

肖君和基本认同董学文关于马克思艺术生产理论的论述，但又有所发展。在涉及艺术生产的“生产力”问题时，肖君和认为董学文只是解释了艺术生产力是什么，并没有涉及与生产力相关的生产关系，也没有注意到艺术家在艺术生产中的重要性。作者由此说明艺术家在文学艺术创作中的主导作用，没有艺术家，艺术生产力就难以形成。肖君和进而提出在我国现实问题中应发挥“艺术生产力”的积极作用，即充分调动艺术家的积极性和创新性，为我国精神文明建设增砖添瓦，切实发挥马克思的艺术生产理论在现实社会中的作用。

何国瑞则致力于用马克思的艺术生产理论建设中国当代文艺学。何国瑞“坚持一元论，综合面面观”，认为以往的再现论、表现论、形式论、接受论等艺术观只是片面深刻的一元论，马克思的艺术生产理论才是全面的艺术理论，提出从三个方面建设马克思的艺术生产理论：

> 首先从哲学人类学来理解……人类有三大需要，因而进行三大生产。为满足温饱需要，进行物质生产；为满足性欲和繁殖需要，进行人口生产；为满足精神需要，进行精神生产……艺术就是人类这个大生产系统中的子系统（精神生产）中小子系统。艺术生产论立足于这样一个哲学人类学的制高点上，就使它能够鸟瞰一切、总揽一切。
>
> 其次要从历史社会学来理解……艺术恰好就是在人类社会生产这种共时态和历时态相交的座标点上发展变化的。

[1] 董学文：《马克思与美学问题》，北京：北京大学出版社，1983年，第177页。

再次是从个性心理学来理解。艺术是人创造的，是为人创造的，是以人为创作的中心对象的……人根据需要而生产。……情感的需要是极为独特的。艺术生产是满足人的审美情感需要的，所以，个性化是它内在的特质。只有更进一步从个性心理学上了解了人，才能更细微地了解艺术。[1]

在具体的分析论证中，何国瑞也认为艺术生产力首先包括艺术家，同时包括主观的生产力和客观的生产力，此外还包括先辈留下的技术和经验等。这些观点都是从物质生产衍生而来的。而艺术生产是一种特殊的精神生产，属于发明性的精神生产，是人类创造出用来满足人们审美需要的产品，具有形象性和主观性的特点，同时对技术性提出了很高的要求。

何国瑞认为，艺术生产论是马克思以人的现实本质为基点，将人类生产分为三大类，以此为出发点来考察文学艺术的结果。这一理论体系是完整和独特的，是马克思主义理论的重要组成部分。从这一认识出发，何国瑞试图以艺术生产论为核心建设文艺学的当代形态。他的《艺术生产原理》从艺术本体论、艺术主体论、艺术客体论、艺术载体论和艺术受体论考察艺术，提出一个重要的范畴——艺象。何国瑞认为"艺象"不同于"艺术形象"，艺象不是"艺术形象"的简称，而是艺术家创造的第三自然。第一自然是人类产生以前和现今人类生产实践所依赖的客观存在；第二自然是经过人类实践所创造、所生产出来的客观事物；第三自然是人类所创造的、具有一定符号形式的精神产品。艺术形象是针对现实主义艺术总结出来的艺术规律和特征，主要有三方面含义："一、它的内容是生活和现实的本质、规律；二、它的形式是生活的画面，'要求和实际事物的外貌非常近似'；三、它的根本目的是'帮助人们认识世界'。"艺术形象说的根本局限是"哲学方法论上的局限"，它是"建立在认识论哲学观基础之上的"，而"艺象"说则是以"生产—实践论"哲学为基础的。[2]因此，二者具有本质上的区别。艺象包括物素、心素和形素三要素，"物素是关于艺术客体的，指艺术创作中所使用的现实素材。心素是关于艺术主体的，指体现在艺术作品中的艺

[1] 何国瑞：《艺术生产论纲》，《理论与创作》1989年第4期。
[2] 何国瑞：《艺术生产论纲》，《理论与创作》1989年第4期。

术家的情感思想。形素是关于艺术载体的，是心素与物素结合形成意象后，用以传达意象使之成为艺象的物质媒介手段”。〔1〕因物素、心素和形素在艺象形成过程中所占比例不同，所以将艺象分为三大类型：再现型艺象（以物素为主）、写意型艺象（以心素为主）和形巧型艺象（以形素为主）。何国瑞《艺术生产原理》从生产论的角度回答了人类创造艺术的原因、艺术的本质特征、艺术如何被创作、艺术怎样被接受等一系列问题：艺术首先是一种生产劳动，是人与自然的物质变化过程；具有主观与客观相统一的特性，艺术是以形象思维为主要思维方式的。蒋孔阳认为何国瑞提出的“艺象”这一范畴体系，发展了对艺术本质特征的理解，是其对文艺理论的一个积极的贡献。〔2〕

蒋培坤在对马克思的艺术生产理论深入研究的基础上，从生产论的角度探讨艺术的本质。作者将艺术看作具有审美性质的精神生产活动，不是从认识论而是从艺术是一种精神生产的角度讨论艺术的性质：“艺术，作为一种特殊的精神生产活动，它既是人对世界的一种‘掌握’方式，又是人对自身的一种‘肯定’方式，其本质就在于这两者的辩证统一；艺术，作为一种创造活动，它既是对客观的‘再现’，又是对主体的‘表现’，其规律就在于这两者的辩证统一；艺术，作为一种创造活动的成果，它既要具有生活的真实，又要具有感情的真实，真正完美的艺术作品，应该是这两者的高度融合。”〔3〕艺术中这一系列因素辩证统一或高度融合，归根结底需要艺术家对现实生活的深入体验，最终体现在自己的作品中。

李新风〔4〕认为，艺术是一种特殊的精神生产，具有鲜明的实践性：“艺术是一种社会性的、实践性的、审美的和个性化的精神生产；它以形象（感性与理性、现象与本质、个别与一般、情感与理智有机统一的典型形象）的方式再造自然（包括社会生活）；在艺术创造的过程中，以情感为主要的心理功能，以理智为指导，并辅之以意志的活动。”〔5〕

---

〔1〕 何国瑞：《艺术生产论纲》，《理论与创作》1989年第4期。

〔2〕 何国瑞主编《艺术生产原理》（修订版），武汉：武汉大学出版社，2010年，“代序”第2页。

〔3〕 蒋培坤：《马克思究竟怎样谈论艺术的本质规律》，见全国马列文艺论著研究会主编《马列文论研究》（第八集），北京：中国人民大学出版社，1987年，第40页。

〔4〕 李新风与前文所述的李心峰实为同一人，只是在这篇文章中署名为“李新风”。

〔5〕 李新风：《艺术是一种特殊的精神生产——浅谈马克思对艺术本质的认识》，见全国马列文艺论著研究会主编《马列文论研究》（第八集），北京：中国人民大学出版社，1987年，第81页。

国内学者对马克思艺术生产理论的解读大体可以分为三个阶段：第一阶段是对马克思艺术生产理论基本概念和内涵的理解，在此基础上，确立了马克思艺术生产理论分析文学艺术生产所使用的主要概念工具。第二个阶段是对艺术生产理论的当代建构，以经典马克思艺术生产理论为基础，结合现实需要，借鉴西马成果，建构当代形态的马克思主义文艺学。第三个阶段是将艺术生产理论作为理解文学艺术本质的钥匙，力求形成一种超越反映论的文学解释模式。

三、艺术生产理论作为文学本质的诠释

马克思艺术生产理论在20世纪80年代以后渐受国内学者的关注，这是有原因的。20世纪80年代文学理论变革的主题，是对于认识论的和政治功利论的文学艺术解释模式的超越。审美反映论、主体论文艺学、审美意识形态论、象征论文艺学等文学观念在这一时期相继出现。与上述观念不同，艺术生产理论以其宏观的历史唯物主义视野，在物质生产、精神生产以及人类自身的生产的比较当中寻找精神生产的特殊性，既能够有效吸纳以往文学艺术解释的思想资源，又有新的突破，可谓独树一帜。

新时期之初，学术界对马克思艺术生产理论就进行了广泛而深入的讨论，在此过程中，有学者已经直接或间接地用马克思艺术生产理论来解读艺术的本质了。在纪念马克思逝世一百周年（1983年）的日子里，马克思主义艺术本质论的探讨形成一个小小的高潮。[1]在这些文章中，学者们分别从反映论、意识形态论、艺术生产理论出发讨论艺术的本质问题。总的来说，从生产论的角度理解文学艺术的本质，就是将“文学艺术视为一种特殊的精神生产”：首先，人的生产分物质生产和精神生产。同物质生产一样，文学艺术生产，也是人们通过劳动创造出来符合自己需要的劳动产品的过程，具有生产的一般属性。其次，艺术生产又不同于物质生产，物质生产创造出来的产品主要用来满足人们实用需要的，而艺术生产创造出来的劳动产品主要是用来满足人们精神需求特别

〔1〕 代表性文章有：栾栋：《文艺理论的两块基石——艺术本质初探》，《外国文学研究》1983年第1期；汪裕雄：《从艺术本质论看马恩的文艺观点体系》，《江淮论坛》1983年第5期；杨治经：《艺术本质论》，《求是学刊》1983年第6期。

是审美需求的。第三，在非异化状况下，文学艺术生产是一种自由的精神生产——以生产出符合自己需要的产品为目的，文学艺术家遵循美的规律进行创作。第四，艺术生产不是孤立的，总是在具体的社会联系中活动，因此，艺术生产是以自身为目的又与多种社会因素发生关系的运动，具有鲜明的实践性。显然，艺术生产理论有广阔的阐释空间，对文学反映论构成了一种挑战。

艺术生产论者们主张用艺术生产论代替反映论。他们认为艺术生产论作为文学的本质比反映论更全面、更合理。何国瑞指出，那种以认识论为哲学基础的把“文艺作为形象反映现实生活的特殊形式”的文学本质观有其明显的局限性：

> 反映论是解决心理现象的本源、本质，规律和过程的。而文艺却不仅仅是一种心理现象，它是一种心理现象的“物化”。物化就是一种生产……因此，要科学地认识文艺，反映论还不是充分的理论的基础。只有马克思的生产论才是最正确最充分的理论基础。它可以使我们处于最宏阔的战略制高点，使建构的体系既具有鲜明的马克思主义的质的规定性，又具有最大的开放性，有利于综合古今中外一切合理的东西。[1]

何国瑞强调，艺术生产论是以人类创作文学艺术的原因为逻辑起点，以动态、立体的形式考察艺术的。这有助于克服之前以静态、平面的形式思考文艺问题的缺陷。艺术生产理论不仅是从经济学中引申而来，而且是建立在“哲学人类学、历史社会学和个性心理学”这三者统一的基础上的。

肖君和提出对艺术的认识要用马克思的艺术生产论而不是反映论来作指导，他给出的理由是：第一，从艺术的生产本质来看，艺术是生产，就要用生产论来作指导。第二，从艺术的本性来看，艺术的本性是审美和认识的统一，就要用包含人的本质的对象化内容的生产论来指导。第三，从文艺的对象来看，文艺的对象是人的心灵和社会生活的统

〔1〕 何国瑞：《马克思主义文学理论建设的方法论问题》，《文学评论》1991年第6期。

一，就要用有利于表现人的心灵的生产论作指导。第四，从生产论研究的对象——艺术构成途径在整个艺术系统中的位置来看，它是整个艺术系统的基础，就要用生产论来指导。第五，艺术生产论是全面性的理论。第六，生产论不仅给艺术提供基石，还能给文艺提供方向。第七，生产论的要求恰好与艺术创作实践相吻合。[1]

当然，用艺术生产论代替反映论，这种观点一经提出，质疑的声音也就出现。朱立元在《艺术生产论与艺术反映论关系之辨析——兼与何国瑞教授商榷》一文中，对何国瑞提出的"反映论大于认识论"的观点提出质疑，认为何国瑞对有关的范畴及其概念的理解上存在误解。朱立元认为："艺术反映论是哲学反映论在文艺学中的运用和展开。马克思主义的认识论是辩证唯物主义的能动的反映论。""艺术反映论的文艺学应以哲学反映论（辩证、能动的反映论）为理论基础；但决不是何先生说的那种单纯的心理学意义上的'反映论'。"[2]朱立元认为何国瑞对艺术生产论与反映论的关系的理解缺乏理论支撑，一方面是其没有准确理解认识论与反映论，另一方面则是没有认清一般的生产论与艺术生产论之间的关系。提出应该从唯物史论出发研究艺术认识论与艺术反映论的关系。同时，朱立元也承认艺术生产论的意义，在于回答了艺术反映论无力解决的问题，例如艺术消费和接受的问题。认为艺术生产论与艺术反映论在本质上并不矛盾，在某种程度上艺术生产论包括艺术反映论，但用艺术生产论代替艺术反映论是不妥当的。童庆炳在《马克思早期的艺术生产论的现代意义》一文中认为，艺术生产论的范围要远远大于艺术反映论，"与生产论相比，反映论一般仅指人的思维活动领域，就艺术反映论而言，也仅指艺术家头脑中的思维活动，而艺术生产论则不但包含了人在艺术创作中的思维活动，它把艺术活动的各个环节的问题都包括了"。[3]这也就是说，在一定意义上艺术生产论包括艺术反映论，但并不可以说用艺术生产论否定或替代艺术反映论。

上述论争的焦点在于如何理解艺术生产论与反映论的关系。董学文

---

〔1〕 肖君和：《要用马克思的"生产论"指导文艺》，《文艺争鸣》1986年第4期。

〔2〕 朱立元：《艺术生产论与艺术反映论关系之辨析——兼与何国瑞教授商榷》，《学术月刊》1992年第8期。

〔3〕 童庆炳：《马克思早期的艺术生产论的现代意义》，《中国文学研究》1997年第4期。

认为不应该将反映论丢弃，“我们所坚持的反映论，不是旧唯物主义直观认识学说的反映论，不是牛顿力学思想和霍布斯的人是一架按力学性质运动的机器思想影响下的庸俗唯物论的反映论。科学的反映论应是建立在人的实践活动的机制上”。[1]应该从不同角度深入探究反映论。张来民强调艺术生产研究要避免：

> 第一，本质主义的纠缠……这种惯常的本质论争，笔者以为，缺乏建设性。因为，事物的本质是一种关系，一种规定，一种需要。根据不同的需要，同一事物人们完全可以从不同的角度、不同的方面加以规定；同时随着时间和空间条件的推移，该事物的本质规定也会发生变化。
>
> 第二，夸大艺术生产论的倾向……艺术生产论过去不被重视，现在给予适当评价是完全必要的。但是，采取非此即彼、唯我独尊、排斥异己的独断主义，对刚刚起步的艺术生产论研究只能是弊大于利。
>
> 第三，传统理论模式的束缚。传统的文艺学往往把文艺理论分为本质论、作家论、作品论、读者论等几大块……艺术生产论其实属于政治经济学的视角，它有一套自己独特的范畴、概念和话语，它应该摆脱传统理论模式令人焦虑的影响，昂首阔步，走向独立。[2]

可以看出，艺术生产论不是为了代替艺术反映论而出现的，与艺术反映论构不成对立关系。

艺术生产论与意识形态的关系，也是当时讨论的话题。王德颖认为弄清两者之间的关系，应该回到马克思：“从马克思、恩格斯对‘意识形态’和‘艺术生产’两个概念的规定中，我们可以得出结论说，艺术—意识形态观点和艺术生产观点没有本质的、原则的差别，它们只是对同一艺术现象的社会属性所作的不同表述而已。”[3]艺术生产和意识形态分属马克思主义理论的生产论和认识论，实际上是同属一个体系的，

---

〔1〕 董学文：《关于有中国特色马克思主义文学理论研究的几个问题》，《甘肃社会科学》1996年第1期。
〔2〕 张来民：《作为商品的艺术》，北京：中国社会科学出版社，2002年，第133-134页。
〔3〕 王德颖：《艺术生产论和艺术意识形态论》，《文艺研究》1991年第4期。

这两种观点统一于马克思主义理论，用其中一种观点补充、代替另一种观点的见解都是缺乏理论支撑的，没有真正把握马克思主义的观点。在研究艺术生产论的同时，要坦然面对意识形态论，不要因为新事物的出现而理所应当地抛弃旧事物，这是一种不理智的做法，应该科学、全面地把握它们之间的关系，艺术—意识形态观点和艺术生产观点是一个逻辑整体：

> 文学艺术的社会本质是意识形态，作为一种关系和职能它被自身生产出来，艺术意识形态的生产即艺术生产，它和物质生产的关系，也是艺术的本质联系；这两种观点的区别只是在于提出问题的角度不同，对待对象的尺度不同，揭示艺术的层次不同。[1]

木弓在《文艺的“意识形态论”与“生产论”》一文也认为，绝不应该用艺术生产论推翻或取代意识形态论。艺术生产论与意识形态论是对文学艺术不同角度的考察，两者分别侧重于文学艺术的消费、形成过程与文学艺术的社会关系、思想目的，是对文学艺术不同层次的研究。黄力之则主张用意识形态论替代艺术生产论：“艺术生产论虽然重要，但是其意义的阐释只能从意识形态论着手，而不是相反。”意识形态论才是马克思主义文艺理论体系框架中的核心观念。他认为艺术生产的发展离不开意识形态的变化，意识形态在艺术生产中具有不可忽视的作用和意义，因此应该重视意识形态论，以意识形态论的观点考察文艺问题。[2]

朱立元在《艺术生产理论与唯物史观》一文中认为艺术生产论是马克思主义文艺学的主干，艺术生产理论贯穿马克思主义理论体系的始终，从马克思确立唯物史观到一步步走向成熟，艺术生产理论伴随其发展并不断走向完善，形成完整的艺术生产理论。同时，艺术生产理论是一个涉及内容广泛而具有建设性的理论，从这一理论出发，完全可以建构中国当代马克思主义文艺学体系。朱立元把艺术生产放在了比反映论

---

〔1〕 王德颖：《艺术生产论和艺术意识形态论》，《文艺研究》1991年第4期。
〔2〕 黄力之：《体系框架中的意识形态论》，《文艺理论与批评》1991年第6期。

更高的层次上，他虽然没有否定反映论和意识形态论，但比较起来，认为艺术生产论更加具有阐释效力。

张来民则认为“艺术生产论是意识形态论的深化和发展”。[1]他认为马克思从来没有提出“文艺是意识形态”观点，这一文学本质观点是后人在一定历史条件下总结出来的。马克思在论述经济基础与上层建筑、物质生产与精神生产关系时提到了意识形态。社会主义制度下的艺术生产论本身就具有明显的意识形态性质。随着社会的发展，经济的繁荣，文学艺术也发生着很大的改变，这种变化使得意识形态论无法适应现实的要求，这就需要进一步深化意识形态论，正是因为这样艺术生产论应运而生。陈定家认为：“艺术生产论作为整个马克思主义理论的一个组成部分从它的诞生之日起，就具有强烈的阶级意识形态性……所以，整个艺术生产，从制作到文本，从传播到消费，实质上都是意识形态的生产。因此，可以说艺术生产论和意识形态论在一定意义上是一个完全统一的整体。”[2]也就是强调要将艺术生产论和意识形态论统一起来，以其为逻辑起点探讨现实社会出现的新问题，克服单纯用一种理论认识文学本质的局限性和片面性，以包容的态度、开阔的眼光对待所遇到的文学艺术问题。

以上关于艺术生产论与反映论、意识形态论之间的讨论，李心峰认为这其实是一个思维方式的问题：“怎样从马克思艺术生产理论，探讨艺术本质，这是一个思维方法的问题。所遵循的思维方法不同，得出的结论也就必然不同。”[3]只有从马克思辩证思维出发，才能深刻揭示事物的内在逻辑关系，从而在整体上把握事物深刻、全面的本质。他强调：“艺术的本质不是用任何一种抽象的规定、单一的属性所能界定的”，“艺术的本质是一个多质多层次的系统整体，它是多种规定的综合，多种本质属性的统一。”任何“试图用某种个别的属性来规定艺术的本质，无论这种属性是意识形态性，还是生产性，都是不全面的，都无法把握

〔1〕 张来民：《作为商品的艺术》，北京：中国社会科学出版社，2002年，第137页。
〔2〕 陈定家：《论市场经济条件下的艺术生产》，《广西社会科学》1998年第2期。
〔3〕 李心峰：《再论从马克思艺术生产理论看艺术的本质——兼与邵建同志商榷》，《文艺争鸣》1991年第6期。

艺术的完整的、深刻的本质”。[1]正是因为艺术的本质是许多规定的综合，是多样性的统一，所以也只有用辩证思维方法才能够把握。

用艺术生产理论解释文学艺术的本质，是对以往文学解释局限性的克服。面对日渐复杂的艺术世界，用一种思维、一种方式已无力解决问题。特别是意识形态论，已经显得无力阐释文学艺术区别于其他精神产品的特殊性。艺术生产理论在一般生产论的框架下，从艺术生产的特殊性出发，从艺术生产的主体、对象、方式、手段及结果等探讨艺术活动的本质和规律，是有其合理性的。

四、艺术生产理论：面对新的社会文化现实

艺术生产理论其实是一种独特的文艺社会学，是在社会结构的框架里探讨文学艺术的生产与消费，由此提出的文学艺术本质观带有明显的他律论色彩。文学艺术生产毕竟不是象牙塔里的事情，要受到多种因素的制约。从艺术生产的视角研究文学艺术，有助于我们认识文学艺术在社会结构中的功能及地位，也有助于认清市场经济条件下社会主义文学艺术生产的规律。

市场经济条件下，艺术生产不可避免地与物质生产一样进入市场经济的运行轨道。市场经济是一种遵循价值规律、讲求物质利益、追求利润最大化的经济。艺术作为一种特殊的生产方式，主要是满足人们的精神需求，但与物质生产一样面临着市场化的考验，艺术生产也要同物质生产一样进入市场竞争。为了在市场中生存，艺术作品必须具有交换价值与使用价值，其物质属性必须得到认可。相应地，艺术生产理论必须有能力解释社会主义市场经济条件下艺术生产的基本问题。

社会主义市场经济条件下艺术作品是不是商品，这是一个问题，它涉及对艺术本质的理解。从自律的角度看，艺术生产主要满足人们的精神需要，艺术家的创作是自由的，不是为了生存而进行交换的。然而，在市场经济背景下，艺术产品同商品的流通联系起来，其命运需接受市

[1] 李心峰：《再论从马克思艺术生产理论看艺术的本质——兼与邵建同志商榷》，《文艺争鸣》1991年第6期。

场经济的检验。其实，关于文艺产品是不是商品、艺术生产是否应遵循商品经济的规律以及艺术应否商品化，20世纪80年代，理论界曾展开过一场旷日持久的学术论争。不过，由于80年代我国的市场经济体制尚属于初创阶段，还不完善，文化工业、文化产业、文化创意产业等问题尚未凸显，因此，这场探讨文艺产品是不是商品的论争并未直接影响到对文艺产品属性的认识。冯宪光、杨守森、丁振海、李准、陈文晓、边平恕、马越、何志钧等分别从"艺术商品化""社会主义的文艺产品是否是商品""艺术作品的商品属性"等方面展开讨论。陈文晓先后发表《文艺商品化不能全盘否定》《社会主义商品化——文艺繁荣的历史趋势》等文章，认为社会主义文艺要繁荣必须走商品化之路。现代中国已经具备了走艺术商品化之路的条件，艺术商品化可以增强文学艺术的竞争力，这种竞争带来的商业价值与艺术的最终追求目标在一定程度上是统一的，从而发挥社会主义制度的优势，繁荣社会主义文艺事业。因此，社会主义文艺商品化是历史的必然的。[1]边平恕在《艺术生产和商品生产》中指出："过去我们对艺术的范围和性质有一种褊狭的理解。把艺术理解为就是阶级斗争的工具，否定了艺术的审美和娱乐的性质。对艺术性质的褊狭理解，导致了对艺术产品实行无价值主义，从而又否定了艺术成为商品的可能性。"[2]认为完整的市场不仅包括物质产品的商品化，而且也必然包括精神文化产品的商品化。社会主义艺术生产也是商品生产，这一方面是由我国国情决定，即"社会主义建设还处在初级阶段，还存在着不同的所有制形式"；另一方面是"社会主义的商品生产形式规定和制约社会主义的艺术生产也要采取商品生产的形式"。因此，"艺术生产商品化，既有必然性，又有必要性"。[3]不能因为艺术生产商品化过程中出现的一些消极情况而从根本上否定它，应该像对待物质生产中出现的不良情况一样，坦然对待艺术生产商品化中的问题。杨守森更是强调"商品意识的真正强化，不仅不会毁掉中国当代文学，相

〔1〕 陈文晓：《社会主义商品化——文艺繁荣的历史趋势》，原载《启明》1985年第1期，见陆梅林、盛同主编《新时期文艺论争辑要》（下），重庆：重庆出版社，1991年，第1889-1896页。
〔2〕 边平恕：《艺术生产和商品生产》，《文艺理论与批评》1988年第3期。
〔3〕 边平恕：《艺术生产和商品生产》，《文艺理论与批评》1988年第3期。

反，必定会促进社会主义文学的繁荣与发展”。[1]认为，艺术生产商品化与艺术堕落之间没有必然的联系，在艺术生产中合理利用商品规律，也将解决以往艺术创作中趋向单一性的弊端，带来艺术创作的革新。

马越则提出了与上文完全不同的观点。在《“文艺商品化”必须否定——与陈文晓同志商榷》一文中，作者认为艺术商品化会使艺术的社会意识形态性丧失，出现一切向钱看的恶果，社会主义文艺满足人民群众精神需求的最终目标也会变得模糊。他认为艺术商品化“使文艺从整体上成为商品，从目的到手段，从内容到形式，从生产到流通，无一不从属于商品范畴”。“文艺商品化”的提法从理论和实践两方面都是不妥的，应该予以否定。[2]蒋茂礼也认为，艺术生产商品化将泯灭文学的独立品格，给社会主义文学艺术带来危害：“首先，作家就会成为金钱的奴隶，因为金钱左右和主宰着他的创作活动，使他失落了作为作家的主体性和品格……其次，文学的商品化就决定了衡量文学作品价值的尺度不是美学标准，而是利润标准……其三，文学的商品化还会使作家的创作不是按照文学创作规律进行，而是循着赚钱赢利的商品法则活动。”[3]

何志钧认为不应该将艺术生产与商品生产对立起来，“艺术生产与商品生产绝非水火不相容，商品生产也并不必然导致艺术的堕落和毁灭”。[4]商品生产对艺术生产的作用不能做一般地分析，应该具体问题具体分析，从不同的历史阶段研究这一问题。艺术生产商品化对艺术发展的影响在不同历史时期有着不同的表现，但总的来说是利大于弊，在社会主义市场经济下同样如此，这就要求我们充分调动艺术创作的积极性，即“调动艺术家的积极性，从而推动艺术生产力的发展。同时，也应该采取有力的宏观调控措施，抵制各种腐败、消极现象，克服市场经济与生俱来的消极性，促进艺术生产的健康发展”。[5]

与“文艺商品化”如影随形的问题是社会主义的文艺产品是否是

---

〔1〕 杨守森：《商品观念与中国当代文学的繁荣》，《文史哲》1988年第5期。

〔2〕 马越：《“文艺商品化”必须否定——与陈文晓同志商榷》，原载《启明》1985年第2期，陆梅林、盛同主编《新时期文艺论争辑要》（下），重庆：重庆出版社，1991年，第1897-1898页、1900页。

〔3〕 蒋茂礼：《商品化中文学独立品格的沦丧》，《文史哲》1988年第5期。

〔4〕 何志钧：《艺术生产商品化新论》，《临沂师范学院学报》2001年第2期。

〔5〕 何志钧：《艺术生产商品化新论》，《临沂师范学院学报》2001年第2期。

商品及其商品属性的问题。冯宪光认为："社会主义文艺产品具有商品性，但不是商品。"[1]原始社会只存在文艺作品的使用价值，社会分工出现以后，出现了专门从事精神生产的劳动者，其创作的艺术作品同物质产品一样进入流通领域，文艺作品具有了交换价值性质。虽然社会主义市场经济条件下的艺术作品也不例外，但是社会主义文艺作品具有商品性，却不是商品。首先，"文艺产品的真正价值不在于其交换价值……文艺作品的真正价值在于坚持其社会意识形态的社会属性，真实地、具体地、历史地反映特定时代的社会存在"。[2]同时，艺术作品不可能具备完全的交换价值，因为生产艺术作品的社会必要劳动时间是无法精确计算的，艺术作品生产存在着特殊性，不能将其与物质产品等同。文学艺术"只具有交换价值的象征属性，而不具有确定的交换价值，因而只有商品性，而不是商品"。[3]更重要的是，社会主义艺术作品不是以获得交换价值为根本目的，它是以"建设社会主义精神文明、丰富人民群众的文化生活，追求更高的审美价值为主要目的"。[4]杨运泰也认为艺术作品具有商品属性，它不仅具有价值和使用价值，而且最终满足人们的精神需求，实现其交换价值。在经济利益的驱使下，社会上出现了一些低俗的作品，破坏人们的美感享受和审美追求，这是艺术生产走向商品化的结果。艺术作品商品化是属于资本主义的，社会主义艺术作品只是具有商品性质，而不是商品。

丁振海、李准则认为艺术产品一旦进入流通领域，就是商品。"艺术产品一旦采取商品形式进入流通领域（换言之，单从流通形式来讲，它就是商品），那它就必然具有商品所具有的共同特征，即具有使用价值和价值'二因素'。"[5]但艺术作品与物质产品有着本质的区别，艺术作品具有社会意识形态属性，其价值量难以计算。同时，艺术作品的价值主要在于它的审美价值，根本目的是满足广大人民的精神需要，从而实

〔1〕冯宪光：《试论社会主义文艺产品的商品性》，《当代文坛》1985年第2期。
〔2〕冯宪光：《试论社会主义文艺产品的商品性》，《当代文坛》1985年第2期。
〔3〕冯宪光：《试论社会主义文艺产品的商品性》，《当代文坛》1985年第2期。
〔4〕冯宪光：《试论社会主义文艺产品的商品性》，《当代文坛》1985年第2期。
〔5〕丁振海、李准：《艺术生产中的两种价值和文艺管理方式的变革》，中国艺术研究院外国文艺研究所《马克思主义文艺理论研究》编辑委员会编《马克思主义文艺理论研究》（第五卷），北京：文化艺术出版社，1985年，第4页。

现艺术审美价值的追求。他们强调社会主义艺术作品的根本目的是满足广大人民群众的精神，在这一目标下具体考虑艺术作品的交换价值和审美价值、艺术规律与价值规律的问题。社会主义市场经济下的艺术生产是不同于资本主义条件下的艺术生产的，在审美价值和交换价值两种价值选择上，将审美价值的追求作为主要目标，交换价值处于从属位置；在艺术规律和价值规律的遵循上，考虑艺术规律在先，在不违背艺术规律的前提下遵循商品的价值规律，商品的价值规律是为艺术规律服务的；将艺术事业的健康发展放在首位，在此基础上追求经济效益。

从上文的分析中，我们可以看出：虽然冯宪光和杨运泰都承认社会主义艺术作品只具有商品属性而不是商品，但是二者的立论基础却是不同的。冯宪光在商品必须具有使用价值和交换价值的基础上，否定了文艺作品是商品，因为其只有交换价值的象征属性；而杨运泰是在资本主义与社会主义的区别中否定了艺术作品是商品。1991年，邓小平同志在视察上海时明确指出："不要以为，一说计划经济就是社会主义，一说市场经济就是资本主义，不是那么回事，两者都是手段，市场也可以为社会主义服务。"[1]在1992年年初南方重要谈话中，邓小平同志又指出："计划多一点还是市场多一点，不是社会主义与资本主义的本质区别。计划经济不等于社会主义，资本主义也有计划；市场经济不等于资本主义，社会主义也有市场。计划和市场都是经济手段。"[2]这些论断，从根本上解除了把计划经济和市场经济看作属于社会基本制度范畴的思想束缚，为我党提出建立社会主义市场经济体制的改革目标奠定了思想理论基础。之后，在1992年10月召开的党的十四大明确提出了建立社会主义市场经济体制的改革目标。进入21世纪，文艺理论界逐渐聚焦于：如何辩证地看待艺术生产的商品化与艺术消费问题？如何在适应市场经济发展的情况下，遵循艺术生产自身规律而实现可持续发展？

李益荪认为所谓艺术生产"商品性"，就是指该艺术产品能够在思

---

〔1〕邓小平：《视察上海时的谈话》，见邓小平：《邓小平文选》第三卷，北京：人民出版社，1993年，第367页。

〔2〕邓小平：《在武昌、深圳、珠海、上海等地的谈话要点》，见邓小平：《邓小平文选》第三卷，北京：人民出版社，1993年，第373页。

想上、内容上以及艺术形式上满足读者的精神需求。在市场经济的作用下，出版企业由于手中掌握着资本，因此它成为当下“艺术生产”活动的核心和主体，成为整个艺术生产过程中的实际主持者和操纵者。由于出版企业将“作家、艺术家、出版商、编辑人员等各种人的力量和智慧汇集起来，而且调动起了文化、工业、商业、科技等各种社会部类的优势”，因此，“它能空前地促进艺术、文学乃至整个文化事业的发展繁荣”。[1]石磊也认为在市场经济条件下，艺术要想求得自身的生存与发展，唯一的出路就是参与到社会经济的发展当中，与之融为一体。“当前文艺从旧的运行机制与模式中走出来而同市场经济接轨，这是当代中国社会主义市场经济发展的内在要求，是一种既成事实的历史必然，不能简单地将这种符合历史发展规律的接轨看作是‘一切向钱看’的短期行为。”[2]

陈定家在《隐形手与无弦琴》中详细讨论了“作为生产的艺术”“作为艺术的生产”“作为消费的艺术”“作为艺术的消费”等问题。认为，由于受历史上传统文化“重义轻利”的影响，人们认为文艺超越功利的审美观念和市场经济追逐利益的观念是背离的，正是这种“习是成非”的思维定式，造成了人们对文艺领域内经济现象的视而不见或避而不谈。但是，“文学艺术作为文化产业的重要组成部分，在市场经济条件下，要想求得自身的生存与发展，唯一的出路就是参与社会经济的大循环”。[3]文学艺术在改革开放的推动下，终于走向了市场，这是巨大的历史性进步。文学艺术作为精神生产的产品，同样具有使用价值和交换价值，符合一般商品的基本特征。马克思一贯坚持精神生产与精神消费的二重性，“就文艺而言，作为意识形态，它不是商品，但是作为物化形态，需要通过市场得到传播时它又成了货真价实的商品”。[4]总之，陈定家认为：“无论从历史的还是从逻辑的层面考察，在市场经济条件下艺术生产走向市场、走向消费，合理适度地

〔1〕 李益荪：《论“艺术生产”主体的特征》，《当代文坛》2000年第1期。
〔2〕 石磊：《马克思艺术生产理论的当代意义》，《美术观察》2006年第4期。
〔3〕 陈定家：《隐形手与无弦琴》，北京：中国社会科学出版社，2007年，第218页。
〔4〕 陈定家：《隐形手与无弦琴》，北京：中国社会科学出版社，2007年，第219页。

向产业化、商品化倾斜乃是一种历史的必然。”[1]“作为生产的艺术”在商品经济条件下，艺术产品遵循市场的“普遍规律”，如同其他物质产品一样，以商品的形式进入流通领域。马克思认为没有生产就没有消费，没有消费也就没有生产。在市场经济条件下，一部艺术作品，如果不能通过某种中介与它的消费者发生联系，那么作品的审美价值就无法实现。商品只有在实现交换价值时才能变成使用价值。“在大多精神产品只能以商品形式进行流通的情况下，艺术生产要真正满足广大人民群众日益增长的精神需要，它就必须走向消费，就必须通过以商品形式出现的艺术品的交换价值的中介，使其使用价值的可能性变为现实性。”[2]正是由于长期以来将艺术生产的商品性定义为资本主义的东西，导致了在经济改革的大潮中，艺术生产力没有发挥出应有的能动性。陈定家肯定了艺术的商品属性，也强调“艺术生产仍然应该寄托着人在精神领域中的追求，艺术也理所当然地包含着我们对商品化社会的审视和批判”，[3]主张更为辩证地看待市场经济对艺术生产之影响。

胡亚敏、袁英认为，中国当今市场经济条件下的文学的生产方式和运营模式十分接近马克思所说的那种为资本创造价值的具有商品特性的艺术生产。因此，要有效地参与当今的文学活动，就要正视读者与市场，正视艺术的商品性。作家、艺术家、批评家只有从那种远离商业领域和大众消费的“精英意识”心态中走出来，才能真正拓展文学艺术的生存空间。[4]刘旭光则从艺术生产从来不是自由的创作出发，证明了艺术的商品性天然地存在于艺术生产之中。[5]

显然，艺术生产理论有能力解释艺术产品作为商品的性质，有能力解释艺术生产在市场经济条件下的运行规律。改革开放之前，我们对于“商品”“市场”“票房价值”等的认识是十分荒谬的，似乎这些都是和资本主义联系在一起的，好像只有资本社会才有商品，只有资本主义才

---

〔1〕陈定家：《隐形手与无弦琴》，北京：中国社会科学出版社，2007年，第227页。
〔2〕陈定家：《隐形手与无弦琴》，北京：中国社会科学出版社，2007年，第253-254页。
〔3〕陈定家：《隐形手与无弦琴》，北京：中国社会科学出版社，2007年，第7页。
〔4〕胡亚敏、袁英：《马克思艺术生产理论的当代价值》，《华中师范大学学报》（人文社会科学版）2008年第3期。
〔5〕刘旭光：《作为社会存在的艺术作品——马克思主义艺术生产论再思考》，《上海师范大学学报》（哲学社会科学版）2008年第3期。

有交换，只有资本主义才有票房价值。社会主义市场经济条件下，文艺作品的商品属性得到承认，但认识仍不彻底。好像艺术作品的商品属性与审美价值天然处于对立状态，艺术品一旦成为“商品”就会丧失审美价值。其实不然，艺术品的商品价值并不必然排挤其审美价值。例如，我国封建社会末期，“为买而卖”的交换形式有所发展，一些文艺作品也成了商品。郑板桥在给他弟弟的信中就说：“愚兄少而无业，长而无成，老而穷窘，不得已亦借此笔墨为糊口觅食之资。”〔1〕在清代，像郑板桥、刘墉、纪晓岚、唐伯虎等人都卖过自己的字画，把自己的作品作为商品在市场上出售，换取自己所需的生活资料。但是，他们的作品并未因为成了商品而降低艺术价值。我们应该清楚地认识到文艺作品在市场经济条件下发生的转变，更为深刻地理解马克思精神生产的二重性问题，注重发挥艺术消费对艺术生产的推动作用，以艺术生产力促进经济的发展。

文化产业是一种新兴产业，近年来成为一个比较热的话题。文化作为一种产业，这是多种因素共同影响的结果，最根本的原因是市场经济的发展。文化作为衡量一个国家综合实力的软实力越来越受到世界各国的重视，文化产业也成为国家经济发展中重要的一环，而且创造着巨大的社会财富。艺术生产作为文化产业的组成部分，不可避免地步入产业化道路。可以说，未来艺术生产将在文化产业的羽翼下进一步发展。

“文化产业”一词最早由德国法兰克福学派的霍克海姆于1944年在《艺术与“大众文化”》中提出，文化产业是伴随着工业产业的发展而出现的，之后它在批判和赞同两种声音中发展。我国对文化产业的阐释也经历了一个不断完善的过程。1985年，国家统计局将文化艺术纳入第三产业范围，从此文化艺术与产业相联系。1992年，伴随着我国确立“社会主义市场经济体系”，文化产业逐渐受到国家的重视。1998年，文化产业正式进入我国政府工作范围之内，文化产业司成立，这也是文化产业发展的重大转折点。2000年10月11日，《中共中央关于制定国民经济

---

〔1〕郑燮：《板桥论画》，见俞剑华编《中国历代画论大观·第九编·清代画论（四）》，南京：江苏凤凰美术出版社，2017年，第286页。

和社会发展第十个五年计划的建议》提出了“深化文化体制改革”“完善文化产业政策”的主张，并首次在政府文件中使用“文化产业”概念。国家统计局这样界定“文化产业”：

> 从事文化产品的生产、流通和提供文化服务的经营性活动的行业总称。其特征是以产业作为手段来发展文化事业，以文化为资源来进行生产，向社会提供文化产品和服务，目的是为了满足人民群众日益增长的精神文化生活需要。[1]

2009年9月26日，国务院常务会议向社会公开发布《文化产业振兴规划》，这是我国第一部文化产业专项规划，标志着文化产业已经上升为国家的战略性产业。2010年10月18日，《中共中央关于制定国民经济和社会发展第十二个五年规划的建议》提出“推动文化产业成为国民经济支柱性产业”，这意味着我国文化产业将迎来一个快速发展的时代。相对于文化产业，“艺术产业”作为文化产业的重要部分，它的存在与发展是与“文化产业”的存在与发展极其相似的。我国最早认识到艺术具有产业性质的学者是张泽厚，在20世纪30年代他这样讲道：“艺术之制作，与其他之生产品根本有异，它是不能以机械的方法无限的制作出来的。但是在资本制度社会之下，艺术的作品，虽不是完全基于他们的天才与教养，但是他们的作品，无论如何总是想以金钱来调换或估计它（指艺术品）的价值的。这就是艺术的商品化；这就是艺术的巨量生产的特殊现象。所以艺术也是资本制度下一个很特别的产业部门。”[2]

我国文化艺术历史源远流长，但文化艺术以产业形式登上历史舞台是在20世纪90年代以后。所谓“产业化”就是按照企业化的方式从事生产，出版社、剧院、电影制片厂、音像制作部门、艺术团体等成为企业，各种艺术生产都在企业活动中进行。企业为作家、艺术家提供资金，作家、艺术家以这样或那样的契约方式，为企业提供作品、表演等特殊商品。如电影公司投资制作、发行电影或电视剧；出版公司投资

---

〔1〕 蔡尚伟、温洪泉等：《文化产业导论》，上海：复旦大学出版社，2006年，第6页。
〔2〕 张泽厚：《艺术学大纲》，上海：光华书局，1933年，第71页。

出版各种书籍；音像公司投资制作各种音像作品；艺术团体投资排练音乐、舞蹈、戏剧等作品，并组织演出；等等。文化作为产业无疑促进了文化艺术的繁荣，但是，由于整个文化产业生产和运营模式的改变，也给文学艺术带来了一系列问题。“在文化市场的运作和调节下，艺术生产正与消费社会中其他的商品生产模式一样，关注市场预测、市场引导的消费需求，力求在市场交换行为中获得对自身商业价值的确认，赢得更广泛的受众，从而最大程度地转化为利润和稿酬。”〔1〕将消费和市场看作艺术活动的中心，必然会使文学艺术创作屈从于消费-生产的逻辑，作品迎合市场和大众的消费心理。与此同时，文学艺术的生产和消费发生了革命性的变化，如以前的文学生产经常以作家为中心，现在不得不考虑作为“消费”群体的大众，文学消费者的文化趣味和审美取向在很大程度上决定了文学的生产。文学生产的运作方式与文学消费直接联系在一起，这恰恰是文化产业和大众传媒发展的必然结果。面对以上艺术生产中不可回避的现实，亟须用马克思艺术生产理论做出分析。

马克思指出，艺术生产与艺术消费之间是相互依存的。没有生产，就没有消费；没有消费，也就没有生产。“艺术生产”与“艺术消费”之间的关系正是解决文化产业带来艺术生产的实际问题的有效理论。马克思强调指出：“无论我们把生产和消费看作一个主体的活动或者许多个人的活动，它们总是表现为一个过程的两个要素，在这个过程中，生产是实际的起点，因而也是起支配作用的要素。”〔2〕也就是说，在艺术生产和艺术消费的关系中，艺术生产始终处于支配地位，艺术活动的过程总是从艺术生产重新开始的。在艺术生产与艺术消费关系中，虽然艺术生产占据主导地位，但是二者之间具有互为媒介、相互依存、相互影响的辩证关系。因此，在面对我国当下文化产业出现的艺术活动的中心向消费转移的趋势，我们可以借助马克思主义的艺术生产理论，发挥艺术消费对艺术生产的制约作用。即使在文化产业兴起的阶段，艺术产品的商品性得到凸显，但艺术产品的审美性和意识

---

〔1〕胡亚敏、袁英：《马克思艺术生产理论的当代价值》，《华中师范大学学报》（人文社会科学版）2008年第3期。

〔2〕［德］马克思：《导言》，见中共中央马克思恩格斯列宁斯大林著作编译局译《马克思恩格斯全集》（第四十六卷上册），北京：人民出版社，1979年，第31页。

形态性仍然存在，而且显得尤为重要，优秀的艺术作品并不因为市场的渗透和操控而丧失其艺术品格。在社会主义市场经济条件下，文化产业的直接目的是赚钱，但赚钱与推出优秀作品不是截然对立的。文化产业要赚到钱，必须有好作品，只有好作品才能赢得观众，只有好作品才能在国内市场、世界市场上有竞争力，只有好作品才能赚到钱。在某种程度上，艺术消费更是一种精神上的享受和创造。随着消费大众的艺术审美力和鉴赏力的不断提高，作为精神生产的艺术生产要不断推陈出新，提供更多有创造性、有个性的艺术产品。艺术生产也要超越市场的制约和支配地位，文学批评家应该对那些低俗的欲望化、肉身化、暴力化倾向坚决予以批判，在批判、反思中获得精神上的自由，以使创作生产出既能产生良好的社会效益，又能带来巨大的经济效益的优秀之作，更好地促进文化产业的健康发展。胡亚敏、袁英认为："文化市场的勃兴对于今天的作家和批评家而言，既是挑战又是机遇。""我们的作家批评家须把握这一机遇，重视艺术消费的功用，以主动的姿态和新的理念参与文化市场的运作和文学产品的策划过程中去，通过书籍出版、报刊、电视、信息网络等现代传媒机制，推动文学活动的健康发展。"〔1〕

文化产业和艺术产业的迅猛发展，再一次提出了如何权衡艺术产品的社会效益和经济效益、审美性和商业性的关系问题，其实这又回到了文学艺术的本质问题上了。纵观艺术产品的形成过程，它有创作和生产两种形式，创作是一种没有明确目标、为自己的情感需要而进行的个人行为。生产则是一种目标明确、为自己更多地为满足他人的需要而进行的社会行为。两者有着明显的区别，但重要的是艺术创作和艺术生产都是自由的精神生产，因此艺术产业生产也要遵循文学艺术的这一本质属性。艺术产业是文化产业的一部分，一方面，艺术作为产业化生产，在市场化运行中应高度重视艺术的商品性质；另一方面，又不能仅仅看重经济效益，以赚钱为唯一目标。其实，赚钱只是一个短期目标，重要的是要将艺术产业作为一个事业来长期经营，形成成熟的艺术产业和文化

〔1〕 胡亚敏、袁英：《马克思艺术生产理论的当代价值》，《华中师范大学学报》（人文社会科学版）2008年第3期。

产业，实现艺术产业社会价值的最大化。

社会主义市场经济条件下的作家、艺术家必须坚持自由的精神创作，这是作家、艺术家安身立命的需要，也是艺术自身的需要。作家、艺术家作为“非生产劳动者”，尽管把自己的作品作为商品出卖，把自己的表演作为商品出卖，但是，作家、艺术家的创作应该始终按照自己的意愿和天性进行。在企业家组织的艺术生产中，作家、艺术家是以“生产劳动者”的身份与文化企业家合作，共同制造文化艺术作品。但是，在这样的经济关系中，作家、艺术家也不能出卖自己的灵魂，不能出卖自己的良心，不能为赚钱而丧失自己的个性。作家、艺术家可以同企业家共同打造美的文艺作品，但不能成为企业家唯利是图的奴隶。在当今世界文化市场上，所有有竞争力的艺术产品都是思想性、艺术性高度统一的作品，思想性强而缺乏艺术性的作品没有市场，缺乏思想性单纯追求艺术性的作品也没有市场。

文化产业、艺术产业丰富了艺术生产理论在市场经济下的内容，也给艺术带来了全新的生存空间。文化产业、艺术产业不仅拉动国民经济的快速发展，而且从根本上更加注重人自身的全面发展，提升人们的精神诉求，进而体现艺术的本质属性。也许有人认为艺术产业偏离了艺术的原意，也许有人认为这是对艺术的一种亵渎，但无论何种理由，艺术以产业形式已然存在在这里，事实证明它是文学艺术发展的必然趋势，只要坚持将文学艺术作为高度自由的精神生产，充分尊重文学艺术的独特性，这样文化、艺术的产业化发展不仅不会扼杀社会主义文艺的发展，反而会使文学艺术在艺术生产论的阐释下呈现其积极意义，促进我国社会主义市场经济下文学艺术健康、繁荣的发展。

马克思艺术生产理论为文学理论“开辟一个新的领域，从一个新的视野来认识艺术，从而更深入、全面地认识艺术的特性”。[1]近年来，随着市场经济的发展，文学艺术与经济的关系越来越亲密，艺术生产与资本、消费、市场的关系也就越来越凸显。对文学艺术生产的研究，已经不仅仅是艺术自身发展的问题，而且与整个社会政治经济的协调发展密

〔1〕 叶纪彬、张丽：《新时期艺术生产理论研究述评》，《江淮论坛》2002年第3期。

切相关。马克思主义艺术生产理论为我们提供了在哲学和政治经济学两个层面上讨论艺术生产问题的指导，是重要的理论资源，值得我们仔细研究。当下，面对我国人民日益增长的美好生活需要和不平衡不充分的发展之间的矛盾，马克思艺术生产理论能够为中国特色的社会主义文化艺术实践提供理论指导。习近平总书记在文艺工作座谈会上的讲话中强调“文艺不能在市场经济大潮中迷失方向”，[1]“在发展社会主义市场经济条件下，还要处理好义利关系，认真严肃地考虑作品的社会效果”。[2]因此，当经济效益和社会效益发生矛盾时，经济效益要服从社会效益；当市场价值和社会价值发生冲突时，市场价值要让位于社会价值。文学艺术不是市场经济的奴隶，更不能沾满铜臭气。文学艺术始终要追求社会效益和经济效益的统一。马克思主义艺术生产理论始终坚持以人的诉求为归宿，“社会主义文艺是人民的文艺，用有道德、有情怀、有品位、有质量的艺术产品丰富人民的文化生活，满足人民的审美需求，提升人民的精神境界，是社会主义艺术生产的根本目的和宗旨所在，是一切艺术生产者和从业者应有的历史担当”。[3]只有在马克思主义艺术生产理论的指导下，中国特色的社会主义文艺才能更加健康积极，繁荣发展。

---

〔1〕 习近平：《在文艺工作座谈会上的讲话》，北京：人民出版社，2015年，第9页。

〔2〕 习近平：《在文艺工作座谈会上的讲话》，北京：人民出版社，2015年，第12页。

〔3〕 谭好哲：《马克思“艺术生产”论的理论视域与当代意义》，《清华大学学报》（哲学社会科学版）2018年第3期。

第七章　象征作为文学艺术的本质特征※

20世纪80年代以来关于文学本质的讨论中，象征论是十分独特的。象征论认为文学的本质是象征。象征，不仅是文学的本质，而且也应当成为文艺学的核心范畴，这种观点的代表人物是林兴宅。林兴宅认为，艺术世界是象征世界，破解艺术之谜，必须深入探究象征的机理和机制，文艺学应该围绕“象征”范畴重建自己的学科体系。

20世纪90年代，一些学者对林兴宅象征及其象征论文艺学有所评价，但此后似乎中断了。[1]邹振东2021年在林兴宅80岁之际，发表了一篇《重新认识林兴宅》，对林兴宅的学术思想进行了全面的总结。邹文认为，学界对林兴宅的思想一直存有误读：人们专注于他的方法，而忽略了他的问题；人们肯定了他的破圈，却又误以为他的破圈之举是要圈地；人们记住了他的方法，却低估了他的答案。“林兴宅最主要的学术成果其实有二，一曰‘文艺系统论’，一曰‘文艺象征论’，前者成为显学，被学术界反复提及，甚至成为林兴宅的学术标签，而后者问世后却几乎石沉大海，应者渺渺。”[2]显然，对文艺学学术史的清理，林兴宅和他的象征论文艺学是不应该被遗忘的。

林兴宅，厦门大学教授，文艺理论家。代表性成果主要有：《艺术

※　本章是在田莉提供的论文初稿《林兴宅象征论文艺学研究》的基础上做较大修改而写成的。

〔1〕涉及林兴宅象征论文艺学的文章和著作主要有：白烨：《文学观念的新变》，沈阳：辽宁大学出版社，1987年。张德厚：《文学美学》，长春：吉林大学出版社，1988年。李建平：《新潮：中国文坛的奇异景观》，南宁：广西人民出版社，1989年。洪申我：《从现实的困扰到精神的超越》，见林兴宅：《艺术生命的秘密》，福州：海峡文艺出版社，1987年。邹振东：《文学是人学——林兴宅文艺思想述评》，《文艺争鸣》1988年第6期。吴良福：《〈艺术生命的秘密〉漫评》，《博览群书》1990年第1期。郑龙：《关于艺术本质的新见解——读林兴宅〈文艺象征论〉》，《福建论坛》(文史哲版)1994年第2期。戚文卿：《文艺理论转型期的重要成果——评林兴宅〈象征论文艺学导论〉》，《东北师大学报》1997年第1期。

〔2〕邹振东：《重新认识林兴宅》，《厦大中文学报》第八辑，厦门：厦门大学出版社，2021年。

魅力的探寻》《艺术生命的秘密》《文艺象征论》《象征论文艺学导论》《批评的实验——现当代文学评论研究》《大探索——文艺哲学的现代转型》等。林兴宅先是把系统科学方法论引入文艺理论与批评当中，后在此基础上，建立了象征论文艺学。

一、对旧文艺学体系弊端的反思和文艺学研究方法论的变革

新时期之初，林兴宅在教学之余开始撰写一些对以往文艺理论观点纠偏或翻案式的文章。他曾在一篇自传式的文章中说：

> 开始时，我只是结合《文学概论》课的教学，根据拨乱反正的精神，做一点翻案式的文章。如对"政治标准第一、艺术标准第二"、"世界观决定创作"等命题提出质疑。这种研究带有很大的随机性，想到什么问题就写什么文章，结果还是东放一炮，西打一枪，有人称为"游击战"。没有一个阵地，没有相对固定的研究课题，知识的积累呈无序状态，不可能实现几何级数的增长。我渐渐意识到这种缺陷，但苦于找不准自己的领域……一直找不到入口处。[1]

怀疑、困惑、反思，但苦于找不到突破口，这是那个时代许多人的共同焦虑。林兴宅发现，旧的文艺学体系的弊端不是局部性、观点性的，而是带有根本性、全局性的。只有从根本上拆解了旧文艺学赖以建立的基础，相关的学术探讨才有可能在一个可靠的起点上展开。在林先生看来，旧文艺理论体系的弊病主要在于它以直观反映论原理为基础，而单向决定论则是直观反映论的最大缺陷。在直观反映论那里，主体与客体的关系被转换为思维与存在的关系，再进一步就是反映与被反映的关系。以往文艺理论体系的许多重要观点都是从同一个前提下推演出来的，即文艺是主体对客体反映的产物。基于这种判断，林兴宅展开了对旧文艺学的体系根基的清理。

〔1〕 林兴宅：《我渴求精神的超越》，见林兴宅：《艺术生命的秘密》，福州：海峡文艺出版社，1987年，第263-264页。

林兴宅认为："旧文艺学体系的逻辑思路是传统的认识论哲学，就是因为它的哲学基础是反映论，即传统的唯物主义认识论。……传统认识论哲学的逻辑思路正是旧文艺学体系的症结，是旧文艺学体系存在的一切弊端和失误的总根源。旧文艺学的失误归根到底是哲学方法论的失误。"唯物主义认识论"对文艺现象的哲学考察选错了逻辑支点，即把文艺本质问题错误地纳入认识论的视野和逻辑框架之中，这是文艺学的哲学方法论的迷失，是文艺学的理论基础的错置"。[1]从这样一个错置的前提出发，旧文艺学在文艺与人类生活的关系上发生了偏差——把文艺与人类生活的关系纳入认识论的逻辑框架中来处理，文艺与人类生活的关系就被理解为思维对存在的反映关系。林兴宅认为，这种观点存在以下三方面的问题：

第一，这种观点是从直观反映论而不是从实践的观点理解文艺与人类生活的关系。从直观反映论出发，文艺与人类生活的关系被置换成了思维对存在的关系。这样，艺术家与人类生活就处在一个二元对立的范畴当中了。马克思认为，社会生活在本质上是实践的，也就是说社会生活不在作家之外，不是外在于作家的存在，作家在认识生活之前，早就与生活融为一体了。另外，在反映论命题中，"文艺"成了抽象的"意识"范畴，这也是违背马克思的实践观点的。在马克思看来，艺术存在是人类实践的产物，是精神与物质统一的"二重化"的存在，它不是自然的摹本，也不是抽象的"意识"。从实践的观点看，文艺充分体现了人类创造性的实践本性。艺术的实践本质之中天然地包含着艺术的反映特性。因此，新文艺学必须把文艺问题置于人类实践系统，而不是以直观的方式来理解。社会生活之所以是文艺的最后根源，就在于文艺是人类实践的创造物，实践是文艺得以产生的前提和动力。离开实践的观点，把艺术仅仅看成一种观念的反映形式，这是对艺术本质的肤浅认识。

第二，这种观点把文艺与人类生活关系的内涵做了狭隘的片面的理解。如果把文艺与人类生活的关系仅仅理解为思维对存在的反映关系，就把文艺与人类生活的联系简单化了。实际上，文艺与人类生活的关系

〔1〕 林兴宅：《象征论文艺学导论》，北京：人民文学出版社，1993年，第11–12页。

具有丰富的内涵，不仅存在着认识关系，而且还包含着评价关系、表现关系等等，包含了实践主客体关系的全部内涵。艺术与人类生活的这种丰富复杂的联系不能简单地用反映关系来概括。旧文艺体系把文艺与社会的关系放在思维与存在二元对立的反映论中讨论是狭隘的，必然不能全面地把握艺术的本质。

第三，这种观点对艺术与人类生活的联系方式的理解是机械的，形而上学的。一是艺术与生活的关系并不是僵硬地对立的，生活是人类实践的过程本身，艺术则是实践的一种表现形式，二者统一于人的实践活动中。但是，在认识论的框架下，艺术与生活的关系实质上就是概念与事物的关系，它们的对立是永远无法消除的。二是艺术与生活的关系是双向建构的，“生活决定艺术”的原则显然带有机械论的色彩。艺术与人类生活的关系是相互作用、相互生成的，而不是简单的一方决定另一方的关系，艺术与人类生活的这种辩证关系是旧的唯物主义认识论无法理解的。只有运用实践辩证法，才能对艺术与人类生活的关系做出正确的理解。

林兴宅认为旧文艺学处理文艺问题多是从直观的、机械的决定论，而不是从实践的立场来理解。要克服传统认识论方法的缺陷，就必须引入“实践”的范畴，从具体的现实的社会实践活动出发考察文艺问题。人类的艺术是一种具体的现实的社会存在物，是人的生存方式、实践的特殊形式。研究艺术首先应该是从历史唯物主义的立场出发，把艺术看成一种存在，而不是看成认识的对象。以历史唯物主义哲学的思路重建文艺学，就是从人的现实的实践活动的角度审视文艺现象，把文艺现象纳入人与自然的实践关系系统中进行考察：“历史唯物主义就是以现实的实践活动为逻辑起点，以人与自然的实践关系为逻辑框架，以实践辩证法为逻辑方法，从而构成与传统认识论哲学有着本质区别的实践论哲学。”[1]根据以上逻辑，林兴宅提出旧文艺学的改造应从方法论意义上实现三个转移：

首先，“改变文艺学的理论分析的起点，即从抽象的观念内容转为

---

〔1〕 林兴宅：《象征论文艺学导论》，北京：人民文学出版社，1993年，第32页。

现实的艺术存在”。[1]旧文艺理论体系遵循认识论哲学的思路，就必然从认识论的角度理解艺术的本质。把艺术看成反映客观世界的意识形式并从抽象的认识内容出发规定艺术的本质。而历史唯物主义的逻辑起点是实践，它从实践的角度理解艺术的本质，把艺术看成一种实践形式，看作人类实践的结果、人类创造的产品。作为实践形式，它是一种存在，是精神与物质二重化的存在，是观念内容与艺术形式的直接同一。这种现实的活生生的艺术存在才是文艺的理论分析的起点。也就是说，认识论的逻辑起点就是抽象的观念内容和概念范畴，历史唯物主义的逻辑起点是人的活动。文艺学研究不能从某种先验的概念、原理出发，而要从鲜活的文艺事实出发。因此，文艺学的逻辑起点应该从纯粹思辨的抽象空间降落到现实的人类实践的坚实土地上。

其次，实现“文艺学的理论主题和考察角度的转换，即从文艺与客观现实的反映关系转为文艺与客观现实的实践关系”。[2]传统认识论哲学的逻辑框架是意识与存在的反映关系，文艺学遵循认识论的思路，就必然把艺术放到这种逻辑框架中进行考察。这样，文艺与客观现实的认识关系就成了旧文艺学体系的理论主题和特殊视角，而艺术与客观现实的实践关系，艺术的实践本性就被忽视了，或者被消解和排除了，艺术审美活动的主客体关系被局限在反映与被反映、精神与物质、意识与存在的关系范围之内。历史唯物主义则是以人与自然的实践关系为逻辑框架的。文艺学遵循历史唯物主义的思路，就是把艺术放到人与自然的实践关系系统中考察，在实践主客体的相互作用的关系中理解艺术，在自然向人生成的动态系统中认识艺术的本质。不仅把艺术看成一种认识，更重要的是把艺术看成人类在长期的历史实践中发展起来的对象性的创造活动，看成一种价值形式。因此，不是人的认识，而是人的实践决定着艺术的本质。那么，艺术与现实的关系就成了文艺学的理论主题和审视角度。只有在人类历史实践的大系统中，艺术的一切复杂性及其全部规律才能得以说明。

最后，实现“文艺学的逻辑方法的转移，即从思辨的形而上学转移

---

〔1〕 林兴宅：《象征论文艺学导论》，北京：人民文学出版社，1993年，第33页。
〔2〕 林兴宅：《象征论文艺学导论》，北京：人民文学出版社，1993年，第37页。

为具体的辩证分析”。[1]传统的认识论哲学的逻辑方法是一种脱离人的实践，脱离历史具体性的纯粹思辨的形而上学。旧文艺学体系遵循认识论哲学的思路，在逻辑方法上也必然留有传统哲学认识论缺陷。它采取由上而下的演绎推理，由一般的哲学原理演绎出抽象的艺术本质，忽视对艺术存在的具体研究，推导出一系列机械决定论式的艺术原理和规律，忽略了艺术存在自身的内在矛盾性的分析，忽略艺术的辩证性质。历史唯物主义的逻辑方法是实践辩证法，它要求文艺学把自己的对象看成人类实践的产物，看成具体的社会历史存在，要求分析艺术存在的内在矛盾性及其辩证运动，这是一种具体的辩证分析方法。因此，用历史唯物主义为基础重建文艺学，就必须在逻辑方法上从纯粹思辨的形而上学转为具体的辩证分析法：一是以事物的内在矛盾性及其运动过程为逻辑内容，二是以具体—抽象—具体为逻辑行程。旧文艺学体系正是因为没有把艺术理解为一个辩证矛盾的范畴，而仅仅是艺术的意识内容的片面抽象，所以陷入外因论和机械论的泥坑。

林兴宅认为，上述三方面的转移意味着文艺学体系的全面变革，是包括艺术本体论、艺术认识论和艺术方法论的根本变革。在艺术本体论上，是从自然本体论转为实践本体论；在艺术认识论方面，是从反映论转为实践论；在艺术方法论上，是从思辨的形而上学转为实践辩证法。在马克思的历史唯物主义哲学的视域下，文艺学是人的历史科学或人的实践哲学的一个有机组成部分，其根本特征在于从人的实践活动出发考察文艺与社会的关系。

二、象征作为文学艺术的本质特征

（一）关于象征

按照人类学家诺思洛普·弗莱的理解：“symbol一词源于希腊文symballein，意思指‘拼拢’，而在许多场合又可解释作‘凑成’。Symbolon本指一枚代币或一个筹码，可以掰成两半，并根据断处的裂

〔1〕 林兴宅：《象征论文艺学导论》，北京：人民文学出版社，1993年，第42页。

痕再加以识别。”[1]英国学者西蒙斯也引用戈伯莱·达尔维拉的说法，认为象征原先被希腊人用来指“‘一块书板的两半块，他们互相各取半块，作为好客的信物。’后来它被用来指那些参与神秘活动的人借以互相秘密认识的一种标志，秘语或仪式。渐渐地，这个词引申出自己的含义，直到它意味着形式对思想，有形对无形的一切约定俗成的表现”。[2]

作为一种文学艺术思潮的象征主义则兴起于法国19世纪下半期。象征主义代表人物之一史蒂芬·马拉美把象征主义定义为“‘一点一滴地引起人们对某物的联想，从而显现出一种情绪；或者反过来说，通过择取某物并从中抽出一种情绪’的艺术”。[3]他强调情感不应该明晰而直率地表露出来，而“事物应该纯然暗示”，而且坚信：这就是组成象征这一神秘过程的完美的实践。[4]此外，象征主义标榜诗歌与音乐等同的原则，突出诗歌的音乐性。马拉美曾说：“我要说：一朵花！在我内心深处，一直存有作为众所周知的他事物的花萼的各种难以忘怀的姿态，一种奇妙的思想便从那儿音乐般地冉冉升起，那就是万花之上的花。”[5]音乐所具有的那种暗示性正是象征主义者所意欲寻求的东西，音乐同时具备既精确又欲图隐藏的因素。

德国美学家黑格尔认为象征型艺术是人类艺术最初的类型，“‘象征’无论就它的概念来说，还是就它在历史上出现的次第来说，都是艺术的开始，因此，它只应看作艺术前的艺术”。[6]所谓象征，按照黑格尔的话说：“一般是直接呈现于感性观照的一种现成的外在事物，对这种外在事物并不直接就它本身来看，而是就它所暗示的一种较广泛较普遍的意义来看。因此，我们在象征里应该分出两个因素，第一是意义，其次是这意义的表现。意义就是一种观念或对象，不管它的内容是什么，表现是一种感性存在或一种形象。”[7]黑格尔认为，“象征首先是一种符

〔1〕［加］诺思洛普·弗莱：《象征是交流的媒介》，见吴持哲编《诺思洛普·弗莱文论选集》，北京：中国社会科学出版社，1997年，第207页。

〔2〕［英］西蒙斯：《印象与评论：法国作家（节选）》，见黄晋凯等主编《象征主义·意象派》，北京：中国人民大学出版社，1989年，第97页。

〔3〕［英］查尔斯·查德威克：《象征主义》，郭洋生译，石家庄：花山文艺出版社，1989年，第2页。

〔4〕［英］查尔斯·查德威克：《象征主义》，郭洋生译，石家庄：花山文艺出版社，1989年，第2页。

〔5〕［英］查尔斯·查德威克：《象征主义》，郭洋生译，石家庄：花山文艺出版社，1989年，第5–6页。

〔6〕［德］黑格尔：《美学》第二卷，朱光潜译，北京：商务印书馆，1979年，第9页。

〔7〕［德］黑格尔：《美学》第二卷，朱光潜译，北京：商务印书馆，1979年，第10页。

号。不过在单纯的符号里，意义和它的表现的联系是一种完全任意构成的拼凑。这里的表现，即感性事物或形象，很少让人只就它本身来看，而更多地使人想起一种本来外在于它的内容意义。……在艺术里我们所理解的符号就不应这样与意义漠不相关，因为艺术的要义一般就在于意义与形象的联系和密切吻合"[1]。在象征的符号里，"现成的感性事物本身就已具有它们所要表达出来的那种意义。在这个意义上象征就不只是一种本身无足轻重的符号，而是一种在外表形状上就已可暗示要表达的那种思想内容的符号。同时，象征所要使人意识到的却不应是它本身那样一个具体的个别事物，而是它所暗示的普遍性的意义"。[2]语言学家索绪尔也认为，"象征的特点是：它永远不是完全任意的；它不是空洞的；它在能指和所指之间有一点自然联系的根基"。[3]黑格尔与索绪尔都认为象征与其所指之间存在一种对应契合的关系。

符号美学家卡西尔则从"人是符号的动物"这一定义出发，提高了象征的地位，认为正是象征符号的使用把人类与动物区分开来。虽然动物具有实践的想象力和智慧，但只有人类才发展了一种新的形式：符号化的想象力和智慧。动物会形成条件反射只能说明动物可以对信号做出反应，只有人类才能对符号的指称意义有所理解。卡西尔还引用歌德的一句名言："生活在理想的世界，也就是要把不可能的东西当做仿佛是可能的东西来对待。"[4]指出"人与动物的这种区别，实质上就是'理想与事实'、'可能性与现实性'的区别"[5]。而正是使用象征（符号）的能力为人类实现理想的世界提供了可能性。人类之所以能够创造出理想的世界，不仅在于他总是向着可能性前进，更重要的是他能发明创造各种符号，在符号的世界里表达意义；而动物就不具备这种能力，它只能被动地接受物理世界给予它的各种信号从而对之做出反应，却永远无法超越现实性的规定。卡西尔的学生苏珊·朗格进一步认为："艺术中使用的符号是一种暗喻，一种包含着公开的或隐藏的真实意义的形象；而艺

〔1〕［德］黑格尔：《美学》第二卷，朱光潜译，北京：商务印书馆，1979年，第10页。
〔2〕［德］黑格尔：《美学》第二卷，朱光潜译，北京：商务印书馆，1979年，第11页。
〔3〕［瑞士］费尔迪南·德·索绪尔：《普通语言学教程》，高名凯译，北京：商务印书馆，2009年，第97页。
〔4〕［德］恩斯特·卡西尔：《人论》，甘阳译，上海：上海译文出版社，1985年，第77页。
〔5〕［德］恩斯特·卡西尔：《人论》，甘阳译，上海：上海译文出版社，1985年，"中译本序"第4页。

术符号却是一种终极的意象——一种非理性的和不可用言语表达的意象，一种诉诸于直接的知觉的意象，一种充满了情感、生命和富有个性的意象，一种诉诸于感受的活的东西。”〔1〕艺术世界是通过符号的使用产生象征意义的。

严云受和刘锋杰在《文学象征论》中对“象征”做出了系统的研究，认为文学象征有三个层面的含义：第一，象征就是指甲事物与乙事物有着重要的密切的关系，甲事物代表、暗示着乙事物，例如古代使用的虎符。第二，在象征活动中，象征是用小事物来暗示、代表一个远远超出其自身含义的大事物（如国旗——国家），用具体的人的感觉可以感知的物象来暗指某种抽象的不可感知的人类情感或观念（如狐狸——狡猾；绿色——和平）。第三，象征是用甲事物代表、暗示乙事物，具体物象代表、暗示抽象的情感和观念，但甲事物或具体物象作为表现乙事物或抽象情感和观念的必要手段，是象征创造中的最主要的问题，是象征创造的艺术技巧所欲解决、驾驭的主要对象；它决定了象征的成败。〔2〕

余秋雨在《艺术创造工程》一书中对文学作品中的象征做了专门的研究。他认为，“象征，就是有限形式对于无限内容的直观显示”。〔3〕余秋雨把象征分为两大类，即部件性象征和整体性象征。这两大类又分为四种方式：符号象征，寓言象征，本体象征和氛围象征。其中符号象征和氛围象征属于部件性象征，寓言象征和本体象征属于整体性象征。

台湾学者姚一苇在《艺术的奥秘》一书中概括了“象征”的三种基本性能：符号性、比喻性和暗示性，认为这三种性能“是构成象征的三个最基本的条件”。其中，符号性强调象征必得用符号指称意义；比喻性是说象征的意义领悟存在着多解的可能，“通过这一象征的动作而把握的意义，不是单义的而是歧义的，自不同的知识角度可以得出不同的解释”。〔4〕暗示性则显示了象征形式的复杂性，特别是在现代艺术那里，

〔1〕［美］苏珊·朗格：《艺术问题》，滕守尧、朱疆源译，北京：中国社会科学出版社，1983年，第134页。
〔2〕严云受、刘锋杰：《文学象征论》，合肥：安徽教育出版社，1995年，第2–4页。
〔3〕余秋雨：《艺术创造工程》，上海：上海文艺出版社，1987年，第210页。
〔4〕姚一苇：《艺术的奥秘》，桂林：漓江出版社，1987年，第127、155页。

象征的意义不是明示的，而是暗示的。对这种暗示的捕捉是解读现代艺术的关键环节。显然，象征在现代艺术那里具有本体意味。

可以看出，前人对于象征的阐述主要集中在两点：一是把象征视为一种普遍的修辞手法去研究，二是把象征作为一种艺术形式去理解，但都没有把象征作为艺术的本质去阐释，更没有尝试以象征为核心范畴建立文艺学体系。这样一来，林兴宅的象征论文艺学的意义就凸显出来了。

（二）林兴宅的文学象征论

林兴宅的文学象征论，是把“象征”作为取代“反映”的核心范畴来使用的。

林兴宅认为，象征有两种：一是比喻性象征，一是表现性象征。在比喻性象征里，象征体与象征义之间的关系是类比性的、比附性的，例如鹰是权力的象征，鸽子是和平的象征。比喻性象征以观念的联想为特征，这种观念联想有的是约定俗成的，具有固定形式，有的则是在特定的语境中产生的确定的联想；而在表现性象征里，是用形象构成一种隐喻性、暗示性情景，激发人们的想象和情感体验。[1] 在表现性象征中，象征体与象征义的联系不具因果性，它是一个“表象-情感”系统。它主要不是引起观念的联想，而是提供一种“意义的空域”，供主体的想象力自由地驰骋，激发主体的想象和情感以及主体自由创作的潜能，从而使主体生命的内涵获得表现。[2] 表现性象征方式的最大特点是隐喻性和暗示性，通过形象的隐喻性和暗示性“把艺术形象与人的生命价值联系起来，把有限与无限联系起来，把内容与形式联系起来，把个体与社会联系起来”[3]，是人的生命的对象化的方式，是审美意义上的象征。据此，林兴宅先生认为应该着重在“表现性象征”这一含义上来理解艺术的本质：“所谓‘象征’就是通过感性直观形象隐喻或暗示某种精神意蕴的方式。”[4] 在他看来，象征既是一种特殊的文学艺术的表现方法，相当于古代文论的“兴”，但又不同于一般的艺术表现方法，而是一种艺

---

〔1〕 林兴宅：《象征论文艺学导论》，北京：人民文学出版社，1993年，第230-232页。
〔2〕 林兴宅：《象征论文艺学导论》，北京：人民文学出版社，1993年，第233页。
〔3〕 林兴宅：《象征论文艺学导论》，北京：人民文学出版社，1993年，第233-234页。
〔4〕 林兴宅：《象征论文艺学导论》，北京：人民文学出版社，1993年，第234页。

术思维的方式，它表征了艺术的本质特征。“象征”用作名词，指表现性形式；用作动词，含义与暗示和隐喻接近。同时，象征内在地包含着主体的表现活动，所有运用暗示和隐喻的方法引发主体内涵表现的活动都是象征活动。因此，“‘象征’既是标明形象的特性的概念，又是一种功能概念，同时它还是一个活动的概念”。[1]

象征对于艺术活动之所以重要，是因为“缺乏象征的中介，艺术审美活动就不可能真正地发生”。[2]艺术审美的方式实际上就是一种象征方式，艺术审美活动就是一个象征系统，包括象征本体、象征意蕴以及象征表现活动的中介等。[3]象征本体是知觉的或想象的形象，它可以是具体的人、事、物的形象，也可以是由语词或其他媒介材料如线条、色彩、声音等构成的形象。象征本体必须是具体的感性形象，而不能是抽象的概念。象征意蕴是象征本体所隐喻和暗示的抽象精神内涵。它是审美主体在直观中把握到的价值内涵，是在主体的表现活动中生成的主观的情感内容，是客观化的主观内容。象征中介就是主体的表现活动，主要是指主体的想象的活动。由于象征本体与象征意蕴的联系是间接的、多维的、不确定的，因此要在对象征本体的感性直观中把握象征意蕴，就必须经过主体的活动，通过形象的想象和情感的体验，“从而通达某种精神境界、感受某种精神价值内涵”。[4]

林兴宅认为，“艺术审美活动就是一个完整的象征事件”。[5]具有审美意义的艺术作品都是一种自在的象征体，它总是包孕着某种宏大深邃的精神意蕴，引发审美主体积极的表现活动。当象征作为特殊的艺术手法局部地被使用时，便构成艺术作品局部的象征性；而当象征作为一种普遍的艺术方法时，便构成艺术作品整体的象征性。不仅那些自觉运用象征表现方法，因而具有明显象征性的作品是这样，而且那些未曾自觉运用象征手法，不具有象征色彩的写实作品也是这样。现实主义作品因其自身的特点，一是超越题材意义而指向辽远深邃的精神意蕴，因而具

〔1〕林兴宅:《象征论文艺学导论》，北京：人民文学出版社，1993年，第234页。
〔2〕林兴宅:《象征论文艺学导论》，北京：人民文学出版社，1993年，第237页。
〔3〕林兴宅:《象征论文艺学导论》，北京：人民文学出版社，1993年，第237页。
〔4〕林兴宅:《象征论文艺学导论》，北京：人民文学出版社，1993年，第238页。
〔5〕林兴宅:《象征论文艺学导论》，北京：人民文学出版社，1993年，第238页。

有超越自身的力量；二是超越认知功能而激发人们的想象力和情感的活动，因而使人的主体生命获得表现。虽然没有运用象征的表现方法，但达到整体象征的效果。因此，可以说自觉运用表现手法的是象征的艺术，而未使用象征手法的现实主义作品则是艺术的象征。运用象征的表现方法而成为象征的作品，内容有其明显的隐喻性，直接指向某种哲理内涵，欣赏者经由联想和想象，解悟作品的内在意蕴，这是一种自觉的寓言象征，如卡夫卡的《变形记》、贝克特的《等待戈多》等。而没有运用象征的表现方法的作品不具有明显的象征性，它的故事和题材具有表面的自足性和封闭性，作品以其强烈的生活实感和形象的自足性使人产生如临其境、如见其人、如闻其声的幻觉，这是一种非自觉的仪式象征，如托尔斯泰和巴尔扎克的作品，还有《红楼梦》《三国演义》等。林兴宅指出："不管是哪一种类型的作品，作为审美的对象，它们都是一种象征本体，都具有象征的品格，差别只在于它们产生象征功能的途径、方式不同。"[1]这两种不同类型的象征起源不同，前者起源于神话，后者起源于原始巫术和仪式。在林兴宅看来，艺术的感染力究其实质并不是作品的情感内容的直接影响力，而是一种象征的功能效应；艺术的审美价值也来源于作品的象征意蕴。象征意蕴是一种具有普遍性品格的哲理与诗情，是艺术象征功能的指归。艺术作品的整体一旦提高到象征的高度，这个作品就充分表现出审美的本质，它具有一种超越的生命。说艺术是象征，这意味着艺术不是客观现实的形象再现，不是思想感情的形象化传达，而是引发人生体验、实现生命的对象化的直觉造型。"艺术的价值不是提供一种现成的对生活本质的认识，而是提供一种激发机制，激发审美主体生命的对象化。"[2]总之，"一切成功的艺术都是象征的。艺术成功的秘密不是别的，而是取决于它的象征功能"。[3]

正是在艺术本质这个层面上，林兴宅将"象征"作为替代"反映"的核心范畴，建构了"象征论文艺学"。通常人们是在艺术表现方法的意义上使用"象征"概念的，或者是从艺术作品的风格特征的角度谈论象征的。在这种情况下，"象征"仅仅是一种特征概念。当我们从艺术

〔1〕 林兴宅:《象征论文艺学导论》，北京：人民文学出版社，1993年，第248页。
〔2〕 林兴宅:《象征论文艺学导论》，北京：人民文学出版社，1993年，第251页。
〔3〕 林兴宅:《象征论文艺学导论》，北京：人民文学出版社，1993年，第249页。

审美的基本特征这一角度谈论“象征”时，“象征”是一种全称概念，即一切艺术都是人的生命本质力量的象征。林兴宅认为“象征”概括了艺术审美的本质规律，它应该成为文艺学的核心范畴。文艺学应该围绕着“象征”范畴重新确立自己的概念体系。邹振东认为：

> “象征”被林兴宅引为文艺学核心范畴，它指的是与概念认知方式相对应、相区别的用具体的感性形象表征某种抽象的精神意蕴的文化方式、文化行为。“象征”是人与世界联系的一种方式，这种方式林兴宅定义为异质同构。“象征”，也是人的生命对象化的方式，普遍存在于人类生活中。[1]

“象征”作为文艺学的核心范畴，其内涵主要包括：首先，“象征是艺术的基本性质”。与传统反映论认为“艺术是用形象反映生活的意识形式”不同，象征论文艺学认为“艺术的基本性质是象征”“艺术是人的生命本质力量的形象表现”。[2]林兴宅认为，人的现实精神不是客观世界的反映，而是客观世界的缩影、变形或抽象，也即客观世界的同构形式，它是艺术家创造的媒介材料结构，在人的知觉中呈现为虚幻的形象。它的目的并不是模仿和再现客观世界，而是表现（隐喻或暗示）某种精神意蕴。艺术不是思想感情的形象传达，不是形象化的认识形式，而是难以言传的生命体验的形式化、对象化，即形象的表现。其次，“象征是艺术的重要特征”。[3]林兴宅否定了把形象和情感看作艺术特征的观念，他认为形象特征论有一个明显的局限，即并非一切形象的东西都可以被称为艺术形象，具有形象的东西也不可能都成为艺术。他将形象分为两种：一种是说明性的、图解性的；一种是具有隐喻性和暗示性的。前者是为了说明或图解某种概念或思想，只是传达某种认识内容的手段和工具，实际上是一种认知符号；后者是能引发主体表现活动的形象，即象征形象，这才是审美对象。判断一个作品是不是艺术品，不能仅仅看它是否塑造了形象，更重要的是看它的形象是图解性的还是象征

---

〔1〕 邹振东：《重新认识林兴宅》，《厦大中文学报》第八辑，厦门：厦门大学出版社，2021年。
〔2〕 林兴宅：《象征论文艺学导论》，北京：人民文学出版社，1993年，第259页。
〔3〕 林兴宅：《象征论文艺学导论》，北京：人民文学出版社，1993年，第260页。

性的，具有隐喻性和暗示性的形象才是艺术。将艺术的本质看作情感这一观点的主要问题是，在艺术中，情感不是直观的对象，艺术的情感表现恰恰是通过象征来实现的。艺术具有情感表现的功能，而艺术的情感表现功能则根源于艺术的象征性。再次，“象征是艺术的主要功能”。〔1〕以往文艺理论将艺术的功能归结为三种——认识功能、教育功能和美感功能。林兴宅认为，这纯粹是从认识论的角度来理解艺术的功能。传统文艺理论将艺术的认识功能归于题材的再现性，艺术的教育功能则源于题材的思想意义，这样理解艺术的功能是远离审美本质的。所谓艺术的认识功能，实际是审美主体通过艺术形象的直观达到对人生的发现，这是灵魂的一种领悟，生命的一种确认；艺术的教育功能也不是向人们灌输艺术作品题材的思想意义，它们都是通过艺术形象对某种精神意蕴的隐喻和暗示间接地发生作用的。艺术作品是审美对象而不是认识文本，艺术的功能是信息的激发创生机制，而不是简单的信息传输。归根结底，艺术的功能就是象征。复次，“象征是艺术规律的核心”。〔2〕所谓艺术的规律就是艺术活动中审美主客体的关系及其运动方式。以往文艺理论是一种艺术的外因论，是从他律性的角度理解艺术的规律的，把艺术与生活的关系作为艺术规律的基本内容和理解艺术规律的出发点。林兴宅则强调艺术的审美自律性，艺术的内在规律就是艺术审美系统的自身的活动规律。艺术活动中主客体关系的基本内容就是形式表现，即客体形式表现主体内涵。而形式表现的内在机制和中间环节就是象征，即形象的隐喻或暗示性激发主体的想象和情感的活动，从而使客体形式成为主体内涵的表现。主体与客体一旦建立起象征的关系，它们便成为审美的主客体，构成艺术审美活动的系统。在艺术世界里，“艺术与生活题材，艺术与社会、艺术与政治和经济、艺术与宗教、道德和其他意识形态等的关系以及艺术与艺术家、欣赏者的关系，都是通过象征活动建立起来的”。〔3〕只有掌握了艺术规律的核心——“象征”，才能正确理解上述艺术与题材，艺术与社会、政治、经济等各种具体的关系。

以“象征”作为文艺学的核心范畴审视艺术的审美活动，林兴宅认

---

〔1〕林兴宅：《象征论文艺学导论》，北京：人民文学出版社，1993年，第261页。
〔2〕林兴宅：《象征论文艺学导论》，北京：人民文学出版社，1993年，第262页。
〔3〕林兴宅：《象征论文艺学导论》，北京：人民文学出版社，1993年，第263页。

为，艺术创作的实质就是象征结构的创造。艺术家的任务就是运用各种艺术手法把现实生活材料组织成某种象征结构，这种象征结构是艺术家的生命体验的形式，具有一种精神的张力，指向和启示着某种深邃的精神意蕴，然后通过象征结构唤起艺术欣赏者的体验。艺术欣赏正是象征表现活动，艺术欣赏是由艺术家创作的象征结构而引发的象征表现活动。艺术作品是艺术创作和艺术欣赏的中介环节，是联结两种象征活动的桥梁，它一方面是艺术家的象征表现活动的产物，另一方面又是欣赏者的象征表现活动的触媒。正是在“象征”的意义上说，艺术不是一种传达，而是招引，是召唤和激发主体生命的对象化。优秀的艺术品就是一个富有表现力的精致的象征结构。于是，林兴宅抛弃了传统的从艺术与现实存在的关系入手或者从某种先验的范畴、概念出发讨论艺术的本质的做法，而是以审美经验为基础，以“象征”为核心范畴，在“象征论文艺学”的框架里，把艺术的本质界定为象征。[1]

三、象征论视域下的艺术本质的新理解

林兴宅认为，艺术是一种感性存在，只有把艺术放到人类实践系统中来考察，才能发现艺术的本质。

艺术作品经过艺术家的酝酿被创作出来，就是一个不断被物化的过程，一旦作品完成，就从艺术家的内心生活中独立出来，成为一种客观存在物。郑板桥所谓的“眼中之竹”“胸中之竹”都不是艺术品，只有物化了的“手中之竹”才是艺术品。同时，这种具有物质载体的艺术品能够被人的感觉器官所感知：可视、可听、可感。“即使是抽象艺术，它也有一定的物质媒介，也是可感知的。不可感知的抽象内容就不可能独立成为审美对象。”“一切艺术品都是以感知为前提的，艺术品是为感知而存在的。”[2]“物质实在性是一切艺术存在的第一个前提，离开这个前提，所谓艺术便是非存在，或者是抽象的存在。”[3]这就要求我们把“艺术”看成一种活生生的存在，从具体的现实的艺术

---

〔1〕 林兴宅：《象征论文艺学导论》，北京：人民文学出版社，1993年，第264-269页。
〔2〕 林兴宅：《象征论文艺学导论》，北京：人民文学出版社，1993年，第53页。
〔3〕 林兴宅：《象征论文艺学导论》，北京：人民文学出版社，1993年，第54页。

存在入手进行思考。[1]

艺术作为存在，是一种纷繁复杂的二重性存在。人类生活中的所有事物现象，除了自身的自然质以外，还具有系统质，既是自在物，又是对象物，既是实体，又是符号。艺术存在也同样如此，既具有自然属性，又具有社会属性。正是由于“艺术存在就是这种‘既是又不是’的辩证结构”，因此，“艺术的本质便表现为‘既是又不是’的辩证逻辑形式”。[2]要真正理解艺术的本质，就必须认真分析艺术存在的二重性及其转化形式，“只有深入到艺术存在的内在矛盾性的辩证分析，才能真正把握艺术的本质”。[3]循着这样的思路，林兴宅认为艺术的二重性表现为：艺术作品物质实在的媒介与本体的二重性——艺术作品的物质实在，既是一种媒介手段，又是一种本体存在，是媒介与本体的直接同一。媒介是过渡性的、工具性的，而本体则是事物的本源性存在，是一种自在之物。艺术家使用的物质材料，既是一种媒介材料，同时也是艺术品的有机构成部分，具有本体的意义。物质材料既是艺术家表达审美经验的材料工具，又是艺术的存在自身。总之，艺术品的物质实在是辩证的，“对于艺术家来说，艺术作品的物质实在只是一种传达媒介；对于欣赏者的审美活动而言，则是一种引发审美经验的本体存在”。[4]艺术作品的物质实在具有符号与结构的二重性——它既具有传达一定语义内容的媒介符号性，又具有诉诸人们感性直观的本体结构性。艺术品的物质实在作为一种载体，具有符号的性质，能够传达一定的思想情感和观念内容，具有意识形态的性质。而“艺术的创造归根到底就是‘结构’的创造”，“艺术创作就是运用一定的媒介材料营造某种‘结构’”。[5]“结构”作为艺术的本体范畴，它是艺术的全部复杂性和神秘性的根源。艺术家创造了（形式）结构，那么富有生命感的艺术形象（幻想）也就产生了。艺术形象的二重性即审美内涵与审美形式的二重性。在艺术中，形式是本体，是艺术的存在自身。艺术作品的形式是审美的起点，“只

〔1〕 林兴宅：《象征论文艺学导论》，北京：人民文学出版社，1993年，第49页。
〔2〕 林兴宅：《象征论文艺学导论》，北京：人民文学出版社，1993年，第55页。
〔3〕 林兴宅：《象征论文艺学导论》，北京：人民文学出版社，1993年，第56页。
〔4〕 林兴宅：《象征论文艺学导论》，北京：人民文学出版社，1993年，第58页。
〔5〕 林兴宅：《象征论文艺学导论》，北京：人民文学出版社，1993年，第72-73页。

要它们进入审美系统，成为审美的对象，艺术作品的内容都转化为形式，过渡为形式，这就是艺术作品的内容与形式统一的真正含义”。[1]从审美的意义上谈论艺术的内容与形式，就必须正视艺术形象内在的二重性，即艺术形象既是形式也是内容。艺术形象实际是内容与形式的二重性存在：“说它是内容，是因为艺术形象作为一种结构幻象本质上是人的经验的构成物，是特殊的经验样式，即情感、想象力自由活动获得的经验的样式，艺术形象可以说是一种实实在在的审美经验，或者说审美经验，也就是你的心灵进入幻象世界中所看到的一切。说它是形式，是因为艺术形象是结构形式生成的幻象，结构形式是艺术形象的外在的感性形态。”[2]因此，所谓艺术作品的内容和形式实际上就是艺术形式内在的二重性，即审美内涵与审美形式的二重性。

“形式表现”被林兴宅赋予艺术创作的核心位置。林兴宅认为，“形式表现”就是审美活动的本质。只有当形式的创造摆脱了功利的目的，对形式的观照关系压倒了对形式的实用考虑之时，独立的审美活动才开始。艺术创造的关键就是形式的创造，其最初的目的就是为了纯粹的形式观照，从而把审美从功利活动中分离出来，把艺术品与实用物品区分开来。整个艺术活动（艺术创作和艺术欣赏两个环节）都贯穿着“形式表现”活动，“‘形式’是创造的产物，创造的结果，‘表现’则是人的自我创造、自我构成的过程”[3]，总之，“形式表现”既能超越传统“再现论”与“表现论”的对立，又能把它们的合理的理论因素包含其中，完美地诠释了艺术审美活动是主客体相互创造、双向建构、交融互生的动态的辩证运动的过程。

艺术审美活动的“形式表现”是通过艺术形象的隐喻性和暗示性的激发机制来实现的。林兴宅认为：“形式必须具有隐喻性和暗示性才是审美的形式，只有凭借形象的隐喻性和暗示性激发主体的表现，才是真正意义上的艺术审美活动。”[4]象征实际上只是一种激发机制，一种激发主体生命本质力量对象化的机制，它是形式表现活动的中介。审美对象

---

〔1〕 林兴宅：《艺术之谜新解》，福州：福建人民出版社，2017年，第206页。
〔2〕 林兴宅：《艺术之谜新解》，福州：福建人民出版社，2017年，第208页。
〔3〕 林兴宅：《象征论文艺学导论》，北京：人民文学出版社，1993年，第177页。
〔4〕 林兴宅：《象征论文艺学导论》，北京：人民文学出版社，1993年，第237页。

如果不具有这种隐喻性或暗示性，它就不可能诱发主体的表现活动，而只能导致符号认知活动，对象也就变成认知的对象，而不再是审美的对象。象征中介主要是想象的活动，这种想象活动是由具有隐喻性和暗示性的艺术形象刺激生发的。从创作的角度来看，形象的隐喻性和暗示性仿佛是指向某种客体的意义，但从欣赏的角度来看，形象的隐喻性和暗示性却是激发主体生命对象化的活动。

在林兴宅看来，艺术价值的本质就是艺术“对欣赏者的一种无声的召唤、一种神秘的招引、一种充满激情的诱惑、一种潜移默化的浸润”。[1]也就是说，艺术价值存在于欣赏者的审美体验之中，是主客体关系的一种状态。审美体验是欣赏者由艺术形象的直观所引发的想象和情感的活动。在审美体验的过程中，主体心灵进入心物交融、物我不分、主客同一的自由境界，从而达到对生命的领悟和超越，这就是艺术价值之所在。林兴宅用中国古代文论中的“味”来描述艺术价值的具体形态。他认为，“味”就是艺术价值的具体形态，也是判断一个作品艺术价值高低的标准。“味”作为中国古代文学批评的重要范畴，“韵味”“滋味”“风味”“余味”“真味”“情味”“趣味”“意味”“神味”“兴味”“气味”……，都是人们在欣赏艺术作品过程中所获得的难以言传的价值体验。艺术作品的这种“味”，来源于艺术作品的象征意义，“味”正是艺术的审美价值之所系。“味”作为艺术审美的价值形态，与理性认识有着本质的区别，是在“形式表现”中生成的主体性内涵，是在审美体验中获得的人的生命感受，是人的价值的一种实现。

林兴宅认为，优秀的文艺作品，除了包含物质媒介层和艺术形象层外，还有一个十分重要的“特征图式”层，这是艺术形式的深层结构。“特征图式”包含四层含义：

> 首先，“特征图式”是一种心灵图式，包括经验或体验的图式，而不是认知图式。其次，“特征图式”是人类生活中某种具有普遍性的心灵图式，而不是一般的世俗的日常经验或情感。第三，“特征图式”是艺术作品的形象形式特征表现出来的心灵图式，也即它

---

[1] 林兴宅：《象征论文艺学导论》，北京：人民文学出版社，1993年，第280页。

具有作品客体的外在标志，而不是纯主观的内心图式。第四，“特征图式”是隐藏在题材外象背后的抽象感性结构，是优秀艺术作品的深层结构，而不是所有的艺术作品都具有的。[1]

“特征图式”层是艺术作品的一种抽象存在，即潜藏于艺术形象背后的抽象感性结构，是艺术存在的超验层次。简言之，“特征图式”本质上是人类的具有普遍性的经验和情感的基本结构，即“心灵图式”。不同时代的艺术家往往用各自不同的艺术形象和艺术图景表现同一类型的“心灵图式”，这种“心灵图示”揭示了某种难以言明的人生奥秘，表达了一种永恒的情怀，这便形成艺术史上的各种“母题”。“当一个作品的艺术形象或整体性艺术图景表现了这种普遍性的‘心灵图式’，那末这个作品就存在一个富于表现力的结构，即‘特征图式’，这个作品就具有无限的生命力。”[2]

四、象征论文艺学对文学理解的贡献

林兴宅象征论文艺学不是对旧的文艺学的局部改造，而是整体性的变革。传统文学理论是以“反映”概念作为核心范畴和出发点，在“意识-存在”这个二元性的结构中考察文艺的本质的：文学是社会生活的反映，社会生活是文学的唯一源泉；文学不是对生活的机械的复写，而是作家对社会生活的能动反映；文学的反映与科学的反映不同，是以形象反映社会生活的。林兴宅则以“象征”为核心，搭建起了自成一家的文学解释框架：一是把文艺学的逻辑框架从文艺与现实的关系转换为文艺与人的关系；二是艺术的本体论从意识形态转换为表现形式论；三是提出艺术创作的本质并不是对生活的集中概括和典型化，而是象征形式的创造；四是艺术欣赏不是一种认识活动，而是一种象征形式引发的表现活动；五是艺术作品的价值不在于它是一种认知文本，而在于它是象征表现的激发机制，优秀作品就是一个富有表现力的象征形式。[3]

---

〔1〕 林兴宅：《象征论文艺学导论》，北京：人民文学出版社，1993年，第322页。
〔2〕 林兴宅：《象征论文艺学导论》，北京：人民文学出版社，1993年，第331页。
〔3〕 林兴宅：《艺术之谜新解》，福州：福建人民出版社，2017年，学术自述（代序）第9-10页。

林兴宅是国内较早将自然科学方法引入文艺理论的人物，他是以系统科学方法论为思维工具，来构筑自己的象征理论模型的。系统方法是美籍奥地利生物学家贝塔朗菲在20世纪上半叶创立一般系统论时，为现代科学提供的一种认识工具。系统方法是系统地研究和处理科学对象整体联系的科学方法。在科学认识过程中，它撇开形形色色、具体的物质运动形态，强化系统和系统运动的观点，以此研究和处理与研究客体有关的科学问题。系统方法特别强调将对象作为一个整体来对待，在普遍联系中把握其本质。林兴宅认为："系统科学方法在文艺批评、文艺研究中的正确运用，将直接导致文艺观念的更新，换句话说，正确运用系统科学方法研究文艺现象，是建立新的文艺观念的一条良好的途径。这个道理很简单，因为思维方式乃是观念的展开形式，如果把思维方式比喻成外壳，那末观念则是它包裹的内涵。它们共存而相生，旧的文艺观总是与旧的艺术理论思维方式相关联，新的文艺观的确立必须摆脱旧的艺术理论思维方式的束缚。系统科学方法论作为一种新的思维方式，必然孕育着新的艺术观念。"〔1〕林先生象征论文艺学之所以不是对旧文艺学的局部改造而是整体性的变革，正得力于系统方法对于思维的启迪。

从存在论而不是单纯认识论角度看艺术，是林兴宅象征论文艺学的一个颇具现代性的思想：

> 从存在的角度理解艺术实际上是对文艺对象的尊重和关注，它不是立足于艺术外部的参照物推论艺术的本质，而是立足于艺术的存在形态的辩证分析；它不是用艺术以外的学科规律和准则来规范文艺，而是从艺术存在自身的内在矛盾运动寻求对艺术的理解。只有弄清艺术的存在方式及其辩证运动的规律，文艺学才能真正成为关于文艺的科学，文艺学才能及时反映和体现艺术实践的要求，成为文艺实践的经验总结和理论概括。〔2〕

林兴宅先生认为，从存在的角度看艺术，就是把文艺当作社会存在物来

---

〔1〕 林兴宅：《系统科学方法论与文艺观念的变革》，见林兴宅：《艺术生命的秘密》，福州：海峡文艺出版社，1987年，第251页。

〔2〕 林兴宅：《象征论文艺学导论》，北京：人民文学出版社，1993年，第50页。

考察，要把它作为“存在”的范畴来理解，并在此基础上论证艺术的存在方式及其内在的矛盾运动。艺术存在是一种社会存在，而不单纯是社会意识形态，更不是抽象思维的观念形态。从存在的角度看艺术，就是把艺术看作一种感性活动的形式，放到人类实践系统中去考察。以传统认识论哲学为基础的旧文艺学体系把艺术审美活动看作一种思维的运演，是精神的过程，企图在客观的物质世界上面寻找艺术活动的秘密。它只是抽象地谈论艺术的精神特性，而忽略了艺术与人的整个生命活动、人的社会实践的联系，因此它永远也无法真正理解艺术的属人的特性，无法理解艺术的实践本性。因此，必须把艺术置放到人类活动的巨大系统中去考察，只有从人类的实践出发才能揭示艺术的真正本质。

在林先生看来，一个作品的生命力并不是来自作家对当时社会现实的政治的、道德的评价，不是来自作品表达的某种社会政治观念，也不是作品再现生活的具体性所带来的认识价值，而是来自作家调动艺术手段生动揭示出来的人类生活和心灵的某种特征。那些伟大的作品，无不是沉入到社会历史意识的深层结构中去，敏锐地发现并成功地表现某种蕴含着深刻的哲理、心理内涵的社会历史特征。艺术作品的特殊性，说到底就是艺术品的符号特性。文学作品的符号性不像其他艺术样式如绘画、音乐那样鲜明，容易使人们误认为文学的生命力来自题材本身。只有当我们用审美的眼光来看待文学，我们才能发现，文艺作品的生命力乃是它所揭示的人类的生活和心灵的典型特征的表现力。艺术作品在多大程度上提供了生动深刻的特征符号，就能在多大的时空范围内激发欣赏者的象征活动。艺术的世界乃是人类创造的象征世界，艺术的特殊性就在于它是超意识形态的象征符号，它绘制的是一幅幅人生境界和精神境界的象征图像，使欣赏它的人在其中直观自身。

可以看出，林兴宅对文艺本质的探索是建立在对旧文艺学体系超越的基础上的。从“文艺反映论”到“文艺象征论”，这是文艺观念的一次重大变革。象征论文艺学将“象征”作为文艺学的核心范畴，认为文学的核心功能正是提供一种象征的形式，象征隐含着理解文艺现象的全部奥秘。这个思想是深刻的。它摆脱了文艺与生活的二元关系，从存在论而不是认识论角度认识文艺存在，具备文论的现代性质。

德国哲学家黑格尔曾经说过，“象征”要解决精神怎样自译精神密码这样一个精神性的课题。这一精神密码的破译，中外文论做出了不懈的探索。林兴宅的“象征论文艺学”则以“象征”为核心范畴搭建起了较为完备的文学解释框架，其中所蕴含的文学观念的解放以及对于文学本质的理解，是最具有启发性的学术贡献。虽然，这个关于文学艺术的解释仍然是从自律的角度而较少涉及他律的内容，但作为一种知识累积，应当成为我们进一步探索艺术问题的出发点。邹振东在《重新认识林兴宅》一文中饱含深情地这样写道，几百年之后，“一旦还有人困惑于文学的本质问题，在回望过去对文学终极性的追问时，林兴宅站着的文艺象征论高峰，就会被发现，真正跨越时空的对话才会开始，人类追寻文学千古之谜的历程，仿佛从未断开，一直在延续”。[1] 正如新批评之于文化研究，没有新批评所开启的细读传统，就不会有文化研究对文本背后隐秘意义的捕捉，象征论之于文学的理解也是如此。

〔1〕 邹振东：《重新认识林兴宅》，《厦大中文学报》第八辑，厦门：厦门大学出版社，2021年。

第八章　新境遇中的文学本质言说※

20世纪90年代以来，中国社会文化语境发生了很大的变化。文学，这一在20世纪80年代占据显赫位置的存在，到了90年代以后，显得暗淡、乏力，打不起精神。以消费主义为底色，借助科学技术迅速发展起来的大众文化一路凯歌，几乎成了90年代文化的主导样态，文学理论与批评领域则充斥着"文学死了""理论终结"的聒噪。"日常生活审美化"和"审美的日常生活化"的倡导者们所极力推举的文化研究思潮，一方面，不断扩容，倾情演绎街心花园、城市广场、瘦身美容、时尚广告的"美学"叙事；另一方面，又不断消解文学本质的提问，打出了反本质主义的旗号。研究20世纪90年代文学本质观的新变，语境分析是一个不可忽视的因素。

一、20世纪90年代以来文学本质言说的新境遇

有三个方面的因素，是我们考察20世纪90年代文学本质言说的新境遇所必须考虑的。

（一）社会经济的转型与文化变迁。改革开放之前，中国社会政治、经济和文化高度一体化，政治占据社会结构的主宰位置，经济、文化处于服从的地位。20世纪七八十年代，改革开放的号角吹响，统一的计划经济体制解体，市场供求和公平竞争的新体制逐步建立。

思想文化领域的变革也是从挣脱政治的束缚开始的。新时期之初关于文艺与政治关系的大讨论，随着邓小平在第四次全国文代会上的《祝词》而明确。《祝词》明确提出："各级党委都要领导好文艺工作。党对

※　本章是在焦娟芳提供的论文初稿《20世纪90年代以来文学本质观的评析》基础上做较大修改后写成。

文艺工作的领导，不是发号施令，不是要求文学艺术从属于临时的、具体的、直接的政治任务，而是根据文学艺术的特征和发展规律，帮助文艺工作者获得条件来不断繁荣文学艺术事业，提高文学艺术水平，创作出无愧于我们伟大人民、伟大时代的优秀的文学艺术作品和表演艺术成果。"[1] 自此，文学开始摆脱工具论和从属论的束缚，回归自身。文学与理论的觉醒，带来了这一时期文学艺术发展的黄金时代。

然而，20世纪80年代以来，文学成功地摆脱了政治的束缚，到了90年代却又面临市场经济的挑战。这一时期，由改革开放带来的政治、经济、文化的发展，为大众文化的兴起创造了有利的条件。政治上的自由，使大众文化获得自由发展的空间。经济上的发展，使人们在财富增加的同时，有了更多资本支配自己的闲暇时间。技术革新与现代媒介的快速发展为大众文化的传播提供了支持。文化上的多元化趋势，为大众文化的发展提供了广阔的生存空间。同时，西方大众文化研究理论的涌入也促进了中国大众文化研究的发展。有学者曾将90年代大众文化兴起的原因概括为四点：改革开放以后的自由空间；科学技术的高度发展，特别是多媒体和互联网技术的发展；人们闲暇时间的增加；西方后现代主义理论的大量传入与研究。[2] 以商业消费为主导的大众文化已然成为一种与主导文化、精英文化相抗衡的文化形态。1992年3月，邓小平南方谈话发表之后，发展经济的热情空前高涨。随着消费观念日益深入人心，商品经济的因素开始渗透到社会生活的各个领域，实用主义、消费主义价值观逐渐占据了主导地位。文学开始失去原来的中心位置："成为大众的日常消费品，购买文学作品与购买时装、汽车一样，没有什么特别之处，文学作为精神产品的特殊性已在消费者的购买过程中消失。"[3] 消费社会加剧了文学的娱乐化、庸俗化甚至粗鄙化倾向，引发了"人文精神"的讨论。

（二）视觉文化的来临与文学精神的嬗变。20世纪80年代文学的主

〔1〕 邓小平：《在中国文学艺术工作者第四次代表大会上的祝词》，见邓小平：《邓小平文选》（第二卷），北京：人民出版社，1994年，第213页。

〔2〕 李平：《正视大众文化研究的挑战》，《文汇报》2002年6月8日。

〔3〕 宁逸：《消费社会的文学走向》，《文艺报》2003年10月14日，转引自刘方喜：《批判的文化经济学　马克思理论的当代重构》，保定：河北大学出版社，2013年，第100页。

调是昂扬、乐观，充满理想主义或英雄主义的。新时期思想解放运动促进了人的主体精神的全面高涨，文艺逐渐摆脱政治工具论、从属论、服务论的束缚，人性、人道主义、异化问题的讨论突破了人性的禁区，“文学是人学”的命题重新得以确立。而文艺审美特性的再认识，文学观念的回归，则为文学的健康发展铺平了道路。用“审美”界定文学，是新时期文学本质论的一个显著特点，由此形成的审美文论深刻地影响了文学艺术的发展。在审美文论的视域里，艺术家和生活之间的关系已经不是简单的、单向的关系，艺术家不再是被动地去反映和复制生活，而是在反映社会生活的同时，将自己的感情投入到所要描写的对象，从而形成主体和客体相互融合的审美关系。20世纪80年代关于文学本质的讨论非常热烈，之前的认识论文学观的独尊局面被打破。这一时期文学观念处在一个急剧变化的时代，一定的文学观念，生成一定的关于文学的理解；而一定的关于文学的理解，经过理论的概括和命名之后，就形成文学的本质。

进入90年代以后，文学面临着前所未有的挑战。在消费文化语境下，审美已经不再是谈论的中心，文学被纳入文化生产与消费的双重体制里，文化研究、文化理论、大众文化理论代替了原有的以自律为核心建立起来的文学理论。文化研究，把理论关注的焦点从文学作品转向了广泛的文化活动，特别是大众文化活动。文学研究出现“泛化”的趋势，广告、流行音乐、电影等都渗透了文学的因素，并进而成为文学研究关注的对象。陶东风将这种文学泛化的趋势概括为：

> 审美活动已经超出所谓纯艺术/文学的范围而渗透到大众的日常生活中。占据大众文化生活中心的已经不是传统的经典文学艺术门类，而是一些新兴的泛审美/艺术现象，如广告、流行歌曲、时装、电视连续剧乃至环境设计、城市规划、居室装修等。艺术活动的场所也已经远远逸出与大众的日常生活严重隔离的高雅艺术场馆，深入到大众的日常生活空间（如城市广场、购物中心、超级市场、街心花园）。[1]

---

〔1〕 陶东风：《日常生活的审美化与文艺社会学的重建》，《文艺研究》2004年第1期。

这种新的文化现象：

> 深刻地导致了文学艺术以及整个文化领域的生产、传播、消费方式的变化，乃至改变了有关“文学”、“艺术”的定义。[1]

而电子媒介的大肆扩张也给文学带来了多方面的影响，电子媒介不仅冲击了传统的印刷术，还导致人们生活方式的变化。图像逐步占据人们的社会生活，成为大众欢迎的文化消费品。以影视为代表的视觉图像越来越受到大众的喜爱，成了日常生活亲密接触的对象。人们的阅读习惯从以文学阅读为主转变为以视觉图像为主。希利斯·米勒就曾讲道：“越来越少的人真正花费大量的时间阅读旧日被称作经典作家的作品，像乔叟、莎士比亚、弥尔顿、蒲柏、华兹华斯、乔治·艾略特、弗吉尼亚·伍尔夫以及其他英国文学方面的大家，至少在欧洲和美国是这个样子……越来越少的人受到文学阅读的决定性影响。收音机、电视、电影、流行音乐，还有现在的因特网，在塑造人们的信仰和价值观（ethos and values）以及用虚幻的世界填补人们的心灵和情感的空缺方面，正在发挥着越来越大的作用。”[2]事实确实如此，影视、网络这些新兴的文化样式挤占了人们生活的空间，人们开始被一幅幅色彩艳丽的图片所吸引，并满足于通过快速浏览来获取信息。传播媒介的革命带来了视觉文化的转向，印刷文化受到了图像文化的挑战，人们渐渐适应了视觉图像的时代。日常生活审美化、文学边缘化和文学终结论等问题逐渐变成了文艺理论界激烈争论的话题，文学本质问题渐渐失去了原来的主导地位。

（三）后现代主义思潮的影响。20世纪五六十年代，西方发达资本主义国家相继进入“后工业社会”——生产力得到极大丰富，人们拥有越来越多的闲暇，社会矛盾的主导方面由人与自然的关系转入相互交往

---

〔1〕 陶东风：《日常生活的审美化与文化研究的兴起——兼论文艺学的学科反思》，《浙江社会科学》2002年第1期。

〔2〕［美］J. 希利斯·米勒：《论文学的权威性》，国荣译，原载《文艺报》2001年8月28日，见J. 希利斯·米勒：《土著与数码冲浪者——米勒中国演讲集》，长春：吉林人民出版社，2011年，第31-32页。

的人际关系。美国社会学家丹尼尔·贝尔认为，“后工业社会”的来临带来了资本主义文化的新变化——后现代主义文化的来临。

后现代主义之“后”不只是一个时间性概念，指涉继现代主义之后的一个社会文化思潮，“后”还包含着“否定”“扬弃”“超越”等意涵。

20世纪80年代初期，后现代主义在中国开始有了零星的介绍。《外国文艺》1981年第6期发表了汤永宽《展望后期现代主义》这篇译文。该文是英国文学批评家阿兰·罗德威（Allan Rodway）论述西方现代主义文学与后现代主义文学关系的文章，这是国内最早译介后现代主义的文章。《国外社会科学》1982年第11期发表袁可嘉的《关于“后现代主义”思潮》，这篇文章已经开始注意到后现代主义与现代主义之间的区别。1985年9—12月，美国学者弗雷德里克·杰姆逊（Fredric Jameson）到北京大学做了一系列的演讲，唐小兵根据杰姆逊教授的授课内容进行了翻译整理，形成了《后现代主义与文化理论——杰姆逊教授讲演录》一书，学界第一次对后现代主义文化思潮有了较为全面的了解。

90年代以后，“后现代”已成为中国学界讨论问题的一个重要参照。这期间有大量关于后现代主义的译文集和研究著作出版，关于这方面的论文更是多得难以计数。同时，后现代思潮开始广泛渗透到社会生活与文化的各个方面，给人们的日常生活、文学艺术创作和理论研究带来了深刻的影响。随着我国经济的快速发展，人民的生活水平较以前有了极大改善，而在基本生活需求得到满足以后，娱乐就逐渐成为人们的基本需要。由此，大众娱乐文化迅速繁盛，而文化艺术等在市场经济的作用下正转型为产业或企业的模式。受到高科技支持的媒体技术，把文化做成了影像，世界被表征为影像，人们通过影像了解世界，虚拟和现实奇妙地纠缠在一起。在理论思维上，后现代主义张扬不确定、互文性，标举差异，承认多元，现代主义深度模式下的确定性、现象与本质的二元关系等被动摇了，本质被认为是一个没有意义的虚幻的问题而被放弃了。受反本质主义思潮的影响，20世纪90年代的文学理论弥漫着反本质主义气息。以本质追问为核心的文学理论知识生产模式被动摇了，一些理论家不敢谈论本质，极端者则认为文学根本没有本质，对于本质的探求被消解了。

二、新境遇中文学本质的言说

文艺理论是特定时代思想文化状况的回应，又是对既有理论传统延续的一个结果。理论的创新不是空中楼阁，而是由时代问题召唤和既有理论资源支持的合力促成。20世纪90年代文学本质问题尽管受到诸多时代因素的影响而不再构成学术热点，但它仍然以特定方式延续着自己的提问。这一时期出现了几种有代表性的文学本质观点，值得认真剖析。

（一）审美意识形态还是审美意识形式?

20世纪初，随着马克思主义在我国的传播，文艺是意识形态的观点被人们所接受。较早涉及文艺意识形态问题的是李大钊，他在1919年发表的论文《我的马克思主义观》中讲到的"经济的构造"和"精神上的构造"，其实就是指马克思的"经济基础"和"上层建筑"。李大钊试图用马克思经济基础和上层建筑的观点解释包括艺术在内的精神生产："简单说，凡是精神上的构造，都是随着经济的构造变化而变化。"[1]这里说的"凡是精神上的构造"自然应该包括艺术在内。在随后发表的文章中，李大钊又指出，"上层是法制、政治、宗教、艺术、哲学等，马氏称之为观念的形态，或人类的意识"。[2]这里，艺术被初步确定为"观念的形态"（意识形态）了。李初梨在1928年发表了《怎样地建设革命文学》一文，指出"文学为意德沃罗基的一种"，这里的"意德沃罗基"就是Ideology的汉语音译。30年代，瞿秋白以乌梁诺夫（现译为乌里扬诺夫，即列宁）的观点为依据，阐述艺术作为意识形态的特殊性，"乌梁诺夫认为艺术反映实质，艺术是一种特别的上层建筑，一种特别的意识形态，它反映实质而且影响实质"。[3]随着马克思主义理论的传播，艺术是意识形态的观念逐渐确立。1949年，中华人民共和国成立以后，文艺的意识形态性质得到普遍确认。以群主编的《文学的基本原理》认为

---

〔1〕 李大钊：《我的马克思主义观》，见中国李大钊研究会编注《李大钊全集》第三卷（修订本），北京：人民出版社，2013年，第14页。

〔2〕 李大钊：《马克思的历史哲学》，见《李大钊选集》，北京：人民出版社，1959年，第293页。

〔3〕 瞿秋白：《瞿秋白文集》（文学编　第二卷），北京：人民文学出版社，1986年，第270页。

“文学是一种社会意识形态”。[1]蔡仪主编的《文学概论》提出“文学是反映社会生活的特殊的意识形态”。[2]

文学的审美意识形态说，是新时期文学理论在反思意识形态说局限性和文学审美本质得到普遍确认的基础上提出来的。重视文艺的审美性质，从审美的角度把握和评价文艺现象，是新时期文学理论拨乱反正、解放思想，向文学回归的一次集体性努力。据考证，新时期“审美意识形态”一词最早出现在孔智光1982年发表在《文史哲》第6期的《试论艺术时空》一文中，他提出，“在我们看来，艺术的本质是审美意识形态”[3]，但对“审美意识形态”最早进行理论分析和阐述的应当是钱中文先生。1982年，钱中文在《文学评论》第6期发表《论人性共同形态描写及其评价问题》一文，提出“文艺是一种具有审美特征的意识形态”。之后，陆续发表了一系列的文章和著作[4]，对文学的“审美意识形态”性质进行了详细的论证。值得关注的是，钱中文先生并没有把文学定义为“审美意识形态”，同时也没有否定其他关于文学的本质观念。对此，马元龙的分析是精准且到位的，他认为钱先生对文学本质的考察是全面而系统的：“钱中文认为，文学的本质是多层次的，作为一种审美意识形态，这是文学第一层次的本质；第二层次的本质表现在文学的存在形式上，即语言结构、作者创造与读者接受的再创造中的本体论问题；再次是文学本体的发展，与这一层次相应的是文学语言、文学题材、创作个性、创作风格、文学流派等等；最后，钱先生将文学放到整个文学系统中进行考察和研究。”[5]此外，王元骧先生也在提出“审美反映论”的同时，于1988年在《反映论原理与文学本质问题》一文里提到“文学作为一种审美意识的物化形态，在本质上当然是作家意识活动的产物”[6]的观

〔1〕以群主编《文学的基本原理》（修订本），上海：上海文艺出版社，1980年，第20页。
〔2〕蔡仪主编《文学概论》，北京：人民文学出版社，1979年，第1页。
〔3〕孔智光：《试论艺术时空》，《文史哲》1982年第6期。
〔4〕钱中文：《文艺理论的发展和方法更新的迫切性》，《文学评论》1984年第6期；钱中文：《最具体的和最主观的是最丰富的——审美反映的创造性本质》，《文艺理论研究》1986年第4期；钱中文：《论文学观念的系统性特征》，《文艺研究》1987年第6期；钱中文：《文学原理发展论》，北京：社会科学文献出版社，1989年。
〔5〕马元龙：《总结与重建——读钱中文〈新理性精神文学论〉》，《华中师范大学学报》（人文社会科学版）2000年第3期。
〔6〕王元骧：《反映论原理与文学本质问题》，《文艺理论与批评》1988年第1期。

点。随后他在所著的《文学原理》一书中还安排了专门的章节探讨文学是一种审美意识形态。陈传才先生在考察艺术本质特征的过程中，也明确提出“艺术是一种具有社会审美属性的意识形态”[1]。

童庆炳在前人提出“审美特征论”“审美反映论”的基础上，进一步提出了“审美意识形态论”。并在1992年，把这一观点写入了其主编的《文学理论教程》。借着教材的传播，文学审美意识形态说产生了广泛的影响。“我把文学审美意识形态论作为《文学理论教程》，用这个教材的学校已经接近千家了，另外据我们的统计，二十几本重要教材都采用‘审美意识形态’这个概念，所以这个概念是逐渐趋于成熟的，里面可能有些理论的缝隙仍然没有完全论证好，但我们会继续努力，把它论证好，把它作为一个核心概念。”[2]

审美意识形态论的核心，是强调文学作为意识形态的特殊性。这种观点并不想丢弃文学是一种社会意识形态的观点，而是要以审美限定、修正意识形态。从逻辑上讲，审美意识形态强调的不是“审美”与“意识形态”的简单相加，而是“审美意识形态”作为一个以审美为核心、整合了相关意识内容的完整存在而区别于以概念、观念存在的其他意识形态的性质。从历史上看，审美意识形态是人漫长实践过程中审美意识的物化形态，审美意识形态论可以说是一种以审美为本位的文学意识形态理论。但是，这种理论仍然是在认识论思维模式下讨论问题，没有脱离马克思社会经济基础与上层建筑理论框架。所以，严格说，文学审美意识形态论属于20世纪80年代提出的问题。只是由于童庆炳先生在《“审美意识形态论”作为文艺学的第一原理》(1999年)一文中，将审美意识形态论提升为文艺学的“第一原理”，由此才引发了论争。童先生承认自己也是80年代较早提出“审美反映论”“审美意识形态论”的人之一，而且“至今仍然坚持这一观点，甚至认为‘审美反映’论、‘审美意识形态’论是文艺学的第一原理”。“文学的意识形态性，是文学与其它形态的意识形态的共性。文学的审美意识形态性则是文学区别于其它意识形态的特性。”[3]陶东风在《大学文艺学学科反思》一文中则

---

〔1〕 陈传才：《艺术本质特征新论》，北京：中国人民大学出版社，1986年，第41页。
〔2〕 童庆炳：《文学本质观和我们的问题意识》，《社会科学》2006年第1期。
〔3〕 童庆炳：《“审美意识形态论”作为文艺学的第一原理》，《文学前沿》1999年第1期。

批评童庆炳主编的《文学理论教程》及“审美意识形态”论，由此引发了文学“审美意识形态”的讨论。2006年4月7—8日，在北京大学召开的“文艺意识形态学说学术研讨会”，探讨了马克思主义意识形态说、马克思主义意识形态论与非马克思主义意识形态说的区别、文学“审美性”与“意识形态性”的关系、文学“审美意识形态论”的定义能否成立等问题，但主要集中在两个问题上：一是，文学是意识形态还是意识形式；二是，“审美意识形态”作为范畴是否具有整一性、合法性。会议论文结集为《文艺意识形态学说论争集》，由李志宏主编，吉林大学出版社2006年出版。

从2000年开始，围绕审美意识形态的论争已经开始，但真正构成对审美意识形态论挑战的，是以董学文为首的团队所提出的“文学是一种审美意识形式”的观点。董学文早在1988年就强调文学艺术是意识形态与非意识形态的结合，他指出“把文学艺术的一切问题都‘意识形态化’，把文学艺术的所有层面都进行意识形态的解说，把本身属于非意识形态的因素，也捆绑在意识形态的名义下，那也是牵强附会，不能自圆其说的”。[1]2001年，董学文在其主编的《马克思主义文论教程》中，明确提出了艺术是一种“社会意识形式”的观点。2005年9月，董学文在《北京大学学报》发表了《文学本质界说考论——以“审美”与“意识形态”关系为中心》一文，该文成为2006年审美意识形态论争白热化的导火线。他引述了马克思《〈政治经济学批判〉序言》中的一段文字，并在对德文原文和英文、俄文的译文进行了引用和分析之后得出结论：“这里，马克思显然是没有把文学与‘意识形态’相等同的。由于‘意识形态’不等于‘意识形式’，所以，马克思在论述的行文过程中，严格使用的是‘社会意识形式’和‘意识形态的形式’两个概念，用来指称他所要说明的对象。”在此基础上，董学文认为那种“用《〈政治经济学批判〉序言》中的论述作为‘文学是社会意识形态’或‘文学是审美意识形态’界定的理由，应该说，那是缺少有力根据的”[2]。之后，董学文和他的团队连续发表了一系列文章，从不同角度质疑审美意识形态

---

〔1〕 董学文：《马克思主义文艺学当代形态论纲》，《文艺研究》1988年第2期。

〔2〕 董学文：《文学本质界说考论——以“审美”与“意识形态”关系为中心》，《北京大学学报》（哲学社会科学版）2005年第5期。

论。他们的主要论据是："第一，马克思只提到过文学是一种意识形态形式，而没有说文学是一种意识形态；第二，意识形态是一种观念体系，而文学艺术只是这种观念体系的载体，不能等于观念体系本身；第三，意识形态不可分，没有具体的意识形态，只有意识形态的具体表现形式。"[1] 除董学文及其团队之外，周忠厚、单小曦、陈吉猛、陆贵山、肖鹰、刘锋杰等都撰文对审美意识形态理论提出了质疑。[2]

面对质疑，文学审美意识形态论的维护者撰文进行反批评。钱中文认为"意识形态是个极富包容的概念……上面所说的这类指责，实际上使问题又回到了上世纪80年代前的本本主义与马克思主义的注释学派上"。[3] 2007年，钱先生在《文学评论》和《文艺研究》上发表了两篇长文：《论文学审美意识形态的逻辑起点及其历史生成》和《对文学不是意识形态的"考论"的考论》，进一步重申文学的审美意识形态论。在《论文学审美意识形态的逻辑起点及其历史生成》一文中，钱先生从历时性角度详细阐述了审美意识形态的逻辑起点是审美意识而非意识形态的观点："审美意识形态不是单纯的审美，也不是单纯的意识形态，而是审美意识的自然的历史生成。它把文学作为相对的独立形态，讨论的是这种独立形态自身的本质特性。"[4] 在《文学意识形态与不是意识形态论引起的论争——兼论文学审美意识形态的逻辑起点及其历史生成》一文中，钱又指出："有的学者为了驳斥'文学审美意识形态'说，'考论'出'马克思本人从来就没有直接或间接地说过文学是某处意识形态'，否定了文学是意识形态。但是从他所做的考论来看，这是一种仍然使用了上世纪80年代前的那种'凡是'的思想方法结果，对有利于自己观点

---

〔1〕 许娇娜：《审美意识形态：走出文学本质论——对"审美意识形态"论争的反思》，《文艺争鸣》2008年第3期。

〔2〕 参见周忠厚：《关于审美意识形态的几点思考》，《河北师范大学学报》（哲学社会科学版）2003年第6期；周忠厚：《文艺不是审美意识形态》，《黄河科技大学学报》2003年第4期；单小曦：《"文学的审美意识形态论"质疑——与童庆炳先生商榷》，《文艺争鸣》2003年第1期；陈吉猛：《文学与审美意识形态——兼与童庆炳先生商榷》，《河北师范大学学报》（哲学社会科学版）2004年第2期；陆贵山：《文学·审美·意识形态》，见王杰主编《马克思主义美学研究》第9辑，北京：中央编译出版社，2006年；肖鹰：《美学与文学理论——对当前几个流行命题的反思》，《文艺研究》2006年第10期；刘锋杰、薛雯：《从"意识形态"到"艺象形态"——文学与意识形态关系的三种解读策略之反思》，《学习与探索》2008年第5期。

〔3〕 钱中文：《正视中国文学理论的危机》，《社会科学》2006年第1期。

〔4〕 钱中文：《论文学审美意识形态的逻辑起点及其历史生成》，《文学评论》2007年第1期。

的马恩论述就引用，不利于自己的就视而不见，特别是将马克思《〈政治经济学批判〉序言》中的一段著名的论述的中译与展示于我们的三处外语的引文都理解错了，把诸种意识形态形式，概括为一个所谓‘意识形态的形式’，消解了意识形态自身的具体性与丰富性。”〔1〕童庆炳也撰文指出董学文对马克思原文的理解存在错误，他认为文学在马克思的理解中是属于意识形态范畴的，或者是意识形态的一个种类。而且按照马克思的历史唯物主义观点，几乎所有的马克思主义者都认为文学艺术是社会意识形态。童庆炳还引用了董学文编写的《文学原理》中的一段话，发现董学文也曾把“审美意识形态”写在自己的文学定义中，并指出在2003年以前董学文发表的许多著作和论文都强调了文学是社会意识形态。“现在你改口说文学不是社会意识形态，仅仅是社会意识形式，那么你就必须先要批倒上面这些大家的理论，其中也必须诚恳地批判自己，向学界清楚而明确地说明，自己为何放弃文学是社会意识形态的理论，自己的观点为何发生了这种截然相反的变化，这种变化的背景是什么，以前自己‘承认’和‘坚持’的‘错’在哪里，现在是从哪里获得灵感或经过何种研究而改变自己的观点，现在自己的观点在哪些方面超越了三年前的观点，自己治学上面为何有这种前后不一致的问题，自己要从这些问题中得出何种教训”。〔2〕2007年3月17日，北京师范大学文艺学研究中心召开了“文学审美意识形态研讨会”，与会者主要是从支持和肯定的角度对审美意识形态论进行了研讨。北京师范大学文艺学研究中心还编了《文学审美意识形态论》一书，由中国社会科学出版社2008年出版发行，书中收录了审美意识形态论者从不同角度阐述这一理论的文章。之后，论争渐渐趋于平息。

这场论争带有很大程度的意气用事成分，批评者与反批评者都是在如何理解马克思主义经典名言上费尽心思，彼此指责对方。但是，问题的关键不在于是意识形态还是意识形态的形式的问题，反批评者不过是想通过否定“文艺是一种审美意识形态”论来伸张自己认可的美学观

---

〔1〕 钱中文：《文学意识形态与不是意识形态论引起的论争——兼论文学审美意识形态的逻辑起点及其历史生成》，《中外文化与文论》第14辑，成都：四川大学出版社，2007年，第2页。

〔2〕 童庆炳：《意识形态与文学艺术——与董学文先生商榷》，见北京师范大学文艺学研究中心编《文学审美意识形态论》，北京：中国社会科学出版社，2008年，第124页。

念，从而达到学术权力的再分配。论争基本是在传统问题的框架下进行的——即认识论的，社会经济结构论的，缺乏现代视野和现代意识，且不存在根本的排他性，与90年代的时代问题也保持着游离的关系。仔细分析还会发现，参与审美意识形态论争的人员结构单一，学缘谱系明晰，基本是北大董学文团队和北师大童庆炳团队，还有一派是游离于这两派之外。这说明，审美意识形态的论争，还不是一个大面积的学术论争，由论争所产生的学术推进是有限的。“文学审美意识形态”论确实是新时期以来影响最大的一种文学观念，但是如果将其定为“文艺学第一原理”无疑就有了本质主义倾向。“世界上不存在绝对的本质或任何的一般性，认为掌握了某种事物的所谓‘本质’就一劳永逸地、彻底地掌握了这个事物的想法只能是神话。”〔1〕文学是一个多棱镜，观测点不同，得出的文学定义也就不同。不论是将文学的本质界定为“一种审美意识形态”抑或“一种审美意识形式”，都会限定对于文学本质多层面的探讨和理解。关键在于要抛弃那种绝对的、普遍的、放之四海皆准的本质主义思维方式，确立相对的、有限的、具体的文学本质观。

（二）系统的、多层次的、整体性的文学本质论

系统与综合的文学本质观实际是在后现代思潮的策动下，由反本质主义与本质主义的论争引发的一种更具包容性的观点，这一本质观还承袭着文学现代性的追求。持这一观点的学者注意到了文学本身是一个复杂的系统，在对文学本质研究时提出应考虑多种因素的综合。陆贵山认为“反本质主义”是对极端的、僵硬的、教条的本质主义的反拨和挑战，但是“‘反本质主义’决不会消解研究文学的本质规律的正当性和必要性，更不会颠覆文学研究的意义和价值。问题的关键在于怎样正确理解文学的本质和本质主义”。〔2〕他提出要用辩证综合的思维方式对文学进行宏观的综合研究，因为文学本质是复杂的“结构链”和“系统质”。他提出从四个向度即广度、深度、矢度、圆度来把握文学的本质，并对本质进行开放的理解和系统的阐释。广度即真理全面性，当文学的内

---

〔1〕李春青：《在审美与意识形态之间——中国当代文学理论研究反思》，北京：北京大学出版社，2006年，第205页。

〔2〕陆贵山：《试论文学的系统本质》，《文学评论》2005年第5期。

容在广度上有了新的拓展，旧的文学界说不能对新的文学现象进行合理的阐释，失去了应有的阐释能力，出现了对新的文学内容的片面性和偏执性理解时，我们就应该尝试建立新的关于文学的本质说。深度即真理的深度，文学的本质是分层次的，甚至呈现出无穷无尽的递进式的层次性，随着人们对文学内涵的不断探索，一旦在其深度上有了新的发现，必然会批评和反驳之前关于文学的表面性和浮浅性的理解，从而重新确立文学的本质，以确保其对文学阐释的有效性。矢度意味着对真理的探索是一个过程，“一代有一代之文学”，对文学的本质的规定只能是一种既相对稳定又不断变化着的边界，一旦文学有新的变化，死守当下本质主义的理论概括必然会对文学进行一种僵化的、教条式的解读，从而失去其阐释的有效性。因此，随着时代的变迁、历史的发展、社会的转型和文化环境的变异，文学本质的界说也会随着文学的变化而发生相应的变通。圆度即指真理是存在于各种复杂的关系之中的，“文学和文学的本质都存在于关系中，都通过关系而存在，都在关系中深化、在关系中完善、在关系中发展，表现为各种关系因素的‘合力’的相互激荡、相互拉动、交互作用，呈现出类似‘平行四边形’那样的复杂形态”。[1]研究文学的本质，要同时考虑文学内部和外部的关系，二者不可偏废。也就是说，讨论文学的本质，要“从文学的横向上，开拓文学本质的广度，展现文学的‘本质面’；从文学的纵向上，开掘文学本质的深度，展现文学的‘本质层’；从文学的流向上，驾驭文学本质的矢度，追寻体现文学发展趋势的‘本质踪’；从文学的环向上，拓展文学的内在和周边的关系，从而把握文学的‘本质链’。文学的本质是可以划分为多方面的、多层次的，同时又是流动的、变化不居的，在相互制衡的内在的和周边的关系上不断变异，获得新质”。[2]这一理论显示了作者一贯坚持的宏观文艺学的立场，注意到了文学本质的层次性和流动性，体现了从关系进入本质的哲学思辨意识，可以说是把握文学本质的宏观系统的思想，具有方法论启示。

陆贵山先生还提出研究文学本质有六大文论学理系统，即“自然主

---

〔1〕 陆贵山：《试论文学的系统本质》，《文学评论》2005年第5期。
〔2〕 陆贵山：《试论文学的系统本质》，《文学评论》2005年第5期。

义的文论学理系统、历史主义的文论学理系统、人本主义的文论学理系统、审美主义的文论学理系统、文化主义的文论学理系统和文本主义的文论学理系统”。[1] 自然主义是指由于解释人与自然、文与自然的关系所产生的各式各样的生态主义的理论、观念和方法；历史主义是指从历史视野出发研究文学与一定时代的社会历史的关系；人本主义是指以“人”为核心的人学理论，还有一种是马克思主义的人本理论；审美主义领域中的现实主义侧重于审美关系中的审美对象，浪漫主义的美学则倾心于审美关系中的审美主体，形式主义的美学多从文本的形式方面探讨作品的审美构成和审美特质，现代主义的美学侧重为对资本主义社会的批判，后现代主义美学则关注一切具有文学性的泛文学；文化主义指一切文化研究和文化批评的理论、观念和方法；文本主义指包括各式各样的关于语言、语义、形式、符号、韵律、隐喻、结构、叙述、接受、阐释的模式、理论、观念和方法。[2] 这六大学理系统各自着重研究文学本质的某一层面，或者探讨文学的某一属性，同时分别培育和发现文学本质的新的方面、新的层次、新的领域、新的关系和新的发展，形成了基于特定学理系统的文学本质观。在文学系统本质中，这六大理论系统缺一不可，它们构成一个有机的生命共同体和活性的生态循环圈。但是，它们之间的关系不是平列的、均衡的，由于特定的时代语境和历史条件的不同，文学系统本质中的某一方面或某些方面可能得到凸显。在文学研究的过程中，不仅需要让各个系统之间平等对话，更要整合六大学理系统，对文学进行共时态和历时态的研究，才能形成关于文学认识的系统本质。同时，陆贵山先生还指出：“研究文学与社会历史的关系，探讨文学的社会历史本质，可以建构新时代的文学社会学；研究文学与人的关系，扣问文学的人学本质，可以建构新时代的文学人学；研究文学与审美的关系，可以建构新时代的文学美学；研究文学与文化的关系，发掘文学的文化本质，可以建构新时代的文学文化学；研究文学自身的内部关系，考察与文学本质相关的形式语言符号、结构解构、叙述接受、解释重构等等，可以建构新时代的各式各样的文学文本学；研

[1] 陆贵山：《试论文学的系统本质》，《文学评论》2005年第5期。
[2] 陆贵山：《试论文学的系统本质》，《文学评论》2005年第5期。

究文学与自然的关系，重视文学的自然属性，可以建构新时代的文学生态学。”[1]将上述关于文学的各种本质、属性或元素进行辩证综合的创新研究，是符合马克思主义历史唯物主义辩证法的，同时可以建构新时代的宏观文艺学，这样不仅有助于文学理论建构，而且有利于进一步拓展和深化文学理论的学科建设。之后，在《文学·审美·意识形态》一文中，陆贵山先生强调“文学的本质不是单一的，而是多维、多向度和多层面的系统本质”[2]。他始终坚持用马克思主义的历史唯物主义和辩证唯物主义的世界观和方法论探讨文学本质问题，认为将审美学派、社会历史学派和人学学派的文学理论进行有机结合，走宏观、辩证、综合、创新的研究路径，才能建构具有中国特色的文学理论。

王元骧也持这种有机整体的文学本质观。他也认为应该肯定在文学理论中对本质进行研究的必要性和重要性：“虽然本质（观念、元理论）都只是一种‘贫乏的规定’，不足以直接说明文学现象，但却是我们进行文学批评的不可缺少的思想依据。它使我们看待文学现象有了一种立场、一种眼光、一种视界、一种评判的尺度、一种选择的标准、一种看问题的思维方式。”[3]他认为文学本质是多层次、有机整体性的，具体表述如下：

> 我们就可以把事物的本质划分为三个层面，即普遍性、特殊性和个别性来加以考察。从普遍性的层面看，文学是一种社会意识形态；从特殊性的层面看，文学不同于一般意识形态就在于它是审美的；从个别性的层面来看，文学不同于其他艺术样式在于它是以语言为媒介的。这三个层面的关系是：前一层面是后一层面的基础，而后一层面既是对前一层面的制约，又是对前一层面的丰富和具体化。它们相互渗透、相互规定构成文学所以是文学的具体本质。以这样的观点来看，我认为以往所流行的各种文学观念就不再是互相排斥、互相否定，而都可以在构成文学的具体本质的三个层面中找

〔1〕陆贵山：《本质主义解析与文学理论建构》，《文学评论》2010年第5期。
〔2〕陆贵山：《文学·审美·意识形态》，见王杰主编《马克思主义美学研究》第9辑，北京：中央编译出版社，2006年。
〔3〕王元骧：《文艺理论：工具性的还是反思性的？》，《社会科学战线》2008年第4期。

到自己存在应有的、合法的位置，使之融为一个有机整体。[1]

与此同时，肖鹰也借鉴了亚里士多德“四因说”的观点，从质料因、形式因、动力因、目的因四个方面考察文学。肖鹰在思考本质主义与反本质主义的争论过程中，指出二者共同存在的问题是用“先验的本质”去打量文学，因此，争论必将陷入僵局，人们也不可能在争论中真正认清“文学是什么”。他认为，文学是人所从事的一种特殊文化活动，它是一个“动态的多面体”。由此，他将“四因说”运用在文学本质的研究中：首先，语言是质料因，文学是语言的作品，这是大家应该都承认的公理。需要注意的是，文学语言是一种特殊的语言，“文学语言的特殊性，使它具有普通语言不具有的丰富表现力、象征意味和感染力”。[2]文学研究的基础应该是要承认特殊材质的语言构成了文学作品。其次是形式因，文学的形式表现在文学类型上，不同的类型有不同的结构形式。此外，文学形式还表现为文学风格，它是“文学的文化、时代和个性差异的表现”。风格展现了文学生命的真实性和个体性。作品的意象是文学形式的最终形式，它是文学作品呈现出的整体情景。“文学意象概念揭示文学的本质特性在于，文学不仅是想象的作品，而且最终是以想象的形式存在的。就此而言，文学意象将文学展现为一个现象学事实，即文学作品不是一个独立的自在实体，而是必须通过读者的感受和想象进行再创性来呈现的。”[3]再次，作者是动力因，是文学作品的创作者。作家进行创作除了具有天生的特殊资质外，还要经过后天的培养和训练才能达到娴熟的程度。尤其值得注意的是，文学的作者其实是由文本的作者和读者共同组成的，他们是既对立又互相联系的合作者。最后，价值是目的因，文学对人应产生影响，具有娱乐、教育、表达和审美的四大功能。通过文学作品可以展示人生活的世界还可以达到人与人之间交流的目的。肖鹰教授的文学本质说，既看到了此前文学本质研究的传统，又融入了现象学、中国传统美学中的意象理论，是一种接近文学实际，富有阐释效力的关于文学本质多维度、立体的解说。

---

〔1〕 王元骧：《当今文学理论研究中的三个问题》，《文学评论》2008年第1期。

〔2〕 肖鹰：《文学本质“四因说”》，《学术月刊》2007年第2期。

〔3〕 肖鹰：《文学本质“四因说”》，《学术月刊》2007年第2期。

（三）文学的超越性（审美）本质

文学的超越性本质，实际是在20世纪80年代提出的观点，但在进入90年代以后又有了新的内涵。80年代，“审美超越”是理论家们关注的一个热点问题，该词频繁地出现在新时期的著作中。

杨春时是在“生存—超越美学”的框架里讨论文学的审美本质的。“生存—超越美学”的理论肯定了审美超物质的精神性，认为审美是对现实的超越和批判。他认为：“审美是对现实生存的超越，是自由的体验，并告诉人们，自由的途径在于精神的解放、自我的升华。这样，生存—超越美学就发挥了美学关注精神世界的功能，满足了现代人的审美需求。”[1]在他看来，生存的本质是超越性，审美是超越性的存在，由此肯定了生存的自由本质。在一次访谈中，杨春时还表达过类似的观点：“审美是自由的生存方式，也就是说审美是超越现实的生存方式，或超越的生存体验方式，它获致生存的意义。”[2]在论述文学本质问题时，杨春时认为文学的审美层面具有超越性，是对意识形态的超越。文学的自律性源于审美超越性，审美使文学具有了独特的本质。

在文学的审美层面，文学具有超越现实的性质。杨春时早在硕士论文《论艺术的审美本质》中就进行了论证。他认为文学的本质不是意识形态，而是审美本质，审美超越现实，也超越意识形态。受社会主义市场经济的影响，20世纪90年代之后，文学发生了很大的变化，杨春时面对文学形态的分化，特别是通俗文学的兴起，又有了新的思考：“文学固然有审美属性，但这不是唯一的属性，还有其他属性”。[3]于是，在《文学本质新论》中，杨春时指出文学是多层次的复合结构，即原型层次、现实层次和审美层次。它们对应于文化结构中的原型文化、现实文化和超越文化。其中审美层面处于文学的最高层次，它与审美文化相对应，也可以说是属于审美文化的。“审美文化是超越文化，即自由的文化，它突破现实文化规范，具有批判性的品格。因此，文学，尤其是纯文学并不肯定现实，不维护现存意识形态，而是以审美批判超越现实，

---

〔1〕 杨春时：《生存——超越美学的现代性》，《郑州大学学报》（哲学社会科学版）2003年第3期。
〔2〕 杨春时、任天：《在超越自我中求真——杨春时教授访谈》，《学术月刊》2004年第3期。
〔3〕 杨春时：《新时期文论的变革与反思》，《云南师范大学学报》（哲学社会科学版）2018年第1期。

诉诸最高价值。这样，文学就具有了超文化性，它的批判品格与现实文化相冲突，成为文化系统的异质形态。”[1]审美层面是文学三个层面的主导层次，因此文学本质上是超越文化。同时，他认为传统文学观忽视了文学与一般文化的差别，只是把文学作为文化的同质性形态。但是，它忽视了重要的方面，就是“文学与文化的差异不在形式，也不在文学的感性特征，而在更本质的方面。这个更根本的方面就是文学作为异质文化的反文化性和超文化性”。[2]也就是说，文学可以作为一种否定性的批判力量，成为文化批判的先锋，所具有的反文化性和超文化性成为文化的异质形态。文学作为异质文化其根源在于文学以其审美品格对意识形态和文化规范的冲击、突破。历史上，文学并不是被动地接受文化规范的制约，也不是统治阶级意识形态的被动载体，而是以其审美的超越性和批判性抵制现实文化，不断冲破意识形态的桎梏。文学作为异质文化说的意义不在于提出了一种文学本质观，而在于在大众文化当道，娱乐文化猖獗的背景下，强调文学之于社会和文化的批判、质疑、对抗的性质，从而为文学寻找一个赖以存在的深层理由。在2004年发表的《论文学的多重本质》一文中，杨春时借鉴结构主义的方法研究文学的性质，在文学三个层次的基础上，进一步提出了与之相对应的三种文学形态：通俗文学、现实文学和纯文学。文本具有的多层次结构和文学的多种形态，决定了文学的意义的多元性。通过详细的分析，他指出：“文学的意义就是原型意义、现实意义和审美意义的复合。这种复合不是三种意义的平列和叠加，而是系统的综合。”[3]正是运用这种分层次的结构研究方法，杨春时才能在动态、总体上把握文学的意义，从而克服本质主义的文学研究局限，把对文学本质的研究继续向前推进。

针对文学理论的反本质主义倾向，杨春时在2007年连续写了两篇文章，捍卫文学理论对文学本质探讨的合法性。他认为，受后现代主义的影响，文学理论界出现了反本质主义倾向，极端者取消了关于文学本质的言说。杨先生认为形而上学的本质主义建立在实体观念的基础上，因此本质主义实际上是实体主义。实体主义相信现象世界的后面是存在着

---

〔1〕 杨春时：《文学本质新论》，《学术月刊》1999年第4期。
〔2〕 杨春时：《文学本质新论》，《学术月刊》1999年第4期。
〔3〕 杨春时：《论文学的多重本质》，《学术研究》2004年第1期。

实体的，这个实体就是所有事物的本质。于是在形而上学的影响下，人们一直在寻求事物背后的这个绝对本质，文学研究领域也是如此。作者认为后现代主义的积极意义在于它否定了形而上学的实体论本质主义，这就意味着形而上学中所谓的本质和绝对真理就被解构了。但是，后现代主义不能取消形而上学提出的问题，即人们对终极价值的追问不会消失，而“存在主义哲学代表了一种新的本质言说的方式，即存在代替存在者（实体），寻找存在的本质（本真的存在），而本真的存在是超越性的存在”。[1]“所谓超越，是生存的一种根本规定，生存不是异化的现实的存在，而是指向自由的超越性存在。”因此，“现实可以解构，但超越的领域不能解构，审美不能解构，因为对自由的追求不能泯灭”。“超越性的本质仍然存在，只不过它不再是现实世界的根据，而是对现实世界的超越。所谓超越性的本质，是指存在的终极意义，它超越现实存在，是对现实存在的反思、批判的产物。”[2]杨春时认为，要改变传统的关于文学本质的提问方式，应提出文学是何种存在方式的问题，把文学本质的言说从实体论转向存在论。文学没有实体性的本质，而只是一种存在方式，就是所谓的文学活动。“文学活动作为一种生存方式，同时也作为一种生存体验方式，其性质是确定的，那就是从现实存在到超越性存在的过程，是从现实体验到审美体验的过程。文学的本质就存在于这个过程之中。这个本质不是形而上学的实体性本质，而是超越性本质。”[3]据此，杨春时断言，文学的超越性本质不能解构，文学本质是可以言说的。后现代主义否定的是实体论的本质主义，但是不能否定有超越性本质的存在，更不能说文学无本质，文学在现实层面和审美层面上都是可以言说的。文学的现实层面是随历史发生变化的，仅有历史性的相对的本质。文学的审美层面则具有超越性，是对意识形态的超越。人们有了审美意识才能摆脱意识形态的束缚而获得精神的解放。同时，文学的自律性源于审美超越性，审美也使文学具有了独特的本质。杨春时先生的文学超越本质观，可以说是20世纪90年代以来关于文学本质言说的一种孤独的声音，宣示了文学搀扶存在、对抗异化、趋向超越的悲壮性力

---

〔1〕 杨春时：《文学本质的言说如何可能》，《学术月刊》2007年第2期。
〔2〕 杨春时：《后现代主义与文学本质言说之可能》，《文艺理论研究》2007年第1期。
〔3〕 杨春时：《后现代主义与文学本质言说之可能》，《文艺理论研究》2007年第1期。

量，与那种虚无主义式的反本质主义观点形成了鲜明的对照。

从1999年发表关于文学的本质文章以来，我们可以看到杨春时对文学超越本质的不断论证。他始终认为，“文学的审美层面具有超越性，是对意识形态的否定性超越，也是对历史性的超越。在这个角度上看，文学有超历史的确定的本质，这就是审美本质”。[1]2019年，杨春时在《我的学术探索》一文中，对自己的学术研究进行了总结，在关于文学本质的问题上，他认为自己建立了包括原型意义、现实意义和审美意义的多重文学本质观。文学具有多重本质，是由文学的多层次结构决定的。在他看来，文学具有三个层次，分别是：与无意识领域对应的原型层面，与意识层面相对应的现实层面，与审美意识层面对应的审美层面。这三种层面在文学中的不同作用也就产生了三种不同的文学形态：原型层面比较突出，起主要作用，就形成了凸显消遣娱乐功能的通俗文学；现实层面比较突出，起主要作用，就形成了凸显社会功利作用的严肃文学；审美层面比较突出，起主要作用，就形成了超越现实，具有形而上倾向的纯文学。与三个层次、三种形态相对应，文学具有三种意义，即原型意义、现实意义和审美意义。与之相对应，就有三种解读文学的方式：原型层面可以运用无意识理论和原型批评理论来解读文学的意义；现实层面可以运用文学社会学理论解读文学的意义；审美层面可以运用美学理论解读文学作品的意义。[2]杨春时对文学超越本质的论述带给我们的启示是：“理论研究不只是跟在文学事实后面去说明它‘是什么’，更重要的还在于，基于社会和人的合理健全发展的理念，以超越性的审美态度探究文学‘应如何’，即文学应有的精神价值与审美理想，从而为文学研究与评价提供必要的理论参照和价值引导。”[3]

综上所述，我们可以看出，在反本质主义的语境中探讨文学本质问题，论者们虽然依然坚持对文学本质进行言说，但是都自觉地放弃了唯一本质的独断论的思维方式，而代之以开放的、多元的、动态的眼光重新审视文学的本质问题。在思考文学本质问题的同时，也提出了新的文化问题。

---

〔1〕 杨春时：《文学本质的言说如何可能》，《学术月刊》2007年第2期。
〔2〕 杨春时：《我的学术探索》，《学习与探索》2019年第8期。
〔3〕 赖大仁：《文学本质论观念的历史嬗变及其反思》，《文艺理论研究》2017年第1期。

三、反本质主义的文学“本质”观

当前国内理论界出现的反本质主义思潮是西方后现代主义的产物，也是西方后现代理论在中国的一种延伸。反本质主义贯穿了从现代到后现代的西方哲学文化思潮，反本质主义思潮对哲学、政治、文学和艺术等各方面的理论都产生了影响。反本质主义思潮十分庞杂，对反本质主义的理解不能简单化、极端化，应采取谨慎的态度。（关于这个问题的详细梳理，见本书第十章）

从2000年开始，随着文化研究的异军突起，反本质主义思潮在中国文学理论界激起了强烈震荡。我国出现的反本质主义思潮吸收了西方后现代主义特别是文化研究的理论资源，又进行了中国式的思维方式改造。目前比较一致的看法是，当代中国反本质主义大约开始于2001年陶东风在《文学评论》发表《大学文艺学的学科反思》一文。在这篇文章中，陶东风认为以往大学文艺学的学科建制是受到了“本质主义思维方式的影响”。他所说的“‘本质主义’，乃指一种僵化、封闭、独断的思维方式与知识生产模式。在本体论上，本质主义不是假定事物具有一定的本质而是假定事物具有超历史的、普遍的永恒本质（绝对实在、普遍人性、本真自我等），这个本质不因时空条件的变化而变化；在知识论上，本质主义设置了以现象/本质为核心的一系列二元对立，坚信绝对的真理，热衷于建构‘大写的哲学’（罗蒂）、‘元叙事’或‘宏伟叙事’（利奥塔）以及‘绝对的主体’，认为这个‘主体’只要掌握了普遍的认识方法，就可以获得超历史的普遍有效的知识”。[1]随后南帆主编的《文学理论新读本》、王一川著《文学理论》、陶东风主编《文学理论基本问题》分别于2002、2003、2004年相继出版，使得“反本质主义”文艺学话语持续深化，并在这几本教材里得到系统的呈现。这几本教材均在不同程度上对本质主义的思维方式进行了批判，具有不同程度的反本质主义色彩，提出了建立在反本质主义基础上的文学本质观。

（一）建构主义的文学观。陶东风主编的教材《文学理论基本问题》一书一经出版，就受到广泛关注，有人把它当作新世纪文学理论教材中

〔1〕 陶东风：《大学文艺学的学科反思》，《文学评论》2001年第5期。

反本质主义的“开路先锋”[1]。教材导论首先对现行中国文艺学的学科建制进行了反思，认为目前文艺学教学和研究存在的问题是：“以各种关于‘文学本质’的元叙事或宏大叙事为特征的、非历史的本质主义思维方式严重地束缚了文艺学研究的自我反思能力与知识创新能力，使之无法随着文艺活动的具体时空语境的变化来更新自己。”[2]随后教材对新时期以来最流行的三本教材：以群主编的《文学的基本原理》、十四院校联合编写的《文学理论基础》、童庆炳主编的《文学理论教程》为例，对文艺学教科书中存在的本质主义思维的倾向进行了批判。同时，导论还指出这些教材“剪刀＋浆糊”拼凑式的编写方式使得这些文艺学教科书的内部结构没有形成一个系统的知识体系，进而指出大学的文艺学教科书应进行改造，即对文艺学学科中普遍主义和本质主义倾向进行反思。编写者倡导一种历史化与地方性的文艺学知识叙事，坚持文艺学知识的重建思路应该是知识社会学中的历史化与地方化的方法论原则。

依据这样的思路，陶东风提出在讲述“什么是文学”的问题时要对其做历史的解释，同时再结合民族的维度，即分别介绍不同民族对于“文学”概念的理解（以中国和西方为主）。力求做到不给出“什么是文学”的最终答案，只是把问题提出来，让人们自己来思考。教材没有给文学进行本质性定义，而是按中西方文学理论史的发展变化梳理了“文学”这个概念。本书第一章关于“什么是文学”就是用这种思路展开叙述的。不过《文学理论基本问题》对于“文学是什么”的叙述，由于要小心翼翼避免本质主义的纠缠，不得不通过运用大量材料论述中西方理论对于文学的认识，在广泛引用中外文论史上的文献资料时，陷入了烦琐的引证，甚至不惜采用曾批评过别人的，到头来自己却也使用的“剪刀＋浆糊”方式组织叙述。“而更为不幸的是，由于无力处理如此巨大的思想材料，过分自负的‘反本质主义’文艺学不仅肥胖臃肿，而且还常常顾此失彼，多有遗漏。”[3]

---

[1] 单小曦：《文论教材建设中的本质主义与反本质主义——关于中国高校文学理论教材改革与建设的思考之一》，《长江师范学院学报》2008年第3期。

[2] 陶东风主编《文学理论基本问题》（第二版），北京：北京大学出版社，2005年，第1页。

[3] 支宇：《“反本质主义”文艺学是否可能？——评一种新锐的文艺学话语》，《文艺理论研究》2006年第6期。

值得注意的是，陶东风在自己的文章或著作中多次提到，他倡导的理论其实不是反本质主义，而是建构主义。他把反本质主义分为“反本质的主义”与“反本质主义”两种。“反本质的主义”不是对本质主义的反思，而是否定关于本质的一切言说，建构主义是属于“反本质主义”。陶东风在其主编的《文学理论基本问题》教材中就有论述：“我们所说的反本质主义并不是根本否定本质的存在，而是否定对于本质的形而上学的、非历史的理解（在这一点上不同于有些‘后’学家那种根本否定事情具有任何本质的极端反本质主义），尤其不赞成在种种关于文学本质的界说、理论中选择一种作为对于‘真正’本质的惟（唯）一正确揭示。”〔1〕也就是说，他不反对文学具有本质，而批判永恒不变的本质观。可以看出，陶东风之“反本质的主义”，其实是对实体论本质主义的反对，即反对形而上学的对于本质的理解，而并没有一概否定本质。由此看来，讨论反本质主义一定要细致厘定本质、本质主义，反本质、反本质主义的界限，防止那种不顾语境而笼统指责别人是本质主义的说法，也要反思反本质主义究竟要反什么，是反本质，还是反本质主义。

（二）“关系主义”的理论模式。与陶东风主编的《文学理论基本问题》不同的是，南帆在自己编写的教材中没有明确讲“反本质主义”的概念。他在导言中讲了“文学理论中的两条线索”，就是“文学是独立的，纯粹的，拒绝社会历史插手；或文学理论必须尾随文学回到历史语境之中”。〔2〕他也同样强调了文学与历史语境的关系，不同的历史语境下文学有不同的内涵。文学会随着历史的发展变化而发生相应的变化。这也就意味着文学和历史语境之间存在着互动的关系。由此，他在阐述文学观念时特别强调：“历史主义与文学理论普遍性的相互交织制造了双重复杂的关系。第一，文学必须进入特定意识形态指定的位置，并且作为某种文化成分介入历史语境的建构；第二，文学必须在历史语境之中显出独特的姿态，发出独特的声音——这是文学之所以存在的理由。两重关系的交叉循环既包含了文学话语与社会历史之间的彼此开放，也包含了文学话语与社会历史之间的角力。”〔3〕文学理论的任务也就是发现文

〔1〕 陶东风主编《文学理论基本问题》（第二版），北京：北京大学出版社，2005年，第19页。
〔2〕 南帆主编《文学理论新读本》，杭州：浙江文艺出版社，2002年，第3页。
〔3〕 南帆主编《文学理论新读本》，杭州：浙江文艺出版社，2002年，第3页。

学与社会历史以及意识形态之间双重复杂的关系。

南帆于2007发表的《文学研究：本质主义，抑或关系主义》一文，提出了一种“关系主义”的理论主张。在有限度地承认“本质主义”合理性的前提下，认为“文学必须置于多重文化关系网络之中加以研究，特定历史时期呈现的关系表明了文学研究的历史维度。在关系主义的视野之中，无论是文学性质、典型性格、文学之［应为“史”，引者注］上一些著名概念还是文学经典都将因为复杂的关系网络而得到多重解释，而不是力图将结论还原到某种单一的‘本质’”。[1]也就是说，研究文学时应该把它放入与其他事物的关系网络中加以认识，同时还要考虑历史的维度，这样可以得出对文学的多重解释。基于这样的思路，南帆在教材里主要谈了文学的构成，探讨了文学与话语、作家、文本等的关系，进而阐述了文学与其他多元因素的关系。关系主义，是南帆处理文学本质问题的一个新思路，具有较强的解释学价值。方克强认为“关系主义”在南帆的《文学理论新读本》一书中有关文化研究的几章里已有所体现。“尽管‘关系主义’属于事后的追加命名，但其核心思想早已在教材中通过历史主义、文化网络、文学的意识形态性等加以贯彻了。”[2]南帆也有限度地承认“本质主义”的合理性，但目的是用“关系主义”的理论来进行文学研究，用“关系主义”代替对本质的实体主义的言说。

（三）文学属性代替文学本质。与陶东风和南帆教材相比，王一川教材一个明显的不同之处在于不是集体编写，而是个人专著。此外，他还独创了一个理论框架，提出了感兴修辞诗学。他没有像陶东风、南帆的教材那样偏重借鉴西方的文化理论资源，而是更多地开发了本土的理论资源，尤其注重借鉴中国古代文论中一些有生命力的概念和表述。他在教材引言里强调：“就目前我国文学理论界的实际情形来说，尚不存在探访文学理论原野的惟一‘大道’，而可以见到若干条交叉‘小道’。既然如此，我只能选择其中一条——感兴修辞诗学。”[3]他是将“感兴”论与“修辞”论两者结合起来，并从感兴修辞这一特定角度来考察文学

---

〔1〕 南帆：《文学研究：本质主义，抑或关系主义》，《文艺研究》2007年第8期。
〔2〕 方克强：《文艺学：反本质主义之后》，《华东师范大学学报》（哲学社会科学版）2008年第3期。
〔3〕 王一川：《文学理论》，成都：四川人民出版社，2003年，第10-11页。

问题。因为文学中感兴与修辞是紧密结合在一起的，即感物而兴、兴而修辞。换言之，“感兴修辞就是富于感兴的修辞，是始终与体验结合着的修辞。文学正是这样一种感兴凝聚为修辞、修辞激发感兴的艺术。……感兴修辞是指文学通过特定的语效组合而调达或唤起人的活的体验。简言之，感兴修辞是指以语效组合去调达或唤起活的生存体验”。[1]可以看出，感兴修辞论就是强调文学通过语言的有效组合来唤起人的生存体验。在这个意义上，我们也可以说，文学是一种感兴修辞。与陶东风、南帆教材比较，王一川从他认为的文学定义出发研究文学，对文学的感兴修辞性、媒介性、语言性等属性进行了独到的分析。

王一川在教材的第一章就谈论了文学的含义，并认为它是文学概念的第一个层面，文学属性是第二个层面。这也就是说，在讨论“文学是什么”的问题时，他舍弃了“文学本质”一词而改用了“文学属性”，即用属性论代替了本质论。他说：“在今天看来，本质并不就等于确定无疑的实在，而不过是主体的人为设定而已。也就是说，相信事物存在着惟一本质，属于人的思维假设。人假定事物有其本质，就会竭力去寻找。而不同的人由于各种原因的限制，会从同一对象中‘发现’不同的本质，这就使设想中的唯一本质变得多样了，因而也就不可靠了。反之，如果舍弃本质式思维而用‘属性’的视角去观察，倒可能会发现事物的多种多样的面貌及其变化。由于如此，这里考虑不谈本质而谈属性。”[2]由此可见，他认为关于事物存在唯一本质的观点其实是一种思维的假设，是直接假定了一个本质存在的前提条件，然后再去寻找，这样导致的结果是对事物界定不清晰，因此应该舍弃本质式思维——本质式思维相信事物有唯一的本质，而属性式思维考虑到事物具有多样和变化的特性。属性式思维可以从不同角度认识事物，进而更全面地了解事物。同时，王一川还强调不追问文学的抽象本质，而对文学观念进行界说。综合文学的含义和属性，他对文学的定义进行了可操作性的界说：“文学是以富有文采的语言去表情达意的艺术样式，是一种在媒介中传输语言、生成形象和唤起感兴以便使现实矛盾获得象征性调达的艺术。

〔1〕 王一川：《特色文论与兴辞诗学》，《中山大学学报》（社会科学版）2006年第3期。
〔2〕 王一川：《文学理论》，成都：四川人民出版社，2003年，第69–70页。

简言之，文学是一种感兴修辞。更简洁地说，文学是一种兴辞。”[1]可以说，王一川教材是对于反本质主义理论成果积极吸纳的一个结果。

上述三部具有研究性质的教材都体现出不同程度的反本质主义色彩，或对本质主义思维方式进行批判，或用建构主义处理文学本质，或把文学置于多重关系网中来考察，或舍弃用“本质”一词代之以“文学属性”“文学观念”等词。三部教材虽然都贯彻了反本质主义精神，但是选择的理论建构策略却各自具有不同的特色。这是文学理论教材向多元化探索开始的标志，也体现了文学本质的研究从定于一尊、第一原理，向多维度、多层面、多角度探索的转变。

（四）取消论的文学本质观。无论是陶东风、南帆，还是王一川，他们对于文学的“本质”并不持一种取消论的立场，而是主张在反思本质主义局限性的基础上，以更为建设性的姿态，从一个特定层面进入文学的理解。然而也有学者在对本质主义进行反思的过程中，开始回避文学本质的追问，提出对本质研究进行悬置。他们认为，长期以来，文学理论过多关注了如“文学是什么”等具有本体论性质问题的研讨上，但是这些问题逐渐成了不具有学术价值的话题，而且也永远不会有答案。另外，“如果把‘规律’、‘原则’等问题抬到不适当的高度，就会出现与文学理论研究的学理客观性不相称的、不讲道理的伦理性评判，‘文学’和‘文学理论’也便成为一个‘虚构的神话’，而这个意义上的所谓‘规律’、‘原则’实际上也只是人为地虚构的权力话语”。[2]于是，作者提出“本质的悬置”。“只有暂时把本质‘悬置’起来，文学理论才有可能与当下已发生巨大变化的文学活动的生产、传播与消费方式进行有效的对话，才有可能走出‘失语’的困境。……‘本质的悬置’，意味着文学理论对长久以来纯文学苑囿的超越，进行跨文学实践。”[3]可以看出，本质的悬置说，其实是想否定传统理论的文学研究方式，而以文化研究或对文学的跨学科研究来替代。如此一来，文学的本质就被消解掉了。但是，我们需要反思的是，对文学的本体论问题避而不谈，这样就能解决文学的问题吗？即使我们对文学本质避而不谈，但是它作为意识形态

---

〔1〕 王一川：《文学理论》，成都：四川人民出版社，2003年，第77页。
〔2〕 秦剑：《“本质的悬置”：文学理论学科性之反思》，《黄冈师范学院学报》2005年第2期。
〔3〕 秦剑：《“本质的悬置”：文学理论学科性之反思》，《黄冈师范学院学报》2005年第2期。

仍会潜在地作用于文学实践活动。对文学的理解、文学的观念，其实是我们进入文学首先要面对的问题。

经过20世纪90年代的文学本质、本质主义、反本质主义的讨论，文学理论对“本质”不等于“本质主义”这一维度达成了一致，追问“文学是什么”并不是要将文学的本质固定为唯一，本质论中既包括本质主义的本质论，还有非本质主义的本质论。对这一观点，单小曦在《“反本质主义”之后的文学本质论反思——文学存在论研究（一）》中进行了详细论述，他认为反本质主义所倡导的建构主义、关系主义、超越主义都是非本质主义的本质论。单小曦对建构主义的反本质主义做出了具体分析，他将“建构主义”的文学理论归结为以下五点：一是提倡反“本质主义”，但不反本质，而是要言说本质。二是本质不是实体而是建构物。三是文学、文学本质、文学标准都是“社会历史条件和语言文化因素”的建构物。四是文学理论研究要调整研究范式、改变提问方式：文学理论要研究的是“什么人在什么情况下出于什么需要、目的建构了什么样的‘文学’理论”。五是倡导对话主义，“以对话主义的文学理论来补充建构主义的文学理论”，以“民主的文化商谈机制”抵制文论上的权威主义。[1]通过对其理论纲领的分析，单小曦得出一个结论：建构主义不反本质，只反它所规定的本质主义，其实质言说的是一种非本质主义的文学本质。建构主义是“通过对各种文学本质言说形成的话语条件和权力关系的考察，获得对文学本质及其各种文学问题进行言说的理论”。[2]因此，建构主义依然是追问文学本质的，只不过它不再直接追问文学的本质是什么，而是将各类文学理论关于文学本质言说的话语条件主义和权力关系作为它的研究对象。

在单小曦看来，“关系主义”也没有放弃对“文学是什么”的追问，而是通过“比较”各种关系凸显“文学是什么”，在“文学不是什么”的不断追问中，最终试图呈现出“什么是文学”。这也就是说“关系主义”仍然要考察一种文学所独有的东西，但这种东西不再是“本质

---

〔1〕单小曦：《“反本质主义”之后的文学本质论反思——文学存在论研究（一）》，《社会科学研究》2010年第4期。

〔2〕单小曦：《“反本质主义”之后的文学本质论反思——文学存在论研究（一）》，《社会科学研究》2010年第4期。

主义”的那种形而上学式的本质，而是使文学与其他“文化形式”区别开来的“性质”“特征”“功能”等属性，因此，“关系主义”也是一种非本质的本质主义。胡友峰认为：“在《文学理论基本问题》导言中主编所主张的‘反本质主义’的思路和‘知识社会学’的方法并没有在具体的章节中得以展现，反而陷入了自己所设定的本质主义旋涡之中。”〔1〕其实不论是采用哪种方式对文学进行研究，都有其合理性。周宪借用麦克基恩的观点指出，在文学本体论的探讨中，存在着四种基本的思维方式：辩证的思维、操作性思维、质疑性思维和逻辑性思维，相应地代表四种研究模式：综合的模式、辨析性或假定性模式、探究的模式和组合的模式。这四种思维模式对文学有不同的理解：“辩证的思维把文学视为一种思维模式；操作性思维把文学看作是多种话语形式中的一种；质疑性思维的基本观点是将文学界说为一种制作活动的模式；逻辑性思维假定文学是对文本各部分进行科学分析的资料。”〔2〕他认为各种研究范型之间有着不同的参照系，彼此之间不可代替。因此，并不存在所有理论学派都接受认可的文学的元标准。历史上，不同的文学定义均各自显示着界定文学本质的特定的视角和特定的方法，各种不同的文学观念此消彼长，纷争并存，但各有其合理性与存在的必然性，互相不可取代。〔3〕

我们应该对反本质主义有一个清晰的认识，反本质主义并不意味着取消对文学本质的探求，也不是对文学本质避而不谈。陈晓明对那种建立在“元理论”基础上的文学理论知识体系持抵制态度：“在整体性和本质论意义下完成的元理论（主流文学理论），已经取得辉煌的成就，它已经在这个意义上穷尽了这种理论的所有意义，再在此做出努力都是徒劳的，它的伟大意义随同那样的历史时期，随同那样的文学时代已经完成。现在人们如果还在跃跃欲试，汇集人力物力去建构这种元理论体系，建构一个大一统的纲领性文件，雄居于学科之首，引领全部的文学理论，那只能是乌托邦。”〔4〕但是，余虹并没有否认本质的存在，认

〔1〕胡友峰：《反本质主义与文学理论知识空间的重组》，《文学评论》2010年第5期。
〔2〕周宪：《超越文学——文学的文化哲学思考》，上海：上海三联书店，1997年，第14页。
〔3〕周宪：《超越文学——文学的文化哲学思考》，上海：上海三联书店，1997年，第15-16页。
〔4〕陈晓明、孟繁华、南帆、贺邵俊：《“文学理论建设与批评实践”笔谈》，《中国社会科学》2004年第6期。

为文学虽然没有“作为种类共性的‘实然性本质’，但却有作为价值形态的‘应然性本质’。”[1]同时，他还指出：“反本质主义不是要反掉‘本质’这个语词，而是要打破对它进行‘主义化’的专断，从而敞开‘本质’这一语词的多元语意维度，并限定它有效的语用范围。”[2]其实，反本质主义相当于在对文学本质言说时多了一层观照的视角，它为我们进一步思考文学问题提供了一个新的参照，并引起我们对实体论本质主义的反思。对文学本质的追问不仅是求知好奇心的驱使，最根本的还是基于研究本身的召唤，“那种根本取消对‘本质’问题追问的做法却是不可取的。因为，如前所述，‘本质’式的思维方式，来源于人们对事物‘最核心、最关键’那部分属性认识的冲动，而事物的属性虽然各有侧重，但对于我们科学认识事物性质的意义并不相同。……本质是无法从对事物的认识中抹去的，本质式的思考是我们科学进入事物的基本方式。文学理论研究也一样，本质是不能回避的。这里的关键问题是，对本质的理解要采取一种科学的符合对象自性的方式，而不是将本质凝固化、主义化”。[3]因此，我们应该抛弃形而上学实体论本质主义，但是不能取消关于文学本质的界定，应对本质问题有一个清晰的、科学的认识。

（五）文学性的描述替代文学本质的追问。自古代以来，人们一直在追寻文学的“本质”，但在此过程中又容易陷入本质主义的樊篱。本质主义的思维方式在探索文学的本质属性时存在一定局限性，于是人们开始试图另辟蹊径来寻找文学的“本质”。在20世纪初的时候，俄国形式主义者就用“文学性是什么”代替了“文学是什么”的追问方式，代表人物雅各布森就曾认为：“文学科学的对象不是文学，而是‘文学性’（литературность），也就是说使一部作品成为文学作品的东西。”[4]雅各布森通过文学性的设定，试图区分文学研究与非文学研究，认为过去那种关于作品的时代背景、作品与社会的关系、作品的主题以及作者的个性

---

〔1〕余虹：《文学知识学》，北京：北京大学出版社，2009年，第222页。

〔2〕余虹：《在事实与价值之间——文学本质论问题论纲》，《天津社会科学》2006年第5期。

〔3〕邢建昌：《后现代语境下文学理论知识生产的三个维度》，《浙江大学学报》（人文社会科学版）2009年第1期。

〔4〕［法］茨维坦·托多罗夫编选《俄苏形式主义文论选》，蔡鸿滨译，北京：中国社会科学出版社，1989年，第24页。

研究等，并不是文学研究，应该扬弃，而代之以文学性研究为核心的文学研究。文学性，也就是使文学成为文学的特殊性。雅各布森将关注的视角转向了文学作品本身，着重分析文学的内在因素，如作品的语言、结构和手法等。“文学性”这一术语得到了其他形式主义者的认同，并被当作了独特的研究对象。俄国形式主义者普遍认为，文学性主要存在于作品的语言层面。文学语言与日常语言存在着很大差别，日常语言是人们进行情感交流或清晰表达意图的一种手段。文学语言则要对日常语言进行变形甚至扭曲，颠覆符合惯例的构词和语法，即“对普通语言实施有系统的破坏”。因此，他们热衷于探讨“文学材料本身的特殊性”，将关注的重心转向了文学作品的内在规律。他们认为文学的本质存在于纯粹的文本世界里，率先将批评的视野转向了作品本身。紧随其后的是，英美新批评派将文本研究引向了深入，即将文学作品作为本体进行研究。

然而，笔者在这里所说的是另一种文学性。1995年，美国学者D.辛普森（David Simpson）发表了《学术后现代与文学统治》。在他看来，“并非像一些保守的批评家所说的那样文学被忽略和被放逐到了大学的边缘。事实上文学胜利了：文学统治了学术领域，尽管这种统治伪装成了别的样子”。其实“后现代是文学性成分高奏凯歌的别名”。〔1〕文学完成了它的统治，它在不同的学科领域得到了应用和保存，具体表现为众多学科中存在着文学化的语言。辛普森对“文学统治”乐观前景的描绘，引起了乔纳森·卡勒的积极回应。在《理论的文学性成分》一文中，卡勒将“文学统治”改为“文学性成分”，使意图表达得更加清晰。他宣称：“文学可能失去了其作为特殊研究对象的中心性，但文学模式已经获得胜利：在人文学术和人文社会科学中，所有的一切都是文学性的。”〔2〕这意味着，文学性成为人文学术和人文社会科学所共有的理论资源，不再只是文学语言所专有的属性。

受后现代文学性的影响，国内理论界有人提出用文学性研究替代文学研究。即文学研究要扩大自己的眼界，研究一切属于文学性的领域。

---

〔1〕［美］乔纳森·卡勒：《理论的文学性成分》，余虹等主编《问题》（第1辑），北京：中央编译出版社，2003年，第128页。

〔2〕［美］乔纳森·卡勒：《理论的文学性成分》，余虹等主编《问题》（第1辑），北京：中央编译出版社，2003年，第128页。

后现代语境下的“文学性”论述，是建立在这样一个判断上的：首先，一切知识都是叙述的、历史的、理论的、人文科学的知识，都离不开叙述，叙述是一个涉及文学性的概念，因为叙述不为文学所独有。其次，文学与非文学不存在截然分明的界限。过去被认为是非文学的领域，越来越多地采用了文学的手段，文学性弥漫在上述领域。在日常生活中，人们开始越来越多地通过影视来了解文学作品，通过网络进行创作，通过手机交流感情等等。从积极的方面来看此问题，那么文学开始以新的形式展示了人们的精神世界，文学也开始渗透入大众的日常生活。其实，辛普森、卡勒所提出的文学性问题，不过揭示了晚近社会人文社会科学在知识叙事上的一个转折或变化，即社会生活越来越修辞化，越来越多的人文社会科学在知识的叙述上采用了文学的笔法——叙事、描述、虚构、想象、隐喻等成为一种建构自身的力量。……这种把晚近以来人文学科和社会科学在知识叙述上的新变看成是文学性的胜利，多少让人觉得有点盲目乐观。因为，我们切身体会到的是，在这种表面上的“文学性”统治的乐观的表达背后，是文学的无可奈何被边缘化的事实。

目前，我们所处的社会环境确实存在着文学性渗透这一事实，但不必一味追问其是否扩散，以及扩散到何种程度。我们可以关注的是，后现代“文学性”概念为社会文化的发展提供了新的阐释空间，引发了人们思考文学在社会文化结构中所处地位及应有的意义。通过对“文学性”的分析，可以获得对文学的认识和观照，也可以引发对新的语境下文学存在状态的思考，以及加深对文学与周边关系的认识。“文学性”的提出，是一个有益的视角。但试图用“文学性”的描述替代对于文学本质的追问，则存在潜在的危险，容易使人们在扩大文学研究范围，增进跨学科、跨文化研究的同时，淡忘属于文学自身的东西，即形式主义、新批评所说的文学性问题。文学，作为一个人类探索数千年的文化现象，是一个有着不可替代价值的精神存在形式。它对于精神深度的开掘，对于人性复杂性的探究，以及对于语言可能性的实验等等，都不是文学性研究所能完全涵盖的。只要文学的形式还存在，文学性的研究就不能取代文学的研究。我们需要在文学研究拓展边界、扩大范围的同时，增进深度，强化内涵，从而不断向文学未知领域勘察。因此，后现代语境下“文学性”概念可以作为这一时期文学弥漫性存在的一个问题

域而研究，但不应替代传统意义上的文学研究。文学的本质，仍然作为一个问题向我们召唤。（关于“文学性”的问题，详见第九章）

20世纪90年代之后文学的边缘化已成既定事实，在后现代世俗欲望的狂欢中，大众文化的兴起引发了主体的价值虚无，反本质主义的出场给文学本体论研究带来了巨大的冲击，反思文学理论的意义、价值以及合法性问题成为90年代以来的核心问题。虽然反本质主义开启了文学研究范式的多元化，让人们认识到文学是历史的、具体的，但是，对文学本体论的追问一直在途中。文学本体“在后现代主义文化泛滥和‘语言失语’的今天，并没有被消解，只是被搁置，存而不论”，它依然存在于人的历史发展中，在文学自身的不断变革中发展着。[1]正如高建平所指出的那样：

> 本体论研究在任何时代都必然构成思想的前沿，它对时代的解释从深层次上折射出时代的内在精神，这种解释实际上为该时代人们的生存价值提供了一种终极根基或尺度。从某种程度上讲，当下这个情绪焦虑、心灵躁动不安的时代，人们更需要这种慰藉心灵的关怀，唯此才能在匆忙繁忙的筑居中诗意地栖居。实际上，新时期以来的文学价值论、艺术生产论等，都透露出对这种植根的诉求，因为价值论问题归根结底是一个生存论和本体论问题，只有从人们对生存以及存在意义的理解中，才能探寻到他们的价值观念和价值标准之源，遗憾的是这一研究一直囿于认识论视野而未能深入到本体论层面，结果是文学价值论仅仅成为审美反映论的一个内部视角。但无论如何，文学本体论始终是我国当代文艺学研究的一种“隐秘渴望”。[2]

我们有理由认为20世纪90年代的文学理论，不论是对审美的继续强调，还是对新理性精神的建构，抑或文学超越本质的主张等，在今天

---

〔1〕 高建平等：《当代中国文论热点研究》，北京：中国社会科学出版社，2016年，第391页。
〔2〕 高建平等：《当代中国文论热点研究》，北京：中国社会科学出版社，2016年，第391页。

后形而上学语境下，依然具有积极的意义。我们可以从三个方面来概括：其一，对文学知识的追求，可以让文学理论研究保有形而上的特质。其二，正是由于持本质主义观念的文学理论研究具有形而上特性，因此它对于鼓励人们沉潜学术，扎实从事基础理论研究而言，也是十分有益的。其三，在文学理论“主义”式微、流派隐匿的当代中国，声张和持守一种文学理论观念，并且视之为根本性特质，甚至“信以为真”，这对于文化民族主体的觉醒和加强理论自信和文化自信而言，无疑也是必要的。[1]

〔1〕 肖明华：《谁是本质主义的文学理论研究者》，《文艺争鸣》2020年第1期。

第九章 “文学性”何以可能？※

“文学性”是百年来文学研究中一个令人瞩目的关键词，这不仅因为“文学性”引发了一系列学术议题，更因为“文学性”概念内在的话语张力和理论包容性。周启超认为，“文学性”是文学研究走上科学化轨道，成为“文学科学”即“文学学”的理论纲领。[1] 自罗曼·雅各布森1919年提出这一概念算起，“文学性”研究至今已有百年历史。法国学者茨维坦·托多罗夫、热拉尔·热奈特、安托万·孔帕尼翁，美国学者勒内·韦勒克、乔纳森·卡勒、彼得·布鲁克斯，英国学者彼得·威德森，俄罗斯学者谢尔盖·森津等都对“文学性”的问题进行过探讨。无论在西方还是当代中国，“文学性”至今依然是理论家关注的焦点，“文学性”深度地参与到理论与批评的过程中，丰富着文学理论与批评实践的探索。国际比较文学协会理论委员会组织多国学者撰写的《问题与观点——20世纪文学理论综论》一书专门讨论了“文学性”，南帆主编的《二十世纪中国文学批评99个词》也有“文学性”词条。后理论时代，关于文学本质的言说虽然被丢弃，但是在文化研究泛滥的同时，理论家和批评家不约而同将目光转移到“文学性”问题上来。“文学性”以其独有的内涵和强大的理论包容性不仅为文学研究保留了一席之地，更为文学与文化研究提供了一个新的理论空间。

一、对“文学性”概念内涵的溯源

“文学性”研究在西方已有百年的历史，自俄国形式主义提出“文

※ 本章为蒋雪丽撰写，系河北省研究生创新能力培养资助项目《20世纪80年代以来文学形式问题研究》（项目编号：CXZZBS2023096）的结项成果。

〔1〕 周启超：《“文学性”理论原点溯源——论作为现代斯拉夫文论基本命题与轴心话语的“文学性”》，《社会科学战线》2021年第8期。

学性”这一重要概念之后，英美新批评和结构主义文论、解构主义以及后理论都对“文学性”情有独钟，在各自的理论体系下建构了丰富多样的“文学性”内涵。俄国形式主义将“文学性”视为文学是其所是，是文学区别于非文学的标志。新批评在俄国形式主义的基础上提出了“文本中心主义”，探究文学性；结构主义批评的代表人物托多罗夫明确说过，文学科学“目标是研究文学性，而非文学……人们所研究的不是作品，而是文学话语的潜在可能性，什么使文学话语成为可能：这样的文学研究就可以成为文学科学”。[1]而解构主义则关注文学之外的文学性；后理论时期重提“文学性”，旨在对抗文化研究的泛化，要求文学研究重归文学。约略说来，西方理论中的文学性内涵主要体现在以下几个方面：

（一）作为文学研究对象的“文学性”。20世纪初俄国形式主义明确提出“文学性”概念，并以此作为文学研究的对象和目标，这带来了文学观念和文学研究的转折。乔纳森·卡勒认为，19世纪末以前的文学研究还不是一项独立的社会活动，文学作品也不是独立的研究对象，直到专门的文学研究建立后，文学区别于其他文字书写文本的特征问题才被提出来，其目的是通过分离出文学的“特质”，推广有效的研究方法，加深对文学的理解，从而摒弃不利于理解文学本质的方法。随着文学批评和专业文学研究的兴起，文学特殊性和文学性问题才真正被提出来。[2]雅各布森认为，许多文学史家把文学作品仅仅当成了研究心理学、政治学、哲学、传记等的证据和材料，从而不知不觉地滑进哲学史、文化史、心理学史等别的学科领域，这显然不是真正意义上的文学研究。他提出要找准文学研究的对象和目标，即“文学科学的对象不是文学，而是‘文学性’（литературность），也就是说使一部作品成为文学作品的东西”[3]。

俄国形式主义“文学性”是对当时文论界占据统治地位的“社会历史学派”的一种反拨。20世纪初的俄国以佩平、季杭拉沃夫、维谢洛

〔1〕 Tzvetan Todorov, “Les catégories du récit littéraire”, *Communication*, Vol. 8 (1966): 125-151. 转引自赖大仁：《“文学性”问题百年回眸：理论转向与观念嬗变》，《文艺研究》2021年第9期。

〔2〕［美］乔纳森·卡勒：《文学性》，［加］马克·昂热诺等主编《问题与观点——20世纪文学理论综论》（修订版），史忠义、田庆生译，开封：河南大学出版社，2010年，第23页。

〔3〕［法］茨维坦·托多罗夫编选《俄苏形式主义文论选》，蔡鸿滨译，北京：中国社会科学出版社，1989年，第24页。

夫斯基等人为代表的历史文化学派将民族的文学史与文化史研究结合起来，把文学理解为民族的历史文化生活的记录。认为文学研究应从属于社会学，将文艺作品视为历史文献、文化实例和个人传记，将文学史等同于社会思想史，而无视文学艺术的审美特征和艺术规律的全部复杂性，这实际是科学中的实证主义和文艺学中的历史主义两者相遇的产物。佩平认为，文学作品就是一定时代的社会和文化文献，文学的首要意义就在于其中所蕴涵着的历史文化含义，就是其中所渗透着的民族和社会心理。吉洪拉沃夫将文学史视为历史科学的一个组成部分，他不主张将一部文学史写成一部对若干经典作家及其经典作品进行美学描述的过程，而主张将文学史扩大为一部思想史和社会发展史。这种“用社会历史规律取消文学自身特性的弊端引起了俄国文论界的普遍不满，……作为一种逆反，俄国形式主义主张将文学史与社会、思想、政论、宗教、道德、法律、新闻、风尚、教育、科学的历史区分开来，反对用社会史、思想史、个人传记和心理研究等‘外在的’材料代替文学本身，而强调文学的独立自主性和自身规律”。[1]俄国形式主义者正是在此基础上提出了“文学性”这一概念，要证明文学研究的独特性，首先必须证明文学研究对象的独特性，因为理论如何建构它的对象将决定理论本身的性质。雅各布森认为，文学研究的对象不是笼统的“文学”或“文学作品”，因为哲学、历史等学科也可能研究文学作品。文学研究的对象应当是“文学性”——即那个使文学成为文学的东西，这才是文学研究独特的对象，由此出发，文学研究才能成为一门独立的学科。于是，雅各布森在《俄罗斯新诗》中明确指出：

> 文学科学的对象不是文学，而是文学性，即使得一部作品成其为文学作品的那种东西。然而，到目前为止，文学史研究者们经常表现得像警察，他们想逮捕某个人，却以防万一，把在公寓里的所有人都抓起来，连碰巧在街上经过的人也不放过。同样，文学史研究者们使用了手中的任何东西：生活日常、心理学、政治学、哲

〔1〕 姚文放：《“文学性”问题与文学本质再认识——以两种“文学性”为例》，《中国社会科学》2006年第5期。

学。他们创造各门蹩脚学科的大杂烩来取代文学科学。他们似乎忘记了，他们这些文章分属于哲学史、文化史、心理学等其他学科方向，这些学科当然可以利用文学作品，但只是将其作为有缺陷的二流的材料。如果文学学科希望成为一门科学，它必须承认“手法”是其唯一的“主人公”。然后，核心的问题就是如何应用手法，证明手法。[1]

雅各布森希望文学成为一门科学，而“不再是各门蹩脚学科的大杂烩”。之后，俄国形式主义理论家埃亨鲍姆在《关于形式主义的方法理论》中也表达了相似的观点：“文学科学的宗旨，应当是研究文学作品特有的、区别于其它任何作品的特征。”[2]

那么，“文学性”具体在哪里？雅各布森在《俄罗斯新诗》中通过对“未来派”诗人“赫列勃尼科夫”诗语实验中创新手法的解析，“揭示诗语——诗性语言——文学语言——文学世界的特质，展示一种聚焦诗文本的解析式的诗歌评论”，指出“文学性”就在“审美功能中呈现的语言”里。“文学性，换言之，从言语行为到诗学作品的转换以及实现这个转换的程序系统（the system of devices），是语言学家在分析诗歌时要发挥的主题”。[3]正是在此基础上，他提出“建立‘科学的诗学’的任务，启动‘科学的文学研究’——‘文学学’建构”。[4]因此，文学作品的文本及文学文本的诗性语言应该是文学研究的焦点。什克洛夫斯基寻找的“文学性”就是“陌生化”，文学艺术就是通过将人们已经熟悉的东西“陌生化”，恢复人们对世界的感受和体验。“这一定位对文学研究的发展、文学学科的建构、‘文学学’的发展路向以及整个20世纪文学研究话语实践都产生了巨大影响。”[5]“文学性”在建构文学科学的高度

---

〔1〕［美］罗曼·雅各布森：《俄罗斯新诗》，黄玫译，《社会科学战线》2020年第3期。

〔2〕［加］马克·昂热诺等主编《问题与观点——20世纪文学理论综论》（修订版），史忠义、田庆生译，开封：河南大学出版社，2010年，第23-24页。

〔3〕转引自李龙：《“文学性”问题研究：以语言学转向为参照》，北京：人民出版社，2011年，第39页。

〔4〕周启超：《“文学性”理论原点溯源——论作为现代斯拉夫文论基本命题与轴心话语的“文学性”》，《社会科学战线》2021年第8期。

〔5〕周启超：《“文学性”理论原点溯源——论作为现代斯拉夫文论基本命题与轴心话语的“文学性”》，《社会科学战线》2021年第8期。

上重新为文学研究的对象树立了界碑，“‘圈定’了文学研究的专用领地及其话语空间，在文学与非文学之间画上了清晰的界线。”[1]

虽然很多学者认为“文学性”概念是俄国形式主义的核心概念，最早由雅各布森在《俄罗斯新诗》中提出。但是，有学者对“文学性”概念进行追根溯源，对“文学性”最初是由雅各布森提出这一看法提出质疑，胡涛从“文学性”的俄文原文литературность出发，对“文学性”这一概念做了细致考察。胡涛认为“литературность”的原意为“语言规范性”或“合乎语言规范的”。雅各布森的真实意图是用“литературность”这个词强调文学有其内在的法则，而不是提出了“文学性”的新概念。同时，他指出从《俄罗斯新诗》的语境来看，全文并不是讨论文学研究的对象是什么，而是如何研究文学的“程序”。“程序”是俄国形式主义文论的重要概念，“可以理解为文学作品的一切要素和机制，既包括音律节奏、遣词造词，也包括修辞、典故；既涵盖了诗歌表现的各种技巧，也包括了能被诗歌吸纳的社会历史因素；既可以探讨文学史上的流派，也可以比较分析不同文本类型的语言”。[2]因此，胡涛认为雅各布森那句名言应该译为“文学研究的主题不是文献，而是文学规范性，即使一部作品成为文学作品的条件”。[3]胡涛认为，在英语世界“文学性”地位的建构是受到埃利希（一译“厄利希”，笔者注）的著作《俄国形式主义：历史与学说》的影响。埃利希在《俄国形式主义：历史与学说》中分析了俄国形式主义将文学研究转向自身的理论过程。他认为：“促使形式主义者们从事理论著述的强大动力，是想彻底终结传统文学研究领域到处弥漫的方法论混乱局面，把文艺学系统整合为一个明确而又统一的理性研究领域。”[4]从鲍里斯·艾亨鲍姆在其早期文章提出形式主义的研究方法是一种与心理学、社会学形态不同的研究方法，旨在研究作品本身；到曼·克里德尔认为文艺学研究的对象应该是文学本身，而不是某些外在的研究方法或手段；再到雅各布森提出文

---

〔1〕 王婉婉：《现代传媒视域下“文学性”的话语转向与意义生产》，《甘肃社会科学》2018年第1期。

〔2〕 胡涛：《雅各布森与“文学性”概念》，《外国文学研究》2014年第3期。

〔3〕 胡涛：《雅各布森与“文学性”概念》，《外国文学研究》2014年第3期。

〔4〕 ［美］V. 厄利希：《俄国形式主义：历史与学说》，张冰译，北京：商务印书馆，2017年，第254页。

学研究的对象是文学性，即使作品成为文学的那一特性等，这个过程是不断递进的。为了使文学研究能够从心理学、社会学、历史学中分化出来，形式主义文论一步步地缩小范围，最终将文学研究的对象指向“文学性”。文学与非文学的区分在于表现方式，这也是“文学性”的本质和核心。在埃利希看来，形式主义者认为文学实质上是一种语言或符号的现象，就像音乐家利用乐音、画家利用色彩一样，诗人用同样的方式使用语言，诗歌与实用语言的区别就在于使用了“诗歌语言”。雅各布森与多数形式主义文论家一样，认为诗人使用媒介的方式就是“文学性”的存在。如此，埃利希就将“文学性”建构为文学与非文学的区别性特征。胡涛进而认为：“虽然埃利希没有在《最新俄诗》的具体语境中分析‘文学性’，但得出的结论还是被奉为经典；其关于‘文学性’的自相矛盾的说法不仅无人怀疑，而且还被广为传播，包括雷纳·韦勒克、托尼·本尼特、F. 詹姆逊等均以之为据，藉以生产出更多的与俄国形式主义文论有关的理论来。”[1]1963年，韦勒克在《20世纪文学批评中的形式与结构概念》一文中首次引用雅各布森1921年著作，但并不涉及“文学性”概念。1991年，在编撰《近代文学批评史》第7卷时，韦勒克论及“文学性”，所使用的资料也是转引自埃利希的《俄国形式主义：历史与学说》，而不是雅各布森的原文。

（二）作为文学研究方法的“文学性”。俄国形式主义和新批评都确信文学之所以为文学，一定有它不同于非文学的独有特性，而这种独有特性存在与否，正是区别文学与非文学的根本标志。雅各布森致力于“从语言学方面介入诗学（文学）研究，着重探索并且建构一套关于诗歌语言与功能的理论系统，以此切实推进他所倡导的文学性研究”。[2]他们倡导：“文学是语言艺术”，认为文学研究的对象与目标在于探寻文学性，而这种文学性就在语言的形式之中，因此，俄国形式主义重新探索了一种文学研究的路径与方法——从文学的语言形式和艺术特点入手，进入文学作品的内部结构，揭示语言所表现的内容及意义。这一方法被英美新批评代表人物韦勒克所继承，韦勒克明确提出文学除了外部

〔1〕 胡涛：《“文学性”研究》，博士论文，华中师范大学，2013年。
〔2〕 赖大仁：《“文学性”问题的百年回眸：理论转向与观念嬗变》，《文艺研究》2021年第9期。

研究之外，更应该关注内部研究。在美国，韦勒克较早使用“文学性”概念，他曾为《俄国形式主义：历史与学说》作过序。1958年，韦勒克在一篇名为《比较文学的危机》的报告中提到了“文学性”概念，不过他未对“文学性”概念做出详细阐释。韦勒克对“文学性”的强调更倾向于在文学研究的方法论上，俄国形式主义所提倡的“文学性”与他所倡导的内部研究是相契合的。因此，他认为“文学性”是文学研究的中心。不过，韦勒克虽然强调“文学性”，但并不认为“文学性”就是“文学的本质”，因为韦勒克将文学的本质视为文学作品的价值。如在《文学理论、文学批评和文学史》中，韦勒克说：“我们必须回到建立一种文学理论、一套原则体系、一种价值理论的任务上来”；在《文学史上的演变概念》和《20世纪文学批评中的形式与结构概念》的结尾处用几乎同样的句子：“一切从文学中抽去价值的企图都已失败并且还将会遭到失败，因为文学的本质就是价值”；在《比较文学的危机》中，“真正的文学研究关注的不是死板的事实，而是价值和质量”；等等。因此，“文学性”之于韦勒克可以视为文学研究的中心、文学作品的特殊性质，但绝非本质。〔1〕与俄国形式主义文论相比较，英美新批评的“文学性”更多体现在方法论意义上，他们显然更注重批评的实践而不是理论的建构。虽然他们也将“文学的特异性”作为一个中心问题来讨论，但究其实质，新批评漠视历史研究和语言研究，重视的是文学作品内部充满了反讽、悖论、朦胧的张力结构。但这样一来，“文学阅读变成了一种‘非历史化’的内部阅读，文学研究则变成为纯粹的‘内部研究’”。〔2〕

英美新批评致力于从语言和修辞的角度描述“文学性”的构成，“高度重视作品的语言、形式、结构、技巧、方法等属于文学自身的因素”。〔3〕新批评派将文学作品看成“交织着多层意义和关系的一个极其复杂的组合体”，〔4〕而“文学性”则是文本的一种“语义结构”，表现为文本

〔1〕 胡涛：《“文学性”研究》，博士论文，华中师范大学，2013年。

〔2〕 李艳丰：《“后理论”时代的“文学性”话语反思——兼论元叙事的弥散与本质主义诗学的理论困境》，《文艺理论研究》2016年第1期。

〔3〕［美］勒内·韦勒克、奥斯汀·沃伦：《文学理论》（修订版），刘象愚等译，南京：江苏教育出版社，2005年，第9页。

〔4〕［美］勒内·韦勒克、奥斯汀·沃伦：《文学理论》（修订版），刘象愚等译，南京：江苏教育出版社，2005年，第18页。

语义的多重性和复义性。显而易见，新批评所提出的一系列诗学概念如布鲁克斯的“悖论”和“反讽”、阿兰·泰特的“张力”、兰色姆的“肌质”、沃伦的“语像”、瑞恰慈的“情感语言”、燕卜逊的“含混”等等，都是具有方法性质的进入文学文本的概念工具。

（三）作为文学本质言说的“文学性”。雅各布森认为，构建一门文学科学是可行的，关键是研究对象——“文学性”的确立。究竟何为“文学性”？雅各布森从语言学研究方法入手，将“文学性”视为文学语言的特性，这种语言特性包括词语的使用，音律、节奏，程序、技法及其内在规律性等。梯尼亚诺夫进一步指出：“任何文字作品都是一个由不同成分组成的系统，其中有文学性的成分，也有非文学性的成分。这两种成分相互作用，如果作用的结果是文学性成分成为‘突出’，非文学性成分成为背景，该作品就是文学作品；反之，非文学性成分成为‘突出’，文学性成分成为背景，就是非文学作品。”[1]可见，在俄国形式主义文论中，“文学性”已经成为区分文学作品与非文学作品的标准，显示出探讨文学本质的新思路，即从“文学是什么？”转换为“是什么使文学成为文学的？”。

大约40年之后，乔纳森·卡勒对“文学性”概念做了详细的阐释。他是从“什么是文学”这一问题出发追问“文学性”的。卡勒在“文学性”问题上显得非常矛盾——一方面说“文学性的定义之所以重要，不在于作为鉴定是否属于文学的标准”，另一方面又努力探索某种标准——“最富成果的讨论围绕着两个标准进行：其一通过与某一设定现实的关系来界定文学性，视文学为虚构的言语或日常语言行为的模仿；其二瞄准语言的某些特性，甚至语言的某种结构”。[2]他提出了五种“文学性”的定义：（1）文学是语言的突出；（2）文学是语言的综合，是“把文本中各种要素和成分都组合在一种错综复杂的关系中的语言”；（3）文学是虚构；（4）文学是美学对象；（5）文学是文本的交织或者叫

〔1〕李卫华：《“文学性”：应当解构还是建构？——与马大康先生商榷》，《廊坊师范学院学报》（社会科学版）2010年第6期。
〔2〕［美］乔纳森·卡勒：《文学性》，见［加拿大］马克·昂热诺等主编《问题与观点——20世纪文学理论综论》（修订版），史忠义、田庆生译，开封：河南大学出版社，2010年，第22页。

作自我折射的建构。[1]卡勒的“文学性”概念有点混乱，既是抽象的“文学观念”，又是具体的“文学文本”，还是“文学品质”，甚至“形象语言”“也表达着文学性”。[2]但是，卡勒从文学本质的角度出发考察文学与非文学的区别性特征，这是卡勒的理论贡献。只是，作为语言特征的“文学性”概念并不能成为文学的独特属性。

在法国，“文学性”的建构则与托多罗夫有关。保加利亚裔学者茨维坦·托多罗夫20世纪60年代移居法国，1965年搜集翻译的《文学理论：俄国形式主义论文集》出版，开创了俄国形式主义文论在法语世界的译介和研究。托多罗夫为建构新的“诗学”，将“文学性”概念等同于文学文本结构。在托多罗夫看来，雅各布森的“文学性”概念指的是“特定的文学面貌”，是为了获得文学自主性而被提出来的。他从结构主义诗学的理论立场出发，提出了自己的“文学性”定义：“使一部文学作品具有其特殊性的那种抽象特征”。“文学性”是在具体的社会历史条件下“把某些作品视作‘文学’的理由”，是为了获得“悬浮于文学的自主性之上”的“诗学的自主性”而提出的，“这门科学所关注的不是实在的文学而是可能的文学，换句话说，它所关注的是文学之所以成为文学的抽象属性，亦即文学性”。[3]托多罗夫将“文学性”视为文学之所以成为文学的“抽象属性”，即符号系统的共时性结构、程序与模式等[4]，使“文学性”命题进一步陷入本质主义诗学的囚牢。在托多罗夫的影响下，结构主义聚焦于事物的“构造”和“关系”，“文学性”被视为文本内部的一种关系性存在，只有在文本结构关系中才能认识作品的内涵，把握文学内在的普遍本质。

“文学性”是在一种语言的互动中产生和被理解的。卡勒突出了语言对“文学性”的构成意义，那种富于“文学性”的语言构成了文学的底色与原质，离开了这种底色与原质，“文学”的概念就将失去它存在

---

〔1〕［美］乔纳森·卡勒：《当代学术入门：文学理论》，李平译，沈阳：辽宁教育出版社，1998年，第29-36页。

〔2〕［美］乔纳森·卡勒：《文学性》，见［加拿大］马克·昂热诺等主编《问题与观点——20世纪文学理论综论》（修订版），史忠义、田庆生译，开封：河南大学出版社，2010年，第21-25页。

〔3〕胡经之、张首映主编《西方二十世纪文论选》第2卷，北京：中国社会科学出版社，1989年，第310页。

〔4〕胡经之、张首映主编《西方二十世纪文论选》第2卷，北京：中国社会科学出版社，1989年，第307-328页。

的合理性。[1]结构主义认为“文学性”就潜藏在文本的深层结构中，对“文学性”的探讨就首先体现于对文学深层结构的分析中。经过形式主义、新批评、结构主义的发挥，“文学性”最终被视为文学的本质属性，这种本质属性主要表现为文学语言的内部规律，文学形式与技巧，结构与程序等，而社会历史、文化心理等要素则要么被悬隔，要么变成文学形式的“材料”。正是在这种“文学性”的影响之下，西方文学理论进一步朝着“元叙事”的路径演进，最终形成本质主义的诗学理论范式。李艳丰指出：“自俄国形式主义文论之后，‘文学性’话语经埃利希的译介和阐释，并在卡勒、托多罗夫、韦勒克、詹姆逊、托尼·本尼特等人的理论演绎下，最终被形构为‘元叙事’时代本质主义诗学话语的‘阿基米德点’。”[2]受此影响，近年来我国也有学者将“文学性”视为文学的本质，试图揭示以“文学性”为中心的现代文学理论学科的建构过程。[3]

形式主义文论与新批评二者都试图从文学本身的物质性构成中探寻出文学的特征，但它们对文学内部的文学性探测，现在看来不过是一段一厢情愿的梦想之旅。形式主义与新批评最大的问题在于悬置了历时性的历史维度，将文学文本置放于一个“与社会历史绝缘、与审美判断无涉的文化真空式的语言实验室里进行冷静审视，试图凭藉从事物内部寻找事物本质的形式探询，提炼出语言的炼金术与艺术形式的方程式，但当它以提炼出来的形式要素作为文学性的普遍表征时，却又陷入本质主义的泥淖里”。[4]以“文学性”为“元理论”而建构起来的本质主义诗学，在推动文学理论研究走向学科分化与独立的同时，也因其对真理、本质、同一性、普遍性、反历史化的盲目遵从而最终跌入本质主义的理论幻象之中。

（四）作为反思视角、方法的“文学性”。美国解构主义文论家保罗·德曼曾批评这种封闭的文学性研究：“文学性，即那种把修辞功能

〔1〕 段吉方：《“文学性”与中国当代文学理论的价值重建》，《江西社会科学》2010年第9期。
〔2〕 李艳丰：《“后理论”时代的“文学性”话语反思——兼论元叙事的弥散与本质主义诗学的理论困境》，《文艺理论研究》2016年第1期。
〔3〕 李龙的《“文学性”问题研究：以“语言学转向”为参照》一书，就是在“语言学转向”的理论背景下探讨“文学性”的问题，李龙将“文学性”视为文学本质，以“文学性—文本性—修辞性”为脉络和内在线索，探索受语言学影响下20世纪文学理论的发展演变，试图揭示以“文学性”为中心的现代文学理论学科的建构过程。
〔4〕 蔡志诚：《流动的文学性》，《人文杂志》2007年第2期。

突出于语法和逻辑功能之上的语言运用，是一种决定性的，而又动摇不定的因素。它以各种方式，从诸多方面破坏这种模式的内部平衡，从而破坏其向外的朝非言语世界的延伸。”[1]詹姆逊称这种从语言学角度建构的“文学性”为“语言的囚牢”。随着时代的发展，这种本质主义诗学日渐陷入理论言说的困境。学界开始反思：是否存在所谓的“文学性”，如果存在，它究竟是文学恒定的本质，还是在特定的历史文化语境中生成与建构的？“文学性”除了指称文学语言、形式与结构等内部因素之外，是否与社会、历史、文化等外部因素相关？

2007年，卡勒曾指出对文学进行理论研究，绕不开对“语言”的研究，因为“文学是语言结构与功能最为明显地得到突出并显露出来的场所”。[2]但是，不论是将文学看作语言的特殊类别，还是看作对语言的特殊使用，都不能提供有关文学性的满意答案，有关文学性的每一种界定都不能对文学做出令人满意的说明。其原因在于：“文学正如意义一样，它既是文本事实又是一种意向活动，因而既不能按照上述两种观点中的任何一种，也不能通过将两者综合起来的方式对文学加以充分地理论说明。”[3]虽然“有关文学性的每一种界定都没能对文学作出令人满意的说明，反而常常在别的文化现象——从历史叙述、弗洛伊德式的病例史到广告口号——中辨认出极其丰富的文学性”。[4]可以看出，卡勒强调“文学性”是语言的“突出”，但语言的“突出”不仅表现在文学文本，而且还表现在广告语言、文字游戏等其他非文学文本的语言中。[5]文学性本应该来自文学，现在却在非文学的文化现象中发现了与文学之“文学性”相似或相同的无法界定的非文学的“文学性”。既然文学和其他非文学文本都具有共同的深层结构范式——文学性，那么文学与非文学的界限就形同虚设。

---

〔1〕［美］保罗·德曼：《解构之图》，李自修等译，北京：中国社会科学出版社，1998年，第106页。

〔2〕［美］乔纳森·卡勒：《理论的文学性成分》，余虹译，见余虹、杨恒达、杨慧林主编《问题》第一辑，北京：中央编译出版社，2003年，第118页。

〔3〕［美］乔纳森·卡勒：《理论的文学性成分》，余虹译，见余虹、杨恒达、杨慧林主编《问题》第一辑，北京：中央编译出版社，2003年，第118页。

〔4〕［美］乔纳森·卡勒：《理论中的文学》，徐亮、王冠雷等译，上海：华东师范大学出版社，2019年，第20页。

〔5〕［美］乔纳森·卡勒：《当代学术入门：文学理论》，李平译，沈阳：辽宁教育出版社，1998年，第28–31页。

伊格尔顿也指出，这种语言的某些特殊用法“既可以在‘文学’作品中发现，也可以在文学作品之外的很多地方找到的”。[1]德里达认为文学是社会文化建制的产物，“文学性不是一种自然本质，不是文本的内在物。它是对于文本的一种意向关系的相关物，这种意向关系作为一种成分或意向的层面而自成一体，是对于传统的或制度的——总之是社会性法则的比较含蓄的意识……这种文本的文学特性记录在意向客体的一边，可以说，是在其知性结构之中，而不仅是在纯理性行为的主观性的一边”。[2]埃斯卡皮也认为：“文学性最强的组合，应是那些将最高的历史真实性与最鲜明的个性、最强烈的表现性结合在一起的组合。”“从过程来看，社会性是文学性的一个方面，而从机构来看，文学性则是社会性的一个方面。”[3]这些都为“文学性”的反思研究提供了理论铺垫。

由此看来，被热议近百年的“文学性”也还是一个问题。通过梳理我们发现：首先，“文学性”不是文学的先验本质，而是历史化的产物。经济生活、政治结构、意识形态、语言文化、审美精神等在社会历史过程中的变迁，必然带来文学实践的变化与“文学性”的延异。同样的文学文本，在不同的历史时期，必然衍生不同的“文学性”。所以，不能将“文学性”视为文学恒定的本质属性，而应以“历史化”的姿态看待“文学性”的生成。其次，“文学性”不单指文学语言与形式的审美性，而是文学多元文化属性的综合表征。想象性、虚构性、抒情性、叙事性、表现性、再现性、象征性等构成了“文学性”形式的多元性，而政治、历史、伦理、哲学、宗教等意识形态素构成了“文学性”的意蕴多元性，审美性、实用性、娱乐性等构成了“文学性”的价值多元性。再次，“文学性”不是对文学恒定本质的抽象概括与理论说明，而是作家、读者在文学生产与接受实践中形成的关于文学的认知，这一认知有助于深化我们对文学的理解。

晚近以来，卡勒借鉴辛普森的“文学性统治”的思想，提出了“文

---

〔1〕［英］特雷·伊格尔顿：《二十世纪西方文学理论》，伍晓明译，北京：北京大学出版社，2007年，“导言：文学是什么？”第5页。

〔2〕［法］雅克·德里达：《文学行动》，赵兴国等译，北京：中国社会科学出版社，1998年，第11页。

〔3〕［法］罗贝尔·埃斯卡皮：《文学社会学——罗·埃斯卡皮文论选》，于沛选编，杭州：浙江人民出版社，1987年，第125、134页。

学性胜利”观点：“文学可能失去了其作为特殊研究对象的中心性，但文学模式已经获得胜利：在人文学术和人文社会科学中，所有的一切都是文学性的。”[1]这里，卡勒提出了另外一种“文学性”，即后现代语境下作为修辞、叙事的文学性。可以看出，“文学性”不是文学恒定的本质，而是文学在历史化进程中生成与建构的多元复调的文化属性。这些关于“文学性”内涵的拓展，不仅为我们理解“文学性”提供了理论与方法的参照，而且也为我们在多元文化、多学科的交叉互动中的文化研究提供了概念工具。“文学性”既可指文学的语言修辞与形式结构的独特性，也可指文学在发生、创造与接受过程中流溢出来的叙述独特性。

二、从“文学性”看文学观念的演变

在“文学性”的理论建构过程中，潜在地包含着如何理解以及如何界定“文学是什么”这样的本质主义的理论问题，“文学性”正是试图对“文学是什么”进行界定的一种尝试。俄国形式主义、英美新批评以及结构主义都在自己的时代背景下尝试通过“文学性”这一概念的探讨逼近对“文学是什么”的理解，尽管这些探讨一度陷入了本质主义的泥淖。透过“文学性”概念的历史变迁，我们明白了任何一种被称作“文学”的文本都离不开社会文化维度，研究文学是要凸显“文学性”，而不是孤立它。

乔纳森·卡勒在《文学性》中指出，文学作品的历史已经有2500年了，但是关于文学的现代思想，直到莱辛自1759年起发表的《关于当代文学的通讯》(*les Briefe die neueste Literaturbetreffend*)一书中才得以确立。斯达尔夫人的《从文学与社会制度的关系论文学》，简称《论文学》则真正标志着文学的现代意义的确立。[2]文学作为一种区别于其他文字的研究对象的特征，是由俄国形式主义文论以及英美新批评提出“文学性”为标志的，自此，文学作为一门独立的科学进行研究才得以确立。

---

〔1〕［美］乔纳森·卡勒：《理论的文学性成分》，余虹译，见余虹、杨恒达、杨慧林主编《问题》第一辑，北京：中央编译出版社，2003年，第128页。

〔2〕［美］乔纳森·卡勒：《文学性》，见［加拿大］马克·昂热诺等主编《问题与观点——20世纪文学理论综论》(修订版)，史忠义、田庆生译，开封：河南大学出版社，2010年，第23页。

这种追求区分文学与非文学之间的标准划分，实际是为了更好地理解文学，从而加深对文学本质的认识。这种以寻求“特质”“区别”“差异”为主的知识型构方法，就是福柯在《词与物》中所说的“差异性原则”。所谓“知识型构”就是某一时期全社会共同的知识背景和认知条件，换言之即一个时代的共识或自成一体的“知识空间”。考察现代“知识型构”发生的变化，即是对现代文学观念知识生产谱系的考察。福柯认为自西方文艺复兴以来的“知识空间”里，占主导地位的规则是“相似性”，人们要认识一个事物总是要与其他事物类比；然后是17—18世纪“古典时期”的表象性知识型构；但在随后的新的“知识型构”里，“相似性”原则被关注内在的“差异性”原则置换，正是在这种“差异性”知识范型的观照下，雅各布森才强调作为“客体”的文学必须从广义的文化文献中分离出来，标举“文学性”成为文学研究的对象，而“文学性”正是文学与非文学之间的区别之所在。19世纪以来，以现象学为代表的西方批评家试图用蒸馏法析分出文学的“特质”，并由此建构起文学的“本体”，但这种本质主义的形而上探询往往迷失在理念的演绎中。俄国形式主义批评家在现象学方法论的启悟下，开启了文学研究的新视域，以科学实证主义的态度直面文学“本身”。形式主义批评家认定：一旦语言本身具备了某种具体可感的质地，或特别的审美形式效果，它就具有了文学性。故此，“文学性”就成了俄国形式主义文论的轴心话语。

与形式主义相似，新批评完全不去考虑“语境”问题，而是将文学与非文学的区别建立在语言之上，“悖论”“反讽”“张力”“肌质”“语像”“情感语言”“含混”等一系列概念，实际上都是从语言和修辞的角度描述文学性的构成的。结构主义认为，文学作为一个意义系统，仅仅在涉及它的内部语言“代码”时才是有意义的。因此，结构主义将文学性视作隐藏在文本内部的一种深层结构，聚焦于事物的“构造”和“关系”。

在这种本质主义思维的影响下，自19世纪以来，西方学者以饱满的热情不断追问文学特性，但每一种本质属性的提炼，最后都留下概括不尽的余数和周延不密的间隙。20世纪60年代以来，在英国的大学中，“交叉学科”（Interdisciplinarity）的出现，打破了旧的学科界限，一种综合研究的范式建立起来，那种单一的文学观已经不能被人们所接受。德里达说“文本之外什么也没有”。他认为全部科学文化都是在语言中生成的，任何从一个文学文本“获得意义”的阅读都能立刻被同一文本的指示系统所动摇，因为我们只能通过语言认识世界。这就意味着，一旦回答了文学是什么，文学就被终结了。如果硬要给出一个文学的回答，德里达只能这样说：“文学是一种允许人们以任何方式讲述任何事情的建制。文学的空间不仅是一种建制的虚构，而且也是一种虚构的建制，它原则上允许人们讲述一切。”[1]因为，“‘文学’这一称谓是十分近期的一种发明”[2]。有学者曾对德里达在晚年的长篇访谈《这个被称为文学的奇怪体制》做过研究，认为德里达是在强调：第一，文学性不是一种自然本质，不是文本的内在物；第二，没有独立自在的文学文本，任何文本都是在与其他文本的互文性关系中开放的；第三，文学体制是一种历史性建构，具有自身的传统和法则，但它同时又是对这种传统和法则本身的消解（湮没）；第四，文学的意义和内容，不是自然存在于文本中的，相反，文本之“中”存在着召唤文学阅读并建构文学的意义和内容的特征；第五，没有存在于文本之外的“文学的读者”，读者是在文本的召唤下、在对文本的阅读中，被文本培养的。[3]德里达对文学的思考不是对文学下定义，而是在对一切关于文学定义做解构的同时，强调“文学行动”的重要性。

在《盲视与洞见》（*Blindness and Insight*）中，德曼对“文学”做出过与德里达近似的表述：“文学同时存在于错误与真理的方式之中，它既反叛又服从其存在方式。”[4]俄国形式主义及其效仿者结构主义悬置了历时性的历史维度，将文学文本共时性置放于一个与社会历史绝缘、与审美判断无涉的文化真空式的语言实验室里进行冷静审视，试图从事物内部寻找本质，这在德曼看来是一种缺乏“现代性”的错误做法。因为“文学的深层作用是力图破坏各种区分和界限，以期显示其本质”。[5]所以，德曼用literarity对译法文的“文学性”，意为“文学特性”，在《抵

〔1〕［法］雅克·德里达：《文学行动》，赵兴国等译，北京：中国社会科学出版社，1998年，第3页。
〔2〕［法］雅克·德里达：《文学行动》，赵兴国等译，北京：中国社会科学出版社，1998年，第7页。
〔3〕肖鹰：《美学与文学理论——对当前几个流行命题的反思》，《文艺研究》2006年第10期。
〔4〕Paul de Man, *Blindness and Insight*, Minneapolis: University of Minnesota Press, 1983, p.164.
〔5〕Maurice Blanchot, *The Space of Literature*, trans., Ann Smock, London: University of Nebraska Press, 1982, pp.219-220.

制理论》(*The Resistance to Theory*)中则使用literariness以表达与之不同的内涵。德曼同时又说,"凡是能够凭借分析揭示语言这种自足自律的潜力的地方,我们便是在同文学性打交道,也是在同文学打交道,因为文学是能够找到有关语言言说可靠性的否定认识的地方"。[1]这里,"文学性"实际不是文学的性质,而是语言的某种潜力。从语言的古老学科分类角度来看,德曼又指出:"这就是文学性所介入的地方,文学性,即那种把修辞功能突出于语法和逻辑功能之上的语言运用,是一种决定性的而又摇摆不定的因素。它以各种方式,从诸多方面破坏这种平衡从而破坏其向外的朝非语言世界的延伸。"[2]德曼认为"文学性"就是一种语言运用,无论模式如何具有普遍性,总是无法穷尽"文学"的多样性。《抵制理论》强调文学作品是语言的一种修辞而非审美功能和意义功能,正是这种修辞构成了文学性。这意味着文学语言已经渗透到其他学科,成为一种潜在的、无处不在的存在,文学性不再是专属文学的审美属性。

英国文学理论家特里·伊格尔顿也认为不存在一劳永逸的文学,也不存在一劳永逸的"文学性","任何东西都可以是文学,而任何被看作不变的、毫无疑问是文学的东西——例如莎士比亚的作品——则可以不再是文学。任何相信文学研究是研究一种稳定的、范畴明确的实体的看法,亦即类似认为昆虫学是研究昆虫的看法,都可以作为一种幻想被抛弃"。[3]马歇雷则主张应该抛弃"什么是文学?"之类的问题,"因为'什么是文学?'是一个虚假的问题。为什么呢?因为这是一个已经包含着答案的问题。它意味着文学是某事物,文学作为物而存在,是带有某种本质的永恒不变的事物"。[4]

从以上分析可以看出,形式主义者提出"文学性"概念的本意是将文学的属性限定在文本内部,但他们的文学性定义又时时被文本之外的

〔1〕 Paul de Man, *The Resistance to Theory*, Minneapolis: University of Minnesota Press, 1986, p.10.

〔2〕 Paul de Man, *The Resistance to Theory*, Minneapolis: University of Minnesota Press, 1986, p.14.

〔3〕 [英]特里·伊格尔顿:《当代西方文学理论》,王逢振译,北京:中国社会科学出版社,1988年,第27页。

〔4〕 [法]埃蒂安纳·巴利巴尔、[法]皮埃尔·马歇雷:《论作为一种观念形式的文学》,见[英]弗朗西斯·马尔赫恩编《当代马克思主义文学批评》,刘象愚、陈永国、马海良译,北京:北京大学出版社,2002年,第61页。

某些语言现象所佐证，文学性并不仅仅是文学语言独享的专利，而是出没于各种非文学文本之中。结构主义自以为找到了文学性，福柯和德里达却对此进行了解构。既然文学和非文学都具有共同的结构范式，那么文学与非文学的界限就形同虚设。于是，文学越来越倾向于被认为是话语建构的历史产物。

三、在对“文学性”的阐释中增进对文学的理解

“文学性”作为一个问题在西方文论史上由来已久，但是在中国直到20世纪80年代，才逐渐成为一个学术话题。改革开放之初，理论界对政治工具论、庸俗社会学、机械反映论等僵化的文学解释模式进行了反思和重新审视，提出了“文学回归自身”的要求，“文学性”概念正是顺应这一要求而进入中国的，它与“审美”一词一起，塑造了文学理论与批评的基本话语方式。经过40年来的讨论，“文学性”概念在渐趋丰富的同时也日渐复杂混乱起来。

（一）从译介到建构

“文学性”概念起初是伴随着对俄国形式主义文论的介绍而出现在中国文艺理论与批评领域的。我国最初对“文学性”概念的译介主要有两个思想来源：一方面，来自俄苏形式主义文论。1980年，李幼蒸翻译的J. M. 布洛克曼的《结构主义：莫斯科—布拉格—巴黎》出版，此书在论及文学批评时介绍了“文学性”概念——“使文学成为文学的东西”[1]。之后，张隆溪在《艺术旗帜上的颜色——俄国形式主义与捷克结构主义》一文中，着重介绍了形式主义文论两个重要概念：“文学性”和“陌生化”。他引用了雅各布森的那句名言：“文学研究的对象不是笼统的文学，而是文学性，也就是使一部作品成其为文学作品的东西。”[2]张隆溪将雅各布森的“文学性”理解为文学的特殊性，它体现在语言的运用和修辞技巧的组织安排上。张隆溪之所以高度评价“文学性”概念

---

〔1〕［比］J. M. 布洛克曼：《结构主义：莫斯科—布拉格—巴黎》，李幼蒸译，北京：商务印书馆，1980年，第103页。

〔2〕张隆溪：《艺术旗帜上的颜色——俄国形式主义与捷克结构主义》，《读书》1983年第8期。

是受到改革开放时代背景的影响，早在1982年，张隆溪在《评〈英国文学史纲〉》中就说："从政治概念出发，把某一时期的作家划分为积极与消极、革命与反动两个对立阵营这种做法，从根本上对文学史和文学批评产生了很坏的影响。……它所能做的只是政治鉴定，而关于文学本身，却不能为我们提供任何新鲜的认识。"[1]张隆溪借"文学性"概念就是要将文学从政治中解放出来，承认文学有其特殊性和规律。方珊也是较早介绍形式主义文论的代表人物之一。1989年，他翻译的《俄国形式主义文论选》一书出版。在这部书里，方珊将"文学性"视为形式主义诗学中的核心概念。1994 年，方珊又出版了《形式主义文论》，在"雅各布森"一章中单列"文学性"一节。认为雅各布森对"文学性"的论述，是"俄国形式派的理论原则"[2]。

另外是来自英美对形式主义的介绍与研究。其实，早在1962年，韦勒克的《比较文学的危机》一文就被翻译到国内，文中曾提到"文学性"这一概念，但由于受当时国内政治环境影响，并未引起过多关注。直到1981年，《文艺理论研究》发表了黄源深重新翻译的《比较文学的危机》，韦勒克在文中指出："我们必须正视'文学性'这个问题，它是美学的中心问题，是文学艺术的本质。"[3]"文学性"这一问题才引起了国内学者的重视。但是，韦勒克并未对"文学性"这一概念做出具体的界定。1984年，刘象愚翻译的韦勒克、沃伦合著的《文学理论》，将"Literary"译为"文学性"，并解释为"文学本质"，将"文学性"看作文学区别于其他艺术的本质特征，"文学性"这一问题引发了学界的众多讨论。1986年，赵毅衡在《新批评——一种独特的形式主义文论》中将"Literary"译为"文学特异性"，认为英美新批评和俄国形式主义提出了同一个概念。

20世纪80年代以来，"文学性"概念对中国文论界产生了重要影响。中国学者在介绍"文学性"概念时，各自赋予了"文学性"概念新的内容和含义，如"精神""审美"等，这就使得"文学性"概念在中国的

---

〔1〕 张隆溪：《评〈英国文学史纲〉》，《读书》1982年第9期。

〔2〕 方珊：《形式主义文论》，济南：山东教育出版社，1999年，第102页。

〔3〕［美］勒内·韦勒克：《比较文学的危机》，黄源深译，见干永昌等选编《比较文学研究译文集》，上海：上海译文出版社，1985年，第133页。

传播与发展呈现出更为复杂的样态，同时也容易引起一系列的误解和争议。国内学者对“文学性”的理解多是通过英语或法语转译来的，这方面比较有代表性的学者是钱佼汝、史忠义、周小仪、张汉良等[1]。直到2020年，《社会科学战线》第3期刊发了《俄罗斯新诗》的汉译节选，才是根据雅各布森的俄文原始版本译出的。[2]

虽然，国内学界对“文学性”有各种各样的理解和用法，但无论其知识学来源是否与雅各布森有关，基本上都是按照汉语语境的“文学＋性”的理解，“文学性”有一种无所不能的用法，甚至，文学性就是文学。如童庆炳就是通过审美来理解“文学性”的，他指出“气息”“氛围”“情调”“韵律”和“色泽”就是文学性在作品中的具体的有力的表现。“对于文学性来说，气息是情感的灵魂，情调是情感的基调美，氛围是情感的气氛美，韵律是情感的音乐美，色泽是情感的绘画美，这一个‘灵魂’四种美几乎囊括了文学性的全部。”[3]这其实已经离开了“文学性”发生、发展的历史语境，根据自己的理解定义了“文学性”含义。

2000年，史忠义在《中国比较文学》第3期发表了《“文学性”的定义之我见》。他将西方“文学性”的定义分为五大类：形式主义的定义、功用主义的定义、结构主义的定义、文学本体论的定义、文学叙述的文化环境下的定义。这些定义由于包含着追求形而上学和教条主义的成分，最终都没能对何为“文学性”做出合理的定义。史忠义认为，试图给“文学性”一个绝对定义和绝对标准是不存在的，“‘文学性’是人类在长期认识过程中逐渐形成的一个比较笼统、广泛、似可体会而又难以言传的概念”。“文学性”的定义应该是宏观的、开放性的，而非微观意义上的死标准。他提出一种新的“文学性”定义，文学性存在于“表达、叙述、描写、意象、象征、结构、功能以及审美处理等方面的普遍

[1] 钱佼汝：《“文学性”和“陌生化”——俄国形式主义早期的两大理论支柱》，《外国文学评论》1989年第1期；史忠义：《“文学性”的定义之我见》，《中国比较文学》2000年第3期；周小仪：《文学性》，《外国文学》2003年第5期；张汉良：《“文学性”与比较诗学——一项知识的考掘》，《中国比较文学》2012年第1期。

[2] ［美］罗曼·雅各布森：《俄罗斯新诗》，黄玫译，《社会科学战线》2020年第3期。

[3] 童庆炳：《谈谈文学性》，《语文建设》2009年第3期。

升华之中，存在于形象思维之中。形象思维和文学幻想、多义性和暧昧性是文学性最基本的特征。文学性的定义与语言环境以及文化背景有着密切的联系”。[1] 2003年，周小仪在《外国文学》第5期发表《文学性》。认为“文学性”的概念之所以难以定义，就在于“文学性”其实也是“文学”的定义，“文学性回答文学有哪些本质属性，处理的是具有普遍意义的抽象观念”。他指出“文学性”是一个具有多重所指的概念，在不同的语境中具体化为不同的内涵，“没有一个抽象的、永恒的、客观的文学性，只有具体的、历史的、实践中的文学性”。他从三个方面概括“文学性”的内涵：作为文学的客观本质属性和特征的文学性，作为人的一种存在方式的文学性，作为一种意识形态实践活动和主体建构的文学性。[2] 周小仪实际上是将“文学性”理解为一种文学观念，并在此基础上描述了不同理论流派的文学观念。他认为“文学性”概念所要解答的问题是“文学有哪些本质属性”。但问题的复杂性在于，无论文学性定义多么完美，都会依次被取代，文学的定义总是随时代而变迁。[3] 2006年，姚文放在《“文学性”问题与文学本质再认识》一文中提出了两种“文学性”概念。认为当下由解构主义提出的“文学性”与20世纪初俄国形式主义提出的“文学性”概念有本质区别。俄国形式主义者提出的“文学性”旨在强调文学自身的特性，将文学研究的对象限定在语言、文本、形式之上，主张从文学内部研究文学，目的是反对历史文化学派将文学消融在社会、历史、文化之中，抵抗非文学对文学的吞并。解构主义之“文学性”，旨在打破文学与非文学的界限，将文学从语言、文本、形式之中解放出来，将一切以叙事、描述、隐喻、虚构和修辞等形成的非文学写作打上“文学性”的旗号。[4] 姚文放指出无论哪种“文学性”，都始终绕不开回答“什么是文学”这一问题。“无论是试图将文学从非文学的钳制下剥离出来，还是刻意推动文学对非文学的扩张，都需要对文学与非文学之间的界限做出明确的界定，否则就根本无

---

〔1〕 史忠义：《“文学性”的定义之我见》，《中国比较文学》2000年第3期。

〔2〕 周小仪：《文学性》，《外国文学》2003年第5期。

〔3〕 周小仪：《文学性》，《外国文学》2003年第5期。

〔4〕 姚文放：《“文学性”问题与文学本质再认识——以两种“文学性”为例》，《中国社会科学》2006年第5期。

法确认‘文学性’的适用范围和功能限度，讨论也就变得毫无意义。”〔1〕他借鉴乔纳森·卡勒的观点，尝试为“文学”重新下定义：文学“是一种关系概念而非属性概念，是一种复合性概念而非单一性概念。这就是说，文学之为文学，取决于文本自身性质与外部对文学的看法、需要、评价这二者的复合关系”〔2〕。南帆认为，“何为文学性”是一个难解之谜，但考察“文学性”最好的办法是回到文学。他说：

> 每一个独立的话语系统彼此抗衡，互施压力，最终表现出相对稳定的特征。……每一种话语系统均会接收来自另一些话语系统的压力。由于文学的存在，某种特殊的能量将轻重不均地波及历史学、哲学、经济学、社会学、政治学，制造强烈的影响、有力的冲击或者潜在的掣肘。描述社会话语光谱内部隐藏的种种联系、呼应、纷争、反抗、平衡，描述文学如何在这种结构内部赢得一席之地——总之，描述共时的关系和结构，这是“文学性”考察的另一种形式。〔3〕

通过以上的分析，我们可以看出，经过一段时间的积淀，不少学者已经摒弃了关于“文学性”的本质主义的思维方式，尝试将“文学性”作为一种观测历史、社会和文学的方法或视角。除此之外，吴炫、刘淮南、李涛等也尝试根据自己的理解建构“文学性”的内涵。吴炫试图在继承传统文学观念的基础上，结合中国现代文学的独创经验，建构区别于西方“本质和反本质”的中国式“文学性思维”。〔4〕刘淮南则将“文学性”划分为侧重于确认文学有关属性及其价值定位的“文学”性与侧重于文学属性在其他领域里具体表现的文学“性”，“文学”性≠文学“性”。〔5〕李涛则指出，只有通过“兼文本性”才能让文学性在文学与

---

〔1〕 姚文放：《“文学性”问题与文学本质再认识——以两种“文学性”为例》，《中国社会科学》2006年第5期。

〔2〕 姚文放：《“文学性”问题与文学本质再认识——以两种“文学性”为例》，《中国社会科学》2006年第5期。

〔3〕 南帆：《无名的能量》，北京：人民文学出版社，2012年，第14-15页。

〔4〕 吴炫：《论文学的“中国式现代理解”——穿越本质和反本质主义》，《文艺争鸣》2009年第3期。

〔5〕 刘淮南：《“文学”性≠文学“性”》，《文艺理论研究》2006年第2期。

非文学的互动场域中显现出来。“所谓兼文本性，就是指具体的文学作品在构成上总是要包涵着诸如政治、哲学、历史、宗教、社会、心理以及自然科学等这些非文学的文本，但这些分门别类的非文学文本不再独立显现其文本身份，而是被整体化为一个全新的关系性文本——文学作品。”〔1〕文学的兼文本性，首先是在文学与非文学的存在关系上重新认识文学性，打破文学性研究的瓶颈。其次，是一种生成论的文学性研究，“文学性”“既是客观的存在又是历史的存在，既是文学内部的基本属性也是文学外部关系的‘反射’”。最后，还是在后现代社会建构一种新型的“审美生活”的枢纽。〔2〕

综上所述，中国学者根据自己的本土问题意识译介、阐释、丰富了西方源远流长的文学性传统。从张隆溪、钱佼汝、方珊的“文学性”概念译介，到余虹提出的“文学性蔓延”（详见下节），再到周小仪、姚文放、南帆、吴炫、刘淮南、李涛等人对“文学性”概念的反思性理解，伴随着研究和争论的展开，文学观念得到了进一步解放。不再视“文学”为一个稳定单一的概念，也不再接受一个单一的整体的“文学观念”，而是在具体的、历史的过程中感受、理解“文学”，接受历史的、具体的“文学观念”。

（二）“文学性”蔓延引发的文学再思考

“文学性”概念参与了中国当代文论的发展过程，引发了一系列讨论。其中尤以爆发于2002、2003 年的“文学性蔓延”争论格外引人注目。这场争论不仅带动了文学理论关注点的转移，也加深了中国学界对“文学性”的认识。

“文学性蔓延”提出的语境是文学终结论。2000年7月，J. 希利斯·米勒受邀在北京举行的题为“文学理论的未来：中国与世界”的国际研讨会上发表主题演讲。在他的演讲中，米勒引用了雅克·德里达的话：

---

〔1〕李涛：《文学性·兼文本性·文学文化——文学性问题研究之困境与出路》，《文学评论》2014年第2期。

〔2〕李涛：《文学性·兼文本性·文学文化——文学性问题研究之困境与出路》，《文学评论》2014年第2期。

> Jacques Derrida, in striking passages written by one or another of the protagonists of La carte postale (The Post Card), says the following: … an entire epoch of so-called literature, if not all of it, cannot survive a certain technological regime of telecommunications (in this respect the political regime is secondary). Neither can philosophy, or psychoanalysis. Or love letters…
>
> if Derrida is right, and I believe he is, the new regime of telecommunications is bringing literature to an end by transforming all those factors that were its preconditions or its concomitants. [1]

这两段话经常被人引用，作为米勒宣布“文学终结”的例证。但是，大多数言论往往是断章取义，误解了米勒的话。其实，米勒这里不过是想强调电信时代来临，加剧了文学的危机。

> “literature **in that sense** is now coming to an end, as new media gradually replace the printed book”. “Literary study’s time is always up. It will survive as it has always survived: as a ghostly revenant, a somewhat embarrassing or alarming spectral visitant at the feast of reason. … though there’s never time, though it is never the time, … ‘literature’ as survivor, as a feature of absolute singularity within any cultural forms, in whatever medium—will continue to demand urgently to be ‘studied,’ here and now, within whatever new institutional and departmental configurations we devise, and within whatever new regime of telecommunications we inhabit.” [2]

文学终结的争论在很大程度上是中国学者在20、21世纪之交，面对消费文化升级和媒介技术革命的冲击而产生的对文学和文学研究未来强

---

〔1〕 国荣：《见证与反思：希利斯·米勒之“文学终结论”在中国（英文）》，《外国语文研究》2003年第2期。

〔2〕 国荣：《见证与反思：希利斯·米勒之“文学终结论”在中国（英文）》，《外国语文研究》2003年第2期。

烈焦虑的体现。“终结”也意味着旧的文学样式及其消费方式的式微以及新的文学样式和消费方式的兴起，我们需要在“终结论”的背景下思考文学的新变。余虹认为，所谓“文学终结论”不过是说后现代语境下的文学边缘化：“后现代条件下文学边缘化有两大意涵：1. 在艺术分类学眼界中的文学终结指的是文学失去了它在艺术大家族中的主导地位，它已由艺术的中心沦落到边缘，其主导地位由影视艺术所取代。2. 在文化分类学眼界中的文学终结指的是文学不再处于文化的中心，科学上升为后现代的文化霸主后文学已无足轻重。”[1]余虹受辛普森“文学统治”[2]以及卡勒“理论中的文学性”的影响，提出后现代语境下文学研究要从“文学”研究转向“文学性”研究。文学研究要正视“文学性蔓延”，研究作为“元叙述”功能文学性。陈晓明、陶东风、金元浦也撰文指出，既然后现代状态下文学已经边缘化，但“文学性”却占统治地位，因此，文学研究应当“扩容”“跨界”，研究一切与文学性相关的领域。余虹敏锐地意识到，后现代社会是一个视觉文化主导社会，图像压倒文字，文学的边缘化是一个不争的事实。但是，这并不意味着文学的死亡和文学研究的终结。“文学性”并没有消亡，而是渗透到众多文化领域，例如后现代思想学术的文学性、消费社会的文学性、媒体信息的文学性、公共表演的文学性等，文学研究新的突破点正在于研究各种文本中的“文学性”。之后，余虹在《白色的文学与文学性——再谈后现代文学研究的任务》中，进一步区分了狭义的“文学”和广义的“文学性”，对“文学性蔓延”做了进一步的说明。他认为狭义的“文学”是一个艺术类别，“文学性”不是狭义的“文学”的专有属性。所谓狭义的“文学”指的是作为一种艺术门类和文化类别的语言现象，它的概念内涵主要由19世纪末和20世纪初以来的形式主义文学批评所规定，其外延通常指诗歌、小说、戏剧文学、抒情散文。广义的“文学性”指的就是渗透在社会生活方方面面并从根本上支配着后现代社会生活运转的话语机制，这种机制显然不是狭义文学所独有的东西。他说，“文学性”不同于狭义的“文学”，比如我们承认《高老头》是文学，而《共产党宣言》

〔1〕 余虹：《文学的终结与文学性蔓延——兼谈后现代文学研究的任务》，《文艺研究》2002年第6期。
〔2〕 辛普森的“文学统治”指在后现代条件下，文学对相关学科具有殖民性、渗透性和元叙事功能。

不是文学，但是我们不能否认《共产党宣言》不具有“文学性”。[1]陶东风在《文学的祛魅》中表达了类似的观点，他认为正是“文学性”的扩散，导致了文学理论的根本变化。“文学性”的扩散主要表现在：“一是文学性在日常生活现实中的扩散，这是由于媒介社会或信息社会的出现、消费文化的巨大发展及其所导致的日常生活的审美化、现实的符号化与图像化等等造成的。二是文学性在文学以外的社会科学其他领域渗透。”[2]陶东风认为，“文学性”并不是文学的专有属性，而是在人文社会科学的各个门类中都能发现它的影子。故此，文学研究要寻找新的对象，从文学研究转移到“文学性”研究上来。

王岳川、吴子林、洪进等则认为“文学性”已经迷失（消解），文学的独立性、合法性面临被解构的命运，要求坚守“纯文学”。王岳川从精英文学的立场出发，认为“所谓后现代的文学性或文学化，并不是说精英文学作为文学之为文学的根本属性被贯彻到所有艺术或文化中去了”，“倒是精英文学被空前地消解而泛文化了，只是俗文化的逻辑成为当代文化的中心底色——感性肉身的泛化”。因此，所谓的“学术后现代性中的文学统治”并不存在，只是辛普森的误读而已。“后现代时代是一个感性肉身的时代，是一个图像取代文字文学的时代，是一个读图时代大于读文时代的图像学世纪”。这本身就与文学所强调的精神指向性、超越性、审美性不同，因此，“学术后现代化”后，文学被消解泛化了，已经不再有任何“统治”地位可言。[3]吴子林对“文学性蔓延”的反驳是从三个方面开展的。首先，他提出“从学理上说，任何事物都是有自己相对稳定的特性、内涵和边界的”。通过对乔纳森·卡勒关于“文学性”的分析，吴子林将“语言”和“审美”看作是“文学性”的两个基本维度。其次，他从审美和语言的维度对“文学性蔓延”的观点提出质疑。从审美的维度指出，所谓的“文学性扩张”或“日常生活的审美化”，在很大程度上不过是审美的世俗化，是一种“欲望的感性显现”。“‘文学性’与其说是经济、商业、消费活动的‘核心’，毋

〔1〕 余虹：《白色的文学与文学性——再谈后现代文学研究的任务》，《中外文化与文论》2003年第10辑。
〔2〕 陶东风：《文学的祛魅》，《文艺争鸣》2006年第1期。
〔3〕 王岳川：《质疑“后现代文学性统治”》，《文学自由谈》2004年第2期。

宁说是商业消费的对象和商业生产的动力，是四处飘散的‘文明’的‘碎片’。”从语言的角度，他对那种沦落为“一篇社论、一条广告、一个企业的营销手册、一条新闻报道、一个理论甚至一个政治家、一个企业家、一个学术明星”当作文艺学的研究对象加以研究的做法持嘲讽态度。[1]最后，他指出当下文艺学的研究必须正视文学所面对的“迫切问题”——人的现实生存境况。“文学性的扩张”在消费领域“显然充斥了浓郁的物质主义气息”，它的作用只是刺激人的感官，并不能提高人的审美境界，还会使人坠入追求物质的陷阱。而包含着“审美”的“文学性”在精神方面是引人向上的，是从根本上解决精神层面的问题。因此，文艺学如何从已有的文学“经典”中汲取思想源泉，呼吁重建适合于人的全面发展的人文价值与精神，可能比起文艺学的拓界或扩容更为重要。洪进则在《走出“文学性”研究的二重误区——兼与余虹先生商榷》表达了与吴子林相似的观点，他认为“文学性蔓延”所指向的文学性研究，实质“是一种社会、经济、政治、思想的研究”。这种文学性研究“可能从某部文艺作品、某个作品的细节出发，但其目的并不在于说明文艺作品本身”，而是“揭示消费社会或者后现代文化语境中的基本状况”，在某种程度上“充当着反映经济、政治状况的角色”。他认为：“真正的文学研究应该是通过审美感受和接受，探讨文艺作品自身存在的艺术思想、叙事方法、技巧使用等问题，即使涉及多种文化因素等方面，如政治、社会、伦理、哲学、殖民主义、女权主义等，但仍以作品的审美特征、审美观念、审美变异、审美思潮、审美传统等方面为其主线，意在阐明作品自身的问题。”[2]

“文学性蔓延”争论的实质是在后现代主义语境与反本质主义挑战下，文学如何存在问题。这一争论涉及文学本质等一系列基础理论的问题，论争对推动我国文学理论在基础理论和基本概念方面的发展和应对后现代反本质主义挑战发挥了积极作用。中国学界讨论的“文学性蔓延”虽然借鉴了卡勒的思想，但本质上却是不同的。辛普森和卡勒通过“文学统治”和“理论中的文学性成分”“把作为理论自身特征的文学范

[1] 吴子林：《对于“文学性扩张”的质疑》，《文艺争鸣》2005年第3期。
[2] 洪进：《走出“文学性”研究的二重误区——兼与余虹先生商榷》，《延边大学学报》（社会科学版）2004年第4期。

式引入理论终结的讨论中，从而转换了解决问题的方式，既肯定了理论的持续和发展，又推崇文学的存在价值。这种向内转的文学回归模式，成功地融合了文学和理论的双重维度，具有非常重要的意义”。[1]而余虹、陶东风等人聚焦的“文学性蔓延”，则是中国文论面对消费文化和媒体变革的冲击时的一种反应，也是为中国式的文化研究做理论铺垫。

四、“文学性”如何应对“后理论”时代？

（一）文学活着，“文学性”依然精彩

20世纪末，德里达在《明信片》中发出对电信时代文学状况的焦虑，之后，J. 希利斯·米勒在《论文学》中也表达了相似的焦虑：“今天文学的地位又如何呢？显而易见，印刷形式的诗歌、戏剧和小说是越来越不受重视了。现在是印刷文学的迟暮时代，这个时代始自四个多世纪之前，现在它有可能寿终正寝，但文明并不会就此消亡。”[2]丹麦学者斯文德·埃里克·拉森教授在2021年接受金惠敏的访谈中也表达了类似的观点：

> 新兴媒介已经成为传播文学内部或外部事物的一种极其重要的方式，正如当下出现了许多由经典文学作品改编而成的流行的电影、电视剧。随之而来的便是文学和艺术进入了各种各样的全球活动。如果你去看一个世界展览，你会发现有很多不同的、异质的文化在那里汇聚。因此，文学的重要性不仅在于文学本身，更在于它如何通过媒介景观的多样化而转化成为许多其他艺术形式。[3]

书籍时代过去了，电信王国正在形成统治之势，但是，文学依然活

---

[1] 徐志强：《理论之后的文学存在方式——以大卫·辛普森和乔纳森·卡勒的“后理论”为例》，《学习与探索》2013年第4期。

[2] [美] J. 希利斯·米勒：《J. 希利斯·米勒文集》，王逢振、周敏主编，北京：中国社会科学出版社，2016年，“前言”第5页。

[3] [丹] 斯文德·埃里克·拉森、金惠敏等：《文学与文化的相遇——斯文德·埃里克·拉森教授与金惠敏等中国学者对谈录》，周姝译，《东岳论丛》2021年第11期。

着，文学性依然充满魅力。因为，研究文学，教授“修辞性阅读”，正是“以一个经济的方式理解语言的复杂性”的重要方式，“语言的复杂性”需要专门的文学研究。[1]文学的三大功能——“通过指涉文学之外的社会世界进行社会批判；来自文本的愉悦——词语游戏、双关语、转喻，等等；进入由语言创造的多重想象世界”[2]等依然是不容忽视的。“尽管可以衍生出丰富多彩的艺术形式，但文学依然是众多文化产品的中心，而语言是中心的中心。”[3]在日新月异的科学技术的推动下，文化与文学的版图正在被电子文化重构，数字化手段不仅更新了文学的呈现方式，而且悄然地改塑文学的写作方式与存在方式。2017年，人工智能微软小冰出了诗集《阳光失了玻璃窗》，2022年，ChatGPT（一种人工智能技术驱动的自然语言处理工具）横空出世，更是引起广泛的热议。不难看出，文学的泛众化、数字网络时代各种文学性的“变异体”（公众号、短视频等）的繁荣，正在对传统意义上的“文学”“文学性”构成挑战。但是，如果承诺“文学性的根基是文学对生命的呵护与表达”，那么，文学就依然存在。“坚守文学性的立场是文学研究者言说世界，直面生存困境的基本方式，也是无法代替的方式。”[4]在这个意义上说，文学犹如信仰，“文学性”即文学信仰的幽灵，始终占据在社会文化中的独特位置，始终以在场的方式影响着人们的精神世界。

（二）作为视角和方法的文学性

既然在后理论时代，文学的重要性不言而喻，那么我们该如何进行文学研究？彼得·威德森也许会为我们带来一些启发：如果我们还想“将在文化生产中占有一席之地的文学保留下来并成为一个具有离散性的概念的话，我认为‘文学性’或许是用来描述它的最好的办法”。[5]无

〔1〕［美］J. 希利斯·米勒、金惠敏：《永远的修辞性阅读——关于解构主义与文化研究的访谈——对话》，《外国文学评论》2001年第1期。

〔2〕［美］J. 希利斯·米勒：《J. 希利斯·米勒文集》，王逢振、周敏主编，北京：中国社会科学出版社，2016年，前言第12页。

〔3〕［丹］斯文德·埃里克·拉森、金惠敏等：《文学与文化的相遇——斯文德·埃里克·拉森教授与金惠敏等中国学者对谈录》，周姝译，《东岳论丛》2021年第11期。

〔4〕洪子诚、吴晓东：《关于文学性与文学批评的对话》，《现代中文学刊》2013年第2期。

〔5〕［美］彼得·威德森：《现代西方文学观念简史》，钱竞、张欣译，北京：北京大学出版社，2006年，第93页。

疑，他的观点和卡勒不谋而合。卡勒认为："文学性的定义之所以重要，不在于作为鉴定是否属于文学的标准，而是作为理论导向和方法论导向的工具，利用这些工具，阐明文学最基本的风貌，并最终指导文学研究。"[1]卡勒进而指出："对文学性进行的思考就是把文学引发的解读实践摆在我们面前，作为分析这些话语的资料：把立即知道结果的要求搁置一下，去思考表达方式的含义，并且关注意义是怎样产生的，以及愉悦是如何创造的。"[2]

周启超在为《当代国外文论教材精品系列》所写的总序中提到，"文学性"研究的回归已然是西方文论在文化批评大行其道之后对文学理论走向的进一步思考：

> 即便是在文化批评仍大有市场、文化研究势头似乎不见衰减的美国，也还有另一些声音，出现了新的迹象——传来要回到文学文本、回到文学作品的"文学性"的呼唤与主张。有学者看到："不论是后现代后结构，或是文化研究理论，都会带来一个问题：到底文学作品中的'文学性'怎么办，难道就不谈文学了吗？美国学界不少名人（包括著有《在新批评之后》的弗兰克·兰特里夏）又开始转向了——转回到作品的'文学性'，而反对所有这些'政治化'或'政治正确化'的新潮流。"美国比较文学学会2003年的年度报告也提倡"文学性"，将之作为比较文学的主要特征：比较文学不仅要"比较地"研究国族文学，更要"文学地"阅读自己的研究对象。这样的文学性阅读要求对研究的对象做仔细的文本考察，并具有"元理论"（meta-theoretical）的意识。即便是被尊为"文化批评大师"的爱德华·赛义德后来也认为回到文学文本、回到艺术，才是理论发展的征途。[3]

---

[1] [美]乔纳森·卡勒：《文学性》，见[加拿大]马克·昂热诺等主编《问题与观点——20世纪文学理论综述》（修订版），史忠义、田庆生译，开封：河南大学出版社，2010年，第22页。

[2] [美]乔纳森·卡勒：《文学理论入门》，李平译，南京：译林出版社，2013年，第44页。

[3] 周启超：《多方位地吸纳 有深度地开采——写在〈当代国外文论教材精品系列〉出版之际》，见[美]彼得·威德森《现代西方文学观念简史》，钱竞、张欣译，北京：北京大学出版社，2006年，总序第6-7页。

《中国比较文学》2011年第4期刊发的文章，张静的《回归文学性：当代比较文学与方法论建构——“第10届中国比较文学年会暨国际学术研讨会”综述》和赫岚的《反思与前瞻：比较文学与世界文学研究和教学——中国“比较文学与世界文学”博导高层论坛会议综述》也都传达出一个重要的信息：不论是在研究方法或是教学中，比较文学研究都重新将研究视角转向“文学性”的探讨。

在后现代思想学术、消费社会、媒体信息、公共表演中，各种文学性修辞如隐喻、虚拟、想象、象征无处不在，[1]“人们会发现，文学如同种种文化神经织入社会的各个部分，产生明显的或隐蔽的作用。例如，新闻在许多时候借鉴了文学的表达技巧，流行歌曲肯定向诗索取了种种经验。至于电影、电视剧对于文学的倚重自不待言。有趣的是，人们甚至可以在商业广告之中察觉大量的文学手段：精粹的格言，出其不意的悬念，小型的情节叙述，等等”。[2]彼得·威德森认为，正是这种独有的“创造”使“文学性”建构了不同的文本“模式”，并且为文本提供了“诗性现实”。彼得·威德森把“文学性”提升为某种“联邦”或者是一个“文字联合体”，各种各样繁荣昌盛的文学在这里都享有公民权。他通过具体分析文本，指出历史与“文学性”之间的自觉关系确实是当代文学的一个主流隐喻。“文学性”的想象力或“魔法”特质能够穿越习俗与已被驯服化的东西，“文学性”是一类“真实历史”得以记录的一种主要形式——它们在“官方历史”中潜在缺席。“文学性”在用于对从前边缘化话语的分析时，释放并恢复“被历史隐藏的”历史。“文学性”如同艾兰所说的那些“剩余物”，又如萨勒曼·拉什迪的第31个罐子——“等待着被尚未发生之事填满，将未来保存在一个罐子里面”。[3]“文学性”始终是一股潜在的力量，始终要作为一个文本被写作，而没有人可以决定、阻止或禁止它。

近年来，学界开始反思中国当代文学研究的“历史化”，文学研究的历史化潮流正在受到学界的质疑和诟病，此类声音在各种学术场合可

---

〔1〕 余虹：《文学的终结与文学性蔓延——兼谈后现代文学研究的任务》，《文艺研究》2002年第6期。
〔2〕 南帆：《关于文学性以及文学问题研究》，《江苏大学学报》（社会科学版）2005年第6期。
〔3〕［美］彼得·威德森：《现代西方文学观念简史》，钱竞、张欣译，北京：北京大学出版社，2006年，第194页。

谓不绝于耳。他们戏称文学已经成为史学的婢女，指责“历史化”导致中国当代文学研究日渐丧失了与时代、与现实的对话能力。这种“历史化”的文学研究趋势客观上加剧了“文学性”的窘迫，继而使文学研究乃至文学本身的合法性也遭到了质疑。其实，早在《文学性的命运》中，洪子诚和吴晓东就对“过度历史主义”或过度“语境化”的研究提出了警惕，他们认为过度的历史主义或语境化“往往不是表现在回到历史原初面貌的追求，而是迷失在所谓历史的丰富材料中而失去自己的问题意识与独特诉求”，这就造成了为了追求浩瀚的历史材料而忘却了研究的目的。所谓“语境化”，总是处于一个低层次的历史材料堆积和复印机般的刻板复制过程中，无法“在很高的、深刻的水平上进行”。在这个意义上说，“浮浅的‘历史化’、‘语境化’与浮泛的‘本质化’一样不可取”。[1] 正是在这种情况下，人们认为只有找回失去的“文学性”，才能拯救当前日益枯燥的“历史化”，让文学研究再次回到文学自身中来。[2]

李遇春指出，重建“文学性”范式就需要重新思考“文学性”与“历史化”的辩证关系。虽然过度的历史化会让文学研究偏离，但历史视野对文学研究确实是必不可少的，因为“文学与历史的关系其实是互为镜像的关系，文学这面可以携带上路的镜子中自然会映射出历史的镜像，但镜像本身显然并非历史的本原，而是历史的形式化，历史的纵深化，乃至历史的审美化”。[3] 于是，应当在“历史化”的基础上重建“文学性”。我们需要的不再是英美新批评意义上相对封闭的文本细读内循环体系即“纯文学性”阅读体系，正是由于20世纪80年代的“纯文学”理念和审美意识形态导致了对“文学性”理解的固化，因此，才有了文学研究的“史学转向”，重新将历史化和语境化作为文学研究的突破。他期待“一种具有中国特色的文体开放式的‘杂文学性’或‘大文学性’阅读体系，它必须在面对新时代文学创作实践时具有高效的解释

[1] 吴晓东：代序一《文学性·文学经典·批评、阅读和阐释——与洪子诚先生对话》，《文学性的命运》，广州：广东人民出版社，2014年，第9页。

[2] 李遇春：《是继续“历史化”，还是重建“文学性”——中国当代文学研究的范式之争》，《当代文坛》2023年第3期。

[3] 吴晓东：《释放“文学性”的活力——再论“社会史视野下的中国现当代文学研究”》，《文学评论》2020年第5期。

力，而且在中国当代文学史书写中具有多元审美包容性，以期最终形成一种中国学派意义上的‘文学性’研究范式”。[1]

洪子诚指出：“文学性既是理论、信仰问题，是方法，也是实践问题。”[2]吴晓东秉持“文学处理的是人的无法被理性框架归纳的具体性经验”的理念，始终坚持从阅读、批评的层面出发，从事对文本的阐释和有效的发掘：“将异质性和差异性上升到文学史的前景，打开难以整合的审美领域，将我们的注意力放在‘回归文学本体’‘充分张扬文学性’上来。”[3]他认为，“文学性”可以带来对现实的重新体认。为此，吴晓东提出应从“文学性”的立场出发对“左翼文学”进行再分析。他的结论是：“有不少左翼作品恰恰是通过文学性的力量才真正打动读者的，从而进一步调动形式中蕴涵的政治的潜能，最终化为历史的动能。”[4]张清华在《“传统潜结构”与红色叙事的文学性问题》一文中，也提出了类似的问题：

> “革命文学的文学性”究竟怎样？这是我们判断此类文本在社会学研究、历史文献研究价值之外，还有否“文学价值”的基本依据。在本文的角度看来，仅从“文化研究”或文学社会学研究的角度，无论是“新左”还是“自由主义”的看法都无法解决这一问题。将之贬到地狱，啐为垃圾；或捧为至真经典，奉若圭臬，赋予其种种“现代性”价值的解释，都有强辞之嫌。而当我们转换角度来看，或许有柳暗花明、峰回路转之感——在这些革命叙事的红色釉彩下，其实有着大量来自传统的旧的叙事结构与故事元素，是这些东西在暗中支持了红色叙事之所以成为“叙事”的文学性魅力。[5]

---

〔1〕李遇春：《是继续“历史化”，还是重建“文学性”——中国当代文学研究的范式之争》，《当代文坛》2023年第3期。

〔2〕洪子诚、黄子平、吴晓东、李浴洋：《再谈“文学性”：立场与方式——〈文本的内外：现代主体与审美形式〉三人谈》，《中国现代文学研究丛刊》2023年第2期。

〔3〕洪子诚、黄子平、吴晓东、李浴洋：《再谈“文学性”：立场与方式——〈文本的内外：现代主体与审美形式〉三人谈》，《中国现代文学研究丛刊》2023年第2期。

〔4〕吴晓东、罗雅琳：《通向一种具有开放性的“文学性”——吴晓东教授访谈录》，《当代文坛》2021年第3期。

〔5〕张清华：《“传统潜结构”与红色叙事的文学性问题》，《文学评论》2014年第2期。

在最近一篇题为《为何要重提“文学性研究”》的文章中，张清华通过“潜结构”与“潜叙事”的研究框架，揭示革命时期的文学并非飞来之物，暗含着某种“文学性”追求。[1]

这正是“文学性”之于批评的意义之所在。“文学性”就是要在细节中发现那些被历史和现实遮蔽的因素。按照吴晓东的话说：“文学自身有一种能力，这种能力就是它总能逸出某种规约，包括文学理念自身的规约，也包括外在党派力量的规约，或者某种阵营对它的要求，就是说作家在创作中总是有某种东西可以逸出来，不可能完全被束缚到既有的理念、观念的框架和意识形态的框架里。”[2]所以，吴晓东认为，应该“把文学性问题作为一种视野，向历史情境以及文学性周边的一些问题保持某种开放”，[3]在一个结构、解构互动的格局中来理解文学性：

> 结构的视野意味着我们会坚守一些东西，比如形式、审美、感性、心灵世界、人类生活的境遇和细节，这些就是文学最基本的范畴。尤其是形式和审美，文学最后坚守的是形式和审美，因为如果没有形式，没有形式背后的审美，那么文学就无法与其他领域建立区隔，这是我们必须坚守的东西。但是通过解构，我们又会在文学中带入更有历史感的、更有思想深度的新的观照视野，从而真正把历史、社会的面向带进来，其后果不是冲垮了文学，而恰恰是丰富了文学性。[4]

当前，中国学界还有人提出文学研究的“社会史视野”，试图以“文学”“历史”“社会”为基础，建构出文学研究三位一体的动态格局：“社会史视野重新激活了文学与政治、历史、社会的关系，也把‘文学性’真正还原为一个历史化的范畴，进而在一种张力形态中理解文学

〔1〕 张清华：《为何要重提“文学性研究”》，《当代文坛》2023年第1期。
〔2〕 吴晓东：代序二《文学性的命运——与薛毅对话》，《文学性的命运》，广州：广东人民出版社，2014年，第41页。
〔3〕 吴晓东：代序二《文学性的命运——与薛毅对话》，《文学性的命运》，广州：广东人民出版社，2014年，第44页。
〔4〕 洪子诚、黄子平、吴晓东、李浴洋：《再谈“文学性”：立场与方式——〈文本的内外：现代主体与审美形式〉三人谈》，《中国现代文学研究丛刊》2023年第2期。

性，为文学研究拓展了阐释空间，也释放了文学性的活力。”[1]“社会史视野”从具体的文学文本出发，通过“文学性”的分析，恢复文学“与现实对话的活力”，也为文本“带出更为广阔的意义”。这种思路是值得肯定的。

（三）“文学性”研究能否取代“文学是什么”的追问

“文学性”作为视角、方法深度参与文学实践，搭建了文学与历史、与社会的新关系，提供了文学再理解的可能性。但这样一来，是否意味着“文学是什么”的追问不再有意义，或者，“文学性”研究可以替代文学研究呢？对于这个问题，笔者在《文学是什么——关于文学提问方式之学术路径的反思》一文中进行了具体讨论。之后，在《理论与文学的相互生成——读特里·伊格尔顿〈文学事件〉》《批评的伦理》《文学需要理论吗？》等多篇文章中不断深化这一讨论。一方面，“文学性”无疑是重要的，不仅关乎文学的再理解，而且也关乎非文学文本的再理解。“文学性”努力正是我们调动一切语义手段、修辞手段、形式手段逼近逻辑、理性无法抵达之域的过程。但“文学性”研究并不能取代“文学是什么”的追问。因为，后现代语境下，“文学性”已经不再是那个区分文学与非文学的标准，文学与非文学边界模糊，“文学性”弥漫在人文学科以及各种文化活动中。所以，可以以“文学性”为切入点，找到理解一切社会文化现实的途径。但是，我们却不可以以“文学性的胜利”为借口而取消或取代“文学是什么”的追问。[2]事实上，对“文学性”的研究越深入，越是激发人们对“文学是什么”的思考。“文学是什么”是文学研究的基础问题和文学理论应当解决的首要问题。从某种意义上说，“文学是什么”起着引导、规范“文学性”研究的性质和方向的作用。[3]

只是，我们需要认识到，无论是关于“文学”的提问，还是关于

---

〔1〕吴晓东：《释放“文学性”的活力——再论“社会史视野下的中国现当代文学研究”》，《文学评论》2020年第5期。

〔2〕邢建昌：《文学是什么——关于文学提问方式之学术路径的反思》，《社会科学战线》2016年第12期。

〔3〕邢建昌：《文学是什么——关于文学提问方式之学术路径的反思》，《社会科学战线》2016年第12期。

“文学性”的提问，都不再是关于“文学”或“文学性”的定义，而是要提供一个观测“文学”或“文学性”的路径或方向。对“文学是什么”的追问始终是人们思考文学的动因，而“文学”之于“文学性”则是更为本源的问题。没有“文学”的历史生成、衍化以及累积的知识，“文学性”的追问也就失去了根据。[1]有了这个可靠的基础，理论中和批评中的“文学性”才会显示出迷人的魅力，而“文学理论的书写更应该是多维的、丰富的、指向内心经验的、更具反思性精神气质的，因而是更具文学性的，犹如修辞学渗透了文学的几乎所有类型，深刻影响了包括文学理论在内的人文学科知识生产一样”。[2]“文学性言说之于文学理论，不是一个技巧、策略的问题，实际是走进文学、最大限度秉持对文学善意的努力。理论如何穿梭于文学的世界，讲述文学的故事，而不是傲慢地、居高临下地对文学实施宰制和剥夺，文学性言说是一个基本的制衡机制。”[3]随着文学与理论深度关联的揭示，理论书写多种可能性的时代已经来临，一种融合了概念、逻辑、实证、参悟、体味、叙述等多种致思方式的理论跨文体写作将流行开来，它们共同指向一个人文的、意义的，回到内心的精神世界。[4]

时至今日，“文学性”已突破了俄国形式主义的理论内涵，成为一个历史性的建构概念。尽管对“文学性”的理解各有差异，但在试图突破文学的困境与危机，寻找更好的理解文学的方式方面则是共同的。当下，“文学性”问题最主要的已经不是对“文学”的本质性描述，也不是建立起关于文学的标准，而是说对它的理解决定了文学理论研究的方式和方法。“‘文学性’概念具有本体论和方法论价值，它决定了文学理论的研究对象、研究范围和研究方法。同时，它的提出为文学理论学科的建立也提供了重要的思想资源。”[5]目前，文学研究与理论批评总体呈现出两个方向：一是守护文学性的基本立场，主张透过文学文本去发现

〔1〕 邢建昌：《文学是什么——关于文学提问方式之学术路径的反思》，《社会科学战线》2016年第12期。
〔2〕 邢建昌：《文学需要理论吗？》，《社会科学战线》2022年第5期。
〔3〕 邢建昌：《文学需要理论吗？》，《社会科学战线》2022年第5期。
〔4〕 邢建昌：《文学需要理论吗？》，《社会科学战线》2022年第5期。
〔5〕 李龙：《“文学性”问题研究：以语言学转向为参照》，北京：人民出版社，2011年，第18页。

内化于其中的隐蔽的社会历史成规；二是拓展文学的边界，以连接号的方式建构一个更加广义的“文学—”世界。[1]通过“文学性”，文学研究保持着对于现实的回应姿态，揭示着好的文学之为文学的根据。更为重要的是，“文学性”关联着文艺理论与批评基础理论或基本问题，立足于“文学性”来探讨当代文学理论学科体系、话语体系和学术体系的构建，无疑是具有重要的理论意义和现实意义的。

[1] 屠毅力：《文学作为一种“方法”——学术期刊视角下的文学观念调整与方法探索》，《上海师范大学学报》（哲学社会科学版）2023年第5期。

第十章　反本质主义的文学本质观※

20世纪80年代以来的文学理论知识生产，经历了本质主义与反本质主义的理论纠缠，反本质主义给文学理论知识生产带来了前所未有的冲击，文学理论的学科基础、观念形态和话语范式处于解构与辩护的张力关系中。如何理解文学理论知识生产中的本质主义与反本质主义意涵，反本质主义在多大程度上引发了文学理论学科的反思意识，又在多大程度上带来了文学问题的重新思考，这是本章要集中讨论的问题。

一、反本质主义出场的历史语境

（一）为什么是20世纪90年代?

20世纪90年代是一个特别具有分期意义的时间概念。与20世纪80年代比较，90年代意味着一种理想主义的终结，意味着“后学语境”成为理论言说的参照，还意味着“有根据的说”和“有学术的思想”正在成为时代主导性的话语方式。从90年代之后，文学理论的知识生产才向着学科化、学理化方向发展。所以，反本质主义虽然发生在2000年，但它源自的问题在20世纪90年代早已经埋下。

西方后现代主义思潮自20世纪80年代即进入中国，但成为蔚为大观的潮流，则发生在20世纪90年代。此时，一股真正的“后学热”在中国逐渐形成，标志性事件是一系列“后学”著作的翻译出版。佛克马、伯顿斯编，王宁翻译的《走向后现代主义》1991年由北京大学出版社出版；王岳川主编的译文集《后现代主义文化与美学》1992年由

※　本章是在闫听提供的论文初稿《文学理论中的本质主义与反本质主义》基础上做较大修改而成。

北京大学出版社出版。之后，西方“后学”的代表性著作《后现代精神》《后现代道德》《后现代主义的幻象》《后现代的状况》《后现代主义与文化理论》[1]等陆续翻译出版。除此之外，“后殖民批评”“女性主义批评”“新历史主义批评”等方面的译作也不断推出，后现代主义在国内得到了广泛的传播。几乎同时，国内关于后现代主义的研究著作也如雨后春笋般逐渐涌现出来，王岳川、陈晓明、陆杨、盛宁、王宁、郑敏、王治河等都有代表性著作出版。[2]中国社会科学出版社编辑出版的“后现代主义思潮丛书”就有王小章《潜意识的诠释——从弗洛伊德主义到后弗洛伊德主义》(1997年)、杨大春《文本的世界——从结构主义到后结构主义》(1997年)、张国清《中心与边缘——后现代主义思潮概论》(1998年)、陈亚军《哲学的改造——从实用主义到后实用主义》(1998年)、尚杰《解构的文本——读书札记》(1999年)等。此外，还有中国社会科学出版社的“知识分子图书馆”，中央编译出版社出版的“大众文化研究译丛”，商务印书馆的“现代性研究译丛”和“文化和传播译丛”，南京大学出版社的“当代学术棱镜丛书”，江苏人民出版社的“知识分子译丛”，等等。在这些大量译介出版的同时，后现代主义引发了国内学者的诸多讨论。“有的研究者积极高调地研究‘后学’思潮，并积极将‘后学’思潮与中国文学实践相联系，并积极从事文本阐释的研究工作，如陈晓明；有的研究者则坚持客观冷静的态度，从容地分析‘后学在中国’所产生的多维多面的问题，如王一川；也有的学者一如既往地坚持对‘后学’思潮做长期译介传播工作，并积极呼应西方‘后学’的理论问题，如王宁。”[3]随之而来的是“后学”所标榜的一系列术

---

〔1〕［美］大卫·雷·格里芬：《后现代精神》，王成兵译，北京：中央编译出版社，1998年；［法］让-弗朗索瓦·利奥塔：《后现代道德》，莫伟民译，上海：学林出版社，2000年；［英］特里·伊格尔顿：《后现代主义的幻象》，华明译，北京：商务印书馆，2000年；［美］戴维·哈维：《后现代的状况》，阎嘉译，北京：商务印书馆，2003年；［美］杰姆逊：《后现代主义与文化理论》，唐小兵译，北京：北京大学出版社，2005年。

〔2〕王岳川：《后现代主义文化研究》，北京：北京大学出版社，1992年；陈晓明：《解构的踪迹：历史、话语与主体》，北京：中国社会科学出版社，1994年；盛宁：《二十世纪美国文论》北京：北京大学出版社，1994年；陆扬：《德里达——解构之维》，武汉：华中师范大学出版社，1996年；盛宁：《人文困惑与反思——西方后现代主义思潮批判》，北京：生活·读书·新知三联书店，1997年；王宁：《后现代主义之后》，香港：中国文学出版社，1998年；郑敏：《结构——解构视角：语言·文化·评论》，北京：清华大学出版社，1998年；王治河：《后现代主义辞典》北京：中央编译出版社，2004年。

〔3〕高建平等：《当代中国文论热点研究》，北京：中国社会科学出版社，2016年，第398-399页。

语如否定性、非中心化、破碎性、反传统性、解构性、不确定性、非连续性，强调的多元化、标新立异、反权威、反基础主义、非理性主义等日渐渗透到中国文学理论研究当中。伊格尔顿曾经这样讨论后现代主义："后现代思想的典型特征是小心避开绝对价值、坚实的认识论基础、总体政治眼光、关于历史的宏大理论和'封闭的'概念体系。它是怀疑论的，开放的，相对主义的和多元论的，赞美分裂而不是协调，破碎而不是整体，异质而不是单一。它把自我看作是多面的，流动的，临时的和没有任何实质性整一的。"[1]中国当代文学理论虽然并没有紧跟西方后现代主义思潮亦步亦趋，但是，后现代主义思潮对中国当代文学理论的范式、观念和知识生产产生了影响，则是不争的事实。

后现代主义在助力中国理论界形成"后学"热潮的同时，也引发了关于"中国文论失语症""古代文论的现代转化""文学的终结"以及"文学扩容"等的讨论。"后学"思潮的反本质主义、反"宏大叙事"、反传统、多元化的立场像一个精神的幽灵，徘徊在文学理论的言说之中。

（二）"反思"语境

20世纪80年代以来，在思想解放的大背景下，中国文学理论借鉴和引进西方相关理论，并努力将其与中国的文学实践相结合，试图建构中国本土的当代文学理论。钱中文、童庆炳、王元骧等人在"审美反映论"基础上提出"审美意识形态论"[2]。20世纪90年代以后，中国文学理论知识的建构与教材的书写呈现了渐趋多元、复杂的面貌和多种形态交互对立和渗透的格局。同时，反思，作为理论的一种品格成为一切言说的底线性思维和意识。反思，即思考人的自我意识以及人的一切言说的可能性基础和条件。作为一种哲学方法论，反思在社会科学、人文学科中有着广泛的影响和应用。社会学家伊曼纽尔·沃勒斯坦在《否思社

---

〔1〕［英］特里·伊格尔顿：《后现代主义的幻象》，华明译，北京：商务印书馆，2000年，"致中国读者"第1页。

〔2〕这些观点被写进了具有"换代"性质的文学理论教材之中。如钱中文：《文学原理发展论》，北京：社会科学文献出版社，1989年；《文学发展论》（增订本），北京：经济科学出版社，1998年；《文学原理——发展论》，北京：社会科学文献出版社，2007年。童庆炳主编《文学理论教程》，北京：高等教育出版社，1991年初版、1997年修订版、2003年修订二版、2008年第四版。王元骧：《文学原理》，杭州：浙江教育出版社，1989年第一版，2002年修订一版，2007年修订二版。

会科学——19世纪范式的局限》一书中强调，反思能力是一个学者或科学家的基本能力。科学研究不仅需要重思（rethinking），更需要否思（unthinking）：

> 对学者和科学家来讲，重思（rethinking）争议问题是相当正常的。当重要的新的证据推翻了旧有的理论和有关预测无法成立时，我们就会被迫去重思我们的前提。就这个意义而言，十九世纪社会科学的大部分，一直在被人们重思。但是，除了这种常规性的重思以外，我认为我们还需要“否思”（unthinking）十九世纪的社会科学，因为它的许多预设——在我看来，这些预设是误导的和阻碍性的——对于我们的心智有着太强大的控制。这些预设，曾一度被认为是对人的精神的解放，但在今天却对有益地分析社会世界构成了核心的知识障碍。[1]

在沃勒斯坦看来，社会科学需要否思，根本原因在于那些一度作为人的精神解放的理论预设，已经不能适应或用来解释新的状况了，甚至构成了分析社会世界的“知识障碍”。沃勒斯坦实际提醒我们，“在人文学科和社会科学领域，不存在自明的或不加批判的理论预设或前提，更不存在永恒的超乎时空的正确命题。一旦把某种理论预设、前提或命题提高到‘元叙述’的位置，就可能误导乃至阻碍新的历史条件下人文学科和社会科学关于社会的知识叙述”。[2]在这种情况下，保持“重思”或“否思”的激情是十分必要的。

20世纪90年代以来，理论界弥漫着文学研究边缘化甚至是“文学死了”的危机意识。消费文化对文化主导型的僭越，图像文化对话语文化的排挤，以及日常生活的审美化和审美的日常生活化等，格外强烈地刺激了文学理论对自身如何可能的追问与思考。反思，作为矫正自身不断

---

〔1〕这里采用邓正来的译文。见邓正来：《研究与反思：中国社会科学自主性的思考》，沈阳：辽宁大学出版社，1998年，“自序”第1页。沃勒斯坦这段话的原文，见伊曼纽尔·沃勒斯坦：《否思社会科学——19世纪范式的局限》，刘琦岩、叶萌芽译，北京：生活·读书·新知三联书店，2008年，“导言”第1页。

〔2〕邢建昌：《文学理论的自觉：走向反思》，《中国人民大学学报》2011年第1期。

上路的方式，被文学理论应用于自身的知识生产中。文化研究作为一个文学理论新的知识增长点引起国内学者的重视，文化研究以其与生俱来的跨学科性、开放性、多元性和批判性，很快成为反思、拓展文学理论的一个重要向度。1998年，陶东风在《文化研究：西方话语与中国语境》一文中强调“贯穿文化研究的整个历史的，一直是其实践性品格、政治学旨趣、批判性取向以及开放性特点（实践性、政治性、批判性与开放性）”。[1]而理论来源的多元性和社会政治倾向上的实践性，也就决定了文化研究本身也必须是高度反思性的：“可以说，文化研究是一个不断地自我反思乃至自我解构的知识探索领域。”[2]陶东风、金元浦、金惠敏、周宪、戴锦华、王宁等都在文化研究的旗帜下，做过各有侧重的理论探讨。如陶东风关于日常生活审美化的解读，金惠敏关于媒介后果的分析，戴锦华关于大众文化的探讨，周宪关于视觉文化的研究，汪民安关于身体文化的叙述等。[3]

文化研究带来了文学理论自身的反思和重建主要体现在三个方面：一是研究思路的转变。文化研究侧重于从文学与社会现实和文化精神层面解读文学，以具体的文学文本解读为例，文学理论注重以语言为中心，强调具体的文本分析，而文化研究则注重将文学与社会、历史、政治等联系起来，进行外部的阐释。文学理论与文化研究相比较而言，前者重“入”，后者重“出”，后者更强调“从文学中走出来，进入文学之外更为广阔的社会与文化空间，关注现实、关注历史、关注文化”。[4]二是文学理论遭遇了“文学性”的危机。在市场经济的推动下，消费主义文化蓬勃发展，促成了文化研究消解文学性的契机。日常生活审美化的兴起和“图像时代”的到来，共同加剧了文学自身要素的消解。随着影视文学、网络文学、手机文学的出现，文化研究更是倡导文学研究的边界扩容，从纯文学的研究转向跨学科、多元化的文化研究。三是重构文艺学学科。20世纪90年代以来，我国的文艺学学科也经历了全球化和消费文化的冲击，原来的学科建制已经无法满足新的社会现实，文艺

〔1〕 陶东风：《文化研究：西方话语与中国语境》，《文艺研究》1998年第3期。
〔2〕 陶东风：《跨学科文化研究对于文学理论的挑战》，《社会科学战线》2002年第3期。
〔3〕 高建平等：《当代中国文论热点研究》，北京：中国社会科学出版社，2016年，第420页。
〔4〕 高建平等：《当代中国文论热点研究》，北京：中国社会科学出版社，2016年，第423页。

学拓疆势在必行。同时，文化研究的跨学科、反学科和后学科性质，必然走向对于既有学科体制的反动，并“揭示学科体制背后具有历史特殊性的利益——权力机制，揭示学科体制如何生产统治性文化并将之合法化……揭示学术体制所确立的‘真’或‘美’的评估——筛选——奖惩系统背后的政治经济学”。[1]在这个意义上说，文化研究助力文学理论的“反思”效力和深度是空前的。可以说，反思，带动了文学理论研究的转型，推进了文化研究对于“公共领域”的建立。

（三）反本质主义的历史出场

“当代文艺学研究中的‘反本质主义’问题的争论从深层次看是体现了普遍化与本质化的知识生产和知识建构格局与当代文学理论研究具体问题之间的距离，隐含的是对文学理论研究观念和思维模式的深刻反思。”[2]2001年，《文学评论》发表了一系列关于“大学文艺学的学科反思”的文章，开启了对当下文学理论的反思。值得注意的是，这次“反思”不是局部的、零星的或者只是“回头看”的反思，而是带有根本性的，是基于“反思”视角的知识学模式的反思。这里所说的“反思”视角，主要指由布尔迪厄所提供的“反思社会学”的理论和实践。包括“自我指涉、自我意识、叙述或文本的构成要素之间的循环关系”等。“反思性”要求对“那些思想的未被思考的范畴”进行系统的反思，揭露那些被遮蔽的理论研究的真问题。

其中，陶东风《大学文艺学的学科反思》一文最引人注目。这篇文章可以看作文学理论内部反本质主义的檄文。陶东风认为当下中国社会的转型已经极大地改变了文艺活动的生产、传播与消费方式，而文艺学不能积极有效地介入社会文化与审美／艺术活动，不能解释改革开放尤其是90年代以来文学艺术的生产方式、传播方式以及大众的文化消费方式的巨大变化，是因为：

以各种关于“文学本质”的元叙事或宏大叙事为特征的、非历

---

〔1〕 陶东风：《跨学科文化研究对于文学理论的挑战》，《社会科学战线》2002年第3期。
〔2〕 高建平等：《当代中国文论热点研究》，北京：中国社会科学出版社，2016年，第403页。

史的本质主义思维方式严重地束缚了文艺学研究的自我反思能力与知识创新能力，使之无法随着文艺活动的具体时空语境的变化来更新自己。[1]

由此造成了另一个严重的后果，文学理论与社会现实、大众文化艺术活动和社会公共领域的脱节：

文艺学研究与公共领域、社会现实以及大众实际文化活动、文艺实践、审美活动之间曾经拥有的积极而活跃的联系正在丧失。大学文艺学（很大程度上也包括一般文艺学）已经不能积极有效地介入当下的社会文化与审美/艺术活动，不能解释改革开放尤其是90年代以来文学艺术的生产方式、传播方式以及大众的文化消费方式的巨大变化。[2]

关于本质主义，陶东风说：

本文所说的“本质主义”，乃指一种僵化、封闭、独断的思维方式与知识生产模式。在本体论上，本质主义不是假定事物具有一定的本质而是假定事物具有超历史的、普遍的永恒本质（绝对实在、普遍人性、本真自我等），这个本质不因时空条件的变化而变化；在知识论上，本质主义设置了以现象/本质为核心的一系列二元对立，坚信绝对的真理，热衷于建构“大写的哲学”（罗蒂）、“元叙事”或“宏伟叙事”（利奥塔）以及“绝对的主体”，认为这个“主体”只要掌握了普遍的认识方法，就可以获得超历史的普遍有效的知识。[3]

不难看出，陶东风是在“思维方式”层面来把握“本质主义”的

---

〔1〕 陶东风:《大学文艺学的学科反思》,《文学评论》2001年第5期。
〔2〕 陶东风:《大学文艺学的学科反思》,《文学评论》2001年第5期。
〔3〕 陶东风:《大学文艺学的学科反思》,《文学评论》2001年第5期。

内涵的。他认为这种“思维方式”的特征是“僵化、封闭、独断”，以预设的“绝对的主体”与预设的“绝对的真理”（“普遍的永恒本质”）的二元对立为前提，旨在生产出“超历史的普遍有效的知识”。当下大学文艺学的知识生产及其载体教科书就是被这种本质主义思维所包围，不能对丰富多彩的社会文化现实与文学活动做出有效的解释。他认为中华人民共和国成立以来的文学理论教材例如以群主编的《文学的基本原理》，十四院校联合编写的《文学理论基础》，童庆炳主编的《文学理论教程》都在不同程度、不同侧重面上是“本质主义”思维下的产物。陶东风提出要历史化、地方化（民族化）地理解文学，相应地，文学理论知识的建构也应该历史化、地方化。在陶东风看来，童庆炳主编的《文学理论教程》虽然前所未有地推进了对于文学性质与文学观念的多元理解，代表了新时期文艺学教材的最高水平。但是，将“审美”看作文艺的特殊本质，忽略了“审美”本身即是一种意识形态，是一种历史的、社会的和地方性的知识-文化建构，这种建立在文艺自律论基础上的文学本质观念在新的历史条件下越来越显出解释力的匮乏。

2002年，陶东风在《日常生活的审美化与文化研究的兴起——兼论文艺学的学科反思》一文中进一步指出：“今天的审美活动已经超出所谓纯艺术/文学的范围，渗透到大众的日常生活中”[1]，“日常生活审美化”和“审美的日常生活化”已经成为新的趋势，呼吁文学理论不仅要扩大研究对象，更重要的是要调整研究方法与学术范型。于是，他将文化研究看作是回应这种挑战的结果：“90年代兴起的文化研究/文化批评，在我看来就是对这种挑战的回应。它已经极大地超出了体制化、学院化的文艺学研究藩篱，大大地拓展了文艺学的研究范围与方法。”[2]这对于“封闭的自律论文艺学”是一种解放。

2004年，陶东风发表了《移动的边界与文学理论的开放性》一文，仍然承接上文对于文艺学所面临的危机的判断：“传统的文艺学研究范

---

〔1〕 陶东风：《日常生活的审美化与文化研究的兴起——兼论文艺学的学科反思》，《浙江社会科学》2002年第1期。

〔2〕 陶东风：《日常生活的审美化与文化研究的兴起——兼论文艺学的学科反思》，《浙江社会科学》2002年第1期。

式已经难以令人满意地解释90年代以来的文化/文艺活动新状况，这个事实恐怕很难否定。”[1]文艺学的“扩容”势在必行，而“扩容”首先要面对的就是文艺学学科边界的移动问题。陶东风强调：

> 其实，文艺学的学科边界也好，其研究对象与方法也好，乃至于“文学”、“艺术”的概念本身，都不是一成不变的，而是移动的变化的，它不是一种“客观”存在于那里等待人去发现的永恒实体，而是各种复杂的社会文化力量的建构物，不是被发现的而是被建构的。[2]

这里，陶东风把文艺学的学科边界和文艺学的对象，看作是随着问题的召唤而不断移动的，而不是被学科规范先天限定的。之后，陶东风就“日常生活审美化”、文艺学学科边界、文学理论知识建构中的事实与价值的关系，以及文艺社会学、文学理论中的政治维度等问题发表了一系列文章[3]，进一步为文化研究推波助澜。2004年，陶东风主编的文学理论教材《文学理论基本问题》出版[4]，在“导论”中，陶东风重复表达了上述论文的观点。要求教材突破以往文学理论“本质主义”的知识生产模式，重建文学理论的历史化、地方性的知识。

南帆则在其主编《文学理论新读本》中标举“关系主义”，主张在多维的文化关系中理解文学。王一川在《文学理论》中从中国古代文论思想中汲取资源，独创性地以“感兴修辞”这样的文学属性来代替文学本质。上述教材的编写可以看作是“反本质主义”旗帜下的文学理论探索。[5]

---

〔1〕 陶东风：《移动的边界与文学理论的开放性》，《文学评论》2004年第6期。

〔2〕 陶东风：《移动的边界与文学理论的开放性》，《文学评论》2004年第6期。

〔3〕 相关文章有陶东风：《日常生活审美化与文化研究的兴起——兼论文艺学的学科反思》，《浙江社会科学》2002年第1期；《日常生活的审美化与文艺社会学的重建》，《文艺研究》2004年第1期；《文学理论知识建构中的经验事实和价值规范》，《天津社会科学》2006年第5期；《重审文学理论的政治维度》，《文艺研究》2006年第10期。

〔4〕 陶东风主编《文学理论基本问题》，北京：北京大学出版社，2004年第一版，2005年第二版，2007年第三版，2012年第四版。

〔5〕 方克强：《文艺学：反本质主义之后》，《华东师范大学学报》（哲学社会科学版）2008年第3期。

二、反本质主义理论辨析

“本质主义”这个称呼并非古已有之，而是19世纪之后的理论研究对那种从二元认识论出发，试图通过现象把握事物本质的思维方式的冠名。按照这一逻辑，本质主义思维方式最早可以追溯到柏拉图。柏拉图追求绝对真理，他认为“理念”是一切真理的来源。亚里士多德也追求事物的“第一因”。“绝对理念”“第一因”就是被后世西方哲学家称为普遍的、永恒的真理。但是脱离历史语境追求真理，无疑会导致真理的僵化。对于这种本质主义思维，马克思、尼采、萨特、海德格尔等人是坚决反对的。福柯的“事件化”理论也可以说是对本质主义一个抵制。在福柯看来，任何所谓普遍、绝对的知识或真理最初都必然是作为一个“事件”（event）出现的，而“事件”总是历史的、具体的。陶东风解释说：“事件化意味着把所谓的普遍‘理论’、‘真理’还原为一个特殊的‘事件’，它坚持任何理论或真理都是特定的人在特定的时期、出于特定的需要与目的从事的一个‘事件’，因此它必然与许多具体的条件存在内在的关系。”〔1〕

陶东风之反本质主义，是和他的反“僵化、封闭、独断的思维方式与知识生产模式”〔2〕联系在一起的，他的主要目标是：通过对新世纪文艺学危机现状的诊断，鼓吹“文化研究”来移动文艺学研究的边界，扩充研究内容增加研究领域；通过对中华人民共和国成立以来大学文艺学教材的诊断，借用西方“反本质主义”理论资源重组历史上已有的文学理论素材，以“建构主义”姿态重新讲述文学理论知识，形成对于中华人民共和国成立以来文艺学教材“意识形态”化和新时期以来“审美自律论”的对抗，进而标举文学理论知识生产的“程序合法性”〔3〕。他具体指出“本质主义”之于文学理论的表现：一是本质主义常常把某些特定群体在特定时期出于特定的目的、为了特定的利益生产出来的对于文学特征的理解，或者把特定时期处于支配性地位的关于文学的认识，普遍化为文学的“一般本质”或“永恒本质”。二是正因为本质主义常常把特

〔1〕 陶东风主编《文学理论基本问题》（第四版），北京：北京大学出版社，2012年，第19页。
〔2〕 陶东风主编《文学理论基本问题》（第四版），北京：北京大学出版社，2012年，第4页。
〔3〕 陶东风：《文学理论知识建构中的经验事实和价值规范》，《天津社会科学》2006年第5期。

定时空环境中出现的特定的文学和文学特征普遍化为“一般的”或“典型的”，所以它必然存在过分概括（over-generalization）的倾向，忽略了不同时空环境中的文学之间乃至同一时空环境下不同类型的文学的内部差异。[1]

针对以上所述的弊端，陶东风认为：

> 取代本质主义的最好方法是社会建构主义的观点。比如，关于女性性别特征的建构主义观点，可以用西蒙娜·德·波伏娃的名言表述如下：“女人不是天生为女人的，女人是逐渐变成女人的。”也就是说，使女人成为女人的不是什么神秘的东西，而是文化规范与社会制度。把这种建构主义的视点运用于文学，我们可以认为：文学也是逐渐变成为“文学”的而不是生而为“文学”的。[2]

2009年，陶东风在《文学理论：建构主义还是本质主义——兼答支宇、吴炫、张旭春先生》的回应文章里，承认对他思想产生影响的更多是“布迪厄的反思社会学、文化社会学理论，以及文化研究，特别是女性主义和后殖民主义的身份建构理论”，[3]尤其标举建构主义。

关于“反本质主义”和“建构主义”，[4]陶东风说：

> 对本质主义文学理论的反思和扬弃并不必然导致反本质主义。或者说，我们可以把反本质主义分为“反本质主义”与“反本质的主义”两种，建构主义属于“反本质主义”，而不是“反本质的主义”。“反本质的主义”以后现代主义为代表，它不是对本质主义的反思，而是彻底否定关于本质的一切言说，认为本质根本不存在。

---

〔1〕 陶东风主编《文学理论基本问题》（第四版），北京：北京大学出版社，2012年，第3-4页。

〔2〕 陶东风主编《文学理论基本问题》（第四版），北京：北京大学出版社，2012年，第4页。

〔3〕 陶东风：《文学理论：建构主义还是本质主义？——兼答支宇、吴炫、张旭春先生》，《文艺争鸣》2009年第7期。

〔4〕 这里有一点值得注意，陶东风最早的理论文章中并没有称自己是“建构主义”而是直接说成“反本质主义”，《大学文艺学的学科反思》，《文学评论》2001年第5期及2004年出版的《文学理论基本问题》都没有出现“建构主义”这个语词，到了2007年的文章《反思社会学视野中的文艺学知识建构》（《文学评论》2007年第5期）中，他才就一些商榷文章，清楚地表明了自己的立场：不是广义上的“反本质主义”，而是“建构主义”。

反本质主义的含义要大得多，它包括了多种对本质主义的反思，后现代式的对任何本质言说的彻底否定只是其中之一；另一种则是我所采用的建构主义。〔1〕

陶东风在这里区分了两种“反本质主义”，即“反本质主义”与“反本质的主义”，并对前者做了具体的理解，承认其中复杂性和丰富性。由此可见，陶东风主张的“反本质主义”并不是反“本质”，而是反“本质主义”的思维方式。他一再声称：“本质主义就是一种思维方法，即把永恒的、普遍的、静止的、模式化的‘特性’和‘本质’当成一种不变的‘实体’归于一个固定的对象，仿佛这种‘本质’不是社会文化的建构，而是天生的、自然而然的。”〔2〕而陶东风所谓的“反本质主义”，用他的话说，“更接近于建构主义的反本质主义，而不是后现代的激进反本质主义”“我们所说的反本质主义并不是根本否定本质的存在，而是否定对于本质的形而上学的、非历史的理解（在这一点上不同于有些‘后’学家那种根本否定事物具有任何本质的极端反本质主义），尤其不赞成在种种关于文学本质的理论中选择一种作为对于‘真正’本质的唯一正确揭示”。〔3〕他特意强调自己的“反本质主义”更接近于“建构主义的反本质主义”，认为“本质”是建构的、生成的，而不是“本质主义”者那种永恒的、僵化的、普遍的、静止的、模式化的“特性”和“本质”。

那么，陶东风反复强调自己是一个“建构主义”者，他所要建构的究竟是什么呢？这一切无疑都和他对于“日常生活审美化”“审美的日常生活化”等文艺界的新变密切联系在一起，正是有感于这种“非历史的本质主义思维方式严重地束缚了文艺学研究的自我反思能力与知识创新能力”和“文艺学研究与公共领域、社会现实以及大众实际文化活动、文艺实践、审美活动之间曾经拥有的积极而活跃的联系正在丧失”

〔1〕陶东风：《文学理论：建构主义还是本质主义？——兼答支宇、吴炫、张旭春先生》，《文艺争鸣》2009年第7期。

〔2〕陶东风：《文学理论：建构主义还是本质主义？——兼答支宇、吴炫、张旭春先生》，《文艺争鸣》2009年第7期。

〔3〕陶东风：《大学文艺学的学科反思》，《文学评论》2001年第5期。

的焦虑，陶东风多次撰文阐述其重建文学理论的政治维度以及重建文艺社会学的必要性[1]。在陶东风的理解下，“建构主义”是一种“温和”的“反本质主义”，或者可以说成是“历史化”了的“本质主义”建构。约略说来，陶东风之反本质主义，只是反对本质主义的思维方式，并不否定本质及其言说，并且寄希望于多元化的本质。而反本质主义者反对一切本质，认为根本不存在所谓的“本质”，则是极端的解构主义，容易走向虚无主义，需要警惕。

陶东风之“反本质主义”有明确的所指，但作为一种理论思潮，反本质主义还需要进一步被追问，即反本质主义所“反”的对象究竟是什么——是本质式的思维方式（本质思维），还是“本质主义”本身；是以往历史上存在的关于文学本质的观念，还是所谓“本质化”的专断？

“本质主义”并不是自明的概念，“本质主义”与“反本质主义”两者天然存在着关联性，正是在“反本质主义”对于文学的历史考察和反思后，我们才将历史上这种一元论的本质观称为“本质主义”。“反本质主义”与“本质主义”在文学认识中是互相生成的。从时间上来说，“本质主义”在先，但是从逻辑上来说，却是“反本质主义”思想催生了“本质主义”。

“本质思维”的典型提问方式就是追问“某某是什么”。在对文学的研究过程中，“文学是什么”就成为推进文学认识不断深入发展的原动力。后现代主义理论家高举“反本质主义”的旗帜，不再追问一元论的、本质论的文学定义，他们破除了一元论、“宏大叙事”等等迷梦之后，发现文学如所谓哲学、历史等一样是历史上知识文化和社会等多重动因影响下所做的一种历史建构的结果，都是一种广义的叙事。尽管如此，追问“文学是什么”依然是他们思考问题的有效路径。伊格尔顿在《二十世纪西方文学理论》导言开篇即讨论“文学是什么”，我们欲研究文学理论，首要问题是知道什么是文学。乔纳森·卡勒在《文学理论入门》中写道：“文学是什么？这个问题重要吗？”虽然他说“文学是什么”这个问题对文学理论来说不重要，文学就像杂草，你不能说出它是

[1] 陶东风：《日常生活的审美化与文艺社会学的重建》，《文艺研究》2004年第1期；《反思社会学视野中的文艺学知识建构》，《文学评论》2007年第5期。

什么，你只能说明它不是什么。但是，他仍然孜孜不倦地阐释了“文学是什么”，从语言、虚构、美学等几个方面总结了关于文学的五点基本认识。[1]从表面上看来，伊格尔顿和卡勒似乎对“文学是什么”这样的提问不感兴趣，但他们又都在书中给出了一些关于文学的基本观念和认识。可见，放弃一元论、绝对化的文学本质观，并不妨碍考察和阐释文学在一段较长历史时期内所有的基本属性。“反本质主义”不能反也反不了本质式的思维方式，即“本质思维”。甚至，也不能笼统地反“本质主义”。因为，“本质主义”本身也是一个承载复杂的历史结合体，其中的构成和思想倾向也不是统一的。

“反本质主义”倡导建构一种“历史性”和“地方性”的文学观念，那么，从古今中外的文学观来看，有没有一种超越历史性和地方性的文学观念？如果不把“超越”视为绝对的概念，那么，本质主义从古希腊开始，经历了“独断论本质主义”“认识论本质主义”“辩证唯物论本质主义”“现象学本质主义”“逻辑实证主义本质主义”等各种形态，“每一个新的本质主义的出现，都是以克服旧的本质主义为前提的”。[2]我们所知的无论是“艺术即模仿”“艺术即表现”“艺术即形式”“艺术即解构”等，还是独具中国特色的“文以载道”“缘情说”“神韵说”“境界说”“人学说”“活动说”等，没有哪一种文学观不是具有时代和地方色彩的。[3]如此多样的文学观念存在，从反面说明了文学观念随着时代的变化而变化，并不存在所谓的普遍的、永恒的、一劳永逸的文学观，“文学观念”的变化本身正是一种历史主义的态度。可见，“反本质主义”要“反”的并不是以往历史上存在的本质观念。以往的本质观念正是显示了古今中外各个时期文学理论知识建构的轨迹，这也正是形成当下文学观念的历史资源。其本身不仅不是“反本质主义”要反的对象反而构成了“反本质主义”内涵所要求的历史化、地方化的实际内容。

具体到反本质主义集中火力攻击的童庆炳主编的《文学理论教程》，

---

〔1〕［美］乔纳森·卡勒：《文学理论入门》，李平译，南京：译林出版社，2013年，第30-37页。
〔2〕汤拥华：《告别与执守：有关文学理论的论争——由一篇商榷文章引发的商榷及感想》，《浙江社会科学》2004年第1期。
〔3〕吴炫：《当前文艺学论争中的若干理论问题》，《文学评论》2008年第4期。

童先生在《反本质主义与当代文学理论建设》一文中，明确说明自己从来不反对“反本质主义”，并且一再强调自己的研究不是本质主义的，而是“亦此亦彼”的。童先生批评那些声称要事件化、历史化的反本质主义者，为什么不回到《文学理论教程》编写的20世纪90年代做实际的考察？看来“反本质主义”反不了“本质思维”，也反不了“本质主义”，更不能反历史上已有的本质观念。那么“反本质主义”究竟能反什么呢？通过以上分析我们意识到，“反本质主义”实际上只能在广义的政治领域发挥作用，即对于“主义化专断”的反驳。最终，“反本质主义”不过是只能呼吁一种制度化的建设，诉诸民主、平等、多元的现代民主制度来影响文学理论知识建构的“对话主义”〔1〕的形成。

支宇《“反本质主义”文艺学是否可能？——评一种新锐的文艺学话语》一文中指出：“《文学理论基本问题》对政治意识形态工具论文艺学的批判不是我们司空见惯的‘审美主义’批判，不是一种‘本质主义’（审美）对另一种‘本质主义’（革命）的批判。它没有以‘审美’本质或其它本质来替换‘革命’本质，不是以一本质主义来取代别一种本质主义，而是对‘本质主义’思维方式的彻底出走和逃离。”〔2〕“阶级工具论”和“审美自主论”是中华人民共和国成立以来文艺学界主流话语的理论根基，而“反本质主义”以其强大的勇气从底部摧毁了这种理论基础。新一代学人用“反本质主义”这把锋利的理论之剑武装自己，向至今仍然束缚着中国文艺学家们的权威和霸权发起挑战。〔3〕支宇认为中国文学理论知识生产的根本问题是“威权主义”，即“意识形态元叙事对于多元思想和知识生产的掌控与压制”，〔4〕而非陶东风所谓的“本质主义”问题。

中国当代文艺学知识生产的根本弊端不在于“本质主义”思维

〔1〕 陶东风：《走向自觉反思的文学理论》，《文艺争鸣》2010年第1期。
〔2〕 支宇：《“反本质主义”文艺学是否可能？——评一种新锐的文艺学话语》，《文艺理论研究》2006年第6期。
〔3〕 支宇：《“反本质主义”文艺学是否可能？——评一种新锐的文艺学话语》，《文艺理论研究》2006年第6期。
〔4〕 支宇：《“反本质主义”文艺学是否可能？——评一种新锐的文艺学话语》，《文艺理论研究》2006年第6期。

方式而在于“威权主义”知识生产机制。“本质主义”只是其表面现象，问题的真正症结在于意识形态元叙事对于多元思想和知识生产的掌控与压制。文艺理论家们从根本上丧失了设定文艺视角、确立研究立场的个人性和多样性，只能亦步亦趋地跟随在政治意识形态身后来辨识早已先行设定了的、唯一的文艺“本质”。中国当代文艺学知识生产“本质主义”的根源在于“威权主义”。[1]

当然，也有学者认为，支宇所提出的“威权主义”与陶东风所谓的“本质主义”不过是一体两面的关系，即作为思维方式的“本质主义”与作为知识生产机制的“威权主义”，二者在不同侧面上影响着当代中国文学理论知识建构的走向。从逻辑上说，作为思维方式的“本质主义”为集权式的“威权主义”知识生产机制提供“学理”支撑。[2]这种一体两面具体体现在，我们不能忽略新时期以前的本质主义是建立在政治意识形态的基础之上，因此，在这一时期，“文学理论中表现的本质主义，是一种权威思想的本质主义，它决定了所有文学形式是否具备合法性”。[3]支宇看到，独断性的政治权力利用其排他性的“意识形态”话语对本属于审美领域的文艺学的一元化才是《文学的基本原理》之类教材的根本端。吴炫也提示我们：“应该警惕的主要不是‘本质思维’，而是权力对文学观的不正常制约；即便传统的本质主义思维有中心化倾向，要改造的也不是‘本质主义思维’而是‘中心化的本质行为’和‘把本质绝对化’的文化。”[4]

在“本质主义”与“反本质主义”的论争过程中，以南帆为代表的“关系主义”令人耳目一新。他说：“考察文学特征不是深深地钻入文学内部搜索本质，而是将文学置于同时期的文化网络之中，和其他文化样式进行比较——文学与新闻、哲学、历史学或者自然科学有什么不同，

〔1〕 支宇：《“反本质主义”文艺学是否可能？——评一种新锐的文艺学话语》，《文艺理论研究》2006年第6期。

〔2〕 李涛：《“后本质主义”文艺学真的可能？——“反本质主义”文艺学批判的再批判》，《东方丛刊》2007年第4期。

〔3〕 赵芳、徐剑英：《论对当代文学理论反本质主义的批判》，《求索》2013年第12期。

〔4〕 吴炫：《当前文艺学论争中的若干理论问题》，《文学评论》2008年第4期。

如何表现为一个独特的话语部落，承担哪些独特的功能，如此等等。”[1]南帆主编的《文学理论新读本》[2]和南帆、刘小新、练暑生合著的《文学理论》[3]，以及南帆个人的著述等[4]，“关系主义”的思想始终贯穿其中。关于“关系主义”，南帆这样说：

> 第一，二元的关系之外是否存在多元的关系？换句话说，考察某个问题的时候，是否可以超越表象与本质的对立，更为广泛地注视多元因素的相互影响？其次，是否可以不再强制性地规定多元因素的空间位置——仿佛某些享有特权的因素占据了特殊的“深度”，而另一些无足轻重的因素只能无根地飘浮在生活的表面，随风而动；第三，解除“深度”隐喻的同时，决定论的意义必然同时削弱。多元因素的互动之中，主项不再那么明显——甚至可能产生主项的转移。这种理论预设显然不再指向那个惟一的焦点——“本质”；相对地说，我们更多地关注多元因素之间形成的关系网络。相对于“本质主义”的命名，我愿意将这种理论预设称为“关系主义”。[5]

“关系主义”试图给文学研究提供新的视域，“事物之间的差异不是因为本质，而是显现为彼此的不同关系”，“文学的性质、特征、功能必须在这种关系网络之中逐渐定位，犹如许多条绳子相互纠缠形成的网结。这种定位远比直奔一个单纯‘本质’的二元对立复杂，诸多关系的游移、滑动、各方面的平衡以及微妙的分寸均会影响文学的位置”。[6]南帆曾不止一次地表达对本质主义视域下所谓的万能文学公式的怀疑，他认为这种万能文学公式不是一个幻觉，就是大而无当的空话。文学公式无法解答“这个时代文学要干什么”的问题，只有将文学置入关系中，

---

〔1〕 南帆：《文学研究：本质主义，抑或关系主义》，《文艺研究》2007年第8期。
〔2〕 南帆主编《文学理论新读本》，杭州：浙江文艺出版社，2002年。
〔3〕 南帆、刘小新、练暑生：《文学理论》，北京：北京大学出版社，2008年。
〔4〕 南帆论述“关系主义”的文章，收入到了其文集《关系与结构》一书中。南帆：《关系与结构》，长春：吉林出版集团有限责任公司，2009年。
〔5〕 南帆：《文学研究：本质主义，抑或关系主义》，《文艺研究》2007年第8期。
〔6〕 南帆：《文学研究：本质主义，抑或关系主义》，《文艺研究》2007年第8期。

为文学设立更多的参照坐标，文学的位置才能确立，找到文学散发迷人魅力的原因。正是因为在关系中确立文学的定位，因此，“文学所赖以定位的关系网络清晰地保存了历史演变的痕迹”[1]。这样看来，“关系主义”和“反本质主义”在旨趣上非常相似，它与“反本质主义”所要到达的目的殊途同归。不过，要依凭南帆等人的论述，概括出几点“关系主义”的核心表述似乎并不容易，因为“关系主义”者有言：“关系主义文学研究的风格往往是具体的，琐碎的，盘根错节的。”[2]南帆坦言：“文化研究对于各种复杂关系的分析提供了远比本质主义丰富的解释。这个意义上，文化研究有理由被视为关系主义的范例。”[3]文化研究在对各种复杂关系的分析中，提供了远比本质主义更为丰富的见解。同时，文化研究所彰显的跨学科性，正好为弹活文学在文化场域内与其他学科的关系提供支撑。

三、反本质主义旗帜下文学理论知识重构

反本质主义解构了传统理论的知识体系，重构了文学理论知识图景，具体说来，我们可以把反本质主义旗帜下的文学理论知识生产概括为以下几个方面：

（一）重建“政治批评”，彰显文学理论的公共性品格

在西方，“政治性”的研究是文学理论中最有生命力和涉及最为广泛的研究领域。女权主义、后殖民理论、新历史主义、文化研究等等都表现出强烈的“政治”关怀。作为人类社会生活基本组织方式和权力运行方式的政治，深深地植入到文学理论（以及各种变体的文学理论）的研究之中。伊格尔顿在那本影响深远的《二十世纪西方文学理论》（又名《文学理论导论》）中，曾鲜明地提出了“政治批评”的主张。

在中国，文学与政治的关系，贯穿于中华人民共和国成立以来文学理论教材编写和知识讲授之中。20世纪80年代思想解放运动的一个直

---

〔1〕 南帆：《文学研究：本质主义，抑或关系主义》，《文艺研究》2007年第8期。
〔2〕 南帆、练暑生、王伟：《多维的关系》，《文艺争鸣》2009年第9期。
〔3〕 南帆：《文学研究：本质主义，抑或关系主义》，《文艺研究》2007年第8期。

接收获，即不再提“文学从属于政治”“文学为政治服务”。由此，文学理论开始了以自律为特征的知识叙事：回到自身、关注形式、开掘内宇宙。但这样一来，文学理论介入现实的能力降低，面对发展变化的社会文化现实，基本处于“失语”状态。这样，进入20世纪90年代，自律论的文学理论推上了被质疑的前台。陶东风在指出既有文学理论对政治做狭隘理解并刻意疏离政治带来不良后果的基础上，提出重建文艺理论的政治维度。

如何理解政治？陶东风引入了阿伦特的“政治”概念予以阐释：

> 政治乃是人的言谈与行动的实践、施为，以及行动主体随这言行之施为而做的自我的彰显。任何施为、展现都必须有一展现的领域或空间，或者所谓“表象的空间”，以及“人间公共事务”的领域。依此分析，政治行动一旦丧失了它在“公共空间”中跟言谈，以及跟其他行动者之言行的相关性，它就变成了另外的活动模式，如“制造事物”与“劳动生产”的活动模式。[1]

陶东风指出“政治”概念的两个关键词：行动与公共领域。在阿伦特的政治哲学中，“行动”（action）是与公共领域密切联系在一起的。“行动”，按照陶东风的理解，“在阿伦特那里，行动基本上与政治或政治实践同义。阿伦特认为，行动是与劳动和工作都不同的活动。劳动和工作都是以物质的经济需求为核心的，它们无法构成政治实践的条件。行动或政治实践则是行动主体的自由的实现，其基本前提是对物质—经济需求的超越。与此相应，政治实践展开的空间，即公共领域，必须与经济活动的领域（阿伦特有时又称为‘社会’）区别开来，经济事务的政治化，经济领域与公共领域界限的消失必然摧毁政治实践和公共空间”。[2]因此，一言蔽之：“政治就是行动，而行动就是公开地就公共事

[1] 转引自陶东风：《文学理论的公共性——重建政治批评》，福州：福建教育出版社，2008年，第2-3页。

[2] 陶东风：《导论：重建政治批评与文学理论的公共性》，见陶东风：《文学理论的公共性——重建政治批评》，福州：福建教育出版社，2008年，第3-4页。

务发言。”[1]

从阿伦特这一“政治”概念出发，陶东风认为，中国当代文艺学的“政治化”在根本上体现的是特定时期政党政策和所谓“党性原则”，而非阿伦特意义上的立足于多元性、异质性之上的民主的、对话的公共领域的“政治”。“不是普遍一般的‘政治’本身会导致文艺学自主性的丧失，而是极‘左’的政治才会、也必然会导致文艺学自主性丧失。”[2]因此，文学理论的发展必须与阿伦特意义上的“政治”相结合，才有能力对公共领域发言。

陶东风认为文化研究从它的起源开始就有强烈的政治旨趣，在文化研究中，文本分析只是手段，它的最终目的是要走向政治批评。而且文化批评是一种“文本的政治学”，旨在揭示文本的意识形态，以及文本所隐藏的文化—权力关系。吴炫认为，文化研究对“政治性”和意识形态性的强调会阻碍文学研究自律性的现代化进程，并威胁到文学场的自主性。陶东风对此做了简短而有力的回答：

> 我想稍有常识的人都不会认为文化批评威胁到文学场的自主性，因为它只是身处政治权力场域外的知识分子的一种批评主张与批评方法而已，根本不可能成为强力压制其他不同声音的权力话语。关于这一点的最好证明，就是在各种报刊杂志上随处可以见到对于文化批评的批评。[3]

同时，陶东风对伊格尔顿那本著名的《二十世纪西方文学理论》的“政治批评”予以辨析。认为国内对于“政治”概念的狭隘理解同样导致了对于“意识形态”概念理解的错位和偏狭。伊格尔顿说：“我用‘意识形态’大致指我们所说的和所信的东西与我们居于其中的那个社会的权力结构（power-structure）和权力关系（power-relations）

---

〔1〕 陶东风：《文学理论的公共性——重建政治批评》，福州：福建教育出版社，2008年，第409页。

〔2〕 陶东风：《导论：重建政治批评与文学理论的公共性》，见陶东风：《文学理论的公共性——重建政治批评》，福州：福建教育出版社，2008年，第11页。

〔3〕 陶东风：《试论当代中国的文化批评》，见陶东风、徐艳蕊：《当代中国的文化批评》，北京：北京大学出版社，2006年，第40页。

相联系的种种方式。……我所说的‘意识形态’并非简单地指人们所持有的那些非常牢固的、经常是不自觉的信念；我指的主要是那些感觉、评价、认识和信仰模式，它们与社会权力的维持和再生产有某种关系。”[1]同样的，伊格尔顿对于“政治”的理解与此相类似：“我用政治的（the political）这个词所指的仅仅是我们把自己的社会生活组织在一起的方式，及其所涉及的种种权力关系（power-relations）；在本书中，我从头到尾都在试图表明的就是，现代文学理论的历史乃是我们时代的政治和意识形态的历史的一部分。”[2]伊格尔顿认为文学研究在根本上是不能脱离开真正的“政治”和“意识形态”的，相反，文学研究就深深地嵌入在我们社会基本的权力组织原则之中，这本身就是政治性的和意识形态性的。如果说，文学研究要拒绝政治，那也是拒绝那种狭隘的、党性的、政策性的“政治”，而非是一种彰显民主、对话的公共性的“政治”。陶东风曾在文章中专节阐述“如何理解所有文学批评都是政治批评？”[3]的问题，而标榜文学研究“去政治化”并时时与政治保持距离的“非政治”文学批评，恰恰“更加有效地促进了文学的某些政治用途”[4]。

从另一方面说，后殖民理论、女性主义理论的兴起也直接促进了文化研究政治性的凸显。萨义德的《东方学》、波伏娃的《第二性》等都广泛地涉及人文社会科学研究的政治性问题，文学文本研究也不例外，只不过在以上这些研究中，对于“政治”的理解都超越了当代中国的偏狭含义，走向了对于公共性的强调。中国当下公共政治意识的匮乏与文学审美自律论的限制，使得文学理论研究在去政治化的外表下丧失了积极介入当下社会实践的本真的政治含义，这种参与实践的公共性品格的缺失直接导致了文学理论学科的危机。对此，陶东风不

---

〔1〕［英］特雷·伊格尔顿：《二十世纪西方文学理论》，伍晓明译，北京：北京大学出版社，2007年，第14页。

〔2〕［英］特雷·伊格尔顿：《二十世纪西方文学理论》，伍晓明译，北京：北京大学出版社，2007年，第196页。

〔3〕陶东风：《重审文学理论的政治维度》，《文艺研究》2006年第10期。后与另一篇文章《重建文学理论的政治维度》，(《文艺争鸣》，2008年第1期)，经过整合后收入《文学理论的公共性——重建政治批评》（福州：福建教育出版社，2008年）的“导论”部分。

〔4〕［英］特雷·伊格尔顿：《二十世纪西方文学理论》，伍晓明译，北京：北京大学出版社，2007年，第211页。

无担忧地指出：

> 包括文学理论在内的人文社会科学知识生产出现两个趋势：一个是实用化和媚俗化，用文学理论知识来直接为社会大众的物质消费和文化消费服务，为“我消费故我在”的“身体美学”、“生活美学”充当解说员和辩护士，并把这种本质上与公共性无关的私人事务公共化（比如今天的大众媒体所津津乐道的明星的趣闻轶事本质上就属于私人领域，但是却占据了大众传媒的至少半壁江山）。文化产业和文化媒介人在全国各个高校和研究机构的迅速崛起就是明证。另一个是装饰化、博物馆化和象牙塔化，那些既不想用文艺学的知识批判性地切入重大公共事务又不愿意俗学媚世的学者常常选择这条“专业化”的道路。两者虽然存在很大差异，但都属于文艺学知识生产非政治化。
>
> 在我看来，这正是我们这个时代文学理论知识生产的危机征兆，因为政治冷漠或非政治化不是一种“自然”现象，毋宁说它本身就是特定政治状态的反映。[1]

综上，陶东风是在澄清政治的公共性含义的基础上，重申文学理论研究的政治维度，这是有积极的现实意义和理论价值的。

英国文化研究的代表人物约翰生说，文化研究有三个前提：“第一，文化研究与社会关系密切相关，尤其是与阶级关系和阶级构形，与性分化，与社会关系的种族建构，以及与作为从属形式的年龄压迫（age oppressions）的关系。第二，文化研究涉及权力问题，有助于促进个体和社会团体能力的非对称发展，使之限定和实现各自的需要。第三，鉴于前两个前提，文化既不是自治的也不是外在地决定的领域，而是社会差异和社会斗争的场所。”[2]这些清楚地表明文化研究与生俱来的政治意味和指向，文化研究以积极的政治姿态为文学研究中政治性的恢复奠定了理论基础。强化文学研究的政治性维度，是文学理论保持新鲜和活力的源泉。

---

〔1〕 陶东风：《重审文学理论的政治维度》，《文艺研究》2006年第10期。

〔2〕 ［英］理查德·约翰生：《究竟什么是文化研究？》，见罗钢、刘象愚主编《文化研究读本》，北京：中国社会科学出版社，2000年，第5页。

（二）反思审美文论，历史性地理解“文学场”的生成

审美文论“主要用于概括20世纪80年代文论（或‘新时期文论’）的特点。美学文论张扬文艺的人学特质和审美维度，肯定文艺的独立价值和自律特点，以此来对抗中华人民共和国成立以来逐步形成的政治功利论、庸俗社会学以及建立在认识论框架上的文学艺术解释模式”。[1]这种文论模式在新时期里对于文学理论的建设起到过积极的解放和推动作用。审美文论的基本思想集中体现在作为换代教材的童庆炳主编的《文学理论教程》里。在陶东风看来，面对90年代社会文化出现的新变化、新现象和新问题，审美文论表现出解释的乏力，在摆脱了极“左”意识形态控制之后，又走向了一种新的“意识形态”。审美文论随着教材的编写而出现在大学讲堂时，一种学科化的意识形态也就生成了。审美文论以知识的面孔生产出规训：文学是审美的，审美是文学的本质特征。不审美，则不是文学。陶东风对此深刻地反思道：

> 这种新的意识形态话语被转换成了“科学”，仿佛文艺的自主性是客观存在的永恒本质，以前的工具论文艺学遮蔽了这种本质，而新时期的文艺学则重新“发现”这种本质。这个话语转换策略掩盖了自主性文艺学同样是一种借助非文学的力量而建构的文艺学话语，它导致的一个后遗症是使许多文艺学研究者丧失了对于自主性本身的历史反思能力，不能把它同样作为对象进行知识社会学的考察，相反以为文学的自主性以及知识分子的独立性，真的是一种本质化、普遍化、无条件的“真理”。[2]

陶东风认为，审美文论所标举的观念不是自明的、预设的，而是特定历史时期特定阶级的人群根据特定利益取向所提出的，其本身的历史性彰明了其地方性和事件性，而这种观念的诞生有赖于自主的“文学场”的建立。法国社会学家布尔迪厄认为，不仅文学的审美本质是历史

---

〔1〕 邢建昌：《文艺美学研究》，石家庄：河北人民出版社，2006年，第2页。

〔2〕 陶东风：《大学文艺学的学科反思》，见陶东风：《文学理论的公共性——重建政治批评》，福州：福建教育出版社，2008年，第131页。

性的，而且对于文学艺术的审美无功利角度的趣味判断和理解同样是文化教育的历史性选择。在《区隔：趣味判断的社会学批判》一书中，布尔迪厄认为肇始于康德的审美无功利观念并不是天然存在的，其背后是一系列制度、机构和学科建制等条件行使着使其合法化的权力。陶东风据此解释道：

> 关于纯粹趣味的美学是以对于不纯粹的趣味（或“可还原为感官快乐的趣味”）的拒绝为基础的。“纯粹的”与“不纯粹的”趣味之间的对立是以有教养的阶级与无教养的阶级、统治者与被统治者之间的对立为基础的。“纯粹的”审美表达了精英的声音，维护文学艺术的所谓“纯洁性”同时也维护精英们自己的利益。文学与宗教脱离之后，文学的“纯”本身上升为神圣的“光环”。对所谓“低级粗俗”的快乐的否定建构了精英文化的神圣领域。[1]

可见，一件艺术品只有在被具有“审美眼光”的欣赏者所凝视之时才能成其为一件艺术品。但是这种具有“审美眼光”（或说审美教养）的欣赏者的出现和形成是依靠着背后的教育等等一系列文化场域内的“文化习性”（cultural habitus）的培养来完成的。而一定的“文化习性”所支配下的文化趣味背后则掩藏着一套独特的政治经济学规则。如果我们忽视文化场域中这些基本的历史条件，把一定时期或如今的某些艺术价值和观念（比如文学审美无功利理论）看成一种无条件的自明的存在，我们便会得出“本质主义”的结论。而问题的关键是这种“本质主义”的结论同时又会在很大程度上隐秘地强化某些场域中的文化趣味判断的逻辑，同样可能也在为维护着某些意识形态的“神话”做着努力，而这种努力背后无疑是“文化资本”的角逐，尽管这种追逐与努力可能是无意识的。

从根本上说，“反本质主义”对中国文学理论产生的最大影响就是为文化研究的出场开辟道路。文化研究，这是一个在新世纪，更确切点说甚至可以追溯到20世纪90年代以降——文学审美自律论研究遭遇对

---

〔1〕 陶东风：《文学的祛魅》，见陶东风：《文学理论的公共性——重建政治批评》，福州：福建教育出版社，2008年，第49-50页。

社会文化现实解释力低下以及公共参与能力不足等危机之后，诸多学者立足现实语境的反思和选择。新世纪之后，文学研究已经高度制度化和学科化了，学科建设、学科细分和制度化运作等方面已经相当完备，这些对人文学科的学术自治和研究起到了促进作用。但是，文学研究的这种学院化和制度化倾向，同时也会给文学研究本身带来限制、规定甚至压抑。[1]所以，“把文化研究引入文学研究，不但可以拓展理论视野，吸纳其他学科、领域多种多样的研究方法；而且，最重要的是，文化研究把大众文化研究作为核心课题，对于当代文论加强对包括通俗文学、网络文学在内的大众文化研究，起着直接、重要的启示作用”。[2]

反本质主义策略下的文化研究促使着文学理论疆界的移动，也质疑着“审美”这个当下的文学本质观念，提问方式从“文学的本质是什么”转向了“文学本质的政治意义是什么”。在这个层面上来看，建构“反本质主义”文学理论的积极意义就在于：正视“日常生活审美化”与“审美的日常生活化”的事实，还原文学场的历史生成性质，解构“本质主义”式的审美自律论文学本质的理解，揭开文学本来的多元化面目，积极借鉴西方文化研究的思路，拓展文学理论的边界，使得文学理论知识生产朝着更加多元化、跨学科化和历史化、地方性的发展。

四、反本质主义之后文学理论的走向

在“反本质主义”与“本质主义”的论争过程中，有些学者极力反对“反本质主义”，是因为那种极端的“反-本质主义”可能导致文学理论走向“虚无主义”。陶东风等人所发起的“反本质主义”本来是想重建文艺学与当代消费社会现状的关联，强化文艺学的介入性和批判性，但遗憾的是，“反本质主义”内部极端的解构主义立场导致排斥一切对“本质”的设定和“普遍”诉求，从而无法真正地直面中国当下文艺状况并根据具体的时空语境给予有效的判断和解释。[3]人们开始反问：“否

---

〔1〕 周宪：《文化研究：学科抑或策略？》，《文艺研究》2002年第4期。
〔2〕 朱立元：《当代中国文艺理论的演进与思考》，《中国社会科学》2018年第11期。
〔3〕 支宇：《“反本质主义”文艺学是否可能？——评一种新锐的文艺学话语》，《文艺理论研究》2006年第6期。

认‘本质’的最终后果不就是否认文学的存在吗？一切都成了相对主义的‘彼亦一是非，此亦一是非’，那么学科何在？”[1]陶东风反本质主义当然不是要取消一切文学本质的提问，但是，极端解构主义却在取消一切本质的叫嚣中把文学问题导向虚无，这是反本质主义倡导者不愿看到的。所以，我们应该回到反本质主义的历史语境，小心揣摩反本质主义的初衷、命义和可能的效果。以维特根斯坦为例，很多论者似乎都认为维氏就是通过语言批判来取消对于文学艺术本质问题的言说，这其实是一种非常简单化的理解。维特根斯坦实际是力图通过概念的清理和考察来重新审视哲学、美学的本质问题。抛弃形而上学的提问而使美学回归日常语法。所以，近年学界开始重新探求维特根斯坦的“反本质主义”，而纠正了“反本质主义”等于“取消论”的理解。[2]既然，“反本质主义”不是要走向“相对主义”和“虚无主义”，那么，“反本质主义”之后文学理论又该如何？

（一）走向多元化的本质主义

反本质主义使人们认识到：“文学的本质是存在的，而且也是可以言说的，但不是一劳永逸的；在文学理论知识生产上放弃本质主义的思维方式意味着，每个知识生产者都可以从事个性化的本质言说，但是也要有宽容的心态和对话的意识，要承认他者的言说权利和话语有效性。简言之，就是承认知识形态的多元化，营造真正的对话空间。”[3]无论是本质主义还是反本质主义，其实都不赞同实体化的、独断论的本质观，而持一种语境论、多元论、关系论的本质观。

钱中文指出，任何事物、现象都“各有自己复杂的结构，多种因素，不同层面，以及层面的相互交叉。它们各有自己的发展过程，在各自的历史中，每个阶段表现为发展、流动着的一个环节，各个环节表现了每个阶段的本质方面。人们能够不断接近各种现象，把握现象的初级

---

〔1〕 南帆：《文学研究：本质主义，抑或关系主义》，《文艺研究》2007年第8期。

〔2〕 王峰：《美学是一门错误的学科？——维特根斯坦对传统美学的批判及对新美学的启示》，《清华大学学报》（哲学社会科学版）2009年第4期；刘悦笛：《维特根斯坦的分析美学概观》，《厦门大学学报》（哲学社会科学版）2007年第6期。

〔3〕 秦晓伟：《文学理论知识生产问题上的建构主义》，《人文杂志》2010年第1期。

本质、二级本质……。同时也要看到，现象、事物的本质、联系，不仅是纵向的，而且还有横向的联系和扩展，所以事物、现象又都是一个不断被认识和难以穷尽的整体”[1]。一元论的文学观念认为文学的本质是唯一的，试图通过唯一的本质概括文学的全部，这种观念是封闭的、狭隘的。但是，极端的反本质主义的文学观念，取缔了文学本质，认为本质只不过是“无中生有”的历史建构，这也是片面的。如，伊格尔顿认为“文学本来就没有什么本质”，卡勒也说过“文学像杂草”，但他们仍然孜孜不倦地对文学做出某种本质性的言说和建构。盛宁在《文学事件》的代译序中写道：“伊格尔顿1983年的《导论》中，是沿着欧陆高深理论的思路，将‘文学’的‘本质’掏空；而三十年之后，他又返回到英美文学哲学的传统，把当年掏出来的文学‘本质’又重新给塞还了回去。”[2]伊格尔顿在经过30年的文学实践之后，从一个激进的反本质主义者转变为温和的反本质主义者。正如今天我们言说文学的本质，并不是要重回到本质主义的老路，而是呼唤一种开放的、多元的文学本质观。

实际上，历史上无论哪种应对转换而生的文论模式，都有着一条隐秘的“本质主义”河流，这不仅仅是因为无论哪种理论都无法回避“是其所是”的追问，更在于“本质主义”有着许诺未来的美好愿景。陆贵山先生曾这样说：

> 有的学者认为，马克思、恩格斯是反本质主义的。这种说法是不正确的，至少是不全面的。马克思、恩格斯不只是反本质主义者，他们首先或同时是科学的本质主义者。援用当代富有时尚感的学术话语来说，他们既是旧的本质理论和思想体系的解构主义者，又是新的本质理论和思想体系的建构主义者。[3]

依照上述逻辑，我们可以这样认为，笼统比较本质主义和反本质主义各自的优劣是没有意义的，关键是要看这种理论在多大程度上回答了

〔1〕 钱中文：《文学原理发展论》，北京：社会科学文献出版社，1989年，第94页。
〔2〕 盛宁：《文学事件》代译序，见［英］特里·伊格尔顿：《文学事件》，阴志科译，郑州：河南大学出版社，2017年，第Ⅵ页。
〔3〕 陆贵山：《本质主义解析与文学理论建构》，《文学评论》2010年第5期。

文学的提问，并对时代的文明进程有所推动。从这个角度看本质，本质是全面的，是全方位开放的；本质是分层次的，是可以不断向纵深开掘的；本质是流动的，是变化不居的过程；本质是一种深层的关系。[1]陆贵山先生认为："文学本质是社会历史本质、人学本质和审美本质的有机融合和辩证统一。"[2]至少可以从四个向度上把握文学的本质：从文学的横向上，开拓文学本质的广度，展现文学的"本质面"；从文学的纵向上，开掘文学本质的深度，展现文学的"本质层"；从文学的流向上，驾驭文学本质的矢度，追寻体现文学发展趋势的"本质踪"；从文学的环向上，拓展文学的内在和周边的关系，从而把握文学的"本质链"。[3]"系统本质"正是沿着马克思主义本质论的内涵要求而来的。其实，黄海澄早就把艺术本质视为一个有机的系统，他在《艺术本质的系统观》中就认为："应当从多质多层次的系统观点来把握艺术这一社会现象的本质。"[4]的确，艺术是一种多极化、多层次的存在，它既是精神的又是物质的，既是自然的人化又是人的对象化，既是功利的又是超功利的。"辩证综合"是解析文学本质最好的方法论。

（二）以"中国问题"为核心

陶东风后期将自己的"反本质主义"确定为"建构主义"，意为"反"本质主义的思维方式，而不是反一切本质主义。反本质主义的目的不是"反"，"反"只是方法、手段和过程，对学术研究而言"立"相对于"破"更为重要。反本质主义最终的结果是要在否定此前文学观念之后提出新的文学观念。那么，"建构主义"是否能够为中国当代文学理论提供重建的思路？有的学者对此进行了反思。方克强在《文艺学：反本质主义之后》中指出："历史化"和"地方化"作为方法，针对的是现成的理论对象，其重要作用体现对本质主义的解构上。如果将其作为新的文艺学体系理论建构的基础，显然"历史化"和"地方化""除了将自身定位于非本质主义的功能外，基本上不具备建设性的理论基石

〔1〕陆贵山：《本质主义解析与文学理论建构》，《文学评论》2010年第5期。
〔2〕陆贵山：《本质主义解析与文学理论建构》，《文学评论》2010年第5期。
〔3〕陆贵山：《试论文学的系统本质》，《文学评论》2005年第5期。
〔4〕黄海澄：《系统论 控制论 信息论 美学原理》，长沙：湖南人民出版社，1986年，第317页。

作用和可操作性”。[1]章辉在《反本质主义思维与文学理论知识的生产》一文中，通过对《文学理论基本问题》的分析也发现陶东风所谓的“建构主义”并没有实现，这一著作并没有将福柯的事件化方法与布尔迪厄的反思性方法结合起来，“文学理论的地方化、历史化的宏伟目标根本没有实现”。它“不是从文学文化现象出发提炼理论”，“而是以先在的文学理论问题为构架，然后寻找中西文献资料予以填充”，“文学理论知识反而被解构为碎片”，“看上去象一部‘中、西文学理论专题资料汇编’”。[2]因此，《文学理论基本问题》“不是一本学术性的论著，而是一本知识性的教材，它没有提出一种新的文学本质规定”。[3]章辉认为，显然陶东风主张的反本质主义（“建构主义”）并未提出新的文学理论问题。

王一川也是明确反对本质主义的，他说：“相信事物存在着惟（唯）一本质，属于人的思维假设。人假定事物有其本质，就会竭力去寻找。而不同的人由于各种原因的限制，会从同一对象中‘发现’不同的本质，这就使设想中的唯一本质变得多样了，因而也就不可靠了。反之，如果舍弃本质式思维而用‘属性’的视角去观察，倒可能会发现事物的多种多样的面貌及其变化。”[4]王一川试图用“属性”替代“本质”，通过对文学的媒介性、语言性、形象性、体验性、修辞性、产品性等属性的分析，给出了一个关于文学的定义：“文学是以富有文采的语言去表情达意的艺术样式，是一种在媒介中传输语言、生成形象和唤起感兴以便使现实矛盾获得象征性调达的艺术。简言之，文学是一种感兴修辞。”[5]“感兴修辞”借鉴了丰富的古典资源，致力于将“感兴”“兴辞”“兴象”“意兴”“余兴”等古典文论的术语安置在现代文学理论框架中，试图使其在现当代文论中显示出新的意义。但问题是，“感兴修辞”在多大程度上能够解释当下文学实际，也还是一个问题。有学者就怀疑，这些从中国古代文论中概括出的理论命题或概念到底有多大的解释效力？“抛开了近代以来西方传入中国的大量文学新经验与文论新范

〔1〕 方克强：《文艺学：反本质主义之后》，《华东师范大学学报》（哲学社会科学版）2008年第3期。
〔2〕 章辉：《反本质主义思维与文学理论知识的生产》，《文学评论》2007年第5期。
〔3〕 章辉：《反本质主义思维与文学理论知识的生产》，《文学评论》2007年第5期。
〔4〕 王一川：《文学理论》，成都：四川人民出版社，2003年，第69-70页。
〔5〕 王一川：《文学理论》，成都：四川人民出版社，2003年，第77页。

畴，即便能够勉力阐释作品，也仅是很小的一个面向，因为脱离历史很可能根本抓不到要点。”[1]

许明则早在2006年《中国问题：文艺学研究的当代性》一文中，就表达了对“反本质主义”与“本质主义”论争之后中国文论面临困惑的思考，他希望借“中国问题”找到中外古今文论资源进入当下的有效性——我们的文艺学研究应该关注中国当代的文学和文化问题。[2] 童庆炳先生也期望在若干年后，中国会有一批专门研究并回答我们中国自己的问题的理论专著出现，这些理论既区别于古代，又区别于西方，而是独具中国特色的。[3]

当然，“中国问题”不应被赋予本质主义的内涵，“中国问题”不是一个固定不变的实体性事物，“而是不断在生成、不断被认识、不断被建构的东西，它不可能被一劳永逸地俘获”。[4] 今天，中国问题已经成为文艺理论不容忽视和亟须解决的问题。

（三）重申文学本体论（存在论）的研究

文学本体论在中国的研究主要分为两个时期：第一时期是从20世纪80年代初到90年代前期，第二个时期是从20世纪90年代中后期至今。从新时期文学本体论提出的初衷看，文论界是想把文学本体与文学本质区别开来，从新的思路来探讨“文学是什么”的问题。1987年，盛宁提醒人们要关注对文学本体的研究，本体研究开始逐步取代方法研究显示了人们对文学的进一步认识。盛宁分析道：“当人们的观察角度发生了变化，把文学本身作为一个被认识的客体来进行研究的时候，文学批评的目的就起了变化。”盛宁考察了文学本体论与文学目的论分道扬镳所产生的变化：由考察“文学对生活的模仿”转向考察“文学本身是一个观念世界”，由考察“作家如何创造作品”转向揭示“作品中作家没有说出的那些东西”，由考察“作品是主体”转向考察“读者是主体”。这说明，只有文学本体论的研究获得了突破，才有可能确立新的批评方

---

〔1〕 王伟：《反本质主义、文论重构与中国问题》，《文艺争鸣》2013年第1期。
〔2〕 许明：《中国问题：文艺学研究的当代性》，《社会科学》2006年第1期。
〔3〕 童庆炳：《文学本质观和我们的问题意识》，《社会科学》2006年第1期。
〔4〕 王伟：《何谓文艺学论争的“中国问题”》，《文艺争鸣》2012年第7期。

法，更好地认识文学的性质。“出路还在文学本体论的研究。只有在这方面取得新的、突破性的认识，文学批评方法论的改革才会真正出现新的局面。”[1]可见，提倡文学本体论是为了加深对于文学性质的认识，由过去重视文学与生活的关系，转向现在重视文学自身。但限于当时的理论水平，许多论者还是将本质与本体混为一谈，甚至也与本原、本源和本身等术语混用。

进入20世纪90年代，文学本体论思潮退潮，文学本体论研究进入了一个反思和沉淀的阶段。在对新时期文学本体论思潮的反思中，文论界普遍认识到，文学本体论研究亟待解决的一个重大问题就是澄清其概念的混乱。1996年，朱立元在《文学评论》发表了《当代文学、美学研究中对“本体论”的误释》一文，之后，高建平发表了一篇与朱立元先生商榷的文章《关于“本体论”的本体性说明》，这两篇文章在当时引起较大反响，对文学本体论的研究具有里程碑的意义。学界对“本体”认识基本有以下三种观点：第一，把本体论定义为研究世界本原或本性的学说；第二，依据西文ontology的字面含义，将之定义为关于存在的学说或学问；第三，依据18世纪德国哲学家沃尔夫的定义，把本体论理解为对“存在”（本体）这一纯粹抽象逻辑范畴进行推演、构造的原理和体系，这里的存在是指世界万物背后的最高、终极存在。但是，令文论界感到头疼的是，由于西方传统本体论强调其先验性和形而上学的特点，因此并不适合直接将其移用于代表经验和具体层面的文学领域的。于是，有学者就提出了折中的办法“将哲学本体论的思维方式作为艺术研究的哲学方法论根据，进行文艺学美学的本体论研究”。[2]苏宏斌认为文学本体论有其内在的合理性，根本上是因为文学活动和文学现象之中本来就蕴含着具有普遍意义的本体论问题。文学本体论是“在哲学本体论与文学理论之间孕育出来的‘交叉学科’”，“文学本体论事实上构成了哲学理论与文学理论之间的中介环节”，它所探讨的就是具体的文学现象和普遍的存在问题之间的关系。[3]

---

〔1〕 盛宁：《文学本体论与文学批评的方法论——关于西方当代文学批评理论的两点思考》，《外国文学评论》1987年第3期。

〔2〕 杜书瀛、张婷婷：《关于文学本体论的思考》，《江海学刊》2000年第1期。

〔3〕 苏宏斌：《文学本体论引论》，上海：上海三联书店，2006年，第100页。

吴炫则提出以“穿越主义”思想建立“中国式文学本体论”。吴炫依然坚持对文学的本质言说，但此时的本质已不同于本质主义的本质，而是一种“否定之否定”的结果。他认为反本质主义之后文学理论最重要的不是简单地反“本质化思维”，也不是简单地认同“非本质化思维”，“中国式现代文学理解”还未完成，“中国式现代文学理论范式和思维方式”也没有建立起来，我们至今仍在沿用西方文学理论的思维方式，不论在理论层面还是实践层面，都没有形成自己的文学性言说方式，没有树立起世界予以尊重的“多元话语”中的“中国之一元”。因此，我们现在“根本谈不上旨在针对这种‘理解’和‘范式’产生的‘反本质理解’、‘后现代转换’的问题”。[1]更重要的问题是在对本质主义、反本质主义二者之间或对立或调和性意见的批判和反思中，产生自己的理解、创见并产生“中国理论思维方式”，即建立区别于西方“自律论”的“中国式文学本体论”。所谓“中国式文学本体论”建设，是指“打通传统本质论、现代西方本体论，以及西方后现代‘特定时期地方经验’的‘穿越性努力’”。[2]

> 中国当代文艺学建设可以通过对中国文学如何穿越意识形态、文化观念、艺术现实所构成的现实之束缚、建立一个区别于上述现实的存在世界，以直接建立“中国文学何以成为自身”的问题来间接回答“文学是什么”这一中国式的本质追问，从而与中西方各种文学本体论和文学本质观，构成“不同而对等”的对话状态，最后把伊格尔顿为代表所说的“特定时期的地方经验”落在实处，从而摆脱现在中国文艺学论争动辄就要引述西方“反本质主义”话语的依附状态。[3]

吴炫认为，这种逻辑思维方式，不仅能够使传统的知识论从“单一性”转化为“复合型”，并且可以打通认识论和价值论的分离状态，形成一种“复合型”的“价值知识论”。这种复合型的价值知识论，既能

---

〔1〕 吴炫：《论文学的“中国式现代理解”——穿越本质和反本质主义》，《文艺争鸣》2009年第3期。
〔2〕 吴炫：《当前文艺学论争中的若干理论问题》，《文学评论》2008年第4期。
〔3〕 吴炫：《当前文艺学论争中的若干理论问题》，《文学评论》2008年第4期。

回答“文学是什么”的问题，又能回答“好文学是什么”的问题，同时还可以将“文学”与“好文学”的价值关系和其间可能存在的方法阐释清楚。

之后，吴炫在《论文学的“中国式现代理解”——穿越本质主义和反本质主义》一文中详细论述了自己的“穿越主义”思想。首先，他认为现代化的中国文学基本上没有影响全球的优秀作品，主要原因就是文学没有突破“文以载道”这种工具性质，因此，“文学必须以作家的个体之道穿越群体之道，必须以文学体验化解观念化的道”。只有突破和改造传统“文以载道”的文学生存性质，在尊重人类历史上形成的对人性的理解基础上，通过作家个体发现建立新的人性理解，与既定的“人性理解”构成“穿越关系”，即新的“文学本体之道”，才会有陀思妥耶夫斯基、卡夫卡、苏轼、曹雪芹等这样的优秀作家诞生。另外，20世纪以来，中国现代美学和现代文论虽然有突破“文以载道”的努力，但是，对“文学如何自觉独立生存”“美如何自觉独立存在”这些根本问题并没有做出中国式的解答，对文学的解读多是沿用西方的文学理论，从而失去了其影响中国文学创作和中国文化现代发展的功能。因此，面对中国当代文学问题的复杂性和特殊性，必须用“中国式现代理解”的原创性思维和方法去解决，而不是过分依赖西方文学理论或者“儒道互补”的思维模式。其次，吴炫认为新时期建立的“情感表达”“形象思维”“审美反映”“审美意识形态”等关于文学的本质都无法真正区别文学与非文学，最直接的原因在于这种厘定的思维方式没有“中国特性”，即“没有从中国文化的‘生化’、‘言不尽意’和中国文学的独创性作品的‘经验’处，去发现既亲和‘言志’、‘载道’、‘缘情’又能穿越之的张力，建立有中国‘化生’特点的‘文学新理解’”。[1]于是，他试图对传统“生生”思维和西方“本质”思维进行“双重穿越”，将“象”或“形象”看作是在读者的艺术体验中，被不断扩展为有独特意味的“象世界”之“建构过程”，创造了“象之创造性生化程度”的概念。在“象之创造性生化程度”的基础上，提出将文学性从“本质性”穿越到“程度性”。文学性程度论解决了“什么是真正的好文学”

〔1〕 吴炫：《论文学的“中国式现代理解”——穿越本质和反本质主义》，《文艺争鸣》2009年第3期。

的问题，成为穿越受“实践论”制约的“文学活动说”、受西方“文化研究”制约的“生成论”的“中国式现代文学性思维方式”。再次，吴炫认为文学不仅仅是一种意识形态，文学是一种由复杂意味构成的体验形态。文学阅读是一种具象性的、丰富的、复杂体验形态，是“穿越思考”的一种体验性活动，正是如此，文学区别于宗教、哲学、心理学通过评价、认识、信仰模式建立的日常意识形态，从而构筑起文学独有的相对自足的文学世界。同时，吴炫指出不论是创造性程度很弱的、平庸的、工具化的文学作品，还是创造性程度很高的经典文学作品，都是文学作品的生存形态。正是文学作品的生存形态体现出穿越现实的一种“文学性张力”。因为，“文学在作为‘服务意识形态’的‘承载’性质存在时，总体是从属‘意识形态’的，而在文学达到了较高的‘文学性’的时候，就‘穿越了意识形态’进入难以观念化把握的‘体验形态’”。[1]这也就是存在普通文学作品与经典文学作品的原因之所在。最后，他指出文学观因受时代、社会、文化差异的影响，必然是复杂的、非稳定性的，然而在不稳定性之外还存在超越历史和地方的文学性的相对稳定性，“文学性”体现着文学的“历史”和“超历史”的关系。当下，我们批判本质主义的既定文学观，又提不出自己对文学的独到见解，这种做法是不可取的。“只有建立起新的能面对当代文学状况的文学观，既定的文学观才会慢慢退出中心地位，成为人们可自由选择的文学观之一种。”[2]

本体论和存在论是ontology的不同译名，它们研究的对象都是on（“存在”或“是”）而不是ousia（“本体”）。那么，为什么将文学本体论在此转换为“存在论”，主要原因有两点：一是，虽然自20世纪90年代以来，中国文论界普遍采纳了从西方哲学本体论入手来确立文学本体论的思路，但西方本体论含义的复杂性和不同论者的解读差异，使文学本体论的含义仍充满分歧，容易将文学本体论与文学本质论等同起来。二是，朱立元先生认为，不应当把文学本质、文学本源、文学本身（形式）等问题都归于或都当作文学本体论问题来思考，“从西方本体论发

〔1〕 吴炫：《论文学的“中国式现代理解”——穿越本质和反本质主义》，《文艺争鸣》2009年第3期。
〔2〕 吴炫：《论文学的“中国式现代理解”——穿越本质和反本质主义》，《文艺争鸣》2009年第3期。

展史来看，关于本体论研究应当聚焦于存在论上，而主要不是讨论本原论、本质论、本根论、本身论等问题，虽然它们之间并非没有关系”。[1]因此，文学本体论也应该集中在对文学进行存在论意义上的研究。朱立元先生早在1988年发表的《解答文学本体论的新思路》一文中就已经提出应当把“文学是什么”的“本质论”提问方式转换为“文学怎样存在”的本体论（存在论）的提问方式：“文学既不单纯存在于作者那儿，也不单纯存在于作品中，还不单纯存在于读者那儿。文学是作为活动而存在的，存在于创作活动到阅读活动的全过程，存在于从作家→作品→读者这个动态流程之中。这三个环节构成的全过程，就是文学的存在方式。”[2]

存在论范式不再如本质论那般追问“文学是什么”，而转向关注“文学如何存在”。它“主张立足文学活动整体、文学文本全貌对文学进行综合性和总体性研究”。杨春时认为：

> 文学不是实体性的存在物（例如文学作品），而是作为存在方式的文学活动，因此不是提出“文学是什么”的问题，而是提出文学是何种存在方式或者文学的意义何在的问题。这种提问方式的改变，实际上是哲学基础的改变，从实体论改变为存在论，也就是海德格尔说的把对存在本身的考察还原为对存在者的考察。[3]

简单说，就是将支撑文学本质言说的哲学基础从实体论转变为存在论。

单小曦也认为“文学存在方式研究追问的问题较之于文学本质具有更为根本的性质，即追问包括文学本质在内的整体性的文学如何存在、何以可能，或者作为存在者的文学的存在依据是什么，它是文学本质研究尚未企及的、真正的文学本体论或文学存在论领域的问题。”[4]

---

〔1〕 朱立元：《关于文学本体论之我见》，《浙江大学学报》（人文社会科学版）2007年第5期。

〔2〕 朱立元：《解答文学本体论的新思路》，《文学评论家》1988年第5期，转引自朱立元：《关于文学本体论之我见》，《浙江大学学报》（人文社会科学版）2007年第5期。

〔3〕 杨春时：《后现代主义与文学本质言说之可能》，《文艺理论研究》2007年第1期。

〔4〕 单小曦：《文论教材建设中的本质主义与反本质主义——关于中国高校文学理论教材改革与建设的思考之一》，《长江师范学院学报》2008年第3期。

他还提出了文学存在方式研究优于反本质主义的理论依据："笔者认为，上述反本质主义的立场应该肯定，但它们没有对传统形而上学把本质（essence）与本体（ontology）混淆起来的情况予以区辨，而是在反本质主义过程中，眉毛胡子一把抓，连同本体一起被反掉了，这样的做法是不可取的。"[1]因此，他在对"反本质主义"之后的文学本质论反思之后指出："当今时代比历史上任何时期都更需要存在论思想，不过这个存在论思想不应还停留在传统形而上学'本体论'阶段，更不应以本质化约替代本体，而应真正走向存在，恢复'本体论'（Ontology）的存在论本意。"[2]胡友峰认为，从存在论的反本质主义来看，文学是存在着本质的，只不过我们要反对将文学本质固定化、单一化的取向，反对一元论的文学本质论，其目标不是要抛弃文学的本质之思，而是要转变思维方式，从"文学是什么"转变为"文学如何可能"。从存在论的反本质主义出发，"哲学实现了思维方式的变革，将理性的实体的本质还原给了感性的生存的本质，其话语并没有脱离本质主义所涉及的一些基本问题。但它对我们文学研究的意义重大：这就是它把传统的、封闭的、单一的本体转变为一种开放的、不断变化的、生生不息的本体。也就是说，它变革了文学的自然实体本体论，转向了人的现实生存，人的感性生活，不再象本质主义文艺学那样探究实在的绝对的固定不变的本体，而是对进入到动态生成过程中的感性生命给予充分的重视，对人类在文学活动中所涉及的生存实践和意义进行价值追问，因而它不仅仅在本体上给文学带来了新的生机，而且在价值迷失的时代可以抵御文学上的价值相对主义和价值虚无主义"。[3]胡友峰认为建构反本质主义的文学理论是可能的，并且能够避免单一的知识论反本质主义文学理论建构的弊端。从存在论反本质主义出发，我们要改变文学研究的提问方式，从"文学是什么？"转变为"文学如何可能"，探究在具体的"文学活动"中人的生存本质；从知识论反本质主义出发，我们将理论的视野集中在

〔1〕单小曦：《在文论教材中确立文学存在方式的本体观念——关于中国高校文学理论教材改革与建设的思考之二》，《南宁师范高等专科学校学报》2008年第2期。
〔2〕单小曦：《"反本质主义"之后的文学本质论反思——文学存在论研究（一）》，《社会科学研究》2010年第4期。
〔3〕胡友峰：《反本质主义与文学理论知识空间的重组》，《文学评论》2010年第5期。

文本分析上，聚焦文学理论的“文学”焦点，在具体的文本分析中寻求具有普遍性的文学理论。[1]

王中原则将文学的本质的存在论区域划分为“文学是什么”“文学如何是”和“文学是”三个区间。“‘文学如何是’必须与‘文学是什么’这个区间相互支撑，才能如实地描述通过文学作品的实存而现象的文学存在的存在论区域，……‘文学是什么’与‘文学如何是’这两个区间的差异着的统一才能逼近（通过文学作品的实存而现象的）文学存在的真相。”[2]王嘉军将列维纳斯的他者伦理学引进文学理论的建构过程中，认为列维纳斯的“‘伦理学作为第一哲学’的要义就在于，以伦理学超越存在论（本体论），以‘他者’来超越总体而通向无限”。因此，“他者伦理学”为文学理论的重构提供了一种“既不会回归‘在场形而上学’、又抵御价值虚无主义的拯救方案”。[3]

总之，本体论研究的就是存在问题而不是本体问题，关注的是世界的存在方式和意义问题，是把“存在”或“在”本身作为研究对象。在这个维度上，本体论研究与存在论研究的旨趣是一致的。文学本体论研究不是为了弄清文学本体是什么，而是为了回答文学何以可能和意欲何为？后现代语境中，文学本体并没有也不可能被消解，而是被搁置，存而不论，但是它依然存在着。同时，文学本体论作为反本质主义之后文学理论的转向之一，若进行体系性的理论建构，还需要一个较为长期的积累过程。只有对文学当下面临的问题进行深入的研究，相关的新理论的诞生才是可能的。这就需要一代学人杜绝那种赶时髦、追热点的浮躁学风，以“板凳需坐十年冷”的功夫进行不懈探索，在坚实的基础上进行新的理论创新。

本质是复杂的，人们的认识只能是越来越接近本质，不可能穷尽本质。那些试图穷尽本质的人，最后证明只能是徒劳。想要界定文学的本质是很难的，但是反本质主义要求放弃对文学本质的探讨是不可取的，

[1] 胡友峰：《反本质主义与文学理论知识空间的重组》，《文学评论》2010年第5期。
[2] 王中原：《文学本质论的存在论探究》，《文艺理论研究》2018年第3期。
[3] 王嘉军：《超逾本质主义与反本质主义：文学伦理学与为他者的人道主义》，《中国比较文学》2021年第4期。

文学的本质问题始终是文艺学关心的元问题，只有在这个基础上，才能为文学理论后续讨论的问题奠定论证的基点。正如有学者在反思反本质主义的过程中指出“把文学本质论研究等同于本质主义，又把本质主义等同于思想理论僵化，由此而导致文学理论界都不敢或不屑于探讨文学本质问题，这对当代文学理论的建设与发展并无益处”。[1]但是，反本质主义对中国当代文学理论的发展起到了重要作用，这一点毋庸置疑。赖大仁和许蔚曾对反本质主义与本质主义论争的意义进行了总结，现在看来，无疑是合理的。具体如下：一是通过这种论争增强了当代文艺学的批判反思性。应当说，批判反思性是理论创造的基本品格之一，如果缺少这种品格就难以有真正的理论创新。反本质主义者试图从根本上对当代文艺学的理论范式和思维方式进行质疑。二是通过这种论争引起我们对于解构性理论立场的必要反思。不破不立，没有解构也就没有建构。它可以是一种策略、一种方法，但解构本身并不是目的，它不应当导致对一切文学本质理论的怀疑和否定，更不应当导致对一切关于文学本质探讨的愿望及其可能性的怀疑和否定。三是通过这种论争也增强和激发了理论建构的自觉性。我们所应当做出的选择，便是面对现实重新寻求理论建构，既力求克服本质主义的弊端，同时也回应反本质主义的挑战。经过了这场反本质主义的论争反思之后，就理应更加增强理论的自觉性，包括理论观念和思维方式上的自觉。这场论争所带来的就不仅仅是一种批判反思性的意义，而是更具有一种促进理论建构的积极意义。[2]

〔1〕 赖大仁：《文学本质论观念的历史嬗变及其反思》，《文艺理论研究》2017年第1期。
〔2〕 赖大仁、许蔚：《文艺学反本质主义：是什么与为什么——关于文艺学反本质主义论争的理论反思》，《华中师范大学学报》（人文社会科学版）2014年第3期。

结语　文学本质：一个敞开的问题※

文学本质是聚焦各种言论的一个光源，并深深地嵌入它所隶属的时代文化语境里，对文学本质的言说呈现出历时性特点。20世纪80年代文学的繁盛成为今天很多人心中缅怀的记忆，文学在人们的社会生活中发挥着主导作用，关于文学本质问题的讨论进行得如火如荼，一种审美的文学本质观逐渐凸显出来并成为主流文学理解范式，形式主义文论、人类学本体论以及艺术生产理论，都借力于审美文论的成果。20世纪90年代以来，随着市场经济体制的确立，大众文化的异军突起，实用主义、消费主义价值观逐渐占据了主导地位。文学在存在方式、精神内涵和价值取向等方面发生了与以前明显不同的变化。尤其是进入21世纪，电子媒介的广泛应用使传统意义上的文学再一次面临前所未有的挑战。"文学终结论""文学边缘化"等成为热点话题，而图像、网络以及跨体写作等成为精神生成的基本方式和载体。一方面是文学的边缘化趋势，另一方面则是文学性的弥漫。受后现代主义和文化研究的双重冲击，以本质追问为核心的文学理论知识模式被动摇了。有学者开始回避本质、反本质，甚至取消本质，建立在自律基础上的文学审美本质观也遭到了质疑。但是，我们在深入思考后会发现，反本质主义试图通过对于文学的描述来取消对文学本质的概括，但在描述的过程中实际上已经包含了对文学本质的理解，反本质主义其实仍然难脱本质的笼罩，甚至成为本质主义的一个变种。反本质主义的意义在于使我们保持对文学本质言说的警觉和限度，引起我们对实体论本质主义和独断论本质主义的反思，但

※　结语部分内容曾发表在《社会科学战线》2016年第12期，见邢建昌：《文学是什么——关于文学提问方式之学术路径的反思》，《社会科学战线》2016年第12期，收入人大复印报刊资料《文艺理论》2017年第3期。

并不取消本质。在厘定了本质主义的界限之后，我们终于可以在一个开放、多元的语境下获得对于文学及其本质的理解。

一、“文学是什么”与“文学的本质是什么”

如前所述，“文学是什么”并不必然通向本质主义，这里的关键在于思维方式上的取向。把“文学是什么”的追问建立在相信有一个已然存在的文学本质的基础上，是实体本质主义的体现；而把“文学是什么”的追问建立在相信文学的本质是被建构的这种认识的基础上，则是建构主义的本质观。我们需要警惕前者认识的僵化、专断，而大力发展建构主义的文学本质观。然而，建构主义的文学本质观也不是凭空诞生的，而是对已有文学事实的概括和对文学理应如此的价值期盼相结合的产物。我们在这里想进一步强调的是，如果上述理解可以成立，那么，“文学是什么”与“文学的本质是什么”这两个追问就没有什么根本的区别了，因为它们表达的都是理解文学的冲动与渴望。人们对于任何事物的认识都是从追问“是什么”开始的，对于文学的理解也是如此。而“本质”的观念所以被强调，是因为人们相信，“本质”较之于现象、属性来说对于事物是更为根本的。在亚里士多德看来，本质是一个事物必然具有的规定，而特性只是属于事物，并不表示事物的本质。理性所以能够认识事物，就因为理性能够认识事物的本质。理性通过定义认识事物本质。定义通过“属加种差”的方式揭示被定义对象的本质。在定义中区分事物，认识事物的本质，是亚里士多德留给我们的一个认识事物的基本思想。沿着亚里士多德的思路，哲学家从不同方面加深了对于本质内涵的理解。仅举一例，克里普克关于本质的认识。其中有两点值得特别重视：一是认为一个对象的重要特性不一定是本质特性：“一个对象的重要特性不一定是本质特性，除非‘重要性’被当作本质的同义词来使用；一个对象可能具有一些与它的最显著的实际特性非常不同的特性，或者具有一些与我们用来认识它的那些特性非常不同的特性。”[1]二是认为结构对于认识一类个

---

〔1〕［美］索尔·克里普克：《命名与必然性》，梅文译，上海：上海译文出版社，2001年，第56页。

体的本质具有决定意义："一般说来，科学试图通过研究某一种类的某些基本的结构特征来寻找该种类的本性，从而找到该种类（哲学意义上）的本质。"[1]本质式的研究问题思路的合理性前提在于以下观念的支持：世界上的万事万物尽管形形色色，但是它们都形成各个不同的种类，而一个种类就其自身而言总有其"是其所是"的东西，这就是本质。[2]虽然不能像理解自然事物的本质那样理解文学的本质，但我们依然认为，文学之为文学是因为文学有着区别于非文学的"本质"。当然，对于文学本质的追问不是一次性的求解过程，即不在于给出一个文学是什么的定义，而在于在不断地追问过程中，加深、丰富我们对于文学的理解。

由此看来，本质不是可以简单从人类思想中剥离出去的，一味拒绝本质实际是一种简单化的做法。与后现代主义思想家扬弃本质的做法形成鲜明对照的是，西方一些学者对本质的理解采取建设性的立场，对反本质主义持警觉和批判性的态度。如马利坦认为，这种摧毁或取消关于事物本质与本性的任何思考的做法，只是"显示了智慧的彻底失败"。[3]施皮格伯格则更为明确地指出，反本质主义以对具体事物的描述作为手段来取消对本质的概括性陈述是无力的，因为"描述已经包含对于本质的考察"。[4]而加塞尔则更坚定地认为："所谓求知，就是不满足于事物向我们呈示的相貌，而要寻索它们的本质。"[5]

而文学理论如果机械套用反本质主义的现成结论，把关于"文学是什么的"的追问等同于本质主义而扬弃，实际是虚置了问题情境，找错了问题的症结，甚至将脏水与婴儿一起泼掉了。这里的关键问题在于如何理解本质。以往文学理论对文学本质追问的主要问题在于：其一，误以为文学的本质是已然存在的事实；其二，误以为文学的本质只有一个；第三，误以为从本质出发就可以推演出文学的知识。在这种观念的牵引下，传统文学理论不仅在对文学本质的追问上陷入了先验或垄

〔1〕［美］索尔·克里普克：《命名与必然性》，梅文译，上海：上海译文出版社，2001年，第115页。
〔2〕张家龙：《论本质主义》，《哲学研究》1999年第11期。
〔3〕［法］保罗·富尔基埃：《存在主义》，潘培庆等译，上海：上海译文出版社，1988年，第120页。
〔4〕［美］赫伯特·施皮格伯格：《现象学运动》，王炳文等译，北京：商务印书馆，1995年，第936页。
〔5〕［西］何·奥·加塞尔：《什么是哲学》，商梓书等译，北京：商务印书馆，1994年，第38页。

断化的境地，也在对文学现象的阐释上陷入了观念化或权力化的笼罩之下——即把某种权力支配下的文学观念当成了文学的本质去守护。当文学被纳入一个超越历史的先验模式里被讲述的时候，“本质”也就离我们而去了。

基于此，对现行文学本质观进行反思，是十分必要的。

二、文学与非文学的界限

在后现代主义日常生活审美化的图景中，文学与非文学的界限似乎不像过去那样清晰了。艺术与生活的同一，被认为是当下社会文化状况被后现代主义统治的典型表征。然而，仔细想来，这个判断多少让人怀疑。后现代主义是否成为我们这个时代的主导范式，后现代主义到底在多大程度上改变了我们对文学的认识，还是一个值得讨论的问题。后现代主义来临所带来的种种文化问题需要关注，但后现代主义并没有终结文学本质问题的讨论。尤其是当文化研究思潮成为一种对于文学研究强劲的殖民力量的时候，提出文学与非文学界限的问题，就不只是学术研究的需要，更是现实的召唤。

童庆炳先生主编的《文学理论教程》有一则关于“便条”的文字：

便　条

我吃了放在冰箱里的梅子。它们大概是你留着早餐吃的。请原谅，它们太可口了，那么甜，又那么凉。

这样一段文字大概没有人会说它是文学，因为这段文字与我们经验中的文学相差甚远。但是，这段文字的确是文学，不仅是文学，而且还是文学中最纯粹的样式——诗。这首诗，来源于美国诗人威廉斯（William Carlos Williams）的“This Is Just to Say”：

I have eaten
the plums
that were in

the icebox
and which
you were probably
saving
for breakfast
forgive me
they were delicious
so sweet
and so cold[1]

翻译成汉语就是上面“便条”中的文字。

这里就出现了一个问题，为什么同样的文字，“便条”不被认为是文学，而“This Is Just to Say”则没有人怀疑它是文学。难道只是因为“This Is Just to Say”出自诗人威廉斯的手吗？如果这样推论，那么，区分两段文字是诗还是非诗的标准只能是诗人威廉斯了。诗人威廉斯写的，就是诗，不是诗人威廉斯写的，就不是诗。这显然是一个怪诞的标准，没有谁会接受这样一个标准。由此看来，诗人不是判断诗与非诗的标准。也许有人会接着说，判断诗与非诗的标准是看它是否采取了诗歌的分行排列的形式，第一段文字是自然排列，所以不是诗，第二段文字是分行排列，所以是诗。这个回答显然也不令人满意。诗通常采取分行排列的形式，分行排列一般来说是诗的形式但不是诗与非诗的标准。《文学理论教程》认为，判断上述文字是诗还是非诗，“文学惯例”在起作用：“文学惯例告诉我们何者为文学，何者为非文学。”[2]面对威廉斯的文字，诗的惯例促使阅读者寻找文字的诗意，而“便条”的惯例则让人领悟不到文字的诗意。这个解释有一定道理但也不能令人满意。的确，面对不同的文字，文学惯例在发挥着判定文学与非文学的功能。惯例不是别的，其实就是日积月累的文学经验在人们心理中形成的审美图式。但是，勘查文学的边界不能依靠惯例，因

〔1〕 童庆炳主编《文学理论教程》（修订版），北京：高等教育出版社，1998年，第54页。
〔2〕 童庆炳主编《文学理论教程》（修订版），北京：高等教育出版社，1998年，第55页。

为惯例异常飘忽，变化不定，且因人而异，主观性强。况且，如果这惯例在面对文本时不起作用，或面对文本感到陌生，那么，这文本还是不是文学？或者，当个别人的文学惯例与多数人的文学惯例不一致或打起架来的时候，谁来裁定这惯例的合法性呢？显然，惯例还只是个人参与文学、判断文学的一个意识中的因素，还不是划定文学边界的标准。依靠惯例划定文学与非文学的边界，容易陷入相对论的泥淖当中。

这里就引出了一个诗与非诗的标准问题。从惯例到标准，是一个文学理性建构的过程。标准是一个时代一个民族文学价值体系的集中表达。然而，文学的标准在历史上也不是固定的，也是随着时代的变化而变化——据说，现代艺术就是以颠覆那个传统的美的标准而开始自己合法性探索的。1915年，杜尚把一件题为“喷泉”的工厂出品的小便池当作艺术展品提交博物馆要求展出，这一标志性的事件实际宣布了“美是艺术的法则”在现代艺术面前的无效。现代艺术理论家赫伯特·里德干脆认为，艺术和美其实并没有联系，艺术并不必须是美的。艺术史的经验证明，艺术通常是件不美的东西。在赫伯特·里德看来，艺术和美不是要不要离婚的问题，而是它们之间从来没有结合过，艺术的现代趣味，说到底就是艺术不再是美的了。

这样一来，问题就变得更加复杂。解释者的标准对诗与非诗的区分有明显的制约作用，标准不仅因个体的差异而不同，而且因时代的变迁而变化。判断诗与非诗，不仅要考虑个人标准，还要考虑时代标准。甚至，不同的诗要使用不同的武器/标准来读解。那么，标准与标准之间是否还存在着比如在艺术趣味或知识型上的区隔？如果承认解诗者的标准对诗的生成有制约作用，那么，诗自身的因素在确定自身合法性地位的时候难道不起作用吗？

以上讨论还只是从个别的文学样式引发出来的。文学作为一个对象，是十分复杂的，犹如一个魔方，变幻出不同的形式，而这不同的形式又产生不同的效果，由此增加了对文学提问的难度和复杂性。而试图用一个模式、一个标准或一个法则去一劳永逸地去框定文学的内涵，划定文学与非文学的界限，实在是一件不得要领的事情。在讨论文学问题的时候，我们需要秉持一种理解个别，尊重差异的精神。

三、常识中的文学与理论中的文学

文学的现象十分复杂，每一个思考文学的人，实际是在做着同一个梦——渴望把自己心目中的那个对于文学的理解表达出来。对于这种表达，我们不能划分对错，每一种表达都有存在的理由。个人化的文学理解理应得到尊重。对于个体来说，他没有必要非得从理论的“高度”思考文学的问题，或者给出一个关于文学的界说。个人之于文学，永远只是个别的、感性的、经验的。但个别的、感性的和经验中的文学，还不是理论意义上的文学。

对文学的理解，不能停留在个人经验与常识的层次上面，还必须超越经验与常识的层面。这个超越，就是理论的思考。理论对文学的认识，就是通过科学或知识形态来把握文学。理论对文学的把握：一要有对丰富的众多的文学现象或文学个案的研究为基础；二是经过了对现象的分析、归纳和命名的过程，甚至也融入了理论家基于特定观念、特定理想所建立起来的价值期盼，因此是事实描述与价值判断的辩证结合的过程。理论不能无视历史上丰富的文学存在，必须对历史上的文学给予充分的体认和尊重，由此引发的文学理论活动才会显示出与历史平行的历史感。但理论也不能陷入现象的芜杂之中，任由现象的闪烁不定来掣肘理论思考的飞扬与升腾；理论也需要对文学的经验保持充分的体认和尊重，以便更加接近文学的实际，避免概念的抽象演绎。但理论又不能一味听凭个人经验的诉说，甚至也不能把“兴趣”当作自身存在的合法性前提。因为，理论要以知识的形式呈现关于文学的“道理”，这“道理”已经不是个人的一己之见，而带有某种普遍性蕴含。理论甚至在一定程度上还要收缩研究者的主观视野，避免过度的热情干扰判断，从而保持科学研究的“无我性”。这就是理论中的文学与常识中的文学之区别。

美国解构主义文论家卡勒的一句话耐人寻味。他说：“理论是对常识的批评，是对被认定为自然的观念的批评。”[1]这句话极其深刻地道出了在文学研究上的理论与常识的区别。理论不是常识，理论是对常识的

---

〔1〕［美］乔纳森·卡勒：《文学理论入门》，李平译，南京：译林出版社，2013年，第16页。

批评。那么，常识是什么呢？常识是人类观念中获得的关于事物的一个基本认识。这个"认识"所以被称为"常识"，是因为，第一，这"认识"是一类文化共同体成员内部约定俗成、自然而然形成的"共识"。大家都如此这般看待，无须怀疑，自然而然，约定俗成；第二，常识不来自证明，更多来自经验和事实，"常识"经常的表达是"经验告诉我"，或"事实明摆在那儿"。常识的这个特征，决定了常识的局限以及常识与理论之间的矛盾：第一，常识解释不了我们感觉经验以外的世界。事物的本质，往往是与常识的解释相悖，也是常识所解释不了的。第二，常识不能提供关于文学的系统解释，因为常识是零散的道理，常识与常识之间的联系是零散的，孤立的，不成系统的。第三，当常识的解释成为思想的主导性因素时，思想的创造力量必然黯淡。所以，对文学的解释必须超越常识，进入理论思考。正是从这个意义上讲，卡勒认为，理论是对常识的批评："理论常常是常识性观点的好斗的批评家。并且，它总是力图证明我们认为理应如此的常识实际上只是一种历史的建构，是一种看来似乎已经很自然的理论，自然到我们甚至不认为它是理论的程度了。理论既批评常识，又探讨可供选择的概念。它涉及对文学研究中最基本的前提或假设提出质疑，对任何没有结论却可能一直被认为是理所当然的事情提出质疑。"〔1〕

四、历史性、地方性地理解文学与观念地生成文学

文学的本质不是一个已然存在的事实，因为文学是一个历史性和地方性的概念。文学有自己发生、发展和演变的过程，也有自己的地域存在和文化归属，因而总体性的文学概念是不存在的。既然不存在总体性的文学概念，当然也就不会有属于总体性的文学的本质。在中国，最早的文学是和文章、博学的概念联系在一起的。文学与非文学并不是彼此分别的，而往往呈现你中有我、我中有你的关系。众所周知，"文学"一词最早出现在孔子《论语》中，指文章和博学，"文学"被列为孔门

〔1〕［美］乔纳森·卡勒：《当代学术入门：文学理论》，李平译，沈阳：辽宁教育出版社，1998年，第4-5页。

四科（德行、言语、政事和文学）之一。到了魏晋南北朝时期，“博学”的意涵逐渐从文学的概念中淡出。文学开始专指以富有文采的语言去表达情感的文章样式。但尽管如此，文学即文章、博学的观念一直与狭义的文学观念在不同时期里被交叉使用。乃至到了唐代，随着“文以明道”“文以载道”观念的提倡，文与文章、博学的观念一度合流，文学与非文学的界限反而不像从前那样显豁了。清末民初学者章炳麟认为：“文学者，以有文字著于竹帛，故谓之文。论其法式，谓之文学。”〔1〕在章炳麟看来，凡以文字形式显示在竹帛上的，就是“文”；而讨论“文”的规律和法则的，就是“文学”。这里不仅沿用了先秦时期文学即文章和学术之统称的含义，而且还扩大了文学的外延，即把一切“著于竹帛”的文字形态，均看作文学。也就是说，凡是用语言（文字）制作成的作品都可以被称为文学，这就是广义的文学概念。这种广义的文学概念一直被沿用至今。而作为一种语言性艺术的文学的概念，实际是晚近以来西方学术分类机制传入中国以后的结果。据今人考证，“文学”作为一门独立的学科，始于1902年张百熙主持颁布的《钦定京师大学堂章程》。《钦定京师大学堂章程》将文学作为独立的学科而与政治、文学、格致、农业、工艺、商务、医术七科并列。但这里的“文学”包括了经学、史学、理学、诸子学、掌故学、词章学、外国语言文字学七目。“文学”在这里还是一个很宽泛的概念。1904年初清朝政府颁布的《奏定大学堂章程（附同儒院章程）》，将经学、理学等从文学中独立出去，但文学科目中仍然包括了史学以及文字、音韵、训诂、辞章、文法等内容。林传甲便是按照这一章程所规定的“中国文学史研究法”编写了供京师大学堂学生使用的《中国文学史》教材。直到1913年民国政府教育部在一份大学章程中将大学文科分为哲学、文学、史学、地理学四门，文学才与史学、哲学在学科上划清界限，文学观念才朝着更加西方化的方向演变。中国引进西方现代文学观念是废科举、兴西学的产物。〔2〕

西方的情况也大体如此，现代意义上的文学概念实际是十分晚近的事。按照卡勒的说法：“如今我们称之为literature（著述）的是二十五个

---

〔1〕 章太炎：《国故论衡·文学总略》，陈平原导读，上海：上海古籍出版社，2003年，第49页。
〔2〕 王齐洲：《“文学是什么”与“什么是文学”——兼论文学研究与文学史研究的对象和方法》，《三峡大学学报》（人文社会科学版）2004年第5期。

世纪以来人们撰写的著作。而literature的现代含义：文学，才不过二百年。1800年之前，literature 这个词和它在其他欧洲语言中相似的词指的是‘著作’，或者‘书本知识’。即使在今天，当一个科学家说‘关于进化论的著述（literature）浩如烟海’时，他不是讲关于进化论有许多诗歌或小说，而是说在这方面已经有许多著作。而如今，在普通学校和大学的英语或拉丁语课程中，被作为文学研读的作品过去并不是一种专门的类型，而是被作为运用语言和修辞的经典学习的。它们是一个更大范畴里的作品和思想的实际范例，包括演讲、布道、历史和哲学。”〔1〕而关于文学是富于想象的作品这种观点，则实际是18世纪德国浪漫主义运动的产物。可见，即使在西方，现代意义上的文学概念也是历史地生成的，并且是十分晚近的事情。

这个简要的考察和分析实际提醒我们，文学是历史的，也是地方性的，文学的概念是被建构出来的。所谓文学是历史的，是说文学的概念是历史的，其内涵总是随着时代的发展而变化，没有一个超越时代的属于文学的本质特征；所谓文学是地方性的，是说文学的内涵不仅随时代的发展而变化，而且也随着文学的地域存在和文化归属的不同而呈现出地域性（民族性）特点。试图用总体性的文学观念笼罩不同时代、不同地域的文学的特征，实际是简单化地处理了我们对文学的理解。从这个角度讲，反本质主义对传统文学理论关于文学本质的指责是有一定道理的。文学理论要解构总体性的神话，还文学研究以历史性、地方性的知识叙述。

历史性、地方性地理解文学与观念地生成文学并不矛盾。美国康奈尔大学英语与比较文学系教授卡勒认为，在理论或后理论时代，“文学是什么”的问题已经被“是什么让我们（或其他社会）把一些东西界定为文学”问题所取代。他认为，所谓“文学是什么”这个问题所要求的并不只是“一个界定，而是要做出分析，甚至要论证一下一个人为什么可能会对文学感兴趣”。〔2〕没有人会错把非文学的东西硬说成是文学，文

---

〔1〕［美］乔纳森·卡勒：《当代学术入门：文学理论》，李平译，沈阳：辽宁教育出版社，1998年，第21-22页。

〔2〕［美］乔纳森·卡勒：《当代学术入门：文学理论》，李平译，沈阳：辽宁教育出版社，1998年，第21页。

学是什么的提问也并非担心人们会“把一部小说错当成一部历史书；或者把算命签上的一句话错当成一首诗，而是因为批评家和理论家们希望通过说明文学是什么来推进他们认为是最重要的批评方法，并且摒弃那些忽略了文学最根本、最突出的方面的批评方法”。[1]这里有两点值得注意：一是卡勒认为，回答“文学是什么”，并不是要给出一个文学的定义，而是做出分析，分析一个人为什么会对文学感兴趣；二是，回答“文学是什么”，实际也是一个张扬作者文学观念的过程，也就是“通过说明文学是什么来提倡他们认为最重要的批评方法”。这种看法是有积极的借鉴意义的。

首先，追问“文学是什么”，不仅是要历史性、地方性地考察文学的历史及其历史上的文学，也是要观念地回答“文学是什么”。观念地回答“文学是什么”，也就是卡勒所说的“通过说明文学是什么来提倡他们认为最重要的批评方法”。这里的“批评方法”当然不只限于批评方法，还包括文学观念、文学思想、文学理论，以及文学批评的原则、立场等。从这个意义上说，文学理论对“文学是什么”的追问，不只是对“实然”的文学事实的概括与描述，也是对基于特定文学观念中的“应然”文学样子的一种憧憬和张扬。作为一个命题，“文学是什么”，体现了理论思维中的“实然”与“应然”之间的紧张关系。而作为回答，则是历史描述与逻辑分析、事实陈述与价值判断的辩证结合的过程。

其次，把“什么是文学”与“文学是什么”结合起来考虑。“什么是文学”与“文学是什么”，显示出两种文学追问模式的分野：文学史家的文学追问与文学理论家的文学追问。文学史家为文学撰史，一般要求尊重事实，客观陈述，不能观念先行，妄加臆测。他的主要工作是从历史上本然存在的“文学”事实中区分哪些是文学，哪些不是文学，哪些是文学史叙述的对象，哪些不是文学史叙述的对象，从而展开文学史的叙述。因此，文学史家对文学的追问，更多地是以“什么是文学”的方式展开的。而文学理论家对“文学是什么”的追问，则更鲜明地体现

---

〔1〕［美］乔纳森·卡勒：《当代学术入门：文学理论》，李平译，沈阳：辽宁教育出版社，1998年，第44页。

出特定时代文学观念的影响。“文学是什么”也就是“特定文学观念中的文学是什么”，文学观念生成了文学。文学史家从已有文学概念和文学事实中分析厘定“什么是文学”，而文学理论家则从文学观念出发回答“文学是什么”。目标不同，方法各异，结论当然也就不同。然而我们想强调的是，两种文学追问的模式都应当得到尊重，但不应该成为我们对各自研究模式局限性辩护的理由。试想，一个文学史，如果只是对已然存在的文学事实进行史料意义上的叙述，那么，这样的文学史也就成了编年史，于文学研究并无实质的推进；而文学理论如果一味在观念层面上放言，而不去做扎实细致的工作，那么，这样的文学理论也就没有什么科学性了。这两种极端的倾向，都不利于我们认识文学的本质。实践需要我们将“什么是文学”和“文学是什么”结合起来，从而更好地考察文学的本质问题。

五、洞见与盲见

如前所述，对文学本质的追问本身没有错，这不仅是求知好奇心的驱使，最根本的还是研究本身的召唤。本质主义使我们拥有了看待文学的立场，而反本质主义又使我们把对于文学本质的追问置于一个流动的、生成的建构过程。

从古至今人们一直在不停地追寻文学的本质，这个过程伴随于人类的文学活动。从早期的模仿说、表现说，到后来的接受说、审美论等，都从不同方面对文学本质有所揭示。这些观点在不同程度地增进了我们对于文学的理解。对文学是什么的追问是作为一个过程伴随于人类的文学活动的。不存在关于文学是什么的固定的答案、唯一的本质或终极的结论。每一种文学本质观，都既是对文学某一症候的洞见，又是对文学其他性质的盲见，是洞见与盲见的辩证统一。关于文学本质的垄断性认识只能葬送文学的生机，遮蔽文学的丰富性存在。因为文学涉及多方面和多层次，而且处于不断发展变化中。那么，基于特定文学观念生成的文学本质观在揭示了文学某一种本质属性的时候，也就忽视和遮蔽了文学的其他属性。正因为如此，要防止对文学本质进行垄断性的认识，懂得对不同文学阐释模式以及文学本质观的尊重，学会对话或倾听，就是不断丰富我们对文学理解的关键因素。因为，“文学理论只有在批评家们进行对话和争辩时才会繁荣。对话与争辩防止我们自满的假定我们已经理解有关文学的一切”。[1]卡勒列举了历史上关于文学本质的种种说法：1. 文学是语言的“突出”；2. 文学是语言的综合；3. 文学是虚构；4. 文学是审美对象；5. 文学是互文性的或者自反性的建构等。他没有忘记强调，当我们认同或张扬某一种观点的时候，别忘了给其他观点留有地盘。这种对话意识，是值得我们重视的。[2]

韦勒克曾说：“一部文学作品，不是一件简单的东西，而是交织着多层意义和关系的一个极其复杂的组合体。”[3]由于文学存在的系统性特点，我们可以从不同视角进入：从世界和作品的关系、作者和作品的关系、作品与读者的关系等，因而形成了对于文学本质的各具侧重的不同观点。我们还可以把文学研究建立在不同的学科背景即知识型的基础上，从跨学科背景进入文学。例如心理学的解释，结构（解构）主义的解释，新历史主义批评和语言哲学分析等。角度、层次和知识背景不同，决定了文学的提问方式和文学本质观的差异。我们可以而且应该采用多维、立体的视角来考察文学及其本质。多维、立体的视角可以帮助我们摆脱固有的、因袭的思辨模式。但是这种多维系统性不应是“多”的简单叠加的集合，而要有统一的内在逻辑的综合。这种多维系统性恰恰表明文学在多种复杂关系中存在，比如，文学与历史的关系、文学与社会的关系、文学与人的关系、文学自身的关系等。文学在上述关系中发展、完善，同时这些关系也制约和决定着文学的本质，使得文学本质形成了多维、立体的结构。根据以上分析，我们认为运用综合的思维方式，对文学进行综合的、多维的、辩证的研究，有利于更好地建构文学的本质观。

一个信仰上帝的人是不需要花费大量时间去论证上帝的存在的。而一个不信仰上帝的人，要求上帝的信徒去证明上帝的存在，这场面让人

〔1〕［美］华莱士·马丁：《当代叙事学》，伍晓明译，北京：北京大学出版社，2005年，第21页。
〔2〕［美］乔纳森·卡勒：《文学理论入门》，李平译，南京：译林出版社，2013年，第30-38页。
〔3〕［美］勒内·韦勒克、奥斯汀·沃伦：《文学理论》（修订版），刘象愚等译，南京：江苏教育出版社，2005年，第18页。

觉得有点滑稽。如果我们转化一下问题，一个拒绝了文学本质的人，揪住一个讨论文学本质的人，硬要他给出文学本质存在的证明，他做得到吗？

文学的本质当然不能当作信仰来对待，却也不是通过实证证明得了的，实证回答不了文学的本质。文学本质的诉说不仅包括了对已然存在的文学事实的概括，也包括了对文学应当如此的价值期盼。“理想的文学”不是——至少不完全是属于实证的。追问文学的本质既是一次次向“理想的文学”趋赴的过程，又更像一场永无终结的人类思维的游戏，恰恰昭示出文学本质永无定解的宿命。那种试图以寻找固定答案的方式终结文学本质的提问，实际在很大程度上是一种盲目的乃至无效的劳动。不断地提问和不断地回应，才是求解文学本质的基本方式。而每一次提问和每一次回应，也都在人类文学“知识”的累积过程中，丰富了人类对于文学的认识。

后　记

本书是我主持的国家社会科学基金一般项目《从审美意识形态到日常生活的审美化——20世纪80年代以来文学本质论的论争与评析》(项目批准号：07BZW010)的结项成果。虽说课题结项获得了“优秀”等级，但我对书稿一直不满意。原因是书稿就事论事较多，缺乏新材料和现代性视野。所以，课题虽然结项了，却一直搁置在电脑里没有做进一步的处理。之后，我的兴趣聚焦在了教育部重点研究基地重大项目《20世纪80年代以来文学理论知识生产及相关问题》以及国家社科基金一般项目《近40年文学理论知识生成机制的反思性研究与文献整理》的研究上，一直无暇再打磨这个结项成果。尽管如此，文学本质作为当代文学理论重要问题，一直是我从事的反思性文学理论知识生产的一个研究对象。反思性文学理论知识生产的一个特点，就是不满足于仅仅对文学本质论的各种观点进行评析，而要给出这种观点何以如此的深层解释。正因为如此，反思性文学理论知识生产是当今文学理论最为活跃的部分。2021年，我指导的硕士研究生蒋雪丽毕业10年之后重返母校，考取了我的博士生。蒋雪丽攻读硕士学位研究生的时候，以“新时期文学形式问题研究”为毕业论文选题。这次攻读博士学位，我们商量决定博士学位毕业论文的选题为“20世纪80年代以来文学形式问题研究”，是在原来硕士学位论文基础上的深化和拓展。疫情缓解之后她入学的第三学期，我给她安排了对这部书稿进行修订的任务，具体说来就是增加对具有学术性、前沿性观点的评析，丰富资料，核实文献。雪丽用一个学期完成了书稿的修订，并独立撰写了第九章“‘文学性’何以可能？”。在此基础上，我对书稿做了进一步的修订，一些章节做了较大的修改。现在，呈现给各位专家、学者面前的就是这样一部融入了师生心血的作品，我们怀着忐忑的心情期待得到学界的检验和批评。

还需要说明的是，我的硕士研究生张皓、吴晓霞、田莉、李娜、焦娟芳、闫听等以各种方式参与了课题初期的资料收集和撰写工作，对本书的形成也有贡献，在这里我要向他们表示感谢。

感谢学院学术著作出版基金的资助，感谢结项时专家的评审，感谢编辑张龙、张亚囡耐心细致的工作，感谢一直以来给予我理解、支持的家人、亲人和朋友。

是为后记。

邢建昌

2024年2月2日